HEYNE<

Das Buch

Majipoor, ein gewaltiger Planet, einst von Gestaltwandlern bewohnt, dann von Siedlern der Alten Erde bevölkert, ist eine Welt des Friedens und des Wohlstands. Über vierzig Jahre hat der Coronal Confalume geherrscht und sein Land zu einer neuen Blüte geführt, als der alte Pontifex Prankipin erkrankt und sich zum Sterben niederlegt. Das Gesetz will es, dass Confalume das Amt des Pontifex antritt und einen Nachfolger für den weltlichen Thron bestimmt. Alle sind sich einig, dass der junge, viel versprechende Lord Prestimion beste Aussichten hat, Coronal zu werden. Aber auch Confalumes Sohn Korsibar, ein charismatischer Mann, der mächtige Freunde und Zauberer um sich schart, fühlt sich zu Höherem berufen. Und obwohl es dem Sohn eines Königs dem Brauch nach verwehrt ist, nach der Krone zu greifen, reißt er diese mittels Magie an sich. Doch seiner Herrschaft ist kein Glück beschieden, und bald schon erhebt sich Prestimion gegen den unrechtmäßigen König und mit ihm das Volk Majipoors. Ein Bürgerkrieg entbrennt, wie ihn die Welt nie zuvor erlebt hat.

Der Autor

Robert Silverberg, 1935 in New York geboren, zählt zu den bedeutendsten und produktivsten Fantasy- und Science-Fiction-Autoren unserer Zeit. Er hat über fünfzig Romane und zahllose Erzählungen veröffentlicht und wurde wiederholt mit dem Hugo-Gernsback- und dem Nebla-Award ausgezeichnet. Außerdem hat er sich einen Namen als Herausgeber hochwertiger Fantasy- und SF-Stories gemacht. Silverberg lebt und arbeitet in Oakland, Kalifornien.

Eine Liste der im WILHELM HEYNE VERLAG erschienenen Bücher von Robert Silverberg finden Sie am Ende des Bandes.

ROBERT SILVERBERG

KÖNIG DER ERINNERUNGEN

Die Legenden von Majipoor

ERSTER ROMAN

Überarbeitete Neuausgabe

WILHELM HEYNE VERLAG

MÜNCHEN

HEYNE SCIENCE FICTION & FANTASY
Band 06/9230

Titel der amerikanischen Originalausgabe
SORCERERS OF MAJIPOOR
Deutsche Übersetzung von Uwe Anton

Umwelthinweis:
Dieses Buch wurde auf chlor- und
säurefreiem Papier gedruckt.

Überarbeitete Neuausgabe 06/2003
Redaktion: Angela Kuepper
Copyright © 1996 by Agberg, Ltd.
Copyright © 2003 der deutschsprachigen Ausgabe
by Ullstein Heyne List GmbH & Co. KG, München
Der Wilhelm Heyne Verlag ist ein Verlag der
Ullstein Heyne List GmbH & Co. KG.
http://www.heyne.de
Printed in Germany 2003
Umschlagillustration: Rainer Kalwitz / Agentur Schlück GmbH
Umschlaggestaltung: Nele Schütz Design, München
Satz: Schaber Satz- und Datentechnik, Wels
Druck und Bindung: Ebner & Spiegel, Ulm

ISBN 3-453-86170-1

Auch dieses Buch ist Ralph gewidmet

Ne plus ultra
Sine qua non

… die Stunde, wenn die Sicherheit
den Thron der Könige verlässt,
wenn Dynastien wechseln.

LORD DUNSANY
Wellerans Schwert

INHALT

1
DAS BUCH DER SPIELE

1

Es hatte das ganze Jahr über Omen gegeben – ein Blutregen über Ni-moya, und glänzende, wie Tränen geformte Hagelsteine, die auf drei der Städte auf dem Burgberg gefallen waren, und dann eine wahrhaft albtraumhafte Vision: Ein riesiges, vierbeiniges Ungetüm mit glühenden Rubinaugen und einem gewundenen Horn auf der Stirn trieb im Morgengrauen über der Hafenstadt Alaisor durch die Luft. Solch ein Tier hatte man noch nie zuvor auf Majipoor gesehen, nirgendwo auf dem Land und gewiss nicht im Himmel. Und nun lag der alte Pontifex Prankipin in seiner praktisch unzugänglichen Bettkammer in der tiefsten Ebene des Labyrinths endlich im Sterben, umgeben von dem Korps der Magier, Zauberer und Thaumaturgen, die der Trost der späten Jahre des alten Mannes gewesen waren.

Auf der ganzen Welt herrschten Anspannung und Besorgnis. Wer vermochte schon zu sagen, welche Änderungen und Gefahren der Tod des Pontifex mit sich bringen würde? Die Verhältnisse waren so lange stabil gewesen: Vier volle Dekaden und ein paar Jahre mehr war es her, seit es auf Majipoor einen Herrscherwechsel gegeben hatte.

Kaum war die Nachricht von der Krankheit des Pontifex bekannt geworden, als die Lords und Prinzen und Herzöge Majipoors sich in der großen unterirdischen Hauptstadt zusammenfanden, um dem Doppelereignis beizuwohnen – dem traurigen Dahinscheiden eines ruhmreichen Herrschers und dem freudigen Beginn einer neuen und glorreichen Herrschaft. Nun warteten sie mit wachsender und kaum verborgener Rastlosigkeit auf das, von dem alle wussten, dass es in Kürze eintreten musste.

Doch die Wochen vergingen, und der alte Pontifex klammerte sich noch immer ans Leben, starb in winzigsten Raten, verlor langsam und mit äußerstem Zögern an Boden. Die kaiserlichen Ärzte hatten schon längst die Hoffnungslosigkeit des Falls eingestanden, und auch die Zauberer und Magier des Reichs vermochten ihre Künste nicht länger dazu einsetzen, um ihn zu retten. Vielmehr hatten sie die Unausweichlichkeit seines Todes schon vor vielen Monaten vorhergesagt, wenngleich nicht dem Sterbenden selbst. Auch sie warteten, wie ganz Majipoor, dass ihre Prophezeiung sich erfüllte.

Prinz Korsibar, der prächtige und allgemein bewunderte Sohn des Coronals Lord Confalume, war als Erster der Großen in der Hauptstadt des Pontifex eingetroffen. Korsibar war in den öden Wüsten unmittelbar südlich vom Labyrinth auf die Jagd gegangen, als ihn die Nachricht ereilt hatte, dass der Pontifex nicht mehr lange zu leben habe. Er war mit seiner Schwester angereist, der dunkeläugigen und schönen Lady Thismet, und einer Anzahl seiner Jagdgefährten, von denen die meisten prinzlichen Geblüts waren. Dann, ein paar Tage später, war der Großadmiral des Königreichs eingetroffen, Prinz Gonivaul, und der Vetter des Coronals, Herzog Oljebbin von Stoienzar, der den Rang des Hohen Beraters bekleidete, und kurz darauf der sagenhaft reiche Prinz Serithorn von Samivole, der behauptete, dass nicht weniger als vier Coronals zu seinen Ahnen zählten.

Der kraftvolle, dynamische junge Prinz Prestimion von Muldemar war ebenfalls angereist, und man rechnete allgemein damit, dass er zum neuen Coronal von Majipoor bestimmt werden würde, sobald Lord Confalume die Nachfolge Prankipins als Pontifex angetreten hätte; Prestimion war mit Serithorns Gruppe von seinem Heim in der Burg des Coronals auf dem Burgberg hinabgekommen, seine drei unzertrennlichen Begleiter im Gefolge: der klobige, schwermütige Gialaurys, der trügerisch anziehende Septach Melayn und der aalglatte Herzog Svor. Kurz über lang fanden sich weitere Potentaten ein: Dantirya Sambail, der schroffe, Furcht erregende Prokurator von Ni-moya, der lustige Kanteverel von Bailemoona und die Hierarchin Marcatain, persönliche Repräsentantin der Lady der Insel des Schlafs. Dann traf Lord Confalume höchstselbst ein: der große Coronal. Einige behaupteten, er sei der größte in Majipoors langer Geschichte. Über Jahrzehnte hinweg, während einer Zeit des beispiellosen weltweiten Wohlstands, hatte er in glücklicher Zusammenarbeit mit dem älteren Monarchen Prankipin die Geschicke Majipoors gelenkt.

Mit der Zusammenkunft der wichtigsten Personen war nun alles vorbereitet. Und die Ankunft Lord Confalumes im Labyrinth bedeutete sicherlich, dass Prankipins Ende kurz bevorstehen musste. Aber das Ereignis, mit dem jeder rechnete, traf einfach nicht ein, und noch immer nicht, Tag um Tag, Woche um Woche.

Von allen rastlosen Prinzen war es Korsibar, der robuste und energische Sohn des Coronals, der die Verzögerung am schlimmsten aufzunehmen schien. Er liebte die freie Natur und war ein berühmter Jäger: ein langgliedriger, breitschultriger Mann, dessen schmales, hartwangiges Gesicht von einem Leben unter der glühenden Sonne fast schwarz gebräunt war. Dieser langweilige Aufenthalt in der riesigen unterirdischen Höhle, in der sich das Labyrinth befand, war für ihn unerträglich.

Korsibar hatte zuvor fast ein Jahr damit verbracht, eine ehrgeizige Jagdexpedition durch den südlichen Bogen des Kontinents Alhanroel vorzubereiten und auszurüsten. Davon hatte er einen Großteil seines Lebens geträumt: ein weit reichendes Unternehmen, bei dem er tausende von Meilen zurücklegen und mit dem er den Trophäenraum, den er in Lord Confalumes Burg unterhielt, mit einer großen Vielzahl neuer und wunderbarer Tiere füllen wollte. Doch er war erst zehn

Tage lang unterwegs gewesen, als er das Unterfangen abbrechen und hierher eilen musste, in dieses düstere und muffige Labyrinth, dieses freudlose, verborgene Reich tief unter der Kruste des Planeten, wo die Sonne nie hinkam. Wo er offensichtlich gezwungen war, um seines Vaters und seines herausragenden Rangs willen wochen-, ja vielleicht sogar monatelang in dieser Unendlichkeit aus zahlreichen Ebenen und sich schier endlos windenden Gängen untätig auf und ab zu schreiten und herumzuzappeln. Er wagte nicht aufzubrechen und wartete unentwegt auf die Stunde, in der der alte Pontifex seinen letzten Atemzug tun und Lord Confalume ihm auf den kaiserlichen Thron folgen würde.

Inzwischen durften andere Männer nicht so edler Herkunft nach Herzenslust durch die Jagdgründe hoch über ihm streifen. Korsibar konnte es kaum noch ertragen. Er träumte von der Jagd; er träumte davon, in den strahlenden, klaren Himmel zu schauen und die kühle, süße Nordbrise auf seiner Wange zu spüren. Während seine untätigen Tage und Nächte im Labyrinth sich schier ewig dahinzogen, strebte die Ungeduld in ihm einem explosiven Ausbruch entgegen.

»Das Warten, das ist das Widerlichste daran«, sagte Korsibar und betrachtete die Mitglieder der Gruppe, die sich in dem großen Vorraum des Saals des Urteils versammelt hatte. In diesem Vorraum mit seinem Onyxdach, drei Etagen über den kaiserlichen Kammern selbst, trafen sich mittlerweile regelmäßig die auf Besuch weilenden Lords. »Dieses endlose Warten! Ihr Götter! Wann wird er sterben? Soll es doch endlich geschehen, wenn man es sowieso nicht verhindern kann. Soll es geschehen, und dann haben wir es hinter uns.«

»Es wird geschehen, wenn die Zeit dafür gekommen ist«, sagte Herzog Oljebbin von Stoienzar mit tiefem, frömmelndem Tonfall.

»Wie lange müssen wir dann noch hier sitzen?«, erwiderte Korsibar wütend. »Wie die Dinge liegen, ist die ganze Welt durch diese Sache wie gelähmt.« Das morgendliche Bulletin über den Gesundheitszustand des Pontifex war gerade angeschlagen worden. Keine Veränderung während der Nacht; der Zustand Seiner Majestät blieb ernst, aber er behauptete sich weiterhin. Korsibar schlug die geballte Faust auf die Handfläche. »Wir warten, wir warten, und wir warten. Und warten noch etwas, und nichts geschieht. Sind wir alle zu früh hierher gekommen?«

»Die Ärzte waren der festen Überzeugung, dass Seine Majestät nicht mehr lange zu leben habe«, sagte der elegante Septach Melayn. Er war Prestimions engster Freund, ein großer und schlanker Mann mit geckenhaftem Auftreten, aber einem Furcht erregenden Geschick im Umgang mit Waffen. »Daher war es nur vernünftig, dass wir zu dieser Zeit kamen, und …«

Ein gewaltiger Rülpser und dann ein mächtiges, dröhnendes Lachen brachen aus dem großen und schwergewichtigen Farholt hervor, einem derben, lärmenden Mann aus Prinz Korsibars Gefolge, der seine Herkunft bis zum Coronal Lord Guadeloom aus uralten, fernen Tagen zurückführte. »Die Meinung der Ärzte? Die Meinung der Ärzte, sagst du? Gottes Knochen, was sind Ärzte denn, wenn keine falschen Magier, deren Zaubersprüche nicht funktionieren?«

»Und die Zaubersprüche echter Magier funktionieren … Willst du das damit sagen?«, fragte Septach Melayn gedehnt, so gemächlich und spöttisch er nur konnte. Er musterte den massigen Farholt mit unverhohlenem Abscheu. »Dann beantworte mir diese Frage, guter Freund Farholt: Jemand hat, sagen wir bei einem Turnier, ein Rapier durch den fleischigen Teil deines Arms gestochen, und du liegst blutend auf dem Feld und beobachtest, wie dein Blut hell und wundersam aus der Wunde spritzt. Wäre es dir dann lieber, ein Zauberer liefe zu dir, um Beschwörungen zu murmeln, oder ein guter Chirurg, um die Wunde zu vernähen?«

»Wann hat jemand mal ein Rapier durch meinen Arm gestochen oder durch irgendeinen anderen Körperteil?«, erwiderte Farholt und schaute verdrossen drein.

»Ach, aber jetzt siehst du einfach über die Spitze hinweg, nicht wahr, mein lieber Freund?«

»Meinst du die Spitze deines Rapiers oder die Spitze deiner Frage?«, warf der schlagfertige kleine Herzog Svor ein, dieser verschlagene, quecksilbrige Mann, der lange Zeit über ein Gefährte Prinz Korsibars gewesen war, nun aber zu Prestimions meistgeachteten Kameraden gehörte.

Kurz erklang sprödes Gelächter. Korsibar hingegen verdrehte wütend die Augen und warf angewidert die Arme nach oben. »Schluss mit all diesem müßigen Geschwätz, jetzt und immerdar! Seht ihr denn nicht, wie töricht es ist, unsere Tage so zu verbringen? Wir verschwenden unsere Zeit in diesem feuchten, stickigen Gefängnis einer Stadt, während wir oben sein und leben könnten, wie es uns bestimmt ist …«

»Bald. Bald«, sagte Herzog Oljebbin von Stoienzar und hob mit einer beschwichtigenden Geste die Hand. Er war um zwanzig Jahre älter als die anderen, hatte eine dichte, schneeweiße Mähne und tiefe Falten in den Wangen, die diese Jahre spiegelten; er sprach mit der Ruhe der Reife. »Es kann nicht mehr lange so weitergehen.«

»Eine Woche? Einen Monat? Ein Jahr?«, fragte Korsibar hitzig.

»Ein Kissen auf das Gesicht des alten Mannes, und es wäre noch an diesem Morgen beendet«, brummelte Farholt.

Seine Bemerkung provozierte erneut Gelächter, diesmal eins der derberen Art, aber auch erstaunte Blicke, besonders von Korsibar, und ein oder zwei Männer schnappten angesichts der Unverblümtheit des großen Mannes sogar nach Luft.

»Grobschlächtig, Farholt, viel zu grobschlächtig«, sagte Herzog Svor mit einem kühlen, leisen Lächeln, das kurz seine kleinen, keilförmigen Schneidezähne enthüllte. »Viel geschickter wäre es doch, einen der Nekromanten des Pontifex zu bestechen, wenn er noch lange aushält; mit zwanzig Royal könnte man sich ein paar schnelle Zaubersprüche und Beschwörungen kaufen, die den alten Mann endlich auf den Weg schicken würden.«

»Was soll das heißen, Svor?«, dröhnte eine neue, hallende und tiefe Stimme aus dem Vorraum, die alle sofort erkannten. »Sprechen wir jetzt von Verrat?«

Es war der Coronal Lord Confalume, der den Raum am Arm des Prinzen Prestimion betrat. Die beiden erweckten für alle Welt den Eindruck, als hätten sie ihre neuen Stellungen bereits angetreten und soeben, mit Confalume als Pontifex und Prestimion als Coronal, beim Frühstück die Welt nach ihrem Geschmack fröhlich neu geordnet. Alle Blicke richteten sich auf sie.

»Ich bitte um Verzeihung, Lordschaft«, sagte Svor aalglatt und drehte sich zum Coronal um. Er führte eine anmutige, wenn auch abrupte Verbeugung und ein schnelles Sternenfächerzeichen des Respekts aus. »Es war nur ein törichter Scherz. Und ich glaube auch nicht, dass Farholt es vor einem Augenblick ernst gemeint hat, als er empfahl, den Pontifex mit seinem eigenen Kissen zu ersticken.«

»Und hast du es ernst gemeint, Farholt?«, fragte der Coronal den groß gewachsenen Mann. Sein Tonfall war freundlich, aber nicht ohne Drohung.

Farholt war nicht für seine schnelle Auffassungsgabe bekannt; und während er sich noch bemühte, eine Antwort zu formulieren, sagte Korsibar bereits: »In diesem Raum ist seit Wochen nichts Ernstes gesagt worden, Vater. Ernst ist nur die endlose Verzögerung in dieser Sache, die gewaltig an unseren Nerven zerrt.«

»Und auch an meinen, Korsibar. Wir alle müssen noch ein wenig Geduld haben. Aber vielleicht gibt es eine Medizin gegen deine Ungeduld, und zwar eine bessere als Svors oder Farholts.« Der Coronal lächelte. Leichtfüßig trat er in die Mitte des Raums und baute sich unter einem scharlachroten, seidenen Baldachin auf, der das komplizierte, sich wiederholende Emblem des Pontifex in einem goldenen Filigranmuster mit schwarzen Diamanten zeigte.

Confalume war ein Mann von lediglich mittlerer Größe, aber kräftig gebaut, mit einem breiten Brustkorb und dicken Schenkeln, der wahre Vater seines stämmigen Sohns. Von ihm ging die gelassene Ausstrahlung eines Mannes aus, der schon lange mit seiner Erhabenheit vertraut war. Dies war Lord Confalumes dreiundvierzigstes Jahr als Coronal, eine Amtszeit, die nur von sehr wenigen zuvor erreicht worden war. Und doch schien er noch im Vollbesitz seiner Kräfte zu sein. Selbst jetzt strahlten seine Augen, und sein volles, kastanienbraunes Haar wurde nur ganz allmählich grau.

Am Kragen der weichen grünen Tunika des Coronals war ein kleines astrologisches Amulett jener Art befestigt, das als Rohilla bekannt war, feine blaue Goldlitzen, die mit einem komplizierten Muster um einen Jadeklumpen geschlungen waren. Er berührte es nun, ein ganz schnelles, kleines Tätscheln und dann noch eins, als wollte er Kraft daraus ziehen. Und andere in dem Raum berührten als Reaktion auf seine Geste, vielleicht sogar, ohne bewusst darüber nachzudenken, ihre eigenen Amulette. Da der alte Pontifex immer mehr Zuneigung zu den okkulten Künsten gezeigt hatte, hatte auch Lord Confalume in den letzten Jahren zunehmende Sympathie für die seltsamen neuen esoterischen Philosophien aufgebracht, die nun in allen Schichten der Gesellschaft Majipoors so bereitwillig akzeptiert wurden. Und die restlichen Angehörigen des Hofes, abgesehen von einigen wenigen starrköpfigen Skeptikern, waren umsichtig seinem Beispiel gefolgt.

Als der Coronal fortfuhr, schien er seine persönliche Aufmerksamkeit jedem gleichzeitig zu widmen. »Prestimion ist heute Morgen mit einem Vorschlag zu mir gekommen, der meines Erachtens viele Vorzüge hat. Wie wir alle weiß auch er von der Anspannung, die diese Zeit der erzwungenen Untätigkeit verursacht. Und daher schlägt Prinz Prestimion vor, dass wir nicht den Tod Seiner Majestät abwarten, um mit den traditionellen Begräbnisspielen zu beginnen, sondern die erste Runde der Wettbewerbe sofort abhalten. Auf diese Weise können wir uns die Zeit vertreiben.«

Von Farholt kam ein grunzender Laut der Überraschung, in den sich ein Anflug von Zustimmung mischte. Aber die anderen, sogar Korsibar, schwiegen einen Augenblick lang.

»Wäre so etwas angemessen, mein Lord?«, fragte Herzog Svor dann sehr leise.

»Aus Gründen der Erstmaligkeit?«

»Aus Gründen des Geschmacks«, sagte Svor.

Der Coronal betrachtete Svor mit unverminderter Freundlichkeit. »Und sind wir nicht die Gebieter dieser Welt über den Geschmack, Svor?«

Nun geriet Bewegung in die kleine Gruppe von Prinz Korsibars engen Freunden und Jagdgefährten. Mandrykarn von Stee flüsterte Graf Venta von Haplior etwas zu, und Venta zog Korsibar zur Seite und sprach kurz mit ihm. Der Prinz schien von Ventas Worten aufgewühlt und überrascht zu werden.

Dann schaute Korsibar auf. »Darf ich sprechen, Vater?«, fragte er abrupt. Das Unbehagen war auf seinem langen Gesicht mit den strengen Zügen, die nun von einem schweren Stirnrunzeln stramm gezogen und verdreht wurden, deutlich sichtbar. Er zerrte an den Enden des dichten schwarzen Schnurrbarts, legte eine starke Hand über den Nacken und drückte zu. »Ich sehe es genauso wie Svor: Es kommt mir einfach unangebracht vor. Mit den Bestattungsspielen zu beginnen, bevor der Pontifex im Grab liegt ...«

»Ich finde nichts daran falsch, Vetter«, warf Herzog Oljebbin ein. »Was spielt es für eine Rolle, wenn wir mit den Wettbewerben schon jetzt anfangen, solange wir uns die Paraden und die Bankette und die anderen derartigen Feiern für später aufsparen? Prankipin ist erledigt; das ist unbestreitbar, oder? Die kaiserlichen Zauberer haben ihre Runen geworfen und uns mitgeteilt, dass der Pontifex bald sterben wird. Seine Ärzte sagen dasselbe voraus.«

»Mit, wie wir doch hoffen wollen, begründeteren Anhaltspunkten als die Zauberer«, warf Septach Melayn ein, der bekannt war für seine Verachtung für Magier aller Art, selbst in diesem abergläubischsten aller Zeitalter.

Korsibar beschrieb eine wütende, abweisende Bewegung durch die Luft, als wäre Septach Melayn nichts weiter als eine summende Stechmücke. »Ihr alle wisst, dass sich niemand sehnlicher wünscht als ich, diese Zeit der zermalmenden Untätigkeit zu beenden. Aber ...« Er hielt einen Augenblick lang inne, runzelte tief die Stirn und blähte seine Nasenlöcher auf, als verwickelte es ihn in einen schrecklichen Kampf, die richtigen Worte zu finden. Er warf Mandrykarn und Venta rasche Blicke zu, als erhoffte er sich Unterstützung von ihnen, und sagte schließlich: »Ich bitte den großen Herzog Oljebbin um Verzeihung, falls ich ihn beleidige, indem ich anderer Meinung bin. Aber es gibt Regeln des Anstands, Vater. Es geht hier um die Frage des angemessenen Verhaltens. Und – ja, beim Göttlichen, Svor hat Recht! – um die Frage des Geschmacks.«

»Du erstaunst mich, Korsibar«, sagte Lord Confalume. »Ich dachte, ausgerechnet du würdest auf die Idee geradezu fliegen. Doch stattdessen ... deine unerwartete Pingeligkeit ...«

»Was, Korsibar und pingelig?«, erklang am Eingang des Raums eine raue, stürmische Stimme. »Ja, und Wasser ist trocken, und Feuer ist kalt, und süß ist sauer. Korsibar! Pingelig! Zwei Worte, von denen ich nie geglaubt hätte, dass man sie in einem Satz ins Joch spannen kann.«

Es war Dantirya Sambail, der barsche und wilde Prinz, der den Titel des Prokurators von Ni-moya hielt. Er trat nun in den Vorraum; die Stiefel mit harten Sohlen klackten auf dem schwarzen Marmor des Bodens, und augenblicklich stand er im Mittelpunkt aller Aufmerksamkeit.

Der Prokurator erbot Lord Confalume keine Geste der Huldigung, sondern hielt vielmehr seine Augen ruhig auf die des Coronals gerichtet. »Sagt mir doch bitte, worüber wir hier sprechen, dass es zu einer so unwahrscheinlichen Verbindung gegensätzlicher Vorstellungen gekommen ist?«

»Geschehen ist«, erwiderte Lord Confalume und setzte Dantirya Sambails cholerischer Lautstärke einen freundlichen und überaus angenehmen Tonfall entgegen, »dass dein Verwandter aus Muldemar den sofortigen Beginn der Bestattungsspiele vorgeschlagen hat, weil wir alle hier unzufrieden in einer Flaute treiben, während Prankipin sich ans Leben klammert. Mein Sohn scheint sich dem Vorschlag zu widersetzen.«

»Ach«, sagte Dantirya Sambail mit scheinbarer Faszination. Und dann, nach einem Augenblick, erneut: »Ach!«

Der Prokurator hatte seine charakteristische breitbeinige Haltung eingenommen und schaute Lord Confalume unter dem Baldachin in der Mitte fest an. Er war ein ziemlich großer, imposanter Mann von etwa fünfzig Jahren, der der Größte im Raum hätte sein können, wären seine Beine nicht so unangemessen kurz im Vergleich zu seinem langen, stämmigen Torso gewesen. So jedoch war er lediglich ebenso massig wie Farholt, eine gebieterische Gestalt.

Aber eine abstoßende. Dantirya Sambail war auffallend, fast schon großartig hässlich. Sein Kopf war eine riesige, glänzende Kuppel, die dicht mit widerborstigem orangefarbenem Haar besetzt war. Seine Haut war bleich und mit einer Myriade feuerroter Sommersprossen gesprenkelt; die Nase war zwiebelartig, der Mund breit und wild nach unten geschwungen, die Wangen fleischig und herunterhängend, das Kinn stark vorspringend. Doch aus diesem gewalttätigen und unangenehmen Gesicht blickten unpassend empfindsame und liebevolle veilchengraue Augen, die Augen eines Dichters, die Augen eines Liebhabers. Er war Prestimions dritter Vetter zweiten Grades mütterlicherseits und aufgrund seiner Verantwortung für den fernen Kontinent Zimroel unter den Hohen Majipoors lediglich dem Pontifex und dem Coronal untergeordnet. Es war bekannt, dass der Coronal ihn verabscheute. Das galt für viele. Aber er war zu mächtig, als dass man ihn hätte ignorieren können.

»Und warum, frage ich mich, widersetzt der gute Korsibar sich dem Beginn der Spiele?«, erkundigte Dantirya Sambail sich beim Coronal. »Man sollte doch meinen, er sei am versessensten von allen hier, dass sie endlich beginnen.« Plötzlich funkelte lebhaft die Bosheit aus den betörenden Dichteraugen. »Könnte es vielleicht lediglich daran liegen, dass die Idee von Prinz Prestimion kam?«

Sogar Lord Confalume verschlug es angesichts der Dreistigkeit dieser Bemerkung die Sprache.

Tatsächlich war es in letzter Zeit zwischen Korsibar und Prestimion zu einer gewissen unausgesprochenen Spannung gekommen. Da war einerseits Korsibar, der einzige Sohn des Coronals und ein eigenständiger Mann voll herrschaftlicher Anmut, der im ganzen Land respektiert, ja sogar geliebt wurde. Doch ein uralter Brauch verhinderte, dass er seinem Vater auf den Thron folgen konnte. Und da war andererseits Prestimion, von Geburt her weit niedriger und von der Person her weit weniger imposant, der aller Wahrscheinlichkeit nach der Nachfolger des aus dem Amt scheidenden Coronals sein würde. Manche bedauerten insgeheim die verfassungsmäßigen Notwendigkeiten, die verhinderten, dass Korsibar den Sitz des Coronals einnähme, wenn er in Kürze frei würde. Aber niemand sprach offen darüber, niemand. Besonders nicht in Gegenwart Korsibars, Prestimions und Lord Confalumes persönlich.

Prestimion, der geschwiegen hatte, seit er den Raum betreten hatte, sagte nun nachsichtig: »Falls ich sprechen darf, mein Lord?«

Confalume gewährte ihm die Erlaubnis fast schon geistesabwesend mit einem Winken der linken Hand.

Der Prinz war ein kompakter Mann von ausgezeichneter körperlicher Verfassung und überraschend kleiner Statur, aber außergewöhnlicher Körperkraft. Sein Haar hatte eine goldene Färbung, aber nicht viel Glanz, und er trug es kurz geschnitten, was in diesen Jahren nicht der Mode entsprach. Seine Augen waren von ungewöhnlicher Schärfe und Eindringlichkeit und von einem hellen Grünlichblau. Sie standen vielleicht eine Spur zu eng zusammen. Sein Gesicht war bleich und schmal, die Lippen dünn.

Aufgrund seiner nicht gerade einnehmenden Größe konnte man Prestimion bei jedweder Versammlung der Prinzen des Burgbergs leicht übersehen. Aber was ihm an Größe fehlte, machte er durch Agilität, Muskelkraft, angeborene Scharfsinnigkeit und Energie wieder wett. In Prestimions Kindheit, ja sogar noch während seines jungen Mannesalters, hätte niemand ihm vorhergesagt, dass er einmal einen hohen Rang bekleiden würde; doch allmählich, in den letzten Jahren, war er am Hof des Coronals aufgestiegen, bis er schließlich eine herausragende Stellung eingenommen hatte. Mittlerweile war er in sämtlichen Bezirken der Burg allgemein als designierter Coronal anerkannt, wenn auch nur inoffiziell, da es nicht angebracht war, dass Lord Confalume seine Wahl formell bekannt gab, solange der alte Pontifex noch lebte.

Kühl nahm der Prinz die Redeerlaubnis, die der Coronal ihm erteilt hatte, zur Kenntnis. Die undiplomatischen und in der Tat unverhohlen provokativen Worte seines Verwandten aus Ni-moya schienen Prestimion in keiner Hinsicht aus der Fassung gebracht zu haben. Allerdings ließ er sich offenkundig nur selten durch irgendetwas aus der Fassung bringen. Er erweckte den Eindruck, dass er sich unentwegt darum bemühte, nichts zu unternehmen, ohne vorher ausgiebig darüber nachzudenken und es genau zu planen. Selbst Prestimions impulsivste Augenblicke – und von denen gab es viele – erregten bei jenen, die ihn nicht hingebungsvoll bewunderten, oft den Argwohn, sie seien genau geplant.

Er bedachte zuerst Korsibar und dann den Prokurator mit einem kühlen Lächeln. »Was feiern wir schließlich mit den Spielen«, sagte er, wobei er seine Worte an niemanden im Besonderen richtete, »die wir traditionell beim Tod eines Pontifex abhalten? Das Ende des Lebens eines großen Monarchen, ja, ganz bestimmt. Aber auch den Beginn einer neuen Herrschaft, den Aufstieg eines angesehenen Coronals zur noch höheren Autorität des Pontifikats, und die Auswahl eines viel versprechenden Prinzen des Reichs als Lord Coronal der Welt. Ein Zyklus wird abgeschlossen, ein anderer beginnt. Daher sollten die Spiele einen doppelten Zweck haben: Sie sollen die neuen Monarchen der Welt in ihren Ämtern willkommen heißen, ja, aber auch das Leben dessen feiern, der uns verlässt. Und daher bin ich der Ansicht, dass es richtig, angemessen und natürlich ist, mit den Spielen schon zu beginnen, während Prankipin noch lebt. Mit diesem Vorgehen schaffen wir eine Brücke zwischen der alten Herrschaft und der neuen.«

Er verstummte, und im Raum war es völlig still.

Dann wurde die Ruhe von dem scharfen Geräusch von Dantirya Sambails laut klatschenden Händen unterbrochen.

»Bravo, Vetter Muldemar! Bravo! Brillant argumentiert! Ich stimme dafür, sofort mit den Spielen zu beginnen. Und was hat der pingelige Korsibar zu sagen?«

Korsibar, dessen Augen vor nur zum Teil unterdrückter Wut glühten, funkelte den Prokurator an.

»Ich würde mich freuen, noch an diesem Nachmittag mit den Spielen zu beginnen, wenn das der Wunsch dieser Gruppe ist«, sagte er barsch. »Dagegen habe ich nie Einwand erhoben. Ich habe lediglich die Frage des Anstands aufgeworfen. Oder sollten wir lieber sagen: der ungebührlichen Eile?«

»Und dieser Einwand wurde von Prinz Prestimion sehr schön widerlegt«, sagte Herzog Oljebbin von Stoienzar. »Ich gebe die Frage weiter, mein Lord. Allerdings schlage ich vor, dass wir den Bürgern des Labyrinths gegenüber keine Bestattungsspiele ausrufen, sondern lediglich Spiele, die zu Ehren unseres geliebten Pontifex abgehalten werden.«

»Einverstanden«, sagte Korsibar.

»Höre ich Einwände?«, fragte Lord Confalume. »Nein. Gut. So sei es. Dann trefft Eure Vorbereitungen, meine Herren, für die Pontifikalspiele, wie wir sie nennen werden. Die uralten und traditionellen Pontifikalspiele. Beim Göttlichen, wer wird schon wissen, dass es so etwas noch nie zuvor gegeben hat? Es ist vierzig Jahre und noch einige mehr her, seit zum letzten Mal ein Pontifex gestorben ist, und wer wird sich schon erinnern, wie diese Dinge gehandhabt werden sollten? Und wer von denen, die sich daran erinnern, wird es wagen, dagegen zu sprechen?« Der Coronal lächelte breit und ließ seinen Blick nacheinander kurz über alle Anwesenden streifen; und erst als dieser auf Dantirya Sambail fiel, schien sein Lächeln etwas von seiner Wärme zu verlieren. Dann machte er Anstalten, als wollte er gehen; doch er blieb an der Stelle stehen, an der der Saal an den Vorraum grenzte, und schaute zu seinem Sohn zurück. »Korsibar, suche mich in zehn Minuten bitte in meinen Gemächern auf«, sagte er.

2

Die Berichte über den kritischen Zustand des Pontifex hatten sich über die ganze ungeheuerliche Weite Majipoors verbreitet, von Stadt zu Stadt und Ufer zu Ufer – von den Fünfzig Städten des Burgbergs durch das gesamte weitläufige Alhanroel, über das Innere Meer zur Insel des Schlafs, von der die geliebte Lady ihre wohltuenden Träume ausschickte, weiter nach Westen zu den riesigen Städten des jüngeren und wilderen Kontinents Zimroel und hinab in die versengten Gefilde und die heißen, trockenen Wüsten des südlichen Kontinents Suvrael. *Der Pontifex liegt im Sterben! Der Pontifex liegt im Sterben!* Und unter Majipoors vielen Milliarden von Bewohnern gab es kaum einen, der nicht in irgendeiner Hinsicht Unbehagen hinsichtlich der Konsequenzen seines Tods verspürte. Denn kaum eine Seele konnte sich an eine Zeit entsinnen, in der Prankipin nicht auf dem einen oder dem anderen von Majipoors zwei Thronen gesessen hatte; und wer mochte schon wissen, wie das Leben ohne ihn sein würde?

In der Tat herrschte allgemeine Furcht im Land: Furcht vor der Demontage der Hierarchien, vor der Störung der Ordnung, dem Entfesseln des Chaos. Tatsächlich lag der letzte Regierungswechsel in so ferner Vergangenheit, dass das Volk vergessen hatte, wie stark die Fesseln der Tradition sein konnten. Alles schien möglich, sobald der alte Herrscher tot war; die Bevölkerung befürchtete das Schlimmste, eine unheilvolle Umwandlung der Welt, die das Land und das Meer und den fernsten Himmel verschlingen würde.

Eine Fülle von Zauberern und Magiern stand auf allen Seiten bereit, um sie in diesem schwierigen Augenblick zu führen. Die Herrschaft des Pontifex Prankipin war eine Epoche, in der die Magie auf Majipoor aufgeblüht war und sich stark ausgebreitet hatte.

Als der stramme junge Herzog Prankipin von Halanx vor langer Zeit Coronal geworden war, hatte niemand damit rechnen können, in welchem Maße er letztlich dafür sorgen würde, dass die Welt von einer Flut von Zauberkunst und Magie überschwemmt wurde. Die okkulten Künste waren stets ein bedeutender Bestandteil des Lebens auf Majipoor gewesen, hauptsächlich innerhalb der Deutung von Träumen. Doch bis zu Prankipins Herrschaft hatten lediglich die untersten Schichten der Gesellschaft diese undurchschaubaren Disziplinen betrieben, die über das bloße Traumsprechen hinausgingen: die gewaltige Bevölkerung der Fischer und Weber und Holzsammler, der Färber und Wagenmacher und Töpfer und Schmiede, der Wurstverkäufer und Barbiere und Schlachter und Akrobaten und Jongleure und Schiffer und Straßenhändler, die durch den Handel mit getrocknetem Meeresdrachenfleisch die breite Basis der geschäftigen Wirtschaft des Planeten bildeten.

Ungewöhnliche Kulte hatten bei solchen Leuten stets floriert – ein seltsamer, oft wilder und gewalttätiger Glaube an Kräfte und Mächte, die über das Verständnis gewöhnlicher Sterblicher hinausgingen. Diejenigen, die an solche Dinge glaubten, hatten ihre Propheten und Schamanen, ja, und ihre Amulette und Talismane und ihre Feste und Rituale und Prozessionen; und diejenigen, die in den höheren Regionen des Lebens auf Majipoor weilten, die Händler und Fabrikanten und die Angehörigen der Aristokratie, waren nicht der Ansicht, dass irgendein ernster Schaden dadurch entstand. Vielleicht, sagten sie, lag für die armen Leute, die an diese Dinge glaubten, sogar ein gewisser Wert darin. Andererseits versuchten sich nur sehr wenige dieser wohlhabenderen Leute in diesen Dingen, die sie als die Phantasiegebilde und den Aberglauben der unteren Klassen betrachteten.

Aber Lord Coronal Prankipins aufgeklärte Handelspolitik hatte Majipoor in ein glorreiches goldenes Zeitalter der wirtschaftlichen Expansion geführt, das allen Gesellschaftsschichten ein weit verbreitetes Übermaß an Reichtum beschert hatte. Und mit wachsendem Reichtum geht häufig eine wachsende Unsicherheit und Furcht einher, das zu verlieren, was man erreicht hat. Solche Gefühle rufen oft eine Sehnsucht nach übernatürlichem Schutz hervor. Der neue Wohlstand brachte auch eine Zunahme an Maßlosigkeit mit sich, einen Hass auf die Langeweile und die Bereitschaft, ja sogar die Begier, mit neuen und bemerkenswerten Dingen zu experimentieren.

Mit dem Zugang zu diesem neuen Wohlstand war aber nicht nur größere Leichtgläubigkeit auf Majipoor eingezogen, sondern auch ein gewisses Maß an Gier, Unehrlichkeit, Trägheit, Grausamkeit, Ausschweifung, eine Vorliebe für wildes Übermaß und Luxus und weitere solcher Laster, für die der große Planet zuvor nicht besonders bekannt gewesen war. Auch diese Dinge bewirkten Veränderungen in der Gesellschaft Majipoors.

Und so dehnte sich die Faszination für das Okkulte während Lord Prankipins Herrschaft auch auf die besitzenden Klassen aus. Gefördert wurde sie von der Vielzahl nichtmenschlicher Vroons und Su-Suheris, die zu dieser Zeit auf Majipoor eintrafen – beide Spezies widmeten sich stark der Ausübung der prophetischen und prognostischen Künste. Und diese Zauberer zeigten Leuten, die sowieso schon versessen auf Wunder waren, mit ihren Geräten und ihrem Geschick nicht nur, wie die Dinge sich entwickeln würden, sondern auch eine große Vielzahl von Wundern, Gorgonen und Basilisken, Salamandern und gefiederten Schlangen, Drachen mit Schwingen, die zischend Feuer spuckten; sie alle durften durch Klüfte aus dunklem Rauch und Türen aus weißem Feuer in Universen jenseits des Universums und die Reiche aller möglichen Götter, Halbgötter und Dämonen schauen. Diesen Anschein hatte es zumindest für jene, die nur das als Beweis akzeptierten, was sie mit eigenen Augen sahen, wenngleich es Skeptiker gab, die behaupteten, alles das sei Schwindel, Täuschung und Illusion. Aber die Zahl dieser griesgrämigen, kaltäugigen Zuschauer wurde ständig geringer.

Amulette und Talismane wurden überall getragen, der Geruch von Weihrauch war allgegenwärtig im Land, und das Geschäft mit Salben florierte, die gegen die Kräfte des Bösen auf Türpfosten und Schwellen aufgetragen wurden. Auch wurde es bei manchen Neureichen zur Mode, in Geschäfts- und Anlagedingen Wahrsager aufzusuchen, und schließlich erhielten die respektableren der neuen Kulte und Geheimbünde auch die Zustimmung der Gebildeteren und Adligen. Immer mehr Frauen der Aristokratie, und kurz darauf auch die Männer, stellten persönliche Astrologen und Seher ein; und letztendlich gab Lord Prankipin persönlich vielen dieser exotischen Vorlieben seinen formellen Segen, indem er immer mehr Zeit in der Gesellschaft von Magiern, Rutengängern, Thaumaturgen und dergleichen verbrachte. Sein Hof verfügte schließlich über die volle Stärke von Zauberern und Magiern, deren Weisheit regelmäßig bei Regierungsangelegenheiten eingesetzt wurde.

Als Lord Prankipin ins Labyrinth zog, um die Pflichten des Pontifex zu übernehmen, und Confalume ihm als Coronal folgte, hatte diese Tradition sich bereits zu tief verwurzelt, als dass noch irgendjemand, nicht einmal der neue Coronal, seine Stimme dagegen hätte erheben können. Ob der neue Lord Confalume die Vormachtstellung der okkulten Disziplinen anfangs aus innerer Überzeugung oder lediglich aus scharfsinniger Toleranz gegenüber dem Status quo beibehalten hatte, das hatte er nicht einmal seinen engsten Beratern enthüllt; aber im Lauf der Jahre wurde er zu einem genauso leidenschaftlichen Befürworter der magischen Philosophien, wie Prankipin es gewesen war. Nachdem Pontifex und Coronal in diesem Punkt einer Meinung waren, war die Zauberei nun zu einem universellen Brauch auf Majipoor geworden.

Und so konnten in dieser unsicheren Zeit sehr viele jener, die jene dunklen Künste ausübten, die früher als seltsam und geheimnisvoll erachtet worden waren, den Millionen – den Milliarden – verängstigter und besorgter Bürger einen seltsamen und geheimnisvollen Trost anbieten.

In Sisivondal, dem geschäftigen Handelszentrum, durch das alle Karawanen des westlichen Alhanroels, die auf dem Landweg reisten, auf ihrer Route zu den wohlhabenden Städten des Burgbergs vorbeikamen, war das »Mysterium der Betrachter« der Ritus, durch den die Leute hofften, die fürchterlichen Dämonen zurückzuhalten, die zur Todesstunde des Pontifex vielleicht entfesselt werden würden.

Nach Sisivondal kam kein Besucher wegen der Schönheit oder Eleganz der Stadt. Sie lag inmitten einer nackten, merkmallosen Ebene. Man konnte von ihr aufbrechen und in jede beliebige Richtung tausend Meilen reisen und sah trotzdem nichts außer staubigem, trockenem, flachem Land. Es war eine ebene, nichtssagende Stadt inmitten einer ebenen, nichtssagenden Region, die sich lediglich dadurch auszeichnete, dass dort ein Dutzend große Verkehrswege aufeinander stießen.

Diese breiten Verkehrswege, die durch diese fürchterlichen Ebenen verliefen und sich hier schnitten, waren vergleichbar mit den Speichen eines riesigen Rades. Eine kam von dem bedeutenden Hafen Alaisor im Westen, drei verliefen vom Norden hierher, drei vom Süden, und nicht weniger als fünf verbanden Sisivondal mit dem mächtigen Burgberg im fernen Osten. Die Boulevards und Durchgangsstraßen waren in konzentrischen Kreisen angelegt, die eine problemlose Verbindung der Hauptverkehrswege untereinander ermöglichten. Alle kleineren Straßen, die zwischen den kreisförmigen Durchgangswegen verliefen, wurden von Reihen achtstöckiger Lagerhäuser umsäumt, die mit ihren flachen Dächern einander alle ähnelten und in denen vorübergehend Waren gelagert werden konnten, die für den Weitertransport in andere Bereiche des Kontinents bestimmt waren.

Es war ein uninteressanter, aber notwendiger Ort, und sein Aussehen entsprach seiner Funktion. Da Sisivondal sich in einer Gegend Alhanroels befand, in der, abgesehen von ein paar Monaten im Winter, kein Regen fiel, musste die Stadt ohne die großen und verschwenderischen Ziergärten auskommen, die so charakteristisch für fast alle Städte Majipoors waren. Die Monotonie der breiten, nackten Straßen, die trocken und staubig unter dem ständigen goldengrünen Auge der Sonne lagen, wurde hier und da nur von einzelnen robusten, anspruchslosen Sträuchern und Bäumen unterbrochen, die gewöhnlich in langen, regelmäßigen Reihen an den Bürgersteigen gepflanzt waren: gedrungene, dickstämmige Camagandapalmen mit herunterhängenden, gräulich purpurnen Wedeln, düsteren Lumma-Lumma-Büschen, die wie Felsbrocken mit Blättern aussahen und so langsam wuchsen, dass sie genauso gut aus Stein hätten geschlagen sein können, und dornige Garaveda, die nur einmal alle hundert Jahre blühten und dabei jeweils einen bedrohlich schwarzen Stachel von dreifacher Mannesgröße hochtrieben.

Nein, es war keine schöne Stadt. Aber hier hatte der Kult der Betrachter Fuß gefasst, und wenn die Betrachter die Prozession ihrer Mysterien abhielten, brachten sie in der Tat für kurze Zeit eine unbekannte Schönheit über die tristen Straßen Sisivondals.

Sie näherten sich nun, tanzten und sangen und stimmten Sprechchöre an, während sie an den langen, schnurgeraden Reihen identischer Warenhäuser vorbeimarschierten, die den Großen Alaisor-Boulevard säumten. Am Kopf der Prozession liefen Dutzende junger Frauen in makellosen weißen Gewändern, die den Boden mit den leuchtenden, purpurroten und goldenen Blütenblättern der Halatingepflanzen bestreuten, die unter kolossalen Kosten vom Burgberg herangeschafft worden waren. Junge Männer, auf deren Wämser glitzernde Spiegel genäht waren, folgten ihnen tanzend und bespritzten die Straßen mit Balsam und Salben. Danach kamen die Massen der stämmigen Skandierer, die von schrillem Heulen von Pfeifen und Flöten begleitet wurden, während sie immer wieder schrien: »Macht Platz für die heiligen Artefakte! Macht Platz! Macht Platz!«

Nun näherte sich die einzelne, Furcht erregende Gestalt einer Riesin in roten Stiefeln, deren Sohlen jeweils einen Fuß dick waren. Sie trug einen gewaltigen zweiköpfigen Holzstab, den sie mit beiden Händen gepackt hielt und immer wieder über den Kopf hob. An ihre massigen Schultern waren zwei beeindruckende dunkle Schwingen geschnallt, die langsam im dröhnenden Rhythmus der beiden maskierten Trommler flatterten, welche ihr in respektvoller Entfernung folgten. Hinter dieser Gruppe marschierten Eingeweihte des Kults, jeweils sechs nebeneinander, die Gesichter von weiten schwarzen Schleiern verborgen. Ihre Köpfe waren kahl rasiert und gewachst, sowohl die der Männer als auch die der Frauen, sodass ihre Schädeldecken sich wie Kuppeln aus poliertem Marmor über die wirbelnden Schleier erhoben.

Die Vordersten in dieser Gruppe trugen die sieben Artefakte, welche die Betrachter zu den heiligsten Besitztümern des Kultes zählten und die nur bei Anlässen höchster Bedeutung zur Schau gestellt wurden. Einer hielt eine kunstvoll gemeißelte Steinlampe seltsamer Gestaltung hoch, aus der eine Furcht erregende, bullernde Flamme hoch in den Himmel schoss; der Nächste einen Palmzweig, in den Goldfäden in Gestalt einer zusammengerollten Schlange mit weit aufklaffendem Rachen verwebt waren; der dahinter die riesige Darstellung einer abgetrennten menschlichen Hand, deren Mittelfinger in einem unmöglichen und drohenden Winkel zurückgebogen war; dann ein Vierter mit einer silbernen Urne in Form einer weiblichen Brust, aus der er einen unerschöpflichen Fluss dampfender, wohlriechender goldener Milch auf die Straßen goss; und ein Fünfter mit einem großen Holzfächer, den er so von einer Seite zur anderen schwang, dass besorgte Zuschauer am Rand der Menschenmenge verängstigt zurücksprangen. Ein Sechster trug das Bildnis einer untersetzten, kleinen, rosahäutigen Gottheit, deren Gesicht keine Züge hatte, und ein Siebenter schwankte unter dem Gewicht eines monströsen männlichen Geschlechtsorgans, das aus einem langen, gekrümmten, violetten Holzstück geschnitzt war.

»Sehet und verehrt!«, riefen die Marschierenden.

Und von den Zuschauern kam zur Antwort der Ruf: »Wir sehen! Wir sehen!«

Weitere Tänzer folgten – diesmal ekstatische, in wilder, verzückter Raserei. Vier sprangen wie verrückt von einer Straßenseite zur anderen, als schössen überall um sie herum Flammenzungen aus dem Pflaster empor, und stießen dabei kurze, wortlose Schreie aus, die wie das Jaulen wahnsinniger Tiere klangen. Sie zogen weiter und machten so zwei grimmigen, riesigen Skandars Platz, die zwischen sich auf einer stämmigen Holzstange die Arche der Mysterien trugen, die angeblich die mächtigsten und heiligsten Objekte des Kults enthielt, wenngleich diese erst in den letzten Stunden der Welt jemandem enthüllt werden würden.

Und dann, endlich, kam die Furcht erregende Gestalt des Hohepriesters, des maskierten Boten der Mysterien, der auf einem prächtigen, leuchtenden Wagen aus Ebenholz mit silbernen Intarsien fuhr. Er war ein schlanker, nackter Mann phänomenaler Größe, dessen muskulöser Körper auf der einen Seite schwarz und auf der anderen golden angemalt war. Über dem Kopf trug er das geschnitzte Gesicht eines wütend dreinschauenden Hundes mit gelben Augen, einer wilden, lang gezogenen Schnauze und langen, schmalen, steif aufrecht stehenden Ohren. In der einen Hand hielt er einen schmalen Stab, um den sich goldene Schlangen mit geschwollenen Hälsen und rot starrenden Augen wanden, und in der anderen eine Lederpeitsche.

Jene, die den Weg der Prozession säumten, stießen Freudenschreie aus, als er an ihnen vorbeiging, bei jedem Schritt der Menge segnend zunickte und gelegentlich mit der Peitsche schnalzte. Und sie folgten ihm dann, zu hunderten, zu tausenden, die gewöhnlichen Bürger Sisivondals, nüchterne, schwer arbeitende Bürger, die nun ekstatisch waren, schluchzten und unheimlich lachten, wild herumhüpften, die Arme hochrissen und die Köpfe zurückwarfen, während sie das leere Himmelsgewölbe um irgendein Zeichen baten, dass man sich ihrer erbarmte. Speichel benetzte ihre Gesichter. Sie verdrehten die Augen in den Höhlen, und bei einigen war nur noch das Weiße zu sehen. »Verschone uns!«, riefen sie. »Verschone uns!« Aber wovon sie verschont werden wollten oder von wem sie ihre Erlösung erwarteten, hätten nur sehr wenige in dieser rempelnden Menschenmenge sagen können, die den Großen Alaisor-Boulevard säumten, wenn überhaupt jemand von ihnen.

Am selben Tag ging in der windgepeitschten, auf einem Berggipfel liegenden Stadt Sefarad an der Westküste Alhanroels eine kleine Gruppe von Magiern, die mit safrangelben Messgewändern, Chorhemden aus heller purpurner Seide und gelben Schuhen bekleidet waren, voraus zu dem scharfen Grat, der als Lord Zalimox' Stuhl bekannt war und einen Blick auf das aufgepeitschte Wasser des Inneren Meeres bot. Es waren fünf Männer und drei Frauen der menschlichen Art, stattlich und groß und mit einer würdevollen, erhabenen Aura. Ihre Gesichter waren mit Punkten von blauem Puder betupft, ihre Lider mit einem strahlenden Scharlachrot geschminkt, und sie trugen lange, weiße Stäbe, die aus den Rippen von Meeresdrachen geschnitzt und auf jedem Zoll mit geheimnisvollen Runen bedeckt waren, bei denen es sich angeblich um die Handschrift der Älteren Götter handelte.

Eine lange, gewundene Prozession von Bürgern Sefarads folgte ihnen und murmelte Gebete an diese unbekannten, uralten Gottheiten. Während sie sich stetig dem Meer näherten, machten sie mit den Händen immer wieder das Zeichen des Meeresdrachens, ahmten mit den Fingern das Schlagen seiner gewaltigen ledernen Schwingen nach und krümmten die Handgelenke, um das Herabstoßen der mächtigen Hälse nachzuahmen.

Viele jener, die den Magiern zu Lord Zalimox' Stuhl folgten, waren Liimenschen, die niedrigsten Bewohner der Stadt, schlanke, grobhäutige Leute mit dunklen, flachen Gesichtern, die viel breiter als lang waren und aus denen drei runde Augen wie glühende Kohlen starrten. Diese einfachen Fischer und Bauern und Straßenkehrer und Würstchenverkäufer hielten seit vielen Jahrhunderten die riesigen, geflügelten Drachen in Majipoors Meeren für halb göttliche Wesen. Für sie nahmen die Drachen eine Stellung ein, die auf halbem Weg zwischen den sterblichen Leuten Majipoors und den Göttern lag, die diesen riesigen Planeten einst beherrscht und ihn unerklärlicherweise vor langer Zeit verlassen hatten; und sie waren der Ansicht, dass diese Götter eines Tages zurückkehren würden, um wieder in Besitz zu nehmen, was rechtmäßig ihnen gehörte. Nun eilten die Liimenschen von Sefarad in dichten Gruppen von fünfzig oder hundert zum Ufer, um ihre verschwundenen Götter zu bitten, sich mit ihrer Rückkehr zu beeilen.

Aber heute waren sie keineswegs allein. Es kursierte das Gerücht, dass an diesem Tag in dieser Gegend eine Herde Meeresdrachen in die Nähe des Ufers kommen würde. Das war an sich schon erstaunlich, da die Drachen bei ihren langen Meereswanderungen kein üblicher Anblick an diesem Abschnitt der Küste Alhanroels waren; und es hatte sich bei jeder Rasse der Stadt die Vorstellung sehr rasch verbreitet, dass es sich bei diesem Besuch um ein Wunder handeln konnte und die gewaltigen Tiere irgendwie die Fähigkeit hatten, Kontakt mit jenen geheimnisvollen, uralten Göttern herzustellen, von denen die Liimenschen seit langer Zeit plapperten. Man konnte in der Gruppe der Pilger, die die felsige Straße zum Strand hinaufkraxelten, Menschen, Hjorts, Ghayrogs und sogar eine Hand voll Vroons und Su-Suheris finden. Und Gestalten waren heute zu sehen, weit draußen auf dem Meer, bei denen es sich in der Tat um Drachen handeln konnte, wenn es nicht etwas anderes war. »Ich sehe sie!«, rief ein Pilger dem nächsten überrascht und erfreut zu. »Ein Wunder! Die Drachen sind hier!« Und vielleicht waren sie es wirklich. Bucklige graue Körper, die wie sperrige Fässer im Meer trieben? Dunkle, weit gespreizte Schwingen? Ja, Drachen. Vielleicht. Vielleicht aber auch nur Illusionen, entstanden aus dem Funkeln und Blitzen des Sonnenlichts auf den aufgewühlten Kämmen der Wellen.

»Ich sehe sie, ich sehe sie!«, riefen die Pilger weiterhin, schrien es, bis ihre Stimmen heiser und ermattet waren, und jeder spornte seinen Nachbarn zu verzweifelter Gewissheit an.

Und ganz oben auf dem Gipfel des Felsens, der als Lord Zalimox' Stuhl bekannt war, hoben die Magier in ihren safrangelben Messgewändern und Chorhemden aus heller purpurner Seide nacheinander ihre Stäbe aus glatten weißen Knochen, richteten sie auf die See und riefen mit überaus ernstem Tonfall Worte in einer Sprache, die niemand verstand:

»*Maazmoorn … Seizimoor … Sheitoon … Sepp!*«

Von der Gemeinde am Ufer erklang zur Antwort der Schrei:

»*Maazmoorn … Seizimoor … Sheitoon … Sepp!*«

Und von der See kam, wie immer, das rhythmische, murmelnde Dröhnen der Brandung, die Dinge sagte, welche die versammelten Anbeter deuten konnten, wie auch immer es ihnen beliebte.

Im wunderbaren Dulorn, der leuchtenden, diamanthellen Stadt aus kristallinem Stein, die die reptilienhaft aussehenden Ghayrogs im Westen Zimroels erbaut hatten, waren zu dieser unruhigen Stunde die Amüsements und Unterhaltungen des Ständigen Zirkus vorübergehend verschoben worden, damit das große, runde Gebäude, das den Zirkus beherbergte, für heiligere Angelegenheiten genutzt werden konnte.

Alle Gebäude Dulorns außer diesem waren luftige, funkelnde Phantasiegebilde. Das weiße Mineral, aus dem die Ghayrogs Dulorn errichtet hatten, war ein überaus leichter Kalzit mit hoher Brechung. Sie hatten es mit unvergleichlicher Geschicklichkeit zu schlanken, hohen Türmen versponnener Bauweise geformt und reich verziert mit facettierten Seiten und Strebebögen, mit kühnen Minaretten und Schwindel erregenden diagonalen Laibungen, alles so leuchtend, als würde es in der Mittagssonne von Blitzen erhellt.

Doch das Gebäude des Ständigen Zirkus am östlichen Stadtrand war eine schlichte und schmucklose runde Trommel, neunzig Fuß hoch und im Durchmesser von einer solchen Breite, dass es leicht ein Publikum von hunderttausenden aufnehmen konnte. Da die schlangenhaarigen Ghayrogs mit ihren gegabelten Zungen nur ein paar Monate im Jahr schliefen und den Rest der Zeit über geradezu versessen auf Ablenkung waren, wurden hier alle möglichen Vorstellungen gegeben – Jongleure, Akrobaten, Clowngruppen, Tiervorführungen, Taschenspieler, Levitatoren, Verschlinger lebender Tiere, einfach alles, das irgendjemand unterhaltsam finden mochte, ein Dutzend Vorstellungen oder mehr gleichzeitig auf der riesigen Bühne – ununterbrochen, jede Stunde des Tages und an jedem Tag des Jahres.

Nun war das alles jedoch zu Gunsten eines Zirkus anderer Art beiseite geschoben worden. In dieser Stadt der einzigartigen und erstaunlichen Schönheit wurde die Verunstaltung in letzter Zeit als heilig angesehen, und Ungeheuer aller Art wurden aus sämtlichen Teilen Majipoors in die Arena gebracht, damit man sie anbeten und anflehen konnte, sich bei den dunklen Mächten einzusetzen, die die Welt bedrohten.

Und so stolzierten hier Pygmäen und Riesen, Dummköpfe und menschliche Skelette, Bucklige und Gnome wie Halbgötter umher: lauter genetisches Geröll, die traurigen Wunder hunderter elender, unglücklicher Geburten. Jede albtraumhafte Entstellung wurde hier gezeigt, unvorstellbare Ungetüme, so bizarre Geschöpfe, dass niemand von ihnen zu träumen gewagt hätte: Menschen, Ghayrogs, Skandars, Hjorts, keine Spezies wurde ausgespart, alle wurden aufeinander gepackt. Hier waren zwei Ghayrogs zu sehen, deren Körper am Rücken von der Schulter bis zu den Hinterbacken zusammengewachsen waren, aber der eine umgekehrt zum anderen, sodass Hände und Füße in entgegengesetzte Richtungen zeigten. Hier waren eine Frau, deren knochenlose Arme sich wie Schlangen wanden, und ein

Mann zu sehen, dessen feuerroter Kopf einen leuchtend gelben Vogelschnabel aufwies, der wie der eines Milufta, aber noch stärker geschwungen war. Ein Mann, dessen Körper breiter als hoch war, mit Armen wie fadenscheinige kleine Flossen … vier hagere Liimenschen, die durch eine lange, seilartige schwarze Nabelschnur miteinander verbunden waren … ein Mann mit einem riesigen Auge in der Mitte seiner Stirn … ein anderer mit nur einem Bein, das wie ein Sockel aus beiden seiner Hüften ragte … ein anderer mit Füßen an den Enden seiner Arme und mit Händen, die aus seinen Knöcheln sprossen …

All das wurde abwechselnd in jedem Bereich des gewaltigen Zuschauerraums gezeigt, denn die gesamte Bühne trieb in einem Quecksilberteich und drehte sich langsam auf verborgenen Kugellagern, wobei sie in lediglich gut einer Stunde eine vollständige Umdrehung vollzog. Während der normalen Vorstellungen des Zirkus blieb das Publikum, das in runden Rängen saß, die in ansteigenden Kreisen bis zum Dach hinauf verliefen, einfach sitzen, wo es war, und alles kam zu ihm.

Aber dies war keine Vorstellung. Es war ein Sakrament. Daher durften die Zuschauer von ihren Plätzen herunterkommen und sich auf der Bühne verteilen, was gewöhnlich nicht erlaubt war. Ein Korps Skandaraufseher bewahrte die Ordnung, sorgte mit schmerzhaften Schlägen langer Stöcke dafür, dass die ausschwärmende Masse der Anbeter, die von den Sitzen strömte, in einer Reihe blieb, und trieb sie schnell von der Bühne, sobald sie die Segnung erhalten hatten, wegen der sie gekommen waren. Langsam und geduldig schlurften die Teilnehmer der Veranstaltung vorwärts, knieten vor diesem oder jenem grotesken Geschöpf nieder, berührten feierlich sein Knie oder die Zehen oder den Saum seines Gewands und gingen dann weiter.

An lediglich fünf Stellen der großen Bühne, die alle jeweils gleich weit voneinander entfernt waren und die

Spitzen eines riesigen Sterns bildeten, befanden sich freie Flächen inmitten dieser Vielzahl von Monstrositäten und ihrer Anbeter. Diese fünf freien Stellen auf der Bühne waren den heiligsten Wesen überhaupt vorbehalten, den Androgynen – jenen, deren Körper sowohl männliche als auch weibliche Geschlechtsmerkmale in sich vereinigten und damit die Einheit und Harmonie des Kosmos symbolisierten, jenen kostbaren Zustand, den jeder auf Majipoor am inbrünstigsten zu erreichen hoffte.

Niemand kannte die Herkunft der Androgynen. Einige behaupteten, sie stammten aus Triggoin, jener halbwegs mythischen Stadt in den nördlichen Ausläufern Alhanroels, in denen nur Zauberer wohnten. Einige hatten gehört, dass sie aus Til-omon oder Narabal oder Ni-moya oder irgendeiner anderen Stadt Zimroels stammten, und manche, dass sie aus Natu Gorvinu im entferntesten Suvrael kamen, während andere behaupteten, dass sie in den großen Städten des Burgbergs selbst geboren waren; doch obwohl es keine Übereinkunft darüber gab, wo sie geboren worden waren, ging man allgemein davon aus, dass sie in einem einzigen Geburtsvorgang auf die Welt gekommen und einzig und allein von einer Hexe erzeugt worden waren, einfach, indem sie einen starken Zauber gewirkt hatte.

Sie waren zerbrechliche, blasse kleine Geschöpfe, diese Androgynen. Doch obwohl sie nicht größer als Kinder waren, waren ihre Körper voll ausgereift. Drei hatten die sanften Gesichter von Frauen und entschieden weibliche, wenn auch kleine Brüste, unten aber die gut entwickelten Genitalien von Männern. Die beiden anderen hatten die drahtigen, muskulösen Oberkörper von Männern, mit breiten Schultern und flachen, harten Brustkörben, aber ihre Hüften waren ausladend weiblich, ihre Hinterbacken und Schenkel voll und rund, und zwischen ihren Beinen zeigten sie keine Spur der männlichen Fortpflanzungsorgane.

Nackt und leidenschaftslos präsentierten sie sich den ganzen Tag und die ganze Nacht lang an den fünf Spitzen des imaginären Sterns, der sie auf der Bühne verband, vor den eifrig zugreifenden Armen der gaffenden Menge geschützt durch kreisförmige Begrenzungslinien aus kalten, roten, magischen Flammen, die niemand zu durchqueren wagte, und, für alle Fälle, von finster dreinschauenden Skandarwachen behütet, die überdies noch Knüppel schwangen.

Die Androgynen standen da und betrachteten die Massen, die an ihnen vorbeizogen, distanziert und gleichgültig, schweigend und reserviert wie Besucher aus irgendeiner anderen Existenzebene. Und während der ganzen langen Stunden des Tags und der Nacht strömte das ängstliche Volk von Dulorn unaufhörlich durch das trommelförmige Gebäude des Ständigen Zirkus. Tausende und hunderttausende huldigten den heiligen Ungetümen, streckten die Hände bittend nach den gleichgültigen Androgynen aus und riefen ihre Gebete in stakkatohaften Schreien, die scharf genug waren, um den Himmel aufzureißen, und die Botschaft, die sie wiederholten, war dieselbe, die die Marschierenden in Sisivondal in den Himmel schickten: »Verschone uns … verschone uns …«

Weit im Süden, einen halben riesigen Kontinent entfernt in der feuchten Stadt Narabal auf Zimroel, wo der Winter unbekannt war und die Vegetation in der Umhüllung der weichen, dichten, schwülen Luft mit wilder Unbekümmertheit wucherte, herrschte der Kult der Flagellanten. Männer in weißen Gewändern, die kreuz und quer mit breiten gelben Streifen überzogen waren, liefen mit verrückten, hüpfenden Sprüngen durch die Straßen und schwangen Schwerter, Keulen und Messer. Gelegentlich blieben sie stehen und warfen ihre Köpfe vor, bis ihr langes Haar ihre Gesichter bedeckte, und tanzten zuerst auf dem einen und dann auf dem anderen Fuß, während sie wild die Hälse kreisen ließen und sich heftig in die Unterarme bissen, ohne dabei Unbehagen zu zeigen, als wären sie sich der Schmerzen nicht bewusst. Dann schlitzten sie sich, mit wilder Freude in den Augen, mit den Messern ihr Fleisch auf oder präsentierten ihre entblößten Rücken Frauen, die mit Peitschen angestürmt kamen, welche aus Thokkareben bestanden, an denen man Fingerknochen von Blaven befestigt hatte. Blut floss reichlich auf die Straßen, vermischte sich mit dem Regen von Narabals feinen, stetigen Schauern und wurde von ihm in die Gossen der Kopfsteinpflasterstraßen getragen. »Yamaghai! Yamagha!«, riefen sie immer wieder. Niemand wusste, was diese Worte bedeuteten, aber es schienen Worte von bemerkenswerter Macht zu sein, denn solange man sie rief, war man dem Schmerz der Messer und Peitschen gegenüber immun. »Yamaghai! Yamagha! Yamaghai! Yamagha!«

Im großen, glitzernden Ni-moya, der größten Stadt des westlichen Kontinents, siebentausend Meilen östlich von der kristallinen Stadt Dulorn, hofften sie sich mit dem Blut von Bidlakbullen reinigen zu können. Zu hunderten schwärmten sie in die neu errichteten unterirdischen Stätten des Allerheiligsten, drängten sich Schulter an Schulter unter den geschlitzten Gittern, die diese feuchten, muffigen Kammern bedeckten, und schauten zu den Magiern in prunkvollen Ritualgewändern hoch, die goldene, mit zitternden roten Federschöpfen besetzte Helme trugen und die skandierend auf der Straße über ihnen standen. Und die langsamen, schwerschenkeligen Bidlaks wurden über die Roste geführt; und die langen Messer blitzten auf; und das Blut strömte in hellen Bächen auf die Anbeter darunter, die vorwärts drängten, einander grob zur Seite stießen, als sie versuchten, es mit ihren nach oben gerichteten Gesichtern und Zungen zu empfangen, es mit den Händen aufzufangen und über ihre Augen zu schmieren, ihre Kleidung damit zu tränken. Mit grunzenden Schreien wilder Freude empfingen sie das blutige Sakrament und wurden davon schwindlig und entflammt; und dann zogen sie weiter, einige tanzend, manche lediglich hüpfend, und andere nahmen ihre Plätze ein, während neue Bidlaks auf die Roste über ihnen geführt wurden.

Auf der anderen Seite der Welt, im goldenen Sippulgar an der sonnigen Stoienküste Alhanroels, wurde *Zeit* verehrt, jene erbarmungslose geflügelte Schlange, die ewig weiterfliegt und deren Gesicht das eines beutegierigen, alles verschlingenden Jakkaboles war, an die die Leute sich als Bittsteller wandten. Weinend, betend und singend zogen sie ihr Standbild auf einer Plattform mit Rädern durch die Straßen, die aus frisch gegerbter Volevanthaut bestand, welche man über einen Rahmen aus hellgrünem Gabelaholz gespannt hatte. Begleitet wurde das Gefährt vom Donner der Kesselpauken, dem ohrenzerreißenden Scheppern von Becken und dem Gekreische von krächzenden Hörnern. Und hinter jenen Privilegierten, die die Plattform des Gottes zogen, folgten die anderen guten Bürger des goldenen Sippulgar, lediglich mit Lendentüchern und Sandalen bekleidet, die schwitzenden Körper mit bunten Streifen bemalt und die Gesichter starr zum Himmel gewandt.

In Banglecode, hoch auf dem Burgberg, fürchtete man am meisten das vorübergehende Verschwinden der Monde und besonders das des Großen Mondes. Nur wenige Nächte verstrichen, in denen nicht jemand zu der Schlussfolgerung gelangte, das Licht der Monde nehme ab, und dann mit wildem Blick auf die Straßen stürmte, um sein ansteckendes Entsetzen hinauszuheulen. Doch es gab Erzmagier in Banglecode, die sich auf die Ermutigung der Monde spezialisiert hatten. Wenn die Leute zu weinen und plappern anfingen, weil die

44

Monde verschwanden, kamen diese Zauberer hervor und schepperten mit Blasinstrumenten, bliesen laut und schallend die Trompete, schlugen Becken zusammen und schwenkten heilige Stäbe über den Köpfen. »Singt!«, riefen sie, und die Leute sangen, und allmählich – ganz, ganz allmählich – schienen die Monde die Helligkeit wieder anzunehmen, die sie zuvor verloren hatten, und die Leute gingen nach Hause, noch immer weinend, aber nun dankbar für ihre Erlösung. Und in der nächsten Nacht ging alles wieder von vorn los.

»Was für eine unruhige Zeit ist das, diese Zeit der Mysterien und Wunder«, sagte Kunigarda, die Lady der Insel des Schlafs; und die Hierarchin Thabin Emilda, die engste der Vertrauten der Lady im Inneren Tempel, seufzte nur und nickte, denn dieses Gespräch hatten sie in den letzten Tagen schon des Öfteren geführt.

Es war die Aufgabe der Lady der Insel des Schlafs, den Gedanken Millionen schlafender Wesen jede Nacht Trost und Weisheit zu spenden, und in diesen Zeiten bemühte sie sich mit all ihren gewaltigen Kräften, den Frieden auf der Welt wiederherzustellen. Aus den uralten Mechanismen in den großen Steinkammern wurden die freundlichen Sendungen der Lady und ihrer vielen Akoluthen ausgestrahlt und drängten zu Ruhe, Geduld, Vertrauen. Es gab keinen Grund zur Beunruhigung, sagten sie der Welt. Pontifizes waren auf Majipoor auch zuvor schon gestorben. Prankipin hatte seine Ruhe verdient. Der Coronal Lord Confalume war darauf vorbereitet, seine neue Aufgabe zu übernehmen; seinen Platz werde ein neuer Coronal einnehmen, der nicht weniger fähig als Confalume sein würde; alles werde so harmonisch weitergehen wie zuvor und würde ewig so weitergehen, eine Welt ohne Ende.

Das wusste die Lady Kunigarda, und das versuchte sie jede Nacht zu verkünden. Doch all ihr Streben war vergeblich, denn sie selbst war eine lebende Erinnerung an die bevorstehenden Veränderungen, und die Träume, die sie ausschickte, verursachten genau so viel Besänftigung wie auch Angst und Sorgen, ganz einfach, weil Lady Kunigarda in den Träumen präsent war.

Ihre eigene Amtszeit als Lady der Insel näherte sich ihrem unausweichlichen Abschluss, da es mit dem Pontifex zu Ende ging. Nach alter Tradition stellte die Mutter des Coronals oder sonst seine engste lebende Verwandte die Ladyschaft. Auf diese Weise war die Mutter Lord Confalumes nach dessen Amtsantritt auf die Insel gekommen; doch Prankipin hatte so lange als Pontifex geherrscht, dass Lord Confalumes Mutter im Amt gestorben war und die Ladyschaft auf Kunigarda, die ältere Schwester des Coronals, übergegangen war. Kunigarda hatte das Amt jetzt seit zwanzig Jahren inne. Doch nun musste sie Prinzessin Therissa weichen, der Mutter des neuen Lord Prestimion, diese in das Geheimnis des Mechanismus der Insel einweihen und dann ihren Wohnsitz auf der Terrasse der Schatten einnehmen, wo die ehemaligen Ladies residierten. Jeder wusste das, und das war ein weiterer Grund für Unsicherheit und Besorgnis in der Welt.

»Eins ist sicher, nämlich, dass Friede und Wahrheit die Oberhand gewinnen werden«, sagte die Lady zur Hierarchin Thabin Emilda. »Der alte Herrscher wird sterben, und der neue Coronal wird kommen und auch die neue Lady; vielleicht wird es Schwierigkeiten geben, aber mit der Zeit wird alles gut werden. Das glaube ich, Thabin Emilda, mit ganzem Herzen.«

»Und ich auch, Lady«, sagte Thabin Emilda. Doch sie seufzte erneut und wandte sich ab, damit die Lady nicht das Leid und den Zweifel in ihren Augen sah.

Also gab es kein Ankämpfen gegen die Welle der Magie und Furcht. In tausend Städten traten wütend zuversichtliche Magier vor und sagten: »Das ist der Weg zur Rettung, das sind die Zaubersprüche, die die Welt wiederherstellen werden.« Und die traurigen und verängstigten und nach Erlösung hungernden Leute sagten: »Ja, ja, zeig uns den Weg.« In jeder Stadt waren die Praktiken anders, und doch war im Prinzip alles überall gleich, Prozessionen und wilde Tänze, kreischende Flöten, schallende Trompeten. Omen und Wunder. Ein lebhafter Handel mit Talismanen, einige davon abscheulich und geschmacklos. Blut und Wein flossen reichlich und vermischten sich oft. Weihrauch, Abscheulichkeit, die dröhnenden Sprechgesänge der Meister der Mysterien, die Besänftigung von Dämonen und die Verehrung von Göttern. Blitzende Messer und Peitschen, die durch die Luft pfiffen. Jeden Tag neue Absonderlichkeiten. Auf diese Weise erwarteten in dieser aufgewühlten Epoche der neuen Glaubensrichtungen die Myriaden Bewohner des riesigen Planeten das Ende der Zeit des Pontifex Prankipin und des Coronals Lord Confalume, und den Beginn der Zeit des Pontifex Confalume und des Coronals Lord Prestimion.

3

Die Gemächer, in denen der Coronal bei jenen Gelegenheiten residierte, da er die Hauptstadt des Pontifikats besuchen musste, befanden sich in der tiefsten Ebene des kaiserlichen Sektors des Labyrinths, einen halben Umfang der Stadt von dem abgeschiedenen Schlafzimmer entfernt, in dem Pontifex Prankipin im Sterben lag. Als Prinz Korsibar durch den gewundenen Gang schritt, der zu den Räumen seines Vaters führte, trat eine große, knochige Gestalt geschmeidig aus den Schatten zu seiner Linken. »Wenn Ihr erlaubt, Prinz«, sagte sie, »ein kurzes Wort.«

Korsibar erkannte den Sprecher als den reservierten

und frostigen Sanibak-Thastimoon, einen Mann aus der Rasse der Su-Suheris, den er in seinen innersten Kreis der Höflinge aufgenommen hatte: sein persönlicher Magier, sein Runenwerfer und Deuter der Schicksale.

»Der Coronal erwartet mich«, sagte Korsibar.

»Das verstehe ich, Herr. Ich erbitte auch nur einen kurzen Augenblick.«

»Nun ja …«

»Zu Eurem möglicherweise großen Vorteil.«

»Dann also einen Augenblick, Sanibak-Thastimoon. Nur einen Augenblick. Wo?«

Der Su-Suheris deutete zu einem verdunkelten Raum auf der anderen Seite des Ganges, dessen Tür einen Spaltbreit offen stand. Korsibar nickte und folgte ihm. Es stellte sich heraus, dass es sich um irgendeinen niedrigen, unordentlichen und muffigen Lagerraum handelte, voll gestopft mit Werkzeugen und Reinigungsmitteln.

»In einer Bedienstetenkammer, Sanibak-Thastimoon?«

»Es ist ein günstiger Ort«, sagte der Su-Suheris und schloss die Tür. Ein schwaches Glühlicht bildete die einzige Beleuchtung. Korsibar schätzte Sanibak-Thastimoons Rat, war dem Su-Suheris aber noch nie zuvor so nah gewesen und verspürte ein Zittern des Unbehagens, das an Misstrauen grenzte. Sanibak-Thastimoons schlanke, zweiköpfige Gestalt war um etwa sieben Zoll größer als die seine, und so etwas erlebte der langbeinige Prinz nicht oft. Ein scharfer, trockener Geruch ging von dem Zauberer aus, wie von gefallenen Blättern, die an einem heißen Herbsttag verbrannt wurden, keine unangenehme Ausdünstung, aber eine, die auf so kurze Entfernung drückend intensiv war.

Die Su-Suheris waren verhältnismäßig neu auf Majipoor. Die meisten von ihnen waren aufgrund einer Politik gekommen, die vor etwa sechzig Jahren begründet worden war, ganz früh in Prankipins Zeit als Coronal. Sie hatte eine Epoche der erneuerten Einwanderung nichtmenschlicher Völker auf die riesige Welt eingeleitet. Die Su-Suheris waren eine glatthäutige und haarlose Rasse von schlanker, spitz zulaufender Gestalt. Aus ihren rohrförmigen Körpern erhoben sich einen Fuß lange, säulenartige Hälse, die sich gabelnd trennten, und auf jeder der beiden Abzweigungen saß jeweils ein schmaler, spindelförmiger Kopf. Korsibar bezweifelte, dass er sich jemals beim Anblick ihrer seltsamen Erscheinung völlig wohl fühlen würde. Doch in solchen Zeiten war es töricht, nicht einen oder zwei zuverlässige Nekromanten in seinem Stab zu haben, und es war allgemein bekannt, dass die Su-Suheris in den Orakelkünsten, unter anderem der Nekromantie und Weissagung, sehr geschickt und erfahren waren.

»Nun?«, fragte Korsibar.

Normalerweise sprach der linke Kopf, außer, der Su-Suheris gab Prophezeiungen von sich. Dann nämlich benutzte er die kalte, präzise Stimme, die aus dem rechten kam. Doch diesmal sprachen beide Köpfe gleichzeitig, genau aufeinander abgepasst, aber in der Tonhöhe um eine halbe Oktave auseinander. »Eurem Vater sind Besorgnis erregende Neuigkeiten über Euch zu Ohren gekommen, Herr.«

»Bin ich in Gefahr? Und falls ja, warum hat er die Nachricht vor mir erfahren, Sanibak-Thastimoon?«

»Ihr schwebt nicht in Gefahr, Eure Exzellenz. Wenn Ihr darauf achtet, dass keine Sorgen in der Brust Eures Vaters aufkeimen.«

»Sorgen welcher Art? Erkläre dich«, verlangte Korsibar kurz und knapp.

»Erinnert Ihr Euch, Herr, dass ich Euch vor ein paar Monaten ein Horoskop geworfen habe, das auf die Größe der Dinge hinwies, die Euch in kommenden Tagen erwarten? ›Ihr werdet die Welt erschüttern, Prinz Korsibar.‹ Das habe ich Euch damals gesagt. Erinnert Ihr Euch?«

»Natürlich. Wer könnte eine solche Prophezeiung vergessen?«

»Dieselbe Voraussage hat nun eins der Orakel Eures Vaters über Euch gemacht. Mit denselben Worten, was eine starke Bestätigung ist: ›Er wird die Welt erschüttern.‹ Was den Coronal außerordentlich besorgt hat. Seine Lordschaft denkt darüber nach, sich aus der aktiven Welt zurückzuziehen. Er würde sich nicht darüber freuen, wenn sie zu diesem Zeitpunkt erschüttert werden sollte. Das weiß ich von vertrauenswürdigen Quellen aus den Kreisen Eures Vaters, Herr.«

Korsibar versuchte, dem Zauberer in die Augen zu schauen, aber es konnte einen zur Raserei treiben, wenn man nicht wusste, in welches Paar der eisigen, smaragdgrünen Augen man sehen musste. Und dass man zudem so hoch *nach oben* blicken musste. »Ich sehe nicht ganz ein«, sagte er barsch, »was ihn an so einer Prophezeiung beunruhigen könnte. Ich führe nichts gegen ihn im Schilde, und das weiß er auch. Wie könnte ich denn? Er ist mein Vater; er ist mein König. Und wenn mit der Prophezeiung gemeint ist, dass ich die Welt erschüttern werde, weil ich eines Tages große Dinge tun werde, so sollte er sich darüber freuen. Ich habe mein ganzes Leben nichts anderes getan, als zu jagen und zu reiten und zu essen und zu trinken und zu spielen, doch nun stehe ich offenbar kurz davor, etwas Wichtiges zu erreichen. Das besagt doch dein Horoskop, oder? Nun, dann dreimal hoch auf mich! Ich werde eine Expedition von Segelschiffen von einer Küste des Großen Meeres zur anderen führen; oder ich werde in die Wüste ziehen und den verlorenen, vergrabenen Schatz der Gestaltwandler finden; oder vielleicht werde ich … nun ja, wer weiß. Ich jedenfalls nicht. Etwas Großes tun, was auch immer. Lord Confalume sollte sehr zufrieden sein.«

»Ich vermute, er befürchtet, dass Ihr etwas Überstürztes und Törichtes tun werdet, Eure Exzellenz, das der Welt großen Schaden zufügen wird.«

»Ach ja?«

»Das hat man mir versichert, ja.«

»Dann sieht er mich also als ein so unbesonnenes Kind?«

»Er setzt großes Vertrauen auf Orakel.«

»Nun, das tun wir doch alle. ›Er wird die Welt erschüttern.‹ Schön. Was muss daran so dunkel interpretiert werden? Die Welt kann nämlich genauso auf gute wie auf böse Weise erschüttert werden. Ich bin doch kein Erdbeben, Sanibak-Thastimoon, das die Burg meines Vaters den Hang des Bergs herunterstürzen lassen wird! Oder verbirgst du etwas vor mir, das nicht einmal ich selbst weiß?«

»Ich will Euch nur warnen, Herr, dass Seine Lordschaft besorgt wegen Euch und Eurer Absichten ist und Euch vielleicht lästig schwierige Fragen stellen wird – und dass Ihr, wenn Ihr jetzt vor ihn tretet, am besten darauf achtet, ihm nicht den geringsten Anlass zum Misstrauen zu geben.«

»Misstrauen in welcher Hinsicht?«, rief Korsibar nun leicht verärgert. »Ich hege keine bösen Absichten! Ich bin ein einfacher, ehrenwerter Mann, Sanibak-Thastimoon! Mein Gewissen ist rein!«

Aber der Su-Suheris hatte nichts weiter zu sagen. Er zuckte mit den Achseln, was für ihn eine einleitende Geste dafür war, dass er seinen langen, gegabelten Hals bis zur Mitte seiner Brust senkte und die sechsfingrigen Hände nach innen zu den Gelenken krümmte. Die vier grünen Augen wurden unerbittlich dunkel; die lippenlosen, hartwinkligen Mundschlitze setzten zu keiner weiteren Erwiderung an. Also war es sinnlos, das Thema weiterhin zu verfolgen.

Du wirst die Welt erschüttern.

Was konnte das bedeuten? Korsibar hatte nie irgendetwas erschüttern wollen. Sein ganzes Leben lang hatte er nur einfache, schlichte Dinge begehrt: die Fünfzig Städte des Burgbergs auf der Suche nach diesem oder jenem Vergnügen zu durchstreifen, auf der Suche nach den wilden Tieren, die er so gern jagte, Trampelpfaden durch ferne Wildnisse zu folgen, an Wettbewerben mit Ringen und Streitwagenrennen teilzunehmen und während der langen Nächte in der Burg mit seinen Kameraden zu zechen. Was mehr konnte es für ihn im Leben geben? Er war ein Prinz von königlichem Geblüt, ja, aber die Ironie seiner Herkunft lag darin, dass er niemals mehr sein konnte, als er schon war, denn keinem Sohn eines Coronals war es jemals erlaubt worden, seinem Vater auf den Coronalsthron zu folgen.

Nach uralter Tradition war die Juniormonarchie eine adoptive; sie war es immer gewesen und würde es immer sein. Wenn Lord Confalume in einer oder auch drei Wochen endlich Pontifex wurde, würde er Prestimion von Muldemar offiziell zu seinem Sohn und Erben ernennen, und Korsibar, sein eigen Fleisch und Blut, würde auf einen großen Landsitz auf den luftigen Höhen des Bergs verbannt werden. Dort würde er den Rest seiner Jahre verbringen, wie er die ersten beiden Dekaden seines Lebens verbracht hatte, und ein bequemes, untätiges Dasein unter den anderen Prinzen des Reichs führen, die man in den Ruhestand geschickt hatte. Das war sein Schicksal. Jeder wusste das. Er selbst war sich seit seiner Kindheit darüber klar gewesen, seit er begreifen konnte, dass sein Vater ein König war. Warum hatte Sanibak-Thastimoon ihn ausgerechnet jetzt mit diesem orakelhaften Unsinn verunsichert, dass er die Welt erschüttern werde? Und warum hatte der Zauberer mit dem kalten, strengen Geist ihn darüber hinaus in letzter Zeit so stark bedrängt, er solle über sein angenehmes Leben in Luxus und Müßiggang hinauswachsen und eine höhere Erfüllung suchen? Sanibak-Thastimoon musste doch wissen, wie unmöglich dies war.

Du wirst die Welt erschüttern. In der Tat.

Ungeduldig bedeutete Korsibar Sanibak-Thastimoon, er solle zur Seite treten, und ging auf den Korridor hinaus.

Er trat vor die gewaltige Eingangstür der Gemächer des Coronals, auf der die goldenen Intarsien des Sternenfächeremblems und das Monogramm seines Vaters glänzten – CLC, was bald in Prestimions CLP abgeändert werden musste. Drei ungeheuer arrogante Skandars in den grünen und goldenen Uniformen der königlichen Wache des Coronals standen davor.

Korsibar reckte den Hals, um zu den zotteligen vierarmigen Wesen hoch zu schauen, die fast anderthalbmal so groß waren wie er. »Der Coronal hat mich gebeten, ihn aufzusuchen«, sagte er.

In der Burg ließen die Wächter des Coronalbüros ihn manchmal wie einen jungen, unerfahrenen Ritter warten, ob er nun der Sohn des Coronals war oder nicht, weil Seine Lordschaft mit seinen Staatssekretären Gespräche führte oder mit seinen engsten Beratern oder vielleicht mit irgendwelchen Regionalverwaltern, die gerade auf Besuch weilten. Der Sohn des Coronals hatte keinen formellen Rang, und jene anderen hatten ihm gegenüber Priorität. Doch heute traten die Wachen sofort beiseite und ließen ihn hinein.

Lord Confalume saß hinter seinem Schreibtisch, eine breite, polierte Plattform aus glänzendem, purpurrotem Simbajinderholz, die sich auf einem dicken Podium aus schwarzem Gelimaund erhob. Die einzige Beleuchtung war der helle, orangefarbene Schein dreier dicker, spiralförmiger Kerzen aus schwarzem Wachs, die in schwere eiserne Kerzenständer eingelassen waren; die Luft war süß und dunstig vom alles überlagernden, stechenden Geruch brennenden Weihrauchs, der in zwei graublauen, sich kräuselnden Rauchsäulen aus goldenen Thuribula rechts und links vom Sitz des Coronals emporstieg.

Er war in irgendeine Beschwörung vertieft. Karten und Nachschlagewerke bedeckten seinen Schreibtisch, und zwischen ihnen lagen alle möglichen Instrumente und Geräte, die mit den geomantischen Künsten zu tun hatten. Korsibar, der Leute wie Sanibak-Thastimoon beschäftigte, die sich für ihn um solche Angelegenheiten kümmerten, hatte nicht die geringste Ahnung, welchen Zweck die meisten dieser Gegenstände haben mochten, auch wenn er das kleiderbürstenähnliche Ammatepala erkannte, das benutzt wurde, um sich das Wasser der Erkenntnis auf die Stirn zu spritzen, und die leuchtenden Spulen und Säulen einer Armillarsphäre sowie das dreieckige, als Veralistia bekannte Steingefäß, in dem man die aromatischen Pulver verbrannte, die die Einblicke in die Zukunft verstärkten.

Korsibar wartete geduldig, während sein Vater eine, wie es den Anschein hatte, langwierige und komplizierte tabellarische Aufstellung von Zahlen beendete, ohne dabei aufzuschauen. Und sagte leise, als Lord Confalume fertig zu sein schien: »Du wolltest mich sprechen, Vater?«

»Einen Augenblick noch. Nur einen Augenblick.«

Dreimal rieb der Coronal im Uhrzeigersinn die Rohilla, die an seinem Kragen befestigt war. Dann tauchte er beide Daumen in ein Elfenbeingefäß, das eine blaue Flüssigkeit enthielt, und berührte mit ihnen seine Lider. Mit gesenktem Kopf und geschlossenen Augen murmelte der Coronal irgendetwas, das sich wie die Worte »*Adabambo, adabamboli, adambo*« anhörte und für Korsibar nicht die geringste Bedeutung hatte, und drückte die Spitzen der kleinen Finger und Daumen zusammen. Schließlich stieß Lord Confalume den Atem mit einer langen Abfolge schneller, seufzender Züge durch die Nasenlöcher aus, sodass nach einer Weile seine Lungen geleert waren. Sein Kopf ruhte auf der eingefallenen Brust, die Schultern waren zusammengesunken, die Augen in den Höhlen nach oben verdreht.

Korsibars Glaube an die Mächte der Magie war so stark wie der aller anderen. Und doch war er überrascht und ein wenig bestürzt, als er sah, dass sein königlicher Vater sich so tief in diese geheimnisvollen

Praktiken verstrickt hatte, und zwar auf Kosten einer wer weiß wie großen Menge seiner schwindenden Kräfte. Der Aufwand war allzu offensichtlich. Lord Confalumes Gesicht war abgehärmt und grau, und er wirkte müde, obwohl erst früher Vormittag war. Auf seiner Stirn und den Wangen waren Falten der Anspannung zu sehen, die Korsibar bisher nie bemerkt hatte.

Der Prinz und seine Schwester Thismet waren die Kinder des in die Jahre gekommenen Coronals, und zwischen seinem Alter und dem ihren war eine Kluft von vielen Jahrzehnten; aber dieser Altersunterschied war erst jetzt offensichtlich geworden. In der Tat war ihm sein Vater noch vor kurzem, im Vorraum des Saals der Gerechtigkeit, wesentlich jünger vorgekommen, als er in diesem Augenblick aussah. Aber vielleicht war dieser Eindruck des jugendlich-mittleren Alters nur eine Verstellung gewesen, eine Fassade, die er aufsetzen konnte, wenn er in Gesellschaft anderer Prinzen und Herzöge war, und er hatte nicht mehr die Kraft, sie in der Zurückgezogenheit dieses Treffens mit seinem Sohn zu bewahren.

Als er seinen Vater dermaßen erschöpft sah, verspürte Korsibar großes Mitleid mit ihm. Er wusste, der Coronal hatte jeden Grund, erschöpft zu sein, und nicht nur wegen der Anstrengung, die diese Zauberei ihm bereitete. In den vergangenen dreiundvierzig Jahren, eine für Korsibar unvorstellbare Zeitspanne, hatte der Coronal Lord Confalume die Aufgabe gehabt, über diesen riesigen Planeten zu herrschen. Natürlich herrschte er im Namen des Pontifex, und letzten Endes fiel dem Pontifex alle Verantwortung für die getroffenen Entscheidungen zu. Aber der Pontifex lebte versteckt in der Heimlichkeit und Sicherheit des Labyrinths. Der Coronal musste sich endlos in der Öffentlichkeit zeigen, öffentlich Gericht in der Burg auf dem Berg halten und auch alle sechs oder acht Jahre in die Welt hinausziehen, um dem Brauch der großen Prozession nachzukommen, bei der der Coronal sich persönlich in jeder großen Stadt aller drei Kontinente zeigte.

Bei dieser großen Prozession war es die Pflicht des Juniormonarchen, sich über die Fünfzig Städte des Bergs hinaus und über das Große Meer zum fernen Zimroel und seiner Metropole Ni-moya zu begeben, ferner in das trostlose Piliplok mit seinen beängstigenden schnurgeraden Straßen, nach Khyntor und Dulorn und nach Til-omon mit seiner Blumenpracht und Pidruid und zu all jenen anderen fernen Orten, deren Existenz für Korsibar kaum mehr als eine Legende war. Er musste sich der Menge als lebendes Symbol des Systems zeigen, das diese gigantische Welt seit dem Anbruch ihrer Geschichtsschreibung vor so vielen Jahrtausenden regiert hatte. Kein Wunder, dass Lord Confalume müde aussah. Er lebte schon so lange, dass er die große Prozession nicht ein-, sondern fünfmal vollzogen hatte. Seit über vier vollen Jahrzehnten trug er die Last ganz Majipoors auf seinen Schultern. Korsibar stand lange Zeit da, wartete und sagte nichts. Und wartete noch länger. Und noch immer beschäftigte der Coronal sich mit seinen Zauberdingen, als hätte er vergessen, dass Korsibar vor ihm stand. Und Korsibar wartete.

Und wartete weiter. Wenn der Coronal von einem verlangte, man solle warten, wartete man und stellte das Warten nicht infrage. Auch nicht, wenn er der eigene Vater war.

Nach einer langen Weile schaute Lord Confalume endlich auf und blinzelte Korsibar ein paarmal an, als überraschte es ihn, seinen Sohn vor sich zu sehen. Dann sagte er ohne Einleitung: »Du hast mich heute Morgen mehr als nur ein wenig erstaunt, Korsibar. Ich hätte nie damit gerechnet, dass du auch nur den geringsten Einwand dagegen hast, früher mit den Spielen anzufangen.«

»Ich gestehe ein gewisses Erstaunen über dein Erstaunen ein, Vater. Hältst du mich für so seicht? Betrachtest du mich als jemanden, der nicht das geringste Gespür für gutes Benehmen hat?«

»Habe ich dir jemals Grund gegeben, so etwas zu denken?«

»Du gibst mir keinen Grund, etwas anderes zu denken. Mein ganzes Leben als Erwachsener stand es mir frei, mich zu amüsieren, wie ein übergroßes Kind. Lädt man mich ein, Ratssitzungen beizuwohnen? Überträgt man mir hohe Verantwortungen und Pflichten? Nein. Nein. Man hat mir vielmehr ein glückliches Leben der Muße und des Sports ermöglicht. ›Hier, Korsibar, wie gefällt dir dieses schöne Schwert? Dieser Sattel, dieser Bogen, ein Beispiel des handwerklichen Könnens von Khyntor? Diese temperamentvollen Reittiere wurden uns gerade von den Züchtern in Marraitis geschickt, Korsibar. Such dir eins aus, Junge, das beste ist gerade gut genug für dich. – Wo wirst du in dieser Saison jagen, Korsibar? Vielleicht in den nördlichen Marschen oder in den Urwäldern von Pulidandra?‹ Und so ist es mein ganzes Leben lang gewesen, Vater.«

Während Korsibars verbales Sperrfeuer immer länger anhielt, schien das müde Gesicht des Coronals abzusacken und noch größere Müdigkeit auszudrücken. »Das war das Leben, das du führen wolltest«, sagte er, als der Prinz verstummte. »Der Meinung war ich zumindest.«

»Und ich wollte es in der Tat führen. Aber was für ein anderes Leben hätte ich für mich wählen können?«

»Du hättest sein können, was immer du wolltest. Du hattest die beste prinzliche Ausbildung, Junge.«

»Eine gute Ausbildung, ja! Und zu welchem Zweck, Vater? Ich kann einhundert Pontifizes aufsagen, von Dvorn bis Vildivar, alle in der richtigen Reihenfolge, und dann noch fünfzig weitere. Ich habe den Gesetzeskodex studiert, die Dekretalien und die Synoden und das Gleichgewicht der Kräfte und so weiter. Ich kann dir Karten von Zimroel und Alhanroel zeichnen und alle Städte an den richtigen Stellen eintragen. Ich kenne die Bahnen der Sterne und kann inspirierende Textstellen der besten epischen Dichter von Furvain bis Auliasi zitieren. Was fange ich damit an? Was nutzt mir das alles? Hätte ich Gedichte schreiben sollen? Hätte ich Buchhalter werden sollen? Oder vielleicht Philosoph?«

Die Lider des Coronals flatterten und schlossen sich kurz, und er drückte die Fingerspitzen an seine Schläfen. Dann öffnete er die Augen und starrte seinen Sohn unheilvoll an, ein verdeckter, streng geduldiger Blick.

»Das Gleichgewicht der Kräfte, sagst du. Du hast das Gleichgewicht der Kräfte studiert. Wenn dem so ist, verstehst du die inneren Rhythmen unserer Regierungsstruktur und weißt, warum man dir Schwerter und Sättel und gute Reittiere statt hoher öffentlicher Verantwortung gegeben hat. Wir haben hier keine Erbmonarchie. Du hast dir den falschen Vater ausgesucht, Junge. Denn du allein kannst von allen Prinzen des Burgbergs niemals irgendeine Position in der Regierung einnehmen.«

»Nicht einmal einen Ratssitz?«

»Nicht einmal das. Eins führt zum anderen, würden sie sagen. Ich setze dich in den Rat, und kurz darauf willst du als Regent fungieren, wenn ich die Burg verlassen habe, oder du schlägst dich als meinen Stellvertreter vor oder strebst sogar danach, zum Coronal ernannt zu werden, wenn es an mir ist, ins Labyrinth zu ziehen. Ich wäre ständig gezwungen, mich gegen Anklagen zu verteidigen …«

»Vater?«

»… gegen endloses Geflüster oder versteckte Andeutungen, oder sogar gegen einen offenen Aufstand, wenn …«

»Vater, bitte.«

Der Coronal hielt mitten im Satz inne und blinzelte.

»Ja?«

»Ich verstehe das alles. Ich habe mich schon vor langer Zeit mit den Gegebenheiten meiner Lage abgefunden. Prestimion wird Coronal sein und nicht ich: So sei es. Ich habe nie damit gerechnet, Coronal zu sein, nie. Und es weder gewollt noch darauf gehofft. Aber wenn ich darf, möchte ich dich zu dem Punkt zurückführen, an dem dieses Gespräch, ja dieser Streit, begann. Ich habe dich gefragt, ob du mich wirklich für so dumm hältst, dass ich nur den Wunsch im Sinn habe, der Langeweile dieses elenden Lochs zu entkommen, indem ich auf ein Reittier steige und in irgendeinem Turnier mein Schwert schwinge, ohne auch nur einen Gedanken an Gebräuche oder Tradition oder Anstand zu verschwenden.«

Der Coronal antwortete nicht sofort. Seine Augen wurden nun matt vor Unaufmerksamkeit; sein Gesicht, das vorher ziemlich grimmig gewesen war, schien nun völlig leer zu werden.

»Ärgerst du dich darüber«, fragte er schließlich und sprach dabei sehr leise, »dass Prestimion Coronal werden wird, Korsibar?«

»Ob ich ihn beneide, meinst du? Ja. Er wird ein König sein, und wer würde nicht den Mann beneiden, der König sein wird? Aber ob ich mich darüber ärgere, dass er statt mir Coronal sein wird – nein. Mir stand es niemals zu, diese Position einzunehmen. Es gibt neun Milliarden Männer auf diesem Planeten, und ich bin der einzige, von dem seit dem Augenblick seiner Geburt an bekannt war, dass er niemals Coronal werden kann.«

»Und verbittert dich das?«

»Warum stellst du mir ständig solche Fragen, Vater? Ich verstehe das Gesetz. Ich trete meinen nicht existenten Anspruch auf den Thron froh und ohne das geringste Zögern, ohne jede Bedingung, an Prestimion ab. Ich wollte vorher nur beteuern, dass in mir mehr Substanz steckt, als man mir im Allgemeinen zugesteht, und ich wünschte, ich könnte mehr Verantwortung in der Regierung übernehmen. Oder um genauer zu sein, ich könnte überhaupt irgendeine Verantwortung übernehmen.«

»Was hältst du wirklich von Prestimion?«, fragte Lord Confalume.

Nun war es an Korsibar, eine Weile zu schweigen, bevor er antwortete.

»Ein wirklich kluger Mann«, sagte er vorsichtig. »Intelligent. Ehrgeizig.«

»Ehrgeizig, ja. Aber fähig?«

»Er muss es sein. Du hast ihn als Nachfolger gewählt.«

»Ich weiß, welche Meinung ich von Prestimion habe. Ich will die deine hören.«

»Ich bewundere ihn. Er hat eine rasche Auffassungsgabe, und für einen kleinen Mann ist er bemerkenswert stark und außerdem überaus agil. Gut mit dem Schwert, sogar noch besser mit dem Bogen.«

»Aber magst du ihn?«

»Nein.«

»Auf jeden Fall bist du ehrlich. Glaubst du, er wird ein guter Coronal sein?«

»Ich hoffe es.«

»Wir alle hoffen es, Korsibar. Glaubst du es?«

Noch eine Pause. Nach diesem Augenblick der tiefen Erschöpfung hatten Lord Confalumes Augen ihren normalen Glanz zurückgewonnen; sie musterten Korsibar gnadenlos.

»Ja. Ja, ich bin der Ansicht, wahrscheinlich schon.«

»Wahrscheinlich, sagst du.«

»Ich bin kein Wahrsager, Vater. Ich kann nur vermuten, was geschehen wird.«

»In der Tat. Der Prokurator glaubt übrigens, dass du Prestimions Todfeind bist.«

In Korsibars Wange zuckte ein Muskel. »Hat er dir das gesagt?«

»Nicht mit so vielen Worten. Ich beziehe mich auf seinen Kommentar vor kurzem, oben, dass du dich den Spielen widersetzt, weil du glaubst, es sei Prestimions Idee gewesen.«

»Dantirya Sambail ist ein gefährlicher Unruhestifter, Vater.«

»Einverstanden! Aber auch ein sehr scharfsinniger Mann. Bist du Prestimions Todfeind?«

»Wäre ich es, Vater, würde ich es dir sagen? Aber nein. Nein. Ich habe dir meine ehrliche Meinung über Prestimion gesagt. Ich glaube, er ist berechnend und manipulativ, ein gerissener Opportunist, der mit dem gleichen Geschick für beide Seiten eines Streitpunkts eintreten kann. Er hat sich aus dem Nichts nach oben gearbeitet und wird bald den zweithöchsten Rang Majipoors bekleiden. Mir fällt es schwer, solche Männer zu mögen. Aber das soll nicht heißen, dass er den zweithöchsten Rang auf Majipoor nicht verdient hat. Er versteht die Kunst des Regierens besser als die meisten. Mit Sicherheit besser als ich. Prestimion wird Coronal werden, und so sei es, und ich werde wie alle anderen vor ihm in die Knie gehen. – Das ist ein hässliches Gespräch, Vater. Hast du mich herbestellt, um mit mir über solche Dinge zu sprechen?«

»Ja.«

»Und die Beschwörung, die du durchgeführt hast, als ich hereinkam? Was war das?«

Die Hände des Coronals bewegten sich hektisch über die Geräte auf seinem Schreibtisch. »Lediglich ein Versuch, um herauszufinden, wie lange der Pontifex wahrscheinlich noch leben wird.«

Korsibar lächelte. »Bist du mittlerweile wirklich ein so geschickter Zauberer, Vater?«

»Geschickt? Nein, das will ich nicht behaupten. Aber wie so viele andere habe ich die Kunst studiert. Ich messe meine Fähigkeiten an den sich entwickelnden Ereignissen, um zu sehen, ob ich wirklich das Talent habe, die Zukunft vorherzusagen.«

»Und – hast du es? Glaubst du, du hast die echte Orakelbefähigung?« Korsibar dachte an die Berichte über ihn, die die Zauberer seinem Vater angeblich erstattet hatten, an die seltsame Vorhersage: *Er wird die Welt erschüttern.* Vielleicht hatte der Coronal selbst diese Rune geworfen und starrte nun gebannt auf ein einzigartiges Schicksal für seinen Sohn, das Korsibar selbst nicht sehen konnte. »Können wir es auf die Probe stellen?«, fragte Korsibar, glücklich über die Möglichkeit, das Thema des Gesprächs zu wechseln. »Teile mir deine Ergebnisse mit, und wir werden sehen, was sich ereignen wird. Welches Datum hast du für das Ende von Prankipins Leiden ermittelt?«

»Kein genaues. So gut bin ich nicht; vielleicht ist das niemand. Aber es wird, wie ich berechnet habe, innerhalb der nächsten neunzehn Tage kommen. Zählen wir mit, du und ich, Korsibar.«

»Neunzehn Tage oder weniger. Und dann wird das Warten endlich ein Ende haben, und wir können die Zeremonien abhalten, und Prestimion wird Coronal sein und du Pontifex, und wir alle können dieses abscheuliche Loch verlassen und in die süße Luft des Burgbergs zurückkehren. Alle außer dir, Vater«, fügte Korsibar mit weicherer Stimme hinzu.

»Alle außer mir, ja. Nun wird das Labyrinth meine Heimat sein.«

»Und was hältst du davon, wenn ich fragen darf?«

»Ich konnte mich vierzig Jahre lang an die Idee gewöhnen«, sagte Lord Confalume. »Mir ist es gleichgültig.«

»Nie wieder in das Tageslicht einzutauchen … nie wieder die Burg zu sehen …«

Der Coronal kicherte. »Ach, ich kann gelegentlich herauskommen, wenn mir danach ist. Prankipin tat das auch. Du warst noch ein Junge, als er es zum letzten Mal tat; vielleicht hast du es vergessen. Aber der Pontifex ist nicht gezwungen, hundert Prozent der Zeit unter der Erde zu bleiben.«

»Ich wollte das noch nicht mal ein Prozent der Zeit. Mein Aufenthalt hier in den vergangenen Wochen hat mir gereicht.«

Lord Confalume lächelte. »Zu deinem Glück, Korsibar, wird man nie von dir verlangen, hier zu leben. Das Beste daran, dass du nicht Coronal wirst, ist, dass du auch nie Pontifex werden kannst.«

»Dann sollte ich dankbar sein.«

»Das solltest du.«

»Und fühlst du dich bereit, dein neues Leben hier unter zu beginnen, Vater?«

»Ja. Völlig bereit.«

»Du wirst ein großer Pontifex sein«, sagte Korsibar. »Wie du auch ein großer Coronal warst.«

»Ich danke dir für diese Worte«, sagte Lord Confalume. Er lächelte und erhob sich. Es war ein verkniffenes, falsches Lächeln, und die linke Hand des Coronals, die er an seiner Seite zur Faust geballt hatte, zitterte merklich. Irgendetwas blieb unausgesprochen; etwas, das dem Coronal wehtat, etwas Explosives.

Was wusste der Coronal, was hatte der Coronal ihm nicht gesagt?

Du wirst die Welt erschüttern.

Es musste etwas damit zu tun haben. Sanibak-Thastimoon hatte vermutet, dass Lord Confalume ihm etwas sagen würde, was mit dieser geheimnisvollen Orakeläußerung zu tun hatte. Doch was auch immer es sein mochte, es war nicht erwähnt worden.

Und jetzt würde es auch nicht mehr erwähnt werden. Korsibar wurde klar, dass er entlassen worden war. Er machte das formelle Sternenfächerzeichen vor seinem Vater als Coronal; und dann umarmten sie sich als Vater und Sohn, und er ging zur Tür. Noch bevor er über die Schwelle getreten war, hörte er, dass der Coronal wieder mit den geomantischen Geräten auf seinem Schreibtisch hantierte.

4

Septach Melayn betrat den Raum, der als die Me-
likand-Kammer bekannt war, ein schmales, ge-
krümmtes Zimmer im kaiserlichen Sektor des Labyrinths direkt neben Prestimions Gemächern, das den
Gefährten des designierten Coronals zur Verfügung gestellt worden war. Herzog Svor und Gialaurys von Piliplok waren bereits dort. »Nun«, sagte Septach Melayn,
als er hereinkam, »ich habe zumindest ein paar Neuigkeiten. Drei Namen sind nun als Kandidaten für den
Meister der Spiele in Umlauf gebracht worden: der
Großadmiral, der Prokurator und unser kleiner Freund
Svor. So habe ich es zumindest von einem der Lakaien
des Pontifex gehört.«

»Bei dem es sich bestimmt um eine Person handelt,
der du blind vertraust?«, fragte Svor.

»Soweit ich meiner Mutter vertrauen würde«, erwiderte Septach Melayn. »Oder deiner, hätte ich je das
Vergnügen gehabt, ihre Bekanntschaft zu machen.« Er
zog seinen reich mit Verzierungen bestickten Umhang
aus dunkelblauer Seide, die von Unmengen von Silberfäden durchzogen war, eng um sich und schritt mit der
katzenhaft trägen Anmut, die so typisch für ihn war,
schnellen, fast trippelnden Schrittes auf dem auf Hochglanz polierten Boden aus glattem grauem Stein auf
und ab. Dabei betrachteten ihn Svor und Gialaurys auf
unterschiedliche Weise – Svor mit trockener Erheiterung, Gialaurys mit dem üblichen melancholischen
Misstrauen gegen Septach Melayns Eleganz und Extravaganz.

Es waren merkwürdig verschiedene Männer, diese
drei teuersten Freunde des designierten Coronals. Sie
ähnelten sich in keinerlei Hinsicht, weder im Körperbau noch im Benehmen oder Temperament. Septach
Melayn war schlank und schlaksig, und seine Arme

und Beine waren so exorbitant lang, dass sie fast dünn-flüssig zu sein schienen. Seine Laune war unbeständig, sein Wesen empfindlich und geistreich. Seine Haut war sehr hell, die Augen waren von einem blassen, funkeln-den Blau. Sein blondes Haar fiel in sorgfältig arrangier-ten Löckchen bis auf seine Schultern, wodurch er fast mädchenhaft wirkte, und er trug einen kleinen, spitz zulaufenden Kinn- und einen spärlichen Schnurrbart, eine bloße ziselierte blonde Linie auf seiner Oberlippe, die für viel ritterliche Erheiterung sorgte, aber nur hin-ter seinem Rücken, niemals offen ins Gesicht, denn Sep-tach Melayn sprach schon bei leisesten Affronts schnell Herausforderungen aus und war im Schwertkampf ein unerbittlicher Gegner.

Gialaurys hingegen war ein Mann von schwerfälliger Masse, nicht besonders groß, aber mit außergewöhnlich breiter Brust und ebensolchen Schultern, mit einem fla-chen, breiten Gesicht, das die Welt mit einem Ausdruck äußerster Unerschütterlichkeit betrachtete, wie ein Stück Vieh. Seine Oberarme waren so muskulös wie die Schenkel manch anderer Männer, seine Finger so dick wie fette Würste; sein dunkles Haar war kurz geschnit-ten und sein Gesicht glatt rasiert, abgesehen von stopp-ligen braunen Koteletten, die in dicken, ominösen brau-nen Streifen bis auf seine Wangenknochen hinabliefen.

Auch er hatte den Ruf, mit Vorsicht behandelt wer-den zu müssen – er war zwar kein Schwertkämpfer von Septach Melayns boshaftem Geschick, aber seine Kör-perkraft war so gewaltig, dass kein Gegner seinem Zorn widerstehen konnte. Gialaurys war von dunkler und grübelnder Natur, was darauf zurückzuführen war, dass er in der reizlosen Stadt Piliplok in Zimroel, dem Land seiner Geburt, bei einer Pflegefamilie aufge-wachsen war, bei der es sich um bedrückte Skandars gehandelt hatte. Prestimion hatte ihn vor zehn Jahren bei einem seiner Besuche auf den westlichen Kontinen-ten kennen gelernt, und aufgrund einer unvorhersehbaren Affinität von Gegensätzen waren sie sofort gute Freunde geworden.

Svor, der den Titel des Herzogs von Tolaghai besaß, aber kein damit einhergehendes Land oder Vermögen, war neben diesen beiden nur ein Winzling: ein dürrer, zerbrechlicher Mann von belangloser Größe, dunkelhäutig, ja fast sogar schwarz, wie die Menschen es häufig sind, die unter der schrecklichen Sonne des südlichsten Kontinents geboren wurden, mit einem widerspenstigen dunklen Haarschopf, dunklen, spitzbübischen Augen und einer dunklen, widerspenstigen Seele. Seine Nase war schmal und scharf und verschlagen und hatte einen Haken, und sein Mund war zu schmal für all seine Zähne; ein kurzer, dichter Bart umrahmte sein Gesicht, wenngleich er seine Oberlippe rasiert hielt. Svor war kein Krieger, sondern Politiker und Intrigant und passionierter Frauenliebhaber, der sich nebenbei in etwas Zauberei versuchte.

Früher war er ein Gefährte des jungen Korsibar gewesen – gewissermaßen eine Art Schoßtier oder Hofnarr, den der große, athletische Prinz gern der Erheiterung willen in seiner Nähe hatte –, doch sobald sich gezeigt hatte, dass Prestimion wahrscheinlich der nächste Coronal werden würde, war Svor kaum merklich in seine Richtung getrieben, bis er nun ein ständiger Angehöriger von Prestimions Gefolgschaft war. Dieser Treuewechsel hatte – erneut nur hinter vorgehaltener Hand – einige Beachtung auf der Burg als Beispiel für Svors wohlbekannte Leidenschaft für Selbstglorifizierung und zweckmäßige Lockerheit der Loyalität hervorgerufen.

Obwohl die drei Männer völlig unterschiedlich sein mochten, vereinigte sie ein seltsames Band der gegenseitigen Zuneigung, und auf seine Weise war jeder auf das Wohlergehen und die Unterstützung Prestimions bedacht. Niemand bezweifelte, dass sie als hohe Lords des Königreichs hervortreten würden, sobald Prestimion erst die Sternenfächerkrone trug.

»Wenn wir jetzt in der Angelegenheit, wer den Vorsitz über die Spiele haben soll, das Wort ergreifen«, sagte Septach Melayn. »könnten wir die Wahl durchaus beeinflussen. Aber spielt das eine Rolle für uns?«

»Für mich schon«, sagte Gialaurys ohne das geringste Zögern, »und für dich sollte es auch eine spielen.« Er sprach mit dem flachen, breiten Akzent des östlichen Zimroel, der überall sonst so komisch wirkte, aber nicht, wenn er über Gialaurys' Lippen kam, und seine Stimme war ein tiefes, knirschendes Poltern, das aus dem Erdinnern zu kommen schien. »Der Meister der Spiele entscheidet über die Paarungen. Bist du bereit, auf dem Schlachtfeld gegen eine Reihe von Narren anzutreten, weil der Meister dich mit ungleichen Kämpfen in Verlegenheit bringen will? Ich will nicht, dass der Meister die Spiele dazu benutzt, um eigene Spiele zu treiben. Und wann immer es in einem Wettbewerb knapp wird, wollen wir, dass unser Mann über die wichtigen Punkte entscheidet. Davon können Leben abhängen.«

»Dann würdest du uns raten, Herzog Svor zu unterstützen, nehme ich an«, sagte Septach Melayn.

»Abgelehnt«, erwiderte Herzog Svor sofort aus der anderen Ecke des Raums, wo er in das Studium esoterischer Diagramme vertieft war, die sich auf langen Rollen gelbbraunen Pergaments befanden. »Ich habe keine Ahnung, wie die richtigen Paarungen aussehen sollten, und …«

»Das könnten wir dir sagen«, erwiderte Gialaurys.

»… und außerdem will ich nichts mit euren albernen Schlägereien zu tun haben«, fuhr Svor fort. »Die beiden teilnehmenden Seiten werden dem Meister ununterbrochen ins Gesicht brüllen; soll es das eines anderen sein.«

Septach Melayn lächelte. »Nun gut, Svor. So soll es sein. Und was meinst du bitte«, sagte er zum Scherz zu Gialaurys, »mit ›unserem Mann‹? Haben wir hier Fraktionen, sodass man jemanden eindeutig als Prestimions

Mann betrachten kann und einen anderen als jemanden, der ihm völlig unfreundlich gesonnen ist? Werden wir nicht alle in der Feier der neuen Herrschaft vereint?«

»Du sprichst wie ein Narr«, brummte Gialaurys.

Septach Melayn blieb ungerührt. »Du bist sicher der Ansicht, wenn jemand ›unser Mann‹ ist, dann Svor; das verstehe ich. Aber ist der Prokurator unser Feind? Oder Admiral Gonivaul?«

»Das könnte sein. Bei beiden.«

»Ich verstehe nicht ganz.«

»Von einer Herrschaft zur anderen findet niemals ein glatter Übergang statt. Es gibt immer welche, die insgeheim oder offen Einwände gegen den gewählten Coronal haben. Und ihre Einwände auf unerwartete Art und Weise äußern können.«

»Hört ihn euch an!«, rief Septach Melayn. »Der Gelehrte! Der gebildete Historiker! Nenn mir ein Beispiel für solch einen Verrat, Freund Gialaurys.«

»Nun ja …« Gialaurys dachte eine Weile nach und sog dabei die Unterlippe tief in den Mund. »Als Havilbove Pontifex wurde«, sagte er nach langem Schweigen, »und Thraym zu seinem Coronal ernannte, haben meines Wissens einige verstimmte Lords, die Thraym keine Liebe entgegenbrachten, eine Verschwörung angezettelt, um statt seiner Dizimaule auf den Thron zu bringen, und beinahe …«

»In Wirklichkeit war Lord Kanaba Havilboves Coronal«, sagte Svor ruhig. »Thraym war drei Herrschaften später Coronal. Dizimaule lebte tausend Jahre vor den beiden.«

»Dann habe ich eben die richtigen Namen oder die Reihenfolge der Könige vergessen«, sagte Gialaurys. Nun lag eine gewisse Hitzigkeit in seiner Stimme. »Aber es ist trotzdem geschehen, wenn nicht mit ihnen, dann mit anderen. Du kannst es nachschlagen. Und dann gab es da noch einen Fall, der mit Spurifon zu tun hatte, glaube ich, oder war es Siminave …«

»Dieses viele Denken bekommt dir schlecht«, entgegnete Septach Melayn und grinste hinter vorgehaltener, wunderschön manikürter Hand. »Ich versichere dir, lieber Freund, trotz der privaten Ambitionen der zurückgewiesenen Kandidaten kam der neue Coronal immer durch einmütige Ausrufung an die Macht. Es ist nie anders gewesen. Wir auf dieser Welt sind ein zivilisiertes Volk.«

»Sind wir das?«, fragte Prestimion, der in diesem Augenblick in den Raum trat. »Wie schön, dich das sagen zu hören, lieber Septach Melayn. Worüber sprecht ihr, wenn ich fragen darf?«

»Wen wir als Meister der Spiele wählen sollen. Mir wurde gesagt, dass die Entscheidung zwischen Gonivaul und Svor und deinem lieben Vetter, dem Prokurator, fallen wird. Gialaurys hat ausgeführt, dass wir nicht einmal bei den Spielen irgendeinem anderen außer uns trauen können, und will, dass Svor Meister wird, damit wir sichergehen können, dass wir gegen die richtigen Leute antreten müssen und alle Entscheidungen zu unseren Gunsten ausfallen werden.«

Prestimion sah Gialaurys an. »Ist dem so? Bist du so besorgt, Gialaurys?«

»Septach Melayn dreht mir, wie üblich, die Worte im Mund herum, mein Lord. Aber wenn man mir die Frage noch einmal stellen würde: Ja, ich würde jemanden als Meister vorziehen, dem ich vertraue, und nicht einen, dem ich nicht vertraue.«

»Und vertraust du Svor?«, fragte Prestimion lachend.

»Svor hat bereits gesagt, dass er nicht zur Verfügung steht. In diesem Fall sähe ich es gern, dass man dem Prokurator Dantirya Sambail den Posten gibt.«

»Dem Prokurator?«, rief Prestimion und brach erneut in Gelächter aus. »Dem Prokurator! Du würdest dem Prokurator vertrauen, Gialaurys?«

»Er ist ein Vetter von dir, mein Lord, oder?«, erwiderte Gialaurys starrsinnig. »Und würde daher keine Entscheidung treffen, die dir oder deinen Freunden schadet, würde ich meinen.«

»Er ist ein sehr entfernter Vetter«, antwortete Prestimion, wie er es oft tat, wenn man ihm gegenüber seine Verwandtschaft mit dem Prokurator erwähnte. »Und du hast mich jetzt zweimal innerhalb einer halben Minute ›mein Lord‹ genannt. Diese Anrede ist Lord Confalume vorbehalten, zumindest, bis ein neuer Coronal gewählt wurde. – Und was meinen Vetter, den Prokurator, betrifft, so ist er wirklich mein Verwandter, ja. Aber wenn du glaubst, du hättest von dem, der zum Meister der Spiele gewählt wird, etwas zu befürchten, würde ich vorschlagen, dass ihr eure Unterstützung einem anderen als ihm gebt.«

»Nun, dann also Admiral Gonivaul«, sagte Gialaurys ohne große Begeisterung.

»Einverstanden«, beeilte Septach Melayn sich zuzustimmen. »Gonivaul wird zumindest neutral sein, falls es Gezänk geben sollte. Ihm ist jeder und alles egal, außer ihm selbst, nehme ich an. Könnten wir jetzt dazu übergehen, über die einzelnen Wettbewerbe zu sprechen?«

»Wird es ein Ringen geben?«, fragte Gialaurys.

»Es gibt immer ein Ringen. Farholt wird darauf bestehen.«

»Gut. Ich ringe gegen Farholt.«

»Ich hatte gedacht«, warf Septach Melayn ein, »wir lassen Svor gegen ihn antreten. Du könntest dich bei den Fechtwettbewerben mit Farquanor messen.«

»Manchmal bist du einfach nicht amüsant, Septach Melayn«, sagte Gialaurys.

»Aber nein! Nein!«, warf Svor ein. »Verwirren wir doch alle! Blenden und verwirren wir sie! Im Ernst. Ich werde in der Tat beim Ringen gegen den riesigen Farholt antreten, und Gialaurys lassen wir beim Fechten sein Glück gegen Farquanor mit dem schnellen Handgelenk versuchen, und du, Septach Melayn, kannst neben Prestimion bei den Wettbewerben der Zweimann-Streitwagen stehen und gegen Korsibars Mannschaft antreten.«

»Das hatte ich sowieso vor«, sagte Septach Melayn.

»Nicht den Fechtwettbewerb?«, fragte Prestimion.

»Beides«, sagte Septach Melayn. »Wenn es keine Einwände gibt. Und bei den Streitwagen-Rennen können wir …« Es klopfte an der Tür. Prestimion öffnete sie und spähte auf den Gang hinaus. Eine Frau, die die schmale Maske trug, welche die Diener des Pontifikats kennzeichnete, stand dort; sie war eine von jenen, die man beauftragt hatte, den Gästen vom Burgberg zur Verfügung zu stehen.

»Seid Ihr der Prinz Prestimion?«, fragte sie.

»Der bin ich.«

»Ein Vroon ist hier, Herr, ein gewisser Thalnap Zelifor, der eine sofortige Audienz bei Euch erbittet. Er sagt, er habe Informationen, die von großem Nutzen sein werden.«

Prestimion runzelte die Stirn und schaute über die Schulter zurück. »Wusste einer von euch«, fragte er, »dass Thalnap Zelifor im Labyrinth ist?«

»Ich nicht«, antwortete Septach Melayn.

»Er ist so klein, wie hätte jemand ihn bemerken können?«, meinte Gialaurys.

»Er kam mit Gonivauls Leuten«, sagte Svor. »Ich habe ihn ein- oder zweimal gesehen.«

»Beim Göttlichen, ich habe keinerlei Verwendung für ihn«, erklärte Septach Melayn. »Wenn du klug bist, Prestimion, hältst du ihn weiterhin von dir fern. Uns umschwirren sowieso schon genug Zauberer, oder?«

»Er gilt als Seher von außergewöhnlichem Können«, stellte Gialaurys fest.

»Wie dem auch sei«, sagte Septach Melayn. »Mir missfällt schon der Anblick von Vroons. Und von ihrem Geruch ganz zu schweigen. Darüber hinaus wissen wir alle, dass dieser Thalnap Zelifor ein lästiger, heimtückischer kleiner Mann ist, der sein Fähnchen nach jedem Wind hängt und eine Quelle der Gefahr für uns sein könnte. Er hat die Seele eines Spions.«

»Aber ein Spion für wen? Wir haben keine Feinde!«, sagte Gialaurys und brach in ein brüllendes Gelächter aus. »Das hast du mir doch vor nicht mal fünf Minuten erklärt, oder? Wir sind ein zivilisiertes Volk auf dieser Welt und alle in Treue zu jenen vereint, denen man die Verantwortung für uns übertragen hat.«

Prestimion hob eine Hand. »Genug, meine Herren, genug! Es ist traurig, wenn wir uns Sorgen darüber machen müssen, ob von jemandem wie Thalnap Zelifor Gefahr ausgeht. Ich glaube, wir können dem Geschöpf einen Augenblick unserer Zeit erübrigen.« Zu der Frau vom Pontifikat sagte er: »Teile dem Vroon mit, dass er hereinkommen darf.«

Thalnap Zelifor war sogar für seine Rasse klein: ein winziges Wesen, das einem Menschen kaum bis zum Schienbein reichte. Der Vroon hatte einen zerbrechlichen und unbeständigen Körper, eine Vielzahl biegsamer, gummiartiger Glieder und einen schmalen, spitz zulaufenden Kopf, aus dem zwei flammend goldene Augen und ein scharfer Hakenschnabel hervortraten. Von ihm ging der schwache, süße, wehmütige Geruch von Blumen aus, die man vor langer Zeit zwischen zwei Buchdeckel gepresst hatte.

Auf Majipoor gab es Vroons fast schon so lange wie Menschen. Sie hatten zu den ersten der zahlreichen nichtmenschlichen Rassen gehört, die von dem Coronal Lord Melikand eingeladen worden waren, sich hier niederzulassen. Melikand war nämlich sehr bald klar geworden, dass die menschliche Bevölkerung der gewaltigen Welt nicht schnell genug wachsen konnte, um alle Bedürfnisse einer sich entwickelnden Zivilisation zu erfüllen. Das war vor vielen tausenden von Jahren gewesen, fast zu Beginn von Majipoors Geschichte. Vroons hatten bedeutende und ungewöhnliche Talente:

Sie konnten ihren Geist mit dem anderer verbinden und tiefe Gedanken durchdringen, sie konnten Gegenstände allein mit der Macht ihrer inneren Kräfte bewegen, und sie hatten bewiesen, sogar in Zeitaltern, die nicht so leichtgläubig wie dieses waren, dass sie die Fähigkeit hatten zu erkennen, wie zukünftige Ereignisse sich entwickeln würden.

Wie die meisten Angehörigen seines Volkes behauptete auch Thalnap Zelifor, die Gabe des zweiten Gesichts zu haben, und soweit man wusste, verdiente er sich seinen Lebensunterhalt hauptsächlich mit dem Erstellen von Orakeln; aber bei nichts, was Thalnap Zelifor betraf, konnte man sich je ganz sicher sein. In der Burg ging man davon aus, dass er in den Diensten des Großadmirals Prinz Gonivaul stand, aber man fand ihn genauso oft bei Korsibars Anhängern, und mehr als einmal war er mit dem Angebot vorstellig geworden, Prestimion zu Diensten zu sein. Was jedes Mal routinemäßig abgelehnt worden war: Prestimion hatte sich nie auf bedeutsame Weise mit Magiern umgeben. Es war eine Überraschung, dass Thalnap Zelifor trotzdem schon wieder auftauchte.

»Nun?«, sagte der Prinz.

Thalnap Zelifor streckte einen seilartigen Tentakel aus. Auf seiner Spitze lag eine kleine, auf Hochglanz polierte ovale Plakette, die aus dem kostbaren grünen Stein hergestellt war, der als Velathysit bekannt war. Sie leuchtete strahlend, als würde sie von einem inneren Feuer erhellt. Auf der Oberfläche waren so winzige Runen eingraviert, dass man sie mit bloßem Auge kaum erkennen konnte.

»Ein Geschenk, Exzellenz. Ein Corymbor, genauer gesagt, der Inschriften der Macht trägt; er ist imstande, Euch in schwierigen Zeiten beizustehen. Tragt ihn an einer Kette um Euren Hals; berührt ihn, wenn Not über Euch gekommen ist, und er wird Euch den Trost geben, den Ihr verlangt.«

Septach Melayn schnaubte. »Götter! Werden diese Phantastereien denn nie ein Ende nehmen? Wir alle werden in dieser Flut des abergläubischen Wahnsinns noch ertrinken!«

»Sachte«, sagte Prestimion zu ihm. Und zu dem Vroon: »Du weißt, dass ich in solche Gegenstände nur wenig Vertrauen setze.«

»Das weiß ich, Exzellenz. Dies ist vielleicht ein Fehler Eurerseits.«

»Vielleicht.«

Prestimion bückte sich und nahm das kleine grüne Amulett von Thalnap Zelifor entgegen. Er rieb mit der Fingerspitze behutsam in diese und in jene Richtung darüber und betrachtete es dabei überaus misstrauisch, als befürchtete er, er könne, indem er es auf diese Weise behandelte, vor seinen Augen irgendetwas Beunruhigendes heraufbeschwören. Aber er lächelte auch, um zu sagen, dass diese Vorsichtsmaßnahme nur ein Vorwand war; und jedenfalls geschah auch nichts.

Prestimion drehte das Amulett auf die Seite, ließ eine bewundernde Bemerkung über dessen Kunstfertigkeit fallen, und betrachtete kurz die Rückseite, die leer war. Dann warf er es in die Luft, wie man eine Münze wirft, fing es mit einer schnellen Bewegung aus dem Handgelenk auf und steckte es beiläufig in eine Tasche seines Gewands. »Ich danke dir«, sagte er mit großer Förmlichkeit zu dem Vroon, auch wenn er sich nicht die geringste Mühe gab, dabei aufrichtig zu wirken. »Und glaubst du, dass ich dieses Ding sehr bald brauchen werde?«

»Verzeiht mir, Exzellenz, aber das glaube ich.«

Septach Melayn schnaubte erneut und wandte ihnen den Rücken zu.

»Was ich Euch an diesem Tag sagen will, Exzellenz«, fuhr der Vroon leise fort, so leise, dass man sich anstrengen musste, um ihn überhaupt zu verstehen, »sage ich Euch nicht nur um Euretwillen, sondern um ganz

Majipoors willen. Ich weiß, dass Ihr nur Verachtung für mich empfindet und darüber hinaus auch für meinen ganzen Berufsstand; aber ich glaube, trotz alledem liegt Euch das Wohlergehen der Welt am Herzen, und allein schon deshalb werdet Ihr mich anhören.«

»Und wie viel genau muss ich bezahlen, um deine Enthüllungen zu hören, Thalnap Zelifor?«

»Ich versichere Euch, Prinz Prestimion, ich habe nicht die geringste Hoffnung, einen persönlichen Gewinn aus dieser Angelegenheit zu ziehen.«

Septach Melayn warf den Kopf zurück, und sein brüllendes Gelächter schallte gegen das gewölbte Dach des Raums. »Keine Kosten! Der Rat ist kostenlos! Und sogar bei diesem Preis teuer, würde ich sagen.«

»Du solltest mich um Geld bitten, Thalnap Zelifor«, sagte Prestimion. »Ich bin misstrauisch gegenüber Wahrsagern, die ihre Kunst gratis anbieten.«

»Mein Lord ...«

»Das ist noch nicht mein Titel«, sagte Prestimion.

»Dann Exzellenz. Ich sage Euch, ich bin nicht in der Hoffnung hierher gekommen, ein Honorar zu verdienen. Zahlt mir zehn Gewichte, wenn Ihr glaubt, mir etwas zahlen zu müssen.«

»Kaum genug für einen Teller Würstchen und eine Schale Bier«, sagte Prestimion. »Du schätzt deine Weisheit sehr gering ein, mein Freund.« Er schnippte mit den Fingern und nickte Herzog Svor zu. »Bezahle ihn.« Svor zog eine kleine, eckige, kupferfarbene Münze hervor und gab sie weiter.

»Also dann«, sagte Prestimion.

»Ich habe Folgendes zu sagen«, erklärte Thalnap Zelifor. »Gestern Abend habe ich den Großen Mond betrachtet, und er war von scharlachroter Farbe, als wäre sein Antlitz überströmt von menschlichem Blut.«

»Er hat den Großen Mond gesehen«, kam es verächtlich von Septach Melayn, der den anderen noch immer den Rücken zugewandt hatte, »obwohl er jetzt auf der anderen Seite der Welt steht und man nicht das Geringste, das dort am Himmel sein mag, von dieser Hemisphäre aus sehen kann. Und er hat ihn darüber hinaus noch vom Grund des Labyrinths aus gesehen, von hier unten aus, eine Meile unter der Oberfläche. Gut gemacht, Vroon! Dein Blick ist sogar noch schärfer als der meine!«

»Ich habe ihn mit dem zweiten Gesicht gesehen, mein guter Herr. Das ist ein anderer Blick als der, den Ihr habt.«

»Und was hat es deiner Meinung nach zu bedeuten«, fragte Prestimion geduldig, »dass Blut über das Antlitz des Großen Mondes fließt?«

»Ein Krieg steht bevor, Exzellenz.«

»Krieg. Wir haben keine Kriege auf Majipoor.«

»Wir werden einen haben«, sagte Thalnap Zelifor.

»Ich bitte dich, schenke ihm keine Beachtung«, rief Gialaurys, denn Prestimion zeigte plötzlich Anzeichen der Verärgerung über dieses Spiel. »Er hat Halluzinationen, Prinz!«

Septach Melayn trat abrupt vor und beugte sich über den Vroon, als wollte er ihn mit seinem Stiefelabsatz zerquetschen. »Wer hat dich hierher geschickt, du kleine Nervensäge?«, fragte er.

»Ich bin aus eigenem Antrieb gekommen«, erwiderte Thalnap Zelifor und schaute direkt in Septach Melayns Augen hoch über ihm. »Zum Nutzen und Wohlergehen von allen. Das Eure eingeschlossen, mein guter Herr.«

Septach Melayn spuckte aus, verfehlte den Vroon ganz knapp und drehte sich wieder um.

»Ein Krieg zwischen wem und wem?«, fragte Prestimion mit entrückter Stimme.

»Darauf kann ich Euch keine Antwort geben, Exzellenz. Ich kann Euch nur sagen, dass Euer Weg zum Thron nicht frei ist. Es gibt starke Omen der Opposition gegenüber Eurer Kandidatur: Ich lese sie auf jeder Seite. Die Luft hier unten ist erfüllt von ihnen. Ein Kampf braut sich zusammen. Ihr habt einen mächtigen Feind, der im Geheimen seine Zeit abwartet. Er wird hervortreten und mit Euch um die Burg kämpfen; die ganze Welt wird unter diesem Zwist leiden.«

»Ha!«, rief Gialaurys. »Hörst du ihn, Septach Melayn?«

»Hast du oft solch schreckliche Träume, Thalnap Zelifor?«, fragte Prestimion.

»Nicht so schreckliche wie diesen.«

»Sag mir, wer dieser mächtige Feind sein könnte, damit ich zu ihm gehen und ihn als Freund umarmen kann. Denn wann immer ich jemandes Liebe verliere, versuche ich sie stets zurückzugewinnen.«

»Ich kann Euch keine Namen nennen, Exzellenz.«

»Bist du nicht in der Lage oder nicht bereit dazu?«, fragte Herzog Svor von seinem Platz am anderen Ende des Raums.

»Nicht in der Lage. Ich habe kein Gesicht deutlich gesehen.«

»Wer kann er sein, dieser Rivale, dieser Feind?«, fragte Gialaurys sinnierend. Sein sowieso stets ernstes Gesicht war düster vor Besorgnis; für ihn hatten die Vorhersagen von Zauberern große Bedeutung. »Vielleicht Serithorn? Er besitzt so große Landgüter, dass er praktisch ein König ist. Vielleicht sieht er sich in Gedanken als Coronal, da unter seinen Vorfahren ja so viele waren. Oder dein Vetter, der Prokurator? Er ist dein Verwandter, ja, aber wir alle wissen, wie raffiniert er ist. Andererseits meint der Vroon vielleicht auch, dass …«

»Hör damit auf, Gialaurys«, sagte Prestimion. »Du lässt den Spekulationen zu sehr freien Lauf. Und bist wie immer nur allzu bereit, deine Leichtgläubigkeit auf Gebiete auszudehnen, die es nicht wert sind.« Er wandte sich an den Vroon. »Willst du mir noch irgendeinen anderen Aspekt dieser Enthüllung erläutern?«, fragte er ihn kühl.

»Es gibt nichts weiter, Exzellenz.«

»Gut. Dann geh. Geh.«

Thalnap Zelifor machte mit seinen vielen Tentakeln eine Geste, bei der es sich um eine bizarre Version des Sternenfächerzeichens handeln mochte oder einfach nur um eine Bewegung seiner oberen Gliedmaßen. »Wie Ihr wünscht, Exzellenz.«

»Ich danke dir für die Information, so wie du sie mir mitgeteilt hast. Und für das Amulett.«

»Ich bitte Euch, Exzellenz, nehmt diese Warnung ernst.«

»Ich nehme sie so ernst, wie sie es verdient«, erwiderte Prestimion und entließ ihn mit einer kurzen und schroffen Geste. Der Vroon ging hinaus.

Als die Tür sich schloss, schlug Gialaurys mit der Hand fest auf seinen fleischigen Oberschenkel. »Korsibar!«, entfuhr es ihm plötzlich. »Natürlich!«

»Was?«, fragte Prestimion.

»Der Feind. Der Rivale. Korsibar. Er ist derjenige! Wenn nicht Serithorn, wenn nicht Dantirya Sambail, muss es Korsibar sein. Begreifst du nicht? Es ist nicht so seltsam, unbedingt König sein zu wollen, wenn der Vater auch einer war. Und da haben wir den Sohn eines Coronals, der nicht will, dass jemand, den er als Emporkömmling ansieht, den Thron bekommt, den er rechtens als den seinen betrachtet.«

»Genug und mehr als genug, Gialaurys!«, sagte Prestimion mit einer für ihn ungewöhnlichen Schärfe in der Stimme. »Das alles ist verachtenswerter Unsinn.«

»Das würde ich nicht so sagen.«

»Alles davon! Unsinn, Unsinn, absoluter Unsinn! Der scharlachrote Mond, der geheime Feind, die Prophezeiung des Krieges. Welche Dämonen bieten so zuverlässige Worte über bevorstehende Dinge? Wo leben sie, welche Farbe haben ihre Augen?« Er schüttelte traurig den Kopf. »Krieg, auf Majipoor! Das ist keine Welt, auf der Kriege ausgefochten werden. Kein einziger, Gialaurys, kein einziger Krieg in all den Jahrtausenden, seit die

Gestaltwandler besiegt wurden. Und deine absurden Ratespiele! Serithorn, glaubst du, giert nach dem Thron? O nein, nein, nicht er, mein Freund. Sein Blut ist schon königlich genug, und nach harter Arbeit jedweder Art steht ihm einfach nicht der Sinn. Mein Vetter, der Prokurator? Er macht gern Schwierigkeiten, ja. Aber nein, solche Schwierigkeiten nicht, das glaube ich nicht. Und Korsibar? *Korsibar?*«

»Er ist in der Tat ein königlicher Mann, Prestimion«, gab Gialaurys zu bedenken.

»Äußerlich, ja. Aber es ist nichts in ihm. Ein freundlicher, hohlköpfiger Mann, der von einem Schwarm Schmeichler und Schurken umgeben ist. Der keine eigenen Gedanken hat und darauf angewiesen ist, dass die, die ihn umschwärmen, ihm sagen, was er denken soll.«

»Eine genaue Einschätzung«, sagte Septach Melayn. »Ich hätte es ganz genauso ausgedrückt.«

»Auf jeden Fall«, fuhr Prestimion fort, »würde er niemals davon träumen, sich den Thron anzueignen. Der Sohn eines Coronals? Das würde er niemals tun. Es verstößt gegen jede Tradition, und Korsibar ist kein Mann, der sich der Tradition widersetzt. Er ist ein langweiliger, anständiger Lordling und nichts weiter, ohne den notwendigen Funken des Bösen für so etwas. Er erwartet vom Leben Sport und Vergnügen, nicht die Sorgen der Macht. Die Idee ist absurd, Gialaurys. Absurd. Streiche sie aus deinem Geist.«

»Was Gialaurys andeutet, könnte absurd sein, ja«, sagte Herzog Svor, »aber es liegt eindeutig etwas Seltsames in der Luft, Prestimion. Ich fühle es ebenfalls: eine dichte, dunkle, bedrohliche Wolke zieht sich über uns zusammen.«

»Du auch, Svor?«, rief Prestimion und machte eine verärgerte Geste.

»Allerdings.«

»Ach, was wünschte ich, diese Flut der Zaubersprüche und Wahrsagungen wäre niemals auf Majipoor losgelassen worden! Diese Talismane und Vorboten, diese monströsen Beschwörungen! Wie ich hörte, waren wir einst ein vernünftiges Volk. Ich wünschte, wir wären wieder eins. Wir müssen Prankipin die Schuld daran geben. Er ließ zu, dass die Welt der Hexenkunst und Magie entgegenschwankte.« Prestimion betrachtete Herzog Svor verdrossen. »Du beanspruchst arg meine Geduld mit diesem Aberglauben, Freund. Du und auch Gialaurys.«

»Vielleicht tun wir das«, sagte Svor. »Dafür bitte ich dich um Verzeihung, Prestimion. Aber es scheint mir trotzdem ein Fehler zu sein, uns von irgendeiner Informationsquelle abzuschneiden, auch wenn sie esoterisch sein mag. Dass du keine Substanz in den geheimnisvollen Praktiken siehst, Prinz, muss nicht bedeuten, dass sie bar jeglicher Wahrheit sind. Ich schlage vor, dass wir den Vroon auf die Lohnliste setzen, aber diesmal mit etwas mehr als zehn Gewichten, und ihn bitten, zu uns zu kommen, falls sich weitere Einsichten bei ihm einstellen.«

»Er ist hierher gekommen, um genau das zu erreichen«, widersprach Septach Melayn. »Offensichtlich sucht er einen neuen Arbeitgeber, und gibt es einen besseren als den designierten Coronal? Nein. Nein. Ich stimme dagegen, sich irgendwie mit ihm abzugeben. Wir brauchen ihn nicht, und wir wollen ihn nicht haben. Er wird sich sechsmal an einem Tag verkaufen, wenn er nur genug Käufer findet.«

Svor war anderer Meinung und hob eine Hand. »Ich bin der Ansicht, dass in einer Zeit, in der ein Wechsel der Könige bevorsteht, diejenigen in hoher Position vorsichtig vorgehen sollten. Wenn dieses Flüstern eines Vroons eine Grundlage hat, und wir weisen ihn ab, nur weil wir dem Mann selbst oder der Zauberei im Allgemeinen misstrauen, sind wir einfach nur Narren. Wir müssen ihn nicht an unseren geheimsten Beratungen teilnehmen lassen. Wir müssen ihm lediglich einen oder zwei Royal zuwerfen, um uns den Zugang zu seinen Visionen zu bewahren. Mir kommt das nur besonnen vor.«

»Und mir auch«, sagte Gialaurys.

Septach Melayn runzelte die Stirn. »Ihr beide seid viel zu bereit, so einem Zeug Glauben zu schenken. Wir leben in einer gefährlich magischen Zeit, wenn solch ein wahnwitziger Unsinn sogar derart scharfsinnige Männer wie dich befällt, Svor. Ich würde diesen Vroon gern ergreifen und …«

»Ruhig, ruhig, Septach Melayn«, sagte Prestimion und sprach gebieterisch, aber zugleich so sanft wie möglich, denn Blut und Feuer waren in Septach Melayns bleiches, kultiviertes Gesicht geschossen. »Ich bin genauso wenig darauf versessen, dass er uns umschwirrt, wie du es bist. Und ich kann auch nicht den geringsten Glauben für dieses Geschwätz aufbringen, dass sich ein Herausforderer gegen mich erheben würde. Dergleichen wird nicht geschehen.«

»So hoffen und beten wir alle«, sagte Septach Melayn.

»So glauben wir zutiefst.« Prestimion erschauerte, als wäre er in etwas Unreines getreten. »Beim Göttlichen, ich bedaure, dass ich diesem Vroon erlaubt habe, unsere Ohren mit all dieser Torheit zu belästigen!« Er sah Herzog Svor an. »Halte dich von ihm fern, das rate ich dir, mein Freund.« Und dann schaute er zur anderen Seite. »Aber füge ihm keinen Schaden zu, hörst du, Septach Melayn? Ich werde es nicht dulden.«

»Wie du wünschst, Prinz.«

»Gut. Danke. Können wir uns nun wieder den Paarungen für die Spiele widmen, wenn ihr erlaubt?«

5

Lady Thismet, der Schwester von Prinz Korsibar, hatte man einen der luxuriösesten Räume im kaiserlichen Sektor des Labyrinths als Privatgemach zugewiesen, eines, das gewöhnlich für die Gemahlin des Coronals reserviert war, wenn sie, was selten genug vorkam, die unterirdische Hauptstadt in einer Staatsangelegenheit besuchte. Aber es war für alle Welt ein offenes Geheimnis, dass Lady Roxivail, die Angetraute Lord Confalumes, seit langem von dem Coronal getrennt in einem eigenen Palast auf der in südlichen Gefilden gelegenen Insel Shambettirantil im tropischen Golf von Stoien wohnte. Obwohl ihr Gatte bald zum Pontifex aufsteigen würde, hatte sie keine Antwort auf die Einladung zu seiner Investitur geschickt, und niemand rechnete damit, dass sie bei der Zeremonie anwesend sein würde. Und so waren die Gemächer, die Roxivail bewohnt hätte, stattdessen ihrer Tochter Thismet zugewiesen worden.

Darin lag Prinzessin Thismet nun in der großen, glänzenden, mit Intarsien aus weingelbem Topas verzierten Badewanne aus Porphyr, die in der Mitte ihrer Badekammer stand, und entspannte sich. Aus den glatten Röhren aus grünem Onyx, die ihre Hähne darstellten, floss ein gleichmäßiger Strom hellrosafarbenen warmen Wassers, das duftende und seidige Wasser des fernen Sees Embolain, das zum Vergnügen der Gäste des Pontifex über zweitausend Meilen hinweg durch Marmorrohre befördert wurde. Drei Paare schillernder grüner Lampen hingen über ihr. Die Prinzessin lag, bequem ausgestreckt, brusttief in der Wanne und ließ die Arme entspannt über den geschwungenen Rand baumeln, sodass die beiden Dienerinnen, die rechts und links direkt neben ihr knieten, ihre abendliche Aufgabe erfüllen konnten, sich um ihre Hände und Finger zu kümmern, um die makellosen, langen Nägel, die jeden Abend frisch mit einem leuchtenden Platinton lackiert wurden. Hinter ihr saß, die schlanke Säule ihres Halses sanft gebeugt, die erste Hofdame der Prinzessin, Melithyrrh von Amblemorn, ihre Gefährtin seit der Kindheit, eine Frau, hell und leuchtend, mit einer üppigen goldenen Haarpracht und bleichen Wangen, die leicht von einem immerwährenden Erröten gesprenkelt waren.

Gewöhnlich plauderten sie und Thismet endlos; doch an diesem Abend war nur sehr wenig gesprochen worden, und nach jeder Bemerkung folgten lange Zeitspannen des Schweigens. »Deine Nackenmuskulatur ist heute Abend sehr verspannt, Lady.«

»Als ich heute meinen Mittagsschlaf hielt, träumte ich, und der Traum bleibt bei mir und hält mein gesamtes Rückgrat umklammert.«

»Es kann kein sehr verlockender Traum gewesen sein.«

Darauf erwiderte Prinzessin Thismet nichts.

»Irgendeine Botschaft?«, fragte Melithyrrh nach einem weiteren Augenblick.

»Ein Traum«, sagte Thismet kurz. »Nur ein Traum. Grabe deine Finger bitte tiefer in meine Schultern, gute Melithyrrh.«

Erneut herrschte Stille, während Melithyrrh gleichmäßig arbeitete. Thismet schloss die Augen und ließ den Kopf nach unten hängen. Ihr Körper war schlank, sehnig für den einer Frau, und die Muskeln lagen dicht unter der Oberfläche. Wenn sie einen beunruhigenden Traum gehabt hatte, blieben sie danach oftmals lange Stunden schmerzhaft verkrampft.

Sie war Prinz Korsibars Zwillingsschwester und nur ein paar Minuten nach ihm geboren, und die Verwandtschaft zwischen ihnen zeigte sich in ihrem leuchtenden ebenholzfarbenen Haar und den dunklen, funkelnden Augen, den scharf hervortretenden Wangenknochen, den vollen Lippen und dem starken Kinn und in den langgliedrigen Proportionen ihres Körperbaus. Doch während Korsibar ein Mann von riesenhafter Gestalt war, war Lady Thismet eher aus einem kleineren Holz geschnitzt. Sie hatte zwar die Proportionen ihres Bruders, aber nicht einmal annähernd seine Größe, und während seine Haut lederartig und fast schwarz war, weil er sich ständig dem starken Sonnenlicht aussetzte, war die ihre außergewöhnlich glatt und vom schieren Weiß eines Menschen, der nur in der Nacht hinausging. Abgesehen von ihren vollen Brüsten und der weiblichen Breite der Hüften war ihre ganze Erscheinung von einer zarten, ja fast knabenhaften Gestalt geprägt.

Ein drittes Dienstmädchen betrat die Kammer. »Der Magus Sanibak-Thastimoon wartet draußen«, sagte sie. »Er behauptet, er sei dringend herbefohlen worden, und verlangt Einlass. Soll ich ihn hineinführen?«

Melithyrrh lachte. »Hat er den Verstand verloren? Oder hast du ihn verloren? Die Lady badet gerade.«

Das Mädchen errötete und stammelte etwas Unverständliches.

»Ich habe sein sofortiges Kommen verlangt, Melithyrrh«, sagte Thismet eisig.

»Aber du hattest doch sicher nicht vor …«

»Sein sofortiges Erscheinen«, sagte sie. »Verlangst du von mir, meine Sittsamkeit vor Geschöpfen aller Art zu bewahren, Melithyrrh, selbst vor jenen, die niemals Verlangen nach Frauen der menschlichen Rasse verspüren könnten? Er soll hereinkommen.«

»In der Tat«, sagte Melithyrrh mit auffälliger Heiterkeit und gab dem Dienstmädchen ein Zeichen. Der Su-Suheris erschien fast sofort, eine hagere, große, scharfwinklige Gestalt, die eng in ein starres, deckenähnliches, mit leuchtend blauen Perlen besticktes Gewand aus orangefarbenem Pergament gehüllt war, aus dem seine zwei schmalen Köpfe mit den smaragdgrünen Augen wie Kommandotürme herausragten. Er bau-

te sich unmittelbar links neben der massiven Porphyr-
wanne auf, und obwohl er direkt auf Thismets deutlich
enthüllte Nacktheit hinabschaute, zeigte er für sie nicht
mehr Interesse als für die Wanne selbst.

»Lady?«, fragte er.

»Ich brauche in einer bestimmten heiklen Angelegenheit deinen Rat, Sanibak-Thastimoon. Ich hoffe, ich
kann mich auf dich verlassen. Und auf deine Diskre-
tion.«

Der linke Kopf deutete ein schnelles, kaum wahr-
nehmbares Nicken an.

»Du hast mir einmal, vor nicht allzu langer Zeit, gesagt«, fuhr sie fort, »ich sei für große Dinge bestimmt –
aber ob das große gute oder große schlechte Dinge
seien, konntest oder wolltest du mir nicht sagen.«

»Konnte ich nicht, meine Lady«, erwiderte der Su-
Suheris. Die Stimme, die nun sprach, war die scharfe
und artikulierte, die über die Lippen des rechten Kopfs
des Nekromanten kam.

»Konntest du nicht. Nun gut. Die Omen waren mehrdeutig, wie solche Omen es nur allzu oft sind. Du hast
mir auch gesagt, du könntest dieselbe mehrdeutige
Größe in der Zukunft meines Bruders sehen.«

Erneut nickte Sanibak-Thastimoon kurz, diesmal mit
beiden Köpfen gleichzeitig.

»Am heutigen frühen Nachmittag«, sagte Prinzessin
Thismet, »hatte ich einen seltsamen, dunklen Traum.
Vielleicht kannst du ihn mir deuten, Sanibak-Thastimoon. Ich träumte, ich sei wieder zu Hause, sei irgendwie auf die Burg zurückgekehrt; aber ich befand mich
in einem Teil der Burg, der mir unbekannt war, in der
Nordseite, wo sich fast nie jemand aufhält. Es kam mir
so vor, als ginge ich über eine breite Plattform aus
schlecht behauenen Ziegelsteinen, die zu einer tristen,
halb verfallenen Mauer führte, und von dort zu einer
Art Brüstung, die einen Blick auf Städte wie Huine und
Gossif bot, und welche auch immer unter diesen beiden

liegen mögen – Tentag, glaube ich. Da war ich jedenfalls, in dieser alten und zerfallenden Ecke der Burg,
und schaute auf Städte hinab, die ich nie besucht hatte,
und dann zum Gipfel des Bergs hinauf, der mich hoch
überragte, und fragte mich, wie ich je wieder zurück in
jene Teile des Gebäudes finden sollte, in denen ich mich
auskenne.«

Sie verstummte und starrte die Decke des Badezim-
mers an, in die ein Zierfries aus miteinander verflochte-
nen Blumen und Blättern und Stielen, Eldironblüten
und Tanigalen und großen, fleischigen Shepitholen, in
glatte, gekrümmte Platten aus Saphirtargolit und blei-
chem Chalzedon gemeißelt war.

»Ja, Lady?«, fragte Sanibak-Thastimoon wartend.

Durch den Geist der Lady Thismet flossen tausend
turbulente Bilder. Sie sah sich selbst, wie sie auf diesem
düsteren Balkon am Rand der enorm weitläufigen Burg
auf dem mächtigsten Berg Majipoors hin und her lief –
der Burg, die seit siebentausend Jahren die Residenz
der Coronals von Majipoor war, der immerwährend
wachsenden Burg der zwanzigtausend Räume, vielleicht waren es aber auch dreißigtausend, denn wer
konnte sie schon zählen? Die Burg war eine große Stadt
in sich, der alle neuen Coronals nacheinander eigene
neue Räume hinzugefügt hatten, ein so verschlungenes
Gebäude, dass sich selbst langjährige Bewohner leicht
in den anscheinend unendlichen Seitenwegen verirren
konnten. Wie auch sie selbst sich an diesem Tag verirrt
hatte, während sie im Traum durch die unergründliche
Weite der Burg wanderte.

Nach einer Weile fing sie wieder zu sprechen an, beschrieb dem Su-Suheris, wie sie mit der Hilfe dieses
und jenes Passanten den Weg durch das gewaltige Labyrinth aus steinernen Galerien und muffigen Tunnels
und Gängen und Treppenhäusern und langen, hallenden Höfen zurück zu den vertrauteren inneren Bastio-
nen gefunden hatte. Immer wieder machten die verwir-

renden Wege in sich selbst kehrt, und sie stellte fest, dass sie einen Raum betrat, den sie erst vor kurzem verlassen hatte. Doch immer war jemand zur Stelle, der ihr den Weg erklären konnte, und stets jemand nichtmenschlicher Herkunft. Personen aller Spezies außer ihrer eigenen erklärten ihr den Weg: zuerst zwei schuppige Ghayrogs mit gegabelten Zungen, dann ein helläugiger kleiner Vroon, der auf seiner Vielzahl immer wieder zurückfahrender Tentakel vor ihr tänzelte, einige Liimenschen, und ein oder zwei Su-Suheris, Hjorts, ein gewaltiger Skandar und jemand, der einer Spezies angehörte, die sie überhaupt nicht kannte. »Und sogar, glaube ich, ein Metamorph, denn er war sehr hager und hatte diese grünliche Hautfarbe und kaum Lippen oder eine Nase. Aber was hat ein Metamorph in der Burg zu suchen?«

Die beiden Maniküren waren nun mit ihrer Arbeit fertig. Sie erhoben sich und verließen den Raum. Die Prinzessin inspizierte kurz ihre leuchtenden Fingernägel und fand sie akzeptabel. Dann bedeutete sie Melithyrrh, dass sie lange genug gebadet hatte, erhob sich, trat aus der Wanne und lächelte dabei über die hektische Eile, mit der ihre Hofdame herbeistürzte, um ein Handtuch um sie zu schlingen. Doch obwohl das Tuch aus einem hauchdünnen Stoff bestand und kaum die Umrisse ihrer Brüste und Schenkel verbarg, zeigte der Su-Suheris nicht einmal mit einem Augenaufschlag seine Erregung über den Anblick von Lady Thismets so spärlich verhülltem Körper.

Beiläufig trocknete Thismet sich ab und ließ das Handtuch fallen. Sofort eilte Melithyrrh herbei, um ihr einen leichten Bademantel aus elfenbeinfarbenem Kambrikbatist anzulegen, der mit rosa Fäden aus winzigen, zerbrechlichen Ganibinschalen bestickt war.

»Stell dir nun vor, dass ich unter dem Dizimaule-Bogen und in die Innere Burg ging«, sagte sie zu Sanibak-Thastimoon. »Und plötzlich war ich ganz allein, niemand war zu sehen, keine Hjorts oder Ghayrogs oder Menschen, niemand. *Niemand.* Die Innere Burg war völlig verlassen. Es herrschte eine beängstigende Stille, eine gespenstische Stille. Ein kalter Wind wehte über den Platz, und seltsame Sterne standen am Himmel, wie ich sie noch nie zuvor gesehen hatte, riesige, bärtige Sterne, Sterne, die helle Schweife aus roten Flammen hinter sich herzogen.

Ich befand mich nun im Herzen der Inneren Burg, stieg die Neunundneunzig Stufen empor und betrat die allerinnersten Bezirke. Aber verstehst du, was ich dort fand, stellte sich nicht als genau so heraus, wie die Innere Burg wirklich ist. Lord Siminaves Spiegelteich lag auf der falschen Seite des Pinitor-Hofs, und die Vildivar-Balkone konnte ich überhaupt nicht sehen, und irgendwie wirkte Lord Ariocs Wachtturm noch bizarrer, als er es sowieso schon ist, und hatte acht oder neun Spitzen statt fünf, und lange, geschwungene Wehrgänge ragten aus allen Seiten hervor. Aber ich war trotzdem in der Inneren Burg, auch wenn mein träumender Geist viele Dinge verändert hatte. Ich konnte den Stiamot-Bergfried sehen, der sich über allem erhob, und Lord Prankipins große schwarze Schatzkammer in ihrer ganzen spektakulären Hässlichkeit, und da war der Wintergarten meines Vaters, in dem all die eigenartigen Pflanzen wachsen; und dann lag die große Tür zu den königlichen Gemächern vor mir. Und während ich weiterging, sah ich noch immer keine andere Seele. Ich schien die einzige Person in der gesamten Burg zu sein.«

Sanibak-Thastimoon stand reglos wie eine Statue vor ihr, sagte nichts und richtete die volle Konzentration seiner beiden Köpfe auf ihre Worte.

Ohne Unterbrechung, wenn auch mit zunehmend heiserer Stimme, fuhr Lady Thismet mit ihrer Erzählung fort und beschrieb, wie sie in dieser schrecklichen Einsamkeit in den allerheiligsten Bereichen der Burg von einem Zimmer zum anderen gegangen war, bis sie schließlich auf der Schwelle des Thronraums selbst stand.

Das war ein Raum, den sie sehr gut kannte, denn er war auf Befehl ihres Vaters Lord Confalume während der Mitte seiner langen, hervorragenden Herrschaft erbaut worden, und während ihrer gesamten Kindheit hatte sie Monat für Monat, Jahr für Jahr die Bauarbeiten beobachtet. Der alte Thronraum, der angeblich bereits bei der Grundsteinlegung der Burg zu Lord Stiamots Zeit errichtet worden war, galt schon seit langem als zu klein und schlicht, um seiner Funktion noch gerecht zu sein. Sobald die Größe von Lord Confalumes Leistungen für jedermann ersichtlich gewesen war, hatte der Coronal sich dazu entschlossen, den alten Thronraum durch einen Raum von angemessener Pracht zu ersetzen, in dem die größten und feierlichsten Zeremonien des Reiches abgehalten werden konnten, damit man sich für alle Zeiten an seinen Namen erinnerte. Und so hatte er ein halbes Dutzend innere Räume von nicht besonders großer Bedeutung zu dem atemberaubenden, hohen, gewölbten Thronraum zusammengefasst, der zu seinem unverwechselbaren Beitrag zur Struktur der Burg werden sollte.

Der Boden bestand nicht aus den üblichen polierten Steinplatten, sondern aus dem bemerkenswerten gelben Holz des Gurna, eines seltenen Baums, der nur auf den Gipfeln des Khyntorgebirges im nördlichen Zimroel wuchs und sich durch das strahlende Leuchten eines langsam brennenden Feuers und den Glanz und die Anmut feinen Bernsteins auszeichnete. Die riesigen, viereckigen Balken des Raums, die mit gewaltiger Wucht aus der Decke hervorragten, waren mit kunstvoll gehämmerten Platten aus dem feinen rosafarbenen Gold beschlagen, das aus den Minen des östlichen Alhanroel kam, und mit großen Trauben von Amethysten, Saphiren, Mondsteinen und Turmalinen verziert. Und an den

Wänden hingen strahlende Tapisserien, die von den geschicktesten Künstlern von Makroposopos gewebt waren und Szenen aus der Geschichte Majipoors zeigten: die früheste Besiedlung durch Reisende, die von der Alten Erde durch das Meer der Sterne hierher gekommen waren, ferner Bilder, die die Zeit des Baus der Städte und die endgültige Unterwerfung der einheimischen Gestaltwandler durch Lord Stiamot zeigten, und schließlich eine Gruppe von Szenen, die die wunderbare Erweiterung des Königreichs unter seinen jüngsten Herrschern darstellten, welche das Reich zu seinem derzeitigen Zustand übermäßigen Wohlstands geführt hatten.

Doch das Herz des Thronraums, der Kern der Burg selbst, war der große und herrschaftliche Confalume-Thron. Er stand auf einem gewaltigen Mahagonipodest, in das mehrere Stufen geschnitten waren, ein hoher, geschwungener Sitz, gemeißelt aus einem Block aus schwarzem Opal, der von einem erstaunlichen Filigranmuster aus natürlichen feuerroten Adern von blutscharlachrotem Rubin durchzogen war. Seine Seiten wurden von massiven Silbersäulen flankiert, die einen überwölbten, goldenen, mit blauem Perlmutt besetzten Baldachin trugen. Und über allem zeichnete sich der Sternenfächer ab, der das Symbol der Macht des Coronals war, eine leuchtende Pracht aus weißem Platin, die an den Spitzen aller Extremitäten mit Kugeln aus von milchigen Fäden durchzogenem purpurnem Onyx besetzt war.

»Am seltsamsten an meinem Traum war«, sagte die Lady Thismet zu dem noch immer völlig reglosen Sanibak-Thastimoon, »dass nicht nur dieser eine Thron im Thronraum stand, sondern zwei – beide völlig identisch und an gegenüberliegenden Wänden des großen Raums postiert. Der eine Thron war leer; und auf dem anderen saß ein Mann, der die Gewänder und die Sternenfächerkrone eines Coronals trug. Sein Gesicht war von Schatten bedeckt, doch selbst aus einiger Entfernung konnte ich ausmachen, dass es sich weder um meinen Vater noch um Prestimion handelte, denn er war ganz einfach viel größer als diese beiden, ein Mann von wirklich gewaltiger Größe und Kraft.

Er bedeutete mir vorzutreten, und ich schritt in die Mitte des Raums und blieb dort stehen, unsicher, was ich nun tun sollte, sogar ein wenig verängstigt, und als ich vor ihm das Sternenfächerzeichen machen wollte, hob er eine Hand, als wollte er es unterbinden. Und er sagte zu mir mit einer tiefen Stimme, die ich sehr gut kannte: ›Warum nimmst du nicht den Platz ein, der dir zusteht, Lady Thismet?‹ Womit er eindeutig den Thron am anderen Ende des Raums meinte. Ich ging zu ihm, stieg die Stufen hoch und setzte mich auf diesen Opalthron, und in diesem Augenblick fiel ein strahlendes Licht durch die höchste Stelle des Daches in den Raum, und nun konnte ich den Mann erkennen, der auf dem Thron mir gegenübersaß. Es war mein Bruder Korsibar.«

Erneut verstummte die Lady Thismet.

Es war geschafft, nun hatte sie es endlich ausgesprochen. War sie zu plump, zu unverhohlen gewesen? Das Schweigen hielt an, und sie wartete darauf, dass Sanibak-Thastimoon ihr seine Deutung des Traums mitteilte, aber er tat ihr den Gefallen nicht.

Ihre Augen waren hell vor Erwartung. Komm, dachte sie: Verstehe meine verborgene Mitteilung, du, der du alles verstehst. Nimm den Hinweis auf, den ich dir gegeben habe, ermutige mich, zu dem fortzufahren, was ich am meisten begehre, sag mir das, was ich so leidenschaftlich von dir hören will!

Aber der Su-Suheris schwieg weiterhin.

»Das war der Traum, Sanibak-Thastimoon. Dort endete er. Ich erwachte in dem Augenblick, als das grelle Licht kam, und meine Seele war von dem, was ich gesehen hatte, tief besorgt.«

»Ja, Lady. Das verstehe ich.«

Sie wartete erneut voller Hoffnung; und erneut sprach der Su-Suheris nicht.

»Du hast mir nichts zu sagen?«, fragte sie. »Deute meinen Traum, Sanibak-Thastimoon! Lass mich seine Bedeutung wissen!«

»Ihr kennt seine Bedeutung bereits, meine Lady.« Und er lächelte mit beiden Gesichtern, so wie die Su-Suheris lächelten.

Also erkannte er doch das Muster des Gobelins, den sie webte! Aber sie wusste, dass sie ihn trotzdem zur letzten Enthüllung anstacheln musste. Sie musste zuerst von ihm kommen, die Erklärung dessen, was in ihr brodelte.

Nun, sie konnte ihn überreden, ihn verleiten, sie konnte Andeutungen fallen lassen. »Ach«, sagte sie mit vorgetäuschter Unschuld und Verwirrung, »aber die offensichtlichste Bedeutung trotzt allen Gesetzen und aller Logik. Träume zeigen oft Visionen dessen, was kommen wird, nicht wahr? Besonders Träume, die so kraftvoll wie dieser sind. Aber dieser Traum geht zu weit. Er scheint zu besagen, dass es Korsibar und nicht Prestimion bestimmt ist, Coronal zu werden. Was eine ungeheuerliche Unmöglichkeit ist. Jeder weiß, dass so etwas nicht sein darf.«

»Manche Träume entstehen aus unseren tiefsten Hoffnungen, Lady. Sie zeigen die Zukunft, die wir gern sehen wollen, aber nicht unbedingt die, die kommen wird. Ich glaube, dieser Traum könnte so einer gewesen sein.«

»Und was ist das für eine tiefe Hoffnung?«

»Ihr habt lange die Burg durchwandert, seid viele seltsame Wege gegangen; und schließlich gelangtet Ihr an einen vertrauten Ort, und dort habt Ihr Euren Bruder gekrönt und auf dem Sitz Eures Vaters gesehen. Kann es sein, dass Ihr tief in Euch fühlt, Prinz Korsibar *sollte* Coronal werden?«, fragte der Su-Suheris und warf ihr mit dem linken Augenpaar einen scharfen Blick zu.

Thismet verspürte, dass Freude in ihr emporstieg. Aber sie musste sich an ihr Spiel halten. »Was sagst du da? Du wagst es, mir so offen aufrührerische Worte in den Mund zu legen?«

»Ich lege Euch nichts in den Mund, meine Lady, was ich nicht schon in Eurer Seele sehe. Kann es sein, Lady, dass Ihr tief in Eurem Herzen bedauert, dass die Wahl nicht auf Euren Bruder fallen wird?« Sein Tonfall war ruhig und gleichmäßig; seine beiden Gesichter waren völlig ausdruckslos. Trotzdem ging ein schrecklicher Druck von ihm aus. »Sagt mir, Lady, ist das nicht der Fall?«

Ja. Ja.

Endlich war es hinaus.

Wie alle anderen hatte auch Thismet es als gegeben hingenommen, dass Prestimion Coronal werden würde; denn wie konnte es anders sein, da der Thron ihrem Bruder durch einen uralten Brauch verwehrt wurde? Und doch, und doch, in letzter Zeit hatte sie die Notwendigkeit von Prestimions Aufstieg infrage gestellt. Warum Prestimion? Warum sollte ihr mächtiger Bruder mit dem strahlenden Antlitz nicht die Nachfolge ihres Vaters als König antreten? Sicherlich hatte er die Krone verdient, wenn man alle Fragen der Tradition einmal beiseite ließ.

Das waren gefährliche Gedanken. Thismet hatte sie in der versiegelten Feste ihres Geistes verborgen gehalten. Doch als Prankipins Tage nun zur Neige gingen und Prestimions bevorstehende Krönung sich wie der Burgberg selbst am Horizont abzeichnete, stellte sie fest, dass sie die heftige Intensität ihrer Gefühle nicht mehr unterdrücken konnte. Korsibar sollte Coronal werden, ja! Korsibar und kein anderer Prinz. Korsibar! Korsibar!

Doch wo sollte sie mit der Kampagne beginnen? Dafür brauchte sie den Rat einer Person, deren Reichweite der Visionen viel breiter war als die ihre. Wer war dazu besser geeignet als dieser kaltblütige Zauberer, der ihrem Bruder und manchmal auch ihr zu Diensten war? Er war derjenige. Er konnte ihr sagen, welchen Weg sie einschlagen sollte.

Er wartete darauf, dass sie antwortete. Er kannte die Natur des Spiels, zu dem sie ihn eingeladen hatte; das war offensichtlich.

»Stimmt es nicht, Lady?«, sagte er erneut. »Ihr denkt, er sollte König sein.«

Thismet lächelte und atmete tief ein, und die Kraft, sich zu erklären, strömte in sie hinein, und kühn sagte sie: »Ja! Ich will ehrlich zu dir sein, Sanibak-Thastimoon. Genau das denke ich! Es kommt mir unlogisch vor, dass mein Vater Prestimion statt Korsibar als Nachfolger ausgewählt hat. Prestimion statt seines eigenen Sohnes … seines großartigen, königlichen Sohnes …«

Sie hielt inne. Welch eine Freude, welch eine Erleichterung, es endlich herausströmen zu lassen.

Sanibak-Thastimoon sagte nichts.

»Gebräuche. Gesetze. Ich weiß darüber Bescheid«, sagte Prinzessin Thismet. »Aber trotzdem …« Sie schüttelte den Kopf. »Es gibt so etwas wie eine höhere Gerechtigkeit auf der Welt, eine Gerechtigkeit, die über bloße Gebräuche hinausgeht. Und nach dem Gesetz dieser Gerechtigkeit ist es richtig, dass Korsibar Coronal wird. Das scheint mir völlig klar zu sein.«

Erneut betrachtete sie den Su-Suheris fragend. Die vier grünen, fremdartigen Augen, die ihren Blick erwiderten, blieben unerbittlich rätselhaft.

»Ja«, sagte er nach einer Ewigkeit. »Ich stimme Euch zu, Lady.«

Ihr erster Anhänger, ihr erster Verbündeter. Es war ein Augenblick des Hochgefühls und Jubels. Sie hätte ihn fast umarmen können. Fast.

Aber es gab noch eine Angelegenheit, eine noch

heiklere als die andere, die sie mit ihm ausdiskutieren musste. Thismet atmete erneut tief ein. »Die beiden Throne in meinem Traum«, sagte sie. »Was ist damit, Sanibak-Thastimoon? Mein Bruder hat mir bedeutet, auf dem anderen Thron Platz zu nehmen. Doch selbst, wenn Korsibar irgendwie Coronal werden sollte – ich habe keine Ahnung, wie, aber es muss eine Möglichkeit geben –, gäbe es keinen Platz in der Regierung für mich. Die Schwester des Coronals hat aus eigenem Recht keinen Rang. Aber bedenke, du hast mir gesagt, dass ich für ein großes Schicksal bestimmt bin, schon lange bevor ich diesen Traum gehabt habe. Aber welchen Thron könnte es in der wachen Welt für mich geben?«

»Es liegt auch Größe darin, dem Bruder zu helfen, einen Thron zu besteigen. Es liegt Macht darin, neben einem Bruder zu stehen, der auf dem Thron sitzt. Vielleicht nehmt Ihr Euren Traum von zwei Thronen zu wörtlich, Lady.«

»Vielleicht«, sagte Thismet.

Sie schaute zu der prachtvoll gekachelten Wand des Zimmers, als könnte sie ungehindert hindurchschauen, und auch hinauf durch jeden der Ringe des Labyrinths, hinweg über all diese uralten unterirdischen Strukturen – den Hof der Pyramiden, den Platz der Masken, den Saal der Winde und alle anderen – und hinaus ins Freie, bis hin zur kolossalen Masse des Burgbergs, der weit im Norden rittlings auf der Welt saß. Und abrupt fiel das gesamte Hochgefühl, das sie eben noch verspürt hatte, einfach von ihr ab, sie stürzte brutal aus ihrer Freude, und die Welt wurde für sie dunkel, als wäre es plötzlich zu einer Sonnenfinsternis gekommen.

Nun wurde ihr klar, dass diese Phantasien ihres Traums lediglich törichte Phantome waren. Nichts von dem, was ihr übermütiger schlafender Geist sich vorgestellt hatte, würde jemals eintreten. Schon die Vorstellung, dass es dazu kommen konnte, war absurd. Nein, es würde keine hohe Position im Reich für sie geben, und auch keine für ihren Bruder. Der Prinz von Mulde-mar würde König werden. Das war schon so gut wie beschlossen und besiegelt, und die Unausweichlichkeit von Prestimions Herrschaft fiel wie ein Schwert über ihre Seele.

Das Muster, dem ihr Leben mit Sicherheit folgen würde, sobald die neue Herrschaft begonnen hatte, er-hob sich nun düster vor ihr: ein weiches, leeres, im Lu-xus erstickendes Leben, eine bedeutungslose Existenz der Bäder und Maniküren und Massagen und prunk-vollen Untätigkeit, weit entfernt von den Ebenen der Macht im Land. War sie für nichts weiter als das gebo-ren worden? Welch eine traurige Verschwendung!

Sie wusste, sie musste dagegen ankämpfen. Aber wie? Wie?

»Es gibt ohnehin keine Gerechtigkeit auf der Welt, nicht wahr, Sanibak-Thastimoon?«, sagte sie nach einer Weile in steinernem Tonfall. »Ich weiß genau wie du, dass Prestimion Coronal werden wird und nicht Kor-sibar.«

»Das ist ernsthaft zu erwarten, Lady«, erwiderte Sanibak-Thastimoon ruhig.

»Und wenn der Thron Prestimion zufällt, verlassen Korsibar und ich die Burg, und er kehrt auf seinen Landsitz zurück und ich auf meinen. Oder ich heirate vielleicht irgendeinen mächtigen Prinzen. Ich werde eine große Lady sein, ja, aber das bin ich jetzt auch schon. Nachdem Prestimion König ist, werde ich bes-tenfalls eine Ehefrau sein. Eine Ehefrau, Sanibak-Thas-timoon.« Sie sprach das Wort wie eine Verwünschung aus. »Ich werde keine Stimme bei irgendwelchen Din-gen von Bedeutung außerhalb meines Hauses haben, und vielleicht nicht einmal dort. Für meinen Bruder wird es kaum besser kommen. Der Einfluss unserer Fa-milie in dieser Burg hat in dem Augenblick ein Ende, da Prestimion die Krone auf seinen Kopf setzt.«

»Der große Prinz, den Ihr vielleicht heiraten werdet«,

sagte der Su-Suheris, »könnte durchaus genau dieser Lord Prestimion sein, Prinzessin, falls er in der Tat Coronal werden sollte. Und dann wäre es mit Eurer Macht und Eurem Einfluss keineswegs vorbei.«

Dieser Vorschlag ließ die Lady Melithyrrh, die während des gesamten Wortwechsels auf einer Seite gestanden hatte, erstaunt nach Luft schnappen. Sie sah Thismet an, die Melithyrrh, was auch immer sie sagen wollte, mit einem wütenden Blick zum Verstummen brachte, und erwiderte: »Schlägst du allen Ernstes vor, Sanibak-Thastimoon, dass ich eine Ehe mit dem Mann eingehen sollte, der meinem Bruder den Thron wegnehmen wird? Der dafür sorgen wird, dass er in Vergessenheit geraten wird?«

»Ich habe lediglich die Möglichkeit aufgeworfen, Lady.«

»Nun, achte darauf, dass du sie nie wieder aufwerfen wirst, wenn du beide deiner schönen Köpfe auf deinem Hals behalten willst.« Thismet betrachtete ihn mit grimmiger Schärfe. Kraft und Entschlossenheit sammelten sich erneut in ihr. »Es gibt noch eine andere Möglichkeit«, sagte sie, nicht mehr so wütend und mit einem neuen und tieferen Tonfall.

»Ja, Lady?«, fragte Sanibak-Thastimoon mit äußerster Geduld. »Und welche ist das?«

Ihr Herz hämmerte erstaunlich heftig. Thismet spürte, dass ein seltsamer Schwindel sie erfasst hatte, denn sie wusste, sie stand nun an einem sehr steilen Abhang. Aber sie riss sich so weit zusammen, dass sie den äußerlichen Anschein von Ruhe bewahren konnte. Nachdenklich befeuchtete sie ihre Lippen. »Du stimmst also mit mir überein, dass Korsibar für den Thron besser geeignet ist. Sehr gut. Ich habe die Absicht, dafür zu sorgen, dass er ihn auch besteigt.«

»Und wie wollt Ihr das erreichen?«, fragte der Su-Suheris.

»Ziehe einmal dies in Betracht. Gehen wir davon aus,

dass jener Traum mir sagt, ich müsse Korsibar aufsuchen und ihm dringend raten, sich unserem Vater als Kandidat für den Thron aufzudrängen – jetzt, während alles noch im Fluss ist, bevor der alte Pontifex stirbt, bevor Prestimion formell ernannt wird. Und unser Vater wird ihm nachgeben, glaube ich, wenn Korsibar sein Anliegen nur eindringlich genug präsentiert. Und dann wird Korsibar Coronal werden, und aus Dankbarkeit wird mein Bruder mich zu einem seiner Hohen Berater ernennen, damit ich in der Regentschaft der Welt doch noch eine Rolle spiele. Bist du nicht der Ansicht, dass dies eine plausible Deutung meines Traums ist?« Und erneut, als der Su-Suheris nicht antwortete: »Bist du nicht der Ansicht?«

Er nickte, zuerst mit dem einen, dann mit dem anderen Kopf. »Das will ich nicht abstreiten, Lady«, sagte er schließlich leise.

Thismet lächelte. »Zweifellos, es muss eine Interpretation sein«, sagte sie hastig. Sie stand geradezu in Flammen, war ganz rot im Gesicht und atmete keuchend. »Es kann keinen anderen Weg zur Größe für mich geben – oder? Wie kann es einen geben – als durch Korsibar. Und es steht fest, dass ich für große Dinge bestimmt bin. Das hast du mir selbst gesagt. Oder ziehst du diese Prophezeiung jetzt zurück?«

»Ich ziehe nichts davon zurück, Lady«, sagte der Su-Suheris ruhig. »Die Sterne zeigen Eure Zukunft, und Unbekanntheit und Ruhestand spielen keine Rolle in dem Muster, das über jeden Zweifel hinaus kommen wird. Das ist ganz sicher. Dasselbe gilt für das Horoskop Eures Bruders. ›Ihr werdet die Welt erschüttern, Prinz Korsibar.‹ Das waren die Worte, die ich vor einigen Monaten an ihn gerichtet habe. Hat er sie Euch nie verraten?«

»Nein«, sagte Thismet mit gelinder Überraschung. »Ich habe nichts darüber von ihm gehört.«

»Dennoch habe ich es ihm mitgeteilt. Und in den letzten Tagen haben die Orakel Eures Vaters ihm unabhängig davon dasselbe gesagt.«

»Nun«, sagte sie, »dann wird alles klar. Die Omen laufen aufeinander zu und bestätigen einander; alle Wege führen uns zum Thron. Die Tradition wird der Vernunft weichen; man wird den besseren Mann wählen. Ich werde noch heute mit Korsibar sprechen.«

Doch da legte sich ein merkwürdiger Ausdruck auf beide Gesichter Sanibak-Thastimoons, als hätten seine Köpfe untereinander Blicke gewechselt, obwohl sie nicht gesehen hatte, dass seine Augen sich bewegt hatten.

»Siehst du darin irgendetwas Unkluges?«, fragte Thismet.

»Ich bin der Ansicht, es könnte klüger sein, Lady, zuerst mit seinen Freunden zu sprechen, bevor Ihr Euch direkt an ihn wendet.«

»Mandrykarn, meinst du? Venta? Navigorn?«

»Nein, nicht jene. Sie wären schlimmer als nutzlos. Ich meine die anderen, die beiden schlecht zusammenpassenden Brüder, den Riesen und die kleine Schlange. Sie werden dem Zweck wohl besser genügen.«

Thismet dachte kurz darüber nach.

»Farholt und Farquanor«, sagte sie. »Ja. Ja, vielleicht schon. Ich gehe jetzt ins Wohnzimmer«, sagte sie dann zu Melithyrrh. »Schicke nach den Brüdern; sag ihnen, sie sollen mir dort ihre Aufwartung machen.«

6

Also sind wir uns einig«, sagte Korsibar. Er schaute auf die Liste in seinen Händen und dann zu den versammelten Lords. Sie hatten sich an diesem Tag in jenem Raum des kaiserlichen Sektors des Labyrinths zusammengefunden, der als der Alte Bankettsaal bekannt war. Er war in Winkeln geschnitten, die von einem Ende zum anderen seltsam abnahmen und anschwollen; an den Wänden hingen zahlreiche befremdlich gefärbte Vorhänge, die die Wirkung der unbeglichenen Illusion räumlicher Entfernung noch verstärkten. »Zuerst die Wettläufe und Duelle mit Schlagstöcken. Daraufhin die Hürdenläufe und das Reifenspringen und der Hammerwurf, sowohl für die Männer als auch für die Frauen. Danach der Wettbewerb im Bogenschießen und dann die berittene Tjost. Hiernach die Scheinkämpfe, die Box- und Ringkämpfe und ganz zum Schluss das Streitwagenrennen. Danach kommt die zeremonielle Parade, die die verschiedenen Ebenen der Arena zum Hof der Kugeln hinaufführt, wo der Herr der Spiele die Siegerehrungen in Anwesenheit von Lord Confalume vornehmen wird. Und dann ...«

»Wie ich es verstanden habe, wollten wir die Ringkämpfe früher im Programm abhalten«, sagte Gialaurys gereizt. Er war erst vor ein paar Minuten in dem Saal eingetroffen. »So steht es hier auf dem Zettel, den ihr in meiner Hand seht. Das Ringen nach den Schlagstöcken und vor den Hürden.«

Korsibar sah mit einem unsicheren Stirnrunzeln Farholt an, der bei der Planung eine wichtigere Rolle als er gespielt hatte. »Das war vorher«, sagte Farholt, trat vor und nahm ihm Korsibars Liste ab. »Wir haben es vor über zwei Stunden anders entschieden, als du noch über deinem Mittagsale gesessen hast.« Farholt klopfte auf die Liste und bedachte Gialaurys mit einem trotzigen, finsteren Blick. »Zuerst die Wettbewerbe für Leichtgewichte, dann die für stämmigere Teilnehmer.«

»Ich wurde nicht zu Rate gezogen«, entgegnete Gialaurys. »Ich hätte es lieber anders herum.« In seiner Stimme lag ein Poltern, das einer Drohung nahe kam. Er trat ein paar Schritte näher an den schwersehnigen Farholt heran, der sichtlich aufgebracht war und sich zur vollen Größe aufrichtete. Sie waren die beiden größten Männer in der Gruppe, beide von hünenhafter Gestalt, Farholt zwar größer, aber Gialaurys noch massiger als der andere. »Ich ziehe es vor, meinen Wettbewerb so früh wie möglich zu gewinnen.«

»Und bist du dir so sicher, dass du gewinnst?«, fragte Farholt. »Was, wenn die Entscheidung gegen dich ausfällt und du dann betrübt den Rest der Spiele herumsitzen und den Makel der Niederlage ertragen musst, während alle anderen ihre Kämpfe gewinnen?«

Wut blitzte in Gialaurys' Augen auf. »Deshalb ziehst du es also vor, mit den Ringkämpfen fast bis zum Ende zu warten, Farholt?«

»Das war nicht meine Entscheidung«, erwiderte Farholt. Sein Gesicht, das immer leicht gerötet war, wies nun ein helles Rot auf. »Aber wenn du damit andeuten willst …«

»Einen Augenblick, Freunde«, sagte Prestimion und trat zwischen die beiden groß gewachsenen Männer, als es den Anschein hatte, dass die zunehmende Hitze ihrer Worte hier und jetzt zu einem richtigen Streit führen könnte. Obwohl er im Verhältnis zu ihnen fast schon als Zwerg bezeichnet werden konnte, drückte er beiden leicht mit den Fingerspitzen auf die Brust und schob sie sanft auseinander. »Bitte, es soll Frieden herrschen an diesem Ort, an dem ein Pontifex im Sterben liegt. Die Angelegenheit ist zu unbedeutend für solch einen Zwist. Prinz Korsibar, was hast du dazu zu sagen?«

»Ich sage, falls es eine Meinungsverschiedenheit gibt, soll der Herr der Spiele entscheiden.«

»Ein guter Vorschlag.« Prestimion sah den Großadmiral Prinz Gonivaul an, der an diesem Morgen mit ganz knappem Vorsprung vor dem einzigen anderen Kandidaten, dem Prokurator Dantirya Sambail, zum Meister gewählt worden war.

Der Admiral, einer der alten Adligen des Landes, gehörte durch Blutsbande zur Familie Amyntilirs, des Pontifex, der als dritter vor Prankipin geherrscht hatte. Prinz Gonivaul war ein Mann mit verkniffenem Gesicht und starrköpfiger und sparsamer Natur, dessen weitläufige private Ländereien nicht weit entfernt von den orangefarbenen gebrannten Sandsteinmauern der Stadt Bombifale mit ihren zahlreichen Turmspitzen entfernt lag, die nach allgemeiner Übereinkunft als schönste der Städte des Burgbergs galt. Er hatte ein langes, schmales Gesicht, das dem seines berühmten Vorfahren sehr ähnelte, und zeigte über den Schultern kaum etwas anderes als Haare, denn ein dichter, derber Bart, der so dick wie ein Fell war, bedeckte die Wangen und Kinnbacken fast bis zu den unteren Lidern hinauf und in der anderen Richtung tief und schwer den Hals hinab bis unter seinen Kragen; sein Kopfhaar, das genauso dick und wuchernd war, war sehr lang, und über der Stirn fiel es fast bis auf die Brauen hinab. Den Titel Großadmiral trug er rein zeremoniell; der Handel der Häfen fiel unter seine offizielle Zuständigkeit, doch soweit man wusste, war er noch nie zur See gefahren. Er hatte noch nicht einmal die Reise nach Zimroel angetreten, die die meisten Prinzen des Bergs wenigstens einmal in ihrem Leben unternommen hatten.

»Guter Admiral und Meister«, sagte Prestimion, »du hast Prinz Korsibar gehört. Willst du uns deine Entscheidung in dieser Angelegenheit mitteilen?«

Gonivaul murmelte etwas in seinen Bart. Er blinzelte und zog dabei die Stirn kraus und die Wangen hinauf, bis seine Augen fast völlig unter dem dichten Pelz verschwunden waren, der so viel von seinem Gesicht bedeckte; eine übertriebene Zeitspanne schien er sich in dem verloren zu haben, was die anderen, wie er hoffte, für angestrengtes Nachdenken hielten. Schließlich fragte er: »Welche der beiden Listen wurde später erstellt?«

»Meine«, sagte Farholt sofort. »Das wird nicht bestritten.«

Gonivaul nahm den Zettel von ihm entgegen und den anderen von Gialaurys und studierte beide erneut schier endlos. »Wir haben hier die Möglichkeit für einen Kompromiss«, sagte er schließlich. »Das Ringen wird in die Mitte der Spiele verlegt, zwischen den Hammerwurf und die Bogenwettbewerbe.«

Farholt bedeutete schnell sein Einverständnis; doch von Gialaurys kam ein murrendes Geräusch, und er hätte vielleicht noch etwas gesagt, hätte Prestimion ihn nicht mit einem Zischen zum Schweigen gebracht.

Nachdem der Streit ausgestanden und die vorbereitenden Planungen für die Spiele abgeschlossen waren, betraten Diener mit Erfrischungen für die versammelten Lords den Raum. Andere hochgeborene Gäste des Labyrinths, die bei den Planungen keine Rolle gespielt hatten, kamen nun auch herein, denn zur Feier des bevorstehenden Beginns der Spiele waren hier und heute allgemeine Festlichkeiten angesagt.

Die zahlreichen Prinzen und Herzöge und Grafen fanden sich zu zweit oder dritt in dem Saal zusammen und scharten sich um die pittoresken, uralten Statuen, die überall verstreut standen. Dabei handelte es sich angeblich um Porträts der Pontifizes und Coronals vergangener Zeitalter. Während die Gäste darauf warteten, dass der Wein gereicht wurde, betrachteten sie die eine oder andere Statue, berührten sie, zogen den Umriss einer scharfen Nase oder eines vorspringenden Kinns nach und spekulierten, wen die jeweilige Statue darstellen sollte. »Arioc«, sagte Gialaurys und zeigte auf eine besonders grotesk aussehende. Nein, erwiderte Herzog Oljebbin, das sei Stiamot, der Unterwerfer der Gestaltwandler, was zu einem längeren Disput zwischen ihm und Prinz Serithorn führte, der stolz darauf war, Stiamot zu seinen zahlreichen königlichen Vorfahren zu zählen. Dann identifizierte der dürre kleine Farquanor, der Bruder des hoch gewachsenen Farholt, die

Statue eines großen Mannes, der sehr würde- und gesinnungsvoll dargestellt war, als die eines seiner Vorfahren, des Pontifex Guadeloom, was ihm ein skeptisches Kichern von Prinz Gonivaul einbrachte, und so ging es von einer zur anderen weiter.

»Du hast gut daran getan, die Meinungsverschiedenheit so schnell vom Admiral klären zu lassen«, sagte Korsibar zu Prestimion. Sie standen an einem scharfen Winkel des siebenseitigen Raums zusammen, unter einem breiten, himmelblauen Bogen, der von Ausläufern des roten Herbstfeuers berührt wurde. »Das sind zwei teuflisch cholerische Männer, und sie bringen einander nicht die geringste Toleranz entgegen. Wenn der eine ›Frühling‹ sagt, wird der andere sofort ›Winter‹ sagen; wenn der eine ›schwarz‹ sagt, wird von dem anderen sofort ›weiß‹ kommen, und so geht es das ganze Wörterbuch hindurch, aus reiner Liebe zur Widerspenstigkeit. Wenn sie beim Ringkampf aufeinander stoßen, können wir wirklich ein Spektakel erwarten.«

»Mein Vetter aus Ni-moya hat neulich zum Ausdruck gebracht, dass es zwischen dir und mir genauso sein könnte, wie es zwischen Farholt und Gialaurys ist«, sagte Prestimion und lächelte schwach, auch wenn er dabei kaum die Lippen zurückzog. »Das soll heißen, er ist der Ansicht, dass wir im Wesen gegensätzlich sind; dass es eine natürliche Spannung zwischen uns gibt, die automatisch zum Konflikt führt; dass man von dir erwarten kann, sich einer bestimmten Sache nur zu widersetzen, weil ich sie befürwortet habe.«

»Ach, nein, Prestimion«, erwiderte Korsibar ebenfalls lächelnd, aber mit wesentlich mehr Wärme darin. »Glaubst du das wirklich?«

»Der Prokurator hat es gesagt.«

»Ja, aber du und ich, wir wissen, dass es bei uns keineswegs so ist. Verspürst du eine Anspannung, während du hier neben mir stehst? Ich bemerke keine. Und warum sollte es eine geben? Es gibt keine Rivalität, wo

Rivalität unmöglich ist.« Korsibar klatschte in die Hände, um einen Bediensteten auf sich aufmerksam zu machen. »He, bring uns Wein!«, rief er. »Den guten, starken Wein aus Muldemar, vom Weinberg des Prinzen persönlich!«

Viele andere im Raum beobachteten sie genau. Darunter war Graf Iram von Normork, ein schlanker, rothaariger Mann, der berühmt für sein Können beim Streitwagenrennen war. Als Blutsverwandter von Prinz Serithorn war er durch seine Ehe auch mit Lord Confalumes Familie verwandt. Iram zog an Septach Melayns Ärmel und schielte zu Korsibar und Prestimion hinüber. »Wie gequält ihr Lächeln ist«, sagte er, »und wie sehr sie sich bemühen, so freundlich zueinander zu sein! Und seht, wie behutsam sie mit ihren Trinkschalen anstoßen. Als befürchteten beide, es gäbe eine Explosion, wenn sie sich ein wenig zu hart berührten.«

»Ich glaube, das sind zwei Männer, die nur sehr wenig fürchten«, entgegnete Septach Melayn.

Doch Iram beharrte auf seinem Standpunkt. »Es steht außer Frage, dass sie sich sehr steif benehmen. Und das sollten sie wohl auch; denn was für eine gewaltige Peinlichkeit muss es zwischen ihnen geben! Prestimion erweist Korsibar Respekt, denn schließlich ist Korsibar der Sohn des Coronals und damit irgendwie von königlichem Geblüt. Aber Korsibar seinerseits weiß, dass er Prestimion Respekt erweisen muss, der sehr bald selbst König und damit ein größerer Mann als er sein wird.«

Septach Melayn lachte. »Ja, Prestimion wird König sein. Aber ich befürchte, er wird niemals ein größerer Mann als Korsibar sein.«

Graf Iram schien diese Bemerkung zu verwirren. Seine Auffassungsgabe war nicht besonders schnell. Doch dann begriff er, worauf Septach Melayn mit seinen Worten hinauswollte; denn man sah auf den ersten Blick, dass der langbeinige Korsibar viel höher gewachsen war als Prestimion, der ihm gerade bis an die Brust reichte. Nur darauf hatte Septach Melayn abgezielt: ein bloßer sinnloser Scherz.

»Größer in diesem Sinne, ja«, sagte der Graf. »Ich verstehe, was du meinst.«

Er bedachte Septach Melayns schwaches Wortspiel mit einem höflichen Kichern.

»Es war keine sehr tief greifende Feststellung«, gestand Septach Melayn.

In der Tat schämte er sich wegen seiner Geistlosigkeit ein wenig. Wie konnte jemand Prestimion im Vergleich mit dem Sohn des Coronals als belanglos bezeichnen, wenn auch nur im Scherz? Die stämmigen, breiten Schultern und die unerschütterliche Aura seines sicheren Auftretens ließen ihn trotz seiner hageren Statur zu einer imposanten Erscheinung werden. Und besonders an diesem Tag schien Prestimion sich im Glanz seines bevorstehenden Schicksals zu sonnen. Er trug ein königliches Gewand aus leuchtender, purpurroter Seide, das von einem smaragdgrünen Gürtel zusammengehalten wurde, und ein massiv goldener Anhänger in Form einer Krabbe mit leuchtenden Augen hing an einer schweren Kette vor seiner Brust. Korsibar hingegen war nur mit einer schlichten, knielangen Tunika aus weißem Leinen bekleidet, die auch jeder Würstchenverkäufer hätte tragen können, und mit offenen, ganz einfachen Sandalen. Trotz seiner edlen Größe und erhabenen Gestalt schien Korsibar einfach zu verblassen und von der Lichtflut, die Prestimion ausstrahlte, in die Schatten gestoßen zu werden.

»Wie dem auch sein mag«, fuhr Iram fort. »Aber sag mir eins, Septach Melayn: Hält Prestimion sich insgeheim für würdiger als Korsibar oder hat er doch Zweifel? Oder, um es genauer auszudrücken: Ist Korsibar wirklich der Ansicht, dass Prestimion der richtige Mann für den Thron ist? Viele munkeln, Prestimions bevorstehende Ernennung passe dem Sohn des Coronals nicht gerade.«

»Und wer munkelt so etwas?«, fragte Septach Melayn.

»Zum Beispiel Prokurator Dantirya Sambail.«

»Nun ja, Dantirya Sambail. Ich habe seine berühmte Bemerkung gehört. Aber sie entbehrt jeder Grundlage. Gift tropft so leicht von den Lippen des Prokurators wie Regen in den Wäldern von Kajith Kabulon vom Himmel. Die feuchten, schweren Wolken dort haben keine andere Wahl, als ihr überschüssiges Wasser jeden Tag zu vergießen; und so ist es auch mit Dantirya Sambail. Er besteht praktisch nur aus Hass, und von Zeit zu Zeit muss er einen Teil davon in die Luft abgeben.«

»Dantirya Sambail hat es als Einziger laut ausgesprochen. Aber alle denken es.«

»Denken, dass Korsibar Prestimion seinen Erfolg missgönnt?«

»Nun, und kann es überhaupt anders sein? Da er ein solch stattlicher Mann ist, überall hoch geschätzt wird und außerdem der Sohn eines großen und geliebten Königs ist?«

»Kein Sohn eines Coronals ist seinem Vater jemals auf den Thron gefolgt«, sagte Septach Melayn. »Und keiner wird ihm jemals folgen, ohne Unheil über uns alle zu bringen.« Gedankenlos zwirbelte er die Spitze seines kleinen blonden Barts. »Aber ich gebe dir Recht«, sagte er nach einem Augenblick, »Korsibar sieht sehr beeindruckend aus. Würde man den Coronal aufgrund seines Aussehens wählen, würde er den Posten zweifellos bekommen. Doch das Gesetz besagt eindeutig, dass wir hier keine Erbmonarchie haben, und Korsibar ist ein gesetzestreuer Mann. Nichts weist darauf hin, dass er irgendwelche unehrenhaften Absichten hegt.«

»Also glaubst du, zwischen ihm und Prestimion ist alles in Ordnung?«

»Ich habe keinen Zweifel daran.«

»Trotzdem ist die Luft heutzutage schwer von Vorzeichen, Septach Melayn.«

»Ach ja? Nun, lieber Vorzeichen in der Luft als einen Schwarm Dhiims, was? Denn der Stich eines Dhiims ist real und tut weh. Aber noch nie hat jemand tatsächlich ein Vorzeichen gesehen oder wurde sogar von einem verletzt. Die abscheulichen Magier sollen schwatzen, was sie wollen. Ich kann die Zukunft genauso deutlich wie die besten von ihnen sehen, Iram, und das kann ich dir sagen: Zu gebührender Zeit wird Prestimion gelassen den Thron besteigen, und Korsibar wird ihm gemeinsam mit allen anderen von uns huldigen.«

Graf Iram betastete nervös ein kleines, leuchtendes Amulett aus Gold und Meeresdrachenelfenbein, das an einer kleinen Silberkette vor der Brust seiner Tunika baumelte. »Du bist sehr unbekümmert, was diese Dinge betrifft, Septach Melayn.«

»Ja. Ich bin wohl unbekümmert, was die meisten Dinge betrifft. Das ist meine größte Charakterschwäche.« Septach Melayn blinzelte Graf Iram gutmütig zu und wandte sich ab, um einen anderen Gesprächspartner in einer Gruppe jüngerer Prinzen zu finden, die sich um den Tisch versammelt hatten, auf dem die Weinfässer standen.

Am entgegengesetzten Ende des Raumes tauchte nun eine neue Gestalt auf, auf die sich sofort die Aufmerksamkeit vieler Anwesender richtete: die Lady Thismet, die von ihrer Hofdame Melithyrrh und einigen Kammerzofen begleitet wurde. Sanibak-Thastimoon war ebenfalls bei ihr, gekleidet in die formelle rote und grüne Livree, die all diejenigen trugen, die in Korsibars Diensten standen, und der Anblick des Su-Suheris' verursachte im Saal kein geringes Flüstern. Es gab nur wenige, die die Su-Suheris nicht finster und Furcht einflößend fanden, wenn auch nur wegen der Seltsamkeit ihrer Doppelköpfe.

Wie ihr Bruder hatte auch Thismet sich an diesem Tag bewusst schlicht gekleidet, ein leichtes, beigefarbenes Gewand aus einem glanzlosen Material, das von einem roten Gürtel gehalten wurde. Ein Filigranmuster roter Perlen war darin eingewebt und verlief von der linken Schulter zur Brust.

Das einzige andere Schmuckstück, das sie trug, war ein scharfer Manculainstachel, den sie in die glänzende, lockige Dunkelheit ihres Haars gesteckt hatte. Die Schlichtheit ihres Gewandes erzielte in dieser Versammlung formell gekleideter Lords eine erstaunliche Wirkung. Es war, als stünde sie in einem hellen Scheinwerfer, der alle Blicke auf sie lenkte, obwohl sie nichts weiter getan hatte, als den Raum zu betreten, diesen oder jenen Gast mit einem Lächeln zu bedenken und um eine Schale Wein zu bitten.

Sie sprach eine Weile mit Navigorn von Hoikmar, einem lieben Freund ihres Bruders, der als fast genauso begeisterter Jäger wie Korsibar galt, und mit Mandrykarn und Venta, weiteren engen Jagdfreunden Korsibars. Dann entließ sie sie gewandt und rief mit einem schnellen, zwingenden Blick Farholt an ihre Seite und auch Farholts kleineren und boshafteren Bruder, den schlangengleichen Farquanor. Diese beiden hatten bei dem Prokurator Dantirya Sambail und dem weißhaarigen Vetter des Coronals, Herzog Oljebbin von Stoienzar, gestanden, kamen aber sogleich zu ihr. Der geschmeidige kleine Farquanor baute sich links von ihr auf und der große, klotzige Farholt wie ein lebendiger Berg direkt vor ihr, womit er sie völlig vor den Blicken jener hinter ihm verbarg.

Es war einige Anstrengung nötig, um wirklich zu glauben, dass diese beiden Männer demselben Mutterleib entstammten. Sie waren in jeder Hinsicht gegensätzlich; der hitzige, wilde, lautstarke Farholt gab sich jedem Übermaß und Drang hin, und der eiskalte, kleine Farquanor war ein stiller, gerissener und vorsichtiger Mann, der Zoll um Zoll durch das Leben schritt, von einer sorgfältig geschmiedeten Intrige zur nächsten.

Farholt war groß und fleischig und schwerfällig, Farquanor schlank, mit straffer Haut und wendig. Aber an den Augen, die vom gleichen unauffälligen, toten grauen Farbton waren, konnte man ihre Verwandtschaft erkennen, und ebenso an der rötlichen Gesichtsfarbe, und an der Weise, wie ihre Nasen vorsprangen, die in völlig glatter Linie aus der Mitte ihrer Stirnen zu wachsen schienen. Auch sie waren von königlichem Geblüt: zu ihren Ahnen zählte Lord Guadeloom, der vor langer Zeit als Folge gewisser seltsamer Ereignisse im Zusammenhang mit der plötzlichen Abdankung des Pontifex Arioc abrupt und überraschend zum Coronal ernannt worden war.

Wie Lord Confalume hatte auch Lord Guadeloom einen Sohn von mehr als gewöhnlicher Pracht und hoher Gesinnung gehabt, Theremon geheißen. In der Familie von Farholt und Farquanor hielt sich hartnäckig das Gerücht, dass Guadelooms Sohn Theremon es mehr als jeder andere Mann verdient gehabt hätte, ihm als Coronal zu folgen. Doch als es für Lord Guadeloom an der Zeit gewesen war, Pontifex zu werden, hatte er einen mittelmäßigen Bürokraten namens Calintane als Nachfolger benannt und seinen Sohn zur Seite geschoben, wie alle Coronals vor ihm es auch getan hatten. Diese Entscheidung hatte Theremons Nachkommen in den nachfolgenden Generationen stets erzürnt. Der Groll der Familie gegen das Verbot der Erbmonarchie hatte sich die langen Jahrhunderte hindurch bis hin zu Farholt und Farquanor gehalten, die in angetrunkenem Zustand oft in langen Reden das Feuer zum Ausdruck brachten, das noch in ihnen loderte, wenn sie sich über die uralte Ungerechtigkeit ereiferten, die man ihrem Vorfahren angetan hatte. Lady Thismet wusste schon seit langem von der Leidenschaft, die die beiden diesem Thema entgegenbrachten, und im gegenwärtigen Augenblick kam es für sie besonders gelegen. Erst am Vortag hatten sie in ihrem Wohnzimmer sehr ernsthaft darüber gesprochen, Farquanor und Farholt und sie. »Was die Angelegenheit betrifft, über die wir drei, ihr und ich, vor kurzem gesprochen haben ...«, hob Thismet nun an.

Die Brüder waren sofort aufmerksam, auch wenn das unauffällige, tote Grau ihrer Augen über die Wachsamkeit ihrer Gesichtszüge hinwegzutäuschen schien.

»Sanibak-Thastimoon hat die Vorzeichen gedeutet«, sagte sie mit der Glätte eines schnell dahinfließenden Bachs. »Der Augenblick ist günstig, um mit großen Unternehmungen zu beginnen, die Zeit ist da, um unseren Plan in die Tat umzusetzen.«

»Hier? Jetzt?«, fragte Farquanor. »In diesem Raum?«

»In diesem Raum, in diesem Augenblick.«

Farquanor betrachtete misstrauisch seinen Bruder, dann den Su-Suheris, dessen Gesichter so undeutbar wie immer waren, und schließlich Thismet.

»Ist das klug?«, fragte er.

»Ja. Ich bin dazu entschlossen.« Thismet zeigte auf die andere Seite, wo Prestimion und Korsibar noch immer in ihr Gespräch vertieft waren und dabei wie zwei alte Freunde aussahen, die sich viele Monate lang nicht mehr gesehen hatten und nun ihre Bekanntschaft wärmstens auffrischten. »Geh zu ihm. Nimm ihn zur Seite. Sag ihm das, was wir gestern vereinbart haben.«

»Und was, wenn man mich hört?«, fragte Farquanor. Sein schmales, hartwinkliges Gesicht umwölkte sich, und in seinen Augen erwachte der Schimmer der Unsicherheit. »Was wird aus mir, wenn ich praktisch unter Prestimions Nase umstürzlerische und in der Tat aufrührerische Vorstellungen äußere?«

»Ich nehme an, dass du diese Äußerungen mit leiser, zurückhaltender Stimme vorbringst«, sagte Thismet. »Niemand wird dich bei all diesem Lärm belauschen können. Und ich sorge dafür, dass Prestimion anderweitig beschäftigt ist, während du mit Korsibar sprichst.«

Farquanor nickte. Der Augenblick der Unsicherheit

war vorüber; Thismet sah, dass er sich bereits auf die Aufgabe freute. Mit einem Schnipsen ihrer Fingerspitzen schickte sie ihn los und beobachtete dann aufmerksam, während Farquanor den Raum durchquerte, sich Korsibar und Prestimion näherte, kurz mit ihnen sprach und dann in ihre Richtung zeigte und nickte. Prestimion löste sich lächelnd von ihnen und steuerte durch die Menge auf sie zu. »Geh«, murmelte Thismet Farholt zu. Sanibak-Thastimoon hingegen forderte sie auf, bei ihr zu bleiben. Sie sah, dass Farquanor und Korsibar sich nun etwas tiefer in den Raum zurückgezogen hatten, zu einem ruhigen Alkoven am nächsten Winkel der Wand, wo eine gewaltige, scheußlich flachgesichtige Büste irgendeines frühen Coronals sie teilweise vor den Blicken der Anwesenden verbarg. Wie sie dort standen, die Gesichter einander zugewandt und sich dem Rest des Raums im Profil präsentierend, war es unmöglich, dass jemand auch nur ein Wort von ihren Lippen ablesen konnte. Sie beobachtete, wie Farquanor etwas zu Korsibar sagte und Korsibar nachdenklich die Stirn runzelte, und dann sprach Farquanor mit vielen schnellen Gesten der Hände weiter, während Korsibar sich in der Hüfte vorbeugte, als wollte er besser verstehen können, was der kleinere Mann ihm sagte.

Während Thismet sie beobachtete, spürte sie, dass ihr Herz schneller schlug und ihr Hals ganz trocken wurde. Das Muster der kommenden Jahre – für Korsibar, für sie, für die gesamte Welt – würde sehr wahrscheinlich aus den Worten gewebt werden, die Farquanor nun sprach. Ob zum Guten oder Schlechten, die Sache wurde in Bewegung gesetzt. Sie warf einen schnellen, verstohlenen Blick auf Sanibak-Thastimoon neben ihr. Er bedachte sie mit einem unheimlichen doppelten Lächeln, als wollte er sagen: *Habt keine Furcht, alles wird gut werden.*

Dann war Prestimion an ihrer Seite und machte die höfliche kleine Geste der formellen Ehrerbietung, die ihr als Tochter des Coronals zustand. »Der Graf Farquanor sagte mir«, sagte er, »dass du mir etwas mitteilen wolltest, Lady.«

»In der Tat«, erwiderte sie.

Sie betrachtete ihn mit bedacht verborgener Sorgfalt. Sie kannten sich natürlich schon von Kindheit an, doch für Thismet war Prestimion lediglich einer von vielen Lords gewesen, vor denen es in der Burg nur so wimmelte, und keineswegs der interessanteste von ihnen: Sie hatte ihm im Lauf der Jahre kaum Beachtung geschenkt. Er war ihr immer nur wie ein von sich selbst völlig in Anspruch genommener Jüngling vorgekommen, der einmal Lord sein würde, aufrecht und fleißig und ehrgeizig, und vielleicht etwas zu klein, um wirklich attraktiv zu sein, obwohl er mit Sicherheit gut aussah. Erst nachdem sich Prestimion vor ein paar Jahren als der wahrscheinliche Kandidat für den Thron ihres Vaters profiliert hatte, hatte sie ihn einer genaueren Prüfung unterzogen. Heutzutage ging er Thismet in erster Linie auf die Nerven; aber sie konnte nicht sagen, ob es an dem lag, was er tat und sagte, oder ganz einfach nur daran, dass sie ihn nicht mochte, weil er aller Wahrscheinlichkeit nach den Thron besteigen würde, den sie ihrem Bruder so sehr gönnte.

Als er nun neben ihr stand, vielleicht ein wenig zu dicht, überraschte sie etwas, was sie noch nie zuvor wahrgenommen hatte: eine schwache, lästige Reaktion auf Prestimions Männlichkeit.

Er war nicht größer als zuvor, und er trug sein blondes Haar wie immer auf unvorteilhafte Weise. Doch heute ging von ihm eine andere Ausstrahlung aus. Er hielt sich bereits wahrhaft königlich gerade, aber offensichtlich, ohne schwer daran arbeiten zu müssen; in seinen Augen lag ein königliches Funkeln, und es hatte fast den Anschein, als umspielte irgendeine Elektrizität seine Stirn. Vielleicht hatte das prächtige Gewand, das er heute trug, etwas damit zu tun. Aber Thismet wusste, dass etwas anderes sie anzog, etwas Elementares, wobei es sich um nichts anderes als den Umstand handelte, dass Prestimions Aufstieg zur Macht unmittelbar bevorstand. Darin lag ein gewaltiger Magnetismus. Sie spürte seinen Sog. Ein seltsames Pulsieren fegte von ihrem Schoß zu ihren Brüsten und weiter in ihren Kopf hinauf.

Thismet fragte sich, ob Prestimion womöglich einen entsprechenden Sog spürte, der von ihr ausging. Sie hatte den Eindruck, Anzeichen dafür auszumachen – die Bewegungen seiner Augen, die Farbveränderungen in seinem Gesicht.

Es bereitete ihr einen Moment lang ein Schwindel erregendes Vergnügen. Das dann einer Wut wich, die sich gegen sie selbst wandte. Wie absurd war das doch! Von nun an musste sie jede Faser ihres Wesens der Aufgabe verschreiben, energisch zu verhindern, dass dieser Mann die Macht ergriff. Die bloße Aussicht darauf brachte sie schon erbärmlich aus dem Gleichgewicht. Es mochte ihrer Absicht dienen, wenn er sich zu ihr hingezogen fühlte; dass sie sich überhaupt von ihm angezogen fühlte, war allerdings die reinste Torheit.

»Ich nehme an, du kennst Sanibak-Thastimoon?«, fragte Thismet und neigte den Kopf leicht in die Richtung des Su-Suheris', der direkt hinter ihr stand. »Der Zauberer meines Bruders und gelegentlich auch der meine?«

»Ich habe von ihm gehört, ja. Gesprochen haben wir noch nicht miteinander.«

Sanibak-Thastimoon verbeugte sich vor Prestimion, wobei er den rechten Kopf wesentlich tiefer senkte als den linken.

»In den letzten Tagen hat er lange und angestrengt die Sterne betrachtet, Prinz«, sagte Thismet, »und nach Omen für die neue Herrschaft gesucht. Nun hat er mir mitgeteilt, dass er Vorzeichen gefunden hat, die für dich von beträchtlichem Interesse sein werden.«

114

»Ach, hat er das?«, erwiderte Prestimion anscheinend mit nichts weiter als wohlerzogener Formalität. Zu spät fiel Thismet ein, dass Prestimion angeblich allen Formen der Zauberkunst und des Omensuchens skeptisch gegenüberstand. Aber egal: Im Augenblick verfolgte sie lediglich die Absicht, ihn von dem Gespräch zwischen Farquanor und Korsibar abzulenken, das auf der anderen Seite des Raums stattfand.

Sie bedeutete dem Su-Suheris, er möge sprechen. Sanibak-Thastimoon zeigte nicht das geringste Anzeichen von Bestürzung oder Überraschung, obwohl Thismet ihm vorher nicht mitgeteilt hatte, was sie von ihm verlangen würde. »Ich habe festgestellt«, sagte Sanibak-Thastimoon ohne das geringste Zögern, »dass Euch – und uns alle – in den vor uns liegenden Zeiten sehr viele Überraschungen erwarten werden.«

Prestimion brachte ein angedeutetes Stirnrunzeln zustande, mit dem er leichte Neugier zum Ausdruck bringen wollte.

»Angenehme Überraschungen, hoffe ich«, sagte er.

»O ja, einige davon schon«, erwiderte Sanibak-Thastimoon.

Der Prinz lachte. »Ich weiß nicht genau, ob mir der Klang dieser Worte gefällt.«

Er forderte den Zauberer auf, sich genauer auszudrücken, und Sanibak-Thastimoon erwiderte klangvoll, er täte es gern, falls es in seiner Macht stünde.

Thismet schaute mittlerweile an Prestimions Schulter vorbei zu ihrem Bruder und Farquanor hinüber. Sie bemerkte einen Ausdruck äußerster Lebhaftigkeit auf Korsibars Gesicht; er sprach schnell und mit vielen hackenden Gesten der Hand. Farquanor hingegen musste sich auf die Zehenspitzen erheben, um den Größenunterschied zwischen ihnen zu verringern, und er schien zu versuchen, Korsibar zu beschwichtigen, zu beruhigen, zu besänftigen. Plötzlich drehte Korsibar sich um und sah durch den Raum direkt zu Thismet hinüber. Sie glaubte, Erstaunen und Verwirrung – und vielleicht Zorn – in den Augen ihres Bruders zu sehen, und verspürte den großen Drang, ohne Verzögerung zu erfahren, was sich zwischen ihm und Farquanor zugetragen hatte.

Neben ihr unterbreitete Sanibak-Thastimoon Prestimion Vorzeichen kommender Dinge, so schnell er sie erfinden konnte; doch seine Äußerungen waren in den trüben Allgemeinheiten seines Gewerbes gehalten und wimmelten vor undurchsichtigem Gerede über Sterne, die auf ihren Bahnen rückwärts liefen, und messinggelben Schlangen, die ihre eigenen Schwänze verschlangen, und diesen und jenen Geschehnissen und Konfigurationen, die auf die Möglichkeit dieser und jener Ereignisse und dieser und jener Schlussfolgerungen hindeuteten, aber natürlich nur, wenn sie nicht durch gegensätzliche Omen widerrufen wurden, die dieses und jenes implizierten, und so weiter und so fort, und nichts davon wurde mit großer Klarheit oder Genauigkeit geäußert.

Prestimion zeigte zunehmende Anzeichen entschiedener Unaufmerksamkeit. Bei einer geeigneten Pause in der Erzählung dankte er dem Su-Suheris sehr freundlich für seinen Rat und entschuldigte sich. Dann schaute er Thismet an und bedachte sie mit einem schnellen, betörenden Lächeln und einem erstaunlich intimen Blick, der ihr gleichzeitig schmeichelte und sie wütend machte. Und dann war er verschwunden.

Farquanor kehrte mittlerweile auf ihre Seite des Raums zurück.

Ihre Stirn pochte vor Besorgnis, und das Gehirn schien sich in ihrem Schädel zu drehen. »Nun?«, fragte sie grimmig.

Er wirkte ausgelaugt und verwelkt, wie eine Pflanze, die man zu lange hatte in der Sonne stehen lassen. Thismet hatte ihn noch nie so erschüttert gesehen. Als wollte er weiteren Druck von ihr vermeiden, hob er die

Hand, griff schließlich nach einer Trinkschale Wein auf dem Tablett eines vorbeigehenden Dieners und stürzte ihn hinunter, bevor er antwortete. Sie zwang sich zur Geduld, sah zu, wie er Kraft und Haltung zurückgewann, bis er wieder der Farquanor war, den sie kannte, furchtlos und einfallsreich.

»Es war sehr schwierig«, sagte er schließlich. »Aber ich glaube, wir haben einen Anfang gemacht.«

Eifrig packte sie ihn an einem Unterarm. »Schnell! Erzähl mir alles!«

Farquanor blieb so lange stumm, dass es sie fast in den Wahnsinn trieb. »Ich begann«, sagte er schließlich, »indem ich ihm mitteilte, hier spreche jeder über die Bemerkung des Prokurators, dass er, Korsibar, Prestimion und jeder Idee, die vielleicht von ihm kommt, Feindseligkeit entgegenbringe. Woraufhin dein Bruder Folgendes erwiderte, Lady: Wenn der Prokurator damit gemeint habe, dass er von dem Drang beseelt sei, an Prestimions Stelle Coronal zu werden, werfe der Prokurator ihm Verrat vor, was eine hinterhältige Beschuldigung sei, die dein Bruder entschieden zurückweist.«

»In der Tat«, sagte Thismet und spürte, dass sie der Mut verließ. »Verrat. Er hat dieses Wort gebraucht. Und du hast gesagt …?«

»Dass er selbst vielleicht nicht der Ansicht ist, er habe den Thron mehr verdient als Prestimion, aber viele andere hier dächten eben dies, und ich sei stolz, sagen zu können, dass ich zu ihnen gehöre. Das sei auch Verrat, sagte er, und wurde sehr wütend.«

»Und ließ nicht erkennen, er sei vielleicht nicht nur erzürnt, sondern auch geschmeichelt, weil wichtige Leute der Ansicht sind, er sei des Throns würdig?«

»Zu diesem Zeitpunkt nicht«, entgegnete Farquanor.

»Ach. Nicht zu *diesem* Zeitpunkt.«

»Dann bat ich ihn um Verzeihung, falls ich ihn beleidigt habe«, fuhr Farquanor fort, »und versicherte ihm, ich wolle für keinerlei Verrat eintreten und der Prokurator auch nicht, und ich wolle ganz bestimmt diesem keine verräterischen Gedanken unterstellen. Aber ich bat deinen Bruder, den guten Prinzen, zu bedenken, dass Verrat in der Tat eine Vorstellung ist, die sich mit den Umständen verändert und wandelt. Niemand wage es, etwas Verrat zu nennen, sagte ich, falls es einem lohnenden Ziel diene. Was ihn noch wütender machte, Lady. Ich dachte gar, er werde mich schlagen.

Ich bat ihn, ruhig zu bleiben; ich erklärte ihm erneut, wie viele der Ansicht seien, er habe ein Recht auf den Thron, und dass diese Leute zudem der Ansicht seien, das Erbfolgegesetz sei ungerecht. Ich sprach von all den berühmten Prinzen der Vergangenheit, die wegen dieses Gesetzes auf den Coronalsthron verzichten mussten, und nannte einige. Es waren bedeutende Namen; ich habe sehr eloquent zu ihren Gunsten gesprochen und seine Tugenden mit den ihren verglichen. Und allmählich stellte ich fest, dass er sich für die Vorstellung erwärmte. Damit spielte, könnte man sagen. Sie immer wieder in seinem Kopf drehte, als wäre sie völlig neu für ihn. Und schließlich sagte er: ›Ja, Farquanor, viele große Prinzen mussten wegen dieses unseren Brauchs zur Seite treten.‹«

»Aha. Also hat er den Köder geschluckt. Er hängt am Haken.«

»Vielleicht, Lady.«

»Und wie war es zwischen euch, als du dich von ihm trenntest?«

»Hast du das nicht gesehen, Lady? Am Ende unseres Gesprächs?«

»Ich habe in diesem Augenblick gerade mit Prinz Prestimion gesprochen.«

Ein Muskel zuckte in Farquanors fleischloser Wange, und sein Blick kündete von einer Woge erinnerten Schmerzes. »Vielleicht habe ich die Dinge dann ein wenig zu schnell vorangetrieben. Ich habe ihm gesagt, ich sei froh, dass wir übereinstimmten und vielleicht weitere ergebnisreiche Gespräche über das Thema führen könnten. Und ich habe auch gesagt, es gäbe einige, die sich gern an diesem Nachmittag mit ihm treffen würden, um über eine Vorgehensweise zu sprechen, die zu konstruktiven Zielen führen könne.«

Thismet beugte sich eifrig vor, so nah an Farquanor heran, dass dessen Nase zitternd den Duft ihres Atems auffing.

»Der Prinz hat schlecht reagiert«, sagte er. »Ich glaube, mit dieser letzten Bemerkung stürzte zu viel zu schnell auf ihn ein. Ein schrecklicher Blick trat in die Augen deines Bruders, und er griff hinab und legte die Fingerspitzen um meinen Hals, *genau so*, meine Lady, ganz leicht, dass man aus der Ferne denken konnte, es sei nur eine freundliche Berührung. Aber ich wusste aufgrund seiner Kraft und des Drucks seiner Hände auf meinem Hals, dass er nur mit den Handgelenken zucken müsste, um mir das Rückgrat wie eine Fischgräte zu brechen, und es vielleicht auch tun würde. Und er sagte mir, er werde keinen Anteil an irgendeinem Verrat gegen Prestimion haben, und ich dürfe nie wieder mit ihm über so etwas sprechen. Dann schickte er mich fort.«

»Und das, sagst du, ist ein guter Anfang?«

»Ich glaube schon, Lady.«

»Mir kommt er wie ein sehr schlechter vor.«

»Ja, am Ende war er wütend, und auch am Anfang. Doch zwischendurch hat er ernsthaft über die Idee nachgedacht. Das konnte ich deutlich sehen. Er schwankt, Lady: Das ist seine Natur.«

»Ja. Ich kenne das Wesen meines Bruders.«

»Der Same ist in ihm gesät. Er wird versuchen, dem Sog zu widerstehen, denn wir alle wissen, dass dein Bruder sich nicht so einfach gegen die bestehende Ordnung erhebt. Aber im Innern gefällt es ihm auch, dass andere ihn als König sehen. Er wagt vielleicht nicht, ja erlaubt sich selbst nicht, dies zu glauben, doch wenn andere es ihm zutragen, verändert das für ihn alles. Man kann ihn umdrehen, Lady. Davon bin ich überzeugt. Du kannst es leicht selbst feststellen. Du musst nur zu ihm gehen, ihn für die Königswürde loben, die du in ihm siehst, und ihn genau beobachten. Als ich auf diese Weise zu ihm sprach, leuchtete sein Gesicht in einem rosigen Glanz. O ja, Lady, ja doch. Man kann ihn umdrehen.«

7

Am ersten Tag der Pontifikalspiele präsentierten die Führer des Königreichs sich formell am Krankenlager des Pontifex, der noch immer zwischen Leben und Tod schwebte und sich hartnäckig weigerte, die Augen zu schließen und zur Quelle aller Dinge zurückzukehren. Offenbar verspürten sie das Bedürfnis, ihn um seine Erlaubnis für den Beginn der Spiele zu bitten, mit denen nach altem Brauch sein Abschied von der Welt gefeiert werden sollte.

Der sterbende Pontifex lag mit geschlossenen Augen da, das Gesicht nach oben gewendet, eine fast unscheinbare Gestalt in der großen Weite des kaiserlichen Himmelbetts. Seine Haut war längst grau geworden. Die langen Ohrläppchen hingen schlaff herunter. Die Gesichtszüge waren ausdruckslos, als lägen sie hinter Knochenbändern verborgen. Nur sein langsamer, praktisch nicht wahrnehmbarer Atem bot den geringsten Hinweis darauf, dass er noch lebte, und selbst der schien immer wieder für lange Augenblicke auszusetzen.

Es war an der Zeit, dass er starb. Darin waren sich alle einig. Er war unvorstellbar alt, hatte gut ein Jahrhundert des Lebens hinter sich. Über vierzig Jahre als Pontifex, davor etwa zwanzig als Coronal: Es war genug.

Prankipin war ein Mann von gewaltiger Vitalität und körperlicher Unverwüstlichkeit gewesen, vom Wesen her Romantiker und Visionär, vom Geist her lebhaft und froh, berühmt für die Freundlichkeit und ansteckende Macht seines Lächelns. Selbst die Münzen, auf denen er abgebildet war, zeigten ihn mit diesem wunderbaren Lächeln; und er schien selbst jetzt zu lächeln, da er auf dem Sterbebett lag, als hätte seine Gesichtsmuskulatur schon vor langer Zeit alle anderen Ausdrücke vergessen. Der Pontifex wirkte trotz seines extremen Alters auch seltsam jugendlich. Seine Wangen und die Stirn waren fast kindlich glatt; in den letzten Wochen waren alle Furchen und Falten seines langen Lebens verschwunden.

In der verdunkelten Kammer, in der der alte Pontifex im Sterben lag, herrschte eine erhabene Stille. Blauer, von roten Funken gesprenkelter Rauch kräuselte sich aus Dreibeinen hinauf, in denen fremdartige Weihraucharten brannten, und auf Tischen in der schattigen Ecke des Raums stapelten sich hoch die Bücher mit Zaubersprüchen und Tränken und den Bewegungen der Sterne, die der Monarch studiert oder zumindest vorgeblich studiert hatte. Weitere solche Bände lagen um ihn herum auf dem Boden. Ein Vroon, ein Su-Suheris und ein stahläugiger Ghayrog standen ernst neben dem Bett und stimmten unablässig mit leiser, weicher Stimme die geheimnisvollen Beschwörungen an, welche die sich entfernende Seele des Pontifex, die sich auf ihre Reise vorbereitete, schützen sollte.

Jeder Angehörige der inneren Regierungskreise, sowohl in der Burg als auch im Labyrinth, kannte die Namen dieser drei Fremdwesen. Der Vroon war Sifil Thiando, der Ghayrog Varimaad Klain, der Su-Suheris Yamin-Dalarad. Die drei düster dreinschauenden Wesen waren die Kommandanten der gewaltigen Truppe aus Sehern, Haruspizes, Nekromanten, Beschwörern und Wahrsagern, die Prankipin in den letzten beiden Jahrzehnten seiner Herrschaft um sich geschart hatte.

Geschmückt mit den Insignien ihres Gewerbes und bekleidet mit der dunklen, Furcht einflößenden Aura ihrer eigenen Magie, gaben sie sich hochmütig und reserviert und umklammerten die Stäbe ihrer Kunst, während die Mitglieder der Gruppe des Coronals sich anschickten, das kaiserliche Schlafzimmer zu betreten. Seit vielen Jahren hatten diese drei den alternden Pontifex nun bei all seinen wichtigsten Entscheidungen beraten; und in letzter Zeit war es für alle offensichtlich geworden, dass sie – und keiner der Beamten der Pontifikalbürokratie, ja vielleicht nicht einmal der Pontifex selbst – die wirklichen Autoritäten am Hof des Labyrinths waren. Mit ihrer herrischen Haltung und ihrem gebieterischen Gehabe ließen sie am heutigen Tag daran keinen Zweifel.

Aber auch die drei höchsten Minister des Pontifikalhofs wohnten der Zeremonie bei und drängten sich grimmig an der linken Seite des Sterbebettes zusammen, als wollten sie ihn gegen das Trio auf der anderen Seite bewachen: Orwic Sarped, der Minister für auswärtige Angelegenheiten, Segamor, der Privatsekretär des Pontifex, und Kai Kanamat, der Hohe Sprecher des Pontifikats. Ihre Gesichter waren ernst, und sie wirkten bedrückt. Diese drei hatten ihre Ämter seit undenklichen Zeiten inne und waren mit dem Pontifex gealtert und verwittert. Das galt besonders für Kai Kanamat, der von den dreien am stärksten ausgetrocknet war und den Anschein erweckte, bei lebendigem Leib mumifiziert worden zu sein. Er schien nur noch aus runzliger Haut zu bestehen, die sich über ein fadenscheiniges Gestell aus zerbrechlichen Knochen spannte.

Einst waren sie und nicht Prankipins Mannschaft von Zauberern hier die wahren Machthaber gewesen. Aber diese Zeit war schon lange vorbei. Ohne jeden Zweifel würden sie alle froh sein, das, was von ihrer Verantwortung noch vorhanden war, niederzulegen und sich in den Ruhestand zurückzuziehen, sobald Prankipin den Geist aufgegeben hatte.

Im Raum befanden sich auch die beiden wichtigsten Ärzte des Pontifex, Baergax Vor von Aias und Ghelena Gimail. Auch ihre ruhmreiche Zeit war vorbei. Sie konnten nicht mehr die Dankbarkeit der gesamten Labyrinthbürokratie verlangen, weil sie mit ihrem Geschick das Leben des Pontifex erhielten und verlängerten. Dem Pontifex war jetzt nicht mehr zu helfen; die Verwaltung des Labyrinths stand vor unvermeidlichen Veränderungen, und all die behaglichen Amtsnischen würden ausgefegt werden. Während sie nun buchstäblich im Schatten der drei Magier standen, sahen Baergax Vor und Ghelena Gimail nur noch wie hohle Hüllen aus; ihre Fertigkeiten hatten sich erschöpft, und sie hatten ihren Beruf fast schon aufgegeben.

Was den Pontifex selbst betraf, so lag er dort wie eine Wachsfigur seiner selbst, reglos, blind, während die Großen Majipoors sich darauf vorbereiteten, ihm, wie sie alle leidenschaftlich hofften, die letzte Ehrerbietung zu erweisen.

Im Gang vor dem Raum des Pontifex bildeten sie ihre Prozession. Lord Confalume, der die Sternenfächerkrone und das Amtsgewand trug, würde natürlich als Erster hineingehen, mit dem Hohen Rat Herzog Oljebbin direkt hinter ihm, und dann Seite an Seite die beiden anderen höchsten Lords, Serithorn und Gonivaul. Ihnen würde die Hierarchin Marcatain folgen, die die Lady der Insel des Schlafs repräsentierte, welche die dritte der drei Mächte des Reichs war; und danach der Prokurator Dantirya Sambail, gefolgt von Prinz Korsibar und Herzog Kanteverel von Bailemoona. Erst, wenn all diese den Raum betreten hatten, würde ihnen endlich Prinz Prestimion folgen.

Darüber würden sich an diesem Tag viele den Mund zerreißen, dass Korsibar und die anderen zuerst hineingingen und Prestimion ihnen folgte. Aber das Protokoll ließ nichts anderes zu. Abgesehen von Korsibar waren all jene, die den Raum vor Prestimion betraten, hohe Beamte des Königreichs, und Korsibars vorderer Platz in der Prozession wurde vom Umstand seiner königlichen Geburt gesichert. Prestimion hielt zu diesem Zeitpunkt kein bedeutendes Amt in der Regierung inne und war noch nicht formell als designierter Coronal ernannt worden. Und bis das geschah, war Prestimion lediglich einer von vielen Prinzen des Burgbergs; seine Macht und sein Prestige lagen noch in der Zukunft.

Man gab ihnen das Zeichen, den Raum des Pontifex zu betreten. Confalume schritt vorwärts, nach ihm Herzog Oljebbin, dann folgte der Rest, einer nach dem anderen. Und als die Großen des Reichs am Bett vorbeizogen und alle nacheinander niederknieten und das Zeichen der Unterwerfung und des Segens machten, geschah etwas Seltsames. Die Augen des Pontifex öffneten sich flatternd, als Korsibar vor ihn trat. Erregung war auf dem Gesicht des alten Mannes zu erkennen. Die Finger seiner linken Hand zitterten auf dem Bettlaken; ein dumpfes, sprudelndes, zusammenhangloses Geräusch kam über seine Lippen.

Und so erstaunlich es war – dann hob er ganz langsam den Arm, und seine hagere, schwache Hand griff zitternd und mit breit gespreizten Fingern nach Korsibar, der stocksteif dastand und verwirrt hinabschaute. Vom alten Prankipin kam ein weiteres Geräusch, ein noch tieferes, fast ein Stöhnen, das sich erstaunlich in die Länge zog. Er schien zu versuchen, Korsibars Handgelenk zu umklammern. Aber so weit konnte er nicht greifen. Einen Augenblick lang ragte diese klauenähnliche Hand hoch in die Luft, stocherte heftig in Korsibars Richtung, zuckte krampfhaft und fiel dann zurück. Die Augen des Pontifex bewölkten sich und schlossen sich wieder, und erneut lag der alte Mann ganz still im Bett und atmete so flach, dass man kaum sagen konnte, ob er noch lebte.

Sofort kam es im Zimmer zu Tumult.

Prestimion, der an der Tür des Schlafzimmers darauf wartete, eintreten zu dürfen, sah erstaunt zu, wie die drei Magier von der einen und die beiden Ärzte von der anderen Seite hektisch zum Bett stürzten, sich tief über den alten Kaiser beugten, die Köpfe zusammensteckten und sich untereinander mit dringlichem Flüstern in den Jargons ihrer Berufe berieten. »Sie werden ihn mit all dieser Aufmerksamkeit noch ersticken«, murmelte Prestimion Herzog Iram von Normork zu, als die Konferenzen am Bett lauter wurden. Er hörte das hektische Klicken von Amuletten und die fast panisch klingende Rezitation von Zaubersprüchen, während die Ärzte versuchten, die Magier zurückzudrängen, und es einem von ihnen schließlich gelang, dem Pontifex ein Fläschchen mit irgendeiner bläulichen Medizin an die Lippen zu halten.

Dann schien die Krise vorüberzugehen, vielleicht wegen der Medizin, vielleicht wegen der Zaubersprüche; wer konnte das schon sagen? Langsam traten die Zauberer und die Ärzte vom Bett zurück. Der Pontifex war wieder in die Tiefen seines Komas gesunken.

Der Ghayrog-Magier, Varimaad Klain, bedeutete Prestimion brüsk, den Raum zu betreten.

Er kniete nieder, wie die anderen vor ihm es ebenfalls getan hatten. Und machte das Zeichen des Pontifex, und wartete, halbwegs befürchtend, dass der alte Mann sich erneut auf diese entsetzliche Weise erheben und auch nach ihm greifen würde.

Aber Prankipin bewegte sich nicht. Prestimion senkte den Kopf zu dem seinen hinab und lauschte dem schwachen, krächzenden Geräusch seines gequälten Atems. Er murmelte die Worte der Segnung, Prankipin reagierte nicht. Hinter den geschlossenen Lidern waren seine Augen völlig reglos. Sein wächsern aussehendes

Gesicht war wieder glatt und ruhig und lächelte dieses unheimliche Lächeln.

Das ist der Tod im Leben, dachte Prestimion entsetzt. Ein Schrecken. Ein Schrecken! Ein Sturm des Mitleids und Abscheus durchfegte ihn. Er erhob sich abrupt vom Bett des Pontifex und ging mit schnellen, brüsken Schritten zur Hintertür des Raums.

Prestimions Gesicht war finster, als er das kaiserliche Schlafzimmer verließ. Septach Melayn und Gialaurys trafen ihn auf der Rampe, die zur Arena hinaufführte, in der die Spiele in gut einer Stunde beginnen würden. Als sie den Ausdruck auf dem Gesicht des Prinzen sahen, warfen sie sich beunruhigte Blicke zu.

»Was ist los, Prestimion, ist Seine Majestät tot?«, fragte Septach Melayn. »Du siehst aus, als wärest du selbst halbtot!«

»Der arme Prankipin lebt noch, mehr oder weniger«, erwiderte Prestimion und verzog das Gesicht. »Leider mehr, heißt das. Und was mich betrifft, nein, ich bin nicht einmal halb tot, mir ist nur ein wenig schlecht. Der Pontifex liegt dort wie eine Marmorstatue seiner selbst, völlig reglos, mit geschlossenen Augen, atmet kaum noch, wird vom Göttlichen mit wer weiß was für Tricks am Leben gehalten. Aber man sieht, dass er bereit ist, die Augen endgültig zu schließen, bereit und willig. Als Korsibar an ihm vorbeiging, erwachte er einen Augenblick lang zum Leben und bewegte sich tatsächlich und versuchte, sein Handgelenk zu ergreifen – es war ein schrecklicher Moment, wie seine Hand sich vom Bett erhob, und das Geräusch, das er von sich gab … es klang wie ein Schmerzensschrei …«

»Er wird bald seinen Frieden finden«, sagte Septach Melayn.

»Und diese Magier«, sagte Prestimion. »Beim Göttlichen, Freunde, ich habe die Nase heute von der Zauberei voll, ach was, es ist noch viel schlimmer! Wenn ihr sie nur dort hättet sehen können – diese drei unheimlichen, abscheulichen Zauberer, sie beugten sich über ihn, als gehörte er ihnen, schwafelten ihr endloses Kauderwelsch und schwankten von einer Seite zur anderen wie Schlangen, die gleich zustoßen werden …«

»Nur drei?«

»Drei«, sagte Prestimion. »Ein Vroon, ein Ghayrog und einer der Doppelköpfigen. Das sind die drei, die ihn angeblich beherrschen. Und der Raum ganz in Schatten, und man erstickt am Gestank des Weihrauchs … Bücher der Magie liegen wie Feuerholz auf jedem Tisch gestapelt und weitere davon auf dem Boden … und der alte Mann in der Mitte von alledem, völlig in Träumen verloren, abgesehen von dem Augenblick, als Korsibar an ihm vorbeiging. Da schien er kurz zu erwachen, und dieses eingerostete, schrecklich kreischende Geräusch kam über seine Lippen, und er versuchte, die Finger um Korsibars Gelenk zu legen …« Prestimion griff sich mit den Händen an die Kehle. »Ich sage euch, mir war schlecht vor Abscheu. Der Gestank dieses Weihrauchs ist noch immer in meiner Nase. Ich fühle mich von ihm und von allem beschmutzt, was ich gerade in dieser Kammer gesehen habe. Ich habe den Eindruck, durch einen dunklen Tunnel gekrochen zu sein, in dem sich Spinnen versteckt haben.«

Septach Melayn berührte tröstend Prestimions Schulter und hielt ihn einen Moment lang fest. »Du nimmst es viel zu schwer, Freund. Sobald du Coronal bist, wirst du genug Zeit haben, um alle diese magischen Hirngespinste von der Welt zu schaben. Doch bis dahin musst du sie einfach als den bloßen dunstigen Unsinn betrachten, der sie sind, und ihnen nicht erlauben …«

»Jetzt halte aber mal inne und warte kurz!«, warf Gialaurys in diesem Augenblick mit gerötetem Gesicht ein. »Du weißt nichts von diesen Dingen, Septach Melayn. Hirngespinste, sagst du? Und Unsinn? Ach, wie einfach ist es doch, über etwas zu spotten, wenn man keine Erfahrung mit der höheren Weisheit hat.«

»In der Tat, die höhere Weisheit«, sagte Septach Melayn leichthin.

Gialaurys ignorierte ihn und wandte sich Prestimion zu. »Und du, Prinz, der du so barsch von diesen Dingen sprichst«, fuhr der groß gewachsene Mann fort. »Sei ehrlich zu mir, hast du mit Septach Melayn insgeheim eine Übereinkunft getroffen, dass die Zauberei verboten wird, wenn du die Krone hast? Denn in diesem Fall bitte ich dich, es noch einmal zu überdenken. Bei der Lady, ich sage dir, Prestimion, es sind keine bloßen Hirngespinste, und du wirst sie nicht so einfach wegwischen können, wie du glaubst.«

»Ruhig, ruhig, guter Gialaurys«, sagte Prestimion. »Es ist Septach Melayns Idee und nicht die meine, die Zauberei aus dem Land zu verbannen, und ich habe nie gesagt, dass ich so etwas versuchen werde, ganz gleich, was ich tief in meinem Herzen davon halte.«

»Und was hältst du tief in deinem Herzen davon?«, fragte Gialaurys.

»Das weißt du bereits, guter Freund. Für mich ist diese Magie töricht und leer, ein bloßer Schwindel.«

Ein hitziger Ausdruck verdunkelte Gialaurys' Gesicht. »Ein Schwindel? Ein bloßer Schwindel, Prinz? Du kannst nichts Wirkliches darin sehen? Ach, Prestimion, wie sehr irrst du dich darin! Auf allen Seiten werden ihre Wahrheiten jeden Tag bestätigt. Wenn du willst, kannst du dies abstreiten. Aber das macht es nicht weniger wahr.«

»Vielleicht. Ich kann es einfach nicht sagen«, erwiderte Prestimion unbehaglich.

In der Tat hatte sogar er von allen Seiten Berichte über unerklärliche Dinge gehört, scheinbare Wunder, die man durchaus als das Werk von Zauberern ansehen konnte. Aber er klammerte sich an die Meinung, dass man irgendwie rationale Erklärungen finden könnte und diese vermeintlichen Wunder mit wissenschaftlichen Methoden zustande gebracht worden waren. Viel wissenschaftliches Wissen war im Verlauf der vielen Jahrtausende von Majipoors Geschichte verloren gegangen und vergessen worden, und vielleicht war einiges davon in letzter Zeit wiederentdeckt und eingesetzt worden: Für Leute, die nichts von den technischen Mitteln wussten, mit denen man sie erzielt hatte, mochten die Ergebnisse tatsächlich wie Magie aussehen.

Andererseits gestand er auch bereitwillig ein, dass die Vroons und Su-Suheris vielleicht gewisse geistige Kräfte hatten, die nicht magischer waren als bei anderen Spezies das Sehen und Hören, und die ihnen ermöglichten, manche ihrer angeblichen Wunder zu wirken. Aber nicht mehr als das. Und im Allgemeinen zog Prestimion es vor, sich ein Urteil über all diese Fragen vorzubehalten.

Und so hob er eine Hand, als Gialaurys das Gespräch anscheinend unbedingt fortsetzen wollte.

»Es ist genug dazu gesagt«, erklärte Prestimion mit dem freundlichsten Lächeln, das er aufbringen konnte. »Es besteht für uns kein Grund, hier und jetzt über diese Sache zu sprechen, oder? Ich will nur sagen – und ich bitte um Entschuldigung, falls ich deine Auffassung beleidige, mein Freund –, dass mir fast schlecht wurde, als ich sah, wie dicht diese Parasiten sich um den alten Prankipin scharten, und dass ich sehr froh bin, diesen Raum verlassen zu haben.« Er schüttelte heftig den Kopf, als wollte er ihn endlich von diesem erdrückenden Weihrauchdunst befreien. »Kommt, die Spiele fangen bald an. Wir sollten in die Arena gehen.«

Sie gingen durch die spiralförmigen Ebenen nach oben und erreichten noch rechtzeitig diese große, offene Fläche, die der Pontifex Dizimaule in längst vergangenen Zeiten dem Labyrinth vermacht hatte und auf der die Pontifikalspiele abgehalten wurden.

Niemand wusste, warum Dizimaule diese unbegreifliche Leere in einer der mittleren Ebenen des Labyrinths hatte errichten lassen. Er hatte keinen Grund genannt, sagten die Historiker der unterirdischen Stadt: Er hatte kühl den Befehl gegeben, ganze Morgen an bereits bestehenden Gebäuden zu beseitigen und an ihrer Stelle *nichts* zu erbauen. Man konnte sich auf den Platz stellen und zur anderen Seite schauen und konnte die dortige Mauer nicht ausmachen, so gewaltig war die Ausdehnung. Die hohe Decke wurde nicht von inneren Säulen getragen, eine Tatsache, die Generationen von Majipoor-Architekten verblüfft hatte. Wenn man die Hände hohl machte und vor den Mund hielt und rief, dauerte es eine halbe Ewigkeit, bis die Echos endlich zurückkehrten, doch wenn sie es schließlich taten, stürzten und schlugen sie eine wundersam lange Zeit auf einen ein.

Gewöhnlich blieb die Arena unbewohnt und unbenutzt. Per Gesetz hatte Pontifex Dizimaule verboten, irgendetwas darin zu erbauen, und kein nachfolgender Pontifex hatte versucht, dieses Gesetz aufzuheben. Und so befand sie sich seit Jahrhunderten an dieser Stelle, sinnlos und verwirrend. Lediglich nach dem Tod eines Pontifex ereignete sich dort etwas, denn außer der Arena gab es keinen anderen Ort im Labyrinth, an dem die traditionellen Bestattungsspiele für einen Pontifex abgehalten werden konnten.

Eine gewaltige Haupttribüne mit zahlreichen Etagen für die normalen Bürger war an der Westmauer der Arena praktisch über Nacht wie Pilzbewuchs in einem feuchten Wald in die Höhe geschossen. Davor befanden sich die Anlagen für die Spiele selbst, in der Mitte die Rennbahn für die Streitwagen, daneben die Aschenbahnen für die Laufwettbewerbe, am nördlichen Ende die kleineren Ringe für das Boxen und Ringen und die Spezialdisziplinen und im Süden die Stände für das Bogenschießen. Auf der östlichen Seite befanden sich die besonderen Sitzplätze für die Besucher vom Burgberg mit der prunkvollen Ehrenloge für den Coronal und seine Familie in der Mitte. Oben, irgendwo auf halber Höhe zwischen dem Boden und der undeutlich auszumachenden Decke, schwebten Trauben starker Glühlampen frei in der Luft und warfen helle Strahlen roten und goldenen Lichts auf den ansonsten nur schwach beleuchteten Ort.

Ein Platzanweiser in einer purpurnen Robe, die mit einem Kragen aus orangefarbenem Fell besetzt war, und einer kleinen Halbmaske auf den Augen und dem Nasenrücken, die das pittoreske Symbol der Pontifikalbeamten war, führte Prestimion und seine Begleiter zu ihren Plätzen, einer Loge direkt links von der des Coronals. Herzog Svor war bereits dort, genau wie Prinz Serithorn mit einigen Stabsmitgliedern. Direkt dahinter winkte der Coronal den Bürgern lächelnd von seinem Platz in der Mitte zu, mit Prinz Korsibar auf der einen und Lady Thismet auf der anderen Seite. Lady Melithyrrh begleitete Thismet; der Su-Suheris-Magier Sanibak-Thastimoon saß direkt hinter Korsibar.

Rechts vom Coronal und seinen Begleitern teilte Herzog Oljebbin von Stoienzar eine Loge mit den Grafen Farholt und Farquanor, Mandrykarn von Stee, Iram von Normork und einigen anderen. Der Prokurator Dantirya Sambail traf kurz nach Prestimion ein, prächtig gekleidet mit einem juwelengeschmückten orangefarbenen Gewand, das noch herrlicher war als sogar das von Lord Confalume. Er blieb eine Zeit lang stehen und betrachtete die Sitzordnung, bis er schließlich seinen Platz in Herzog Oljebbins Loge fand, direkt an der Seite neben Prinz Korsibar in der benachbarten Loge.

Prinz Gonivaul hatte als Herr der Spiele einen Sitzplatz hoch über allem und schräg neben der Haupttribüne. Er stand ganz ruhig da, schaute in diese und jene Richtung und wartete den richtigen Augenblick ab, um die Spiele zu eröffnen. Dann hob er ein seidenes Halstuch aus leuchtendem Purpurrot und Grün und winkte damit dreimal scharf über seinem Kopf.

Zur Antwort erklang ein Fanfarenstoß von Trompeten, Trommeln, Hörnern und Flöten. Aus einem Nebeneingang in einer fernen Ecke der Arena kamen die Teilnehmer der Wettbewerbe des ersten Tages und fuhren in einer kleinen Flotte von Schwebern zur Mitte des Stadions. Die Wettläufe bildeten die erste Disziplin, dann kamen die Duelle mit Schlagstöcken; beide dieser Zeitvertreibe wurden hauptsächlich von den jüngsten Prinzen der Burg bestritten.

Doch als die Konkurrenten die Schweber verließen und sich in parallelen Reihen auf dem Feld aufbauten, niederknieten und sich erhoben und streckten und auf der Stelle tänzelten, um sich für ihre Rennen vorzubereiten, tauchten andere Gestalten auf und kamen vor der Loge des Coronals auf das Feld. »Schau«, sagte Prestimion und stieß Septach Melayn scharf in die Rippen. »Die Zauberer … sogar hier!«

In der Tat. Sie waren allgegenwärtig. Es gab kein Entrinnen vor dem Zugriff der Magier mehr, nirgendwo auf der Welt.

Prestimion beobachtete mit tiefem Abscheu, wie bronzene Dreibeine aufgestellt, gefärbte Pulver hineingeschüttet und entzündet wurden, wie sieben langbeinige Gestalten, bekleidet mit den eindrucksvollen Gewändern der Geomanten, die in der Hohen Stadt Tidias auf dem Burgberg ihre Blütezeit erlebten – die leuchtende Robe aus goldenem Brokat, die Kalautikoi genannt wurde, der reich bestickte Umhang, der Lagustrimore hieß, der hohe Messinghelm, der als Miirthella bekannt war – ihre feierlichen Posen einnahmen und laut und hallend ihre mystischen Zaubersprüche von sich gaben.

»*Bythois … Sigei … Remmer … Proiarchis …*«

»Was sagen sie da?«, flüsterte Prestimion.

Septach Melayn lachte. »Woher soll ich das wissen?«

»Ich glaube, das sind Zauberer aus Tidias, und wie ich mich entsinne, stammst du aus dieser Stadt.«

»Als ich dort lebte, habe ich weder mit Magiern gezecht noch ihre dunklen Künste gelernt«, erwiderte Septach Melayn. »Wenn du eine Übersetzung haben willst, ist Gialaurys dein Mann.«

Prestimion nickte. Aber er sah, dass der große Gialaurys niederkniete und in frommer Andacht gemeinsam mit den Geomanten, die ihre Beschwörungen intonierten, vor sich hin brummelte. Aus Liebe zu Gialaurys zwang Prestimion sich, seinen Zorn über den langen Ritus zu zügeln, der vor ihnen abgehalten wurde.

Es war ohnehin Zeitverschwendung, mit irgendeinem außer Septach Melayn über die Zauberei zu schimpfen. Prestimion hatte allmählich den Eindruck, dass er und Septach Melayn die beiden Letzten auf Majipoor waren, die sich nicht den Zaubersprüchen der Magier unterworfen hatten. Und Prestimion sah mittlerweile ein, dass sie beide vielleicht besser daran täten, ihre Abneigung gegen solche Dinge taktvoller zum Ausdruck zu bringen. Ihm war klar, dass ein Coronal klug beraten war, wenn er sich dem Zeitgeschmack nicht allzu offen widersetzte. Er schaute auf das Feld. Die Zauberer und ihre Ausrüstung waren nun fort, und die Wettläufe hatten begonnen: zuerst die Sprints, die fast schon vorüber waren, kaum dass sie angefangen hatten, dann die längeren Strecken, immer wieder die Bahn entlang, eine Runde, zwei Runden, sechs Runden, zehn.

Prestimion erkannte nur sehr wenige der Teilnehmer. Eine Vielzahl junger Ritter und Gardisten waren als Begleiter der königlichen Familie und der Herzöge und Lords vom Burgberg gekommen, und aus ihren Rängen rekrutierten sich die meisten Läufer; aber namentlich kannte er nur eine Hand voll von ihnen. Seine Aufmerksamkeit ließ schnell nach. Links konnte er die Wettstreiter sehen, die sich für die Stockduelle vorbereiteten. Dieser Sport war eher nach seinem Geschmack als das Laufen; als Junge hatte er mit den Stäben eine geschickte Hand gehabt.

Herzog Svor, der neben Prestimion saß, berührte seinen Ärmel. »Hast du letzte Nacht gut geschlafen, Prinz?«, murmelte er leise und mit seltsam heiserer Stimme.

»Wie immer, nehme ich an.«

»Ich nicht. Ich habe einen sehr beunruhigenden Traum gehabt.«

»Ach«, sagte Prestimion ohne großes Interesse. »So etwas kommt wohl vor. Tut mir Leid, das zu hören.« Er zeigte auf die sich versammelnde Gruppe der Stockschwinger. »Siehst du den ganz hinten, Svor, in dem grünen Gewand? Und du, Septach Melayn? Beachtet, wie er dort steht, als wären Spiralfedern in seinen Beinen. Und beobachtet die Bewegungen seiner Gelenke. In seiner Vorstellung arbeitet er bereits mit dem Stab, obwohl das Zeichen noch gar nicht erteilt wurde. Ich werde wohl auf ihn setzen. Wer hält mit? Fünf Kronen auf den ersten Kampf, und ich nehme den in Grün?«

»Ist es respektvoll«, sagte Gialaurys zweifelnd, »bei diesen Spielen zu wetten, Prinz?«

»Warum nicht? Respektvoll wem gegenüber, Gialaurys? Dem Pontifex? Ich glaube kaum, dass es ihm etwas ausmacht. Fünf Kronen auf den Grünen!«

»Er heißt Mandralisca«, sagte Septach Melayn. »Er ist einer der Männer deines Vetters. Er ist ein unangenehmer Vertreter, wie die meisten, mit denen dein Vetter sich gern umgibt.«

»Den Prokurator meinst du? Er ist ein sehr entfernter Vetter.«

»Aber trotzdem dein Vetter, wenn ich mich nicht irre. Dieser Mandralisca ist sein Giftkoster, wie ich gehört habe.«

»Sein was?«

»Er steht neben ihm und nippt an seinem Getränk,

um sicherzustellen, dass es nicht vergiftet ist. Ich habe ihn erst neulich dabei beobachtet.«

»Sieh an. Nun, dann setze ich fünf Kronen auf Dantirya Sambails Giftkoster. Mandralisca heißt er, hast du gesagt?«

»Ich setzte bereitwillig fünf Kronen gegen ihn, aus schierem Abscheu vor diesem Mann«, meinte Septach Melayn und hielt eine glänzende Münze hoch. »Ich habe gehört, dieser Mandralisca erstäche lieber jemanden, als ihm auf der Straße Platz zu machen. Ich setze mein Geld auf den Jungen in Scharlachrot.«

»Was meinen Traum betrifft, Prestimion«, fuhr Svor genauso leise und angespannt wie zuvor fort. »Falls ich darf …«

Prestimion warf ihm einen ungeduldigen Blick zu. »War es ein so schrecklicher Traum, dass du ihn unbedingt in diesem Augenblick erzählen musst? Nun denn, Svor, fahre fort. Nur zu! Erzähle ihn mir, damit die liebe Seele Ruh hat.«

Der klein gewachsene Mann trieb seine Finger in die engen Locken seines kurzen schwarzen Bartes und verzog das Gesicht zu einem überaus verdrossenen Ausdruck, sodass seine dicken, schweren Brauen sich in der Mitte zu einer einzigen dunklen Linie verdichteten. »Ich habe geträumt«, sagte er nach einer Weile, »dass der alte Pontifex endlich gestorben war und Lord Confalume vor den Rat der Throne trat und dich vor uns allen zum Coronal ernannte und die Sternenfächerkrone von seinem Kopf nahm und dir hinhielt.«

»Das ist bislang nicht sehr schrecklich«, sagte Prestimion.

Auf dem Feld standen sich vier Paare von Stockkämpfern in völliger Reglosigkeit gegenüber und warteten gespannt auf das Signal. In den Händen hielten sie die dünnen, biegsamen Stäbe aus Nachtblumenholz, die ihre Waffen waren.

»*Herausforderung!*«, rief der Schiedsrichter. »*Auf die*

Plätze! Beginn!« Prestimion beugte sich vor, als die Wett-
kämpfe anfingen, und wippte mit dem Oberkörper auf
dem Sitz, während er sich auf den lebhaften Rhythmus
der schnell vorstoßenden Stäbe einstellte. Dieser Sport
erforderte weniger besondere Kraft als Schnelligkeit,
Aufmerksamkeit und Geschicklichkeit mit dem Handgelenk. Die Holzstöcke waren so leicht, dass man sie
schneller als das leichteste Rapier vor und zurück bewegen konnte. Wenn man darauf hoffen wollte, die
Stöße des Gegners zu parieren, musste man dessen Bewegungen voraussehen, fast als könnte man seine Gedanken lesen.

Svor beugte den Kopf dicht neben den Prestimions.
»Prinz Korsibar stand dir in dem Saal gegenüber«, fuhr
er sehr leise fort, »und hob die Hände, um in dem Augenblick, da Lord Confalume die Krone auf deinen
Kopf setzen würde, vor dir das Sternenfächerzeichen
zu machen. Doch bevor es dazu kam, betrat der tote
Pontifex Prankipin den Saal.«

»Wie ungewöhnlich«, sagte Prestimion, der nur noch
mit halbem Ohr zuhörte. »Aber es war natürlich ein
Traum.« Er wandte sich von Svor ab, stieß Septach Melayn mit dem Ellbogen an und grinste. »Siehst du, wie
der Giftkoster nun mit dem Stock peitscht? Dein Junge
in Scharlachrot hat verloren. Und du deine fünf Kronen, befürchte ich.«

»Ich habe gesehen, Prinz«, sagte Svor mit rauer, be-
harrlicher und ziemlich ungeschliffener Stimme, »dass
der alte Pontifex zu Lord Confalume ging und ihm die
Coronalskrone behände aus der Hand nahm. Und nicht
zu dir, sondern zu Prinz Korsibar ging, ihm die Krone
gab und sie ihm direkt in die gehobenen Hände drückte, sodass Korsibar sie nur noch zum Haupt führen und
aufsetzen musste. Was Korsibar ohne das geringste Zögern auch tat, und wir alle standen angesichts dessen
wie benommen da, aber er trug die Krone, und wer die
Krone trägt, ist König, und so blieb uns nichts anderes

übrig, als uns vor ihm zu verneigen und ihm mit dem alten Ruf zuzujubeln: ›Korsibar! Lord Korsibar! Lang lebe Lord Korsibar!‹ Und plötzlich leuchtete der Saal in einem Schein von der Farbe von Flammen – nein, der Farbe von Blut, das war es, von hellem, frischem Blut –, und ich erwachte, von Kopf bis Fuß in Schweiß gebadet. Doch nach einiger Zeit schlief ich wieder ein, und ich träumte erneut, und es war derselbe Traum. Genau derselbe.«

»Sieh an, Lord Korsibar«, sagte Prestimion stirnrunzelnd. »In Träumen ist alles möglich, Svor.«

Auf seiner anderen Seite rief Septach Melayn: »Scharlach! Ja, Scharlach! Geh ran, Scharlach!« Und dann ein Aufstöhnen und ein Fluch, als der Giftkoster plötzlich eine sichere und geschickte Doppelfinte ausführte, durch die sein scharlachrot gekleideter Gegner das Gleichgewicht verlor, sich auf dem falschen Bein drehte und Mandralisca ihn mit einem verwirrenden Stechen blitzschneller Streiche seines Stocks zu Boden schickte.

»Beim Göttlichen, du hast gewonnen, Prestimion!«, sagte Septach Melayn. Mit einem reuigen Lächeln schnipste er Prestimion das Fünfkronenstück in die Hand.

»Daran, wie er sich bewegt hat, noch bevor der Wettkampf begann, habe ich sofort erkannt, wie geschickt er ist. Er war dem anderen Jungen zu jedem Zeitpunkt um drei Schritte voraus.« Dann beugte Prestimion sich wieder zu Svor hinüber. »Vergiss diesen elenden Traum«, sagte er, »und beobachte den Stockwettbewerb, Svor! Wer setzt beim nächsten Kampf zehn Kronen gegen den Giftkoster?«

»Noch einen Augenblick, Prestimion«, sagte Svor im gleichen verschwörerischen Tonfall, »wenn du …«

Prestimion empfand Svors nagende Beharrlichkeit mittlerweile als ärgerlich. »Wenn ich was?«

»Ich glaube, die Angelegenheit ist gefährlicher, als dir klar ist. Höre mir zu: Deine Zukunft und die meine werden vom Schatten dieses Traums verdunkelt. Ich bitte dich, geh zum Coronal. Du musst ihn zwingen zu handeln, oder wir alle sind verloren, ganz gewiss. Sag ihm, dass du Verrat befürchtest; bitte ihn um die Erklärung, dass du der designierte Coronal bist, noch bevor ein weiterer Tag vergeht. Und wenn er sich weigert, bleibe bei ihm, bis er nachgibt. Lass ihm keinen Frieden, solange er die Entscheidung hinauszögert. Wenn er es nicht tut, musst du ihm notfalls erklären, dass du dich selbst offen zu seinem Erben ausrufst, ohne auf ihn zu warten.«

»Das ist undenkbar, Svor. Das werde ich auf keinen Fall tun.«

»Du musst es tun, Prestimion.« Svors Stimme war nur noch ein heiseres Flüstern.

»Ich halte deinen Rat für unannehmbar und unwürdig. Den Coronal zum Handeln zwingen? Ihm um meinetwegen zusetzen? Zu drohen, mich selbst zum Erben zu ernennen, was infam wäre und gegen jedes Gesetz und noch nie vorgekommen ist? Warum? Nur, weil du gestern Abend zu viel Aal gegessen und schlecht geträumt hast? Was sagst du da, Mann?«

»Und wenn Korsibar im Augenblick von Prankipins Tod die Krone seines Vaters an sich nimmt? Was dann?«

»Was? Die Krone ergreifen?« Prestimions Augen wurden vor Erstaunen ganz groß. »So etwas würde er niemals tun! Du stellst ihn als überaus perfide dar, Svor! So etwas steckt nicht in ihm. Außerdem interessiert ihn die Krone seines Vaters nicht. Hat ihn nie interessiert und wird ihn nie interessieren.«

»Ich kenne Prinz Korsibar sehr gut«, sagte Svor. »Ich gehörte jahrelang zu seiner Gesellschaft, hast du das vergessen? Er ist nicht perfide, da gebe ich dir Recht; aber er flattert schnell in jeder Brise. Man kann ihn mit Schmeicheleien beeinflussen. Es gibt Menschen, die selbst großen Ehrgeiz haben und der Ansicht sind, er solle Coronal werden, und vielleicht haben sie sich schon daran gemacht, ihm genau das zu unterbreiten.

Und wenn man ihm so etwas nur oft genug ins Ohr flüstert ...«

»Nein!«, rief Prestimion. »Das wird niemals geschehen!« Wütend schlug er mit beiden gespreizten Händen vor seinem Gesicht durch die Luft. »Zuerst bringt dieser Vroon mir diese Omen – und jetzt du. Nein. Ich werde mich nicht wie ein leichtgläubiger Bauer von Omen treiben lassen. Lass mich in Ruhe, Svor. Ich liebe dich mit der ganzen Wärme meiner Seele, aber ich sage dir, dass du mich im Augenblick sehr belästigst.«

»Es war Wahrheit in diesem Traum, Prinz, das verspreche ich dir.«

»Und wenn du dich weigerst, diesen unerträglichen Traum sofort fallen zu lassen«, sagte Prestimion jetzt fuchsteufelswild, denn die Wut kochte allmählich in ihm über, »werde ich dich an deinem Bart packen und durch die Luft schleudern und über die Seite dieser Loge werfen. Das verspreche ich dir allen Ernstes, Svor. Mach dem jetzt ein Ende. Hast du mich verstanden? Ein Ende!« Er starrte Svor wütend an, wandte sich dann von ihm ab und schaute auf das Feld.

Aber Svors Worte arbeiteten noch in seinem Kopf. Der Rat, den der kleine Herzog ihm gegeben hatte, war nicht schicklich gewesen, dachte er: Er hatte ihn nur wegen des Ungemachs eines Traums zu verräterischem Aufruhr aufgefordert. Es war der Rat eines Feiglings – der eines Verräters, niederträchtig und bizarr. Und außerdem töricht; denn niemand zwang einen Coronal zum Handeln, und der formidable Confalume würde ihn bestimmt vernichten, sollte er es versuchen. Nein, es war traurig, dass Svor zu solcher Voreiligkeit riet, zu solch wilder Unverschämtheit, nur wegen eines Traums ...

Prestimion bemühte sich, seinen Geist davon zu läutern.

8

Das Hürdenrennen und das Reifenspringen und das Hammerwerfen und weitere solcher weniger bedeutenden Sportarten standen am zweiten Tag der Pontifikalspiele auf dem Programm und auch am dritten und am vierten. Jeden Tag versammelten sich die auf Besuch weilenden Lords und einige tausend Bürger des Labyrinths in der Arena, um die Ablenkungen zu genießen. Und jeden Tag blieben die Bulletins aus dem kaiserlichen Schlafzimmer gleich, blieb der Zustand Seiner Majestät, des Pontifex, unverändert. Es hatte den Anschein, als wäre der Zustand Seiner Majestät – wie das Wetter im Labyrinth – völlig unfähig zu einer Veränderung und würde von jetzt an bis zum Ende der Zeit nicht im Geringsten schwanken.

Der fünfte, sechste und siebente Tag war den Ringkämpfen vorbehalten. Zwei Dutzend Teilnehmer hatten sich eingetragen. Doch die gesamte Aufmerksamkeit richtete sich auf den letzten Kampf, den großen Wettstreit zwischen den berühmten Ringern Gialaurys und Farholt. Die Ränge waren bei diesem Wettkampf bis zum Bersten gefüllt, und völlige Stille herrschte in der Arena, als die beiden klobigen Männer den Ring betraten.

Jeder hatte einen Magier mitgebracht. Farholts Mann war ein dunkler Hjort mit verschwollenem Gesicht, einer der vielen Zauberer in Lord Confalumes Gefolge, und Gialaurys hatte einen der mit Messinghelmen bewehrten Geomanten aus Tidias ausgewählt. Diese beiden bauten sich, einander die Rücken zugewandt, vor dem Ring auf und schickten sich an, in einer komplizierten und sehr in die Länge gezogenen Prozedur ihre Zauber zu wirken. Dabei stimmten sie zahlreiche Gesänge an, zogen unsichtbare Linien über den Boden und beschworen unsichtbare Kräfte über ihnen.

Septach Melayn zeigte auf Gialaurys, der mit geschlossenen Augen und gesenktem Kopf niederkniete und mystische Gesten machte, während sein Erdwahrsager seinen langen Strang von Ritualen spann. »Unser Freund nimmt sich diese Sache wirklich zu Herzen, was?«, bemerkte er mit einiger Verärgerung in der Stimme.

»Anscheinend mehr als sein Gegner«, erwiderte Prestimion. Denn Farholt schien in der Tat genauso ungeduldig wie Prestimion darauf zu warten, dass das langatmige magische Geschwafel ein Ende nahm. Endlich zogen die Magier sich zurück, und Farholt und Gialaurys schlüpften aus ihren Roben und enthüllten ihre starken Körper, die lediglich mit Lendenschurzen bekleidet waren. Beide hatten ihre Haut mit Meeresdrachenöl eingerieben, um zu verhindern, dass der Gegner einen sicheren Griff ansetzen konnte. Unter den strahlenden Lichtern der Arena zeichneten sich die Konturen und Muskeln ihrer Arme und Rücken deutlich ab, was die Zuschauer nach Luft schnappen und staunend ausrufen ließ.

»Der Kampf geht über drei Würfe«, erklärte der Schiedsrichter, ein Pontifikalbeamter namens Hayla Tekmanot, selbst kein kleiner Mann, aber durch die Körpermassen der Wettstreiter zur Bedeutungslosigkeit vermindert. Er schlug jedem Mann einmal mit der flachen Hand auf die Schulter. »Das ist das Zeichen, dass ihr gewonnen habt und euren Griff lösen sollt. Und das« – er schlug erneut, aber zweimal hintereinander – »ist das Zeichen dafür, dass euer Gegner den Kampf wegen einer Verletzung nicht fortsetzen kann und ihr sofort von ihm zurücktreten sollt. Verstanden?«

Farholt ging zur rechten Seite des Rings, Gialaurys zur linken. In der Arena erklang der schrille, blecherne Lärm der Gabek-Hörner. Beide Männer erwiesen dem Coronal in der mittleren Loge ihre Reverenz und verbeugten sich auch vor den beiderseits angrenzenden

Logen, in denen die anderen hohen Lords saßen, und schließlich auch vor dem Meister der Spiele, Prinz Gonivaul, auf seinem einsamen hohen Posten.

»Möge der Kampf beginnen«, erklärte Hayla Tekmanot, und sie stürmten aufeinander zu, als wollten sie nicht ringen, sondern töten.

Ihre riesigen Gestalten kollidierten in der Mitte des Rings, ein Zusammenprall, den man vom einen Ende der Arena bis zum anderen hören konnte. Beide Männer schienen von diesem Knochen zertrümmernden Zusammenstoß von Fleisch gegen Fleisch benommen zu sein, erholten sich aber schnell wieder und bauten sich Gesicht an Gesicht auf, die Beine breit gespreizt, jeder die Arme um die Schultern des anderen geschlossen und vergeblich bemüht, ihn mit einem schnellen Wurf zu Fall zu bringen. So standen sie einen langen Moment steif und reglos. Man konnte sehen, dass Farholt mit barscher, rauer Stimme Gialaurys etwas zuflüsterte, der ihn daraufhin anstarrte, als wäre er über seine Worte maßlos erstaunt; und dann legte sich ein Ausdruck heftigen Zorns auf Gialaurys' Gesicht, und er erwiderte etwas, genauso kalt und barsch, aber ebenfalls zu leise gesprochen, als dass einer der Zuschauer es hätte verstehen können.

Der lange Stillstand hielt weiterhin an. Keiner konnte einen Vorteil über den anderen erlangen. Beide waren einander zu ebenbürtig.

Farholt war um einen Kopf größer, und seine Arme waren länger, aber Gialaurys war etwas schwerer und hatte noch breitere Schultern und einen noch mächtigeren Brustkorb als Farholt. Minuten verstrichen; doch so sehr sie sich bemühten, keiner konnte seinen Rivalen zum Zurückweichen zwingen. Die Muskeln ihrer Arme und Rücken traten in schrecklichen Wülsten hervor, als wollten sie durch die Haut springen. Schweiß lief in Strömen ihre eingeölten Körper hinab. Gialaurys schien kurzzeitig die Oberhand zu gewinnen, doch Farholt widerstand ihm und bewahrte das Gleichgewicht, und dann war es Gialaurys, der ganz leicht unter dem Druck schwankte, den Farholt ausübte.

Der Stillstand hielt an. Von der Menge kam ein ständig lauter werdendes Geschrei. Fast alle in den königlichen Logen hatten sich nun erhoben und riefen den Namen des einen oder anderen. Prestimion schaute zur Loge des Coronals und sah, dass Prinz Korsibar aufgesprungen war und mit weit aufgerissenen Augen und rasendem Eifer wie gebannt »Farholt! Farholt!« schrie, und dann wurde ihm klar, dass er ebenfalls, und vielleicht genauso rasend, Gialaurys' Namen rief.

»Seht euch das an«, sagte Septach Melayn. »Ich glaube, Farholt hebelt ihn aus.«

Genau so war es. Farholt hatte die Augen weit aufgerissen, und Adern traten wie dicke Taue aus seiner rötlich gefärbten Stirn vor, denn es war ihm in der Tat gelungen, einen von Gialaurys' Füßen vom Boden zu lösen, und nun bemühte er sich, auch den anderen hochzuheben. Prestimion sah eine plötzliche Blässe auf Gialaurys' Gesicht. Er war so bleich geworden, wie Farholt gerötet, sodass seine borstigen Koteletten sich wie schwere braune Riegel von seinen plötzlich blutleeren Wangen abhoben.

Einen Augenblick lang hatte es den Anschein, Farholt werde es gelingen, Gialaurys ganz hochzuheben, wie einen entwurzelten Baum, und ihn auf den Boden des Rings zu schleudern.

Doch gerade als Gialaurys' linker Fuß endgültig den Halt zu verlieren schien, riss er schnell den Fuß herum, der bereits in der Luft schwebte, und trat Farholt damit so heftig in die Kniekehle, dass dieser das Gleichgewicht verlor und gezwungen war, dieses Bein einzuknicken und am Knie vorzubeugen. Nun lief Farholt Gefahr, zu Fall gebracht zu werden. Er versuchte verzweifelt, irgendeinen Griff anzusetzen, zwang die rechte Hand in Gialaurys' weit geöffneten Mund und zerrte an Gialaurys' Unterkiefer, als wollte er ihm diesen aus dem Gesicht reißen. Ein dunkles Rinnsal Blut lief Farholts Arm hinab, aber keiner der Zuschauer konnte sagen, ob es Gialaurys' Blut oder Farholts eigenes war.

»Man sollte dem Einhalt gebieten«, sagte Svor fast zu sich selbst. »Das ist kein Sport, sondern eine Schande. Sie werden sich gegenseitig umbringen.«

Gialaurys bewahrte seinen Griff. Er packte Farholt an beiden Schultern, wand sich und versetzte ihm einen Stoß, der den Gegner über seinen Rücken zu Boden schicken sollte.

Farholt warf sich im Fallen zur Seite. Er packte Gialaurys mit der freien linken Hand am Nacken und zog ihn mit sich hinab. Beide hielten sich gegenseitig fest, stürzten gemeinsam und landeten mit gewaltiger Wucht Seite an Seite auf dem Boden.

»Nagel ihn fest, Gialaurys!«, rief Prestimion. Und aus der benachbarten Loge kam Korsibars lautes Brüllen: »Farholt! Jetzt! Jetzt! Hol ihn dir, Farholt!« Farholts Bruder Farquanor, der an diesem Tag in der königlichen Loge saß, direkt hinter Prinz Korsibar, war aufgesprungen und rief Farholt ebenfalls Ermutigungen zu, und sein schmales Gesicht strahlte in der Erwartung des bevorstehenden Sieges.

Doch wie zuvor war kein Ringer imstande, sich einen Vorteil gegenüber dem anderen zu verschaffen. Beide Männer waren von dem schweren Aufprall benommen; sie lagen lange wie gefällte Baumstämme da, rührten sich dann, setzten sich langsam auf und starrten sich verwirrt an. Gialaurys rieb sein Kinn und die Schläfe; Farholt massierte sein Knie und den Schenkel. Sie waren auf der Hut, bereit, aufzuspringen, falls der andere es tat, doch keiner schien sich schon erheben zu können. Hayla Tekmanot kniete zwischen ihnen nieder und unterhielt sich kurz mit beiden. Dann erhob der Schiedsrichter sich, ging zum Rand des Rings und schaute zu Prinz Gonivaul hoch.

»Ich erkläre die erste Runde für unentschieden«, rief er. »Die Teilnehmer werden sich fünf Minuten lang ausruhen und dann weitermachen.«

»Kann ich kurz mit dir sprechen, Prinz?«, sagte der Prokurator Dantirya Sambail während der Pause zwischen den Wettkämpfen und beugte den Oberkörper halb über die niedrige Barriere zwischen seiner Loge und der, in welcher Prinz Korsibar saß.

Korsibar, dessen Gedanken noch von der Hitze und Intensität des gerade beendeten, verzweifelten Kampfs wirbelten, schaute zu dem massigen, streitsüchtigen Gesicht des Prokurators hoch und wartete darauf, dass der andere fortfuhr.

»Ich habe hundert Royal auf deinen Mann gesetzt«, sagte Dantirya Sambail mit dem übermäßig freundschaftlichen Tonfall der Kameraderie zwischen Männern. »Glaubst du, er wird die Oberhand gewinnen?«

Der ungerechtfertigte Anflug von ungezwungener Vertraulichkeit erregte gelinden Zorn in Korsibar. Aber er erwiderte ruhig: »Ich habe selbst fünfzig auf ihn gesetzt. Aber ich weiß genauso wenig wie du, wer die Oberhand gewinnen wird.«

Der Prokurator zeigte auf die Loge auf der anderen Seite, in der Prestimion in ein Gespräch mit Septach Melayn und Prinz Serithorn vertieft war. »Prestimion, so habe ich gehört«, sagte er mit genau demselben unverdienten Tonfall der Geistesverwandtschaft wie zuvor, »hat fünfhundert Royal auf Gialaurys gesetzt.«

»Fürwahr eine prinzliche Summe. Aber bist du sicher? Prestimion ist kein großer Spieler. Sein Wetteinsatz wären eher fünfzig Kronen.«

»Nicht Kronen, sondern Royal, und nicht fünfzig, sondern fünfhundert«, sagte Dantirya Sambail. »Ich irre mich nicht.« Er hatte eine kalte gebratene Bilantoonkeule in der Hand und hielt nun inne, um einen guten Brocken des delikaten weißen Fleisches abzubeißen und etwas Haut und Knorpel auszuspucken. Nachdem er sich die Lippen mit dem Ärmel seines juwelenbestickten Gewandes abgewischt hatte, warf er Korsibar einen bösen, kühlen Blick zu. »Es wäre ja kein Spiel«, sagte er beiläufig, »wenn man das Ergebnis schon im Voraus kennte, nicht wahr?«

»Willst du damit sagen, dass Farholt bestochen wurde, um zu verlieren? Bei der Lady, Dantirya Sambail, du kennst Farholt nicht im Geringsten, wenn du glaubst, dass er ...«

»Nicht bestochen. Betäubt, so habe ich gehört. Ein Trank, der ganz allmählich wirken soll, um ihn zu schwächen, während der Wettkampf seinen Verlauf nimmt. Natürlich ist das nur ein Gerücht. Mein Vorkoster Mandralisca hat es während der Stockkämpfe gehört.« Der Prokurator lächelte samten. »Du hast Recht, Korsibar, wahrscheinlich ist nichts daran. Und selbst, wenn es wahr wäre ... nun ja, was ist für Männer wie uns schon der Verlust von fünfzig oder hundert Royal?« Er blinzelte. »Auf jeden Fall«, sagte er dann, wiederum in dem leisen, näselnden Tonfall, den er auch anfangs an den Tag gelegt hatte, »sieht es Prestimion sehr ähnlich, das Ergebnis des Kampfes zugunsten seines Freundes zu arrangieren. Dieser Mann sorgt für seine Freunde, und zwar mit allen Mitteln, die ihm zur Verfügung stehen.«

Korsibar machte eine gleichgültige Geste, als wollte er sagen, diese Theorie gehe ihn nichts an und er verabscheue ein derart verleumderisches Geschwätz, wie der Prokurator es bot. Er hatte nie viel um die Gesellschaft Dantirya Sambails gegeben. Nur wenige mochten ihn. Der Prokurator verbreitete eine gewisse scharfe Aura der Erhabenheit, ja, aber Korsibar kam er lediglich niederträchtig und schweinisch vor, ein boshaftes Ungetüm der Selbstachtung. Doch Dantirya Sambail beherrschte natürlich mit absoluter Macht ein gewaltiges Erbgut auf dem anderen Kontinent und musste deshalb als einer der großen Prinzen akzeptiert werden. Er war, zumindest auf dem Papier, Untertan des Coronals, doch ihm standen großer Reichtum und riesige Ländereien zur Verfügung, und man wies seine Gesellschaft nicht leichten Herzens zurück. Dennoch wünschte Korsibar, der Prokurator möge auf seinen Sitzplatz zurückkehren.

»Nun«, sagte Dantirya Sambail fröhlich, »wir werden ja früh genug herausfinden, ob die Geschichte wahr ist. Sieh nur: Unsere Gladiatoren scheinen sich auf einen zweiten Durchgang vorzubereiten.«

Korsibar nickte lediglich.

»An deiner Stelle würde ich Prestimions Mätzchen mehr Aufmerksamkeit schenken«, sagte Dantirya Sambail, ohne Anstalten zu machen, sich zurückzuziehen. »Ich habe viele seltsame Geschichten über ihn gehört, und dabei ging es nicht nur um das Betäuben von Ringern.« Seine schweren Lider flatterten mit einer seltsamen Anmut. »Hat dir zum Beispiel schon jemand erzählt, dass er vorhat, dich aus dem Weg zu räumen, sobald er Coronal ist?«

Die ruhigen Worte drangen wie Speere in Korsibar ein.

»Was?«

»O ja. Das erzählt man sich. Sobald die Krone auf seinem Kopf sitzt, wird er einen unauffälligen Unfall für dich arrangieren, vielleicht während einer Jagd. Er kann es sich nämlich nicht leisten, dich leben zu lassen.«

Korsibar verspürte einen tiefen Schock, der an Ekel grenzte. »Da verbreitest du einen sehr anstößigen Wahnsinn, Dantirya Sambail.«

Das fleischige Gesicht des Prokurators rötete sich. Seine Lippen wurden schmal; er zog den Kopf ein, sodass sein Hals anschwoll und dicker wurde, und seine seltsam liebevollen und nachdenklichen violettgrauen Augen blickten plötzlich ganz hart drein. Aber sein

Lächeln blieb unerschütterlich. »Ach, du musst nicht auf mich zornig sein, lieber Prinz! Ich wiederhole nur, was ich gehört habe, weil es dir vielleicht nützlich sein wird. Und ich habe gehört, dass du so gut wie tot bist, sobald Majipoor erst in seiner Hand ist.«

»Das ist absurd«, sagte Korsibar barsch.

»Überlege doch. Wenn du weiterlebst, und Prestimions Herrschaft verläuft nicht allzu gut, wirst du immer eine Bedrohung für ihn sein. Will er, dass die ganze Welt von Lord Confalumes glorreichem Sohn spricht, der Coronal hätte sein können, aber übergangen wurde? O nein, nein, nein. Wenn die Zeiten schwer werden, und das könnte früher oder später durchaus geschehen, wird bestimmt jemand rufen: ›Schafft Prestimion zur Seite, macht Korsibar zum Coronal!‹ Und kurz darauf werden alle es rufen. Du hast selbst gesagt, dass Prestimion kein Spieler ist. Dein Weiterleben birgt Risiken für ihn, denn du könntest ihm gefährlich werden. Er ist kein Mann, der Risiken eingeht oder Bedrohungen, Rivalen oder irgendwelche Hindernisse toleriert. Und so … ein unglücklicher Jagdunfall, ein Balkongeländer, das plötzlich nicht mehr vorhanden ist, ein Zusammenstoß auf der Durchgangsstraße, etwas in der Art. Glaube mir, ich kenne ihn. Er und ich, wir sind vom gleichen Blut.«

»Ich kenne ihn ebenfalls, Dantirya Sambail.«

»Vielleicht. Aber ich sage dir dies: Wäre ich Prestimion, würde ich dich aus der Welt entfernen lassen.«

»Wäre Prestimion wie du, würde er dies höchstwahrscheinlich tun«, erwiderte Korsibar. »Ich danke dem Göttlichen, dass er es nicht ist.« Das Geräusch der Gabek-Hörner schallte über das Feld, und für Korsibar kam es keinen Augenblick zu früh. Er hatte schon viel zu viel gehört. Diese hässlichen Hypothesen des Prokurators machten ihn krank und stießen ihn ab, und seine Finger zitterten vor Wut, als hätten sie einen unabhängigen Willen und sehnten sich danach, sich um Dantirya Sambails fleischigen Hals zu legen. »Der zweite Durchgang steht bevor«, sagte Korsibar und wandte sich brüsk von dem anderen Mann ab. »Sprich nie mehr über solche Dinge mit mir, Dantirya Sambail.«

Als Farholt diesmal aus seiner Ecke kam, hatte er eindeutig vor, Gialaurys ein schnelles Ende zu bereiten. Er sprang den schwereren Mann sofort an und stieß ihn mit plötzlicher, unaufhaltsamer Wut in die andere Ecke des Rings zurück. Gialaurys schien von der wilden Wut von Farholts Angriff verwirrt zu sein und setzte in einem resoluten Versuch, sich Halt zu verschaffen, einen Fuß nach vorn und den anderen nach hinten. Farholt wich daraufhin etwas zurück, schwang den linken Ellbogen herum und rammte ihn Gialaurys wild mitten ins Gesicht. Das entlockte dem Mann einen Schmerzensschrei, und ein hellrotes Blutrinnsal floss sein Gesicht hinab. Gialaurys drückte beide Hände auf den Nasenrücken.

»Foul!«, rief Prestimion, erzürnt über den unverhohlenen Schlag. »Er sollte sich schämen! Foul!«

Aber Hayla Tekmanot machte keine Anstalten, den Kampf zu unterbrechen. Er schien den Schlag gar nicht bemerkt zu haben. Und Gialaurys stand knurrend da und schüttelte den Kopf, um ihn wieder klar zu bekommen, während er gleichzeitig eine gehobene Hand ausstreckte, um Farholt in Schach zu halten.

Farholt packte das Gelenk und zerrte heftig daran. Gialaurys war gezwungen, sich so weit herumzudrehen, dass er Farholt den Rücken zuwandte, der sofort beide Hände unter Gialaurys' Achselhöhlen hindurchschob und sie vor Gialaurys' Brustbein verschränkte. Dann drückte Farholt die Stirn gegen Gialaurys' Hinterkopf, als wollte er den Kopf des kleineren Mannes nach unten zwingen, bis dessen Nacken brach.

Ein scharfer Schrei kam von den Zuschauerrängen. Svor sprang von seinem Sitz auf. »Haltet ihn auf!«, rief er. »Haltet ihn auf! Das ist Mord!« Und Prestimion legte beide Hände auf die Vorderseite der Loge und stand vor Entsetzen wie erstarrt da, während der erbarmungslose Druck von Farholts Kopf gegen Gialaurys' immer stärker wurde.

Lord Confalume sah seinen Sohn an. »Dein Freund, der Graf, kämpft wie ein wildes Tier, Korsibar«, sagte er.

»Ich würde sagen, beide sind wilde Tiere. Aber ich glaube, unseres ist stärker.«

»An diesem Kampf liegt mir nichts mehr«, sagte der Coronal. »Er ist mir zu brutal. Wer hat das geplant? Und warum unternimmt Hayla Tekmanot nichts? Oder Prinz Gonivaul?« Confalume stand auf und hob einen Arm, als wollte er dem Meister der Spiele bedeuten, er solle den Kampf abbrechen, doch Korsibar hielt den Arm seines Vaters fest und zog ihn wieder herunter. Und in der Tat war Gialaurys' Brust zu breit, als dass Farholt ihn auf diese Weise gepackt halten konnte, und er beugte nun die Arme und Schultern und zog sie wieder zusammen und wand sich kräftig, um sich von Farholts Griff zu befreien. Farholt war trotz der Länge seiner Arme nicht imstande, Gialaurys' Oberkörper festzuhalten. Einen Augenblick später gelang es Gialaurys, sich loszureißen.

Die beiden Männer sprangen voneinander zurück, umkreisten einander und bereiteten sich auf einen neuen Angriff vor. Gialaurys schien gerade springen zu wollen, als Farholts offene Hand flink wie eine Schlange vorschnellte und hart gegen Gialaurys' schon blutige Nase stieß. Dann warf Farholt sich mit seinem gesamten Gewicht vor. Gialaurys stand, vom Schmerz schockiert und betäubt, gerade lange genug da, dass Farholt ihn an den Schultern packen und mit gewaltiger Kraft zu Boden schleudern konnte. Er lag hilflos da, während Farholt sich auf ihn warf und ihn festhielt.

»Foul!«, rief Prestimion erzürnt und schlug wie verrückt auf das Geländer seiner Loge ein. Und Korsibar schaute zu Dantirya Sambail in der benachbarten Loge hinüber und lächelte mit einer hochgezogenen Braue, als wollte er den Prokurator daran erinnern, dass doch angeblich gewisse bösartige Medizinen Prestimions Farholts Leistung in diesem Stadium des Kampfes beeinträchtigen sollten.

»Diese Runde geht an Farholt«, erklärte Hayla Tekmanot.

»Ja!«, rief Korsibar. »Ja!« Und von Farquanor, der neben ihm in der königlichen Loge saß, kam ein scharfer, triumphierender Jauchzer des Vergnügens und Einverständnisses.

»Nein«, sagte Prestimion mit leiser Stimme. »Wie kann das sein? Es konnte doch jeder sehen, dass Farholt Gialaurys mindestens zweimal gefoult hat.«

»Das war eine schlechte Entscheidung«, sagte Septach Melayn. »Aber seht euch Gialaurys' Augen an. Er wird Farholt beim dritten Durchgang umbringen.«

»Buchstäblich töten«, sagte Svor finster. »Oder andersherum. Aber der eine wird den anderen mit Sicherheit vernichten. Was für ein Sport ist das? Ja, was für einer? Diese Männer gehen mit tiefstem Hass im Blut gegeneinander vor, nicht nur mit sportlicher Rivalität. Hier und heute wird etwas Ungewöhnliches geschehen, Prestimion.«

Gialaurys und Farholt waren nicht gewillt, darauf zu warten, dass der Schiedsrichter den dritten Durchgang für eröffnet erklärte. Sie begannen ihn selbst. Gialaurys stieß den überraschten Hayla Tekmanot mit einer Armbewegung beiseite und sprang mit einem schrecklichen Gebrüll Farholt an. Doch was sie nun taten, hatte nicht einmal mehr den Vorwand eines Ringkampfs. Sie schlugen mit den Fäusten aufeinander ein, ein gewaltiger Hammerschlag nach dem anderen. Farholts Mund war blutig. Er spuckte Zähne aus. Noch immer brüllend, drang Gialaurys auf ihn ein, nur um von dem Knie zurückgeworfen zu werden, das scharf zwischen seinen

Beinen hochgerissen wurde. Er grunzte und fiel zu Boden. Farholt war sofort über ihm und krallte die Fingernägel in sein Gesicht und die Brust. Gialaurys knurrte wie ein aufsässiger Steetmoy der nördlichen Berge, wehrte sich mit Ellbogen und dem Kinn, rollte sich dann zusammen, schnellte hoch, knallte den Kopf mit einem Knochen zerscheppernden Stoß gegen den Farholts und schickte seinen Gegner damit halb benommen zum Rand des Rings.

Herzog Svor ergriff drängend Prestimions Arm. »Dem muss Einhalt geboten werden, Prinz!«, sagte er erneut.

»Ja. Ich bin deiner Meinung.« Er schaute hinüber zur königlichen Loge und rief dem Coronal zu, er solle den Kampf beenden. Lord Confalume nickte und gab Gonivaul ein Zeichen.

Doch aus der Loge auf der anderen Seite kam die höhnisch johlende Stimme Dantirya Sambails: »Ach, ich bitte dich, lass sie weitermachen, Vetter Prestimion! Es bereitet einem solches Vergnügen, zwei tapfere, starke Männer auf diese Weise kämpfen zu sehen!«

Was Prinz Gonivaul betraf, so schaute er unbeteiligt, fast geistesabwesend auf den Ring hinab, als betrachtete er Geschöpfe, die in einem Talsee tief unter ihm schwammen. Er fuhr nachdenklich über seinen dichten Bart, ließ die Finger durch das flauschige Haar gleiten, das über seine Stirn fiel, reagierte aber nicht auf den Befehl des Coronals. Erst jetzt schien Prinz Gonivaul bemerkt zu haben, dass in dem Ring überhaupt etwas vor sich ging.

Als Gonivaul zögernd dastand, torkelten Farholt und Gialaurys aus entgegengesetzten Ecken des Rings wieder langsam aufeinander zu. Sie erreichten gleichzeitig dessen Mitte, und beide hoben, schwer atmend, jeweils eine Hand und streckten sie zögernd, unsicher tastend, nach dem anderen aus.

Sie sahen aus wie zwei Trunkenbolde, die zu tief in

die Trinkschalen geschaut hatten. In ihren Bewegungen war keine Lebendigkeit mehr. Offensichtlich standen beide am Rand des Zusammenbruchs. Gialaurys legte die Fingerspitzen leicht auf Farholts Brust und stieß zu; Farholt schwankte, schien fast zu taumeln und machte zwei schwankende Schritte rückwärts.

Dann schlurfte er schwerfällig wieder vorwärts und gab Gialaurys einen ähnlichen Stoß. Nun schwankte und taumelte Gialaurys. Die beiden Männer wirkten völlig benommen, am Rand der Erschöpfung. Nun stieß Gialaurys wieder zu, aber nicht mehr kräftig, und diesmal brach Farholt sofort zusammen. Gialaurys ließ sich auf ihn fallen und schien kaum noch bei Bewusstsein zu sein, als er mit der wackeligen Karikatur eines Griffes quer auf Farholts Brust lag.

Hayla Tekmanot kniete neben ihnen nieder und schlug Gialaurys zum Zeichen des Sieges auf die Schulter. Dann schaute der Schiedsrichter zu Prinz Gonivauls Loge hoch.

»Eine Runde an Gialaurys und eine an Farholt«, sagte er, »und die erste endete unentschieden. Also geht der gesamte Kampf unentschieden aus, und sie sind nicht in der Lage, ihn fortzusetzen.«

»Ist das deine Meinung?«, fragte Gonivaul streng.

Hayla Tekmanot zeigte auf die beiden reglos ausgebreiteten Gestalten im Ring. »Du siehst es mit eigenen Augen, Prinz.«

Prinz Gonivaul schien eine Weile mit sich zu ringen, ob er den Kampf fortsetzen lassen sollte. »Nun gut«, sagte er schließlich. »Wir teilen den Preis. Sie haben diesen Wettbewerb zu gleichen Teilen gewonnen.«

Gialaurys erhob sich unsicher, Farholt einen Augenblick später. Sie standen schwankend im Ring und blinzelten langsam, während Hayla Tekmanot ihnen die Entscheidung des Meisters der Spiele erklärte. Mit sichtlichem Zögern gaben sie sich die Hand; dann drehten sie sich um und verließen den Ring, wobei sie sehr vorsichtig gingen, als liefen sie in Gefahr, erneut zu stürzen.

Gialaurys wurde von einem der Wundärzte der Spiele versorgt, als Prestimion und seine Begleiter den Ankleideraum betraten. Er sah mitgenommen und jammervoll aus, und seine Nase schien irgendwie schief zu sein, doch er war bei Bewusstsein und brachte sogar ein schwaches Lächeln zustande, als Prestimion hereinkam.

»Wie schlimm bist du verletzt?«, fragte Prestimion besorgt.

»Alles geprellt und etwas verbogen, nichts gebrochen, keine bleibenden Schäden.« Gialaurys sprach undeutlich durch geschwollene Lippen. »Aber ich sage dir geradeheraus, dass ich schon sanftere Kämpfe als diesen erlebt habe. Was hast du von Farholt gehört? Lebt er noch?«

»Den Anschein hat es«, erwiderte Septach Melayn.

»Wie schade«, sagte Gialaurys. »Er ringt auf höchst unritterliche Weise. So hat man mir diesen Sport nicht erklärt.«

Prestimion beugte den Kopf zu ihm hinab. »Sag mir, Gialaurys«, fuhr er leise fort, »was hat Farholt dir zugeflüstert, als ihr euch am Beginn des ersten Durchgangs gegenüberstandet? Es schien dich sehr zu erstaunen und dann wütend zu machen.«

»Ach«, sagte Gialaurys. »Das.« Sein breites Gesicht verfinsterte sich, und er runzelte die Stirn, was ihm offensichtlich Schmerzen bereitete. Langsam schüttelte er den Kopf. »Es war sehr seltsam, Prestimion. Farholt hat zu mir gesagt, ich sei dein Mann – was durchaus stimmt –, und er hasse alles, was mit dir zu tun habe, und werde mich deshalb heute vernichten. Was er dann auch fast getan hätte, während ich dachte, wir wollten dort nur ringen. Aber ich habe genauso viel ausgeteilt, wie ich eingesteckt habe, und vielleicht sogar noch ein bisschen mehr.«

»Das hat er gesagt? Dass er alles hasst, was mit mir zu tun hat?«

»Das waren seine Worte, ja. Und er wolle mich vernichten, weil ich dein Mann sei.«

»Wir haben uns bereits in zwei Lager geteilt, Korsibars Lager und Prestimions«, sagte Herzog Svor mit finsterer, bedrückter Stimme. »Wenn es beim Ringen schon so war, wie wird es dann beim Boxen sein und bei der Tjost? Bevor das alles vorüber ist, werden wir in Blut schwimmen.«

»Wie seltsam«, sagte Prestimion zu Gialaurys, als hätte Svor gar nichts gesagt. »Wie überaus seltsam, dass Farholt so etwas sagt.« Er sah die anderen an. Septach Melayns Gesicht war ernster als üblich, und mit der linken Hand tätschelte er unbehaglich den Griff des kleinen Schwerts, das er an diesem Tag trug. Und was Herzog Svor betraf, so waren dessen dunkle Augen finster und düster geworden, und der Blick, den er Prestimion zuwarf, verkündete, dass er ungute Gefühle hegte. »Wie seltsam«, sagte Prestimion erneut.

9

Die Spiele waren nun bald zur Hälfte ausgetragen, und der alte Pontifex lebte noch immer.

Korsibar war vom Coronal in dessen Gemächer bestellt worden. »Das ist der achtzehnte Tag, nachdem ich dich hier besuchte, Vater«, sagte er, »und du hast mir damals gesagt, Prankipin werde in spätestens neunzehn tot sein.«

»Ich weiß, er verweilt und verweilt«, sagte Lord Confalume.

»Nicht, dass ich dein Geschick anzweifle, eine Prognose zu stellen. Aber selbst der größte Weise begeht gelegentlich einen Rechenfehler. Was, wenn er noch zehn Tage lebt, oder zwanzig?«

»Nun, dann wird das Warten weitergehen.«

»Und die Spiele? Wir haben sie schon zur Hälfte hinter uns. Morgen kommt das Bogenschießen, am Tag darauf das Fechten, danach das berittene Lanzenstechen, das Boxen und das Streitwagenrennen, und dann sind wir fertig, und es muss eine große Feier geben, mit einem Festmahl, bei dem die Preise vergeben werden. Das ist das Problem, das ich von Anfang an gesehen habe, Vater. Wie können wir eine große Feier mit einem Festmahl und Paraden und so weiter haben, wenn Prankipin noch auf seinem Sterbebett liegt? Als wir die Entscheidung trafen, mit den Spielen zu beginnen, haben wir beschlossen, sie so in die Länge zu ziehen, dass sie erst nach dem Tod des Pontifex beendet werden. Aber vielleicht wird es so nicht kommen.«

»Ich habe gestern Abend neue Berechnungen angestellt«, sagte der Coronal. »Ich lag zuvor nicht ganz richtig, aber beinahe. Nun habe ich mehr Vertrauen. Der Pontifex wird innerhalb von fünf Tagen sterben.«

»Wie sicher bist du dir?«

»Die Berechnung meiner Experten ist mit der meinen identisch.«

»Ach.«

»Und ich vermute, auch mit der der Magier des Pontifex selbst, wenngleich sie sich in den letzten vier Tagen zu diesem Thema nicht mehr geäußert haben. Aber allein ihr Schweigen und ihr Rückzug sind verdächtig.«

»Innerhalb von fünf Tagen«, sagte Korsibar. »Und dann wirst du endlich Pontifex sein. Nach all diesen Jahren auf dem anderen Thron.«

»Ja, nach all diesen Jahren.«

»Und Prestimion wird unser Coronal sein.«

»Ja«, sagte Lord Confalume. »Prestimion.«

Am nächsten Tag fanden die Wettbewerbe im Bogen-schießen statt. Das war Prestimions Lieblingssport, in dem er immer über alle Maßen hervorragende Ergebnisse erzielt hatte, und niemand erwartete, ihn darin schlagen zu können. Aber ein Wettkampf braucht Teilnehmer, und so boten sich ein Dutzend der besten Bogenschützen des Reichs tapfer als Gegner an und versuchten, neben dem Prinzen von Muldemar ihr Können unter Beweis zu stellen.

Graf Iram von Normork trat als Erster an und erzielte ein durchaus achtbares Ergebnis; nach ihm brachte Mandrykarn von Stee eine vergleichbare Trefferquote zustande, und dann übertraf Navigorn von Hoikmar beide um einiges. Der nächste Teilnehmer war der raubeinige, herzliche Graf Kamba von Mazadone, Prestimions Lehrmeister in dieser Kunst. Kamba schoss einen Pfeil nach dem anderen ab, während er das Ziel kaum anzusehen schien, füllte mit seinen Schäften schnell das Auge in der Mitte der Scheibe, nahm vor der königlichen Loge die Mütze ab und verließ fröhlich das Feld.

Nun trat Prestimion vor. Die Zielscheiben waren freigeräumt worden, und er zog den ersten Pfeil aus dem Köcher. Sein Stil ähnelte dem Kambas kaum: Er studierte das Ziel sorgfältig, wippte ein paarmal auf den Fersen vor und zurück, hob schließlich den Bogen, spannte ihn, zielte und ließ den Pfeil fliegen.

Lady Thismet, die an diesem Tag die Spiele besuchte und neben ihrem Bruder in der ansonsten leeren Loge des Coronals saß, verspürte einen Schauder leiser Bewunderung, als Prestimions Pfeil seinen makellosen Flug vollendete. Sie hatte für den Mann nichts übrig, konnte sein Geschick aber nicht abstreiten. Es war ein schöner Sport, das Bogenschießen, eine anständige Mischung aus Können und Körperbeherrschung und scharfem Blick, der ihr viel besser gefiel als solch ein törichtes Messen brutaler Kraft, wie das Hammerwerfen es war, und ganz bestimmt ein angenehmerer als das Ringen. Ihre Hofdame Melithyrrh hatte den abscheulichen Kampf zwischen Gialaurys und Farholt beobachtet und ihr davon erzählen wollen, wobei sie die Grimmigkeit und das Blut hervorgehoben hatte, doch Thismet hatte sie nach nicht mehr als fünf Sätzen unterbrochen.

Nun aber stand Prestimion auf der Grundlinie, elastisch und schlank und so unerwartet klein – es überraschte sie immer wieder, wie klein er war, nur ein paar Zoll größer als sie selbst. Doch die Breite seiner Schultern kündete von seiner Kraft, und jede seiner Bewegungen war die Verkörperung von Anmut.

Sie betrachtete ihn nun, fand unerwartetes Vergnügen darin, wie er seinen Pfeil auswählte und methodisch ausrichtete und ihn dann auf den unfehlbaren Weg zu seinem Ziel schickte.

Es war ärgerlich und erstaunlich, doch plötzlich stellte sich wie ein Feuer, das aus einem winzigen Funken zu einer Feuersbrunst wurde, vor ihrem inneren Auge das ungewollte Bild ein, wie sie mit Prestimion kopulierte. Sein hellhäutiger Körper umarmte ihren dunkleren, sein Mund drückte sich fest auf den ihren; ihre platinfarbenen lackierten Fingernägel harkten in den wildesten Zuckungen der Ekstase heftig seinen Rücken auf. Wütend verbannte sie dieses Bild und ersetzte es durch eins, in dem Prestimions Leiche an einem Haken an der Mauer der Burg hing und über einem Abgrund baumelte.

»Außergewöhnlich«, sagte Korsibar.

»Was meinst du?«, fragte Thismet überrascht.

»Seine Kunst mit dem Bogen natürlich!«

»Ja. Ja. Die anderen waren gut, doch Prestimion ist eine Klasse für sich, nicht wahr? Man hat das Gefühl, dass er einem Vogel durch den Flügel schießen und dann einen zweiten Pfeil durch seinen ersten schicken könnte, während der Vogel noch fällt.«

»Ich glaube, er kann es wirklich«, sagte Korsibar. »Ich meine, ich hätte schon einmal gesehen, wie er es tat.«

»War er schon immer so gut?«

»Von Anfang an. Dieser Bogen, den er benutzt: Er hat früher Kamba gehört. Kamba hat ihn Prestimion geschenkt, als der zwölf Jahre alt war, und gesagt, er gehöre nun von Rechts wegen ihm, da er bereits der bessere Schütze sei. Du könntest diesen Bogen in einer Million Jahren nicht spannen. Sogar ich hätte größte Schwierigkeiten damit. Und wie er den Pfeil so genau dorthin schickt, wohin er ihn haben will …«

»Ja«, sagte Thismet. Prestimion hatte nun den letzten der ihm zustehenden Pfeile abgeschossen, und alle davon drängten sich in der Mitte des Ziels, und zwar so dicht nebeneinander, dass es ein Wunder war, wie der letzte dort noch Platz gefunden hatte.

»Ich glaube, es steckt Zauberei dahinter«, sagte Korsibar. »Man muss ihn als Jungen mit einem Zauberspruch belegt haben, der ihn nun diese Magie mit den Pfeilen wirken lässt.«

»Wie ich aus zuverlässiger Quelle gehört habe, glaubt Prestimion nicht an Magie.«

»In der Tat, das habe ich ebenfalls gehört. Aber welche andere Erklärung könnte es für so ein Geschick geben? Dort muss Zauberei am Werk sein. Muss einfach.«

Prestimion verließ das Feld; er schien mit sich zufrieden zu sein. Seinen Platz an der Grundlinie nahm Hent Mekkiturn ein, ein Skandar aus dem Gefolge des Prokurators, der seinen Bogen, ein Ungetüm, das von der einen bis zur anderen Spitze mindestens zwei Schritt lang war, wie ein Kinderspielzeug führte. Er hatte ihn bereits mit den oberen Armen gespannt, während er mit den unteren nun den Pfeil einlegte, und als er ihn abschoss, raste er mit einem laut donnernden Einschlag in das Ziel, der die Scheibe fast von ihrem Fuß stieß. Doch der große Skandar hatte viel Kraft, aber wenig Finesse; es war ausgeschlossen, dass er die Präzision von Prestimions Schüssen erreichte.

»Ich muss dir etwas Seltsames erzählen, Thismet«, sagte Korsibar, »das Dantirya Sambail mir berichtet hat, als wir uns neulich die Ringkämpfe ansahen. Heda, Schwester, sieh dir diesen albernen Burschen an!«

Ein Ritter in der Tracht von Herzog Oljebbins Leuten war vorgetreten, um seine Pfeile abzuschießen. Offensichtlich sah er sich als eine Art Komiker: Er schickte den ersten Pfeil hoch in die Luft, damit er sich in einer gebogenen Flugbahn in das Ziel senkte, und den Zweiten schoss er ab, während er mit dem Rücken zum Ziel stand. Beim Dritten stellte er sich breitbeinig hin und schoss den Pfeil zwischen seinen Schenkeln hindurch. Alle drei erreichten das Ziel, wenn auch nicht sehr akkurat; aber es war schon ein Wunder, dass sie es überhaupt erreicht hatten.

»Das ist ein schändliches Benehmen«, sagte Thismet und wandte den Blick ab. »Er macht einer der feinsten Künste Schande. – Was war das für eine Bemerkung des Prokurators, die du gerade erwähnt hast?«

»Ach. Das. Sehr seltsam und hässlich …«

»Ja, so ist er nun mal. Aber was hat er gesagt?«

Korsibar lächelte grimmig. »Deine Zunge ist zu boshaft, Schwester.«

»Verzeih mir. Du weißt ja, ich habe kaum etwas zu tun, außer meine Schlagfertigkeit zu trainieren.«

Der Clown zielte nun, während er auf dem Bauch lag. Korsibar schüttelte vor Missfallen den Kopf. Dann beugte er sich zu Thismet hinüber. »Er hat mir erzählt«, sagte er leise, »er habe einige Leute flüstern hören, Prestimion wolle versuchen, mich umbringen zu lassen, sobald er Coronal ist. Er will es natürlich wie einen Unfall aussehen lassen. Aber er wolle mich auf die eine oder andere Weise aus dem Weg räumen, weil er in mir eine Bedrohung seiner Herrschaft sieht, wenn ich weiterlebe.«

Thismet hielt scharf den Atem an. »Geflüster, sagst du? Wessen Geflüster?«

»Das hat er nicht gesagt. Sehr wahrscheinlich existiert diese Vorstellung nur in seiner fiebrigen Phantasie, denn es sieht Dantirya Sambail ähnlich, sich solche bestialischen Gräueltaten einzubilden. Ich habe ihm gesagt, es sei eine wahnsinnige Vorstellung, absurd und verabscheuungswürdig. Und ihn gebeten, nie wieder mit mir darüber zu sprechen.«

Sie sah ihn ernst an. »An deiner Stelle«, sagte sie nach einem Augenblick, »würde ich diese Sache nicht auf die leichte Schulter nehmen, Korsibar. Ob er nun wirklich Gerüchte gehört hat oder selbst darauf gekommen ist, was der Prokurator dir gesagt hat, klingt vernünftig.«

»Was, du auch?«, fragte Korsibar verblüfft.

»In der Tat. Es steckt genug Logik und Substanz darin, Bruder.«

»Ich kann es einfach nicht glauben.«

»Aber du weißt sicher, dass sehr viele Leute lieber dich und nicht Prestimion als Coronal sehen würden.«

»Ja. Das weiß ich. Graf Farquanor hat vor kurzem ebenfalls mit mir darüber gesprochen, an dem Tag, an dem wir alle im Bankettsaal Wein tranken, unmittelbar vor der Eröffnung der Spiele. Er hat sogar angeboten, eine Verschwörung zu meinen Gunsten anzuzetteln.«

»Meine neue junge Kammerzofe Aliseeva würde bei dieser Verschwörung mitmachen, wenn sie je zustande käme«, sagte Thismet und lachte leise auf. »Und viele andere auch. Sie hat mir erst gestern gesagt, wie schade es sei, dass du nicht Coronal sein wirst, denn du wärest viel königlicher und stattlicher als Prestimion. Und sie wünschte, es gäbe eine Möglichkeit, Prestimion zu deinen Gunsten beiseite zu schieben.«

»Das hat sie gesagt?«

»Sie und noch andere.«

»Denken denn alle, ich hätte nicht den geringsten

Fetzen Ehre und Anstand?«, fragte Korsibar hitzig. Und dann, in einem ganz anderen Tonfall: »Aliseeva? Die Rothaarige mit der sehr bleichen Haut?«

»Wie ich sehe, ist sie dir bereits aufgefallen. Aber das sollte mich wohl nicht überraschen. – Was hast du Graf Farquanor an diesem Tag im Bankettsaal gesagt?«

»Was glaubst du wohl, was ich ihm gesagt habe? Dass er Verrat befürwortet!«

»Ist es Verrat, wie ein Narr untätig herumzustehen und sich ermorden zu lassen, damit Prestimion Coronal werden kann?«

Korsibar bedachte sie mit einem genauen, forschenden Blick. »Du scheinst also wirklich zu glauben, dass man diese wahnsinnige Vorstellung Dantirya Sambails ernst nehmen muss.«

»Vergiss nicht, er ist mit Prestimion verwandt. Womöglich kann er in Prestimions geheimste Gedanken schauen. Und ja, ich denke schon, es könnte durchaus in Prestimions Interesse liegen, dich aus dem Weg zu räumen, sobald er den Thron hat. Oder sogar vorher.«

»Prestimion ist ein Mann von Anstand und Ehre!«

»Prestimion kann Anstand und Ehre sicherlich vortäuschen, wie er auch alles andere nachahmen kann«, sagte Thismet.

»Das ist sehr schroff von dir, Schwester.«

»Ja, vielleicht ist es das.«

Korsibar warf die Hände hoch und wandte sich ab.

Der närrische Bogenschütze hatte das Feld mittlerweile verlassen, und seinen Platz hatte einer von Prinz Serithorns Söhnen eingenommen, ein langgliedriger junger Mann, der mit einer Tüchtigkeit und einem Geschick schoss, das fast dem Prestimions gleichkam. Aber auch ihm mangelte es an der äußersten Genauigkeit von Prestimions Vorgehen, und sein letzter Pfeil ging erstaunlich weit fehl, streifte den Rand der Scheibe und schlitterte zu Boden, womit er für einen Preis nicht mehr infrage kam. Der junge Mann verließ das

Feld mit Tränen auf den Wangen. Der neunte Konkurrent trat vor und der zehnte und der elfte, und dann noch einer. Korsibar und Thismet sahen sie alle kommen und gehen, ohne ein Wort zu sprechen, ja ohne sich auch nur einmal anzuschauen.

Als der letzte Bogenschütze sein Werk begann, drehte Korsibar sich erneut zu Thismet um. »Nehmen wir einmal an, eine reine Hypothese«, sagte er abrupt, »dass Prestimion tatsächlich vorhat, mich aus dem Weg zu räumen. Was würdest du mir in diesem Fall raten?«

»Natürlich, ihn zuerst aus dem Weg zu räumen«, erwiderte Thismet sofort.

Korsibar sah sie entsetzt an. »Ich kann kaum glauben, dass diese Worte über deine Lippen kamen, Schwester. Prestimion töten, sagst du?«

»Ihn aus dem Weg räumen, habe ich gesagt. Vom Töten habe ich nicht gesprochen.«

»Wie soll ich ihn aus dem Weg räumen?«

»Indem du dich zum Coronal machst, bevor er die Krone bekommen kann. Dann wird es ihm nicht mehr möglich sein, etwas gegen dich zu unternehmen. Das Heer und das Volk werden hinter dir stehen.«

»Mich zum Coronal machen«, sagte Korsibar staunend.

»Ja! Ja! Höre auf deine Freunde, Korsibar! Sie alle denken wie ich.« Die Worte, die sie so lange zurückgehalten hatte, strömten nun schnell und wild über ihre Lippen. »Du wurdest dazu geboren, Coronal zu sein, du bist dafür bestimmt. Und wir werden dafür sorgen, dass du es auch wirst. Du bist ein Prinz mit Fähigkeiten, die die Welt noch nicht oft gesehen hat. Alle wissen es; alle sagen es, wohin ich mich auch wende. Und alle werden sich für dich erheben, sobald das Zeichen erfolgt. Wir werden zuschlagen, und nach einem einzigen Tag wird alles vorbei sein. Farquanor wird unter den Prinzen Unterstützung für dich sammeln. Farholt und Navigorn werden dafür sorgen, dass die Truppen dich stützen. Sanibak-Thastimoon steht bereit, um mächtige Zaubersprüche zu wirken, die jeden Widerstand ersticken werden. In dem Augenblick, in dem Prankipin stirbt, machst du deinen Zug. Du rufst dich selbst aus. Du stehst vor dem Volk als sein König und lässt dir von ihm zujubeln. Und dann, wenn alles geschehen ist, gehst du zu Vater und zeigst ihm, dass er keine andere Möglichkeit hat, als es hinzunehmen, wenn er nicht erschlagen werden will.«

»Still, Thismet. Das sind böse Worte.«

»Nein! Nein … Hör mir zu! Alle Omen zeigen auf dich! Hat Sanibak-Thastimoon dir nicht gesagt, was er …«

»Ja. Still. Sag nichts mehr. Ich bitte dich.«

»Du wirst Lord Korsibar sein!«

»Genug, Thismet!« Korsibar drückte beide zu Fäusten geballten Hände an seinen Leib. Seine Kiefermuskulatur zuckte, als litte er Schmerzen. »Ich will nichts mehr davon hören! Nichts mehr!« Erneut wandte er sich von ihr ab. Sein Rücken und seine Schultern schienen neben ihr eine Mauer zu bilden.

Aber Thismet wusste, er wurde allmählich schwach. Sie hatte, wie Graf Farquanor vor ihr, den kurzen Funken der Versuchung in seinen Augen gesehen, als sie ihn Lord Korsibar genannt hatte. Wie dicht stand er vor dem Nachgeben? Würde ein letzter Stoß genügen?

Vielleicht. Aber jetzt nicht. Sie kannte die charakterliche Unbeständigkeit ihres Bruders; sie wusste, wann man ihn zum Handeln treiben konnte und wann er sich zu völliger Unbeweglichkeit zurückziehen würde. Im Augenblick war sie so weit gegangen, wie sie es wagte.

»Schau«, sagte sie. »Prestimion kommt zurück. Warum? Wahrscheinlich, um seinen Preis einzufordern.«

»Alle Preise werden bei der Schlussfeier verliehen«, sagte Korsibar.

»Warum ist er dann wieder hier draußen? Und er scheint bereit zu sein, noch einmal zu schießen.«

Diesen Anschein hatte es tatsächlich. Prestimion hatte den Bogen in der Hand und trug einen vollen Köcher über der Schulter. Und nun erhob sich einer der Preisrichter mit einer Ankündigung: der Gewinner des Wettbewerbs im Bogenschießen, erklärte er, sei Prinz Prestimion von Muldemar, der nun auf allgemeine Bitte eine weitere Demonstration seiner Fertigkeiten bieten würde.

»Das ist sehr ungewöhnlich«, bemerkte Korsibar leise.

»Es muss eine rein politische Sache sein«, sagte Thismet. »Verstehst du nicht? Sie legen Wert darauf, dass er sich zur Schau stellen kann! Die Leute sollen noch einen kleinen Blick auf ihren wunderbaren nächsten Coronal werfen können. Das ist reine Angeberei, Korsibar!«

Korsibars einzige Antwort war ein wortloses Grunzen der Bestätigung.

Von vielen Teilen der Ränge erklang derselbe begeisterte Ruf: »Prestimion! Prestimion!« Dieser lächelte, verbeugte sich vor den Logen des Adels und winkte der Menge mit einer gehobenen Hand mit ausgebreiteten Fingern zu. Dieser strahlende, königliche Glanz lag wieder auf ihm. Er hob den Bogen und begann mit einer Demonstration der außergewöhnlichsten Schießkunst, schickte eine Pfeilsalve nach der anderen auf den Weg, aber nicht mit seiner früheren Sorgfalt, sondern mit schnellen Schüssen, die sich aus einer Vielzahl von Entfernungen und Winkeln dem Ziel näherten und es ohne Ausnahme trafen.

»*Prestimion! Prestimion!*«, erklang immer und immer wieder der Ruf.

»Sie lieben ihn«, sagte Thismet verbittert.

Korsibar stieß eine weitere leise gegrunzte Bestätigung aus, als brächte er es nicht über sich, mit Worten zu sprechen. Starr betrachtete er Prestimions Darbietung.

In der Tat zeigte Prestimion ein glanzvolles Schauspiel, eine spektakuläre Demonstration seiner Fertigkeiten, und die Zuschauer reagierten dementsprechend darauf. Obwohl sie dagegen ankämpfte, verspürte auch Thismet unwillkürlich ein gewisses Maß an Bewunderung für ihn.

Doch auch Hass durchströmte sie, als sie beobachtete, wie der kompakte kleine Prinz auf dem Feld seine Wunder wirkte. Sein grenzenloses Selbstvertrauen ... seine unglaubliche Selbstgefälligkeit ... und am meisten die Tatsache, dass er überhaupt dort unten stand, sich auf diese Weise bei der Öffentlichkeit einschmeichelte, obwohl es sich eigentlich um einen Wettkampf handelte und nicht die theatralische Zurschaustellung seines Könnens ... wie sehr sie ihn dafür verachtete! Wie sehr sie sich wünschte, einer dieser Pfeile würde in einer Kreisbahn zu ihm zurückkehren und sich durch seine Kehle bohren!

Sie warf einen verstohlenen Blick auf ihren Bruder und schien auch auf seinem Gesicht kalte Wut ausmachen zu können – oder zumindest Verärgerung über Prestimions Arroganz, sich selbst auf diese Weise hervorzuheben.

»Das verletzt dich, nicht wahr?«, fragte Thismet.

»Er benimmt sich, als wäre er schon Coronal!«

»Das kann er auch. Er wird es sehr bald sein.«

»Ja«, sagte Korsibar verdrossen. »Noch vier Tage, und die Krone gehört ihm.«

»Du sagst das, als wäre es eine Gewissheit.«

»Vater ist überzeugt davon. Er hat die Runen für Prankipin geworfen; vier Tage, und der alte Mann wird tot sein. Vater ist sich dessen absolut sicher. Seine Magier haben es bestätigt.«

»Also noch vier Tage«, sagte Thismet. »Und wie lange wirst du danach noch zu leben haben?«

Sie warf ihm einen vorsichtigen Blick zu, da sie befürchtete, sie sei vielleicht zu früh zu dem Thema von

Dantirya Sambails Vorhersage zurückgekehrt. Aber nein, nein. Korsibar zuckte nur mit den Achseln.

»Er ist zu stolz«, stieß Korsibar hervor. »Er sollte nicht Coronal werden.«

»Wer kann ihn aufhalten, wenn nicht du?«

»Täte ich es, würde es die Welt erschüttern.« Korsibar sah sie an und lächelte seltsam. »Das waren Sanibak-Thastimoons Worte«, sagte er verwundert, als hätte er sie bis zu diesem Augenblick völlig vergessen. »›Ihr werdet die Welt erschüttern.‹«

»Dann erschüttere sie«, sagte Thismet.

Korsibar starrte zu Prestimion hinab, der gerade zwei Pfeile gleichzeitig auf die Zielscheibe abgeschossen hatte. Er sagte nichts.

»Erschüttere sie!«, rief Thismet. »Erschüttere sie oder stirb, Korsibar! Komm. Komm mit mir zu Sanibak-Thastimoon. Wir müssen Pläne schmieden und Zaubersprüche wirken.«

»Thismet ...«

»Komm«, sagte sie. »Jetzt. Jetzt!«

Bei den Fechtwettkämpfen am folgenden Tag gab es keine Überraschungen. Septach Melayn wies mit seinem unübertroffenen Umgang mit dem Rapier alle Rivalen in die Schranken und besiegte in der Endrunde Graf Farquanor mit einer Reihe blendend schneller Stöße, die sämtliche Zuschauer vor Begeisterung von den Füßen riss. Farquanor hatte ein schnelles Handgelenk und war alles andere als ein unbedeutender Fechter, und doch war Septach Melayn überall gleichzeitig um ihn herum und trippelte und tänzelte geradezu verächtlich hin und her, während er immer wieder an Farquanors Deckung vorbeischlüpfte. Er ließ es fast zu einfach aussehen.

Auch Korsibar schlug die schweren Waffen seiner Gegner problemlos zur Seite und erzielte einen erwarteten Triumph in der Säbeldisziplin. In den Sonderwettbewerben für Skandars – die zu groß waren und zu viele Arme hatten, um sich mit Menschen einen fairen Kampf zu liefern – trug Habinot Tuvone, der berühmte Fechtmeister aus Piliplok, die Trophäe für den Kampf mit zwei Schwertern davon, wie es praktisch vorherbestimmt gewesen war. Und so ging es weiter.

Die Tjost war das Ereignis des nächsten Tages, und als der Wettbewerb unmittelbar bevorstand, war die Stimmung unter den zu Besuch weilenden Lords angespannt und gezügelt. Niemand wollte eine Wiederholung des blutigen Spektakels, das der Ringkampf zwischen Gialaurys und Farholt gewesen war; und es wäre nur zu einfach, unter dem Vorwand von Eifer in den ritterlichen Künsten ein weiteres Gemetzel anzurichten, sobald die Bewaffneten erst auf ihren schnellen Schlachtrössern saßen.

Die Liste der Teilnehmer war von den älteren Lords sorgfältig so zusammengestellt worden, dass jede Gruppe von Turnierkämpfern zu gleichen Teilen aus solchen Männern bestand, von denen man wusste, dass sie Prestimion treu ergeben waren, und aus solchen, die man offensichtlich Korsibars Gefolge zuordnen konnte. Doch niemand wusste, wie man verhindern konnte, dass einzelne Prinzen ihre Gegner aus dem anderen Lager mit derselben mörderischen Wildheit angriffen, mit der Farholt Gialaurys angegriffen und mit der Gialaurys geantwortet hatte.

Der Plan sah vor, dass die neunzig Streiter sich vor dem Wettkampf in vollen Rüstungen auf dem Hof der Throne versammelten und gruppenweise in die Arena geführt wurden. Septach Melayn traf als Erster in jenem großen, verliesähnlichen Raum mit den schwarzen Steinwänden ein, die sich zu Spitzbögen hoben, Graf Iram dicht hinter ihm, und dann Farholt und Farquanor gemeinsam, und Navigorn, Mandrykarn und Kanteverel von Bailemoona. Es wurde viel gescherzt unter ihnen, aber auf eine steife, rasselnde, gestelzte

Weise. Septach Melayn hatte den Eindruck, dass Korsibars Leute im Saal übermäßig stark vertreten waren, wenngleich Korsibar selbst noch nicht eingetroffen war und auch nicht sein Vater, der Coronal.

Nach und nach kamen weitere Wettstreiter herein: Venta von Haplior und der Prokurator Dantirya Sambail mit drei oder vier seiner Männer, und dann Graf Kamba von Mazadone, noch immer alles hauptsächlich Korsibars Leute. Septach Melayn hielt nach Prestimion und Gialaurys Ausschau, doch sie waren noch nicht hier, genauso wenig wie Svor, der wahrscheinlich auch nicht kommen würde: Svor war kein Turnierkämpfer.

Dantirya Sambail, der einen schweren Messinghelm aufhatte, der mit großen grünen Federn geschmückt war, und eine auffallend prunkvolle Rüstung aus leuchtendem Gold trug, in das rote und blaue Edelsteine eingelassen waren, die schreckliche Drachen und Ungeheuer darstellten, schaute zu Septach Melayn hinüber. »Hat dein Prinz heute verschlafen, Freund?«, fragte er.

»Das sieht ihm nicht ähnlich. Vielleicht hat er seinen Helmfederschmuck verlegt und sucht hektisch danach; denn wie ich sehe, sind solche Federn dieses Jahr in Mode«, sagte Septach Melayn mit einem betonten Blick auf die hohen Verzierungen des Prokurators. »Aber er wird wohl rechtzeitig zum Turnier hier eintreffen. Er ist stets pünktlich. Aber was das betrifft, so ist auch von unserem großen Prinzen Korsibar oder seinem königlichen Vater noch nichts zu sehen.«

»Und doch ist Korsibars Su-Suheris-Magier schon hier«, sagte Dantirya Sambail und zeigte mit einem Wink seiner Helmfedern auf Sanibak-Thastimoon, dessen zwei Köpfe mitten zwischen Farholt, Farquanor und Navigorn zu sehen waren. »Ich frage mich, ob er mit uns tjosten wird. Er scheint keine Rüstung zu tragen. Aber vielleicht brauchen Zauberer auch keine.«

Septach Melayn runzelte die Stirn. »Er hat heute in diesem Raum nichts zu suchen. Ich frage mich, was …«

»Da kommt Seine Lordschaft«, sagte Dantirya Sambail. Und der alte traditionelle Ruf erklang: »Confalume! Confalume! Lord Confalume!«

Der Coronal, der sein formelles Amtsgewand trug, grün und golden mit Hermelinbesatz, bestätigte den Jubel mit brüsken kleinen Gesten des Grußes, als er den Saal betrat. Eine kleine Gruppe seiner Hofminister begleitete ihn, ein Vroon und ein Hjort und einige andere. Der Hjort, Hjathnis mit Namen, der sogar für einen Hjort übereifrig wirkte, trottete dicht neben ihm einher und trug die Sternenfächerkrone auf einem Kissen aus kastanienbraunem Samt.

»Wie müde er aussieht«, sagte Iram. »Dieses Warten auf den bevorstehenden Herrschaftswechsel hat ihn sehr erschöpft.«

»Er wird bald Zeit haben, sich genug auszuruhen, wenn Prankipin erst tot ist«, sagte Septach Melayn. »Als Pontifex hat man ein viel ruhigeres Leben denn als Coronal.«

»Aber wann wird das sein?«, fragte Kamba. »Es sieht allmählich so aus, als hätte der Pontifex Prankipin vor, ewig zu leben.«

»Für solche Absichten gibt es Heilmittel, mein Lord Kamba«, sagte Dantirya Sambail und lachte und grinste hässlich.

Septach Melayn lag eine Erwiderung auf die Grobheit des Prokurators auf den Lippen; doch stattdessen ertappte er sich dabei, dass er die Hand an die Schläfe drückte und kurz die Augen schloss, denn eine seltsame Benommenheit war plötzlich über ihn gekommen. Seine Lider waren ganz schwer, sein Verstand getrübt. Nach einem Augenblick war es vorüber. Wie seltsam, dachte er und schüttelte den Kopf, um ihn klar zu bekommen.

»Macht Platz für Prinz Korsibar!«, rief eine laute Stimme. »Macht Platz! Macht Platz!«

In diesem Augenblick erschien ein aufgebracht und glühend wirkender Korsibar auf der Schwelle des Saals.

»Neuigkeiten!«, rief er, kaum dass er ihn betreten hatte. »Ich bringe euch Neuigkeiten! Der Pontifex Prankipin ist tot!«

»Seht ihr?«, sagte Dantirya Sambail und grinste sein boshaftestes Grinsen. »Man kann immer eine Lösung finden, sogar für die Unsterblichkeit!«

»Sieh dir das an«, sagte Iram zu Septach Melayn und deutete zu Lord Confalume hinüber. »Der Coronal weiß anscheinend noch nichts davon. Und wo ist Prestimion? Er sollte hier sein, um die Krone weiterzugeben.«

In der Tat schien Lord Confalume von der Nachricht, die Korsibar überbracht hatte, völlig überrascht zu werden. Sein Gesichtsausdruck verriet absolutes Erstaunen und Bestürzung, und er griff nach der Rohilla, die er an seinem Kragen trug, jenem stets gegenwärtigen kleinen Amulett aus feinen Goldlitzen, die um einen Jadeklumpen geschlungen waren, und rieb immer wieder unruhig und besorgt den Edelstein in dessen Mitte.

»Ja, Prestimion sollte hier sein«, sagte Septach Melayn. »Wie schade, dass er sich verspätet hat. Aber ich vermute, er …« Verwirrt hielt er inne und schwankte ein wenig, als eine neue, starke Welle der Benommenheit ihn durchflutete. »Was? Mein Kopf, Iram … irgendeine verdammte Verwirrung des Geistes überkommt mich …«

»Mich auch«, sagte Iram.

Überall im Raum war es dasselbe. Der gesamte Saal schien in eine dunkle Wolke eingehüllt zu sein. Die versammelten Lords taumelten, als schliefen sie im Stehen, waren verwirrt und benommen, hatten sich in diesem seltsamen Nebel der Verständnislosigkeit verloren. Wenn sie überhaupt sprachen, murmelten sie nur unergründlich vor sich hin. Dann klärte der Nebel sich so abrupt, wie er gekommen war. Septach Melayn betrachtete ungläubig blinzelnd die Szene, die er nun sah.

Korsibar war ans Ende des Saals gegangen und hatte sich auf den Stufen des großen Stuhls neben dem Thron des Pontifex aufgebaut – neben dem, auf dem der Coronal saß, wenn er sich in regierender Funktion in diesem Raum aufhielt. Er hatte die Sternenfächerkrone von dem Hjort Hjathnis entgegengenommen und hielt das zarte, leuchtende königliche Diadem mit den Fingerspitzen fest. Neben ihm standen wie eine Ehrenwache, die den Rest der Gruppe trotzig betrachtete, Farholt, Farquanor, Navigorn von Hoikmar und Mandrykarn. Sanibak-Thastimoons zwei Köpfe ragten direkt hinter Graf Farquanor hervor, unmittelbar neben dem Prinzen.

Lord Confalume wirkte angesichts dieses Geschehens völlig benommen. Sein Gesicht war sehr bleich, seine Augen schienen fast glasig. Er machte ein paar unsichere Schritte auf seinen Sohn zu; sein Mund war weit geöffnet, und die Hände waren in einer hilflosen Geste des Schocks und Erstaunens gespreizt. Er starrte Korsibar an, dann das leere Kissen, auf dem gerade noch die Krone gelegen hatte, dann wieder seinen Sohn. Über seine Lippen kam außer einem schnarrenden Krächzen kein Ton.

Dann zeigte er mit zitternder Hand auf Korsibar. »Was tust du da?«, fragte er mit heiserer, eingerosteter Stimme.

»Der Pontifex ist tot. Du bist jetzt Pontifex, und ich bin dein Coronal.«

»Du bist … was?«, sagte Confalume mit einem Keuchen, das von einem Großteil der anderen im Raum zurückgeworfen wurde.

Er sah aus wie ein Mann, der durch einen einzigen Schlag gefällt worden war. Fassungslos stand er vor seinem Sohn, den Kopf und die Schultern nach vorn gebeugt, die Arme schlaff an seinen Seiten herabbaumelnd. Wo war die Macht und Kraft des erhabenen Lord Confalume geblieben? Sie war fort, innerhalb eines einzigen betäubenden Augenblicks verschwunden; den Anschein hatte es zumindest.

Mit einer weit ausholenden Geste streckte Korsibar die Arme nach seinem Vater aus.

»Heil Seiner Majestät, Pontifex Confalume!«, rief er. Der Schrei war so laut, dass man ihn noch am Burgberg hören konnte. »Heil! Pontifex Confalume!«

»Heil Seiner Majestät, Pontifex Confalume!«, riefen die anderen, oder die meisten von ihnen, ein sehr zerrissener Chor, denn die Bedeutung des Geschehens kam ihnen mit unterschiedlicher Geschwindigkeit zu Bewusstsein.

Dann bellte Farholt mit einer Stimme, die Steinmauern verbiegen konnte: »Und Heil dem Coronal Lord Korsibar! Korsibar! Korsibar! Lord Korsibar!«

Einen Augenblick lang herrschte erstaunte Stille.

Und dann erhob sich der Ruf »Korsibar! Korsibar!« von allen bis auf ein paar wenige, denen es eindeutig schwer fiel, das zu erklären, was Farholt von ihnen verlangte. »Korsibar! Lord Korsibar!«

Mit einer glatten, ernsten Geste hob Korsibar die Sternenfächerkrone hoch, hielt sie nach vorn, um sie allen zu zeigen, die vor ihm standen, und setzte sie sich feierlich auf das Haupt. Woraufhin er auf dem Stuhl des Coronals Platz nahm und seinem Vater kühl bedeutete, sich auf den Thron des Pontifex daneben zu setzen.

»Glaubst du das?«, fragte Septach Melayn.

»Ich denke, wir müssen es glauben«, erwiderte Graf Iram. »Sieh, dort drüben.«

Andere bahnten sich nun den Weg in den Raum, ein Schwarm von Soldaten aus der Wache des Coronals, die offensichtlich während der Zeit, da jene dunkle Wolke über dem Geist aller Personen im Raum gelegen hatte, draußen Position bezogen hatten. Sie alle waren bewaffnet. Einige postierten sich rechts und links neben Korsibar, eindeutig, um ihn gegen jeden zu verteidigen, der vielleicht Einwände gegen den plötzlichen Staatsstreich erheben mochte. Der Rest bildete zwei Flanken an den Seiten des Raums. Auf einen Wink Korsibars führten zwei Soldaten den erstaunten Confalume an den Ellbogen zum Thron des Pontifex.

»Komm, Vater«, sagte Korsibar sehr liebevoll. »Setz dich eine Weile neben mich, und wir unterhalten uns. Dann werden wir die angemessenen Rituale vollziehen und dafür sorgen, dass der alte Prankipin in sein Grab kommt. Und anschließend wirst du dein neues Heim in diesem Ort beziehen, und ich werde zum Burgberg zurückkehren, um mich den Verantwortungen zu stellen, die nun die meinen sind.«

Die Wachen, die Confalume zum Thron führten, halfen ihm behutsam die drei Stufen hinauf und auf den Thron. Er leistete keinen Widerstand. Er schien ohne eigenen Willen zu sein, als stünde er unter einem Bann. Und er sah aus wie ein Mann, der in zehn Minuten um zwanzig Jahre gealtert war.

Dann erklangen draußen im Gang die Geräusche von Handgreiflichkeiten. »Geht mir aus dem Weg!«, rief eine laute, wütende Stimme. »Lasst mich hinein! Lasst mich hinein!«

»Endlich – Prestimion«, murmelte Septach Melayn.

Danach war eine lautere und noch wütendere Stimme zu hören, die hitzig Chaos und allgemeine Zerstörung androhte, falls die Wachen, die die Tür zum Saal blockierten, nicht beiseite träten. Es war die von Gialaurys.

Septach Melayn bahnte sich schnell den Weg zur Tür und glitt sicher und geschickt zwischen den Wachen hindurch, die ihn entweder nicht festhalten wollten oder es einfach nicht konnten. »Was ist da drinnen geschehen?«, fragte ein verschwitzt und zerzaust aussehender Prestimion, als Septach Melayn zu ihm trat. »Ich war unterwegs zu diesem Saal und fiel in eine Art Ohnmacht … und Gialaurys ebenfalls. Unser Verstand war wie bewölkt … und als wir wieder zu uns kamen, war der Gang voll mit Männern des Coronals, die uns am Weitergehen hinderten, sodass ich ihnen alle mögliche Vergeltung androhen musste …«

»Schau dort hinein, und du siehst Wunder«, unterbrach Septach Melayn ihn, nahm ihn am Arm und zog ihn schnell herum, damit er den gekrönten Korsibar auf dem Platz des Coronals und den verwirrten und wie vom Donner gerührten Confalume auf dem Thron des Pontifex daneben sehen konnte.

»Was hat das zu bedeuten?«, fragte Prestimion erstaunt.

Korsibar erhob sich von seinem königlichen Sitz. »Der Göttliche hat gesprochen, Prestimion«, sagte er ruhig. »Prankipin ist tot, und mein Vater ist jetzt Pontifex, und ich …« Er berührte mit den Fingerspitzen vorsichtig die Krone auf seinem Kopf. »Ich …«

»Nein!«, brüllte Gialaurys. »Das ist Diebstahl! Diebstahl! Das wird nicht geschehen!« Er hob die Arme, krümmte die Finger, als wollte er Korsibar eigenhändig erwürgen, und stürmte mit gesenktem Kopf wie ein wütender Stier vor, nur um sich den gebogenen Hellebarden der vordersten Reihe von Korsibars Wachen gegenüberzusehen.

»Tritt zurück, Gialaurys«, sagte Prestimion mit leiser, strenger Stimme. Und dann, etwas schärfer: »Zurück! Weg vom Thron!« Zögernd gehorchte Gialaurys ihm.

Dann sah Prestimion Korsibar an. »Du behauptest also, Coronal zu sein?«, fragte er mit angespannter Selbstbeherrschung.

»Ich *bin* Coronal.«

»Und das ist für Euch akzeptabel, Majestät?«, sagte Prestimion mit gleichermaßen ruhigem Tonfall zu Confalume.

Confalumes Lippen bewegten sich, aber kein Laut kam über sie.

Er spreizte mit einer pathetischen Geste der Niederlage und Verwirrung die Hände.

Nun loderte Prestimions Zorn auf. »Was hat das zu bedeuten, Korsibar, hast du ihn mit einem Bann belegt?«, fragte er wütend. »Er ist nur noch eine Marionette!«

Farholt trat vor. »Du wirst ihn von nun an mit Lord Korsibar anreden, Prinz«, sagte er mit einem schamlosen Grinsen.

Prestimion schaute einen Moment lang verblüfft drein. Dann lächelte er, aber das Lächeln war sehr gezwungen. »Also Lord Korsibar«, sagte er, erneut ganz ruhig, aber mit einem kaum verborgenen Anflug von Spott, der seiner Stimme eine gewisse Schärfe verlieh. »War das förmlich genug gesprochen, Lord Korsibar?«

»Ich bringe ihn um!«, heulte Gialaurys. »Ich reiße ihn in Stücke!«

»Du wirst nichts dergleichen tun«, sagte Prestimion, als die Reihe der Hellebarden sich wieder hob. Er legte die Hand fest um Gialaurys' dickes Gelenk und hielt ihn fest. Septach Melayn trat auf der anderen Seite ruhig neben Gialaurys und hielt ihn ebenfalls zurück.

Gialaurys zitterte wie ein angeketteter Titan, blieb aber, wo er war.

»Svor hat etwas ganz Ähnliches in einem Traum gesehen«, sagte Prestimion leise zu Septach Melayn. »Ich habe ihn ausgelacht. Aber jetzt sehen wir es ebenfalls.«

»Ich fürchte, das ist kein Traum«, erwiderte Septach Melayn. »Oder wenn es einer ist, wird es für uns jedenfalls kein schnelles Erwachen daraus geben.«

»Nein. Und wir scheinen heute in diesem Saal keine Freunde zu haben. Wir sollten uns nicht länger hier aufhalten.« Prestimion schaute zu Korsibar hinüber. Die Welt wirbelte wild auf ihrer Achse, aber er zwang sich, die Füße weit auseinander zu stellen und standhaft aufrecht zu stehen. »In dieser Zeit des großen Verlusts und der Trauer«, sagte er zu Korsibar, wobei er sich in diesem Augenblick unglaublich zusammennahm und durch kaum geöffnete Lippen sprach, »würde ich es vorziehen, allein über diese großen Ereignisse nachzudenken. Ich bitte Euch um Eure gütige Erlaubnis, mich aus dem Saal zurückzuziehen, Eure … Lordschaft.«

»Gewährt.«

»Dann komm«, sagte Prestimion scharf zu Gialaurys, der noch immer ganz benommen und taub vor Wut zu sein schien. »Hinaus, aber schnell. Und du auch, Septach Melayn. Kommt. Kommt.« Und er fügte ganz leise hinzu: »Solange wir es noch können.« Prestimion hob den Arm, und seine Finger vollzogen das Sternenfächerzeichen, aber so schnell, dass es kaum mehr als eine Parodie der Geste war. Dann drehte er sich um und verließ mit seinen beiden Gefährten schnell den Raum.

II

DAS BUCH
LORD KORSIBARS

1

habt ihr sein Gesicht gesehen?«, rief Thismet. Es war die überwältigende Stunde des Triumphs. »Wie eine Steinplatte, so sah es aus. Nicht der geringste Ausdruck, und völlig grau. Das Gesicht eines Toten.« Und sie straffte ihre Schultern und schob das Kinn vor und brachte eine beißende Imitation von Prestimions wackerem Abgang aus dem Hof der Throne zustande, wobei sie rau mit einer annehmbaren Nachahmung von Prestimions vollem Tenor murmelte: »Kommt, Septach Melayn, Gialaurys. Raus hier, solange wir noch können.«

Der Raum bebte vor Gelächter. Dann sprang Farholt auf. Er bewegte sich steif, denn er war von jenem schrecklichen Ringkampf mit Gialaurys noch schlimm mitgenommen und geprellt. Schwerfällig schlurfte er in der unbeholfenen Gangart der großen Affen vom Gonghar-Gebirge hin und her, ließ die Arme baumeln, trommelte dann auf seine Brust und grunzte mit einer ordentlichen Anlehnung an Gialaurys' dunkle, polternde Stimme: »Ich bringe ihn um! Ich reiße ihn in Stücke!«

Nun machten ein paar andere Septach Melayns anmutigen Gang nach, übertrieben auf komische Weise seine katzenhafte Geschmeidigkeit und die übermäßig pingelige Präzision seiner Bewegungen. »Genug davon«, sagte Korsibar, obwohl er genauso herzhaft lachte wie alle anderen. »Es gehört sich nicht, seine gestürzten Rivalen zu verspotten.«

»Ein guter Einwand, mein Lord«, meinte Graf Farquanor salbungsvoll. »Klug gesprochen, mein Lord.« Und die anderen wiederholten seine Worte: »Klug gesprochen, mein Lord. Ein guter Einwand, mein Lord. Ein sehr guter Einwand, mein Lord.« Die provisorischen Gemächer des neuen Coronals waren in dem großzügigen Gemach in der kaiserlichen Ebene des Labyrinths eingerichtet worden, in dem der ehemalige Prinz Korsibar seit seiner Ankunft residiert hatte; und hier hielt der neue Lord Korsibar zum ersten Mal am Nachmittag nach seiner Krönung Hof. Er saß auf einem improvisierten Thron, während die Angehörigen seines unmittelbaren Gefolges sich um ihn scharten, um ihm zu huldigen.

Einer nach dem anderen war vorgetreten und hatte das Sternenfächerzeichen gemacht: zuerst Lady Thismet, dann gemeinsam die Brüder Farquanor und Farholt, und Navigorn und Mandrykarn und Venta und die anderen. Und Sanibak-Thastimoon ebenfalls; denn Korsibar war nun auch Lord Coronal der Su-Suheris auf Majipoor, und aller Ghayrogs und Liimenschen und Hjorts und Vroons und auch Skandars, und sogar der gestaltwandelnden Metamorphen aus den fernen Regenwäldern von Piurifayne.

»Mein Lord«, sagten sie immer wieder. Sie genossen den Klang dieser Worte und fügten sie nach jedem Halbsatz ein, den sie an ihn richteten: »Mein Lord, mein Lord, mein Lord, mein Lord.« Und der neue Coronal hörte sie und lächelte gnädig und nickte bestätigend angesichts ihrer Ehrerbietung, wie er es bei seinem Vater beobachtet hatte, seit er ein kleines Kind gewesen war. Korsibar hatte vielleicht eine bessere Erziehung darin erhalten, Coronal zu sein, als jeder andere, der je vor ihm den Thron bestiegen hatte; denn er hatte ein Leben lang das Benehmen eines Coronals studieren können, schon seitdem er noch auf den Knien seines Vaters gesessen hatte.

Graf Farquanor trat zu ihm; seine Augen strahlten noch vor Siegesvergnügen. »Es wird überall bekannt gemacht, mein Lord«, sagte er, »was hier und heute geschehen ist. Bald werden alle davon wissen, in jeder Stadt, auf jedem Kontinent.«

Er wartete halb gebückt neben Korsibar, als erhoffte er sich, dass der ihm eine Münze zuwarf. Korsibar wusste, was Farquanor im Sinn hatte: er sehnte sich danach, zum Hohen Berater des Coronals ernannt zu werden, was in der Burg der höchste Rang unter dem des Coronals selbst war. Sehr wahrscheinlich würde Korsibar ihn dazu erklären, sobald die Zeit für Ernennungen gekommen war, doch noch war es nicht so weit, noch nicht so früh. Man entließ die engen Berater des ehemaligen Coronals nicht so schnell; besonders nicht, wenn man den Thron auf so ungewöhnliche Weise bestiegen hatte, wie es bei ihm der Fall gewesen war. Und seine Herrschaft hatte schließlich gerade erst begonnen.

Und die Nachricht vom Regierungswechsel wurde eben erst verbreitet – sie wurde aus der klaustrophobischen Enge des Labyrinths geschleudert, wie eine Säule feuriger Lava aus dem schwarzen Aschenkegel eines Vulkans ausbrach. Natürlich würde sie mittlerweile die Burg erreicht haben, wo die unzähligen Beamten des königlichen Verwaltungsstabs sich nun zweifellos erstaunt ansahen und immer wieder hilflos und verblüfft fragten: »Korsibar? Wie kann Korsibar Coronal geworden sein?« Und auch die fünfzig glorreichen Städte des Bergs, die unter der Burg lagen, das hoch gelegene Morpin mit den Spiegelhängen und dem Moloch, und Normork mit der großen Steinmauer, und Tolingar, wo sich Lord Havilboves wunderbarer Garten befand, und Kazkaz, Sipermit, Frangior, Halanx, Muldemar, die Stadt, aus der Prestimion stammte, und alle anderen.

Und die erstaunliche Nachricht würde sich immer weiter verbreiten, über den ganzen Kontinent Alhanroel, durch das von Bewohnern wimmelnde Tal des Glayge und die unzähligen Stelzendörfer, die um die silberne Ungeheuerlichkeit des Roghoiz-Sees verstreut lagen, und weiter nach Bailemoona und Alaisor und Stoien und Sintalmond und zu den Städten, die sich in luftigen Höhen an die grotesken Turmspitzen des Bezirks Ketheron schmiegten, und zu denen auf den goldenen Hügeln von Arvyanda, und über das Meer zu den gewaltigen Städten Zimroels, des fernen Westkontinents, zu Städten, die für die, die in der Burg wohnten, eher Mythen und Legenden als wirkliche Orte waren – Ni-moya und Til-omon, Pidruid und Piliplok, Narabal, Khyntor, Sagamalinor, Dulorn. Und auch zum ausgedörrten, glühend heißen Suvrael und zur Insel der Lady. Überallhin. Überallhin.

Nun trat Mandrykarn zu Korsibar. »Wenn ich Eurer Majestät eine Frage …«, begann er.

»Nein, nicht ›Eure Majestät‹«, unterbrach Farquanor ihn. »›Eure Lordschaft‹. ›Eure Majestät‹ sagt man zum Pontifex.«

»Ich bitte hunderttausendmal um Verzeihung!«, sagte Mandrykarn mit übertriebener Peinlichkeit, richtete sich steif auf und schaute betroffen drein. Mandrykarn war breitschultrig und stämmig, ein Mann, der fast genauso robust gebaut wie Korsibar war, und er funkelte den drahtigen kleinen Farquanor mir unverhohlener Verärgerung an. Dann wandte er sich wieder an Korsibar: »Wenn ich Eurer Lordschaft eine Frage stellen darf …«

»Natürlich, Mandrykarn.«

»Was soll wegen der Spiele geschehen?«

»Nun, wir setzen sie natürlich dort fort, wo wir sie unterbrochen haben. Aber zuerst werden wir das Begräbnis des alten Prankipin ausrichten, mit allem Pomp und aller Pracht, die dieser düstere Palast aufbringen kann, und dann kommt wohl eine formelle Zeremonie zu meines Vaters und meiner Amtseinsetzung, nehme ich an. Und dann …«

»Dürfte ich, mein Lord …«, sagte Mandrykarn.

Sowohl Farquanor als auch Korsibar schauten überrascht drein, denn Mandrykarn hatte den Coronal mitten im Satz unterbrochen, und niemand durfte das. Doch Korsibar lächelte schnell, um zu zeigen, dass er nicht beleidigt war. Für seine Gefährten war das alles noch sehr neu; es war zu früh, um genau auf das Protokoll zu achten.

Korsibar bedeutete Mandrykarn, er solle fortfahren.

»Mir ist in den Sinn gekommen, Lordschaft, dass es vielleicht klug wäre, den Rest der Spiele nicht mehr durchzuführen und so schnell wie möglich Eure Reise zum Burgberg einzuleiten. Sobald wir dort sind, können wir weitere Spiele abhalten. Wir wissen nicht, wie Prestimions nächster Zug aussehen wird, mein Lord. Falls er vor uns zur Burg zurückkehren sollte und Eure Machtübernahme infrage stellt ...«

»Glaubst du, Prestimion würde so etwas tun?«, fragte Korsibar. »Ich nicht. Er respektiert das Gesetz. Und dem Gesetz zufolge bin ich jetzt Coronal.«

»Trotzdem, mein Lord«, sagte Mandrykarn. »Bei allem Respekt für Euer Urteil, mein Lord. Wenn er sich entschließt, die Machtübernahme mit der Begründung infrage zu stellen, dass der Sohn eines Coronals nicht selbst Coronal werden darf ...«

»Das ist kein Gesetz«, sagte Farquanor scharf. »Es ist nur noch nie vorgekommen.«

»Es ist ein Brauch, der in den letzten siebentausend Jahren zum Gesetz geworden ist«, erwiderte Mandrykarn.

»Ich gebe bei dieser Sache Farquanor und Seiner Lordschaft Recht«, sagte Navigorn von Hoikmar. »Wenn es hier einen Brauch gibt, dann den, dass der scheidende Coronal seinen Nachfolger bestimmt und ernennt. Prestimion könnte anführen, dass die Wahl, die Lord Confalume getroffen hat, fehlerhaft war, aber eine Ernennung hat auf jeden Fall stattgefunden. Denn hat Confalume sich nicht bereitwillig neben dem gekrönten Lord Korsibar auf den Pontifikalthron gesetzt ...«

»Bereitwillig?«, fragte Farquanor.

»Nun ja, sagen wir, mehr oder weniger bereitwillig. Und indem er gegen die Amtsübernahme nicht protestierte, hat er sie unausgesprochen anerkannt.«

Nachdem Navigorn gesprochen hatte, erhob sich eine leichte Unruhe im Raum, weniger wegen des Inhalts seiner Worte als wegen der Tatsache, dass er sie überhaupt ausgesprochen hatte. Der dunkelhaarige, muskulöse Navigorn war ein Mann von unermüdlicher Kraft und beträchtlichem Geschick bei der Jagd; doch er hatte nie zuvor großes Talent für abstraktes Denken demonstriert. Genauso wenig übrigens wie Mandrykarn. Korsibar verbarg seine Erheiterung über diesen plötzlichen Disput hinter vorgehaltener Hand. Würde das neue Regime all seine raubeinigen Jagdkameraden in Rechtsanwälte verwandeln?

»Trotzdem«, sagte Farholt und schaute unter seinen gewaltigen Brauen finster drein. »Wir haben vielleicht eine andere Meinung als Prestimion darüber, was das Gesetz besagt. Ich pflichte Mandrykarn bei: Ich stimme dafür, den Rest der Spiele abzusagen und so schnell wie möglich zur Burg zurückzukehren.«

Korsibar sah Lady Thismet an. »Schwester?«

»Ja. Beende die Spiele. Wir haben jetzt Wichtigeres zu tun. Und was Prestimion betrifft … er ist keine Gefahr für uns. Wir kontrollieren das Heer. Wir kontrollieren die Regierungsmaschinerien. Was kann er schon gegen uns unternehmen? Mit dem Finger auf dich zeigen, mein Lord, und behaupten, du hättest ihm die Krone gestohlen? Es war nie seine Krone. Und jetzt gehört sie dir. So wird es auch bleiben, mein Lord, ganz gleich, was Prestimion von den heutigen Ereignissen hält.«

»Ich würde sogar so weit gehen, Prestimion einen Posten in der neuen Regierung anzubieten«, sagte Farquanor nachdenklich. »Um ihn zu neutralisieren … um seinen Groll so gering wie möglich zu halten … und um sich seine Treue zu sichern.«

»Warum nicht den des Hohen Beraters?«, schlug Mandrykarn vor, und alle lachten, nur Farquanor nicht.

»Ja«, sagte Korsibar. »Eine kluge Idee. Ich werde morgen oder übermorgen nach Prestimion schicken lassen und ihn bitten, irgendeinen Ratsposten zu übernehmen. Er ist solch eines Postens auf jeden Fall würdig, und wenn er nicht zu stolz ist, ihn zu akzeptieren, haben wir damit die Möglichkeit, ihn genau im Auge zu behalten. Und was die Spiele anbelangt, so hat Thismet Recht. Wir werden sie nicht wieder aufnehmen, nicht hier. Später, in der Burg, werden wir genug Zeit für Streitwagenrennen und Turnierkämpfe haben. Wir begraben Prankipin; wir weihen den neuen Pontifex; wir erledigen all die dringenden Angelegenheiten, die erledigt werden müssen, und brechen zum Berg auf. So sei es.«

»Was ist mit Eurer Mutter, Lordschaft?«, fragte Farquanor.

Korsibar warf ihm einen verwirrten Blick zu. »Mit meiner Mutter? Was soll denn mit meiner Mutter sein?«

»Sie wird jetzt die Lady der Insel, mein Lord.«

»Beim Göttlichen!«, rief Korsibar. »Daran habe ich überhaupt nicht mehr gedacht! Die Mutter des Coronals …«

»Die Mutter des Coronals, ja«, sagte Farquanor. »Wenn die Mutter des Coronals noch lebt, heißt das, und das ist bei Euch offensichtlich der Fall. Also wird die alte Tante Kunigarda endlich in den Ruhestand geschickt, und Lady Roxivail wird die Lady von uns allen sein.«

»Die Lady Roxivail«, sagte Mandrykarn erstaunt. »Ich wüsste gern, was sie sagt, wenn sie es erfährt!«

»Und wer von uns wird so tapfer sein, es ihr zu sagen?«, fragte Thismet und kämpfte gegen ein Kichern an.

Niemand war davon überzeugt, dass Lady Roxivail eine geeignete Lady der Insel des Schlafs sein würde. Lord Confalumes wunderschöne, eitle und herrische Frau hatte sich kurz nach der Geburt ihrer beiden Kinder von dem Coronal getrennt und sich in den Luxus ihres strahlenden Palastes weit im Süden auf der tropischen Insel Shambettirantil zurückgezogen. Bestimmt hatte sie sich nicht einmal in ihren kühnsten Träumen vorgestellt, dass sich eines Tages die Verantwortung einer der Mächte des Reiches auf ihre Schultern senken würde. Und doch … Gesetz und Brauch … man musste ihr die Ladyschaft in der Tat anbieten …

»Nun«, sagte Korsibar, »dieses Problem können wir uns für eine spätere Diskussion aufsparen. Jemand, der mehr über Geschichte weiß als ich, kann uns morgen sagen, welcher Zeitraum des Übergangs normalerweise zwischen der einen Lady und der nächsten gewährt wird, und Kunigarda kann weiterhin Träume in die Welt ausschicken, bis wir geklärt haben, wie wir sie ersetzen werden.«

»Mein Lord«, fuhr Farquanor fort, »Ihr werdet Euch auch schnell mit dem Problem der hohen Adligen befassen müssen.«

»Und was für ein Problem ist das? Du scheinst mir sehr schnell sehr viele Probleme zu finden, Farquanor.«

»Ich meine damit, dass Ihr Euch ihre Treue sichern müsst, Lordschaft. Wozu Ihr sie von Eurer Liebe überzeugen und sie in ihren jeweiligen Ämtern bestätigen müsst.«

»Zumindest vorerst«, meinte Mandrykarn.

»Ja, vorerst«, sagte Farquanor, und seine Augen funkelten vor plötzlicher Begehrlichkeit. »Aber es wäre voreilig, sie am Anfang in irgendeiner Hinsicht zu verunsichern. Ich würde Euren Verwandten Herzog Oljebbin noch in dieser Stunde zu Euch befehlen, mein Lord, und die Prinzen Gonivaul und Serithorn unmittelbar darauf, und ihnen sagen, dass ihre Rolle in der Regierung sich nicht ändern wird.«

»Gut. Sorgt dafür, dass sie zu mir gebeten werden.«

»Und schließlich …«

Es klopfte, und ein Diener erschien. »Mein Lord, der Prokurator Dantirya Sambail ist hier und wünscht Euch zu sprechen.«

Korsibar warf Thismet einen unbehaglichen Blick zu, schaute danach zu Farquanor und sah, dass dieser ebenfalls die Stirn runzelte. Aber er konnte den mächtigen Prokurator kaum abweisen.

»Er soll hereinkommen«, sagte Korsibar.

Dantirya Sambail trug noch die prachtvolle goldene Rüstung, in der er zu der Versammlung auf dem Hof der Throne gekommen war, hielt den Messinghelm mit den grünen Federn nun jedoch unter dem Arm, was vielleicht eine Geste des Respekts vor dem neuen König war. Als er in den Raum schritt, stieß er seinen großen Kopf mit dem sommersprossigen, rötlichen Gesicht, über dem die flauschige Korona aus orangefarbenem Haar saß, wie einen Rammbock vor.

Er trat direkt vor Korsibar, womit er Farquanor und Mandrykarn zwang, ihm etwas Platz zu machen, und blieb einen langen Augenblick unmittelbar vor dem neuen Coronal stehen, betrachtete ihn, als schätzte er ihn offen ab, nicht als Untertan vor dem König, sondern als gleichberechtigter Prinz.

»Also«, sagte er schließlich. »Es hat den Anschein, dass Ihr jetzt tatsächlich Coronal seid.«

»Den Anschein hat es, und das bin ich«, sagte Korsibar und schaute betont auf den Boden vor Dantirya Sambail.

Doch der Prokurator ignorierte die unzweideutige Aufforderung, vor ihm niederzuknien und das Zeichen der Ehrerbietung zu machen. »Ich frage mich, was Euer Vater dazu zu sagen hat«, fuhr er stattdessen fort.

»Du hast gesehen, dass mein Vater sich im Hof der Throne neben mich setzte. Darin liegt eine unausgesprochene Anerkennung.«

»Ach. Eine unausgesprochene.«

»Anerkennung«, sagte Korsibar gereizt. Ein gewisses Maß an Insolenz war von Dantirya Sambail zu erwarten; aber nun ging er allmählich über das Erwartete hinaus.

»Seit Ihr den Saal verlassen habt, habt Ihr noch nicht mit ihm gesprochen?«

»Der Pontifex hat sich in seine Gemächer zurückgezogen«, sagte Korsibar. »Ich werde ihn zu gegebener Zeit aufsuchen. In diesen frühen Augenblicken meiner Herrschaft habe ich viel zu tun, Prokurator, muss ich Entscheidungen treffen, Verantwortungen delegieren …«

»Das verstehe ich durchaus, Prinz Korsibar.«

»Ich bin jetzt Coronal, Prokurator.«

»Ach. Natürlich. Ich hätte Lord Korsibar sagen sollen.«

Daraufhin erklang im Raum erleichtertes Aufatmen. Bedeutete dieses Eingeständnis von Dantirya Sambail, dass er sich entschlossen hatte, wegen Korsibars Amtsantritt keine Schwierigkeiten zu machen? Es war wohl auf jeden Fall ein gutes Zeichen.

Erneut schaute Korsibar zu Boden, erneut forderte er den Prokurator auf, niederzuknien und ihm zu huldigen. Ein schräges Lächeln breitete sich langsam auf Dantirya Sambails breitem, schwerem Gesicht aus, und er sagte: »Ich bitte Euch, mein Lord, auf meinen Kniefall zu verzichten. Meine Rüstung erlaubt ihn mir nicht.« Stattdessen ließ er höchst oberflächlich mit einer nachlässigen Bewegung der Finger das Sternenfächerzeichen aufblitzen.

»Hat dieser Besuch einen besonderen Grund, Prokurator«, fragte Korsibar mit sarkastischem Tonfall, »abgesehen von dem, den neuen Lord Coronal formell zu grüßen?«

»Ja.«

»Dann möchte ich ihn gern hören, Dantirya Sambail.«

»Mein Lord«, sagte der Prokurator, wobei es ihm gelang, den leisesten Anflug von Unterwürfigkeit in seine trockene, unsympathische Stimme zu legen, »ich gehe davon aus, dass es in Kürze in der Burg irgendwelche Festlichkeiten zu Euren Ehren geben wird, wie es am Beginn einer Herrschaft üblich ist.«

»Damit rechne ich, ja.«

»Sehr gut, mein Lord. Ich bitte Euch, mir zu vergeben, falls ich nicht daran teilnehme. Ich hoffe, mich für eine Weile auf meine Ländereien auf Zimroel zurückziehen zu können.« Was einer Sensation gleichkam. Erneut schnappten die Anwesenden nach Luft, murmelten leise und wechselten bedeutungsvolle Blicke. Aber nach einem Augenblick fuhr Dantirya Sambail mit der Erklärung fort, dass er damit keine Respektlosigkeit zeigen wolle; er leide vielmehr stark unter Heimweh, sagte er, die Reise sei lang, und er wolle sich so schnell wie möglich auf den Weg machen. »Ich weile nämlich schon seit einigen Jahren in der Burg, und es erscheint mir angemessen, in einer Zeit des Machtwechsels in die Gegend zurückzukehren, für die ich die Verantwortung trage, und dort meine Pflichten wahrzunehmen. Daher bitte ich ergebenst um die Erlaubnis, mich zu verabschieden, sobald ich meine Angelegenheiten in der Burg geregelt habe.«

»Du darfst in dieser Hinsicht tun, wie dir beliebt«, sagte Korsibar.

»Und des Weiteren bitte ich Euch, wenn Ihr Eure erste Prozessionsreise antretet, mindestens einen Monat Zeit für mich zu reservieren und als Gast auf meinem Familienbesitz in Ni-moya zu verweilen, damit ich Euch einige der außergewöhnlichen Vergnügen zeigen kann, die die größte Stadt des jüngeren Kontinents zu bieten hat.« Erst nachträglich schien ihm einzufallen, ein »Mein Lord!« hinzuzufügen.

»Es wird eine Weile dauern, bis ich Gelegenheit haben werde, die große Prozession anzutreten«, sagte Korsibar.

»Ich werde mich trotzdem auf einen Besuch von beträchtlicher Dauer vorbereiten, mein Lord.«

»Also gut«, sagte Korsibar. »Wenn ich diese Reise antreten kann, werde ich auf das Angebot deiner Gastfreundschaft zurückkommen.«

»Ich werde Euch erwarten – mein Lord.«

Erneut lächelte Dantirya Sambail sein unangenehmes Lächeln, verbeugte sich dann, ohne den Versuch, niederzuknien, fuchtelte übertrieben mit seinem federgeschmückten Helm herum und verließ den Raum, wobei seine metallenen Stiefel schwer auf dem Boden schepperten.

»Soll er doch hundert Jahre in Ni-moya bleiben!«, rief Thismet, als der Prokurator gegangen war. »Wer will ihn schon in der Burg haben? Wie ist es ihm nur gelungen, Vaters ständiger Hausgast zu werden?«

»Ich ziehe es vor, ihn in der Nähe zu haben, wo ich ihn im Auge behalten kann«, erwiderte Korsibar. »Vielleicht hatte Vater etwas Ähnliches im Sinn. Aber er geht wohl, wohin er will.« Er schüttelte den Kopf. Etwas pulsierte hinter seinen Augen und in seiner Stirn, und eine geheimnisvolle Müdigkeit machte ihm plötzlich zu schaffen. Der Prokurator war ein anstrengender Mann; es hatte Korsibar ermüdet, seine Unverschämtheit zu ertragen, ohne Zorn zu zeigen. »Prestimion … Dantirya Sambail … und zweifellos auch andere, die wie sie sind … ich muss anscheinend auf alle von ihnen achten. Ewige Wachsamkeit wird nötig sein. Hinter dieser Sache steckt wohl mehr, als ich mir jetzt vorstellen kann.«

Mit einer gereizten, ungeduldigen Geste zeigte er auf die große Weinflasche auf dem Tisch neben Navigorn. »Schnell, schnell, gebt mir davon!«

Zwischen den Schlucken sagte er so leise zu Thismet, dass nur sie ihn hören konnte: »Ich scheine auf den Rücken eines wilden Tiers geklettert zu sein, Schwester, und nun muss ich den Rest meiner Tage darauf reiten, oder es wird mich verschlingen.«

»Dann bedauerst du, es getan zu haben?«

»Nein! Nicht im Geringsten!«

Aber es musste ein gewisser Mangel an Überzeugung in Korsibars Stimme gelegen haben, denn sie lehnte den Kopf an den seinen. »Vergiss nicht, das alles wurde prophezeit«, flüsterte sie ihm ins Ohr. Dann warf sie dem unergründlichen Sanibak-Thastimoon, der allein am anderen Ende des Raums stand, einen Blick zu. »Es ist dein Schicksal, Bruder.«

»Ja, mein Schicksal.« Korsibar wartete auf den heißen Schwall der Begeisterung, den dieses Wort in letzter Zeit bei ihm ausgelöst hatte, aber diesmal kam er nur sehr zögerlich, und er hob die Trinkschale, um sich nachgießen zu lassen. Die zweite Schale des jungen, schäumenden Weins wärmte ihn und vertrieb einen Teil der plötzlichen Müdigkeit aus seinem Geist. Er spürte erneut die Woge der Erregung, nach der er vor einem Augenblick noch vergeblich verlangt hatte. Mein Schicksal. Ja. Und dem musste alles andere untergeordnet werden. Alles. Alles.

2

Unter den neuen Gegebenheiten hatte man dem ehemaligen Lord Confalume wenigstens erlaubt, vorerst in den Gemächern zu bleiben, die er als Coronal bewohnt hatte. Aber die Zeichen der plötzlichen Metamorphose, der die Regierung Majipoors sich unterzogen hatte, waren für Prestimion sogar draußen im Gang ersichtlich. Die riesigen Skandars, die die Gemächer des Coronals bewachten, taten noch immer Dienst, aber nun trugen sie absurderweise die winzigen Augenmasken, die sie als Angehörige des Pontifikalstabs kennzeichneten. Und ein halbes Dutzend Mitglieder der Pontifikalbürokratie hatten sich unter das Gemenge vor Confalumes Tür gemischt.

Einer von ihnen, ein Ghayrog mit perlenfarbenen Schuppen, warf ihm einen hochmütigen Blick zu. »Ihr behauptet, einen Termin bei Seiner Majestät zu haben?«, fragte er.

»Ich bin Prinz Prestimion von Muldemar. Es hat einen Notfall im Land gegeben. Der Pontifex hat eingewilligt, mich zu sprechen, und das ist die Stunde, zu der ich zu ihm kommen soll.«

»Der Pontifex hat verlauten lassen, dass er sehr müde ist und alle vereinbarten Termine abgesagt werden sollen.«

»Dann sag sie ab, nachdem ich mit ihm gesprochen habe«, erwiderte Prestimion. »Weißt du, wer ich bin? Weißt du, was sich hier heute zugetragen hat? Geh schon! Geh! Sag Seiner Majestät, dass Prinz Prestimion draußen wartet, um mit ihm zu sprechen!«

Daraufhin beratschlagten die Pontifikalbeamten sich ausführlich; dann verschwanden der Ghayrog und eine weitere maskierte Gestalt in die Gemächer Confalumes, wo sehr wahrscheinlich wiederum eine lange Konferenz stattfand. Schließlich kamen die beiden Beamten heraus, und der Ghayrog sagte: »Der Pontifex wird Euch empfangen. Ihr dürft zehn Minuten lang mit ihm sprechen.«

Die große Tür, auf der das helle, goldene Monogramm CLC schimmerte, das nun hinfällig geworden war, wurde zurückgeschwungen, und Prestimion trat ein. Confalume saß in tiefer Niedergeschlagenheit da; er hatte die Ellbogen auf den Schreibtisch aus Simbajinderholz gesetzt und den Kopf verdrießlich auf die Fäuste gestützt. Überall um ihn herum lagen seine seltsamen Zauberutensilien wie Kraut und Rüben verstreut. Einige der komplizierten Geräte waren umgestürzt, andere waren nachlässig zu unordentlichen Haufen zusammengeschoben.

Sehr langsam schaute der neue Pontifex hoch. Seine Augen waren gerötet und müde, und er konnte Prestimions Blick nur mit den größten Schwierigkeiten erwidern, und auch nur einen ganz kurzen Moment lang, bevor er den Blick wieder abwandte.

»Eure Majestät«, sagte Prestimion mit kalter Stimme und machte das Zeichen der Unterwerfung.

»Meine ... Majestät, ja«, sagte Confalume.

Er war nur noch ein Schatten seiner selbst. Sein Gesicht war düster und verquollen und brachte nichts als Verwirrung und Verzweiflung zum Ausdruck. Der arme, Mitleid erregende Mann, Kaiser der gesamten Welt, der keine Gewalt über seinen eigenen Sohn hatte.

»Nun?«, sagte Prestimion scharf. Er versuchte, den Zorn im Zaum zu halten, den er verspürte, den Zorn und den Schmerz. Der plötzliche, unvorstellbare Verlust all dessen, auf das er hingearbeitet hatte, war wie ein Messerstich in ihm. Und selbst jetzt sickerte die Wirklichkeit dessen, was geschehen war, nur ganz allmählich ein: Er wusste, später würde es noch schlimmer kommen, viel schlimmer. »Wollt Ihr wirklich erlauben, dass diese lächerliche Angelegenheit Bestand hat?«

»Bitte, Prestimion.«

»Bitte? *Bitte?* Man hat mir die Krone gesetzwidrig gestohlen, uns allen. Euer Sohn hat dies getan, und Ihr sagt nur: ›*Bitte, Prestimion!*‹ zu mir und sonst nichts?«

»Der Hohe Sprecher sollte hier sein. Kai Kanamat, so heißt er, bis ich meinen eigenen ernannt habe.« Confalumes Stimme war dünn, schwach und heiser und schlug gelegentlich zu einem unverständlichen Flüstern um. »Du weißt, der Pontifex soll nicht direkt zu Bürgern sprechen. Die Fragen müssen an den Hohen Sprecher gerichtet werden, der dann den Pontifex informiert ...«

»Das weiß ich alles«, sagte Prestimion. »Spart Euch das für später auf. Was wollt Ihr gegen diese Usurpation der Krone unternehmen, Confalume, wenn Ihr wirklich Pontifex seid?«

»Diese ... Usurpation ...«

»Kennt Ihr einen besseren Ausdruck dafür?«

»Prestimion ... bitte ...«

Prestimion starrte ihn an. »Sind das Tränen, Eure Majestät?«

»Bitte. Bitte.«

»Hat Korsibar Euch schon aufgesucht, seit er sich zum Coronal gemacht hat?«

»Er wird später kommen«, sagte Confalume heiser. »Er muss Verabredungen treffen … Gespräche führen … Dekrete verfügen …«

»Also habt Ihr vor, die Dinge bestehen zu lassen.«

Confalume antwortete nicht. Wahllos griff er nach einem Beschwörungsgerät auf seinem Schreibtisch, einem Ding aus silbernen Drähten und goldenen Spulen, und strich geistesabwesend darüber, wie ein Kind ein Spielzeug streicheln mochte.

»Wusstet Ihr im Voraus, was Korsibar vorhatte?«, fragte Prestimion erbarmungslos.

»Nein. Nicht im Geringsten.«

»Dann kam es also wie ein Blitz aus heiterem Himmel? Da wart Ihr, und da war er, und Ihr standet einfach da und ließet Euch die Krone von Eurem Kopf nehmen und saht zu, wie er sie auf den seinen setzte, und das alles ohne ein Wort des Protests? Ist es so geschehen?«

»Nicht von meinem Kopf. Sie lag auf einem Kissen. Ich war einen Augenblick lang benommen und konnte nichts sehen, und als ich wieder bei mir war, sah ich, dass er die Krone in den Händen hielt. Vorher wusste ich nichts davon, Prestimion, nichts. Ich war genauso überrascht wie alle anderen. Sogar noch stärker. Und dann war es geschehen. Er hatte die Krone. Er hatte den Rang des Coronals. Und im Saal wimmelte es vor seinen Soldaten.«

»Auch Septach Melayn hat erzählt, dass ihn eine Benommenheit überkam. Und ich spürte sie auch, draußen im Gang. Das wurde durch Zauberei bewirkt, meint Er nicht auch?« Prestimion schritt vor dem Schreibtisch wütend auf und ab. »Beim Göttlichen«, sagte er verwundert, »ich habe nicht einmal geglaubt, dass es echte Zauberei gibt, und jetzt schreibe ich ihr diesen Staatsstreich zu! Aber was sonst kann es gewesen sein? Sein zweiköpfiger Magier hat uns verhext, in einen Nebel gestürzt, während Korsibars Truppen in den Raum marschierten und er seine diebischen Hände auf die Krone legte. So etwas ist unmöglich; das weiß ich. Aber was könnte unmöglicher sein als der Diebstahl der Krone, und doch ist er geschehen!« Er blieb vor dem ehemaligen Coronal stehen, legte die Hände auf die Schreibtischplatte und sah Confalume unversöhnlich in die Augen. »Ihr seid jetzt Pontifex von Majipoor«, sagte er nachdrücklich. »Ihr habt die Macht, dieser ungeheuerlichen Angelegenheit mit einem einzigen Befehl ein Ende zu bereiten.«

»Habe ich diese Macht, Prestimion?«

»Wer würde es wagen, Euch nicht zu gehorchen? Ihr seid der Pontifex! Verdammt diese Machtergreifung durch Korsibar! Befiehlt der kaiserlichen Wache, ihm die Krone wieder abzunehmen; ernennt mich zum rechtmäßigen Coronal. Den Rest erledige ich.«

»Was wirst du tun, Prestimion?«

»Die Ordnung wiederherstellen. Die Verschwörer von ihren Posten entfernen und die Entscheidungen, die sie vielleicht schon getroffen haben, wieder rückgängig machen. Die Ruhe im Königreich wiederherstellen.«

»Er hat das Heer hinter sich«, sagte Confalume.

»Vielleicht die Wache des Coronals. Nicht unbedingt das allgemeine Heer und vielleicht nicht einmal die Wache. Es verstößt gegen jede Vernunft, dass Eure Wachen, die Euch heute Morgen noch treu bis in den Tod waren, sich nun weigern sollten, Euren Befehlen zu gehorchen.«

»Sie lieben Korsibar.«

»Wir alle lieben Korsibar«, sagte Prestimion bissig. »Aber wir haben auf dieser Welt eine Regierung der

Vernunft und der Gesetze! Niemand kann sich einfach zum Coronal ernennen und den Titel dann behalten! Habt Ihr vergessen, Confalume, dass der Pontifex der höher gestellte Monarch ist, dass nicht nur der Coronal, sondern auch der Pontifex über Truppen verfügen und dass diese Truppen einzig und allein unter Eurem Befehl stehen?«

»Ja. Das weiß ich«, sagte Confalume.

»Dann lasst sie aufmarschieren! Schickt sie gegen den Usurpator!«

Confalume schaute zu ihm hoch und betrachtete ihn lange schweigend. »In diesem Fall«, sagte er dann mit völlig stumpfem, totem Tonfall, »würde es den blutigsten aller Kriege geben, Prestimion.«

»Glaubt Ihr das?«

»Ich habe mich mit meinen Zauberern beraten«, sagte Confalume. »Sie sagen, es würde Widerstand geben. Würde man Korsibar mit Gewalt zwingen, das aufzugeben, was er sich genommen hat, würde auch er auf Gewalt zurückgreifen. Die Omen, die sie geworfen haben, waren alle böse. Hab Gnade mit mir, Prestimion!«

»Gnade?«, fragte Prestimion erstaunt.

Aber dann verstand er.

Die Annahme war töricht, dass dieser Confalume, der nun zusammengesunken vor ihm saß, mehr als den Namen mit dem großen Lord Confalume gemeinsam hatte, der Majipoor in den vergangenen vierzig Jahren mit solcher Kraft und solchem Elan regiert hatte. Dieser andere Confalume war umgekommen, war in einem kurzen Augenblick von dem unvorstellbaren Verrat seines Sohnes zerschmettert worden; dieser elende, gebrochene alte Mann hier, dieser Überrest, diese leere Hülle trug in der Tat den Titel Pontifex von Majipoor, hatte aber nicht mehr die geringste Kraft. Er war zusammengebrochen wie ein mächtiges Gebäude, dessen Holzbalken langsam von der Trockenfäule zerstört worden waren, während es äußerlich noch erhaben und prachtvoll aussah. Seine gesamte Vitalität und Unverwüstlichkeit hatten ihn verlassen.

Confalume, so wurde Prestimion nun klar, hatte eingesehen, dass der klaffende Abgrund, den Korsibars Kühnheit – sein Wahnsinn – in der Republik aufgerissen hatte, wohl nur wieder durch einen Bürgerkrieg geschlossen werden konnte.

Doch der Preis, der für die Wiederherstellung der Ordnung zu zahlen war, würde fast mit Sicherheit der Tod seines einzigen Sohnes sein. Und das konnte Confalume nicht ertragen.

Und so ... und so ...

»Ihr bittet mich also, diesen kriminellen Akt des Aufstands einfach so zu akzeptieren, mich vor Korsibar zu verbeugen und ihn als König anzuerkennen?«

»Ich sehe keinen anderen Weg, Prestimion.«

»Ich sollte Coronal werden, nicht Korsibar.«

»Es fand keine formelle Ernennung statt.«

»Dann streitet Ihr ab, dass Ihr es so beabsichtigt hattet?«

»Nein ... nein ...« Confalume konnte Prestimions hitzigen Blick nicht erwidern. »Du solltest Coronal werden.«

»Doch stattdessen ist Korsibar es geworden.«

»Ja. Ja. Korsibar. Du warst die bessere Wahl, Prestimion. Aber was kann ich tun? Du hast meinen Segen, mein Junge. Aber sonst nichts. Die Sache ist entschieden. Korsibar hat jetzt die Macht.«

»Und du willst zulassen«, sagte Gialaurys in einem Anfall des pochenden Zorns, als sie sich kurz darauf in Prestimions Gemächern versammelt hatten, »dass man dir solche Schande und solchen Spott antut, Prestimion? Ist das wirklich zu ertragen? Hättest du mich nicht aufgehalten, hätte ich ihn an Ort und Stelle niedergeschlagen, auf dem Sitz des Coronals im Hof der

Throne. Und ihm die Krone vom Kopf gerissen und sie auf den deinen gesetzt.«

»Wir drei, unbewaffnet, gegen wie viele von ihnen?«, fragte Prestimion müde.

»Sag mir noch einmal, was der neue Pontifex diesbezüglich unternehmen will«, bat Svor.

»Er will nichts unternehmen. Er wird sich im Labyrinth eingraben und Korsibar seinen Willen lassen.«

»Was meinst du, war er in die Verschwörung eingeweiht?«, fragte Septach Melayn.

»Nein«, sagte Prestimion und schüttelte energisch den Kopf. »Ohne jeden Zweifel hat Confalume nichts von alledem gewusst. Es kam für ihn genauso überraschend wie für dich oder mich. Und es war sein völliger Untergang. Sieh dir doch sein Gesicht an: Er ist ein gebrochener Mann. Ich habe darin nur die Ruinen Confalumes gesehen.«

»Nichtsdestoweniger hat er die höchste Autorität im Land. Wir müssen ihn auf unsere Seite ziehen«, sagte Septach Melayn und legte leicht die Hand auf Prestimions Arm. »Das ist ein unerträgliches Verbrechen! Wir dürfen es nicht hinnehmen!« Seine kalten blauen Augen wurden plötzlich hart und grimmig vor Wut und zu zwei glühenden Farbflecken, die sich wie Leuchtfeuer von seiner hellen Haut abhoben und über den scharfen Rändern seiner Wangenknochen hervortraten. Der amüsiert verächtliche Blick, der so typisch für Septach Melayn war, wich nun einem der kaum im Zaum gehaltenen Wut. »Wir werden zu ihm gehen, du und ich, Prestimion, und ihn wachrütteln und ihm völlig klar machen, dass er sofort …«

»Nein, mein Freund«, sagte Prestimion. »Nein. Sprich nicht zu mir davon, einen Pontifex wachzurütteln und ihm zu sagen, was er tun muss oder nicht. Das ist verräterisches Gerede. Und es wäre ohnehin sinnlos.«

»Also wird Korsibar Coronal sein?«, erwiderte Septach Melayn und riss die Hände hoch.

»Und wir knien höflich vor ihm nieder?«, fragte Gialaurys. »Mit einem ›Ja, Lord Korsibar!‹ und einem
›Nein, Lord Korsibar!‹ und einem ›Darf ich Eure Stiefel
lecken, Lord Korsibar?‹« Er klatschte so laut in die Hände, dass es die Toten hätte aufwecken können. »Nein!
Das werde ich nicht hinnehmen, Prestimion!«

»Und was willst du dagegen unternehmen?«

»Nun … nun …« Gialaurys verstummte verwirrt.
Dann schaute er mit strahlenden Augen auf. »Ich werde
ihn zu einem Ringkampf herausfordern! Ja! Das ist es!
Mann gegen Mann, mit dem Thron Majipoors als Einsatz! Drei Würfe, und Oljebbin und Serithorn und Gonivaul als Schiedsrichter, und …«

»Ja«, sagte Svor trocken. »Das ist bestimmt die Lösung.«

»Hast du eine bessere?«, fragte Gialaurys den kleinen
Mann.

»Als ersten Schritt, das Labyrinth so schnell wie möglich zu verlassen.«

»Du warst schon immer ein Feigling, Svor.«

Svor lächelte kalt. »Vorsicht, Freund. Zwischen Feigheit und Klugheit gibt es einen beträchtlichen Unterschied. Aber woher willst du das wissen, da du keine
dieser beiden Eigenschaften besitzt? Früher oder später
wird Korsibar in den Sinn kommen, dass er gut daran
täte, uns loszuwerden, denn Prestimion hier ist ein großes Hindernis für seinen klaren Anspruch auf den
Thron. Und welchen besseren Ort gibt es, um uns verschwinden zu lassen, als dieses dunkle und geheimnisvolle Labyrinth, in der sich Ebenen aufeinander schichten, die keiner kennt? Wenn man uns während der
Nacht ergreifen und, sagen wir, irgendwo in die Ver-
schläge hinter der Halle der Winde führen würde, um
uns die Kehlen durchzuschneiden, oder wenn man uns
leise in dem schwarzen See hinter dem Hof der Säulen
versenken würde, würde es sehr lange dauern, bis man
unsere Leichen fände.«

»Und du glaubst, Korsibar würde eine so schändliche Tat billigen?«, fragte Prestimion. »Beim Göttlichen, Svor, du hast aber einen schwarzen Eindruck von der menschlichen Seele, nicht wahr?«

»Ich bin weit gereist und habe einiges gesehen.«

»Und deshalb glaubst du, dass Korsibar zu einem Mord fähig wäre?«

»Obwohl Korsibar schändlich die Krone an sich gerissen hat, könnte er bei anderen Dingen tatsächlich so ehrenwert sein, wie du es von ihm annimmst«, sagte Svor kalt. »Aber in seinem Gefolge gibt es einige, die dies nicht sind. Ich spreche besonders von Graf Farquanor. Und ich erinnere dich auch an den Su-Suheris-Zauberer, der für den Prinzen die Zaubersprüche wirkt. Auch seine stattliche Schwester hat wohl einen dunklen Einfluss auf ihn. Korsibar mag zwar wunderbar stark und majestätisch anzusehen sein, aber wir wissen, dass eine gewisse Unbeständigkeit in ihm ist und es nur einer sanften Brise bedarf, um ihn von einem Ort zum anderen zu bringen.

Dieselben Leute, die ihn dazu gedrängt haben, sich den Thron anzueignen, könnten ihn auch dazu drängen, uns nach dem Leben zu trachten.«

Prestimion nickte. »Vielleicht«, sagte er und schaute finster zu Boden. Seine Hände öffneten und schlossen sich um Luft. »Du hast mich vor alledem gewarnt, Svor, und ich habe dir gesagt, du solltest deine Zunge hüten, damals, als du mit dem Traum vom toten Prankipin zu mir kamst, der Confalume die Krone abnahm und sie auf Korsibars Kopf setzte. Ich habe dich damals zurückgewiesen und ignoriert, und es ist mich teuer zu stehen gekommen. Jetzt hast du größere Glaubwürdigkeit bei mir. So sei es: Ich pflichte dir bei, wir sind hier in Gefahr.« Zu den beiden anderen sagte er: »Ich bin mir in dieser Sache mit Herzog Svor einig. Wir verlassen diesen Ort, sobald es schicklich erscheint, in dem Augenblick, in dem der alte Pontifex begraben wird.«

»Und was schlägst du vor, wohin wir gehen sollen?«, wandte Septach Melayn sich an Svor.

»Wir haben Wohnungen auf dem Burgberg. Ich würde dorthin gehen«, sagte Svor, »und herauszufinden versuchen, auf welche Unterstützung Korsibar in der Burg zählen kann; und ich würde auf subtile Weise so viele Bündnisse mit diesem oder jenem hohen Lord schmieden, wie es uns möglich ist – alldieweil wir so tun, als akzeptierten wir, was geschehen ist, und, ja, bereitwillig vor Korsibar niederknien, wann immer es von uns verlangt wird.«

»Und das Risiko, dass wir des Nachts ermordet werden?«, fragte Septach Melayn.

»In der Burg besteht diese Gefahr kaum. So etwas könnte viel leichter im Labyrinth als dort geschehen, wo die Sonne hell auf alle Taten scheint und wir viel mehr Freunde um uns haben. Und vielleicht finden wir im Lauf der Zeit die Möglichkeit …«

»Im Lauf der Zeit!«, rief Gialaurys. »Zeit! Zeit! Zeit! Wie lange können wir uns wohl unter diesen Umständen im Zaum halten? Was für ein Leben wäre es für uns, wenn Korsibar es Tag für Tag und Monat für Monat beherrschte? Du kannst vor ihm die Knie beugen, wenn du willst, Svor, aber meine sind steifer! Nein, lasst mich jetzt zu ihm gehen und ihn an Ort und Stelle erschlagen, selbst wenn sie mich dafür sofort töten. Dann wird Majipoor seinen richtigen Coronal bekommen.«

»Langsam«, sagte Prestimion zu ihm. »Schenke Svors Rat Beachtung.«

»Sobald wir wieder in der Burg sind«, fuhr Svor so glatt fort, als wäre er gar nicht unterbrochen worden, »finden wir vielleicht zu passender Zeit Gelegenheit, eine ausreichende Anzahl von Unterstützern um uns zu scharen und Korsibar dann mit einem plötzlichen, völlig unerwartet erfolgenden schnellen Schlag zu stürzen. Wir müssen ihn zu einem Zeitpunkt überraschen, da er uns schon für treue Untertanen hält, genau, wie er uns an diesem Tag alle überrascht hat.«

»Aha!«, rief Septach Melayn und grinste. »Wie zuverlässig du doch bist, Svor! Wir können immer darauf zählen, dass du uns eines Tages mit dem Verrat, der dir so sehr ans Herz gewachsen ist, in den Rücken fällst.«

»Nun denn«, sagte Svor noch immer ungerührt, »wenn mein Vorschlag dir so verächtlich vorkommt, seien wir doch anständige, gesetzestreue Männer und kriechen jeden Tag unseres Lebens vor Korsibar zu Kreuze und vertrauen seiner Gnade, dass er uns einen weiteren Tag leben lässt und noch einen danach. Oder lassen wir andererseits den kühnen und starken Gialaurys noch heute zu ihm gehen, ob nun auf der Selbstmordmission, die er gerade vorgeschlagen hat, oder, wie er zuvor angeboten hat, damit er ihn herausfordert, um den Thron zu ringen.«

»Ach, du verstehst mich völlig falsch, Svor«, sagte Septach Melayn. »Du hast hier meine volle Zustimmung: auch ich stimme für Verrat, je schwärzer, desto besser. Wir verlassen das Labyrinth, sobald wir können. Wir nehmen unser bequemes Leben auf dem Burgberg wieder auf, wir warten unseren Augenblick ab und schlagen dann zu. Was hast du zu alledem zu sagen, Prestimion?«

»Ja, wir werden hier aufbrechen«, sagte Prestimion, dessen Gedanken in den letzten paar Sekunden in ein eigenes Reich abgeschweift waren, in dem all dieses Krönen und Stürzen von Königen ihm nichts bedeutete und er in der Ruhe seines Anwesens in Muldemar ein glückliches, stilles, fruchtbares Leben als Prinz und vielleicht Ehemann und eines Tages als Vater führte. »Wir brechen schnell auf, bevor unser Leben in Gefahr geraten kann, und finden heraus, ob es irgendeine Möglichkeit gibt, den hohen Posten doch noch zu bekommen, der uns zugedacht war.«

Er steckte die Hände in die Taschen seines Gewands

und sah von einem zum anderen, um herauszufinden, ob sie seiner Meinung waren. Und murmelte »He, was ist das?«, als die Finger seiner rechten Hand sich um einen kleinen, glatten, unvertrauten Gegenstand in seiner Tasche schlossen. Er zog ihn hervor. Es war das kleine Amulett aus einem polierten grünen Stein, den der Vroonzauberer Thalnap Zelifor ihm an jenem Tag gegeben hatte, der nun so lange zurückzuliegen schien, unmittelbar vor dem Beginn der Spiele, als er Prestimion aufgesucht hatte, um ihn vor bevorstehendem Unheil zu warnen. »Ich habe vergessen, wie dieses Ding genannt wird. Es ist ein Zaubergegenstand. Ein Geschenk von Thalnap Zelifor.«

»Ein Corymbor«, sagte Svor. »Es heißt, sie könnten in schwierigen Zeiten nützlich sein.«

»Ja. Ja, jetzt fällt es mir wieder ein. Hängt es an eine Kette, sagte der Vroon. Ich sollte es um den Hals tragen und mit einem Finger darüber fahren, wenn ich Hilfe bräuchte, dann würde es mir Unterstützung geben.« Prestimion schüttelte ernst den Kopf. »Thalnap Zelifor! Auch er hat gesehen, dass Ärger bevorstand, und ich habe ihm keine Beachtung geschenkt! All diese Visionen! All diese Zauberei! Und ich habe ihnen keine Beachtung geschenkt.«

»Blut auf dem Mond, das hat er gesehen«, sagte Gialaurys. »Erinnert ihr euch? Omen für einen Krieg. Ein geheimer Feind, der sich enthüllen und einen Schlag gegen dich führen würde, um die Burg einzunehmen. Ich sagte darauf, dieser geheime Feind sei Korsibar; erinnerst du dich, Prestimion? Ich habe es in dem Augenblick gesagt, in dem der Vroon uns verließ.«

»Und ich habe auch dir keine Beachtung geschenkt«, gestand Prestimion. »Wie blind war ich doch! Und wie klar erscheint mir nun alles in der Rückschau. Aber in der Rückschau ist alles immer klarer als vorher, nicht wahr?« Er ließ das glatte Amulett kurz auf seiner Handfläche liegen und ließ die Fingerspitze leicht über die Reihe winziger Runen gleiten, mit der die Oberfläche beschriftet war. Dann warf er es Septach Melayn zu, der es geschickt auffing. »Du hast doch viele schöne goldene Ketten in deiner Flittersammlung, nicht wahr, mein Lord Septach Melayn? Dann gib mir bitte eine für diesen Corymbor. Ich werde das Ding von jetzt an auf der Brust tragen, wie Thalnap Zelifor es mir geraten hat. Wer weiß? Vielleicht liegen Vorzüge in diesen winzigen magischen Zeilen, die sich darauf befinden. Und ich brauche jetzt ganz bestimmt jede Hilfe, die ich kriegen kann. Daran kann man nicht den geringsten Zweifel hegen.« Prestimion lachte. »Kommt, bereiten wir uns auf die Abreise aus dem Labyrinth vor. Sie kann nicht zu früh erfolgen.«

3

Der Weg aus dem Labyrinth begann mit der langen und spiralförmigen Reise hinauf durch die vielen Ebenen der unterirdischen Stadt.

Es führte zwar eine direkte Strecke zur Oberfläche, die in kurzer Zeit zurückzulegen war, doch sie war ausschließlich den Mächten des Reichs vorbehalten; und wenngleich Prestimion einst hohe Erwartungen gehegt hatte, das Labyrinth als eine dieser Mächte zu verlassen, war er doch nicht mehr als einer von vielen Prinzen der Burg, als er nach Hause aufbrach.

Also hieß es für Prestimion und seine drei Gefährten, und für all ihre Kameraden und Helfer und Gepäckträger, die mit ihnen von der Burg hierher gekommen waren, den langen Weg hinauf und hinauf und hinauf zu nehmen – Ebene um Ebene, Ring um Ring, ein endloses Dahintrotten, das sich auch mit dem Schweber viele Stunden lang hinzog, während sie den kaiserlichen

Sektor, in dem sie alle diese vielen langen Wochen logiert hatten, auf schmalen, spiralförmigen Straßen verließen und dann durch die seltsamen, muffigen und schlecht beleuchteten Zonen der berühmten Landmarken des Labyrinths zogen. Der Hof der Kugeln und das Haus der Aufzeichnungen, in dem die Namen aller Coronals und Pontifizes der dreizehntausend Jahre aufgezeichneter Geschichte Majipoors auf einem großen, leuchtenden Schirm gezeigt wurden, der Platz der Masken, der Hof der Pyramiden, die Halle der Winde, der Teich der Träume. Und noch weiter aufwärts, in die dicht besiedelten Sektoren der Stadt, in denen das gewöhnliche Volk wohnte, diese Vielzahl bleicher und trist gekleideter Leute, die auf ewig Schulter an Schulter eingezwängt in den oberen Kreisen der unterirdischen Metropole lebten. Und endlich hinaus in die Welt des Sonnenscheins und der Luft, des Regens und Windes, der Bäume und Vögel und Flüsse und Hügel.

»Und möge es eine ganze Weile dauern«, sagte Gialaurys inbrünstig, »bis wir diesen schrecklichen Ort wieder sehen!«

»Ach, wir werden gern zu ihm zurückkehren, wenn Prestimion Pontifex ist«, sagte Septach Melayn und schlug ihm fröhlich auf die Schulter. »Aber dann werden wir alle alte Männer mit langen grauen Bärten sein!«

»Pontifex!«, schnaubte Prestimion. »Lasst mich erst mal eine Weile Coronal sein, sobald wir das derzeitige kleine Hindernis aus dem Weg geräumt haben, bevor ihr mich voreilig auf den nächsten Thron schickt!«

»O ja. Unbedingt, Prestimion. Eins nach dem anderen«, sagte Septach Melayn. »Coronal und dann Pontifex!« Und alle lachten laut. Aber es war eher ein Lachen der Erleichterung, das Labyrinth endlich verlassen zu haben, als irgendetwas anderes, denn in diesem Augenblick war nur wenig Frohsinn in ihnen, sondern eher eine große Leere und dunkle Unsicherheit bezüglich dessen, was vor ihnen liegen mochte. Kurz vor ihrer Abreise aus dem Labyrinth hatte Korsibar einige überraschende Äußerungen von sich gegeben, ja, er wollte sogar Prestimion in die neue Regierung berufen, sobald sie alle zur Burg zurückgekehrt waren. Aber wer konnte schon sagen, wie aufrichtig diese Versprechungen sein würden, sobald sich die Wechselhaftigkeit der neuen Situation in die barsche Realität verhärtet hatte?

Sie waren am nördlichsten der sieben Labyrinthtore ins Freie gelangt, dem Tor, das als Mund der Wasser bekannt war, wo der Fluss Glayge, der aus den fernen Ausläufern des Burgbergs hinabkam, an der Stadt vorbeifloss. Die übliche Route nördlich vom Labyrinth zum Berg würde sie mit dem Boot über den Unteren Glayge bis zu der Stelle führen, wo der Fluss aus dem See Roghoiz floss, und von dem nördlichen Teil des Roghoiz weiter über den Oberen Glayge bis zu dem Punkt, wo das Land deutlich anzusteigen begann und der Fluss nicht mehr befahrbar war. Von dort aus würde es mit Schwebern durch die immer höher werdenden Hügel zu den hohen Städten des großen Bergs hinaufgehen.

Der Glayge war ein schnell dahinströmender und mächtiger Fluss, nur der Teil, der vom Roghoiz gen Süden zum Labyrinth floss, war sehr zahm, eher ein Kanal denn ein richtiger Fluss. Seine Ufer waren vor langer Zeit, in der fernen Epoche von Lord Balas und Pontifex Kryphon, gepflastert worden, um den Lauf des Wassers zu kontrollieren und zu verhindern, dass es bei den gelegentlichen winterlichen Überflutungen über die Barrieren trat, die das Labyrinth schützten. Daher war der erste Teil ihrer Reise geruhsam, eine verschlafene, ereignislose Fahrt in einem gemieteten Boot durch die breite und fast völlig flache, landwirtschaftlich genutzte Ebene, die das Tal des Unteren Glayge war.

Hier war Hochsommer, eine warme, helle Zeit, in der die goldgrüne Sonne Majipoors hoch oben am Himmel stand und ihre Strahlen das gesamte Land überfluteten. Während ihres Aufenthalts unter der Erde hatten sie fast vergessen, dass es Jahreszeiten gab. Es war Spätfrühling gewesen, als sie ins Labyrinth hinabgestiegen waren, schon eine milde Jahreszeit, denn das Klima in diesem gesamten Sektor Mittelalhanroels war stets gemäßigt. Doch nun lag die volle Hitze der Jahresmitte über dem Tal. Im Nordwesten, wo die Ruinen von Velalisier, der antiken steinernen Hauptstadt der Metamorphen, inmitten einer trockenen, kahlen Einöde lagen, musste die Sonne nun ein monströses, fürchterliches Flammenauge sein. Und weit im Süden, an der feuchten und glutheißen Küste von Aruachosia, wo der Glayge sich schließlich ins Meer ergoss, war die Luft zum Schneiden dick vor fast greifbarer Feuchtigkeit.

Hier jedoch waren die Tage hell und warm, aber in keiner Hinsicht unangenehm. Für die Männer, die so lange in den freudlosen künstlichen Tiefen des Labyrinths eingesperrt gewesen waren, war es geradezu wunderbar, die Berührung des Sonnenscheins auf den Wangen zu spüren; die Lungen mit dem süßen Wind zu füllen, der aus dem Süden heranwehte und den Duft von Myriaden Blumen der fernen Küstendschungel mit sich brachte. Ja! Oder staunend zu der gewaltigen, durchsichtigen Himmelskuppe hinaufzuschauen und ehrfürchtig zu bestaunen, wie große, gleitende Hieraxe mit rosa Bäuchen, jene gewaltigen, nicht zähmbaren Vögel der höchsten Atmosphärenschichten, im Schongang gelassen über sie hinwegglitten und dabei riesige Flügel zeigten, die in ihrer Spannweite von der einen Spitze bis zur anderen mehr als doppelt so lang waren wie der Körper eines groß gewachsenen Mannes.

Sie schauten auch ständig nach Norden, um den Burgberg ausfindig zu machen, der sich am Horizont abzeichnen würde. Aber das war nur Wunschdenken ihrerseits. Der Burgberg hob sich dreißig Meilen hoch in den Himmel, durchstach die Atmosphäre und ragte in jenes andere Reich hinauf, das der Weltraum war; aber trotzdem war er aus so großer Entfernung nicht zu sehen.

»Kannst du ihn schon ausmachen?«, fragte Gialaurys immer wieder, da er nicht so gebildet wie die anderen war und von wissenschaftlichen Dingen nur wenig Ahnung hatte; und der stets zu Scherzen aufgelegte Septach Melayn pflegte darauf zu antworten: »Ich frage mich, ob er dieser gräuliche Brocken Dunkelheit zu unserer rechten Hand sein könnte?« Woraufhin Svor dann einwarf: »Eine Wolke, Septach Melayn, nur eine Wolke! Wie du ganz genau weißt.«

Und Gialaurys: »Warum kann man den Berg nicht überall auf Majipoor sehen, wenn er so groß ist?«

Worauf Prestimion dann mit den ausgestreckten Fingern beider Hände eine Kugel in der Luft bildete und sagte: »Das ist die Form der Welt, Gialaurys. Und das« – nun streckte er beide Arme so weit aus, wie er nur konnte – »ist die Größe der Welt, wenn du sie dir überhaupt vorstellen kannst. Es heißt, es gibt keine größere Welt, zumindest keine, auf der Menschen leben können. Es heißt, Majipoor habe den zehnfachen Umfang der Alten Erde, von der wir alle vor so vielen tausend Jahren gekommen sind.«

»Ich habe gehört, sie sei noch größer. Ich habe mir sagen lassen, Majipoor sei zwölf- oder vierzehnmal größer als die Erde«, sagte Svor.

»Zehn- oder zwölf- oder vierzehnmal, das spielt keine Rolle«, erwiderte Prestimion. »Wie dem auch sei: Majipoor ist eine riesige Welt, Gialaurys, und während wir uns über sie bewegen, krümmt sie sich auf diese Weise« – er bildete mit den Fingern wieder die Kugel –, »und wir können deshalb keine Dinge sehen, die weit von uns entfernt sind, weil die Krümmung so gewaltig ist und alles auf der anderen Seite verbirgt. Sogar den Berg.«

»Ich sehe keine Krümmung«, sagte Gialaurys verdrossen. »Schau, wir segeln über den Glayge, und alles liegt so flach wie ein Brett vor uns, und wir reisen dabei auch keine Krümmung entlang. Jedenfalls kann ich keine entdecken.«

»Aber die Spitze des Burgbergs ist höher in der Luft, als wir es jetzt sind, nicht wahr?«, fragte Septach Melayn.

»Die Spitze des Burgbergs ist höher als alles andere.«

»Nun«, sagte Septach Melayn, »dann muss die Welt sich vom Burgberg hierher zu uns hinabkrümmen, denn der Berg ist hoch, und wir sind es nicht. Deshalb fließt dieser Fluss auch nur in eine Richtung, vom Berg hinab zum Labyrinth und weiter nach Aruachosia, und niemals von Aruachosia hinauf durch das Land zum Berg, denn wie könnte Wasser bergauf fließen? Aber die Krümmung ist sehr sanft, weil die Welt so groß ist, und wenn wir auf der Oberfläche der Welt eine Strecke zurücklegen, so bewegen wir uns auf einer leicht gekrümmten Fläche, obwohl wir den Eindruck haben, dass ein Großteil des Landes flach ist. Daher kann man den Berg aus dieser weiten Entfernung nicht sehen; er wird von den abertausenden von Meilen des gekrümmten Bauchs der runden Welt verborgen, die zwischen uns und dort liegen. – Habe ich es richtig erklärt, Prestimion?«

»Mit großer Eleganz und Genauigkeit«, sagte Prestimion. »Wie du sie bei allen Dingen an den Tag legst.«

»Und wann werden wir den Burgberg dann sehen können?«, fragte Gialaurys, der dieser Erklärung schlecht gelaunt und stirnrunzelnd gefolgt war.

»Wenn wir noch ein Stück entlang der Krümmung gereist und näher bei der Burg sind. Es wird bestimmt dauern, bis wir Pendiwane erreicht haben, sogar, bis wir in Makroposopos sind, vielleicht auch erst bei Apocrune.«

»Diese Städte sind noch sehr weit entfernt«, sagte Gialaurys.

»In der Tat.«

»Wenn es also keine Hoffnung gibt, den Berg zu sehen, bis wir Makroposopos erreicht haben, eine Stadt, die so weit den Fluss hinauf liegt, sag mir eins, Prestimion: Warum konnte ich beobachten, dass auch du heute Morgen nach Norden geschaut hast, genau dorthin, wo diese Dunkelheit lag, von der Svor behauptete, dass sie nur eine Wolke war?«

Daraufhin erklang Gelächter, und auch Prestimion grinste. »Weil ich genauso versessen wie du darauf bin, den Berg wiederzusehen, Gialaurys«, sagte er, »oder sogar noch versessener, und ich halte danach Ausschau, obwohl ich weiß, dass es noch viel zu früh ist, um ihn schon sehen zu können.«

»Dann gewähre der Göttliche, dass wir ihn bald sehen werden«, sagte Gialaurys.

Obwohl sich viele kleine und auch einige größere Städte an den Ufern des Unteren Glayge drängten, befahl Prestimion dem Lotsen seines Flussbootes, sie zu passieren. Ja, es stellte eine gewisse Versuchung dar, an Land zu gehen und herauszufinden, wie die Bewohner dieser Orte darauf reagierten, dass Korsibar die Krone an sich gerissen hatte; aber Prestimion zog es vor, diese Nachforschungen weiter flussaufwärts zu betreiben. Er hatte keine Ahnung, wie lange Korsibar nun, da Prankipin in der Erde lag und Confalume die Pflichten des Pontifex übernommen hatte, noch im Labyrinth verweilen würde, und Prestimion wollte das Risiko vermeiden, auf dem Weg nach Norden dem Usurpator und seinem Gefolge zu begegnen.

Je schneller sie durch das Tal des Unteren Glayge reisten, desto besser; der neue Coronal würde wahrscheinlich in einigen dieser kleinen und großen Städte Halt machen und sich huldigen lassen, und das verschaffte Prestimion, wenn er sich denn beeilte, die Gelegenheit, eine beträchtliche Weile vor ihm zur Burg zurückzukehren. Und wenn er zuerst dort eintraf, würden jene, die sich der Usurpation widersetzten, ihn vielleicht freundlich willkommen heißen.

Aber es ließ sich nicht vermeiden, eine Weile Halt zu machen, sobald sie die Ufer des Sees Roghoiz erreichten. Dort würden sie die Schiffe wechseln müssen, denn die lastkahnähnlichen Flussboote mit den flachen Rümpfen, die die ruhigen Wasser des unteren Flusses zwischen dem Roghoiz und dem Labyrinth befuhren, konnten die schnelleren und turbulenteren Strömungen des Oberen Glayge nicht passieren. Und aller Wahrscheinlichkeit nach würden mehrere Tage erforderlich sein, um ein Boot zu mieten, das sie den Rest ihres Weges flussaufwärts brachte.

Sie kamen in der Dämmerung zum See Roghoiz, der schönsten Tageszeit, in der die gesamte breite Oberfläche des gewaltigen Sees im Licht des frühen Morgens wie ein betörender Spiegel glänzte. Direkt nach Sonnenaufgang passierte ihr Schiff die letzte Schleuse des Kanals und vollzog dort, wo der Fluss scharf nach Osten abknickte, die letzte Biegung nach, und dann lag der See vor ihnen. Er blendete sie mit seinem überwältigenden Weiß, als das kräftige, helle Leuchten des Tagesanbruchs durch eine Lücke in den niedrigen Hügeln in der Ferne brach, über die gewaltige Ausdehnung des Wassers tanzte und sprang und diese in eine einzige Fläche silberner Pracht verwandelte.

Der Roghoiz-See war gigantisch. Man hätte ganze Nationen kleinerer Welten in ihm versenken können, und es wäre noch immer genug Platz übrig geblieben. Alle Wasserläufe des südwestlichen Burgberghanges flossen in den Glayge, der diese unermesslichen Wassermassen tausende von Meilen weit durch das lang gezogene, steile Vorgebirge hinab beförderte, einen Sims nach dem anderen, eine Terrasse nach der anderen hinabfloss, bis er schließlich eine Stelle erreichte, wo das Land sich zu einer riesigen Ebene ausweitete. In der

Mitte dieser Ebene lag ein flaches Becken, das gerade groß genug war, um die Wassermassen des Flusses aufzunehmen, und dieses gewaltige Becken war das Bett des Sees Roghoiz.

An den Rändern dieser Region des Sees befanden sich breite Bänke aus hellem, orangefarbenem Schlamm. Hier fand man in Hülle und Fülle die berühmten Stelzenhäuser, die einen Streifen kleiner Fischerdörfer bildeten. In hunderten von ihnen – vielleicht sogar tausenden – wohnten die Anlieger des Sees, deren Zahl in die Millionen reichte.

Teilweise waren diese Stelzenhäuser des Roghoiz-Ufers natürliche Gebilde, die man in etwa mit den noch bekannteren Baumhäusern von Treymone an der Westküste Alhanroels vergleichen konnte. Die Leute von Treymone wohnten jedoch tatsächlich in ihren Bäumen, und die Räume, in denen sie sich aufhielten, bestanden aus biegsamen, miteinander verbundenen Ästen, während die Anwohner des Roghoiz-Sees die Bäume lediglich als Plattformen benutzten, auf denen sie dann bauten.

Denn in dem fruchtbaren orangefarbenen Schlick des Südufers des Sees – und nur dort und nirgendwo sonst auf ganz Majipoor – gedieh der Dyumbataro-Baum, dessen Zweige und Äste nicht aus einem einzigen Stamm in der Mitte sprossen, sondern aus der Krone einer gewaltigen Masse dicht nebeneinander gepackter rosafarbener Luftwurzeln, die sich wie Stelzen aus dem Uferschlamm erhoben. Jeder Baum verfügte über Dutzende dieser kahlen hölzernen Wurzeln, die sich fünfzehn, zwanzig, manchmal sogar dreißig Fuß hoch erhoben; und dort, wo der Baum dann seine Krone bildete, weitete diese Wurzelmasse sich zu einem großen, wilden Durcheinander seil- und schlingpflanzenähnlicher Schösslinge aus, die mit glänzenden, untertassengroßen Blättern und blühenden Stängeln bedeckt waren, aus denen sich in scharfen Winkeln scharlachrote Speere erhoben.

Die Bewohner des Seeufers hatten schon vor langer Zeit herausgefunden, dass der Aufwärtswuchs eines jungen Dyumbataro-Baums unterbrochen wurde, wenn man ihn am Kronenansatz beschnitt. Entfernte man den ersten Wuchs der belaubten Schösslinge, sobald er zu sehen war, wuchs der Baum an dieser Stelle seitlich weiter und bildete schließlich eine flache, hölzerne Plattform von achtzehn oder zwanzig Fuß Durchmesser, das ideale Fundament für ein Haus. Diese wurden aus halb durchsichtigen Platten eines schwach glänzenden Minerals errichtet, das man von den Hängen einer Klippe ein paar Meilen östlich abschälte; man bog dieses Material zu Kuppeln, die mit hölzernen Reifen und Pflöcken auf den Plattformen befestigt wurden. Die meisten davon waren grobschlächtige, armselige Hütten mit nicht mehr als drei oder vier Räumen; doch wenn beim Sonnenuntergang Ströme aus goldbronzenen Strahlen auf die Westseiten dieser Kuppelgebäude fielen, schuf das blutrote Funkeln des reflektierten Lichts, das von ihnen zurückgeworfen wurde, einen Effekt von außerordentlicher Schönheit.

Prestimion und seine Gefährten bezogen in einer bescheidenen Herberge für reisende Händler am Seeufer Quartier, im ersten dieser Stelzendörfer, das sie erreichten, einem Ort namens Daumry Thike, wo man ihnen mitteilte, dass sie hier alle Vorkehrungen für einen Wechsel der Transportmittel treffen könnten. Es erschien Prestimion ratsam, seine Identität nicht zu enthüllen, sondern einfach in der anonymen Verkleidung einer Gruppe junger Aristokraten aus der Burg in der Herberge und dem Dorf zu verweilen, die von einem Besuch im Labyrinth zum Berg zurückkehrte.

Das Dorf lag keine hundert Schritt vom Seeufer entfernt. Hier war der schlammige Boden unter den Gebäuden besonders feucht. Wenn die Stürme der Regenzeit kamen – und das war in dieser Gegend im Herbst der Fall –, dehnte der See sich in niederschlagsreichen

Jahren manchmal weit über die normalen Grenzen aus, sodass das Wasser bis zum Dorf hinaufstieg, gegen die rosafarbenen Stelzen schlug und erforderlich machte, dass man in Daumry Thike mit dem Kanu von einem Haus zum anderen fuhr. Und in einem sehr niederschlagsreichen Jahr, wie es nur einmal in vielen Jahrhunderten vorkam, erreichte das Wasser fast die unteren Stockwerke der Gebäude; das behauptete jedenfalls das junge Zimmermädchen, das ihnen ihre einfachen Mahlzeiten aus gegrilltem Seefisch und trockenem jungen Wein brachte.

Solch eine Flut hatte es zur Zeit von Setiphon und Lord Stanidar gegeben, erzählte sie ihnen, und dann noch eine während der Herrschaft von Dushtar und Lord Vaisha. Und als Lord Mavestoi Coronal gewesen war, hatte es eine so schlimme Flut gegeben, dass das Dorf drei Tage lang bis zu den Dächern überschwemmt gewesen war, just zu dem Zeitpunkt, als der Coronal persönlich während seiner großen Prozession hier verweilt hatte.

Nilgir Sumanand, der Prestimions Adjutant war, wollte gerade ins Dorf gehen, um ein Flussboot zu mieten. Da sogar die Zimmermädchen dieses Ortes so sehr in uralter Geschichte beschlagen zu sein schienen, bat Prestimion ihn herauszufinden, ob diese Leute mit aktuellen Ereignissen genauso vertraut waren. Als er bei Anbruch der Nacht zurückkehrte, wusste Nilgir Sumanand zu berichten, dass die Bewohner von Daumry Thike in der Tat von dem jüngst erfolgten Machtwechsel zu wissen schienen. Porträts des verstorbenen Pontifex Prankipin hingen an einer Vielzahl von Häusern, und man hatte die gelben Trauerbänder an ihnen befestigt.

»Und der neue Coronal? Was ist mit ihm?«

»Sie wissen, dass Korsibar sich den Thron genommen hat. Aber von ihm habe ich keine Porträts gesehen.«

»Nein, natürlich nicht«, sagte Prestimion. »Wie hätten sie sich auch so schnell welche beschaffen können? Aber du hast bestimmt gehört, dass sein Name oft erwähnt wird?«

»Ja.« Nilgir Sumanand wandte den Blick beschämt ab. Er war ein grauhaariger, vollbärtiger Mann mittlerer Größe, der in Muldemar schon in den Diensten von Prestimions Vater gestanden hatte. »Sie haben von ihm gesprochen, zumindest einige. Nicht alle, aber einige. Ziemlich viele, würde ich sagen.«

»Und haben sie ihn Lord Korsibar genannt, als sie von ihm sprachen?«

»Ja«, erwiderte Nilgir Sumanand mit einem heiseren Flüstern und zuckte zusammen, als hätte Prestimion gerade eine schreckliche, abscheuliche Obszönität über die Lippen gebracht. »Ja, so haben sie ihn genannt.«

»Und hast du den Eindruck, dass sie Überraschung darüber zum Ausdruck brachten, dass Korsibar und nicht jemand anders Coronal geworden ist? Oder Kummer oder überhaupt irgendeine Bestürzung?«

Nilgir Sumanand ließ sich mit der Antwort Zeit. »Nein«, sagte er, nachdem eine unangenehm lange Spanne verstrichen war, und befeuchtete die Lippen. »Ich habe nicht die geringste Überraschung vernehmen können, Herr. Es gibt einen neuen Coronal, und es ist Prinz Korsibar: Über diese schlichte Tatsache hinaus hatten sie nichts zu dem zu sagen, was sich ereignet hat.«

»Obwohl Korsibar der Sohn des ehemaligen Coronals ist?«

»Ich habe keine Überraschung darüber gehört, Herr«, sagte Nilgir Sumanand erneut, fast so leise, dass man ihn nicht verstehen konnte, und noch immer sah er Prestimion nicht direkt an.

»Das muss uns nicht sehr erstaunen«, sagte Septach Melayn. »Die Leute hier sind Fischer und keine Verfassungsjuristen. Was wissen sie schon von den Bräuchen des Übergangs? Oder was scheren sie sich darum, solange die Fische weiterhin nach ihren Ködern schnappen?«

»Sie wissen, dass es nicht üblich ist, wenn der Sohn eines Coronals direkt nach ihm Coronal wird«, sagte Gialaurys und drohte vor Zorn an seinen eigenen Worten zu ersticken.

»Sie wissen ebenfalls«, sagte Svor, »falls sie überhaupt irgendetwas über die Lords der Burg wissen, dass Prinz Korsibar eine prächtige und illustre Gestalt ist und genauso aussieht, wie ein König ihrer Meinung nach aussehen sollte, und dass er sich aufrecht hält und mit jener klaren, königlichen Stimme spricht, die voll und wohltönend ist, und welch besseren Grund kann es nach der Ansicht bescheidener Leute wie dieser geben, ihn zum Coronal zu machen? Und sie denken auch, wenn Lord Confalume seinen eigenen Sohn zu seinem Nachfolger bestimmt hat, nun, dann muss er das Wohlergehen der Bevölkerung im Sinn gehabt haben, denn Lord Confalume wird überall wegen seiner Weisheit und Güte geliebt.«

»Ich will nichts mehr von diesem Gerede hören«, sagte Prestimion, denn er spürte, dass eine dunkle Wolke der Verdrossenheit sich auf ihn legte, und das verabscheute er. »Vielleicht werden die Dinge sich ändern, wenn wir uns dem Berg nähern.«

Es sollte noch zwei Tage dauern, bis ein ihnen würdiges Schiff hier vorbeikam, das sie mitnehmen konnte. Prestimion, Svor, Gialaurys und Septach Melayn warteten in Daumry Thike, verbrachten die langen Stunden, indem sie von der Veranda ihres Stelzenhauses auf blauäugige Krabben mit unglaublich fetten Beinen hinabschauten, die durch den orangefarbenen Schlamm krochen, und darauf wetteten, welche als Erste eine Linie erreichen würde, die sie in ihren Weg gezogen hatten. Nach gebührender Zeit traf das Flussboot ein, das Nilgir Sumanand für sie gemietet hatte, und ankerte ein paar hundert Schritt vor dem Ufer, wo das Wasser noch tief genug war. Eine kleine, ächzende Fähre brachte Prestimion und seine Begleiter zu ihm hinaus.

Das Flussboot war ein viel schlankeres Schiff als der Kahn, der sie vom Labyrinth den Glayge hinaufgefahren hatte: mit schmaler Schiffsbreite und niedrigen Seiten, an Bug und Heck spitz zulaufend und mit einem dreifachen Mast, dessen leuchtend angestrichene Spiere mit knallbunten Hexenzeichen geschmückt waren. Es war kleiner und nicht so gut ausgestattet wie die Schiffe, mit denen die Prinzen des Burgbergs gewöhnlich zwischen dem Berg und dem Labyrinth reisten, doch es würde genügen. *Termagant* war der Name des Flussbootes, der mit flammend roten heraldischen Buchstaben in einem gezackt barocken Stil auf die limonenfarbene Schiffswand gemalt war, und sein Kapitän hieß Dimithair Vort, eine schlanke Frau aus Amblemorn mit drahtigem Körper und schlichtem Gesicht, mit Muskeln wie ein Schauermann und einem dichten, ungeschnittenen, pechschwarzen Schopf Haare, an dessen Spitzen sie eine klingelnde Vielzahl kleiner Amulette und Talismane befestigt hatte.

»Prestimion«, sagte sie, als sie einen Blick auf die Namen der Passagierliste warf. »Wer von Euch ist Prestimion?«

»Ich bin es.«

»Prestimion von *Muldemar?*«

»Derselbe.«

»Ein Bruder von mir hat Euch einst auf der Jagd nach Gharvolen mitgenommen, im Bezirk Thazgarth beim Berg Baskolo. Euch und ein paar andere große, wichtige Lords. Er ist dort Führer, mein Bruder, er heißt Vervis Aktin.« Sie bedachte Prestimion mit einem kühlen, einschätzenden Blick. »Ich hätte Euch für einen viel größeren Mann gehalten.«

»Ich hatte erwartet, einer zu werden. Der Göttliche hatte andere Pläne für mich.«

218

»Mein Bruder hat gesagt, Ihr seid der beste Mann mit dem Bogen, den er je gesehen hat. Sich selbst natürlich ausgenommen. Er ist der beste Bogenschütze auf der Welt. Vervis Aktin: Erinnert Ihr Euch an ihn?«

»Sehr genau«, sagte Prestimion. Es war vor sieben Jahren gewesen: Korsibar, mit dem er damals auf freundlicherem Fuß gestanden hatte, hatte Prestimion zu einem Ausflug in das Jagdreservat Thazgarth eingeladen, einen dichten Wald im Nordosten Alhanroels von fünfzehnhundert Meilen Durchmesser, in dem die tödlichsten Raubtiere frei herumstreiften. Septach Melayn hatte sie ebenfalls begleitet, und der junge und übermäßig wilde Graf Belzyn von Bibiroon, der ein Jahr später durch einen Unfall beim Bergsteigen ums Leben gekommen war.

Vervis Aktin, so fiel Prestimion nun wieder ein, hatte genauso ungebärdiges Haar wie seine Schwester gehabt, denselben drahtigen, aber kräftigen Körperbau und dieselbe unverblümte Gleichgültigkeit gegenüber aristokratischem Renommee. Des Abends, am Lagerfeuer, hatte er offen mit seinen amourösen Geschichten geprahlt und behauptet, im Verlauf von Expeditionen in das Reservat eine Vielzahl hochwohlgeborener Jägerinnen verführt zu haben. Korsibar musste ihn zum Schweigen bringen, bevor er tatsächlich Namen nennen konnte. Prestimion hatte ihn als unermüdlichen Führer und, ja, superben Bogenschützen in Erinnerung, wenngleich er vielleicht nicht ganz so außerordentlich befähigt war, wie Dimithair Vort es behauptete.

Sie führte sie zu ihren Quartieren, kleinen, schlichten Kabinen direkt unter der Brücke, die in den nächsten zahlreichen Tagen ihr Zuhause sein würden. Prestimion teilte sich eine mit Gialaurys, Herzog Svor eine mit Septach Melayn.

»Was macht dein Bruder jetzt?«, fragte Prestimion sie, als sie auf der Schwelle stehen blieb und ihn untätig musterte.

»Er ist noch immer Führer in Thazgarth. Verlor ein Bein, als er zwischen ein Muttergharvole und ihr Junges geriet, aber das hat ihn nicht langsamer gemacht. Wisst Ihr, er war sehr von Euch beeindruckt. Nicht nur, weil Ihr mit dem Bogen gut umgehen konntet. Er hat gesagt, eines Tages würdet Ihr Coronal sein.«

»Vielleicht werde ich das eines Tages auch«, sagte Prestimion.

»Natürlich sind wir nicht so schnell für einen neuen bereit, nicht wahr? Dieser neue Lord Korsibar hat sein Amt doch gerade erst angetreten. Ich nehme an, Ihr kennt ihn?«

»Ziemlich gut. Er war damals in Thazgarth dabei.«

»Sieh an. Ich habe gehört, er sei der Sohn des alten Confalume. Stimmt das? Na ja, warum nicht, da bleibt es in der Familie. Beim Göttlichen, ich würde das genauso machen. Ihr großen Lords versteht Euch darauf, für die Euren zu sorgen.« Sie grinste und zeigte scharfe, spitz zulaufende Zähne. »Mein Bruder pflegte immer zu sagen …«

Doch da griff Septach Melayn ein, denn ihm missfiel das Maß an Vertraulichkeit, das diese Frau Prestimion entgegenbrachte, und das Gespräch amüsierte ihn schon längst nicht mehr. Er schickte Dimithair Vort ihres Weges, und die Reisenden richteten sich in ihren Kabinen ein.

Nach einer Weile erklang draußen Gesang. Prestimion schaute hinaus und sah, dass sich der Kapitän und ein halbes Dutzend Mannschaftsmitglieder auf dem Deck zusammenkauerten und mit einem komplizierten, im Voraus bestimmten Muster kleine Steine von Hand zu Hand weitergaben, während sie sangen. Er hatte dies schon einmal gesehen. Es war eine Zeremonie, die den sicheren Verlauf der Fahrt gewährleisten sollte, eine routinemäßige kleine Beschwörung. Die Steine waren heilig und von irgendeinem Schamanen gesegnet worden, dessen Macht der Kapitän vertraute.

Prestimion beobachtete die Seeleute fast zärtlich. Sein rationales Ich wurde von dieser neuerlichen Demonstration des Aberglaubens abgestoßen, diesem naiven Vertrauen in tote Steine, doch trotzdem flößte ihm die Reinheit und Intensität des damit verbundenen Glaubens Ehrfurcht ein, Ehrfurcht vor diesem Glauben an wohlwollende Schutzgeister, die man überreden konnte, auf einen Acht zu geben. Sie waren imstande, an unsichtbare Dinge zu glauben; er war es nicht. Der Unterschied zwischen ihrer Auffassung und der seinen war wie eine Mauer zwischen ihnen. Prestimion ertappte sich dabei, dass er sich danach sehnte, ihren Glauben teilen zu können, ihr Vertrauen, das er nicht einmal einen Augenblick lang empfinden konnte. Dabei wurde er sich umso mehr dieses Mangels bewusst, nun, da man ihm den großen Lohn entrissen hatte, den keine sichtbare Macht in der Welt der Vernunft und der Naturerscheinungen ihm zurückgeben konnte. Geister boten Trost in einer Zeit, in denen weltliche Ziele einem entglitten. Aber nur, wenn man der Ansicht war, dass es Geister gab.

Svor erschien neben ihm. Prestimion zeigte auf die Zeremonie, die gerade abgehalten wurde, und legte einen Finger auf die Lippen. Svor nickte.

Der Gesang nahm ein Ende, und die Mannschaftsmitglieder zerstreuten sich schweigend.

»Wie echt es für sie ist!«, sagte Prestimion. »Wie ernst sie die Macht dieser Steine nehmen!«

»Und das mit gutem Grund«, sagte Svor. »Ob du mir nun glaubst oder nicht, ich sage dir, Prestimion, man kann mächtige Kräfte beherrschen, wenn man nur weiß, wie. ›Ich kann den Himmel verschieben‹«, intonierte er, »»das Land emporheben, Berge schmelzen, Quellen gefrieren lassen. Ich kann Geister erwecken und die Götter dazu bewegen, unter uns zu wandeln. Ich kann die Sterne auslöschen und die bodenlose Grube erhellen.‹«

»Kannst du das?«, erwiderte Prestimion und warf ihm einen seltsamen Blick zu. »Ich hatte keine Ahnung, dass du ein so mächtiger Zauberer bist, mein Lord Svor.«

»Ach«, sagte Svor, »ich habe nur ein Gedicht zitiert. Ein sehr berühmtes Gedicht übrigens.«

»Natürlich.« Es fiel ihm sofort ein, nun, da Svor ihm den Hinweis gegeben hatte. »Furvain, nicht wahr? Ja, natürlich, Furvain. Ich hätte es erkennen müssen.«

»*Das Buch der Veränderungen*, fünfter Canto, wenn die Metamorphenpriesterin vor Lord Stiamot erscheint.«

»Ja«, sagte Prestimion bestürzt. »Natürlich.« Welches Kind hatte diese tausende von Jahren alte große epische Erzählung nicht gelesen, die auf so bewegende Weise von den heroischen Kämpfen zum Anbeginn von Majipoors Geschichte berichtete? Aber die Sterne verlöschen lassen und die bodenlose Grube erhellen ... das war der Stoff, aus dem die Fabeln waren. Er hatte Furvains großes Gedicht nie für eine Schilderung historischer Tatsachen gehalten. »Ich dachte, du würdest diese Kräfte für dich selbst beanspruchen«, sagte er lachend. »Ach, Svor, Svor, könnte doch nur jemand die Dinge so verhexen, dass sie so sind, wie sie für mich bestimmt waren ... dass Korsibar seine Tage damit verbringt, in der Wildnis zu jagen, und die Regierung sicher in meinen Händen liegt! Aber wer kann das für mich tun?«

»Ich nicht«, sagte Svor. »Könnte ich es, so würde ich es tun.«

4

Am neunten Tag von Lord Korsibars Reise vom Labyrinth den Glayge nach Norden hinauf erschien ein blauweißer Stern hoch am Himmel, den noch nie jemand zuvor gesehen hatte. Diamantenhell brannte er in der Stirn des Firmaments, ein großer, lodernder Edelstein, der das Auge wie eine zweite Sonne blendete.

Mandrykarn entdeckte ihn zuerst, eine halbe Stunde nach dem Abendmahl. Er stand allein auf dem Vordeck der *Lord Vildivar*, des ersten der neun Schiffe der Flottille. Es war das Flussboot des Coronals für den Unteren Glayge, das prächtigste der flachbäuchigen Schiffe, und es hatte im Frühling den ehemaligen Lord Confalume zum Labyrinth gebracht und beförderte nun, im Mittsommer, den neuen Lord Korsibar zur Burg. Als Mandrykarn in der milden Nacht dort stand und kühlen grauen Wein trank, während die Dunkelheit sich zusammenzog und tiefer wurde, und er in ruhiger Stimmung über das flache, monotone Tal hinausblickte, spürte er plötzlich ein Frösteln auf dem Kopf und den Schultern. Er schaute hoch, und da strahlte der Stern hell an einer Stelle, an der einen Augenblick zuvor noch kein Stern gewesen war.

Er stieß einen Schrei der Überraschung und Bestürzung aus und hob die Hand so schnell zu der Rohilla, die an der Brust seines Gewands befestigt war, dass er den Wein über sich schüttete.

Ein neuer Stern? Was konnte das bedeuten, wenn nicht bevorstehendes Verderben und Unheil? Denn dieser Stern war ganz gewiss das Zeichen mächtiger und gefährlicher Kräfte, die im Begriff waren, die Mauern des Kosmos zu durchbrechen und sich in Kürze auf die Welt zu stürzen.

Mandrykarn strich scharf über das Amulett und murmelte einen Bannspruch gegen das Böse, den er erst am Tag zuvor von Sanibak-Thastimoon gelernt hatte, während er ununterbrochen zu dem neuen Stern hinaufstarrte und eine so unbeherrschbare Furcht verspürte, dass er haltlos zitterte und nach einer Weile eine scharfe Scham über seine eigene Feigheit empfand.

Plötzlich stand Graf Farquanor neben ihm. »Bist du

krank geworden, Mandrykarn?«, fragte der schlangenhafte kleine Mann mit einem verderbten Anflug von Verschlagenheit in seiner Stimme. »Ich habe dich aufschreien hören. Und du bist ganz bleich und zitterst.«

Mandrykarn kämpfte gegen das schändliche Beben seines Körpers an und beherrschte mit einer gewaltigen Anstrengung das Zittern, das sich in seine Stimme geschlichen hatte. »Schau nach oben, Farquanor. Was siehst du?«

»Den Himmel. Sterne. Einen Schwarm Thimarnas, der sehr spät zu seinen Nestern nach Hause fliegt.«

»Du bist kein Astronom, Farquanor. Was ist das für ein blauweißer Stern direkt westlich vom Polarkreis?«

»Nun ja, Trinatha, nehme ich an«, sagte Farquanor. »Oder vielleicht Phaseil. Oder auf jeden Fall einer der anderen.«

»Trinatha steht dort am nördlichen Horizont, wohin er gehört. Und da drüben im Osten, das ist Phaseil. Du bist kein Astronom, Farquanor.«

»Und du bist kein Trinker. Sieh doch, du hast deinen Wein über deine ganze Brust verschüttet. Junge! Junge! Ein Handtuch für Graf Mandrykarn! – Bist du betrunken, Mandrykarn?«

»Dieser Stern im Westen wurde vor drei Minuten geboren. Ich habe gesehen, wie er im Himmel aufleuchtete. Hast du je von so etwas gehört … dass ein Stern vor deinen Augen geboren wird?«

Farquanor schnaubte, ein kurzes, verächtliches Lachen. »Du bist betrunken.«

Dann erklangen auf der anderen Seite des Decks aufgeregte Rufe, und ein Besatzungsmitglied lief mit weit aufgerissenen Augen an ihnen vorbei, zeigte in den Himmel und rief heiser allen zu, nach oben zu schauen. Andere Matrosen folgten ihm und taten wie geheißen. Nun erschien auch Sanibak-Thastimoon auf Deck, und die Schwester des Coronals war nur zwei oder drei Schritte hinter ihm. Sie standen zusammen an der Reling, schauten in den Himmel und sahen hierhin und dorthin.

»Nein, etwas mehr im Westen«, rief Mandrykarn ihnen zu. »Dort ... Dort! Seht ihr ihn?« Er ergriff einen Arm des Su-Suheris' und hielt ihn nach oben, und die beiden Köpfe des Zauberers schauten in die Richtung, in die Mandrykarn zeigte.

Sanibak-Thastimoon betrachtete den plötzlich erschienenen Stern eine Weile schweigend. »Welch böses Zeichen haben wir hier?«, fragte Mandrykarn ihn schließlich.

»Böse? Wieso, das ist kein böses Zeichen«, sagte Sanibak-Thastimoon und stieß einen leisen, seufzenden Laut der Befriedigung aus. »Es ist der Krönungsstern«, sagte er. »Ruft Lord Korsibar herbei.«

Aber Korsibar war bereits auf Deck eingetroffen. »Was hat dieser Aufruhr zu bedeuten? Ein neuer Stern, hat jemand gesagt. Was soll das heißen? Wie kann es einen neuen Stern geben?«

»Ihr seid der neue Stern, mein Lord«, erklärte der Su-Suheris volltönend und sprach dabei in einer unruhigen Halbharmonie mit beiden Köpfen gleichzeitig. »Ihr tretet in den Himmel, um der Welt Ruhm zu bringen. Das ist Euer Sternenfächer im Himmel, der Euren Anfang ehrt.« Und mit inbrünstiger Heftigkeit machte er selbst das Sternenfächerzeichen, zuerst vor dem blauweißen Stern und dann vor Korsibar, drei-, vier-, fünfmal hintereinander, und jedes Mal rief er laut: »Korsibar! Korsibar! Es lebe Lord Korsibar!« Woraufhin alle auf Deck einstimmten, sodass die Luft vor dem Klang der Worte widerhallte: »Korsibar! Lord Korsibar!«

Inmitten dieses Geschreis stand Korsibar reglos da, atmete kaum und hielt den Blick auf den Stern gerichtet. Nach einem Augenblick nahm er die Krone vom Kopf, die er seit dem Augenblick seiner Thronbesteigung fast ständig getragen hatte, und drückte sie leicht und ehrfürchtig gegen seine Brust.

Dann wandte er sich Thismet zu. »Wer hätte damit rechnen können?«, sagte er sehr leise. »Das bedeutet, dass ich wirklich König bin!«

»Hattest du es bezweifelt, Bruder?«

»Nein. Nein, niemals.«

Sie fiel vor ihm auf die Knie, ergriff den Saum seines Gewands und küsste ihn. Die anderen folgten nacheinander ihrem Beispiel: Mandrykarn zuerst, noch immer so erschüttert von dem, was er gesehen hatte, dass er fast das Gleichgewicht verlor und vorwärts stolperte, als er seinen großen Körper auf das Deck senkte, dann Farquanor, Venta, Graf Kamba und kurz darauf Farholt und Navigorn und der Kapitän des Schiffes, Lynkamor, und fünf oder sechs andere, die auf Deck gekommen waren, um herauszufinden, was dort geschah, und entdeckten, dass dort eine feierliche Zeremonie stattfand. Nur Sanibak-Thastimoon hielt sich abseits, betrachtete die Szene mit einem Blick der offensichtlichen Zustimmung, machte aber keine Anstalten, daran teilzunehmen.

»Wo sind wir jetzt, Lynkamor?«, fragte Korsibar den Kapitän, als auch alle anderen ihm gehuldigt hatten.

»Nördlich von Terabessa, mein Lord, und eine Fahrt von fünf Stunden südlich von Palaghat.«

»Ausgezeichnet. Palaghat ist ein guter Ort für unseren ersten öffentlichen Auftritt. Die Ankunft dieses Sterns ist ein Zeichen dafür, dass für uns die Zeit gekommen ist, uns dem Volk zu zeigen und uns von ihm ausrufen zu lassen. Lass Nachricht nach Palaghat schicken, dass wir dort am Morgen an Land gehen werden, um dem Volk unseren Segen zu geben und die Glückwünsche der Bürger entgegenzunehmen.«

»Wie ich sehe, spricht er jetzt schon von sich im Plural«, sagte Graf Kamba von Mazadone leise, der neben Kanteverel von Bailemoona stand.

»Er ist ein König«, erwiderte Kanteverel. »Könige dürfen so sprechen, wie sie wollen.«

»Confalume begnügte sich damit, *ich* und *mir* und *mein* zu sagen, nicht *wir* und *uns* und *unser*, als er Coronal war.«

Kanteverel schlug den Blick gen Himmel. »Confalume hat auch keinen neuen Stern bekommen, der den Beginn seiner Herrschaft kennzeichnete. Und Korsibar schmeckt noch immer den ersten Stolz der Königswürde. Wer kann ihm vorwerfen, dass er von seiner Bedeutung überzeugt ist, wenn er so ein Ding am Himmel auftauchen sieht?«

»So sei es«, sagte Kamba kichernd. »Soll er also in diesen frühen Tagen sprechen, wie er will. Er hat jetzt seine schönste Zeit. Die wirkliche Bürde seines Amtes hat sich noch nicht auf ihn gesenkt: Bislang sieht er nur den Glanz und den Ruhm, die Sternenfächer und die Kniefälle. Er wird erst später von Dingen wie den endlosen, langen, stumpfen Berichten aufgeblasener Provinzgouverneure erfahren, die er lesen muss, und dem Verteilen von Getreide in entfernten Orten, die ihm völlig unbekannt sind, und dem Erstellen eines Budgets für das nächste Jahr, mit dem Durchgangsstraßen und Brücken repariert werden, und dem Ernennen von Kämmerern und Zeremonienmeistern und Steuereintreibern und Ministern und Unterministern der königlichen Korrespondenz und der Gefängnisse und der Grenzbefestigungen und der Wetterstatistiken und der Gewichte und Maße und so weiter und so fort.«

Mandrykarn, der neben sie getreten war, aber nichts von Kambas Worten gehört hatte, lachte. »Der Krönungsstern, genau!«, sagte er. »Wie hell er ist, wie wunderschön! Stellt euch vor, ich habe ihn für ein böses Omen gehalten. Seht mich an: Ich war so verängstigt, als ich ihn sah, dass ich den Wein über mein Gewand verschüttete! Aber was weiß ich schon von solchen Dingen?« Und er lachte erneut. »Seht euch jetzt den Coronal an! Seine Augen strahlen so hell wie dieser Stern.«

Korsibar stand lange da und starrte steif nach oben. Sein Blick blieb auf den Stern gerichtet, als könnte er niemals genug von ihm sehen. Dann bot er Lady Thismet den Arm, und sie gingen gemeinsam nach unten.

Auch Gialaurys sah den neuen Stern in dieser Nacht erscheinen, einige tausend Meilen weiter nördlich, wo das Flussboot *Termagant* auf der anderen Seite des Sees Roghoiz den Glayge hinauffuhr. Er und Septach Melayn lagen bequem ausgebreitet auf dem Deck und amüsierten sich mit einem Spiel mit Tavernenwürfeln. Es war ein ruhiger und angenehmer Abend, und eine milde, feuchte Brise vom Burgberg wehte ihnen durch das breite Tal entgegen. Die Maschinen des Flussbootes summten gleichmäßig vor sich hin; der Fluss strömte hier schnell in seinem Bett nach Süden, während das schmale Schiff in nördliche Richtung dagegen ankämpfte.

Septach Melayn war an der Reihe. Er schwang die Trinkschale auf seine übliche dramatische Weise, riss den Arm in einem weiten Kreis herum und gab die Würfel mit einem wilden Drehen seines Handgelenks frei. Sie purzelten scheppernd hinab, einer, zwei, drei, und ordneten sich in einer so genauen Linie an, dass sie mit einem Lineal hätte gezogen sein können. »Die Augen, die Hand, die Gabel«, erklärte Septach Melayn und schlug zufrieden mit der Hand auf das Deck. »Erneut zehn Punkte, genau meine Vorgabe. Du verlierst zwei Royal, Gialaurys. – Gialaurys? Was starrst du dort hinauf?«

»Kennst du diesen Stern, Septach Melayn?«

»Welchen? Den da, den ganz hellen drüben im Westen? Was für ein Stern ist das, Gialaurys?«

»Einer, den ich noch nie gesehen habe. Springen neue Sterne plötzlich aus dem Nichts in den Himmel? Denn bei diesem ist es genau so gewesen!«

Septach Melayn erhob sich stirnrunzelnd. Er zog seinen kleinen Zierdolch aus dem Gürtelbund und hielt ihn auf Armeslänge vor den westlichen Himmel, als wollte er etwas messen.

»Was tust du da?«, fragte Gialaurys.

»Ich berechne die Bahnen der Sterne. Schau, dort ist Thorius, und hier ist der große rote Xavial, und sie sind eine Dolchlänge voneinander entfernt, genau, wie es sein sollte. Aber hier ist der neue genau in der Mitte zwischen ihnen, wo meines Wissens kein Stern jemals war. Es ist genau, wie du es gesagt hast, Gialaurys. Ein Stern aus dem Nichts.«

»Also ein Hexenstern?«

»Ein Stern, der Feuer gefangen hat, würde ich eher sagen.«

»Aber die Sterne bestehen doch aus Feuer, so heißt es jedenfalls«, erwiderte Gialaurys und warf Septach Melayn einen verständnislosen Blick zu.

»Aber manche Feuer brennen schwach und einige sehr hell. Genauso ist es mit Sternen: Manchmal lodert ein schwacher Stern aus eigenem Antrieb ganz hell auf und brennt zehnmal so heiß wie zuvor – oder vielleicht zehntausendmal. Wie es wohl bei diesem der Fall ist. Er war schon immer dort, aber zu schwach, um von uns bemerkt zu werden, und nun ist er zu einer weiß glühenden Flamme versengt und hat wahrscheinlich alle Welten in seiner Nähe zu Asche verkohlt, und wir sehen ihn hier wie ein Leuchtfeuer, das plötzlich über uns in der Nacht aufleuchtet. Ich werde mit Svor darüber sprechen; er kennt sich mit solchen Dingen aus.« Und er rief laut nach Svor, der unter Deck war. »Komm nach oben, du Philosoph! Sieh dir dieses Geheimnis im Himmel an!«

»Es ist ein Hexenstern«, sagte Gialaurys erneut düster. »Das Omen eines Dämons.«

»Das deiner Meinung nach was zu bedeuten hat?«, fragte Septach Melayn. »Verrate mir, was dieser Stern dir sagt, denn ich habe keine Fertigkeit darin, solche

Dinge zu verstehen. Komm, enträtsele mir dieses Rätsel, lieber Gialaurys! Welche Botschaft für uns liegt in diesem Stern? Und wenn er Omen überbringt, welche?«

»Verspottest du mich schon wieder, Septach Melayn, wie du es so oft tust?«

»Nein ... nein«, sagte Septach Melayn. »Ich will dich wirklich nicht verspotten.«

»Natürlich willst du das«, sagte Svor, der durch die Luke trat. »Du spielst mit dem armen Gialaurys, als wäre er ein Einfaltspinsel. Was er in Wirklichkeit gar nicht ist, wenngleich es ihm an deiner Arglist mangelt – wie den meisten Leuten, wie ich hinzufügen sollte. Aber spiele stattdessen mit mir, mein Lord Septach Melayn. Ich bin kein so leichtes Opfer.«

»Nun gut. Am Himmel steht ein neuer Stern.«

»Ja, in der Tat. Ich sehe ihn deutlich über mir, ein wenig rechts vom Thorius. Er leuchtet hell und stark.«

»Und welche Bedeutung hat so etwas für dich, Svor, der du so sehr an die Zauberei glaubst? Gialaurys nennt ihn das Omen eines Dämons. Was meinst du, was der Dämon uns wohl sagen will? Stehen uns, die wir schon so viel verloren haben, noch härtere Verluste bevor?«

»Ach, ganz im Gegenteil«, sagte Svor, lächelte schelmisch und grub die Finger hart in die engen Locken seines Barts. »Ich bin kein Wünschelrutengänger, o prächtiger Septach Melayn, kann den Himmel jedoch für einen Amateur ganz gut deuten. Dieser Stern, der uns heute Abend erschienen ist, leuchtet, um uns den Zorn der Geister über die böse Tat zu zeigen, die Korsibar begangen hat. Dieser Stern ist unsere Erlösung. Er bedeutet Korsibars Tod und Prestimions Aufstieg.«

»Und was genau daran sagt dir das?«, fragte Septach Melayn.

»Wenn du das fragen musst, lieber Freund, wirst du die Antwort nie verstehen.«

Worauf Septach Melayn lediglich mit einem Grinsen

und einem Achselzucken reagierte. Doch von Gialaurys kam ein leises, wortloses Geräusch der Zustimmung zu Svors Interpretation. Er senkte den Kopf, bis er die Planken berührte, streckte die Hände aus und begrüßte den Stern mit Zeichen, Zeichen der Besänftigung, Zeichen des Willkommens.

Die Stadt Palaghat am östlichen Ufer des Glayge war die größte am Fluss zwischen dem Labyrinth und dem See Roghoiz; ein landwirtschaftliches Zentrum, in das die Bauern der drei benachbarten Provinzen ihre Produkte brachten, damit sie in andere Depots flussauf- und -abwärts verschifft werden konnten. Obwohl das Land in dieser Gegend völlig eben war, lag Palaghat auf einem niedrigen Vorgebirge über dem Fluss; und da das gesamte umgebende Land so flach und der Hang hinter der Stadt mit großen, blattreichen Mengakbäumen bewachsen war, schien Palaghat die Landschaft auf viele Meilen hin zu beherrschen, als erhöbe die Ortschaft sich auf einem richtigen Burgberg.

Coronals und andere hohe Beamte, die hier vorbeikamen, legten auf ihren Flussreisen in Palaghat oft Rast ein, denn der Ort war besser ausgestattet für solch hohe Gäste als irgendeine andere Stadt am Unteren Glayge. Die vierspurige, gepflasterte Straße, die von Palaghats großem und geschäftigem Hafen zur Stadtmitte verlief, war an beiden Seiten großzügig mit Schatten spendenden, rotstämmigen Havilbovepalmen bepflanzt und trug den ehrgeizigen Namen Königlicher Verkehrsweg. Heute waren zu Ehren des Besuchs des neuen Coronals die Bäume auf der gesamten Länge der Straße mit grünen und goldenen Bannern geschmückt, die die Sternenfächerkrone zeigten. Plakate mit dem Gesicht Lord Korsibars hätten auch einen angemessenen Schmuck für den Straßenrand abgegeben, wären sie in Palaghat nur verfügbar gewesen; doch die Wahl Korsibars zum Coronal war natürlich weder erwartet noch zu erwarten gewesen, und so standen von ihm noch keine Porträts zur Verfügung, die man hätte kopieren und verteilen können.

Doch der Empfang war trotz der hastigen Planung durchaus beeindruckend: Laut dröhnten die Becken und schallten die Trompeten, überall am Weg wurden Blumen und Girlanden gestreut, und vom Hafen bis zur Stadt erstreckte sich eine Eskorte, die aus hunderten von städtischen Beamten bestand, vom Bürgermeister in seiner Samtrobe bis hin zu Abteilungsleitern und ihren Sekretären. Gruppen von ernst singenden Zauberern in reich bestickten Gewändern und tausenden von gewöhnlichen Bürgern standen am Straßenrand, reckten die Hälse, um einen Blick auf ihren neuen König werfen zu können, und riefen aus voller Kehle: »Korsibar! Korsibar! Lord Korsibar!«

Mittlerweile hatte er sich fast daran gewöhnt.

Zuerst war es ihm unwirklich vorgekommen, wie im Traum, dass man das Sternenfächerzeichen vor ihm machte und seinen Namen mit dem unvertrauten Titel »Lord« statt des »Prinzen« verband, den er sein ganzes Leben lang getragen hatte, und ihn mit geheimer Ehrfurcht und Verehrung aus den Augenwinkeln betrachtete, wenn man glaubte, er schaue in eine andere Richtung. Jeden Morgen erwartete er, wenn er aufwachte, dass sein Vater neben seinem Bett stünde und ernst sagte: »Nun gut, Korsibar, jetzt ist es an der Zeit, diese kleine Maskerade zu beenden.«

Doch jeder Tag war fast genau wie der zuvor, ein Tag der Sternenfächer und des Katzbuckelns, »mein Lord« hier und »ja, Lordschaft« da, und als er in jenen letzten Tagen im Labyrinth seinem Vater begegnet war, war kaum ein Wort zwischen ihnen gefallen, und die Worte, die sie überhaupt gewechselt hatten, gehörten zur trivialsten und formellsten Sorte: Der niedergeschlagene und am Boden zerstörte Confalume zeigte nicht den geringsten Drang, den seltsamen neuen Zustand zu beenden, den sein Sohn mit diesem kühnen, schnellen Streich im Hof der Throne erzeugt hatte.

Selbst als sie sich voneinander verabschiedet hatten, unmittelbar bevor Korsibar die unterirdische Stadt verlassen und seine triumphale Reise nach Norden angetreten hatte, um seinen Thron zu beanspruchen, hatte es nur einen Augenblick gegeben, in dem der neue Pontifex seinen Schmerz über all diese Ereignisse verraten hatte – als er seinem Sohn in die Augen gesehen hatte und einen einzigen lodernden Blick des Zorns und der wahnsinnigen Verzweiflung darüber hatte aufblitzen lassen, dass sein eigenes Kind ihm so übel mitgespielt hatte, ihm, der er noch wenige Wochen zuvor der mächtigste Mann auf der Welt gewesen war. Doch er hatte nichts verlauten lassen, was offene Abneigung gegen das zum Ausdruck gebracht hätte, was Korsibar getan hatte; noch hatte er protestiert oder ihn getadelt. Es war geschehen, es ließ sich nicht ändern; die Macht über die Welt war, wie es noch nie zuvor gewesen war, vom Vater auf den Sohn übergegangen.

Palaghat war keineswegs eine großartige Stadt und kam dem Glanz der geringsten der Fünfzig Städte des Burgbergs nicht einmal annähernd nah. Doch auf ihre provinzielle Art und Weise war sie durchaus ein anständiger, hübscher Ort, mit hohen, weißen Terrassen an der Seite, die dem Fluss gegenüber lagen, üppiger Vegetation, einer stämmigen Mauer aus rosafarbenen Granitblöcken und einem Übermaß an Zierbrüstungen, Schießscharten, Zinnen und Laibungen und Wappendrachen und großhörnigen Gabalungs, die in Gold und Lapislazuli dargestellt waren.

Der Bürgermeister der Stadt war Ildikar Weng, ein untersetzter, schwitzender, rotgesichtiger, dicklippiger Mann mit einem absurden Kranz aus lockigem blondem Haar, der um seinen Kopf, die Wangen und das Kinn verlief. Er saß während der Schweberfahrt, die hügelan vom Hafen zu jener Herberge verlief, die man für die königliche Gruppe bereitgestellt hatte, neben Korsibar, und sein Blick blieb die gesamte Zeit über voll äußerster Bewunderung und Unterwürfigkeit auf den Coronal gerichtet, während er gleichzeitig ständig den Leuten winkte und zunickte, die die Straße flankierten, als gälte ihr Jubel nicht Korsibar, sondern ihm.

Mit einem unendlichen Fluss schnatternden Geplauders versuchte der Bürgermeister Korsibar zu beweisen, dass er ein Mann war, der sich in der Gesellschaft von Coronals wie auch von geringeren Lords wohl fühlte – er streute in die Konversation Erinnerungen an die Besuche anderer Würdenträger ein, die während seiner Amtszeit Palaghat aufgesucht hatten. Das waren dann Bemerkungen wie »der großartige Lord Confalume, Euer Vater, bevorzugte immer einen bestimmten Wein, den ich gern auch Euch kredenzen werde«, und »dass es immer ein besonderes Vergnügen war, wenn der Hohe Berater Herzog Oljebbin in Palaghat weilte«, und »wie ich zum Großadmiral sagte, als er mich nach einem bestimmten seltenen Fisch dieser Gewässer fragte, der ihm sehr gemundet hatte ...« Ildikar Weng brüstete sich sogar mit einem Besuch des verstorbenen Pontifex, denn Prankipin hatte gelegentlich das Labyrinth verlassen und war zumindest bis hierher gereist, wenn auch schon seit vielen Jahren nicht mehr.

Korsibar stellte fest, dass seine Geduld schnell nachließ. War es sein Schicksal als Coronal, sich das Geschwätz von solchen Narren wie diesem anzuhören, wohin auch immer er sich vom heutigen Tag an wandte?

Er zwang sich noch eine Weile, höflich zuzuhören. Doch dann ging der Bürgermeister zu weit. »Und dann«, sagte Ildikar Weng, »besuchte uns vor zwei Jahren der großartige und charmante Prinz Prestimion, und dabei sagte der Prinz, wenn ich mich recht entsinne ...«

»Erspare uns bitte, was der großartige und charmante Prinz Prestimion gesagt hat«, unterbrach Korsibar ihn grob und murmelte leise eine Verwünschung.

Ildikar Weng erbleichte angesichts des barschen Tonfalls des Coronals und lief einen Augenblick später puterrot an. Er blinzelte und glotzte Korsibar an.

»Lordschaft? Habe ich Euch irgendwie beleidigt?«

»Es ist eine Beleidigung, dass wir uns Anekdoten über jeden belanglosen Idioten aus der Burg anhören müssen, der je bei einem deiner schrecklichen Feste gerülpst oder gekotzt hat, ja, damit hast du mich beleidigt! Glaubst du etwa, unser Ohr werde niemals müde, wenn es sich solch einen Unsinn anhören muss?«

»Lordschaft, Lordschaft, Lordschaft!«, rief der Bürgermeister und riss die Arme hoch. Er war so aufgebracht, dass er jeden Augenblick aus dem offenen Schweber zu fallen drohte. »Ich hab's nicht böse gemeint, Lordschaft! Ich bitte tausendmal um Verzeihung! Hunderttausendmal! Ich habe gehört, Prinz Prestimion sei Euer guter Freund, und da dachte ich, Ihr wolltet hören …« Korsibar warf ihm einen versteinerten Blick zu. Ildikar Wengs Augen traten vor Entsetzen vor. Er verstummte und schien jeden Moment in Tränen ausbrechen zu wollen.

Korsibar erkannte, dass er zu hart gewesen war. Aber was nun? Sich entschuldigen? Ihm tröstend versichern, dass er doch nicht beleidigt war? Ein Coronal konnte sich wohl kaum entschuldigen; und wenn er es doch täte, so bewirkte er damit nur, dass er auf der Meile, die sie ungefähr noch von ihrem Ziel entfernt waren, eine weitere Sturzflut solcher Erzählungen über sich ergehen lassen müsste.

Thismet, die auf der anderen Seite des Bürgermeisters saß, rettete die Situation. »Seine Lordschaft ist nun sehr müde, guter Bürgermeister, und würde es vielleicht vorziehen, eine Weile in Ruhe gelassen zu werden. Er ist bis spät in die Nacht wach geblieben, um Dekrete und Ernennungsurkunden zu unterzeichnen, und Ihr wisst ja, welch eine große Mühe das sein kann, besonders zu Beginn einer Amtszeit.«

»Ich schäme mich meiner Gedankenlosigkeit.«

»Das ist nicht nötig. Aber sprecht stattdessen nun mit mir. Sagt, diese stattlichen Palmen am Straßenrand, die mit den roten Baumstämmen? Ich glaube, ganz ähnliche Pflanzen wachsen in Lord Havilboves Garten auf der Tolingar-Barriere auf dem Burgberg.«

»Es ist genau derselbe Baum, Lady, dessen Samen wir zu Lord Tharamonds Zeit bekommen haben«, sagte Ildikar Weng und setzte zu einem langen Sermon darüber an, wie und warum die Stadt den Samen bekommen hatte und welche Anbauschwierigkeiten sich bei dem Versuch ergeben hatten, die Palme hier in Palaghat heimisch zu machen. Korsibar sank erleichtert gegen sein weiches Kissen aus purpurrotem Leder zurück und glitt in eine dösende Trance, dachte überhaupt nichts mehr, während die Brise, die vom Fluss hinüberwehte, die »Korsibar! Lord Korsibar!«-Rufe zu ihm trug.

Und dann hatten sie den Gästepalast erreicht, und er war endlich allein in seinem Zimmer. Die königlichen Gemächer waren eines Coronals wirklich würdig, fünf große Räume mit glitzernden Wänden aus grünem Jaspis, die schwach mit blutroten Flecken gesprenkelt waren, und Vorhängen aus spinnenfeiner Gemmelthrave-Bindung, die die großen Fenster umrahmten, aus denen man einen prachtvollen Blick auf die Stadt, den Hafen und den Fluss hatte.

Das war seine Gelegenheit, eine Weile aus seiner Kleidung zu schlüpfen und zu baden und zu ruhen, bevor die unvermeidlichen Bankette und das Redenschwingen anfingen. Er trug eine weiße Stola aus Steetmoy-Pelz über einem grünen Wams, den üblichen Farben des Coronals. Aber der Schneider hatte nicht genug Zeit gehabt, und das Gewand saß schlecht und war außerdem zu schwer für diesen Sommertag. Er hob die Stola von seinen Schultern, legte sie auf ein Holzregal und dachte, dass dies wohl eine der letzten Gelegenheiten sein könnte, zu der er sich selbst an- und auszog, denn sobald er in der Burg war, würden Myriaden königlicher Diener diese Aufgabe übernehmen.

Als Korsibar die Schnüre seines Wamses löste, fiel sein Blick auf einen Spiegel neben dem Bett, und er hielt inne, um sich darin zu betrachten und zu sehen, ob er schon die gebieterischen Gesichtszüge eines Mitglieds des Königshauses angenommen hatte. Er wusste: Um ein erfolgreicher König zu sein, war es wichtig, zumindest wie ein König auszusehen. Sein Vater war zwar kein Mann von großer Statur, hatte aber ein königliches Äußeres. Man hatte von Lord Confalume oft gesagt, dass ein Besucher von einem anderen Planeten bei einem vor Gästen wimmelnden Empfang am Hofe sofort wüsste, welcher Mann im Gedränge der Coronal war, ob Lord Confalume an diesem Tag nun seine Krone aufgesetzt hatte oder nicht.

Natürlich half die Krone. Korsibar berührte sie und rückte sie zurecht, denn sie hatte sich während der Fahrt vom Hafen hierher leicht verschoben.

Plötzlich erklang hinter ihm Thismets Stimme. »Dir gefällt, wie sie aussieht, nicht wahr, Bruder? Aber du solltest sie gelegentlich abnehmen und beiseite legen, meinst du nicht auch?«

»Und du solltest anklopfen, bevor du die Gemächer des Coronals betrittst, selbst wenn er dein Zwillingsbruder ist.«

»Aber ich habe angeklopft, sogar zweimal. Du warst wohl so sehr damit beschäftigt, dich selbst zu bewundern, dass du es nicht gehört hast. Und als ich keine Antwort bekam, dachte ich, ich gehe einfach rein. Oder gibt es nun, da du König bist, eine Scham zwischen uns, die es zuvor nie gegeben hat?«

Korsibar nahm die Krone ab und legte sie auf das Bett. »Vielleicht trage ich sie zu oft«, sagte er grinsend.

»Aber sie ist mir noch nicht so vertraut, dass ich gern ohne sie wäre.«

»Vater hat sie nur gelegentlich getragen.«

»Vater war doppelt so viele Jahre lang Coronal, wie wir beide leben, Thismet. Lass mich erst einmal sechs Monate lang König sein, dann werde ich diese Krone schon als gegeben hinnehmen.«

»Wie du wünschst, mein Lord«, sagte Thismet mit einer Geste der übertriebenen Unterwerfung. Sie trat neben ihn, schaute mit aufgeregt leuchtenden Augen zu ihm hoch und ergriff ihn an beiden Händen. »Korsibar, ach, Korsibar«, sagte sie, »kannst du es schon glauben?«

»Nur manchmal.«

»Das gilt auch für mich. Lord Korsibar! Lord Coronal von Majipoor! Wie einfach es doch war! Oh, wir werden dieser Welt den Stempel aufdrücken, du und ich, nicht wahr? Wir werden wunderbare Dinge tun, Korsibar, nun, nachdem man uns das alles in die Hände gegeben hat!«

»Das werden wir, Schwester.«

»Aber du musst darauf achten, nicht so hochmütig zu sein, Bruder.«

»Ich bin hochmütig?«

»Du warst zu diesem fetten, rotgesichtigen Bürgermeister sehr grausam.«

»Er nagte zu lange an meinem Ohr mit seinen Geschichten, wie er Vater bewirtete und Prankipin, Oljebbin und diesen und jenen – und schließlich noch Prestimion. Ach, als er Prestimion erwähnte, war es mir zu viel!«

»Er dachte, du magst Prestimion.«

»Ganz bestimmt hege ich keinen Hass auf ihn und habe dies auch nie getan. Aber mir seinen Namen genau in diesem Augenblick vorzuwerfen – welche Verschlagenheit steckte dahinter, welche verborgene Botschaft?«

»Keine, glaube ich.«

»Obwohl allgemein bekannt ist, dass Prestimion der nächste Coronal sein sollte?«

»Nein«, sagte Thismet. Sie hob eine Hand und zählte ihre Einwände an den Fingerspitzen ab. »Erstens … was in der Burg allgemein bekannt ist, muss nicht unbedingt im Tal des Unteren Glayge bekannt sein. Zweitens … es gibt nicht den geringsten Grund dafür im Universum, dass der Bürgermeister so verschlagen ist und dich mit Prestimion verspotten will. Er hat mit solchem Spott alles zu verlieren und nichts zu gewinnen. Drittens … der Bürgermeister ist viel zu dumm, um überhaupt irgendwelche verborgenen Motive zu haben. Und viertens – schenk mir Beachtung, Bruder! – viertens müssen Könige tolerieren, dass Narren an ihren Ohren nagen, weil jeder Narr im Königreich es versuchen und es einigen aus reiner Notwendigkeit gelingen wird. Dein Vater hat die Liebe der Bewohner unserer Welt nicht gewonnen, indem er sie angefaucht und nach ihnen geschnappt hat. Kein großer Coronal hat das jemals getan. Und ich möchte, dass du ein großer Coronal bist, Korsibar.«

»Und ich werde einer sein.«

»Nun denn«, sagte sie. »Ertrage weitere Narren freundlicher. Der Göttliche hat Millionen und Abermillionen von ihnen geschaffen und dich ihnen gegeben, damit du ihr König bist.« Sie machte erneut das Sternenfächerzeichen vor ihm, diesmal ernsthafter, legte ihm die Fingerspitzen auf den Mund und verließ den Raum.

Er genoss zwei Stunden der Erholung, bevor seine Pflichten ihn wieder heimsuchten. Er hatte kaum gebadet und sich angekleidet, als Oljebbin mit einigen Papieren zu ihm kam, die unterschrieben zur Burg geschickt werden mussten, was er tat, ohne sie zu lesen, denn Oljebbin sagte, es handele sich nur um Routineangelegenheiten. Und dann kam Farholt zu ihm, mit Plänen für die Sitzordnung des Gemeindebanketts zu seinen Ehren an diesem Abend; und nach Farholt Farquanor, der eine Weile blieb und sich erneut indirekt und mit versteckten Andeutungen auf nervtötende Weise um den Posten des Hohen Beraters bemühte, sodass Korsibar ihn am liebsten zornig angeschrien hätte, er solle verschwinden. Dann kam Dantirya Sambail, der einen groben, üblen Witz über Prestimion und Septach Melayn gehört hatte und das Bedürfnis verspürte, ihn noch in dieser Minute dem Coronal zu erzählen.

Am Nachmittag hielt Korsibar im Garten des Gästepalasts Hof – diesmal ohne Krone, nur um zu sehen, wie es war, sie nicht aufzusetzen, und ob er sich trotzdem noch wahrhaft königlich fühlte – und ließ sich von einer Delegation von Landbesitzern und bedeutenden Bauern aus der näheren Umgebung huldigen. Dann konnte er eine kleine Weile in aller Ruhe Getränke in seinen Gemächern mit Mandrykarn und Venta und ein paar anderen engen Freunden genießen, und danach war es schon Zeit für das Bankett, und für zu viel starken Wein und zu viel schweres Essen, Massen von gekochten Gemüsen und großen Scheiben irgendeines hellen Fleisches, das mit würzigem Wein mariniert und danach mit Jujugafrucht gesüßt worden war, und schließlich für eine überaus diplomatische Rede eines sehr demütigen Bürgermeisters Ildikar Weng, in der Prankipin und Confalume und andere geehrte Gäste, die Palaghat besucht hatten, mit keinem Wort erwähnt wurden, und die unmäßigen Optimismus darüber zum Ausdruck brachte, welch große Leistungen Coronal Lord Korsibar bewerkstelligen würde. Woraufhin Korsibar durchaus höflich, wenn auch kurz antwortete. Er überließ das eigentliche Redenschwingen hauptsächlich Gonivaul, Oljebbin und Farquanor, die alle mit kunstvoll leeren Worten darüber sprachen, welche großartigen Dinge die neue Regierung in die Wege leiten und welchen wunderbaren Nutzen die Bürger des Bezirks des Unteren Glaygetals bestimmt davon haben würden.

Kein Redner vergaß, den neuen Stern zu erwähnen, der in der Nacht zuvor in den Himmel getreten war. »Lord Korsibars Stern«, so nannten sie ihn. Alle lobten ihn als Zeichen der Größe der Stunde, als strahlendes Versprechen der wunderbaren neuen Ära, die nun begann. Als sie sich danach noch kurz unter dem Nachthimmel versammelten, bevor sie sich auf ihre Zimmer zurückzogen, schaute Korsibar immer wieder zu diesem Stern hinauf, richtete seinen Blick auf sein Strahlen und dachte: *Lord Korsibars Stern. Lord Korsibars Stern.* Und ihn überkam erneut ein Gefühl für die Größe des Schicksals, das ihm diesen hohen Rang beschert hatte und ihn sein ganzes Leben lang als Coronal weitertragen würde, vorbei an allen Hindernissen, die sich ihm in den Weg stellen würden.

Während der Nacht hatte Korsibar eine Sendung der Lady, die erste seit vielen Jahren.

Es war selten, dass die Lady ihre Aufmerksamkeit auf Prinzen des Bergs richtete. Ihre hauptsächliche Verantwortung galt den gewöhnlichen Bürgern, die sich von ihren Sendungen Trost und Führung erhofften. Aber nun kam sie zu ihm. In dem Augenblick, da Korsibar die Augen schloss, spürte er, wie er in einen Strudel aus wirbelndem Blau mit einem goldenen Auge am anderen Ende gerissen wurde; er wusste, dass Widerstand vergeblich war, und ließ sich frei treiben, passierte dieses goldene Auge und gelangte an einen Ort aus Nebel und Schatten.

Die Lady Kunigarda war an diesem Ort, bei dem es sich um die achteckige Kammer mit Wänden aus weißem Stein handelte, die sich im Zentrum ihres Wohnsitzes im Inneren Tempel befand, auf der höchsten Terrasse der Insel des Schlafs. Sie schlenderte am achtseitigen Teich in der Mitte dieser Kammer entlang: eine Frau in fortgeschrittenem Alter, die im Aussehen verblüffend ihrem Bruder Confalume ähnelte, mit grauen, weit auseinander stehenden Augen, breiten Wangenknochen und einem eben solchen gebieterischen Mund.

Er erkannte sie sofort. Sie war die ältere Schwester seines Vaters, die zum Rang der Lady der Insel erhoben worden war, als Korsibar und Thismet noch kleine Kinder waren, und deren Herrschaft als Macht von Majipoor nun mit dem Beginn dieser neuen Regierung enden musste. Er hatte sie nur dreimal in seinem Leben getroffen. Sie war eine Person von beeindruckender Stärke und Entschlossenheit und genauso erhaben wie ihr königlicher Bruder Confalume.

Sie betrachtete ihn nun mit beträchtlicher Strenge im Blick durch die Schleier des Traums. »Du schläfst im Bett eines Königs, Korsibar«, sagte sie. »Erkläre mir, wie das möglich ist.«

»Ich bin ein König, Lady«, erwiderte er und gebrauchte dabei die Stimme der Träume, die zu benutzen man ihn in der Kindheit gelehrt hatte. »Hast du meinen Stern gesehen? Es ist der Stern eines Königs. Lord Korsibars Stern.«

»Ja«, sagte sie. »Lord Korsibars Stern. Ich habe ihn auch gesehen, Korsibar.« Und sie fing an, von seinem Erscheinen zu sprechen, von Korsibar, und auch von seiner Schwester, von seinem Vater, dem neuen Pontifex, und von dem Kommen und Gehen der Coronals und Pontifizes im Laufe der Jahrtausende, und von vielen anderen Dingen. Aber der Aufbau ihres langen Diskurses enthielt dermaßen viele Biegungen und Wendungen, dass Korsibar mit seinem schlafenden Geist kaum die Logik ihrer Worte erfassen und ihr schließlich gar nicht mehr folgen konnte. Sie schien stets von zwei oder drei gegensätzlichen Dingen gleichzeitig zu sprechen, sodass jeder Satz seine eigene Antithese beinhaltete und es Korsibar somit unmöglich wurde, einen durchgängigen roten Faden in ihrer Rede zu finden.

Dann hielt sie inne, betrachtete ihn mit einem langen, kalten, festen Blick und war verschwunden, ließ ihn zurück, während er in einen leeren Raum schaute. Kurz darauf erwachte er verwirrt und besorgt. Korsibar hatte den Eindruck, dass die Anwesenheit der strengen alten Frau noch in seiner Seele nachschwang, wie das Nachhallen einer großen Glocke, wenn diese selbst schon längst nicht mehr schlägt. Er bemühte sich, dem Traum irgendeinen Sinn zu entnehmen, mit dem Geist denselben Weg noch einmal zurückzugehen, auf den ihre Worte ihn geführt hatten.

Sie hatte ihn als legitimen Coronal bestätigt, dessen war er sicher, denn sie hatte ihn mehrmals *Lord* Korsibar genannt, wenn er nicht irrte, und seinen Vater Pontifex. Andererseits hatte sie seinen Vater einmal als »Gefangenen« bezeichnet. Der Gefangene des Labyrinths, wie man den Pontifex manchmal nannte, oder der Gefangene der jüngsten Ereignisse? Die Bedeutung war doppelsinnig. Es gab auch weitere Doppeldeutigkeiten, verschwommene und unbestimmte Fragmente von Vorzeichen, die auf mögliche Unannehmlichkeiten und Rückschläge hindeuteten. Aber Unannehmlichkeiten und Rückschläge für wen? Sprach sie von Prestimion, der seine Niederlage bereits erlitten hatte, oder von ihm oder von einem ganz anderen?

Der Traum ließ Korsibar besorgt und unruhig zurück. Wenngleich er den Grund nicht nennen konnte, weil er nur so wenig davon verstanden hatte, schien der Traum mysteriöse Abgründe dunkler Möglichkeiten für ihn zu eröffnen und Vorbote einer Wandlung seines Schicksals zum Schlechteren zu sein; hier auf dem Gipfel von Majipoor gab es nur eine Richtung, in die er gehen konnte, und zwar nach unten, und während er über den Traum nachdachte, wurde sein Eindruck immer stärker, dass es sich dabei um eine Warnung vor gefährlichen Klippen handelte, die vor ihm lagen. Aber war dem wirklich so, oder gab er nur einem plötzlichen Anflug von Zweifel nach, der seinen überlegenen Erfolg ins rechte Gleichgewicht bringen sollte? Er wusste es nicht. Es war so lange her, dass er irgendeinem Traum Beachtung geschenkt oder einen Traumsprecher mit der Bitte um Erklärungen aufgesucht hatte, dass er das, was er früher über die Technik der Traumdeutung gewusst hatte, schon längst vergessen hatte.

Er spielte mit dem Gedanken, Sanibak-Thastimoon zu sich zu rufen und ihn zu bitten, den Traum zu deuten. Doch dann wurde ihm klar, dass seinem Geist die Einzelheiten so schnell entflohen, dass der Su-Suheris bald gar nichts mehr hätte, womit er arbeiten könnte. Und allmählich verließ ihn das Unbehagen.

Der Traum ist ein gutes Omen, sagte er sich nach einigem weiterem Nachdenken fest, als der Morgen anbrach.

Er bedeutet, dass die Lady Kunigarda meinen Aufstieg anerkennt und mir in den frühen Tagen meiner Herrschaft ihre Unterstützung gewähren wird.

Ja. Ja. Ein gutes Omen, eindeutig ein gutes Omen.

Ja. Ja.

»Hast du gut geschlafen, Bruder?«, fragte Thismet ihn beim Frühstück.

»Ich hatte einen Traum von der Lady«, sagte er. Sie sah ihn mit plötzlicher Beunruhigung an; weiter unten am langen Tisch drehte sich auch der schwere, kugelförmige Kopf von Prokurator Dantirya Sambail in seine Richtung und betrachtete ihn mit äußerstem Interesse. »Alles ist gut«, sagte er ruhig. »Die Lady hat mich ihrer Liebe und vollen Unterstützung versichert. Wir werden gedeihen und die Oberhand gewinnen. Daran besteht kein Zweifel, nicht der geringste.«

5

Mittsommerabend, eine magische Nacht, die Sonne stand bis spät in die Abendwache hoch im Himmel, der Große Mond und zwei der kleineren leuchteten ebenfalls hell, und im höchsten Himmelsgewölbe waren die drei gewaltigen roten Sterne, die die Schnalle der als Cantimpreil bekannten Konstellation bildeten, trotz des konkurrierenden Leuchtens der Sonne und Monde deutlich auszumachen. Der neue Stern war auch dort, der grelle weiße, der sich blau durch die wettstreitende Helligkeit brannte, der Stern, von dem Svor prophezeit hatte, dass er ein gutes Omen für Prestimions Sache sei.

Prestimion hingegen, der zu dieser späten Stunde allein auf dem Deck der *Termagant* auf und ab schritt, die Augen strahlend wachsam, alle Sinne eingestimmt und aufnahmefähig, verspürte wenig Freude an der Schönheit der Nacht, ihren vermischten Lichtern und der Vielzahl der im Wettstreit liegenden Schatten. Freude war eine Eigenschaft, die ihn völlig verlassen zu haben schien. Sein unbändiger Zorn über die Ereignisse im Hof der Throne war einem ruhigen, beständigen Gefühl der ununterbrochenen Enttäuschung gewichen, einer Art anhaltendem innerem Frost, der die frühere heiße Wut ersetzt hatte. Aber der Preis für diese gewaltige Selbstbeherrschung war, so hatte es den Anschein, ein allgemeiner Verlust der Gefühle, die Unfähigkeit, auf Vergnügen wie auch auf Schmerz zu reagieren.

Er beobachtete, wie die Sonne endlich unterging. Der Große Mond zog über den Himmel, bis er hinter den Hügeln im Osten verschwand, und die Sterne ergriffen Besitz vom Himmel, nun ebenso die geringeren wie auch das mächtige rote Trio des Cantimpreil. Der seltsame, neue blauweiße Stern leuchtete unnachgiebig aus der Mitte des Himmels herab wie ein lodernder Stachel. Eine Zeit lang döste Prestimion auf einem Liegestuhl; und dann, scheinbar nur einen Augenblick nach dem Sonnenuntergang, war wieder Morgen, und das kupferrosa Licht der Dämmerung bewegte sich durch das Tal des Oberen Glayge auf ihn zu.

Der Fluss war hier sehr breit. Zu Prestimions linker Seite, wo noch die Dunkelheit herrschte, erhob sich hinter dem Ufer in verworrenen Nebelschwaden eine tief eingeschnittene Schlucht nach der anderen, an deren Rändern helle Dunstströme wie sich aufrollende Banner zu verkochen begannen, als die Sonne sie erreichte. In der anderen Richtung lag die große Flussstadt Pendiwane, deren zahlreiche konische, mit roten Ziegeln gedeckte Dächer in der Pracht des anstürmenden Morgens leuchteten. Nicht weit dahinter, etwas weiter nördlich, lag am westlichen Ufer des Flusses etwas Dunkles, von dem er wusste, dass es sich um die Uferlinie Makroposopos' handeln musste, des Zentrums der Textilkünste. Tapisserien, Vorhänge und Gewebe vieler anderer Arten, die auf der ganzen Welt sehr begehrt waren, stammten von dort.

Kapitän Dimithair Vort machte ein gutes Tempo den Fluss hinauf. Schon bald würde der Burgberg selbst in Sichtweite kommen, und dann würden sie sich an den Aufstieg seiner unfassbaren Masse machen, hinauf zu der königlichen Unterkunft auf seinem Gipfel, wo … wo …

Plötzlich tauchte Svor neben ihm auf, als wäre er aus dem Nichts gekommen. »Du bist heute Morgen aber schon sehr früh auf, Prestimion«, sagte er.

»Ich habe die Nacht anscheinend auf Deck verbracht.«

»Haben dich hier freundliche Geister besucht?«

»Ich habe nur Sterne und Monde gesehen, Svor«, antwortete Prestimion, ohne sich auch nur die Mühe zu machen, Erheiterung vorzutäuschen, »und auch Sonnenlicht zu einer ungewöhnlichen Stunde. Aber nicht die geringsten Geister.«

»Ach, aber sie haben dich gesehen.«

»Vielleicht haben sie das«, sagte Prestimion mit einem gleichmütigen kalten Tonfall, der einen völligen Mangel an Interesse andeuten sollte.

»Und danach kamen sie zu mir, während ich schlief. Darf ich dir meinen Traum erzählen, Prestimion?«

Prestimion seufzte. »Wenn du gern möchtest, Svor.«

»Der Geist kam als Manculain zu mir«, sagte Svor, »der fette kleine rotstachlige Manculain, den es in Suvrael gibt, mit tausend scharfen Dolchen, die aus seinem Rücken ragten, und zwei großen gelben Augen, die fast traurig aus einer Masse gefährlicher Nadeln hinausschauten. Ich überquerte eine große, karge, einsame Ebene, und er stürmte zu mir heran und sträubte sich fürchterlich drohend. Aber ich begriff, dass er mir eigentlich nichts Böses wollte, dass er einfach nur so aussah. Und er sagte überaus freundlich zu mir: ›Du suchst etwas, Svor. Was genau suchst du?‹ Ich antwortete dem Manculain, dass ich eine Krone suchte, nicht für mich, sondern die Krone, die du im Labyrinth verloren hast und die ich dir zurückgeben wollte. Worauf er erwiderte … Hörst du mir zu, Prestimion?«

»Ja, natürlich. Du hast meine völlige Aufmerksamkeit.«

Svor ließ es dabei bewenden. »Er sagte zu mir: ›Wenn du sie finden willst, erkundige dich in der Stadt Triggoin danach.‹«

»Triggoin.«

»Du kennst Triggoin, Prestimion?«

Er nickte ernst. »Die Stadt der Zauberer, so habe ich gehört, in der die Magier scharenweise zu einem ständigen Hexensabbat zusammenströmen und alle mögliche Hexenkunst vorherrscht und Geisterfeuer Tag und Nacht blau in der Luft brennen. Irgendwo hoch im fernen Norden, hinter der Wüste, liegt sie, bei Sintalmond oder Michimang, wie ich gehört habe. Ich habe nie daran gedacht, diesen Ort zu besuchen.«

»Es ist ein Ort vieler Faszinationen und Wunder.«

»Ach, du warst schon dort, Svor?«

»Nur in Träumen. Dreimal war mein schlafender Geist mittlerweile in Triggoin.«

»Wenn du heute Abend deine wachsamen Augen schließt, bist du vielleicht so freundlich, eine vierte Reise dorthin zu unternehmen. Und dort kannst du dann Fragen über meine verlorene Krone stellen, wie der freundliche Manculain es dir geraten hat. Nun, Svor?« Prestimion lachte, doch in seinen Augen war nicht die geringste Freude. »Und ich vermute, du wirst von den guten Zauberern von Triggoin erfahren, dass die Krone, die wir suchen, nur ein paar tausend Meilen hinter uns auf dem Glayge schwimmt und wir lediglich Lord Korsibar nett und freundlich darum bitten müssen, und er wird sie uns schicken.«

In diesem Augenblick erschien Gialaurys auf Deck. »Was habe ich da von Triggoin gehört?«, fragte er mit einem Ausdruck scharfer Aufmerksamkeit.

»Der gute Herzog Svor hat in seinem Schlaf herausgefunden, dass wir uns dort erkundigen müssen, wie wir die Krone zurückbekommen, und dass sie uns erklären werden, wie wir sie finden können«, antwortete Prestimion. »Aber wir haben die Krone in Wirklichkeit natürlich gar nicht verloren, Svor, weil wir sie niemals hatten, und man kann nur schwer behaupten, dass man sich zurückholen kann, was man nie besaß. Diese Achtlosigkeit beim Gebrauch von Wörtern kann für einen Zauberer gefährlich sein, habe ich mir sagen lassen. Wenn man nur ein einziges unbedeutendes Wort bei einem Zauberspruch falsch verwendet, oder auch nur eine Silbe, muss man vielleicht feststellen, dass der eigene Dämon einen Gliedmaß um Gliedmaß zerreißt, in der irrigen Auffassung, man habe es ihm befohlen.«

Gialaurys tat Prestimions schwerfälligen Versuch, komisch zu sein, ohne Umschweife mit einer Handbewegung ab. »Ich würde auf Svor hören«, sagte er. »Wenn er einen Traum hatte, der uns verrät, dass wir in Triggoin Hilfe bekommen können, sollten wir nach Triggoin fahren.«

»Und wenn der Traum uns gesagt hätte, wir sollten Nachforschungen bei den Metamorphen in Ilirivoyne betreiben oder uns der Unterstützung der Wilden in den verschneiten Bergen Khyntors vergewissern, würdest du genau so eifrig zu einem dieser Orte reisen?«, fragte Prestimion, erneut mit einer spöttischen Schärfe in der Stimme.

»Der Traum hat Triggoin genannt«, beharrte Gialaurys. »Wenn wir in der Burg die Unterstützung nicht finden, die wir uns erhoffen, würde ich auf jeden Fall nach Triggoin reisen.«

Er klammerte sich an diese Vorstellung und legte und führte sie endlos aus, während die *Termagant* schnell an Pendiwane vorbeizog und sich Makroposopos näherte, wo Dimithair Vort kurz anlegen wollte, um Vorräte aufzunehmen. Svors Traum von Triggoin hatte Gialaurys mit Begeisterung und Hoffnung erfüllt. Allein bei dem Gedanken an diesen Ort hoch im Norden lag eine Helligkeit und Inbrunst in seinen Augen, die seit Wochen nicht mehr aus ihnen zu lesen gewesen war.

Die Zauberer von Triggoin würden die aufgewühlte Welt wieder in Ordnung bringen, beharrte Gialaurys. Sein Vertrauen in sie, so sagte er, sei grenzenlos. In Triggoin sei die Herrschaft über alle Geheimnisse der Macht zu haben. Er habe ohnehin schon längst beabsichtigt, eines Tages an diesen Ort zu pilgern, nur um seinem Geist Gutes zu tun und sich dem einen oder anderen hohen Zauberer dort als bescheidener Leibeigener zur Verfügung zu stellen, damit er als Lohn für seine Dienste selbst etwas über die Künste lernen könne. Wenn alles andere scheiterte, würde Prestimion doch bestimmt nicht die Hilfe aus Triggoin von vornherein zurückweisen; bestimmt nicht. Bestimmt nicht! Die Macht all dieser fähigen Zauberer, zu einer einzigen Anstrengung vereint, würde Prestimion die Kraft geben, die er brauchte, um das Reich in seinen richtigen Zustand zurückzuversetzen. Er glaubte das aus ganzem Herzen, der gute Gialaurys. Und auf diese Weise sprach er weiter, bis das Flussboot fast den Hafen von Makroposopos erreicht hatte.

Doch dann erfolgte eine hässliche Überraschung. Denn es hatte den Anschein, dass die Weber von Makroposopos in letzter Zeit sehr fleißig gewesen waren; überall am Ufer hingen sich bauschende Flaggen, auf denen deutlich Porträts von Korsibar zu erkennen waren, und daneben wehten Banner in den königlichen Farben Grün und Gold. Offensichtlich nahm man die Ankunft des neuen Coronals in Makroposopos sehr wichtig und bereitete sich eilends darauf vor, ihn in gebührendem Stil willkommen zu heißen.

»Können wir bei einer der anderen Städte weiter flussaufwärts anlegen«, fragte Prestimion Dimithair Vort, »um die Dinge an Bord zu nehmen, die du brauchst?«

»Ja, in Apocrune, oder auch bei den Stangard-Fällen. Wir können vielleicht sogar bis Nimivan warten. Obwohl die anderen Orte besser wären.«

»Dann sollen es Apocrune oder die Stangard-Fälle sein«, wies Prestimion den Kapitän an. »Oder Nimivan, oder irgendeiner dieser Orte, was immer du für richtig hältst.« Und sie fuhren weiter, ohne in Makroposopos anzuhalten.

Der Anblick dieser unzähligen Porträts Korsibars, die an den Pieren von Makroposopos flatterten, erzürnte Gialaurys noch stärker. Alle Phantasievorstellungen von der Hilfe der Zauberer von Triggoin wichen aus seinem Geist; er riet seinen Gefährten nun, sich so schnell wie möglich zur Burg zu begeben und diese einfach und geradeheraus zum rechtmäßigen Sitz des Coronals Lord Prestimion auszurufen und schon im Vorfeld mit derselben Kühnheit zuzuschlagen, die Korsibar an jenem Tag im Labyrinth gezeigt hatte.

»Wir werden schon irgendwie eine Krone für dich fertigen«, sagte er zu Prestimion, »und du wirst mit ihr auf dem Kopf einfach durch den Dizimaule-Bogen marschieren, mit uns an deinen Seiten, bewaffnet bis an die Zähne, und wir machen bei jedem Schritt des Weges das Sternenfächerzeichen.«

»Eine Krone«, sagte Prestimion. »Sternenfächer.«

»Ja! Eine Krone! Und wenn sie dann herauskommen, um zu sehen, wer dort eingetroffen ist, wirst du dich vor ihnen allen als Lord Prestimion, der echte Coronal, ausrufen, wie es von Anfang an von Lord Confalume beabsichtigt gewesen war, und sie zwingen, vor dir niederzuknien, was sie tun werden, wenn sie deine wahre Königlichkeit erkennen. In diesem Augenblick wird ihnen klar werden, dass Korsibars Taten keine Gesetzeskraft haben und er ein falscher König ist. Und du wirst dich auf den Thron setzen und die Huldigung der Burg entgegennehmen, und dann wird all diese Torheit ein Ende haben.«

»So leicht ist es zu erreichen«, sagte Svor leicht ironisch. »Bravo, Gialaurys!«

»Ja, bravo!«, rief Septach Melayn in einem ganz anderen Tonfall. Seine Augen blitzten geradezu. Offensichtlich ließ auch er sich im Augenblick von der Kühnheit des Plans mitreißen. Seine Wut über die Usurpation war von Anfang an fast so groß wie die Gialaurys' gewesen.

Septach Melayn merkte an, dass der Plan gar nicht scheitern könne. Die Burgbeamten waren charakterlose Feiglinge und Müßiggänger, sagte er, die nicht mehr Mut hatten als eine Herde Blaven und weniger Rückgrat als ein im Sumpf lebender Gromwark. Ihnen war es ganz egal, wer nun Coronal war, Lord Korsibar oder Lord Prestimion: Sie brauchten nur jemanden, der ihnen sagte, was sie zu tun hatten, und wer auch immer zuerst dort einträfe, würde diese Aufgabe erfüllen. Während Korsibar am Glayge herumtrödelte und als Gast der Bewohner von Pendiwane oder Makroposopos oder Apocrune die Vergnügungen königlicher Festmahle genoss, konnte Prestimion leicht die Burg und den Thron übernehmen, wie sich Thokkabeeren von einem Strauch pflücken ließen. Dieser beherzte Ausdruck von Unterstützung ließ neue Erregung in Gialaurys auflodern. Einige Minuten lang unterhielten die beiden sich immer inbrünstiger, bis ihnen völlig klar zu sein schien, dass es das Einfachste auf der Welt war, Prestimion zum Coronal zu salben, indem man sich schlicht auf die Gerechtigkeit und Vernunft berief.

Doch als sie schließlich, nach langen Minuten dieser Tirade, etwas von ihrer Hitzigkeit und ihrem Schwung verloren hatten, wandte Svor sich an sie. »Das ist der verrückteste Unsinn und die größte Torheit, meine Lords«, sagte er, während in seinen Augen verheerende Verachtung funkelte. »Habt ihr beide den Verstand verloren? Wenn jeder Prinz den Thron haben könnte, der einfach hereinmarschiert und ihn verlangt, hätten wir jedes Mal einen neuen Coronal, wenn der alte die Burg auch nur für einen Tag verlässt.«

Sie starrten ihn an, verblüfft über die Heftigkeit seines spöttischen Tonfalls, und antworteten nicht.

»Bedenkt auch«, fügte Prestimion hinzu, »dass Pontifex Confalume die Thronergreifung seines Sohns nicht öffentlich verdammt hat und es wohl niemals tun wird. ›Die Sache ist entschieden‹, hat der Pontifex im Labyrinth zu mir gesagt. ›Korsibar hat jetzt die Macht.‹ Und genau so ist es.«

»Unrechtmäßig«, sagte Septach Melayn.

»Dann sag mir doch bitte, welchen rechtmäßigen Anspruch ich darauf habe. Wurde ich jemals öffentlich zum designierten Coronal ernannt? Korsibar hat wenigstens den Segen des Pontifex. Falls es mir irgendwie gelingen sollte, die Burg einzunehmen, würde das Volk mich als den Usurpator ansehen und nicht Korsibar. *Falls* es mir gelänge.«

Septach Melayn und Gialaurys sahen sich mit leerem Blick an und sagten erneut nichts, und nach einer Weile bestätigte Septach Melayn mit einem schwachen Achselzucken zögernd die Wahrheit dessen, was Prestimion gesagt hatte.

»Hört mir zu«, sagte Svor scharf zu den beiden. »Wir haben bereits eine Strategie ausgearbeitet, die darin besteht, als treue Untertanen des Coronals Lord Korsibar zur Burg zu gehen und so zu tun, als verneigten wir uns vor ihm, während wir langsam und unauffällig versuchen, Unterstützung für seinen Sturz und seine Ablösung durch Prinz Prestimion zu bekommen. Das wird lange dauern, vielleicht sogar Jahre, bis Korsibars Unfähigkeit voll bewiesen ist. Aber ich bitte euch, lasst uns unserem Plan folgen, denn er ist der beste, den wir haben. Verzichtet auf weiteres hitzköpfiges Gerede, Prestimion einfach zum König zu erklären und zu hoffen, dass die Leute der Burg sich dem einfach fügen werden.«

Weitere Banner mit Korsibars Antlitz darauf waren in Apocrune zu sehen, und auf Prestimions Befehl fuhren sie daran vorbei. Doch Dimithair Vort wies darauf hin, dass das Flussboot unbedingt irgendwo neue Vorräte an Bord nehmen musste und die beste Gelegenheit dazu sich nun in Stangard bot, der Stadt bei den gleichnamigen Wasserfällen. Prestimion gab seine Zustimmung. Und als die *Termagant* dort am Pier vor Anker ging, stellte er erfreut fest, dass sie dort nicht von Korsibar-Gesichtern begrüßt wurden.

Bei den Stangard-Fällen gab es zwei wundersame Dinge zu sehen. Eins davon waren die Fälle selbst, denn hier wurde die Oberfläche der Welt von einem gewaltigen Graben durchzogen, und das Land fiel scharf nach Westen ab. Welches kolossale geologische Ereignis auch immer das Terrain bei Stangard erschüttert hatte, es hatte in der Mitte des Flusslaufs auch einen gigantischen, meilenlangen Felsbrocken nach oben geschoben: eine riesige Scheibe aus rosafarbenem Granit, die die Form eines dicken, auf der Seite liegenden Brotlaibs hatte und den Glayge hier in zwei Läufe teilte. Der eine, der östlich von diesem titanischen Monolithen verlief, war der eigentliche Fluss, der in seinem majestätischen Verlauf zum fernen Meer schnell und prächtig südlich an der Stadt vorbeiströmte. Der andere, der westliche, war zwar viel kleiner, aber noch immer ein mächtiger Strom, der sich in einem scharfen Winkel vom Hauptbett entfernte. Dieser Nebenfluss hatte eine Bahn eingeschlagen, die ihn über den Rand des Grabens trug und damit einen Wasserfall schuf, der siebentausend Fuß tief hinabstürzte. Unzählige Millionen Tonnen von Wasser pro Sekunde stürzten dieses große Gefälle in ein tief darunter liegendes Becken hinab, begleitet von einem ständigen milchigen Dunst.

Das Tosen des Wassers der Stangard-Fälle, das Geräusch seines tiefen Falls und das schreckliche Donnern, mit dem es unten auf das steinerne Flussbett aufschlug, waren auf hunderte von Meilen flussauf- und -ab zu hören. Und in der Nähe, im Umkreis von vielleicht einer Meile jener Stelle, an der die westliche Gabelung des Glayge in die Tiefe stürzte, war dieses Geräusch unerträglich. Auf beiden Seiten jenes Ortes, an dem der Fluss seinen verrückten Abstieg begann, waren Aussichtsplattformen angebracht, sodass Besucher dort stehen und hinabschauen konnten, während die schäumenden Wasser immer tiefer stürzten, bis sie sich schließlich in der Gischt der mit Regenbogen gesprenkelten Turbulenzen am Grund verloren. Aber sie mussten ihre Ohren dabei mit dicken Polsterungen bedecken, oder dieser Lärm würde bei ihnen unweigerlich zur Taubheit führen.

Prestimion und seine Begleiter hatten im Augenblick kein besonderes Interesse, die Erhabenheit der Stangard-Fälle zu betrachten. Vielmehr zog sie eine weitere bemerkenswerte Aussicht an, die man dort hatte: Denn hier, auf der anderen Seite der Fälle, bot sich den Reisenden der erste eindrucksvolle Blick auf den Burgberg, der sich im Nordosten erhob.

Man musste sich nur genau gegenüber von dem leuchtenden, rosafarbenen Monolithen, der die Fälle schuf, flussaufwärts nach Osten drehen, und da war er, stand unwiderlegbar vor dem Betrachter und beherrschte über jedes Maß hinaus das große, abfallende Plateau, aus dem er sich erhob. Immer höher stieg das Land an, wenn man nach Norden schaute, und dann kam der plötzliche, unfassbare Sprung zu schier unvorstellbarer Höhe, der dieser Aussicht ihre geheimnisvolle, phantastische Pracht verlieh. Von den Stangard-Fällen aus betrachtet, schien die funkelnde, grauweiße Steinmasse, die der Burgberg war, in der Luft zu schweben, als gehörte er einer anderen Welt an, einer Welt, die sich ganz allmählich durch den Himmel Majipoors hinabließ.

Er war der bei weitem höchste Berg auf Majipoor und vielleicht der höchste aller Welten im Universum. Weiter flussaufwärts sah der Berg aus wie eine gewaltige Mauer, die in der Luft hing und wie ein vertikaler Kontinent den Himmel verdeckte. Aber in diesem Teil des Glaygetals war der Reisende noch immer tausend Meilen oder mehr von ihm entfernt. Von hier aus konnte man ihn wenigstens noch in gewissem Maß als tatsächlichen Berg begreifen, der sich von einem breiten Fuß bis zu einem schmalen Gipfel hob und in der Mitte von einem Wolkenband umgeben war. Und sich sogar einreden, man könne andeutungsweise das Funkeln einer der fünfzig großen Städte erkennen, die sich an seine Flanken klammerten, und auch die weitläufige Burg auf seinem höchsten Gipfel, dreißig Meilen über dem Betrachter.

»Endlich!«, rief Gialaurys. »Kann es irgendwo noch etwas so Großartiges geben? Wann immer ich ihn sehe, verspüre ich solch ein Frösteln des Staunens, dass ich weinen könnte.« Und er versetzte Svor, der neben ihm stand, einen so heftigen Schlag zwischen die Schulterblätter, dass er ihn damit fast von den Beinen gerissen hätte. »Nun, mein tapferer Svor? Was sagst du? Ist das nicht der prächtigste Anblick im Universum? Schau daran empor, Svor! Schau daran empor!«

»Es ist in der Tat ein sehr schöner Anblick, ein überaus großartiger«, sagte Svor, hustete und zog zuerst die eine und dann die andere Schulter hoch, als müsste er sie wieder an ihre richtigen Stellen bringen. »Wirklich ein prachtvoller Anblick, mein Freund, und ich bewundere ihn zutiefst, auch wenn du mir in deiner Begeisterung vielleicht die Zähne gelockert hast.«

Prestimions Augen leuchteten, als er zu diesem König aller Berge schaute. Er sagte nichts, starrte ihn nur an, und mehrere Minuten verstrichen. Septach Melayn trat hinter ihn, senkte den Kopf an das Ohr des kleineren Mannes und sagte leise: »Sieh deine Burg, mein Lord.«

Prestimion nickte, sagte aber noch immer nichts.

Ihr Aufenthalt in der gleichnamigen Stadt bei den Stangard-Fällen war kurz, so kurz, wie sie ihn halten konnten. Nilgir Sumanand, der mit dem Kapitän an Land ging, meldete, dass auch hier Porträts von Korsibar gezeigt wurden. Nicht so viele wie in Makroposopos, aber sie waren ein Anzeichen dafür, dass die Leute über den Machtwechsel unterrichtet waren und ihn durchaus bereitwillig akzeptierten.

Sie fuhren weiter. In diesem fruchtbaren Tal drängte sich eine Stadt an die andere: Nimivan und Threiz, Hydasp und Davanampiya und Mitripond und Storp. Die Ufer des Glayge boten Millionen von Leuten Heimat. Doch nun ging das Tal allmählich in die Ausläufer des

Bergs über. Das Land stieg hier sichtbar an, während das breite Plateau, das den Burgberg trug, sich schräg aufwärts zu dem kolossalen Aufwurf neigte, der der Berg selbst war. Wenn sie in nördliche Richtung den Fluss entlang schauten, schien er nun aus dem Himmel auf sie herabzustürzen, und manchmal sah es aus, als führe die *Termagant* steil aufwärts und stiege kühn eine Wasserwand hinauf.

Nun konnte man Nebenflüsse sehen, die von beiden Seiten in den Glayge mündeten, kleinere Wasserläufe und Bäche, die aus den höheren Bereichen des Bergs hinabflossen. Während sie einen dieser Zusammenflüsse nach dem anderen passierten, schrumpfte auch der Glayge zusammen und wurde viel schmaler, denn der Fluss, den sie nun befuhren, war im Prinzip nur einer der vielen, die zusammenflossen und den Hauptlauf des Glayge hinter ihnen bildeten. Auch die Ortschaften am Fluss – Jerrik, Ganbole, Sattinor, Vrove – waren hier anders, hauptsächlich bloße Fischerdörfer statt großer, prächtig gedeihender Metropolen, die fast vollständig in dem dichten, schwärzlich grünen Blattwerk der Wälder auf den Gebirgsausläufern verborgen waren, die sich unmittelbar bis an das Flussufer erstreckten.

Bei Amblemorn endete der Teil der Reise, der mit dem Flussboot zu bewältigen war. Über diesen Punkt hinaus existierte der Glayge nicht mehr als zusammenhängender Fluss, hier entstand er aus einem verworrenen Schwarm kleiner, flacher Bäche, die von vielen Regionen des Bergs hinabflossen. Sie verabschiedeten sich von Dimithair Vort und ihrer Besatzung und schickten sich an, Schweber zu mieten, die sie den Rest des Weges zur Burg hinauftragen würden.

Dies zu arrangieren nahm mehrere Tage in Anspruch. Ihnen blieb keine andere Wahl, als in Amblemorn lange zu warten, einer gewaltigen, uralten Stadt, in der die schmalen, sich windenden Straßen sich zu wahren Knoten verhedderten und die Kopfsteinmauern dicht mit holzstämmigen Rankengewächsen überwuchert waren.

Von den Fünfzig Städten, die die Brust des Bergs sprenkelten, war Amblemorn die älteste. Die Pioniere unter den Siedlern hatten hier vor etwa zwölftausend Jahren mit der Eroberung des Bergs begonnen, waren die kahlen Felsen hinaufgeklettert und hatten die Maschinen installiert, die diesen ehemals öden Höhen Wärme und Licht und eine atembare Atmosphäre brachten. Stück um Stück hatten sie sich nach oben vorgearbeitet, bis schließlich der gesamte gigantische Berg in einen ewigen milden Frühling eingehüllt wurde, selbst die obersten Bereiche, die in die Dunkelheit des Weltraums vorstießen. Im Zentrum von Amblemorn befand sich ein Monument aus pechschwarzem Velathynt-Marmor, in einem Garten aus glattstämmigen Halatinga-Bäumen, der das ganze Jahr hindurch mit einer Pracht purpurroter und goldener Blumen gekrönt war. Es trug eine Aufschrift, die verkündete, dass hier einst die Baumgrenze verlaufen war:

OBERHALB DIESER STELLE
WAR EINST ALLES UNFRUCHTBAR

Überall in Amblemorn flatterten grüngoldene Banner mit dem Antlitz des neuen Coronals. Jemand hatte eins sogar am Sockel des Monuments angebracht.

Prestimion versuchte es zu ignorieren. Er richtete seine Aufmerksamkeit auf den großen und glänzenden Marmorschaft und ließ seinen Geist dreizehntausend Jahre zurück zur Gründung Majipoors wandern, zur Ankunft der ersten Siedler; und dann zu der Eroberung dieses Bergs, der Ausdehnung des menschlichen Lebensbereichs auf die einst unbewohnbaren Höhen, die rau und steinig und luftlos gewesen waren. Welch eine Leistung war das doch gewesen! Und danach hatten sie all diese Jahrtausende in Frieden und Harmonie auf diesem riesigen Planeten gelebt, dieser warmen und wunderschönen Welt, eine Stadt nach der anderen von solcher Größe und Pracht und Herrlichkeit gebaut, Platz für fünfzehn Milliarden Seelen gefunden, ohne den wunderbaren Reichtum des Landes auszuplündern ...

Es hielten sich auch andere am Monument auf, Bürger Amblemorns. Er spürte, dass jemand ihn ansah, und stellte sich vor, dass diese Person dachte: *Das ist Prestimion, der Coronal werden sollte, jetzt aber keiner ist.* Und sein Blut floss einen Moment lang heiß durch seine Adern, und in seinem Kopf drehte sich alles vor Wut über den unerträglichen Verlust.

Doch dann war seine eiserne Beherrschung wieder hergestellt. Nein, sagte Prestimion sich: Nein, sie haben hier keine Ahnung, wer ich bin, und wenn sie eine hätten, spielte es auch keine Rolle. Es ist keine Schande, nicht Coronal zu sein. Und eine Zeit wird kommen, da die Ordnung auf der Welt vielleicht wiederhergestellt wird, und dann wird alles gut sein; oder ich werde bei dem Versuch sterben, sie in Ordnung zu bringen, und nichts davon wird für mich noch eine Rolle spielen.

Sobald die Schweber zusammengetragen und bereit waren, verloren die Reisenden keine Zeit, sich auf den Weg zu machen.

Von Amblemorn führten verschiedene Strecken aufwärts. Die Fünfzig Städte lagen auf Ebenen gleicher Höhe an den Seiten des Bergs und bildeten fünf große Ringe, wobei große freie Flächen einen Ring vom nächsten trennten. Amblemorn war eine der zwölf Hangstädte, wie die Orte auf dem untersten Ring genannt wurden. Von dort aus führten zwei Hauptstraßen weiter, die beide in etwa gleich geradlinig verliefen. Die eine führte durch die Nachbarstadt im Westen, Dundilmir, und die andere nach Osten, vorbei an Normork und Morvole. Sie wählten die Dundilmir-Straße, die nicht so stark befahren war und die sie um die prachtvolle, seltsame Zone der roten Lavaausflüsse, rauchenden Fumarolen und gischtenden Geysire führte, die als Feuertal bekannt war, bis hin zu einer Stelle, an der sie auf eine gute Straße wechseln konnten, die den Berg höher hinaufklomm. Der Aufstiegswinkel hinter dem Feuertal war relativ sanft, und es war eine Reise von einhundert Meilen entlang der Bergflanke zur Ebene der neun Freien Städte, dem nächsten urbanen Ring. Diese Straße führte in einer Viertelbiegung um den Schenkel des Bergs noch weiter nach Westen, wo die bedeutendsten Städte Burgdorn, Gimkandale und Vugel lagen.

Septach Melayn machte sich für die Straße nach Burgdorn stark, aber Svor wies darauf hin, dass man auf ihr nur langsam vorankam, weil sie sich so oft hin und her wand. Und so ließen Prestimion und seine Gefährten sie links liegen und fuhren weiter zur nächsten Stadt im Westen. Das war Gimkandale, das berühmt für seine schwebenden Terrassen war, die einen Blick auf die grauen Wüstenlande im zentralen Alhanroel boten. Die Reisenden hatten nun, von ihrem Startpunkt an der Quelle des Glayge aus gesehen, eine Strecke von etwa neunzig Grad um den Burgberg zurückgelegt. Erneut standen ihnen mehrere Strecken zur Verfügung, und nach einigem Debattieren wählten sie den steilen Pfad entlang der scharf gezackten Palisade der Stiamot-Zinnen, wo die wilden Säbelzahn-Hryssawölfe Tag und Nacht aus ihren unerreichbar hoch gelegenen Höhlen bellten, und von dort aus ging es durch den Wald der glasblättrigen Bäume, der neben der Siminave-Straße wuchs und nach Strave, Greel und Minimool führte, zu den nächstgelegenen der elf Wächterstädte.

Überall an dieser Strecke gab es Anzeichen dafür, dass Lord Korsibars Machtergreifung in den höheren Regionen nicht unbekannt geblieben und anscheinend nicht auf Widerstand gestoßen war. Prestimion schenkte dem nur wenig Beachtung. Aber wenn Gialaurys die Banner mit Korsibar hier und da flattern sah, fluchte er gelegentlich leise, ballte die Fäuste und schaute bergauf, die Augen rot vor Wut.

Er regte jedoch keine neuerliche Diskussion über seinen optimistischen, wenn auch unwahrscheinlichen Plan an, dass Prestimion den Thron an sich reißen solle, indem er sich zum König ausrief und die anderen vor vollendete Tatsachen stellte. Prestimion hatte klar gemacht, dass er solches Gerede nicht mehr hören wolle. Doch offensichtlich brodelte der Plan in Gialaurys weiter vor sich hin – wie auch in Septach Melayn.

Sie waren jetzt fast auf halber Höhe des Berges. Ein Dutzend Meilen vertikalen Aufstiegs und viele hunderte von Meilen horizontaler Reise lagen noch vor ihnen, bevor sie das wirklich hoch gelegene Terrain erreichen würden, das von hier unten durch den Umhang aus weißen Wolken verborgen war, der die Mitte des Bergs ständig abschirmte. Doch sie waren bereits weit über den Ebenen des Kontinents. Die Luft in dieser Höhe war scharf und elektrisch und trug das Licht so weit, wie es in tieferen Lagen einfach nicht der Fall war. In allen Richtungen konnte man die Türme und Zinnen der großen Bergstädte sehen, die sich kühn an gewaltige Vorsprünge und Steilhänge und Austritte des Berges schmiegten, und alles wurde von einem leuchtenden Filigranmuster strahlender Farben umrissen.

Die Straße führte sie zwischen Strave und Greel hindurch. Im ersten Ort wurden die Architekten wie Halbgötter verehrt, denn kein Gebäude ähnelte auch nur in geringster Hinsicht dem anderen. Der zweite war das genaue Gegenteil; dort gab es strikte Bauvorschriften, welche die Häuser auf fünf Typen und keinen einzigen mehr beschränkten. Ein schnurgerades Band von Straße, das in der Mittagssonne hell wie Glas leuchtete, führte von dort aus weiter, immer höher, zur Ebene der neun Inneren Städte.

Nun wurde die Wahl der Straßen allmählich begrenzt; der Berg wurde hier in den wolkenbedeckten oberen Ausläufern der mittleren Zone schnell schmaler. Jede der neun Hohen Städte konnte man von jedem tiefer gelegenen Punkt aus erreichen, aber über den Hohen Städten wurde die Landschaft so zerklüftet, dass man sie nur an den günstigsten Stellen überqueren konnte, und nur eine Hand voll Straßen führten über diese Ebene zu der Burg selbst. Von diesen war die weitaus beste jene, die über Bombifale nach Ober-Morpin führte, wo die Burgstraße begann. Also machten sie sich an den langen diagonalen Aufstieg am Hang des Berges entlang zu dem großen Tafelland, das als Bombifale-Ebene bekannt war und unter dem wunderschönen Bombifale selbst lag, der Stadt des Großadmirals Gonivaul. Eine Vielzahl von Korsibar-Porträts bedrückte die Reisenden von Greel an in jeder Ansiedlung am Weg.

Als sie Bombifale erreichten, war der Abend bereits zu weit in die mondlose Nacht vorangeschritten, als dass sie die volle Schönheit des Ortes noch hätten wahrnehmen können, die das Werk Lord Pinitors aus uralten Zeiten war, des einzigen Coronals in der gesamten Geschichte Majipoors, der aus Bombifale stammte. Pinitor hatte niemals damit aufgehört, seine Heimatstadt zu vergrößern und zu glorifizieren. Lange, dahintrottende Karawanen von Lasttieren hatten unzählige Tonnen orangefarbenen Sandsteins aus der Wüste von Velalisier den Berg hinaufgeschleppt, um die an Ornamenten reichen Stadtmauern zu errichten, die weit auf die Ebene hinausstießen; und noch größere Anstrengungen waren beim Abbau und Transport der imposanten, diamantenförmigen Platten aus blauem Meeresspat unternommen worden, die in diese Mauern eingelassen waren, denn Meeresspat kam lediglich an den Stränden des Großen Meeres an Alhanroels ferner und ungastlicher Ostküste vor.

Auf Befehl des Coronals Lord Pinitor waren auch auf vielen Meilen hunderte riesengroßer, schlanker Türme, die so scharf wie Nadeln waren, auf der Stadtmauer errichtet worden, die Bombifale nun ein Profil verliehen, wie keine andere Stadt auf der Welt es aufweisen konnte.

Doch davon bekamen die müden Reisenden nun kaum etwas zu sehen. Es war spät und dunkel. Unübersehbar war lediglich der neue Stern, der hoch über ihnen leuchtete und wild gegen die Dunkelheit brannte. »Seht, er folgt uns überall hin!«, rief Svor fröhlich. Das war der Stern, der für Svor ein gutes Omen war. Doch Prestimion, der nun müde zu diesem harten, beharrlichen Strahlen hinaufschaute, war sich da keineswegs so sicher. Sein Erscheinen war ihm zu seltsam gewesen und sein wildes Leuchten zu stark.

Sie fanden Zimmer für sich und ihre gesamte Gruppe in einer kleinen, trostlosen Herberge am Stadtrand. Nachdem sie sich häuslich eingerichtet hatten, bestellten sie Mahlzeiten bei dem verdrossenen, zögernden Wirt, der sich erst bereit erklärte, sie zu dieser Stunde zu bedienen, als ihm klar wurde, dass zu dieser Gruppe der spät eingetroffenen Gäste kein geringerer Würdenträger als der Prinz von Muldemar gehörte.

Ein paar mürrische Hjortmädchen bedienten sie gemeinsam mit einem humpelnden, einäugigen, schwarzbärtigen Mann, dessen Narben und verdrießlicher Gesichtsausdruck darauf hinwiesen, dass er vor Jahren bei einem blutigen Streit den Kürzeren gezogen hatte. Als er Prestimion eine Flasche Wein und eine Schüssel mit Eintopf vorsetzte, bückte er sich tief und spähte Prestimion aufdringlich ins Gesicht, betrachtete ihn intensiv mit seinem verbliebenen blutunterlaufenen Auge, als wäre der Prinz ein Wesen, wie man es noch nie zuvor auf Majipoor gesehen hatte.

Einen unerträglich langen Moment hielt er diesen Blick auf Prestimion gerichtet, der ihn ruhig erwiderte.

Dann bewegten die Finger des Mannes sich schnell in einer hastigen und rudimentären Version des Sternenfächerzeichens, und er grinste ein breites, hässliches Grinsen, bei dem er gelbe, vorstehende Zähne zeigte, und schlurfte dann wieder zur Küche zurück.

Gialaurys hatte dies beobachtet und erhob sich halb von seinem Platz. »Ich bringe ihn um, mein Lord! Ich reiße ihm den Kopf von den Schultern!«

Prestimion hielt ihn am Handgelenk fest. »Friede, Gialaurys. Du reißt weder Köpfe ab, noch nennst du mich ›mein Lord‹.«

»Aber er hat dich verspottet!«

»Vielleicht nicht. Vielleicht ist er insgeheim mein Anhänger.«

Gialaurys stieß ein hartes, bitteres Lachen aus. »Dein geheimer Anhänger, ja. Zweifellos ist er das, und ein Prachtstück von Mann obendrein. Lass dir also seinen Namen geben und mache ihn zum Hohen Berater, wenn du König bist.«

»Friede«, sagte Prestimion. »Friede, Gialaurys.«

Aber auch Prestimion selbst war verletzt und wütend; denn der Einäugige konnte keine andere Absicht gehabt haben, als ihn zu verspotten. War er so tief gesunken, dass sich schon Bedienstete einer schäbigen Herberge über ihn lustig machen konnten? Prestimion behielt seine Gefühle für sich; aber er war froh, als er diesen Ort am Morgen verließ, und auch, dass er den Einäugigen vor seiner Abreise nicht mehr sah, denn er wusste, eine zweite Beleidigung hätte er nicht so leicht hingenommen.

Es war nur eine lange Tagesreise von Bombifale hinauf zu den tiefsten Ausläufern der Burg. Gialaurys, der noch immer wegen der Beleidigung in der Taverne schäumte, sprach einen Großteil des Weges erneut darüber, dass Prestimion sich sein Recht auf den Thron sofort und mit Gewalt sichern sollte. Prestimion wollte nichts davon hören. »Wenn du kein anderes Gesprächsthema findest«, sagte er, »kannst du aussteigen und den Rest des Weges zum Gipfel zu Fuß zurücklegen.« Gialaurys fügte sich ungehalten, fing aber eine Stunde später von Neuem an und musste wiederum zum Schweigen gebracht werden.

Bald befanden sie sich auf vertrautem Terrain; sie hatten diese Strecke Dutzende, wenn nicht sogar hunderte von Malen zurückgelegt, waren oft auf dieser steilen Bergstraße mit ihrem hellroten Straßenpflaster von der Burg heruntergegangen, um die vielen Freuden der reichen und luxusliebenden Städte in dem dicht besiedelten Gürtel direkt darunter zu genießen. Ober-Morpin war die wichtigste Vergnügungsstadt des Bergs, in der junge wie alte Lords sich auf den Spiegelhängen und dem Moloch und in den phantastischen Höhlen der Energietunnel amüsierten und anschließend unter Baldachinen aus gewebtem Gold saßen, um süße Weine zu nippen und kalte Sorbets zu naschen.

Aber am heutigen Tag würde es keine Ritte auf dem Moloch geben und keine Weine und Sorbets. Sie umgingen Ober-Morpin völlig und eilten das zehn Meilen lange Straßenstück entlang, das Große Calintane-Straße genannt wurde und durch Felder immerblühender Blumen zu den Grenzen des Burgbereichs führte.

Der Gipfel des Bergs war nun in Sicht.

Dies war der höchste Bereich Majipoors, der einst, vor der Errichtung der Wettermaschinen, tief in die ewige, frostige Nacht des Weltraums hinaufgeragt hatte. Das Weben einer sanften, milden Atmosphäre um diesen höchsten Gipfel hatte indes nichts dazu beigetragen, seine wilde, scharfe Topographie abzuschwächen: Der zerklüftete Gipfel bestand aus einer komplizierten Anordnung schlanker, messerscharfer Untergipfel aus härtestem Basalt, die wie eine Myriade schwarzer Stalagmiten in den Himmel stachen. In der Mitte all dieser steinigen Stachel erhob sich ein letzter großer Granitaufwurf hoch über sie hinaus, ein riesiger runder

Höcker auf der Spitze des Berges selbst, der das Fundament für die königliche Residenz des Coronals bildete.

Die Burg! Die gewaltige, auf einer Karte nicht darzustellende, verwirrende Burg der unzähligen Räume, praktisch eine Stadt in sich, die so viele hunderte von Morgen bedeckte! Sie klammerte sich an den Berggipfel wie ein großes, weitläufiges, chaotisches Ungeheuer aus Ziegeln und Mauerwerk, das aufs Geratewohl in alle Richtungen Tentakel den Hang hinabbaumeln ließ.

Die Große Calintane-Straße erreichte die Burg an ihrem Südflügel und lief in der großen offenen Fläche aus, die als Dizimaule-Platz bekannt war. Das Pflaster bestand hier aus glatten, grünen Porzellansteinen, und in seiner Mitte befand sich ein großer Sternenfächer aus goldenen Fliesen. Auf der anderen Seite lag der mächtige Dizimaule-Torbogen, durch den alle Besucher gehen mussten, wenn sie die Burg betreten wollten.

Hier befanden sich ein Wächterhäuschen, direkt links vom Bogen, und ein hohes Tor mit einem komplizierten Eisengitter, das an riesigen Scharnieren in die Seiten des Bogens selbst eingelassen war. Dieses Tor war immer geöffnet; es diente lediglich zur Zierde, da man nicht damit rechnete, dass auf dieser Welt, die so lange nur Frieden gekannt hatte, jemals einfallende Heere am Eingang der Burg erschienen.

Das Tor war nun geschlossen. Es versperrte ihnen den Weg wie eine Palisade aus Speeren, die in den Boden eingelassen war.

»Seht ihr das?«, fragte Prestimion mit vor Verwunderung erstickter Stimme. »Es ist geschlossen! Habt ihr je zuvor gesehen, dass dieses Tor geschlossen war?«

»Nie«, sagte Gialaurys.

»Nie«, meinte Svor. »Es ist mir sogar neu, dass es überhaupt geschlossen werden kann.«

»Und doch ist es geschlossen«, polterte Gialaurys. »Es versperrt uns den Weg, als hätte man ein großes

Vorhängeschloss daran befestigt. Was hat das zu bedeuten, mein Lord? Wie können sie dieses Tor vor uns schließen? Die Burg ist unsere Heimat!«

»Ach, ist sie das?«, fragte Prestimion leise.

Septach Melayn war mittlerweile auf die Innenseite des Platzes getreten, direkt neben die Tür des Wächterhauses, und schlug mit der flachen Seite seiner Schwertklinge dagegen. Es erfolgte keine sofortige Reaktion. Septach Melayn schlug erneut zu, diesmal heftiger, und rief, um die Aufmerksamkeit der Wachen zu bekommen.

Nach einer Weile wurde die Tür des Wächterhäuschens langsam geöffnet, und zwei Männer in der Kleidung der Beamten des Burgkanzleramtes traten vor. Der eine war ein kaltäugiger und ernster Hjort mit einem außergewöhnlich breiten Mund und einer dicken, kieselsteinartigen, olivbraunen Haut; der andere, ein Mensch, war kaum hübscher anzusehen, denn sein Gesicht war fast so flach und breit wie das des Hjorts, und er hatte die spärlichen Büschel seines rötlichen Haars auf seinem ganzen Kopf zu steifen, hohen Stacheln angeordnet. Beide trugen Schwerter, die der dekorativen Art, die in letzter Zeit in der Burg so groß in Mode gekommen waren.

»Was hat das zu bedeuten?«, fragte Septach Melayn sofort. »Öffnet uns das Tor!«

»Das Tor ist geschlossen«, erwiderte der Hjort selbstgefällig.

»Das habe ich bereits festgestellt, sonst würde ich nicht meinen Atem damit verschwenden, euch zu bitten. Öffnet es! Ihr wäret gut beraten, mich nicht ein drittes Mal darum bitten zu lassen.«

»Das Dizimaule-Tor ist auf Befehl des Coronals Lord Korsibar geschlossen«, sagte der Mensch mit dem stachligen Haar. »Man hat uns befohlen, dass es geschlossen bleibt, bis er die Burg erreicht und sich offiziell darin niedergelassen hat.«

»Ach was?«, sagte Septach Melayn. Seine Hand griff nach dem Knauf des Schwerts, das an seiner Seite baumelte. »Habt ihr eine Ahnung, wer wir sind? Das ist offensichtlich nicht der Fall.«

»Das Tor ist für alle Neuankömmlinge geschlossen, ganz gleich, wer sie sind«, sagte der Hjort nun mit einer gewissen Anspannung in der Stimme. »Diese Befehle haben wir vom Hohen Berater Herzog Oljebbin erhalten, der vom Labyrinth auf dem Weg hierher ist und mit der Gruppe des Coronals reist. Niemand darf die Burg betreten, bevor sie hier sind. Niemand.«

Gialaurys sog daraufhin scharf die Luft ein, trat einen oder zwei Schritte vor und baute sich neben Septach Melayn auf. Prestimion blieb zwar an seinem Platz hinter ihnen, gab aber einen kehligen Laut von sich, der wie das Knurren eines wütenden Hundes klang. Die beiden Männer des Kanzleramtes sahen sich mit wachsendem Unbehagen an. Nun tauchten einige uniformierte Wachen aus dem Inneren der Burg auf und postierten sich neben ihnen vor dem Tor.

»Ich bin Prinz Prestimion von Muldemar, wie ihr wohl wisst«, sagte Prestimion sanft, obwohl es ihm schwer fiel, sich im Zaum zu halten. »Ich habe Gemächer in der Burg und wünsche Zutritt zu ihnen. Wie meine Gefährten hier auch, deren Namen ihr wohl ebenfalls kennt.«

Der Hjort nickte hjortisch. »Ich kenne Euch, Prinz Prestimion. Aber nichtsdestotrotz ist es mir nicht erlaubt, dieses Tor zu öffnen, weder Euch noch einem anderen, bis der Coronal hier ist.«

»Du scheußliche Kröte, das ist der Coronal! Er steht hier vor dir!«, brüllte Gialaurys und stürmte wie ein erzürnter Stier auf ihn zu. »Auf die Knie, und erweist ihm eure Ehrerbietung! Auf die Knie, und erweist ihm eure Ehrerbietung!«

Zwei Wachtposten traten schnell vor, um den Hjort zu schützen. Ohne das geringste Zögern ergriff Gialaurys einen von ihnen und schleuderte ihn mit dem Kopf voran durch die Luft, sodass er gegen die Tür des Wächterhauses prallte. Er schlug mit einem schrecklichen Knacken dagegen und blieb reglos liegen.

Der andere, der mit einem Vibrationsschwert bewaffnet war, griff nach seiner Waffe, schaltete sie jedoch zu langsam ein. Gialaurys packte ihn am linken Arm, wirbelte ihn herum, riss den Arm scharf nach oben und brach ihn wie einen Zweig. Als der Mann in einem Schock taumelte, schlug Gialaurys ihm hart gegen die Kehle, ein mächtiger, scharfer Hieb mit der Handkante, und der Mann fiel ebenfalls auf das Pflaster des Platzes und rührte sich nicht mehr.

»Kommt schon, ihr Feiglinge!«, rief Gialaurys den anderen Wachen zu, die ihre beiden toten Gefährten mit fassungslosem Erstaunen betrachteten. Gialaurys forderte sie spöttisch heraus, ihn anzugreifen, doch keiner von ihnen bewegte sich.

Septach Melayn hatte mittlerweile sein Schwert gezogen und tänzelte vor dem Hjort und dem anderen Kanzleramtsmann hin und her. Er bewegte sich mit einem kalten, aber verspielten Zorn und einer theatralischen Extravaganz, stach immer wieder mit der Spitze seiner Klinge auf sie ein, bedrohte sie mit verhöhnenden Grimassen und färbte sie hier und da leicht rot, ohne ihnen allerdings eine ernsthafte Wunde beizubringen. Seine langen, dünnen Spinnenarme zuckten wie Kolben vor und stachen unermüdlich zu. Es gab keine Verteidigung gegen ihn. Es hatte nie eine gegeben.

Die beiden Beamten hatten ebenfalls ihre Schwerter gezogen, aber es waren fadenscheinige Zierwaffen, die kaum für ein Gefecht geeignet waren, und sie hielten sie wie die völligen Neulinge, die sie waren. Septach Melayn schlug dem Hjort höhnisch lachend mit einer schnellen, seitwärts gerichteten Bewegung das Schwert aus der Hand und entwaffnete einen Augenblick später den Mann mit dem stachligen Haar ebenso problemlos.

»Und jetzt«, sagte er, »werde ich euch ein Stück Haut nach dem anderen abziehen, wenn uns nicht jemand schnell dieses Tor öffnet.« Und er schnitt das blaue Amtswams des Hjorts von der Schulter bis zur Taille auf.

Irgendwo wurde Alarm geschlagen. Hinter dem Tor waren Schritte zu vernehmen.

Der zweite Beamte hatte sich umgedreht und versuchte, an Gialaurys und dem Durcheinander der erstarrten Wachen vorbeizukommen, die zwischen ihm und der Tür des Wächterhäuschens standen. Septach Melayn hob sein Schwert und schlitzte die Kleidung des Mannes zwischen dessen Schulterblättern auf; doch der Hieb wurde von Prestimion gestört, der ebenfalls das Schwert aus der Scheide gezogen hatte und es gegen das Septach Melayns schlug. Septach Melayn zog die Waffe zurück, wirbelte herum und nahm automatisch eine Verteidigungshaltung ein. Doch als er sah, dass Prestimion ihn zurückgehalten hatte, senkte er die Waffe.

»Das ist Idiotie«, sagte Prestimion zu ihm. »Zurück zum Schweber, Septach Melayn. Wir können nicht gegen die ganze Burg kämpfen. In fünf Minuten werden hundert weitere Wachen hier sein.«

»Das werden sie in der Tat«, erwiderte Septach Melayn lächelnd. Er versetzte dem rothaarigen Beamten mit seinem Stiefel einen Tritt in den Hintern, der ihn zum Wächterhaus taumeln ließ, wirbelte den erstaunten Hjort herum, stieß ihn in dieselbe Richtung und packte Gialaurys noch gerade rechtzeitig am Arm, um ihn davon abzuhalten, die Wachen erneut anzugreifen. Svor, der sich wie üblich aus allem herausgehalten und den ganzen Zwischenfall lediglich beobachtet hatte, trottete nun vor und ergriff Gialaurys am anderen Arm. Gemeinsam führten er und Septach Melayn ihn fort, während Gialaurys weiterhin laut fluchte und schimpfte, er werde Krethi und Plethi auseinander nehmen.

Sie stiegen in ihren Schweber, und Prestimion befahl denen in den anderen Fahrzeugen, die weiter hinten gewartet hatten, schnell umzudrehen und wieder auf die Straße zu fahren.

»Und wohin nun?«, fragte Septach Melayn.

»Nach Muldemar«, sagte Prestimion. »Dort wird uns zumindest das Tor geöffnet sein.«

6

Die Hohe Stadt Muldemar lag in einer weichen und sehr ansehnlichen Zone der oberen Ausläufer des Burgbergs an der südöstlichen Flanke des Bergs. Hier ragte ein Nebengipfel hoch, der in jeder anderen Region des Planeten ein ansehnlicher eigenständiger Berg gewesen wäre, und schuf an seiner inneren Flanke eine breite, geschützte Nische, eine große hohle Talmulde, in der der Erdboden reich und tief war und die Gewässer, die aus dem riesigen Berg flossen, in einer Vielzahl von Quellen und Bächen großzügig an die Oberfläche traten.

Die Ahnen von Prinz Prestimions Ahnen hatten sich vor neuntausend Jahren in dieser Region des Burgbergs niedergelassen, als der Berg noch ein Ort war, wo ein jeder Ländereien eingrenzen und beanspruchen konnte und der Bau der Burg selbst noch nicht begonnen worden war. Damals gab es keine Prinzen in Muldemar, nur eine Familie ehrgeiziger Bauern, die aus dem Tiefland um Gebelmoal gekommen waren und Weinreben guter Qualität mitgebracht hatten, von denen sie hofften, dass sie sie auf den Berg umpflanzen konnten.

Bei Gebelmoal hatten diese Reben bereits einen anständigen Rotwein von gutem Körper und Charakter hervorgebracht; doch auf Muldemar waren der Wechsel von Sonnenlicht und Perioden kühlen Nebels geradezu ideal für ihren Anbau, und es wurde schnell offensichtlich, schon bei den ersten Ernten, dass der Wein von Muldemar von außergewöhnlicher Natur sein würde, dick und stark und würzig, ein Wein, an dem Könige und Kaiser sich laben konnten. Die Ernten waren überreichlich, die Trauben überaus ergiebig, ihr Geschmack kräftig und hervorragend. Doch so beliebt der Wein von Muldemar nach kurzer Zeit schon sein mochte – es dauerte noch Jahrhunderte, bis die Weinberge dort ausreichend erweitert werden konnten, um die Nachfrage zu befriedigen, obwohl die Besitzer alle Anstrengungen unternahmen, die Produktion auszuweiten. Bis endlich jener Tag kam, an dem Angebot und Nachfrage zumindest im Gleichgewicht waren, musste man bei Bestellungen für den Wein von Muldemar mit Wartezeiten von zehn Jahren oder mehr rechnen und hoffen, dass die Ernte dieses Jahrgangs die Qualität ihrer Vorgänger aufwies. Was stets der Fall war.

Einfache, schwer arbeitende Bauern werden irgendwann zu Rittern ernannt, Ritter zu Grafen und Herzögen und Herzöge zu Prinzen und manchmal zu Königen, wenn sie nur strebsam bleiben und ihr Land lange genug behalten. Als der große Held der Antike, Lord Stiamot, in seinen späteren Jahren die königliche Hauptstadt auf den Gipfel des Berges verlegte und dort oben die erste Burg erbauen ließ, um die Unterwerfung der Metamorphen-Gestaltwandler durch ihn zu feiern, waren den Ahnen von Prestimions Ahnen bereits als Belohnung für die Qualität ihres Weins Adelstitel verliehen worden – und vielleicht auch, weil sie ihn bei einigen Festen früherer Coronals in beträchtlichen Mengen geliefert hatten. Lord Stiamot schließlich ernannte den Grafen von Muldemar zum Herzog von Muldemar, angeblich aus Freude über ein Fass eines ganz besonderen Weines, der bei der Einweihungszeremonie der Burg kredenzt wurde.

Irgendein späterer Coronal – die historischen Aufzeichnungen waren in dieser Hinsicht ungewöhnlich unklar, und niemand wusste ganz genau, ob es Lord Struin oder Lord Spurifon oder sogar Lord Thraym gewesen war – hatte den damaligen Herzog von Muldemar in einen noch höheren Adelsstand erhoben, indem er ihn zum Prinzen machte. Doch auf dem Schild der Familie war bislang kein noch höherer Titel zu sehen. Es hatte nie einen Coronal aus der Muldemar-Linie gegeben. Prestimion wäre der Erste gewesen, hätte Korsibar dies nicht vereitelt.

»Also werde ich anscheinend doch nicht Lady der Insel werden«, sagte Prestimions Mutter, die Prinzessin Therissa, mit einem Lächeln, das sowohl Erleichterung als auch Bedauern verriet, als Prestimion und seine Gruppe den großen Landsitz seiner Familie erreicht hatten, der vom Hang aus einen Blick über die breiten, weitläufigen Morgen des riesigen Muldemar-Weinguts bot. »Und ich hatte mich bereits damit abgefunden, diesen Ort zu verlassen, und sogar schon ein paar Sachen für die Reise gepackt. Nun ja, es wird mir nicht schwer fallen, hier zu bleiben. Ist es für dich eine große Enttäuschung, Prestimion?«

»Ich habe schon schlimmere ertragen«, erwiderte er. »Vater hatte mir einmal ein schnelles Reittier versprochen und es sich dann anders überlegt, und ich bekam stattdessen einen Satz dicker Geschichtsbücher. Damals war ich zehn Jahre alt, und die Wunde schwärt noch immer in mir.«

Beide lachten herzlich. Ihre Familie war stets sehr liebevoll gewesen und hatte sich immer nah gestanden. Prestimion umarmte seine Mutter, die jetzt seit zwölf Jahren Witwe war, ihm aber noch immer wunderschön und jung vorkam. Sie hatte ein heiteres ovales Gesicht und glänzendes schwarzes Haar, das sie zurückgekämmt und zu einem engen Knoten gebunden hatte. Ein schlicht entworfenes Juwel der höchsten Schönheit und Qualität ruhte über ihrem Busen auf dem weißen Gewand: ein großer und makelloser Taubenblutrubin, dunkelrot und purpurn gefärbt und eingefasst in einen goldenen Reifen, in den als Ergänzung zwei funkelnde kleine Haigusaugensteine eingelassen waren. Es war der Muldemar-Rubin, das Geschenk des Coronals Lord Arioc, der seit viertausend Jahren im Besitz der Familie war.

Aber Prestimion bemerkte auch, dass seine Mutter einen unbekannten Talisman trug, der direkt am Handgelenk ihren rechten Arm umschloss, ein goldener Ring, in den Smaragdsplitter eingelassen waren. Es hätte sich einfach um ein weiteres Schmuckstück handeln können, doch es war offensichtlich, dass die Smaragdsplitter mystische Runen bildeten. Sie sahen fast genauso aus wie die Runen, die in das kleine Corymbor-Amulett geritzt waren, das der Vroon Thalnap Zelifor ihm im Labyrinth geschenkt hatte und das Prestimion nun, hauptsächlich, um Gialaurys und Herzog Svor einen Gefallen zu tun, an Septach Melayns goldener Kette um den Hals trug. Als er sie Anfang des Jahres zum letzten Mal gesehen hatte, hatte sie so etwas noch nicht getragen.

Diese Hexerei-Dinger sind jetzt überall, dachte Prestimion: sogar hier, sogar am Arm meiner Mutter. Und er vermutete, dass sie nicht nur zum Scherz getragen wurden, wie der Corymbor, der an seinem Hals baumelte.

»Was wirst du jetzt tun, Prestimion?«, fragte sie, als sie mit ihm zu seinen Zimmern ging.

»Jetzt? Ich werde hier ruhen und gut essen und gut trinken und schwimmen und schlafen und beobachten, wie der Coronal Lord Korsibar sich auf seinem Thron verhält. Und meine Möglichkeiten sorgfältig und ausführlich bedenken.«

»Du nimmst es also hin, dass er dir die Krone gestohlen hat? Denn wie ich höre, hat er genau das getan: Sie gestohlen, direkt aus der Hand seines eigenen Vaters, und ohne die geringste Scham zu zeigen. Und Confalume hat es genauso schamlos zugelassen.«

»Er hat sie eigentlich von dem Kronenträger Hjathnis, einem Hjort, genommen, während sein Vater völlig verwirrt und erstaunt daneben stand. Wie auch alle anderen, denn jeder Einzelne befand sich unter einem Zauberbann, der den Verstand bewölkte, als es geschah. Septach Melayn war dabei und hat es miterlebt. Aber wie dem auch sei: Korsibar hat die Krone. Confalume ist nicht bereit, Einwand zu erheben, oder unfähig oder beides. Es ist geschehen. Die Welt akzeptiert es. Am ganzen Glayge haben die Menschen zu Ehren Korsibars sein Banner gehisst. Die Burgwachen haben mich am Dizimaule-Bogen abgewiesen. Was glaubst du, warum ich hier bin, Mutter, und nicht dort? Sie haben mich abgewiesen!«

»Das ist einfach nicht zu glauben.«

»Ja. Aber glaube es trotzdem, Mutter. Ich glaube es. Korsibar ist Coronal.«

»Ich kenne diesen Jungen gut. Er ist tapfer, stattlich und groß; aber es mangelt ihm an den Fähigkeiten für diese Aufgabe. Es genügt nicht, wie ein König auszusehen; man muss auch innerlich einer sein. Und das ist er nicht.«

»Das stimmt«, sagte Prestimion. »Aber er hat die Krone. Die Burg und der Thron erwarten ihn.«

»Der Sohn eines Coronals darf seinem Vater nicht auf diese Weise folgen. Das ist uraltes Gesetz.«

»Ein Sohn eines Coronals tut genau das, Mutter, während wir hier stehen und reden. Und es ist kein Gesetz, sondern nur Brauch.«

Prinzessin Therissa starrte Prestimion mit offener

Verwunderung an. »Du erstaunst mich, Prestimion. Wirst du es geschehen lassen, ohne auch nur zu protestieren? Wirst du überhaupt nichts unternehmen?«

»Ich habe gesagt, ich werde meine Möglichkeiten überdenken, Mutter.«

»Und was heißt das?«

»Ich beabsichtige«, sagte er, »bestimmte hoch stehende Männer des Königreichs hierher nach Muldemar zu bitten und sie auszufragen, um herauszufinden, wie stark ihre Unterstützung für Korsibar wirklich ist. Ich meine zum Beispiel Herzog Oljebbin, Serithorn und Gonivaul. Und wahrscheinlich auch Dantirya Sambail.«

»Dieses Ungeheuer«, erwiderte Prinzessin Therissa.

»Ein Ungeheuer, ja, aber ein kühnes und mächtiges Ungeheuer, und auch ein Verwandter von uns, wenn ich dich daran erinnern darf. Ich werde mit diesen Männern sprechen. Ich werde sie mit unseren besten Jahrgängen trunken machen und herausfinden, ob Korsibar sie in der Tasche hat oder man sie von ihm losreißen kann, ja oder nein, falls sie mir eine Antwort geben werden. Und dann werde ich einen Plan für meine Zukunft schmieden, falls ich noch eine habe. Aber im Augenblick bin ich nur Prinz von Muldemar, und das ist auch nicht wenig.« Er lächelte und berührte den Talisman am Handgelenk seiner Mutter. »Ist der neu?«, fragte er.

»Ich habe ihn seit zwei Monaten.«

»Elegante Arbeit. Wer ist der Goldschmied?«

»Ich habe keine Ahnung. Der Magus Galbifond hat ihn mir geschenkt. Wusstest du, dass wir hier jetzt einen Magus haben?«

»Nein.«

»Er soll uns helfen, die Muster der Niederschläge und des Nebels vorauszusehen und den richtigen Tag für die Weinlese zu bestimmen. Er ist ein erfahrener Winzer – er kennt all die wahren Zaubersprüche.«

Prestimion zuckte zusammen. »Die wahren Sprüche«, sagte er. »Ach.«

»Er hat mir auch gesagt, dass du nach dem Tod des alten Pontifex nicht Coronal werden würdest. Ich habe es von ihm lediglich fünf Tage nach deinem Aufbruch zum Labyrinth erfahren.«

»Ach«, sagte Prestimion erneut. »Anscheinend haben es alle außer mir gewusst.«

Jeder Teil des Tals von Muldemar war wunderschön, aber die Weinberge und Ländereien der Prinzen von Muldemar hatten die auserlesenste Lage. Die prinzlichen Ländereien befanden sich in der geschütztesten Ecke, schmiegten sich so dicht an die Flanke des Bergs, dass man vom Herrenhaus die Burg nicht sehen konnte, weil man fast senkrecht nach oben hätte schauen müssen. Hier wehten nur süße Winde und kamen nur sanfte Nebel auf.

Und hier, in den ewig grünen Gefilden zwischen dem Kudarmar-Kamm und dem sich brav verhaltenden kleinen Fluss Zemulikkaz, dehnten sich die Ländereien der prinzlichen Familie Meile um Meile aus und kulminierten im Glanz und der Pracht des Muldemar-Hauses selbst, einem großen Gebäude mit weißen Mauern und über zweihundert Zimmern, dessen drei Hauptflügel von hohen schwarzen Türmen bewacht wurden.

Prestimion war im Muldemar-Haus geboren worden, hatte aber, wie die meisten Prinzen der hohen Familien, den Großteil seines Lebens in der Burg verbracht, dort seine Erziehung genossen und war nur jeweils für ein paar Monate im Jahr hierher zurückgekehrt. Seit dem Tod seines Vaters war er das eigentliche Familienoberhaupt und bemühte sich, bei allen großen Familienangelegenheiten anwesend zu sein, doch sein schneller Aufstieg zum Status des mutmaßlichen Erben von Lord Confalume hatte in den letzten Jahren nahezu seine ausschließliche Anwesenheit in der Burg verlangt.

Nun war das alles vorbei; und es war keineswegs unangenehm, wieder in seinen alten Gemächern zu verweilen. Er hatte eine großzügige Privatwohnung im ersten Stock des Hauses, die einen Blick auf den weitreichenden Sambattinola-Hügel bot. Lange, gerundete Fenster aus facettiertem Quarz, gefertigt von den geschicktesten Handwerkern aus Stee, ließen strahlendes Licht in die Räume fallen; die Zimmer waren großzügig mit in feinen, bleichen Tönen gehaltenen Wandgemälden geschmückt, Azur und Violett und Topazrosa, endlos ineinander verwobene Blumenfiligranmuster in dem verschlungenen und auf seltsame Weise die Augen erfreuenden Stil der Kunsthandwerker von Haplior.

Hier badete und ruhte Prestimion, kleidete sich dann an und erhielt Besuch von seinen drei jüngeren Brüdern. Nach seiner langen Abwesenheit waren sie fast wie Fremde für ihn geworden und hatten sich in diesem einen Jahr so sehr verändert, dass er sie beinahe nicht mehr wiedererkannte.

Jeder der drei brachte seinen Zorn über Korsibars schurkischen Diebstahl des Throns zum Ausdruck. Teotas, der mit fünfzehn Jahren der jüngste von ihnen war, beharrte am hitzigsten darauf, dass Prestimion sofort gegen Confalumes gesetzlosen Sohn zu Felde ziehen sollte, und er bekräftigte seine Bereitschaft, notfalls zu sterben, um die Krone seines Bruders zu verteidigen. Der achtzehn Jahre alte Abrigant, der um einen Kopf größer war als all seine Brüder, war fast genauso vehement. Sogar der schlaue und Merkwürdigkeiten liebende Taradath, mit dreiundzwanzig der zweitälteste hinter Prestimion, der sein Leben bislang eher dem Schreiben ironischer Verse als der Beherrschung seiner kämpferischen Fähigkeiten gewidmet hatte, schien vor dem Drang nach Rache in Flammen zu stehen.

Prestimion umarmte sie alle und versicherte ihnen, dass sie bei jedem Schritt, der vielleicht unternommen werde, eine herausragende Rolle spielen würden. Aber er schickte sie fort, ohne ihnen klar und deutlich zu sagen, welche Schritte dies sein könnten.

In Wirklichkeit hatte er selbst nicht die geringste Ahnung. Es war viel zu früh, um Pläne zu schmieden, falls es wirklich welche gab, die geschmiedet werden mussten.

Er verbrachte die ersten Wochen seiner Rückkehr in angenehmem Müßiggang und spürte gelegentlich, dass der Schmerz seiner bitteren Enttäuschung zum ersten Mal seit den Ereignissen im Labyrinth einer angenehmeren Stimmung wich.

Es erschien ihm unklug, den Landsitz überhaupt zu verlassen und sich in die benachbarte größere Stadt Muldemar zu begeben, denn weder wollte er hören, wie die Bewohner Muldemars Lord Korsibar Treue schworen, noch wollte er leidenschaftlich dazu gedrängt werden – denn man würde ihn sofort erkennen –, einen Bürgerkrieg gegen den Usurpator zu entfesseln. Also verbrachte er die Tage damit, im kühlen Zemulikkaz zu schwimmen, in dem Park, der das Muldemar-Haus umgab, spazieren zu gehen und im Wildpark der Familie einige Bilantoons und Khamgars zu jagen. Septach Melayn und Gialaurys wichen nicht von seiner Seite, und auch Svor stieß zu ihm, nachdem er einen kurzen Abstecher in die nahe gelegene Stadt Frangior unternommen hatte, wo eine Frau wohnte, die er besuchen wollte. Als Svor von dort zurückkehrte, wirkte er niedergeschlagen und sagte zu Prestimion: »Da draußen wird nur von Korsibar gesprochen. Er ist mittlerweile in der Burg eingetroffen und herrscht dort mit großer Pracht. Überall in Frangior sind Plakate mit seinem Gesicht darauf angeschlagen.«

»Und in der Stadt Muldemar ebenfalls?«, fragte Prestimion.

»Dort habe ich weniger Plakate gesehen, aber einige schon. Und auch einige Porträts von dir, obwohl sie immer wieder abgenommen werden. Die Stimmung dort ist eher zu deinen Gunsten.«

»Damit habe ich gerechnet«, sagte Prestimion. »Aber ich habe nicht vor, sie zu ermutigen.«

In den Stunden der Einsamkeit stöberte Prestimion manchmal in der großen Bibliothek des Hauses Muldemar und blätterte die Geschichtsbücher durch, die ihm im Knabenalter ein so unwillkommenes Geschenk gewesen waren. Ihre Seiten waren voller lebhafter Schilderungen der Taten von Helden vergangener Zeitalter, der Errichtung des Pontifikats unter Dvorn, der kühnen Erkundung des Burgbergs, als er noch unbewohnbar war, und von Stiamots Krieg gegen die Gestaltwandler und den Expeditionen in den glühend heißen Süden und den eiskalten Norden und über das unüberwindbare Große Meer. Prestimions Augen nahmen einen verschwommenen Glanz an, als er eine Seite nach der anderen mit den Annalen von Coronals und Pontifizes umblätterte, deren Namen ihm nur wenig oder gar nichts bedeuteten: Hemias, Scaul, Methirasp, Hunzimar, Meyk und viele Dutzend mehr. Doch er fand keine Erwähnung darüber, dass jemand schon einmal einen Thron unrechtmäßig an sich gerissen hatte.

»Können wir wirklich«, sagte er eines Tages zu Svor, »ein so tugendhaftes Volk sein, dass nicht einmal in dreizehntausend Jahren sich jemand unrechtmäßig in den Besitz des Throns gebracht hat?«

»Bestimmt sind wir ein Königreich der unfehlbaren Heiligen«, erwiderte Svor frömmlerisch und verdrehte die Augen nach oben.

»Bestimmt nicht«, entgegnete Prestimion.

»Nun«, sagte Svor und schlug mit den Knöcheln gegen das verstaubte, in Leder eingebundene Buch in Prestimions Hand, »dann gingen gewisse dunkle Episoden unserer Geschichte vielleicht unterwegs irgendwie verloren und sind deshalb nicht in diesen schweren Bänden enthalten?«

»Zufällig verloren, meinst du?«

»Zufällig oder absichtlich. Woher soll ich das wissen?« Aber der spitzbübische Blick in Svors dunklen Augen machte klar, dass er auf eine absichtliche Unterdrückung der Wahrheit in den Geschichtsbüchern anspielte. Prestimion ließ es dabei bewenden. Svor war stets bereit, Theorien von Halunkenstücken und Verschwörungen ohne den geringsten Beweis aufzustellen, ganz einfach, weil sein fieberhaft arbeitender Verstand sich ununterbrochen mit solch teuflischen Dingen beschäftigte. Trotzdem konnte Prestimion nicht ganz glauben, dass sich jemand zum ersten Mal in all diesen Jahrtausenden unrechtmäßig die Krone des Coronals angeeignet hatte.

Es gab natürlich die Kapseln des Seelenregisters, die im Haus der Aufzeichnungen im Labyrinth eingelagert waren und in denen seit Lord Stiamots Zeit Menschen Abdrücke ihrer innersten Erinnerungen hinterlassen hatten. Die unredigierten Daten dieser Kapseln mochten zutreffendere Schilderungen längst vergangener Ereignisse enthalten als diese dicken, aber unzuverlässigen Bände der historischen Gelehrsamkeit. Aber das Seelenregister war gegen unbefugten Gebrauch geschützt, und es gab so viele Kapseln – ihre Zahl ging in die Milliarden –, dass man wahrscheinlich nichts Nützliches finden würde, wenn man nicht wusste, wo man suchen sollte. Es gab keinen allgemeinen Index, keine Möglichkeit, sie nach einem Thema wie »Königlicher Thron, Usurpation des« abzusuchen. Und bei einer zufälligen Suche in einem Archiv, das seit siebentausend Jahren bestand, waren vielleicht siebentausend Jahre nötig, um etwas Nützliches zu Tage zu bringen.

Prestimion beschäftigte sich nicht länger mit diesem Thema. Schließlich war es ja so wichtig auch nicht. Wie

Pontifex Confalume mit großem Bedauern, aber nachdrücklich gesagt hatte: Die Sache war entschieden. Korsibar hatte jetzt die Macht. Da Prestimion keine andere Möglichkeit sah, gab er sich den Vergnügungen seines Heims hin, der Gesellschaft seiner Familie und der Verbundenheit seiner Freunde, und wartete seine Zeit ab.

Als der Hohe Berater Herzog Oljebbin Prestimions Einladung zu einem Besuch in Muldemar bekam, befand er sich zufällig in Begleitung eines anderen hohen Ritters, Serithorn von Samivole. Sie schlenderten über die Terrasse von Oljebbins Büro direkt am Pinitor-Hof, in der Nähe des Kerns der Burg, hart am Stiamot-Bergfried, dem ältesten Flügel von allen. Oljebbin und Serithorn und der Großadmiral Gonivaul und einige andere hohe Beamte der Confalume-Regierung wollten später an diesem Tag mit einigen der neuen Männer von Lord Korsibars Regierung, Farquanor und Farholt und Mandrykarn von Stee und zwei oder drei anderen zu Mittag essen.

Ein Ritteranwärter in Oljebbins Diensten näherte sich ihm auf der Terrasse mit einem Umschlag aus grauem Pergament, der mit einem Spritzer aus hellrotem Wachs versiegelt war. Herzog Oljebbin nahm ihn ohne Kommentar entgegen und steckte ihn in eine Falte seines Gewands.

»Ein Liebesbrief von Prestimion?«, fragte Serithorn.

Oljebbin betrachtete ihn verdrossen. »Wenn ich durch verschlossene Umschläge schauen könnte, würde ich es dir verraten. Aber ich habe keine Ahnung. Weißt du mehr?«

»Er sieht genauso aus wie ein Brief von Prestimion, den ich vor kaum einer Stunde erhielt. Na los, Oljebbin. Öffne ihn. Wenn du es vorziehst, schaue ich in die andere Richtung.«

So war es immer zwischen ihnen: eine frostige Spöttelei während einer langen Freundschaft, bei der sich bei jedem Lächeln scharfe Zähne zeigten. Herzog Oljebbin und Prinz Serithorn waren beide ein paar Jahre über die Fünfzig und hatten sich, so schien es zumindest, noch vor ihrer Geburt gekannt. Sie waren beide schon seit frühen Jahren wichtige Mitglieder des Königlichen Rats.

Oljebbin, dessen großer Landsitz bei Stoienzar in Alhanroels Süden ein Grundstück von solch extravaganter Pracht war, dass sogar er selbst sich fast schämte, es aufzusuchen, war Confalumes Vetter mütterlicherseits. Sehr wahrscheinlich wäre er Coronal geworden, wäre Pontifex Prankipin nicht so steinalt geworden. Doch Prankipin hatte sich gehalten, als wäre er fast unsterblich, und Confalume hatte dreiundvierzig Jahre als Coronal gedient statt der üblichen fünfzehn bis zwanzig; und Oljebbin hatte nach zwei Jahrzehnten als Lord Confalumes Hoher Berater und vermeintlicher Erbe eingestehen müssen, dass er keine Sehnsucht nach dem Thron mehr hegte. Das war der Anfang von Prestimions spektakulärem, wenn auch nun unterbrochenem Aufstieg gewesen.

Oljebbin selbst hatte Confalume Prestimion als Nachfolger vorgeschlagen. Es war eine der großen Vergnügungen in Oljebbins Leben, eine Macht hinter dem Thron zu sein. Er war ein breitschultriger Mann mit tiefer Stimme, der gern kompliziert bestickte Gewänder in satten Farben trug, die als Ergänzung seines bemerkenswert dichten weißen Haarschopfs gedacht waren. Seine Augen waren warm und klug, seine Gesichtszüge im Vergleich mit der Pracht dieses Haars irgendwie klein und verkniffen, und sein Benehmen war so hochmütig, dass es fast an Selbstbewunderung grenzte.

Serithorn hingegen hatte nie Coronal werden wollen und sein gesamtes Leben daher in den innersten Kreisen der Macht verbracht, wo sich jeder mit vollem Vertrauen an ihn wandte, da er für niemanden eine Bedrohung darstellte. Er war ein Prinz aus einer der ältesten Familien Majipoors und führte seine Herkunft eindrucksvoll, wenn auch manchmal etwas gewagt, auf Lord Stiamot zurück, doch sein Familienstammbaum konnte sich auch mit so uralten Königen wie Kanaba, Struin und Geppin schmücken.

Er hatte, zumindest ging dieses Gerücht um, Prestimions Mutter den Hof gemacht, bevor Prestimions Vater sie geheiratet hatte, und war ein enger Freund der Familie geblieben. Serithorn war der wohlhabendste Privatbürger des Reichs und besaß Ländereien in jedem Teil Alhanroels und auch viel Land in Zimroel. Sein Gebaren war elegant, sein Stil leicht und ungezwungen. Sein Haar war hell, seine Haut glatt, sein Körper schlank und stattlich.

In dieser Hinsicht ähnelte er Prestimion, wenngleich seine Haltung entspannter war und nicht diesen Eindruck von komprimierter und mühsam im Zaum gehaltener Energie vermittelte, der für Prestimion so charakteristisch war. Serithorn schien nichts, aber auch gar nichts mit großer Ernsthaftigkeit zu behandeln, doch wer ihn kannte, wusste ganz genau, dass dies nur eine Pose war.

Er musste große Besitztümer verteidigen, und wie die meisten Männer, bei denen dies zutraf, war er im Grunde seines Herzens zutiefst konservativ, ein starrköpfiger Verteidiger der Bräuche, die er kannte und schätzte.

Herzog Oljebbin überflog den Brief schnell und las ihn dann noch einmal sorgfältiger, bevor er mit Serithorn über den Inhalt sprach.

»Von Prestimion, wie du ganz richtig vermutet hast«, sagte er schließlich.

»Ja. Und er lädt dich ein, mit ihm in Muldemar zu speisen?«

»In der Tat. Den neuen Jahrgang zu kosten. Und mit ihm in seinem Wildpark auf die Jagd zu gehen.«

»Bei mir war es genauso«, sagte Serithorn. »Nun ja, wir wissen, wie gut sein Wein ist.«

Oljebbin betrachtete den Prinzen aufmerksam. »Dann hast du also vor, ihn zu besuchen?«

»Ja, natürlich. Ist Prestimion nicht unser Freund, und kann man seine Gastfreundschaft einfach desinteressiert ablehnen?«

Oljebbin schlug den Brief leicht gegen die Fingerspitzen seiner linken Hand. »Wir befinden uns in den frühen Tagen einer neuen Herrschaft«, sagte er. »Meinst du nicht auch, dass wir es Lord Korsibar schuldig sind, zu diesem Zeitpunkt ständig in der Burg zu bleiben, damit wir ihm die Vorzüge unserer Weisheit anbieten können?«

Serithorn lächelte unartig. »Du befürchtest sein Missfallen, wenn wir nach Muldemar gehen, nicht wahr?«

»Ich fürchte nichts auf dieser Welt, Serithorn, wie du genau weißt. Aber ich möchte den Coronal nicht beiläufig beleidigen.«

»Die Antwort auf meine Frage scheint also, wenn man sie in einem Wort zusammenfasst, ›ja‹ zu sein.«

Oljebbins Lippen verzogen sich zu einem schnellen, kühlen Lächeln, das allerdings sehr wenig Erheiterung zum Ausdruck brachte.

»Bis wir wissen, welche Haltung Lord Korsibar gegenüber Prestimion in Wirklichkeit einnimmt«, sagte er, »könnte man es uns als Akt der Provokation auslegen, wenn wir ihn besuchen.«

»Korsibar hat Prestimion einen Posten in der Regierung angeboten. Das Angebot erfolgte, als wir alle noch im Labyrinth waren.«

»Und Prestimion hat es zurückgewiesen, wie ich gehört habe. Auf jeden Fall war es ein obligatorisches Angebot, eine reine Höflichkeit. Du weißt das, ich weiß es, und Prestimion weiß es offensichtlich auch. Ich sage, wir müssen wissen, welche Haltung Korsibar Prestimion in Wirklichkeit entgegenbringt.«

»Wir können durchaus vermuten, wie diese Haltung aussieht. Aber er wird niemals wagen, danach zu handeln. Er wird versuchen, Prestimion zu neutralisieren, es aber nicht wagen, ihm Schaden zuzufügen. Ich habe noch nicht gehört, dass Prestimion Korsibars Angebot abgelehnt hat.«

»Zumindest hat er es nicht akzeptiert.«

»Noch nicht. Prestimion muss ebenfalls einige Überlegungen anstellen, meinst du nicht auch? Warum sonst werden wir nach Muldemar gebeten?«

Oljebbin ergriff Serithorn am Arm und führte ihn zum Rand der Terrasse. »Verrate mir eins«, sprach er leise zu ihm. »Was wirst du sagen, falls Prestimion irgendeinen Aufstand gegen Lord Korsibar im Sinn haben sollte und von uns erfahren will, ob er unsere Unterstützung hat?«

»Ich bezweifle, dass er jetzt schon so mitteilsam sein wird.«

»Es hat bereits dieses Scharmützel am Tor gegeben, als Prestimion von den Wachen abgewiesen wurde. Es wird noch andere kleine Scharmützel geben, meinst du nicht auch? Und dann vielleicht einige größere. Bist du nicht der Ansicht, dass er vorhat, sich irgendwann gegen Korsibar zu erheben?«

»Ich bin der Ansicht, er verabscheut, was Korsibar getan hat. Wie ich auch, Oljebbin, wie ich auch. Und auch wie du, glaube ich.«

»Ja, ich kenne den Unterschied zwischen richtig und falsch, Serithorn. Ich stimme dir zu, dass Korsibars Übernahme der Krone voreilig und überaus unangebracht war.«

»Nicht nur unangebracht. Ungesetzlich.«

Oljebbin schüttelte den Kopf. »So weit würde ich nicht gehen. Es gibt kein formelles Gesetz gegen die Nachfolge. Was eine große Unterlassung unserer Verfassung ist, wie wir nun alle gemerkt haben. Aber was er getan hat, war unangebracht und einfach nicht zu rechtfertigen. Ein erstaunlicher Verstoß gegen die Tradition.«

»Nun, wenigstens ist irgendwo tief in dir noch ein letzter Fetzen von Ehrlichkeit, Oljebbin.«

»Wie freundlich von dir, dass du das sagst. Aber du weichst meiner Frage aus. Wird Prestimion die Situation, wie sie nun ist, ruhig hinnehmen, und wenn nicht – auf wessen Seite wirst du stehen?«

»Ich bin wie du der Meinung, dass die Machtergreifung eine ungeheuerliche, verabscheuungswürdige Tat war, und ich kann sie nicht ausstehen«, sagte Serithorn und sprach dabei mit einer Hitzigkeit, die für ihn ungewöhnlich war. Aber er schwächte diesen Ausbruch sofort mit einem trockenen Lächeln ab. »Natürlich ist er ein sehr beliebtes Ungeheuer. Die Leute haben auch Prestimion gemocht, Korsibar aber sehr schnell akzeptiert. Und wenn es um Angelegenheiten des Burgbergs geht, mangelt es ihnen an unserem Sinn für Präzedenzfälle und Bräuche. Sie wollen lediglich einen stämmigen, gut aussehenden Coronal haben, der ihnen ein strahlendes Lächeln zuwirft, wenn er während der Prozession durch die Straßen ihrer Stadt fährt. Korsibar ist so ein Mann.«

»Gib mir eine direkte Antwort, Serithorn«, sagte Oljebbin leicht verärgert. »Angenommen, Prestimion sagt, er wolle bei einer Rebellion unsere Hilfe haben. Was wirst du ihm antworten?«

»Es ist sehr taktlos von dir, mir diese Frage zu stellen.«

»Ich stelle sie trotzdem. Wir beide können auf Takt verzichten.«

»Dann höre dir meine Antwort an. Ich habe keine Ahnung, was Prestimion vorhat. Ich habe dir bereits zweimal gesagt, dass ich Korsibars Usurpation als Abscheulichkeit ansehe. Aber er ist nun der gesalbte Coronal, und ein Aufstand gegen ihn ist Verrat. Ein Unrecht kann zu einem weiteren führen und dann zu anderen, bis die ganze Welt aus den Fugen gerät; und ich habe mehr zu verlieren als alle anderen.«

»Also wirst du versuchen, bei einem Kampf zwischen Prestimion und Korsibar um den Thron neutral zu bleiben?«

»Zumindest, bis ich sehe, welche Fraktion wahrscheinlich gewinnen wird. Ich glaube«, fuhr er vorsichtig fort, »das ist auch deine Position, Oljebbin.«

»Ach. Endlich sprichst du einmal geradeheraus. Aber warum akzeptierst du Prestimions Einladung, wenn du vorhast, neutral zu bleiben?«

»Er ist noch nicht für vogelfrei erklärt worden, nicht wahr? Ich bewundere seinen Wein, seine Gastfreundschaft ist großzügig, er ist mein guter Freund. Was auch für seine Mutter gilt. Sollte er sich zufällig entschließen, eines Tages gegen Korsibar zu Felde zu ziehen, und sollte der Göttliche ihm gesonnen sein und ihn zum Sieg führen, möchte ich nicht, dass er glaubt, ich hätte ihn zu einer Zeit gemieden, von der ich wusste, dass sie für ihn schwierig und schmerzlich sein muss. Also werde ich gehen. Ein Höflichkeitsbesuch ohne politische Untertöne.«

»Ich verstehe.«

»Du hingegen bist Lord Korsibars formeller Hoher Berater, und ich verstehe, dass deine Position dadurch schwieriger als die meine ist.«

»Ach ja? In welcher Hinsicht?«

»Nichts, was der Hohe Berater tut, ist ohne politische Implikationen, besonders zu solch einer Zeit. Wenn du gehst, scheinst du Prestimion damit mehr Bedeutung zu geben, als Korsibar ihm derzeit zugestehen möchte. Korsibar würde keinen Gefallen daran finden. Wenn du deinen Posten behalten willst, solltest du darauf achten, ihn nicht zu beleidigen.«

»Was meinst du damit: wenn ich meinen Posten behalten will?«, fuhr Oljebbin zornig hoch.

Serithorn lächelte wohlwollend. »Ja, er hat dich von

der Confalume-Regierung übernommen. Aber für wie lange? Farquanor will unbedingt deinen Posten haben, das weißt du. Gib ihm irgendeinen Grund, deine Autorität bei Korsibar zu unterminieren, und er wird es tun.«

»Man hat mir versichert, ich könne meinen Beratungsposten so lange behalten, wie ich es wolle. Und – ich erinnere dich erneut daran, Serithorn – ich fürchte niemanden. Besonders nicht Graf Farquanor.«

»Dann begleite mich nach Muldemar.«

Oljebbin schwieg eine Weile und starrte verdrossen zu Serithorn hinab. Dann fasste er abrupt einen Entschluss.

»Einverstanden«, sagte er. »Wir besuchen ihn gemeinsam.«

»In diesem Fass zu meiner rechten Hand«, sagte Prestimion, »ist der berühmte Wein des zehnten Jahres von Prankipin und Lord Confalume, der nach allgemeiner Übereinkunft der beste dieses Jahrhunderts ist. In diesem hier ist der Wein des Jahres dreißig Prankipin Lord Confalume, der von den Kennern ebenfalls sehr geschätzt wird, hauptsächlich wegen seiner ungewöhnlichen Farbe und seines Dufts, obwohl er noch relativ jung ist und noch viel Größe entwickeln muss. Und dieses Fass …« Er schlug auf ein besonders staubiges, dem man sein Alter ansah. Es lief an den Enden in ungewöhnlich spitzen Winkeln zu. »In diesem befindet sich der letzte Rest des ältesten Weins, den wir haben, der aus dem Jahr, wenn ich dieses verblichene Schild richtig lese, elf Amyntilir Lord Kelimiphon stammt. Er ist also über zweihundert Jahre alt. Sein Körper mag mittlerweile vielleicht ein wenig dünn sein, aber ich habe ihn trotzdem hochbringen lassen, Admiral Gonivaul, damit du einen Wein probieren kannst, der in seiner Blüte stand, als dein großer Vorfahre Pontifex war.«

Er schaute sich in dem Raum um und bedachte jeden seiner Gäste nacheinander mit einem warmen Lächeln und einem genauen, forschenden Blick: zuerst Gonivaul, der an diesem Nachmittag als Erster eingetroffen war, und dann Oljebbin und Serithorn, die eine Stunde später in demselben Schweber gekommen waren.

»Und schließlich«, sagte Prestimion, »haben wir hier das erste Fass der diesjährigen Ernte. Zu diesem Zeitpunkt stellt es natürlich eher ein Potenzial denn eine Vollendung dar. Aber Männer mit eurem Einfühlungsvermögen und euren Weinkenntnissen wissen diesen Tropfen natürlich nach seinen Versprechungen zu beurteilen und nicht nach dem, was er im Augenblick ist. Und ich kann euch sagen, dass mein guter Kellermeister hier der Ansicht ist, dass, wenn der Wein dreiundvierzig Prankipin Lord Confalume den Gipfel seiner Reife erreicht hat, er zu den besten gehören wird, die jemals hier produziert wurden. Meine Lords, fangen wir mit diesem neuen Wein an und schreiten wir in der Zeit zurück, bis wir zu dem uralten gelangen.«

Sie hatten sich im Weinproberaum des Hauses Muldemar versammelt, einem dunklen und höhlenartigen unterirdischen Gewölbe aus grünem Basalt, in dem sich ein Regal mit Flaschen nach dem anderen in das Halbdunkel erstreckte. Der Raum führte tief in die Flanke des Burgbergs selbst hinein und wurde auf beiden Seiten von den besten Weinen Muldemars umsäumt, ein Schatz, der viele Millionen Royal wert war. Prestimion hatte Septach Melayn, Gialaurys, Svor und auch seinen Bruder Taradath dabei. Seine drei Gäste waren ohne Begleitung gekommen. Ein vierter war eingeladen worden, der Prokurator Dantirya Sambail, doch er hatte mitteilen lassen, dass er von nicht verschiebbaren Pflichten in der Burg aufgehalten werde und in einem oder zwei Tagen eintreffen würde.

»Bitte, Kellermeister«, sagte Prestimion.

Abeleth Glayn war der Kellermeister im Hause Muldemar, und er war es schon seit über fünfzig Jahren: ein hagerer Mann, fast so dürr wie ein Skelett, mit hellblauen Augen und zottigen weißen Locken, der gern von sich sagte, dass er mehr vom besten Wein auf der Welt getrunken habe als irgendein anderer auf Majipoor. Als er sich vorbeugte, um den Zapfen des ersten Fasses zu öffnen, hielt er einen Augenblick lang inne, um die Rohilla zu berühren, die über seinem Brustbein an seinem Chorhemd befestigt war, und schnell mit dem linken Zeigefinger und Daumen ein kleines Hexerei-Zeichen zu machen und sich etwas Unverständliches in den Bart zu murmeln. Prestimion ließ sich seine Verärgerung über diese Demonstration von Aberglauben nicht anmerken. Er liebte den alten Abeleth Glayn sehr und tolerierte bei ihm alles.

Der Wein wurde gezogen und ausgeschenkt. Sie alle taten es dem Kellermeister gleich, der den Wein kostete und ausspuckte, aber nicht schluckte, denn sie wussten, so geziemte es sich bei einer Weinprobe; und dieser Wein war sowieso noch zu jung, um schon getrunken zu werden. Aber sie nickten weise und murmelten ihr Lob. »Er wird wunderbar werden«, sagte Oljebbin volltönend, und Serithorn meinte: »Ich möchte gern zehn Fässer für meinen Weinkeller bestellen!«, und Gonivaul mit seinem dunklen Zottelhaar, dessen Gaumen nicht kultivierter als der eines Ghayrogs war und von dem man allgemein annahm, dass er Wein weder von Ale noch von fermentierter Drachenmilch unterscheiden konnte, bot ernst die Meinung feil, dieser Jahrgang würde in der Tat unschätzbar gut werden.

Prestimion klatschte in die Hände. Brotstücke wurden gebracht, die sie sorgfältig kauten, um den Mund zu reinigen, und ein leichtes Mahl aus geräuchertem, sehr dünn geschnittenem und in einer Marinade aus delikaten Meirva-Blütenblättern eingelegtem Meeresdrachenfleisch. Nachdem sie ein wenig gegessen hat-

ten, befahl er, den beeindruckenden zweiten Wein ein-
zuschenken, und wies seine Gäste an, ihn nicht auszuspucken. Und nachdem sie ihn gebührend verkon-
sumiert und kommentiert hatten, wurde ein Gang aus
gewürztem Fisch und Stoienzar-Austern gereicht, die
sich noch langsam in ihren Schalen bewegten. Dazu
probierten sie den großen Wein des Jahrgangs Zehn
Prankipin Lord Confalume, der mit angemessen ehr-
fürchtigen Bemerkungen bedacht wurde und mit viel
Gerede über Dantirya Sambails Pech, nicht anwesend
zu sein, um ihn kosten zu können.

»Würde einer von ihnen den Unterschied erkennen«, sagte Svor leise zu Septach Melayn, »wenn ein
und derselbe Wein aus den verschiedenen Fässern
käme?«

»Sei still, du respektlose Person«, erwiderte Septach
Melayn und trug einen Ausdruck äußersten Entsetzens zur Schau. »Das sind sehr große Weinkenner und
außerdem die weisesten Männer des Reiches.«

Schließlich widmeten sie sich dem uralten Wein aus
Amyntilirs Zeit, dessen etwa zwei Jahrhunderte Lage-
rung offensichtlich alle Vorzüge ausgelöscht hatten, die
er vielleicht einmal geboten hatte. Das hinderte den
Großadmiral Gonivaul nicht daran, ihn über alle Maßen zu loben, und ihm traten fast sogar Freudentränen
wegen Prestimions Großzügigkeit in die Augen, ihm
diese handfeste Erinnerung an das größte Mitglied seiner Familie verfügbar gemacht zu haben.

»Gehen wir nun nach oben«, sagte Prestimion, »und
gesellen wir uns zu meiner Mutter und einigen anderen Freunden, um das Abendessen einzunehmen. Und
danach erwarten uns einige Weinbrände, die ihr wohl
sehr lohnend finden werdet.«

Der Name Korsibar war am ganzen Abend nicht einmal gefallen. Beim Essen an dem großen Tisch im Bankettsaal, der für achtzehn Personen gedeckt war, wurde nur von der Jagd, der bevorstehenden Traubenlese

und den neuen Seelenmalerei-Ausstellungen gesprochen, während ein üppiger Gang nach dem anderen aufgetragen wurde. Kein einziges Wort fiel über den kürzlich erfolgten Regierungswechsel. Dies sollte auch erst viel später geschehen, viele Stunden nach dem Mahl, als die ursprüngliche kleinere Gruppe von der Weinprobe sich erneut in dem glasvertäfelten Arbeitszimmer versammelte, in dem auf Ständern in wunderschönen, handgeblasenen Kugeln Muldemar-Weinbrände der letzten hundert Jahre aufbewahrt wurden und Prestimion allen großzügige Portionen seines hundert Jahre alten Schatzes ausgeschenkt hatte.

»Was gibt es Neues in der Burg?«, fragte er sehr gelinde, ohne die geringste Schärfe in der Stimme, und richtete die Frage an niemanden im Besonderen.

Im Raum herrschte ein langes Schweigen. Die drei Gäste betrachteten den Inhalt ihrer Schwenker oder nippten mit äußerster Konzentration an ihren Getränken. Prestimion lächelte freundlich und wartete auf eine Antwort, als hätte er eine völlig unschuldige Frage gestellt, vielleicht eine über das Wetter. »Es gibt dort sehr viel zu tun«, sagte Oljebbin schließlich, als das Ausbleiben einer Antwort allmählich peinlich wurde.

»Ach, wirklich?«

»Der Hausputz, der bei jedem Regierungswechsel stattfindet«, sagte der Herzog. Er schien sich ungewöhnlich unbehaglich zu fühlen, im Mittelpunkt der Aufmerksamkeit zu stehen. »Du kannst es dir vorstellen: Die Bürokraten flitzen hin und her und sichern ihre Stellen, wenn sie befürchten, sie verlieren zu können, oder versuchen, nach oben zu kommen, so lange alles noch im Fluss ist.«

»Und in welche Kategorie ordnest du dich selbst ein, mein Lord Oljebbin?«, fragte Svor und nippte mädchenhaft an seinem Weinbrand. Oljebbin erstarrte. »Der Hohe Berater ist etwas mehr als ein Bürokrat, meinst du nicht auch, mein Lord Svor? Doch zufällig wurde ich vom neuen Coronal in meinem Amt bestätigt.«

»Gut! Darauf sollten wir trinken!«, rief Septach Melayn und hob mit einer fast schon rücksichtslos schwungvollen Bewegung sein Glas. »Auf den alten und neuen Hohen Berater Oljebbin!«

»Oljebbin!«, riefen sie alle und hoben ihre Weinbrandschwenker. »Oljebbin! Der Hohe Berater!« Und sie tranken mächtig, um die Dümmlichkeit dieses hohlen Trinkspruchs zu vertuschen.

»Und der Coronal?«, sagte Prestimion danach. »Ich hoffe, er hat sich problemlos und gut in seine neuen Pflichten eingewöhnt?«

Erneut folgte ein unbehagliches Schweigen. Erneut wurde den Weinbrandschwenkern große Aufmerksamkeit geschenkt.

»Er gewöhnt sich allmählich an die Aufgabe«, sagte Serithorn etwas störrisch, nachdem er einen drängenden Blick von Oljebbin aufgefangen hatte. »Es ist natürlich eine schwere Last.«

»Bei weitem die schwerste, die er je gehoben hat«, grunzte Gialaurys. »Man sollte vorsichtig mit dem sein, was man sich aufbürdet, wenn man nicht weiß, wie stark man wirklich ist.«

Prestimion schenkte eine neue Runde Weinbrand ein; ein neuerer Jahrgang, großzügig nachgefüllt.

»Natürlich heißen die Leute Korsibars Aufstieg willkommen«, sagte er, als sie erneut anstießen. »Als ich den Glayge hinauffuhr, sah ich, wie schnell man seine Porträts aufhing und seine Ankunft feierte. Ich glaube, man nimmt ihn sehr gut auf.« Und er sah schnell von einem zum anderen Gast, als wollte er sie wissen lassen, dass der sanfte Fluss seiner Konversation eine tiefere Bedeutung hatte. Aber das war ihnen bereits klar.

»Er befindet sich jetzt in der Phase der anfänglichen Begeisterung«, sagte Gonivaul schwerfällig, dessen

Haut überall dort, wo man sein Gesicht zwischen der dichten Bedeckung von Haar und Bart sehen konnte, aufgrund von übermäßig viel Essen und Trinken noch geröteter als sonst war. »Das wird jedem neuen Coronal zugestanden. Doch wenn seine Dekrete im Land allgemein bekannt werden, wird das gewöhnliche Volk vielleicht andere Lieder singen.«

»Nicht nur das gewöhnliche Volk«, sagte Serithorn und streckte die Hand aus, um sein Glas erneut füllen zu lassen. Sein Gesicht glühte ebenfalls, besonders um die Augen herum.

»Ach?«, fragte Septach Melayn. »Gibt es für Männer wie dich einen Grund, Besorgnis zu empfinden?«

Serithorn zuckte mit den Achseln. »Jede große Veränderung wie diese muss sorgfältig abgewogen und analysiert werden, mein Lord Septach Melayn. Lord Korsibar ist schließlich einer von uns. Wir haben keinen Grund für die Annahme, dass wir unter ihm nicht dieselben Privilegien genießen werden, die wir zuvor gekannt haben. Aber man weiß nie, welche Reformen und Änderungen ein neuer Coronal im Sinn hat. Ich darf euch daran erinnern, dass keiner von uns schon mal den Wechsel eines Coronals mitgemacht hat.«

»Wie wahr«, sagte Prestimion. »Was für eine seltsame Zeit ist das doch für uns alle. Darf ich euch jetzt einen besonders aromatischen Weinbrand kredenzen? Wir lagern ihn nach dem Brennen sechs Jahre in Fässern aus Keppinongholz und geben ein paar Gannibeeren hinein, damit er ein wenig Würze bekommt.« Er gab Septach Melayn einen Wink, der neue Trinkschalen brachte und eine weitere Runde ausschenkte. Prestimion beobachtete seine Gäste genau, als sie tranken, als wollte er sich vergewissern, dass sie die Marke auch zu genießen wussten. »Und ihr, meine Lords?«, fragte er dann geradeheraus. »Wie findet ihr persönlich die Veränderungen? Sagt, seid ihr völlig zufrieden damit?«

Oljebbin warf Serithorn einen vorsichtigen Blick zu

und Serithorn Gonivaul, und der Großadmiral Oljebbin. Wer war nun an der Reihe, eine unbeholfene Antwort auf diese peinliche Frage zu geben? Es gab keine klaren Erwiderungen, nur hinhaltendes Gemurmel.

»Und was die Weise von Korsibars Amtsantritt betrifft«, drängte Prestimion weiter. »Wie kommt euch die vor? Haltet ihr es für eine gute Idee, dass Coronals sich selbst wählen?«

Oljebbin atmete langsam und pfeifend aus. Endlich kamen sie zum Kern der Dinge, und er war keineswegs erfreut darüber. Aber er sagte nichts. Gonivaul auch nicht.

Nach einer weiteren schier endlosen Weile ergriff schließlich Serithorn das Wort: »Beabsichtigt mein Lord Prestimion, dass wir hier Verrat sprechen?«

Prestimion runzelte die Stirn. »Verrat? Was denn für einen Verrat? Ich habe eine direkte Frage aus dem Bereich der politischen Philosophie gestellt. Ich bitte um eure Meinung zu einem Thema der Regierungstheorie. Sollten Angehörige der Regierung nicht eine Meinung zu Fragen der Verfassung haben und bereit sein, mit Freunden darüber zu sprechen? Und du bist hier doch sicherlich unter Freunden, nicht wahr, Prinz Serithorn?«

»Ja. Bei einem so liebenden Freund, dass er mich mit hervorragendem Wein und gutem Essen und ausgezeichnetem Weinbrand füllt, bis ich fast platze«, sagte Serithorn. Er erhob sich und gähnte übertrieben. »Und mehr als nur etwas müde bin ich ebenfalls. Vielleicht wäre es besser, diese Verfassungsangelegenheiten und philosophischen Fragen morgen früh zu diskutieren. Wenn du mich entschuldigst, Prinz …«

»Warte, Serithorn!«, rief Gonivaul mit grimmiger Stimme.

Der normalerweise kühle und reservierte Großadmiral war aufgesprungen und schwankte sichtlich, weil er zu viel getrunken hatte. Nur mit deutlich erkennbarer Mühe hielt er sich aufrecht. Seine Augen funkelten, sein Gesicht wirkte so hitzig und stürmisch, wie man es sonst von dem leicht erzürnbaren Grafen Farholt kannte, wenn er sich in Rage gearbeitet hatte. Er drehte sich zu Serithorn um und verschüttete dabei die Hälfte des Weinbrands in seinem Glas. »Wir sitzen hier den ganzen Abend«, sagte er heiser und etwas undeutlich, »trinken Prestimions Weine und treiben diese kleinen Spielchen mit ihm. Jetzt ist die Zeit der Wahrheit gekommen, und du wirst bleiben.« Er sah Prestimion an. »Nun, Prinz? Worauf haben wir es abgesehen? Willst du uns sagen, dass du beabsichtigst, Korsibars Krönung nicht hinzunehmen, und uns fragen, wo wir stehen, falls du dich gegen ihn erhebst?«

Oljebbin wurde augenblicklich so starr wie eine Metallstange.

Er saß kerzengerade da. »Du bist betrunken, Gonivaul«, platzte er heraus. »Bei der Liebe des Göttlichen, setz dich, oder … oder …«

»Sei still«, sagte Gonivaul. »Wir haben ein Recht darauf, es zu wissen. Nun, Prestimion? Antworte mir!«

Oljebbin stand bestürzt auf und machte ein paar unsichere Schritte in Gonivauls Richtung, als wollte er ihn durch den Einsatz körperlicher Gewalt zum Schweigen bringen. Serithorn ergriff seine Hand und zerrte ihn zu seinem Platz zurück. Dann sagte er zu Prestimion: »Nun gut, Prinz. Ich wünschte, wir hätten diesen Punkt nicht erreicht, doch offensichtlich war es uns bestimmt, so weit zu gehen. Ich würde auch gern deine Antwort auf die Frage des Admirals hören.«

»Gut«, sagte Prestimion. »Ihr sollt sie bekommen.« Und ganz ruhig fuhr er fort: »Meine Auffassung über Korsibar ist genau die, die ihr schon vermutet habt. Ich halte ihn für einen unrechtmäßigen Coronal, der rechtswidrig die Macht ergriffen hat.«

»Und du willst ihn stürzen?«, fragte Gonivaul.

»Ich würde gern sehen, dass er gestürzt wird, ja.

Ich bin der Ansicht, dass seine Herrschaft Unheil über uns alle bringen wird. Aber man kann ihn nicht einfach zur Seite schieben, indem man mit einem Zauberstab winkt.«

»Also bittest du uns um Hilfe?«, fragte Serithorn. »Sei ehrlich zu uns.«

»Ich bin nie etwas anderes als ehrlich zu euch gewesen, Prinz Serithorn. Und ich erinnere dich daran, dass ich nie gesagt habe, ich wolle direkt gegen Korsibar vorgehen. Aber sollte es einen Aufstand geben – sollte es einen geben, habe ich gesagt –, würde ich ihn mit aller Kraft und allen Möglichkeiten unterstützen. Ich würde gern wissen, ob ihr drei genauso handeln werdet.«

Prestimions Blick wanderte von Gonivaul zu Serithorn, von Serithorn zu Oljebbin.

»Du weißt«, sagte Serithorn zögernd und unbehaglich, »dass wir deinen Abscheu für die Methoden teilen, mit denen Korsibar den Thron erlangt hat. Wir sind Männer, die die alten, traditionellen Wege lieben, wir drei. Wir können seine übertriebenen und, wie du sagst, rechtswidrigen Handlungen kaum billigen.«

»In der Tat«, sagte Oljebbin.

»Hört, hört!«, rief Gonivaul und fiel schwerfällig auf seinen Stuhl zurück.

»Also darf ich davon ausgehen, dass ihr zu mir steht?«, fragte Prestimion.

»In welcher Hinsicht?«, fragte Serithorn sofort. »Dass wir Korsibars Usurpation missbilligen? Absolut! Wir verurteilen sie.« Oljebbin nickte bekräftigend und Gonivaul ebenfalls. »Natürlich«, fuhr Serithorn fort, »müssen wir im Augenblick vorsichtig handeln. Korsibar hat die Macht, und er ist zu dieser Zeit des Wechsels selbstverständlich auf der Hut. Wir dürfen nicht überstürzt oder voreilig handeln.«

»Ich verstehe«, sagte Prestimion. »Doch wenn der Augenblick kommt … *falls* er kommt …«

»Werde ich alles tun, was in meiner Macht steht, um diese Welt wieder auf den richtigen Weg zurückzuführen. Das verspreche ich dir mit ganzem Herzen.«

»Ich auch«, sagte Oljebbin.

»Und ich ebenfalls«, sagte Gonivaul. »Das weißt du, Prestimion. Ich werde meine Pflicht tun. Auch wenn ich meine persönliche Position damit aufs Spiel setze. Wasch-es-auch-koschten-mag. Wasch-auch-immer.« Seine Zunge war schwer; er stolperte über seine Worte. Er sank auf seinem Stuhl zurück und schloss die Augen. Einen Moment später schien er bereits zu schlummern.

»Vielleicht ist das genug für diesen Abend«, sagte Prestimion leise zu Svor und Septach Melayn. Er erhob sich. »Meine Lords, ich glaube, es ist an der Zeit, unsere Weinbrandprobe zu beenden. Meine Lords …?«

Gonivaul schlief tief und fest. Oljebbin schien ebenfalls kurz vor dem Einschlafen zu sein, und Serithorn war zwar noch wach und hatte sich in der Gewalt, schwankte aber beträchtlich, als er zur Tür ging. Auf Prestimions Vorschlag zog Gialaurys den Großadmiral auf die Füße und führte ihn hinaus. Septach Melayn bot dem wackligen Oljebbin seine Hilfe an, und Prestimion befahl Taradath mit einer schnellen Geste, nötigenfalls Prinz Serithorn beizustehen.

Er und Svor blieben, nachdem die anderen gegangen waren, um noch einen letzten Schluck Weinbrand zu trinken und den Abend ausklingen zu lassen.

»Was glaubst du, mein gewiefter Freund?«, fragte Prestimion. »Sind sie für mich oder nicht?«

»Oh, für dich, für dich, auf jeden Fall.«

»Das glaubst du wirklich?«

Svor lächelte und hob eine Hand. »O ja, Prestimion, sie sind eindeutig für dich, diese drei großen und alteingesessenen Lords. Sie haben es selbst gesagt, also muss es stimmen. Du hast sie gehört. Das heißt, sie sind für dich, solange sie hier in deinem Haus sitzen und deinen Weinbrand trinken. Sobald sie zurück in der Burg sind, könnte es allerdings wieder ganz anders sein.«

»Das denke ich auch. Aber glaubst du, dass sie mich verraten werden?«

»Das bezweifle ich. Sie werden erst abwarten, was du unternimmst, und sich alle Möglichkeiten offen halten. Wenn du gegen Korsibar zu Felde ziehst und es so aussieht, dass du gewinnst, werden sie sich auf deine Seite schlagen; aber erst, wenn du eindeutig auf der Siegesstraße bist. Und wenn es so aussieht, dass du keine Chance hast, werden sie unter Eid abstreiten, jemals versprochen zu haben, auch nur den kleinen Finger für dich zu rühren. Den Eindruck habe ich jedenfalls.«

»Ich auch«, sagte Prestimion.

Die Dämmerung versprach einen makellosen Morgen, und das Versprechen wurde in der Tat erfüllt, denn es sollte noch viele Stunden dauern, bis der erste von Prestimions Gästen sich zeigte. Sie nahmen das Frühstück zu einer Zeit ein, die am besten für das Mittagessen geeignet ist, und jagten am Nachmittag zufrieden im warmen smaragdgrünen Sonnenschein im Muldemar-Wildgehege, brachten eine Menge Bilantoons und Sigimoins und weitere solcher Kleintiere zur Strecke, die von Prestimions Leuten weggetragen wurden, damit sie zum Abendessen zubereitet werden konnten. An diesem Abend wurde nicht auf die Themen eingegangen, die am vergangenen zur Sprache gekommen waren; man unterhielt sich nur über belanglose und angenehme Dinge, wie es wohlhabenden Lords zustand, die einen kurzen Urlaub auf dem Lande genossen.

Am nächsten Tag kehrten sie wieder zur Burg zurück. Eine Stunde, nachdem der Letzte von ihnen aufgebrochen war, kam ein berittener Bote zum Muldemar-Haus, um zu verkünden, dass der Prokurator von

Ni-moya sich näherte, und kurz darauf traf der Prokurator selbst ein, mit einem Gefolge von fünfzig oder
sechzig Personen, oder vielleicht noch einigen mehr.

Prestimion verspürte nur Erheiterung über diese
Dreistigkeit. »Wenigstens sind es keine fünfhundert«,
versetzte er, als er zum Tor ging, um Dantirya Sambail
zu begrüßen, und ihn mitten in dieser unerwarteten
Horde entdeckte. »Aber ich glaube, wir können Platz
für sie alle finden. Führst du eine große Prozession
durch, Vetter?«

»Das wäre voreilig von mir, Vetter. Mir hat noch niemand eine Krone angeboten.« Der Prokurator war wie
üblich prachtvoll gekleidet, mit unbedecktem Kopf,
aber einem glänzenden und teuren Wams aus schwarzem Leder, das überall mit leuchtenden, diamantför-
migen Pailletten bedeckt war, die sich fast bis zu seinem Kinn erhoben, und einer goldenen, mit Silber
ziselierten Brustplatte, die mit weiten, krummlinigen
und Prestimion unbekannten Symbolen beschriftet war.
»Aber ich werde deine Vorräte nicht über Gebühr stra-
pazieren«, sagte er, als sie ins Haus gingen. »Es handelt
sich nur um einen kurzen Besuch. Ich will morgen früh
wieder aufbrechen.«

»So bald?«, fragte Prestimion. »Warum? Du kannst
gern bleiben, so lange du willst.«

»Länger möchte ich nicht bleiben. Eine beträchtliche
Reise liegt vor mir; deshalb bin ich auch mit dieser
Vielzahl von Begleitern gekommen. Ich bin auf dem
Rückweg nach Ni-moya.«

»Vor der Krönungszeremonie?«

»Der Coronal hat mir die Teilnahme wegen der Länge der Reise großzügigerweise erlassen. Wie du weißt,
bin ich seit über drei Jahren nicht mehr zu Hause gewesen, und ich habe Heimweh. Lord Korsibar hielt es für
eine gute Idee, dass ich mich so schnell wie möglich in
Zimroel zeige und gleichzeitig mitteile, was hier geschehen ist. Korsibar ist auf dem anderen Kontinent

nicht so gut bekannt. Ich soll mich bei meinen Leuten für seine Vorzüge verbürgen.«

»Was du natürlich überaus loyal tun wirst, mit ganzem Herzen und ganzer Seele«, sagte Prestimion. »Nun, komm mit mir nach unten, dann kosten wir den neuen Jahrgang und ein oder zwei ältere. Wir hatten neulich hier ein großes Fest, Oljebbin, Gonivaul, Serithorn und ich. Schade, dass du es verpasst hast.«

»Ich glaube, Gonivaul ist mir vor kurzem auf der Straße entgegengekommen.«

»Wir hatten einen sehr interessanten Abend.«

»Interessant? Diese drei?« Dantirya Sambail stieß ein verächtliches Gelächter aus. »Aber in deiner Situation brauchst du wohl alle Freunde, die du finden kannst.« Er wandte sich einem seiner Diener zu und flüsterte etwas. Der Mann lief davon und kehrte kurz darauf mit einem Mitglied der Gefolgschaft des Prokurators zurück, einem schlanken, dunkelhäutigen Mann mit einer Hakennase, der eine enge Jacke trug. Prestimion war überzeugt, ihn schon einmal gesehen zu haben. »Wo ist denn dein Wein, Prestimion?«, fragte Dantirya Sambail.

»Der beste ist im Keller.«

»Dann gehen wir hinab. Begleite uns, Mandralisca.«

Mandralisca. Jetzt fiel es Prestimion wieder ein. Der Giftkoster, der Schlagstock-Kämpfer mit dem schnellen Reaktionsvermögen und der grünen Jacke, auf den Prestimion bei den Spielen im Labyrinth gegen Septach Melayn fünf Kronen gesetzt hatte. Er war ein Mann mit einem bösen, grimmigen und finsteren Gesicht, mit schmalen, strengen Lippen und spitzwinkligen Wangenknochen. Der Vorkoster betrachtete Prestimion kalt und abwägend, als wollte er die Wahrscheinlichkeit dafür abschätzen, dass der Prinz seinem Herrn ein tödliches Getränk vorsetzen würde.

Prestimion spürte, wie ihn eine heiße Woge der Wut durchlief. Trotz seiner Selbstbeherrschung klang seine

Stimme wie ein Peitschenknall, als er sagte: »Wir brauchen diesen Mann hier nicht, Prokurator.«

»Er begleitet mich überall hin. Er ist mein …«

»Giftkoster, ja. Das habe ich bereits gehört. Misstraust du mir so sehr, Vetter?«

Dantirya Sambails bleiche, fleischige Wangen liefen rot an. »Es ist ein uralter Brauch, ihn ständig zuerst kosten zu lassen.«

»Mein uralter Brauch ist es«, erwiderte Prestimion, »mein Haus nur jenen zu öffnen, die ich liebe. Und die vergifte ich nur sehr selten.«

Er sah Dantirya Sambail geradeheraus an und ließ nicht von ihm ab. Sein Blick strahlte Zorn und verletzten Stolz und stechende Verachtung aus. Keiner der beiden sagte etwas. Dann wandte der Prokurator wie nach langer Überlegung den Blick ab und lächelte. »Nun gut, Prestimion«, sagte er in versöhnlichem Tonfall. »Ich möchte meinen lieben Verwandten nicht beleidigen. Für dich werde ich auf meinen uralten Brauch verzichten. So sei es.« Er machte eine kurze, schnelle Handbewegung, und der Giftkoster warf Dantirya Sambail einen frostigen, fragenden Blick und Prestimion einen überaus übel wollenden zu und schlich davon.

»Nun komm«, sagte Prestimion. »In den Keller, und ich gebe dir ein oder zwei Trinkschalen von unserem Besten.«

Gemeinsam stiegen sie in die dunklen Katakomben hinab.

»Du hast oben eine Andeutung über meine Situation fallen lassen«, sagte Prestimion, öffnete eine Flasche und schenkte ein. Er war jetzt ruhiger und machte es sich mit dem Prokurator gemütlich. »Und was für eine Situation ist das?«

»Eine gewaltig unbehagliche, würde ich meinen. Man hat dir die Krone direkt unter der Nase weggeschnappt; da sieht man vor fünfzehn Milliarden Leuten doch wie ein Narr aus.« Dantirya Sambail trank einen großen Schluck und schmatzte. »Aber wenigstens kannst du dich auf deine Weinberge stützen. Schenk mir noch einmal ein, ja?«

»Also hast du nach dem ersten Schluck mehr Vertrauen? Was, wenn es sich um ein langsam wirkendes Gift handelt?«

»Dann werden wir beide diese Welt in derselben Stunde verlassen«, sagte Dantirya Sambail, »denn ich habe gesehen, dass du aus der gleichen Flasche getrunken hast. Aber ich habe nie an dir gezweifelt, Vetter.«

»Warum dann Mandralisca?«

»Ich habe es dir gesagt. Es ist eine Gewohnheit, ein uralter Brauch. Verzeih mir, Vetter«, sagte Dantirya Sambail und sah ihn voller Schwermut aus Blave-Augen an, fromm wie ein Lamm und reumütig. »Wenn das Gift ist, ist es das wohlschmeckendste, das die Welt je gesehen hat. Ich bitte dich, mir noch einen Schluck zu geben; denn wenn er mich nicht umbringt, wird er mir das größte Vergnügen bereiten.« Der Prokurator lachte erneut, schob sein Gesicht mit den starken Zügen zu Prestimion hoch und grinste breit und wild, als der seine Trinkschale bis zum Rand auffüllte. »Und wo sind deine drei Gefährten, dieser spinnenbeinige Narr von Schwertkämpfer, an den niemand Hand anlegen kann, und der große Affe von Ringer, und der andere, der hinterhältige kleine Tolaghai-Herzog? Ich dachte, du würdest dich nie von ihnen trennen.«

»Sie sind auf die Jagd gegangen. Wir wussten ja nichts von deiner bevorstehenden Ankunft. Aber sie werden bald bei uns sein. Bis dahin können wir uns unterhalten, unter Verwandten, ohne dass deine Lakaien uns zuhören.« Prestimion betrachtete einen Augenblick lang sein Trinkgefäß. »Ich stehe wie ein Narr da, hast du gesagt. Ist dem so? Sehe ich für die ganze Welt wirklich wie ein solcher Narr aus, Dantirya Sambail? Denn ich wurde niemals zum designierten Coronal ernannt. Korsibar hat die Krone gestohlen, daran gibt es keinen Zweifel; aber kann man behaupten, dass er sie mir gestohlen hat?«

»Wenn es dir so gefällt, Vetter, hat er sie eben aus dem heiteren Himmel gestohlen«, sagte Dantirya Sambail. Er streckte die Hand aus und schenkte sich selbst nach. Als er dicht neben Prestimion stand, machte er einen bedrohlichen Eindruck, nicht so sehr wegen seiner Größe denn wegen seines massigen Torsos und der Zuversicht seiner breitbeinigen Haltung. Die bleiche Haut seines Gesichts mit den schweren Zügen rötete sich bereits vom Wein und begann zu glänzen, wodurch seine orangefarbenen Sommersprossen nicht mehr so stark auffielen und ein noch tieferer Kontrast zu seinen außergewöhnlichen violetten Augen geschaffen wurde. Aber der standfeste Blick dieser Augen verriet Prestimion, dass der Prokurator noch völlig nüchtern war, obwohl er äußerlich vom Wein angeschlagen zu sein schien. »Wie sehen deine Pläne aus, Prestimion?«, fragte er mit fröhlichem, fast freundlichem Tonfall. »Wirst du versuchen, Korsibar von seinem hohen Ross zu stoßen?«

»Ich hatte gehofft, du würdest mir diesbezüglich einen Rat geben«, erwiderte Prestimion glatt.

»Also hast du Pläne!«

»Keine Pläne. Absichten. Nein, nicht einmal Absichten: mögliche Absichten.«

»Die ein mögliches Heer und mächtige mögliche Verbündete erfordern. Hier, trink mit mir, Vetter, halte Schritt, überlass mir den Wein nicht allein! Sag mir, was du auf dem Herzen hast, lieber Prestimion.«

»Wäre das klug von mir?«

»Ich habe dir mein Leben anvertraut, als ich deinen Wein trank. Sprich und fürchte nichts, Vetter.«

»Dann werde ich offen und geradeheraus zu dir sein.«

»Ja. Unbedingt, ja.«

Es war kein Geheimnis, dass Dantirya Sambail der schwärzeste aller Schurken war; aber Prestimion hatte schon vor langer Zeit gelernt, dass man einen Schuft am besten entwaffnen konnte, wenn man ihm sein Herz öffnete. Daher war er entschlossen, völlig aufrecht zum Prokurator zu sein.

»Erstens«, sagte Prestimion. »Ich hätte Coronal werden sollen. Auf diesem ganzen Planeten wird das niemand bestreiten. Ich bin der qualifizierteste Kandidat. Korsibar ist es nicht einmal annähernd.«

»Und zweitens?«

»Zweitens, Korsibar hat etwas Übles und Dunkles und Verräterisches getan, als er sich selbst auf diese Weise krönte. Solche Taten machen sich selten für den Täter bezahlt. Wenn uns das Glück beisteht, wird er sich vielleicht durch seine Dummheit und Arroganz schnell selbst zunichte machen, denn das ist eine sehr schlechte Kombination. Aber wenn nicht, wird er mit der Zeit den Zorn des Göttlichen auf uns alle bringen, wenn wir ihm erlauben, ungehindert zu herrschen.«

»Den Zorn des Göttlichen, sagst du?«, erwiderte Dantirya Sambail mit einem komischen Blinzeln. »Den Zorn des Göttlichen? Ach, Vetter, und ich habe dich die ganze Zeit über für einen vernünftigen, skeptischen Mann gehalten!«

»Es ist allgemein bekannt, dass ich für Zauberer und dergleichen Humbug nichts übrig habe. In dieser Hinsicht bin ich Skeptiker; aber das bedeutet nicht, dass ich gottlos bin, Dantirya Sambail. Es gibt Mächte im Universum, die das Böse bestrafen: Daran glaube ich. Die Welt wird leiden, wenn man Korsibar keinen Widerstand leistet. Von meinem privaten Ehrgeiz abgesehen, bin ich der Meinung, dass er für unser aller Wohlergehen gestürzt werden muss.«

»Aha«, sagte der Prokurator und runzelte die Stirn, dass seine zottigen roten Brauen sich hoben. Und einen

Augenblick später sagte er erneut, wie er es oft tat: »Aha. Gibt es einen dritten Punkt?«

»Diese beiden reichen völlig aus. Da hast du es gehört, innerhalb von zwei Minuten.« Prestimion schenkte sich und dann auch Dantirya Sambail Wein nach, als der ihm seine Schale hinhielt. »Meine Pläne. Meine Absichten. Sogar mein Glaubensbekenntnis. Was wirst du jetzt tun, zu Korsibar zurücklaufen und ihn warnen?«

»Wohl kaum«, sagte der Prokurator. »Bin ich ein so verräterisches Schwein, dass ich Zeugnis gegen meinen eigenen Verwandten ablegen würde? Aber du stehst hier vor einer gefahrvollen und schwierigen Aufgabe.«

»Wie schwer, würdest du sagen?«, fragte Prestimion, schaute erneut in seine Weinschale und drehte sie langsam. »Gib mir deine realistischste Einschätzung. Erspare mir nichts.«

»Ich bin stets ein realistischer Mann, Vetter. Unangenehm vielleicht, aber realistisch.« Der Prokurator hob eine Hand und zählte seine Einwände an den dicken Fingern ab. »Erstens, wie du sagen würdest: Korsibar hält die Burg, die fast uneinnehmbar ist und in den Herzen der Leute im ganzen Land sehr hoch gehalten wird. Zweitens: Wer die Kontrolle über die Burg hat, hat auch die Kontrolle über die Burgwache. Drittens: Auch das Heer steht zu ihm, denn es ist ein großes, kopfloses Tier, das dem treu ergeben ist, der die Krone trägt, und die trägt nun Korsibar. Viertens: Korsibar ist ein feiner, schneidiger Kerl, und die allgemeine Bevölkerung scheint ihn zu bewundern. Fünftens: Er wurde sein Leben lang in den Burgprotokollen und -routineabläufen ausgebildet. Alles in allem wird er wahrscheinlich einen einigermaßen anständigen Coronal abgeben.«

»In diesem letzten Punkt stimmen wir nicht überein.«

»Das ist mir klar. Aber ich vertraue der Weisheit und

Gnade des Göttlichen nicht so sehr wie du. Ich glaube, Korsibar ist dieser Aufgabe mehr oder weniger gewachsen. Er ist von Leuten wie Oljebbin und Serithorn umgeben, die ihn auf dem richtigen Weg halten können, und der listige kleine Farquanor ist ebenfalls eine scharfsinnige Stütze, ob man ihn nun ausstehen kann oder nicht. Und Korsibars Su-Suheris-Magus ist ein weiterer kluger Architekt von Strategien und überaus gefährlich. Und vergiss nicht, du musst auch mit der Schwester rechnen.«

»Mit Thismet?«, fragte Prestimion überrascht. »Was ist mit ihr?«

»Weißt du es nicht? Sie ist die wahre Macht in der Familie«, sagte Dantirya Sambail und ließ seine eckigen, gedrungenen Zähne aufblitzen. »Was glaubst du denn, wer den armen Klotzkopf Korsibar überhaupt dazu gedrängt hat, nach der Krone zu greifen? Die Schwester! Die schöne Lady Thismet persönlich! Sie flüsterte ihm die ganze Zeit über, die wir im Labyrinth waren, ins Ohr, stachelte und stieß ihn an, drängte ihn und hetzte ihn auf, füllte das, was man als seinen Verstand bezeichnet, mit viel aufrührerischem Gerede von seinen unvergleichlichen Tugenden und seinem hohen Schicksal, trieb ihn immer weiter an, bis ihm keine andere Wahl mehr blieb, als seinen Zug zu machen. Ach, sie ist schon eine Wilde, diese Schwester.«

»Weißt du das genau?«

Der Prokurator streckte mit einer Geste frömmlerischer Aufrichtigkeit die Hände aus. »Ich weiß es aus der besten Quelle, nämlich von mir selbst. Ich habe während der Spiele zufällig mitbekommen, wie sie ihn bearbeitet hat. Er ist ihr gegenüber so hilflos wie ein weidender Blave. Sie treibt ihn wie ein Hirte an, und er geht dorthin, wohin sie will.«

»Er ist insgeheim ein Schwächling, das wusste ich. Aber ich wusste nicht, dass sie so willensstark ist.«

»Du kennst sie eben nicht richtig, Vetter. Sie liebt

Korsibar über alles. Schließlich sind sie Zwillinge, haben sich schon im Mutterleib umarmt. Es würde mich nicht einmal überraschen, wenn zwischen ihnen etwas Inzestuöses abliefe. Aber du musst in der Gleichung auch ihren Hass auf dich berücksichtigen.«

Das traf Prestimion unerwartet hart. Dass Thismet ihrem Bruder treu ergeben war und ehrgeizige Pläne mit ihm hatte, konnte ihn nicht überraschen. Aber Treue und Ehrgeiz für den einen sollten sich nicht unbedingt in Abscheu für den anderen verwandeln.

»Hass … auf mich …?«

»Hast du sie je zurückgewiesen, Prestimion?«

»Ich kenne sie seit vielen Jahren. Aber wir standen uns nie nah. Ich bewundere natürlich ihre Schönheit, ihre Anmut und ihre Schlagfertigkeit, wie alle es tun. Vielleicht sogar mehr als die meisten. Aber zwischen uns ist es nie zu Intimitäten gekommen, niemals.«

»Das könnte das Problem sein. Vielleicht hat sie irgendwann einmal etwas zu dir gesagt, das du nicht hören wolltest. Du weißt doch, Frauen hegen einen schrecklichen Groll gegen Männer, die ihnen so etwas antun. Aber wie dem auch sei, das sind deine Hindernisse. Die Welt steht zu Korsibar. Nichts gereicht dir zum Vorteil, abgesehen von deiner Überzeugung, dass du der wahre und rechtmäßige Coronal bist, und deiner überlegenen Intelligenz und Entschlossenheit und, vermute ich, deinem Vertrauen darauf, dass der Göttliche dich auf dem Thron sitzen sehen will. Wenngleich ich sagen muss, dass der Göttliche in diesem Fall einen sehr seltsamen Weg eingeschlagen hat, dich dorthin zu bringen. Wäre der Göttliche etwas direkter in der Durchsetzung seines Willens, wäre die Welt wohl ein langweiligerer Ort. Andererseits fiele es mir dann nicht so schwer, an die Existenz solch großer übernatürlicher Mächte zu glauben, die unser Schicksal beherrschen. Meinst du nicht auch?«

»Du glaubst, es wird mir nicht gelingen, den Thron zu bekommen?«

»Ich habe nur gesagt, dass es alles andere als leicht sein wird. Aber geh nur, stürze dich hinein, versuche es. Ich bin bei dir, wenn du es wagst.«

»Du? Du bist unterwegs nach Zimroel, um Korsibar den Weg zu ebnen!«

»Darum hat er mich gebeten. Was ich dort in Wirklichkeit tun werde, ist eine ganz andere Sache.«

»Habe ich dich richtig verstanden? Du sicherst mir deine Unterstützung zu?«, fragte Prestimion ungläubig.

»Zwischen uns gibt es Blutsbande, Junge. Und auch Liebe.«

»Liebe?«

Dantirya Sambail beugte sich zu Prestimion hinüber und lächelte überaus freundlich. »Du weißt doch bestimmt, dass ich dich liebe, Vetter! Ich sehe meine eigene geliebte Mutter, wenn ich die deine anschaue. Sie hätten Schwestern sein können. Wir sind fast von einem Fleisch und Blut, du und ich.« Er musterte Prestimion mit einem Blick seiner seltsamen violetten Augen, in dem eine glühende Intensität lag. In ihnen war eine schreckliche düstere Macht, aber auch diese geheimnisvolle Zärtlichkeit. »Du bist alles, was ich hätte sein wollen, aber nicht sein konnte. Welch eine Freude wäre es für mich, dich anstelle dieses Dummkopfs Korsibar in der Burg zu sehen! Und ich werde alles tun, was in meiner Macht steht, um dich dorthin zu bringen.«

»Was für ein grässliches Ungeheuer bist du doch, Dantirya Sambail.«

»Ach ja, das auch. Aber ich bin dein Ungeheuer, liebster Prestimion.« Erneut füllte er seine Schale nach, ohne gefragt zu haben. »Komm und segle noch diese Stunde mit mir nach Zimroel. Ni-moya wird die Basis sein, von der aus du den Krieg gegen Korsibar führst. Wir werden gemeinsam ein Heer von einer Million Soldaten aufstellen; wir werden tausend Schiffe bauen; wir werden Seite an Seite stehen, wenn wir das Meer überqueren, und gemeinsam zur Burg marschieren, wie die Brüder, die wir in Wirklichkeit sind, und nicht die fernen und manchmal feindseligen Vettern, für die die Welt uns hält. Also, Prestimion? Ist das nicht eine wunderbare Vision?«

»Eine wunderbare, ja.« Prestimion kicherte. »Du willst mich dazu verleiten«, sagte er kühl, »Streit mit Korsibar anzufangen, damit wir beide uns gegenseitig vernichten und der Weg zum Thron dann für dich frei ist. Ist dem nicht so?«

»Hätte ich jemals den Thron haben wollen, hätte ich Lord Confalume einfach gebeten, ihn mir zu geben, sobald er es leid war, darauf zu sitzen. Das hätte ich schon getan, bevor du auch nur alt genug warst, um deine Hände ganz um die Brüste einer Frau legen zu können.« Das Gesicht des Prokurators war nun scharlachrot, aber seine Stimme war fest; er schien ruhig und lediglich amüsiert zu sein. »Wer sonst hätte denn Anspruch auf ihn erheben können? Dieser Narr von Oljebbin? Confalume hätte die Krone lieber einem Skandar aufgesetzt, als sie ihm zu geben. Aber nein, nein, ich hatte keine Verwendung für den Burgberg. Der Coronal kann ihn haben, und ich habe Zimroel, und wir beide sind zufrieden.«

»Besonders, wenn du sagen kannst, dass der Coronal dir auch seine Krone verdankt, was?«

»Ach, du ziehst mich immer wieder in Zweifel, lieber Prestimion. Du verschwendest zu viel kostbaren Atem damit, meine Beweggründe anzugreifen, die manchmal tatsächlich rein sind. Vielleicht verwirrt dein guter Wein deinen Verstand. Kommen wir zur Sache: Du willst König sein, und ich biete dir meine Hilfe an, sowohl als dein dich liebender Verwandter, der dich in allen Dingen unterstützen würde, als auch aus der starken Überzeugung heraus, dass der Thron rechtmäßig dir gehört.

Mir stehen nicht unbeträchtliche Kräfte zur Verfügung. Sag mir hier und jetzt: Akzeptierst du mein Angebot, oder lehnst du es ab?«

»Was glaubst du denn? Ich akzeptiere es.«

»Was für ein vernünftiger Junge. Nun gut: Wirst du mit mir nach Zimroel fahren und dort eine militärische Basis für dich schaffen?«

»Nein, das werde ich nicht tun. Wenn ich Alhanroel erst einmal verlassen habe, ist mir eine Rückkehr vielleicht nicht mehr so leicht möglich. Und dies ist meine Heimat. Hier fühle ich mich am wohlsten. Ich bleibe hier, zumindest vorerst.«

»Wie immer du es gern hättest.« Dantirya Sambail lächelte breit und schlug mit einer großen Hand so fest auf den Tisch, dass es laut klatschte. »Also! Abgemacht! Dir Hilfe anzubieten ist eine ermüdende Schwerstarbeit. Wirst du mir jetzt wenigstens etwas zu essen anbieten?«

»Natürlich. Komm.«

»Ach, eins noch«, sagte der Prokurator, als sie den Keller verließen. »Der Coronal Lord Korsibar hat vor, dich in Kürze zur Burg zu rufen, damit du seinen Krönungszeremonien beiwohnst.«

»Ach was?«

»Ich habe es von Farquanor persönlich. Iram von Normork wird die Einladung überbringen. Vielleicht ist er bereits unterwegs nach Muldemar. Was wirst du ihm sagen, Vetter, wenn er hier eintrifft?«

»Nun, dass ich kommen werde.« Prestimion warf ihm einen fragenden Blick zu. »Was würdest du mir denn raten, Vetter?«

»Natürlich, dass du gehst. Alles andere wäre feige. Außer natürlich, du hast vor, deinen Bruch mit Lord Korsibar schon bald zu enthüllen.«

»Dafür ist es noch viel zu früh.«

»Dann hast du keine andere Wahl, als zur Burg zu gehen, nicht wahr?«

»Genau.«

»Es erfreut mich sehr, dass wir einer Meinung sind. Und nun, Prestimion, etwas zu essen. Und wenn ich bitten darf, keine kleine Portion.«

»Das kann ich dir versprechen, Vetter. Ich glaube, ich kenne deinen Appetit.«

Sie speisten gut im Haus Muldemar an diesem Abend, obwohl Prestimion in den letzten Tagen mit den Gästen, die vor Dantirya Sambail bei ihm gewesen waren, schon mehr als genug gegessen und getrunken hatte. Aber er behauptete sich und verabschiedete den Prokurator und sein Gefolge am nächsten Tag würdevoll. Danach zog er sich mit seinen drei Gefährten in sein Arbeitszimmer zurück, um die Bedeutung der Gespräche zu erörtern, die er mit dem Prokurator geführt hatte. Sie sprachen stundenlang und hätten sich bis tief in die Nacht unterhalten, ohne sich ein Abendessen kommen zu lassen. Doch dann erfolgte eine Unterbrechung. Ein Diener mit einer Nachricht für Prinz Prestimion klopfte an die Tür.

»Graf Iram von Normork ist hier«, sagte er. »Er hat eine Botschaft vom Coronal für Euch.«

III

DAS BUCH DER VERÄNDERUNGEN

1

Korsibar residierte schon seit fünf Tagen in der Burg, als er es zum ersten Mal über sich brachte, die Stufen hinaufzugehen, die zum Confalume-Thron führten.

Der Thron gehörte rechtmäßig ihm; daran hatte er keinen Zweifel – oder kaum einen. Dann und wann erwachte er des Nachts in kaltem Schweiß gebadet, nachdem er eine neue Sendung von der Lady bekommen hatte, die seinen Schlaf störte, oder vielleicht war es auch nur ein beunruhigender, immer wiederkehrender Traum, bei dem es sich nicht um eine Sendung handelte, in dem aber jemand vor ihm auftauchte, mit dem Finger auf ihn zeigte und zu ihm sagte: »Warum sitzt die Krone deines Vaters über deinen Ohren, Prinz Korsibar?« Doch in den wachen Stunden hatte er keine Schwierigkeiten, sich als König zu sehen. Er besaß die Krone, die er jeden Tag immer ein paar Stunden trug, damit die anderen sich daran gewöhnen konnten, ihn damit zu sehen. Er kleidete sich mit den Gewändern eines Coronals, grün und golden mit Hermelinbesatz. Wenn er durch die Säle ging, machte ein jeder das Sternenfächerzeichen vor ihm, wandte den Blick ab und sagte zu allem, was er vorbrachte: »Ja, mein Lord!« und »Natürlich, mein Lord!«

Ja, er war der Lord Coronal. Daran konnte es keinen Zweifel geben. Vielleicht verweilte noch immer ein wenig verbliebene Überraschung darüber in seiner Seele, denn er war vom Tag seiner Geburt an einfach Prinz Korsibar gewesen, ohne Hoffnung, zu etwas Höherem als dem aufzusteigen, und nun war er plötzlich Lord Korsibar, und er hatte noch immer nicht ganz verkraftet, wie schnell es dazu gekommen war.

Es war noch neu für ihn. Aber diese Sternenfächer ließen sich einfach nicht leugnen und auch nicht die abgewandten Blicke. Er war wirklich Coronal.

Trotzdem unterließ er es in diesen ersten Tagen möglichst, auf dem Thron selbst Platz zu nehmen.

Aber er hatte auch sehr viel außerhalb des Thronraums zu tun. Er musste zum Beispiel die Verlagerung seiner Privatgemächer vom anderen Ende des Pinitor-Hofs in die viel größeren Räume des Coronals überwachen, die praktisch ein eigenständiger Palast in der Burg waren und in dem Flügel lagen, der als Lord Thrayms Turm bekannt war.

Korsibar hatte sich natürlich oft in diesen prachtvollen Räumen aufgehalten. Aber damals waren sie mit den unzähligen, seltsamen und seltenen Dingen gefüllt gewesen, die zur Sammlung seines Vaters gehört hatten, den kleinen Skulpturen aus Drachenelfenbein, die er so geliebt hatte, und den leuchtenden kleinen Statuen aus gedrehtem Glas, den prähistorischen Artefakten und den präparierten Insekten, die in ihren Rahmen hell wie Juwelen leuchteten, und den gewaltigen Bänden mit esoterischen Überlieferungen und all den anderen Stücken, dem feinen Porzellan, den unvergleichlichen Webarbeiten aus Makroposopos und der Vitrine, die Silbermünzen mit Prägungen von allen Herrschern enthielt, dem Pontifex auf der einen und dem Coronal auf der anderen Seite, Prägungen, die bis zum Anbeginn der Zeit zurückführten.

Doch nun war nichts davon mehr hier, denn Lord Confalume hatte gewusst, als er zum Labyrinth gereist war, um Prankipins Tod zu erwarten, dass er nicht mehr als Coronal in Lord Thrayms Turm zurückkehren würde. Viele seiner Sammlungsstücke hatte er auf die Reise mitgenommen, der Rest war eingelagert worden oder ins Burgmuseum gegangen. Daher kamen Korsibar die Räume des Coronals leer und seltsam unwirtlich vor, als er sie zum ersten Mal betrat, nachdem er den Thron bestiegen hatte. Er hatte nie zuvor bemerkt, wie abstoßend diese harten Grate aus graugrünem Stein sein konnten, wie kalt die nackten schwarzen Bodenfliesen.

Daher hatte er sich in diesen ersten Tagen angeschickt, die Räume mit eigenen Dingen zu füllen. Aber er hatte sich nie dafür begeistern können, Besitztümer zu erwerben. Lord Confalume hatte in seinen dreiundvierzig Jahren in der Burg unersättlich gesammelt, was immer seinen Gefallen gefunden hatte, und außerdem waren unablässig aus allen Ecken der Welt Geschenke für ihn eingetroffen.

Korsibar hingegen besaß, wie es seiner Natur und seinem Temperament entsprach, kaum mehr als seine Garderobe aus guten Kleidungsstücken, seine Jagdausrüstung und Sportgeräte. Seine Möbel waren gewöhnlich – Thismet hatte ihn deshalb oft gescholten –, und was Gemälde, Weinschalen, Skulpturen, Draperien und dergleichen betraf, so besaß er kaum etwas, und das Wenige in seinem Besitz war ziemlich gewöhnlich. Das musste behoben werden. Es wäre deprimierend, in kahlen steinernen Räumen von solcher Größe leben zu müssen. Er ließ Graf Farquanor kommen, der sich freute, ihm in fast jeder Hinsicht behilflich sein zu können, und sagte: »Suche mir irgendetwas, womit ich diese Räume füllen kann. Hole notfalls Stücke aus dem Museum. Aber nichts Berühmtes, nichts, das neidische Kommentare auf sich ziehen wird. Es sollen anständig aussehende Dinge sein, mehr verlange ich gar nicht, nichts, was das Auge beleidigt, nichts Radikales, einfach nur angenehme Dinge, die diese Räume wie Gemächer aussehen lassen, in denen jemand wohnt.«

Es stellte sich heraus, dass Farquanors Auffassung von dem, was das Auge beleidigte und was anständig aussah, sich etwas von der Korsibars unterschied. Daher herrschte in diesen ersten Tagen ein beträchtliches Kommen und Gehen von Möbeln, und das beanspruchte viel Zeit.

Dann musste er sich mit den offiziellen Gemächern des Coronals vertraut machen, aber nicht als gelegentlicher Besucher seines Vaters, sondern als derjenige, der tatsächlich hinter dem herrlichen Palisanderschreibtisch mit dem sternenfächerähnlichen Muster saß und die Arbeit tat, die an diesem Schreibtisch getan werden musste.

Es war natürlich noch zu früh, als dass ihn schon Gesetzesvorlagen erreichten. Der Rat hatte während Prankipins langsamen Verfalls nicht getagt und würde auch nicht zusammentreten, bis Korsibar Zeit gehabt hätte, die Mitglieder zu bestätigen, die er übernehmen würde, und die zu ernennen, die er neu hinzuziehen wollte. Bislang hatte er lediglich Oljebbin gesagt, dass er weiterhin Hoher Berater sein würde.

Früher oder später würde er Oljebbin wohl um seinen Rücktritt bitten und ihn durch Farquanor ersetzen müssen; aber dafür war noch Zeit.

Obwohl es noch keine neuen Gesetze gab, die er lesen und billigen musste, gab es andere Angelegenheiten, die seine Aufmerksamkeit erforderten, triviale Dinge, die Bestätigung der Ernennung von Provinzverwaltern, die routinemäßige Verkündung verschiedener örtlicher Feiertage – es hatte den Anschein, dass es jeden Tag hunderte verschiedener Feiertage irgendwo auf dieser Welt gab, dieses Fest in Narabal und jenes in Bailemoona und das in Gorbidit und ein anderes in Ganiboon, und der Coronal musste bei jedem einzelnen seinen Namen auf ein Stück Papier kritzeln, um es offiziell zu machen. Korsibar erledigte einen Teil dieser Arbeit. Er empfing Delegationen von den Bürgermeisterämtern eines halben Dutzends der Inneren Städte – es war noch zu früh, als dass die Delegationen entfernterer Städte die Burg schon erreichen konnten – und lauschte ernst, während sie ihrem Vertrauen in die Vorzüge und Wunder, die seine Herrschaft mit sich bringen werde, Ausdruck verliehen.

Und er musste auch die Krönungsfeierlichkeiten planen, die Spiele und Feste und dergleichen. Diese Aufgabe hatte er Mandrykarn, Venta und Graf Iram übertragen, aber sie kamen ständig zu ihm angelaufen und stellten ihm Fragen wegen dieser oder jener Einzelheit; sie waren nicht bereit, so früh während einer neuen Herrschaft schon auf ihr eigenes Urteil zu vertrauen.

Und so weiter und so fort ... Würde es ständig so sein, oder lag es einerseits auch daran, dass der alte Coronal so viele Monate lang nicht in der Burg gewesen war und Korsibar nun andererseits zusätzlich alle Aufgaben wahrnehmen musste, die einem neuen Coronal eben zufielen?

Aber am fünften Tag hatte er endlich ein paar Stunden zur freien Verfügung, und Korsibar kam in den Sinn, dass dies eine gute Gelegenheit sein mochte, sich den Thron anzusehen. Sozusagen festzustellen, ob er ihm passte.

Er ging allein. Er kannte den Weg gut; als Junge hatte er beobachtet, wie dieses Gebäude erbaut worden war, hatte Tag für Tag zugesehen, wie es Gestalt annahm. Ein Durcheinander kleiner Räume, die auf die Anfänge der Burg zurückgingen, führte nach hier hinauf, ein Umkleideraum aus Lord Vildivars Zeit, ein Gerichtssaal, der angeblich von Lord Haspar erbaut worden war. Lord Confalume hatte irgendwann geplant, sie durch Räume ersetzen zu lassen, die eine angemessenere Ergänzung zu dem dahinter liegenden Thronraum waren. Vielleicht werde ich das tun, dachte Korsibar. Nach seiner Ernennung lässt jeder neue Coronal Umbauten durchführen.

Es ging einen schattigen Steinbogengang entlang, nach links, durch irgendeine Kapelle, nach rechts, und da waren sie: die großen goldbeschlagenen Deckenbalken, der leuchtende Boden aus gelbem Gurnaholz, die Edelsteinintarsien, die Tapisserien. Alles strahlte mit einem inneren Licht, sogar im Halbdunkeln des riesigen leeren Raums. Und dort, an der gegenüberliegenden Wand, stand der Confalume-Thron in einzigartiger Pracht, dieser gigantische, mit Rubinen besetzte Block aus schwarzem Opal auf dem Stufenpodest aus dunklem Mahagoni. Korsibar stand eine Weile staunend davor, legte die Hand leicht auf eine der silbernen Säulen, die den goldenen Baldachin darüber trugen. Dann tat er einen Schritt und noch einen, und noch einen. Von den Knien bis zu den Knöcheln zitterten seine Beine ganz leicht.

Hinauf.

Umdrehen. In den Saal schauen.

Setzen.

Mehr war nicht erforderlich. Hinaufgehen und setzen. Er legte die Arme auf die beiden satinglatten Lehnen und schaute durch das Halbdunkel zu der Tapisserie an der gegenüberliegenden Wand, auf der Lord Stiamot die Unterwerfung der Metamorphen akzeptierte.

»Stiamot!«, sagte er. Seine Stimme wurde weit getragen und hallte in dem leeren Saal. »Dizimaule! Kryphon!« Coronals, uralte, große.

Dann sagte er ganz langsam den Namen seines Vaters, genoss den königlichen Klang der wogenden Silben, als sie über seine Lippen kamen: »Confalume. Con-fa-lume.« Und dann, laut, hallend: »Korsibar! Lord Korsibar, Coronal von Majipoor.«

»Lang lebe Lord Korsibar!«, erklang eine Antwort aus den Schatten irgendwo zu seiner linken Hand, die ihn dermaßen erschreckte, dass er fast vom Thron gesprungen wäre.

Korsibars Gesicht flammte rot auf vor Verlegenheit, dass jemand seine kindliche Selbstbeweihräucherung mit angehört hatte. Er kniff die Augen zusammen und starrte in den Saal.

»Wer … Thismet? Bist du das?«

»Ich habe dich hineingehen sehen und bin dir gefolgt.« Sie trat vor, damit er sie deutlich erkennen konnte. »Du nimmst Maß, nicht wahr? Wie fühlt es sich an, dort zu sitzen?«

»Seltsam. Sehr seltsam. Aber durchaus annehmbar.«

»Ja. Das kann ich mir vorstellen. Steh auf und lass es mich versuchen.«

»Du weißt, dass ich das nicht kann. Der Thron – das ist ein geweihter Platz, Thismet!«

»Ja. Natürlich ist er das. Setz dich gerade hin, Korsibar. Deine rechte Schulter ist tiefer als die linke. So ist es schon besser. Du bist jetzt der König. Du musst gerade sitzen. Eine anständige Zurschaustellung von Erhabenheit, das ist jetzt erforderlich. Wusstest du, dass ich, als wir noch im Labyrinth waren, eines Nachts geträumt habe, schlafwandelnd in den Thronraum zu kommen und dich dort genau wie jetzt vorzufinden, ganz allein in der Dunkelheit?«

»Wirklich?«, sagte Korsibar, ohne großes Interesse zu zeigen. Thismet träumte immer von irgendwelchen Dingen.

»Ja. Nur war es so dunkel, dass ich dich zuerst nicht erkannte. Ich stand genau dort, wo ich jetzt stehe. Und da war ein zweiter Thron, mit dem ersten völlig identisch, ein Zwillingsthron, Korsibar, hinter mir an der gegenüberliegenden Wand, an der jetzt die Stiamot-Tapisserie hängt. Ich machte vor dir das Sternenfächerzeichen; und du hast durch den Raum auf den anderen Thron gezeigt und gesagt, dort drüben sei mein Platz, und mich gefragt, warum ich nicht zu ihm ginge. Also habe ich mich auf den Thron gesetzt, und ein helles Licht leuchtete von der Decke hinab, und erst dann konnte ich sehen, dass du auf diesem Thron sitzt und die Krone des Coronals trägst. Und da wurde mir zum ersten Mal klar, dass du Coronal werden würdest.«

»Ein sehr prophetischer Traum.«

»Ja. Und ein zweiter Thron, Korsibar, einer für mich! Ist das nicht eine bedeutsame Einzelheit?«

»Träume, ja, sie zeigen uns alle möglichen ungewöhnlichen Dinge«, sagte er kurz angebunden. Er streichelte wieder die Armlehnen. »Davon habe ich nie geträumt, Schwester. Ich hätte es nicht gewagt! Aber wie gut fühlt es sich an, hier zu sitzen. Coronal! Der Coronal Lord Korsibar! Stell dir das nur vor!«

»Lass es mich versuchen, Korsibar.«

»Es ist unmöglich. Es wäre verräterisch.«

»In meinem Traum gab es einen zweiten Thron, und du hast mich aufgefordert, darauf Platz zu nehmen.«

»Ja, in deinem Traum«, sagte Korsibar.

2

Dann willst du wirklich gehen, Prestimion?«, fragte Svor und betastete die kunstvoll geschmückte Einladung, die Graf Iram überbracht hatte. »Du willst es wirklich tun?«

»Es gibt keinen anderen Weg, den ich einschlagen könnte«, sagte Prestimion. Sie, die vier, hatten sich in Prestimions Schießstand neben den Ställen des Hauses Muldemar versammelt, wo sie seit der Abreise von Korsibars Gesandtem vor zwei Stunden an den Zielscheiben geübt hatten.

»Der Coronal von Majipoor lädt den Prinzen von Muldemar ein, an den Festlichkeiten in der Burg teilzunehmen«, sagte Septach Melayn zu Svor. »Vergiss einmal, welcher Coronal und welcher Prinz. Es wäre zu jeder Zeit unverzeihlich, solch eine Einladung auszuschlagen. Aber sie jetzt auszuschlagen käme praktisch einer Kriegserklärung gleich.«

»Und befinden wir uns nicht bereits im Krieg?«, fragte Gialaurys. »Wurden wir nicht von Bewaffneten von der Burg vertrieben, als wir uns friedlich Einlass verschaffen wollten?«

»Das war, bevor Korsibar von der Burg Besitz ergriffen hatte. Er war sich seines Amtes damals noch unsicher, und auch unserer Absichten. Jetzt sitzt er fest im

Sattel. Er lädt die Prinzen des Berges ein, ihn zu besuchen. Ich muss gehen.«

»Und vor ihm niederknien?«, rief Gialaurys. »Was für eine Erniedrigung, Prinz!«

»Ja, es ist erniedrigend. Aber nicht erniedrigender, als sich allein aus dem Labyrinth schleichen zu müssen, während alle anderen den neuen Coronal auf seiner ruhmvollen Reise den Glayge hinauf begleiteten.« Prestimion lächelte schwach und fuhr mit dem Finger zwei- oder dreimal die Sehne seines Bogens entlang. »Der Thron ist Korsibar zugefallen. Das ist die wirkliche Erniedrigung. Alles andere baumelt daran, wie ein Amulett an einer Kette baumelt.«

»Wie du bestimmt weißt«, sagte Svor, »bin ich in der Geomantik durchaus beschlagen, Prestimion. Ich habe für das Abenteuer, dem du entgegentrittst, die Runen geworfen. Möchtest du gern die Ergebnisse erfahren?«

»Erfahren, ja. Ob ich ihnen Glauben schenke, ist eine andere Frage.«

Svor lächelte geduldig. »Wie du willst. Das Diagramm zeigt«, sagte er, »dass wir uns in Gefahr bringen werden, wenn wir uns zu diesem Zeitpunkt zur Burg begeben.«

»Dass wir uns in Gefahr begeben!«, rief Septach Melayn und brach in lautes, hohes Gelächter aus. »Vier Männer, die in eine Burg reiten, welche von einem ganzen Heer ihrer Feinde gehalten wird, und du musst Karten zeichnen, um uns zu sagen, dass die Reise gefährlich ist? Ach, Svor, Svor, was für ein scharfsichtiger Seher du doch bist! Aber ich glaube, diese Gefahr können wir auf uns nehmen.«

»Und wenn er uns sofort ergreifen und die Köpfe abschlagen lässt?«, fragte Svor.

»So handhabt man die Dinge nicht«, erwiderte Prestimion. »Doch selbst wenn, Korsibar tut so etwas nicht. Sagen deine Karten uns das voraus? Dass wir die Köpfe verlieren?«

»Nicht ausdrücklich. Nur große Gefahr.«

»Wir haben schon vorher gewusst, dass es gefährlich werden wird«, sagte Prestimion. »Doch wie dem auch sei: Ich muss gehen, Svor. Septach Melayn hat gesagt, dass er mich begleiten wird, und ich hoffe, dass du und Gialaurys ebenfalls mitkommen werdet, trotz der düsteren Vorhersagen deiner Diagramme. Diese Reise zur Burg könnte sich für uns als tödliche Falle erweisen, aber ich glaube es nicht. Und die Einladung zu ignorieren wäre offener Trotz. Die Zeit für einen solchen Bruch mit Korsibar ist noch nicht gekommen.«

»Oh, trotze ihm, Prestimion, trotze ihm offen«, sagte Gialaurys, »und hör damit auf, wie die Katze um den heißen Brei zu schleichen! Der Prokurator hat dir Truppen versprochen. Verschwinden wir von hier und bilden wir irgendwo in einem sicheren Teil Alhanroels eine Front, in den Ebenen hinter den Trikkala-Bergen oder noch weiter entfernt, der beste Ort scheint mir die Küste von Alaisor zu sein. Dantirya Sambail soll uns sein Heer dorthin schicken, und wir marschieren zur Burg und nehmen sie ein, und das war es dann.«

»So einfach stellst du dir das vor?«, entgegnete Prestimion lachend. »Nein, Gialaurys, ich will erst dann Krieg über die Welt bringen, wenn es keine andere Möglichkeit mehr gibt. Diese neue Regierung hat keine Legitimität; sie wird an ihren eigenen Schwächen scheitern. Ich sage, geben wir Korsibar genug Seil und lassen ihn die Schlinge selbst um seinen Hals zubinden. Ich habe lange auf den Thron gewartet; ich kann auch noch etwas länger darauf warten, anstatt uns alle in einen Krieg zu stürzen, der den Siegern sicherlich fast genauso großen Schaden zufügen wird wie den Verlierern.«

»Wenn du unbedingt diesen Weg einschlagen willst«, sagte Svor, und sein Blick hellte sich plötzlich auf, »habe ich einen Vorschlag.«

»Dann lass ihn mich hören.«

»Korsibar hat sich die Krone im Hof der Throne genommen, indem er seinen Magier Sanibak-Thastimoon einen Zauberspruch wirken ließ, der den Verstand der Leute bewölkte, und als alles wieder klar wurde, war die Krone in seinem Besitz, und es gab kein Leugnen mehr. Septach Melayn war dabei; sein Verstand hatte sich auch verdunkelt. Nun gut. Was durch Zauberei errungen wurde, kann durch Zauberei verloren gehen. Ich kenne einen Zauberspruch, den mir jemand beigebracht hat, der sich darauf versteht. Er wird Korsibar zu einem plappernden Idioten machen. Wir gehen zu ihm in die Burg, treten vor ihn, während er auf dem Thron sitzt, und ich spreche die Worte und mache die Bewegungen, und er verliert all seine Fähigkeiten. So einfach ist das. Wenn sie merken, was geschehen ist …«

»Nein«, sagte Prestimion.

»… haben sie keine andere Wahl, als dich an seiner Statt zum König zu machen.«

»Nein, Svor. Nein. Selbst wenn ich glaubte, dass so ein Zauberspruch dazu imstande sei, will ich nicht, dass man in tausend Jahren sagt, ein Dieb habe die Krone einem anderen gestohlen. Wenn ich den Thron besteigen soll, dann auf die Art und Weise, wie Confalume und Prankipin und alle anderen vor ihnen ihn bestiegen haben. Nicht durch Zauberei, nicht durch Betrug.«

»Prinz, ich bitte dich …«

»Ein drittes Mal nein. Und noch einmal nein.« Prestimion hob seinen Bogen, legte einen Pfeil ein und schoss ihn genau ins Herz der Zielscheibe. Und noch einen und einen Dritten, der den Schaft des Zweiten spaltete. »Ich bitte euch, Freunde«, sagte er dann, »bereitet euch jetzt auf die Reise zur Burg vor, wenn ihr mich begleiten wollt. Und wenn ihr nicht gehen wollt, sollte das kein Grund für Jammer zwischen uns sein. Aber so oder so, ich muss euch jetzt verlassen. Meine Mutter hat mir ausrichten lassen, dass sie mich sprechen möchte, bevor ich gehe.«

Prinzessin Therissa hielt sich in ihrer Lesegalerie im zweiten Stock des großen Hauses auf, einer kleinen Bibliothek abseits von der eigentlichen unten. Es war eine ruhige Ecke; alle Wände waren mit Regalen aus dunklem Holz bedeckt, in denen sich ihre Lieblingsbücher drängten, und dazwischen standen mit weichem rotem Leder überzogene Bänke, auf denen sie während der Jahreszeit der Nebel gern lange Stunden mit Lesen verbrachte. Früher hatte sie hier ihren Kindern vorgelesen. Auch Prestimion mochte diesen Raum sehr.

Doch als er ihn nun betrat, fielen ihm sofort zwei Seltsamkeiten auf.

Zum einen lagen auf dem alten Tisch in der Mitte der Bibliothek einige große, in Leder eingebundene und mit eisernen Schnallen versehene Bücher, die er noch nie zuvor hier gesehen hatte, aber die genau wie jene Schriften mit Zaubersprüchen und Beschwörungen aussahen, die er so überreichlich neben dem Sterbebett des Pontifex Prankipin gesehen hatte. Es war ein dunkler Hinweis darauf, dass seine Mutter sich diesen Schriften völlig hingegeben hatte. Zum anderen war Prinzessin Therissa nicht allein. Neben ihr stand ein hagerer, alter weißhaariger Mann mit krummen Schultern. Auf diesen Mann hatte man Prestimion kurz nach seiner Ankunft aufmerksam gemacht: Galbifond, der Wahrsager, den seine Mutter vor kurzem eingestellt hatte und der sie nun hinsichtlich der Wahrscheinlichkeit von Niederschlägen über dem Weingut und dem richtigen Zeitpunkt für den Beginn der Lese beriet.

Prestimion erinnerte sich nun an ihn. Er war ein ehemaliger Landarbeiter, der vor ein paar Jahren bei ihnen gekündigt hatte und nach Stee oder Vilimong oder einen anderen Ort gegangen war, wo er wohl das Handwerk der Zauberei erlernt hatte, wie Prestimion vermutete. Wenn er sich diesem Beruf widmen wollte, gut und schön – aber was hatte er hier zu suchen, in der kleinen Lesegalerie seiner Mutter, bei diesem privaten Gespräch zwischen Mutter und Sohn?

»Prestimion«, sagte Prinzessin Therissa, als er hereinkam, »das ist Galbifond. Ich habe dir von ihm erzählt: unser Zauberer, der uns in diesen Tagen so hilfreich zur Seite steht.«

»Ich erinnere mich aus alten Zeiten an ihn. Ich glaube, er war damals Traubenpflücker.«

Galbifond verbeugte sich ernst. »Das Gedächtnis des Prinzen ist äußerst genau. Das war ich in der Tat.«

»Und nun ist er in der Welt etwas höher aufgestiegen. Nun gut, schön für dich: Ein jeder sollte versuchen, seine Stellung zu verbessern.« Prestimion schaute seine Mutter an. »Wie ich sehe, hast du dich noch tiefer diesen Zauberdingen ausgeliefert, als ich vermutet hatte. Diese großen Bücher hier enthalten Zaubersprüche, nicht wahr? Der verstorbene Pontifex hat ebenfalls solche Texte gesammelt. Sie lagen in seinem letzten Schlafzimmer überall um ihn herum.«

»Du würdest feststellen, dass es sich um aufschlussreichen Lesestoff handelt, Prestimion«, sagte seine Mutter, »wenn du dir nur die Mühe machtest, einmal in sie hineinzuschauen. Aber darüber können wir später sprechen. Sag mir: Du bist entschlossen, zur Burg zu gehen, nicht wahr?«

»Ja, Mutter, ich bin entschlossen.«

»Siehst du kein Risiko darin?«

»Es liegt auch ein Risiko darin, im Garten unter einem Sambonbaum entlangzugehen, der mit reifen Früchten behangen ist, die jeden Augenblick herunterfallen könnten. Aber das veranlasst uns nicht, nur noch mit einem Helm auf dem Kopf in den Garten zu gehen. Svor spricht dagegen, zur Burg zu gehen, weil er befürchtet, dass wir geradewegs in eine Falle laufen, und Svor hat bei solchen Dingen oft Recht, aber ich werde seinen Einspruch in dieser Sache trotzdem ablehnen. Ich will wirklich gehen, Mutter. Es scheint mir politisch ratsam,

höflich zu Korsibar zu sein und ihm nicht den Fehdehandschuh ins Gesicht zu werfen. Bist du anderer Meinung? Hat dein Zauberer weitere Entmutigungen für
mich parat?«

»Sieh selbst und interpretiere es, wie du es für richtig
hältst«, sagte Prinzessin Therissa.

Sie nickte dem Zauberer zu, der eine breite, einfache
weiße Schüssel hervorzog und eine helle Flüssigkeit
hineinschüttete, ein wässriges Zeug in einem hellrosa
Farbton. Er legte die Hände an den Rand der Schüssel
und sagte in einer Prestimion unbekannten Sprache
fünf kurze Wörter und dann Prestimions Namen, den
er auf eine archaische Weise aussprach, sodass er sogar
für Prestimion fremdartig klang. Dann schüttete er eine
Hand voll gräulichen Puders in die rosafarbene Flüssigkeit. Sie verdunkelte sich sofort, und die Oberfläche sah
nun wie Schiefer aus.

»Wenn Ihr hineinschauen würdet, Exzellenz«, sagte
der Magus Galbifond.

Prestimion sah auf die glatte, undurchdringliche
Oberfläche hinab. Irgendetwas rührte sich darin, und
dann klärte sie auf. Und plötzlich konnte er, wie auf einem Bild, das an einer Wand hing, ein schmales Tal mit
einem großen See in dessen Mitte sehen, und Soldaten,
die in großer Verwirrung an dessen Ufern hin und her
liefen, während Tote und Sterbende überall wie achtlos
verstreuter Abfall herumlagen. Alles war in wilder Unordnung; er konnte keine Einzelheiten ausmachen, weder sagen, wer gegen wen kämpfte, noch, wo diese Szene sich ereignete. Aber es war eindeutig eine Szene des
entsetzlichen Gemetzels und mörderischen Chaos.

Dann verblich das Bild von der Schlacht, und auf der
glatten Oberfläche der Flüssigkeit in der Schüssel war
nun eine öde und unwirtliche graue Landschaft zu sehen, leer, sandig und gelblich braun, mit Hügeln, die in
der Ferne weit auseinander standen wie einzelne scharf-
kantige Zähne, die sich vor dem bleichen Himmel ab-

hoben. Das alles war grau in grau. Es waren keine Gestalten zu sehen, keine Gebäude, nur dieses fürchterlich trostlose Gebiet, das sich wunderbar scharf in allen Einzelheiten abzeichnete.

»Ein ziemlich beeindruckender Trick«, sagte Prestimion. »Wie machst du das?«

»Schaut genauer hin, Exzellenz. Bitte.«

Der Brennpunkt hatte sich nun verändert, und es war ein kleinerer Ausschnitt derselben Szene zu sehen. Die Hügel am Horizont waren nun kleiner und weiter entfernt. Er sah eine schärfere Darstellung dieses öden Lands: rötlicher Erdboden, einzelne verstreute, erodierte, keilförmige Felsbrocken, die wie die skelettähnlichen Überreste einer in Trümmern liegenden Stadt aussahen, ein einsamer Baum mit kahlen, verdrehten Ästen, die in irrwitzigen Winkeln vom Stamm abstanden, als hätte man sie einfach aufs Geratewohl angesteckt. Es war ein Szambrabaum. Diese Pflanzen, so wusste Prestimion, wuchsen hauptsächlich in der Valmambrawüste im Norden, ein Ort, an dem kaum jemals Regen fiel.

Er schaute noch genauer hin und sah eine winzige Gestalt, die durch diese Einöde zu dem einsamen Baum trottete: ein Mann, halb tot vor Erschöpfung, der, wie es aussah, sich mit äußerster Willenskraft vorwärts schleppte, sich zu jedem Schritt zwang. Sein Gesicht war nicht zu erkennen; doch von hinten gesehen wirkte er breitschultrig, stämmig gebaut und recht gedrungen. Sein Haar war goldblond und kurz geschnitten. Er war mit einem zerrissenen Wams und verschmutzten Lederhosen bekleidet und trug einen Rucksack auf dem Rücken und einen Bogen über der Schulter.

»Ich glaube, ich kenne diesen Mann«, sagte Prestimion lächelnd.

»Ihr müsstet ihn tatsächlich kennen, Exzellenz«, erwiderte Galbifond.

»Und was tue ich dort ganz allein in der Valmambra?

Das ist ein unfreundlicher Ort und kaum dazu geeignet, sich allein auf eine Wanderung zu begeben.«

»Du siehst aus wie ein Flüchtling«, sagte Prinzessin Therissa. »Diese Wüste liegt weit im Norden, auf der anderen Seite des Burgbergs, und niemand betritt sie freiwillig. Du bist auf der Flucht, Prestimion.«

Unter seinen Blicken wurde der Himmel am oberen Ende der Schüssel blutrot, Dunkelheit senkte sich herab, und große, hoch am Himmel schwebende Vögel mit bösem Erscheinungsbild kamen in Sicht und zogen über ihm ihre Kreise. Der kleine Mann in der Mitte des Bildes, der er selbst war, kniete neben einem kärglichen Gebüsch nieder, als wollte er sich für die Nacht niederlassen. Dann erschien eine zweite Gestalt, nur ein Punkt am Horizont, zu klein, um sie deutlich auszumachen; aber aufgrund des schlanken Körpers und der dünnen Gliedmaßen hatte Prestimion den Eindruck, dass es sich um Septach Melayn handelte. Er kam näher, doch just in diesem Augenblick wurde das Bild schwarz, und Prestimion sah nichts mehr, nur noch eine Schüssel mit einer blaugrauen Flüssigkeit, die von einem matten roten Glanz umgeben wurde, der dem eines verlöschenden Feuers ähnelte. Und dann war selbst der verschwunden, und er sah nur noch grau.

»Ein cleverer Trick«, sagte Prestimion erneut. »Ich frage dich noch einmal: Wie werden diese Bilder erzeugt?«

»Ich glaube, Exzellenz«, sagte Galbifond und tippte mit dem Finger gegen den Schüsselrand, »dass wir Euch hier sehen, wie Ihr in Richtung Triggoin wandert, das hinter der Valmambra liegt. In dieser Stadt habe ich die Kunst dieser Schüssel erlernt; vielleicht könnt Ihr das auch, wenn Ihr in Triggoin seid.«

»Wenn ich in Triggoin bin, soll ich mich auch erkundigen, wie ich meine verlorene Krone zurückbekomme«, sagte Prestimion mit einem trockenen Lächeln. »Mein Freund Svor hat in einem Traum den Rat erteilt bekommen, dass wir diesbezügliche Nachforschungen in der Stadt Triggoin betreiben sollten. Also scheinen diese Vision und der Traum anzudeuten, dass ich ganz bestimmt nach Triggoin reisen werde, nicht wahr?«

»Als verzweifelter Flüchtling«, sagte die Prinzessin Therissa. »Nach einer schrecklichen Schlacht. Das ist die Zukunft, die dich erwartet, wenn du jetzt zur Burg gehst. Ein Wanderer in dieser furchtbaren Wüste.«

»Und wenn ich nicht gehe? Welche Zukunft erwartet mich dann, Galbifond?«

»Guter Prinz, ich kann Euch nur zeigen, was ich Euch zeigen kann.«

»In der Tat. Dann ist das die einzige Zukunft, die ich habe, nicht wahr? Dann muss ich dem eingeschlagenen Weg wohl folgen.«

»Prestimion ...«

»Die Prophezeiungen deines eigenen Zauberers haben alles für mich vorbestimmt, Mutter. Anscheinend erwarten mich Probleme. Aber es ist dennoch wohl davon auszugehen, dass ich meinen Besuch bei Korsibars Hof auf jeden Fall überleben werde, denn dort bin ich weit hinter dem Berg und kämpfe mich durch die Valmambra. Ach ja, nun ist es entschieden. Ich gehe zur Burg, weil ich nun sicher sein kann, dass mir dort kein Leid zugefügt werden wird. Eine Sache weniger, über die ich mir Sorgen machen muss. Und danach ... danach ...« Er sah seine Mutter an und lächelte. »Nun, danach ist danach, nicht wahr? Immer schön eins nach dem anderen.«

3

Die Privatgemächer der Lady Thismet in der Burg lagen in der Nähe jener, in denen ihr Bruder in seiner Zeit als Prinz gewohnt hatte: direkt gegenüber vom

Pinitor-Hof im innersten Sektor. Von den Vildivar-Galerien konnte sie auf den langen, schmalen, spiegelnden Teich hinabschauen, der zu Lord Siminaves Zeit angelegt worden war. Hier wartete Thismet auf die Rückkehr der Lady Melithyrrh, inmitten all der kleinen Luxusgegenstände, die sie in ihrem geschäftigen Leben der Maßlosigkeit zusammengetragen hatte: ihre Samtvorhänge und Kissen und mit seltenen Fellen bezogenen Chaiselonguen, ihre Kästchen mit Ringen und Halsketten, die mit allen möglichen kostbaren Edelsteinen besetzt waren, und ihre Garderobe mit den überaus kostspieligen Gewändern und Mänteln und Hauben. Sie hatte ihre Hofdame eine Stunde zuvor beauftragt, Sanibak-Thastimoon zu ihr zu bringen, und Melithyrrh war noch immer nicht zurück.

Dann tauchte sie auf, allein. Ihre sonst so blassen Wangen hatten sich gerötet, und ihre kühlen blauen Augen blitzten vor Zorn.

»Er wird gleich kommen, meine Lady«, sagte sie.

»Gleich? Ich warte schon eine Stunde auf ihn, und er sagt nur ›gleich‹?«

»Ich habe lange in seinem Vorzimmer gesessen. Man hat mir gesagt, er sei in einer Konferenz, könne jetzt nicht gestört werden. Ich habe ihnen mitgeteilt, dass die Schwester des Coronals ihn stören wolle, und man hat mich erneut endlos warten lassen. Und teilte mir schließlich mit, der Magus bedauere zutiefst, Lady Thismet Kummer zu bereiten, befinde sich aber in einer Konferenz mit den hohen Zauberern des Reiches, und man sei in bestimmte Beschwörungen vertieft, die unter keinen Umständen unterbrochen werden könnten, aber er würde der Lady sofort zur Verfügung stehen, sobald er damit fertig sei.« Lady Melithyrrhs Augen entbrannten erneut vor Wut, und ihr Busen hob sich. »Woraufhin«, fuhr sie fort, »ich ihm erneut eine Nachricht überbringen ließ und so kühn war, ihm ausrichten zu lassen, die Lady Thismet sei derartiges Warten nicht gewohnt und werde scharf mit ihrem Bruder, dem Lord Coronal, sprechen, wenn die Verzögerung sich noch weiter ausdehnen sollte.«

»Das hast du gut gemacht«, sagte Thismet.

»Ich glaube, diesmal habe ich ihm etwas Angst eingejagt. Jedenfalls kam die Person, die die Nachrichten hin und her brachte, zurück und sagte, ich solle hineingehen, damit ich mit eigenen Augen sehen könne, wie ernst die Beschwörung sei, die dort unternommen wurde. Was ich dann auch tat.«

»Und, haben sie mächtige Zauber gesprochen?«, fragte Thismet.

»Meine Kenntnisse sind nicht groß genug, um das beurteilen zu können. Aber es war auf jeden Fall eine aufwändige Beschwörung. Sie fand in Sanibak-Thastimoons Räumen statt, in denen er die sonderbaren Geräte und Maschinen seiner Kunst auf einer Höhe von zwei Stockwerken aufgestapelt hat. Und die Luft darin, meine Lady, war dermaßen von blauem Qualm und dem Geruch von Weihrauch erfüllt, dass ich glaubte, mich übergeben zu müssen. Ich trage diesen Geruch noch immer in jeder Falte meines Gewands mit mir herum. Und welch illustre Menge sich dort versammelt hatte! Fünfzig Zauberer, wenn ich mich nicht völlig verschätzt habe. Es waren zwei weitere Su-Suheris dort, ein ganzer Haufen Vroons und auch Menschen, jene aus Tidias, die die hohen Messinghüte tragen, und einige große, haarige Ungetüme von Männern, die noch riesiger und hässlicher als selbst Graf Farholt waren, und noch andere; nicht nur Beschwörer und Wahrsager, die schon in Lord Confalumes Diensten gestanden hatten, sondern auch neue, die ich noch nie zuvor gesehen habe und nie wieder sehen will. Sie alle hatten sich im Kreis um Sanibak-Thastimoon versammelt, stimmten irgendeinen Gesang an, hielten sich an den Händen und riefen immer wieder laut seltsame Worte. ›Bythois!‹, riefen sie, und ›Remmer!‹ und so weiter. Und Sanibak-Thastimoon gab mir ein Zeichen, als wollte er sagen: ›Seht Ihr, Lady Melithyrrh? Wir sind hier mit einer wichtigen Angelegenheit beschäftigt.‹ Und so ging ich. Aber ich habe sein Versprechen, dass er bald zu dir kommen wird, und zwar so schnell wie möglich.«

»Nun«, sagte Thismet, der aufgrund all dessen, was sie gehört hatte, plötzlich ein wenig unbehaglich zumute war. »Er ist sonst immer sofort zu mir gekommen. Ich halte ihn für meinen ganz besonderen Verbündeten, Melithyrrh, dem ich meine tiefsten Geheimnisse mitteilen kann. Ich frage mich, ob sich nun, da Korsibar König ist, irgendetwas verändert hat.«

»Vielleicht nicht. Vielleicht liebt der Su-Suheris dich ebenso sehr wie zuvor, war aber wirklich in seine Zauberkunst verstrickt, und es wäre tatsächlich gefährlich gewesen, die Beschwörung in diesem Augenblick einfach abzubrechen. Ich hoffe es um seinet- und ganz besonders um deinetwillen. Auf jeden Fall ging es dort mit viel Rauch und Gesang zur Sache, mit genug, um fünfzig Dutzend fürchterliche Dämonen auf das Land loszulassen oder über ein Dutzend Kontinente von der Größe Alhanroels die Pest und Dürre zu bringen. Aber ich muss dir sagen, Lady, ich habe deinen Su-Suheris noch nie gemocht – und auch keinen anderen dieser singenden Zauberer. Sie machen mir Angst. Und er kommt mir ganz besonders kalt und gefährlich vor.«

»Kalt, ja. Alle aus seinem Volk sind so. Aber gefährlich? Er ist mein Freund, Melithyrrh. Soweit ich weiß, dient er mir treu und gibt mir gute Ratschläge. Ich habe großes Vertrauen in ihn.« In diesem Augenblick klopfte es an der Tür. »Ich glaube, da ist er. Siehst du? Er ist so schnell gekommen, wie er konnte.«

Es war in der Tat Sanibak-Thastimoon, der sich überschwänglich für seine Verspätung entschuldigte und Lady Thismet auf eine Weise, die ihm in ihrer Unterwürfigkeit gar nicht ähnlich sah, um Verzeihung bat. Dieses Verhalten bereitete Thismet weiteres Unbehagen. Er war damit beschäftigt gewesen, sagte er, die große Vorhersage für das erste Jahr der neuen Herrschaft zu erstellen, das große Orakel, auf das die Politik des Coronals aufbauen werde. Der gesamte Stab der Wahrsager und Seher des Coronals war zu dieser Aufgabe herangezogen worden; sie hätte nicht einmal für den Coronal selbst unterbrochen werden können, oder großer Schaden wäre über das Reich gekommen.

»Nun gut«, sagte Thismet. »So sei es. Ich habe wohl keinen Vorrang vor solchen Angelegenheiten. Aber hast du jetzt Zeit, dich eine Weile mit mir zu unterhalten, Sanibak-Thastimoon?«

»Ich stehe ganz zu Euren Diensten, Lady.«

»Dann sag mir, erinnerst du dich an den Traum, den ich im Labyrinth hatte, den von den zwei Thronen im Thronsaal?«

»Natürlich.«

»Neulich habe ich gesehen, wie Korsibar in diesen Saal ging – ich glaube, es war das erste Mal, dass er ihn nach der Rückkehr zur Burg betrat – und auf dem Thron Platz nahm, als wollte er sich daran gewöhnen. Wir sprachen eine Weile darüber, dass er nun König ist und welche Freude das ist. Dann erzählte ich ihm von meinem Traum – ein zweiter Thron, und er hätte mich aufgefordert, darauf Platz zu nehmen. Er hörte mich zwar an, aber an seinem Benehmen erkannte ich, dass er nicht einmal vorgab, in meinen Worten läge irgendeine Bedeutung. Er gab nicht den geringsten Kommentar dazu ab, abgesehen von der Bemerkung, dass ein träumender Geist alle möglichen Dinge sieht. Dann bat ich ihn, mich auf dem Thron Platz nehmen zu lassen. Er erwiderte, das sei unmöglich, und wir verließen den Raum. Was schließt du daraus, Sanibak-Thastimoon?«

»Nur der Coronal darf auf dem Thron des Coronals sitzen, Lady. Das ist ein uralter Brauch.«

»Niemand außer uns hätte davon erfahren. Korsibar und ich sind von einem Fleisch und Blut, Sanibak-Thastimoon. Wir haben gemeinsam im Leib unserer Mutter gewohnt, uns neun Monate lang umarmt. Er hätte doch einfach erlauben können …«

»Es wäre wie ein Verrat gewesen. Zweifellos hat er sich gewünscht, Euch auf den Thron steigen zu lassen. Aber er hat sich gefürchtet, es zu erlauben, und zwar aus gutem Grund.«

»Ja. Er hat gesagt, es sei verräterisch. Dann lassen wir diese Angelegenheit dabei bewenden. Aber was ist damit, dass er meinen Traum von einem zweiten Thron ignoriert?«

»Was soll damit sein, meine Lady?«

»Soll ich denn keine Macht im Reich haben? Seit unserer Rückkehr vom Labyrinth hat man mir gegenüber nichts darüber verlauten lassen, mit keiner einzigen Silbe. Ich bin noch immer die Lady Thismet und habe keinen anderen Rang oder Titel; der einzige Unterschied ist, dass ich, die ich die Tochter des ehemaligen Coronals war, nun die Schwester des nächsten Coronals bin. Aber aus eigenem Recht bin ich nichts und niemand. Und der Coronal sucht bei staatlichen Angelegenheiten auch nicht mehr meinen Rat, obwohl er dies in den ersten Tagen nach seinem Aufstieg sehr oft tat.«

»Vielleicht wird er es bald wieder tun.«

»Nein. Er wendet sich nun lediglich an seine eigenen Männer. Du hast mir vor langer Zeit gesagt, dass ich für Großes bestimmt sei, Sanibak-Thastimoon. Du hast mir das erneut gesagt, als du im Labyrinth meinen Traum gedeutet hast. Was hat dieser zweite Thron in meinem Traum zu bedeuten, wenn nicht, dass man mir einen hohen Posten einrichten wird?«

Der Su-Suheris betrachtete sie ernst, auf diese unergründliche, gefühllose Weise, die seiner Rasse eigen war. »Als ich im Labyrinth Euren Traum gedeutet habe, Lady, habe ich Euch gewarnt, ihn nicht allzu wörtlich zu interpretieren. Ich habe gesagt, es sei nicht nur damit Größe verbunden, König zu sein, sondern auch damit, einen König zu machen. Euer Bruder wäre heute nicht Coronal, hättet Ihr ihn nicht dazu gedrängt. Das wissen wir beide, Lady.«

»Und das soll alles sein, was ich haben werde? Das Wissen, dass ich dazu beigetragen habe, Korsibar auf den Thron zu bringen, und sonst nichts? Keine Macht in meinen Händen? Keinen Posten in der Regierung? Auch weiterhin nur ein Leben des Müßiggangs?«

»Wir haben im Labyrinth darüber gesprochen, meine Lady. Und Ihr habt gehandelt – und Korsibar ist König.« Der Su-Suheris sah sie verbindlich, fast gleichgültig an. »Ich weiß kaum, was ich darüber hinaus sagen soll, meine Lady.«

»Du und um Worte verlegen!«

Sanibak-Thastimoon bedachte sie mit einem doppelten Lächeln, das voller Ironie war.

»Hilf mir, Sanibak-Thastimoon. Ich habe einen guten Verstand, ich habe einen starken Willen, ich bin etwas mehr als nur ein Ziergegenstand. Ich fühle, dass ich einen Platz in dieser Regierung verdient habe. Hilf mir, dass ich ihn auch bekomme.«

Doch er zeigte nur das Achselzucken der Su-Suheris: das Hinabziehen des schlanken, gegabelten Halses zur Brust, das Verhaken der sechsfingrigen Hände ins Innere der Fäuste. Seine Augen waren vier leuchtende Smaragde und so unergründlich wie immer. »Korsibar ist der König, nicht ich, Lady. Er nimmt die Ernennungen vor. Ihr bittet um eine radikale Abweichung von allen Bräuchen und jeder Tradition.«

»Natürlich ist es das. Aber das gilt auch für die Umstände, unter denen Korsibar auf den Thron gekommen ist. Sprich mit ihm. Sag ihm, was ich will. Rate ihm, es zu gewähren. Du kannst es, und er wird auf dich hören. Wir beide sind diejenigen, auf die er mehr als auf alle anderen Leute in der Welt hört; aber ich kann nicht selbst darum bitten, nicht direkt. Tu es für mich. Wirst du es tun, Sanibak-Thastimoon?«

»Er ist der Lord Coronal, meine Lady. Ich kann ihn darum bitten, aber nicht versprechen, dass er zustimmen wird.«

»Frag ihn wenigstens«, sagte sie. »Frag ihn.«

Er ging hinaus.

»Du hast alles gehört«, sagte Thismet zu Melithyrrh. »Was glaubst du? Wird er mir helfen?«

»Das ist dein besonderer Verbündeter, hast du gesagt? Mit dem du deine innersten Geheimnisse teilen kannst? Er teilt deine Geheimnisse, ja: Er kennt die Geheimnisse eines jeden. Aber ein Verbündeter? Das glaube ich kaum, Lady.«

»Er hat gesagt, er wird mit Korsibar sprechen.«

»Er hat gesagt, er wird Lord Korsibar sagen, was du willst, das gestehe ich zu. Aber ich habe kein Versprechen gehört, dass er Lord Korsibar raten wird, deine Bitte zu gewähren, oder dass er sich in irgendeiner Hinsicht dafür einsetzen wird.«

»Genau das hat er versprochen!«

»Nein, Lady«, sagte Melithyrrh. »Du wolltest hören, dass er das verspricht, aber ich habe auch zugehört, und ich habe nichts dergleichen vernommen. Er hat gesagt, er werde fragen. Das war alles: dass er fragen wird. Er hat auch erklärt, dass dein Wunsch gegen jeden Brauch und jede Tradition verstößt. Er wird nichts tun, um dir zu helfen, dieser Verbündete von dir. Darauf kannst du dich verlassen.«

Thismet schwieg lange und rekapitulierte im Geist das Gespräch mit dem Su-Suheris, suchte und fand die Zusicherungen nicht, von denen sie nun wusste, dass sie niemals gegeben worden waren.

Sie erhob sich und schritt auf und ab. »Was soll ich tun, Melithyrrh?«, fragte sie schließlich.

»Es gibt andere Zauberer. Ich glaube, den da hast du verloren. Ich befürchte, dass er nun, da Korsibar Coronal ist, ganz und gar das Geschöpf deines Bruders ist.«

»Falls dem so sein sollte, tut es mir weh. Ich dachte,

Sanibak-Thastimoon sei mir genauso treu ergeben wie meinem Bruder.«

»Das mag früher einmal der Fall gewesen sein. Ist es aber nicht mehr, denke ich. Seine Loyalität gilt dem Coronal. Er wird dir auch dienen, ja, aber nicht gegen Korsibars Interessen.« Melithyrrh dachte einen Augenblick lang nach. »Kennst du den Vroon Thalnap Zelifor?«

»Prinz Gonivauls Zauberer, meinst du?«

»Er stand in Gonivauls Diensten, ja. Aber der Großadmiral ist dafür bekannt, mit seinem Geld ziemlich knauserig zu sein. Thalnap Zelifor schleicht schon seit geraumer Weile auf der Suche nach einem neuen Arbeitgeber durch die Burg. Ich glaube, er wandte sich an einen von Korsibars Männern, Graf Venta. Aber er wurde abgewiesen, weil Venta Vroons nicht ausstehen kann. Danach kam er zu mir und fragte mich, ob du ihn einstellen würdest. Aber ich habe ihn ebenfalls fortgeschickt.«

»Das hast du mir nie erzählt.«

»Es war nicht weiter von Bedeutung, meine Lady. Damals warst du unsterblich in Sanibak-Thastimoons Zauberkunst verliebt. Warum einen anderen einstellen? Aber jetzt sieht das anders aus. Der Su-Suheris ist doch nur eine undichte Stelle und gibt deine Geheimnisse an deinen Bruder weiter. Siehst du das nicht, Lady?«

»Vielleicht. Vielleicht.« Sie hob eine Hand voll ihrer Ringe auf, legte sie wieder ab, hob sie wieder auf. Ihre Finger schlossen sich eng um sie.

»Bei jedem Konflikt zwischen dem Coronal und der Schwester des Coronals«, sagte Melithyrrh, »wird Sanibak-Thastimoon zwangsläufig die Seite des Coronals einnehmen. Er hat gar keine andere Möglichkeit. Kein Appell wird ihn schwanken lassen; keine Bestechungssumme wird ihn kaufen. Du brauchst einen eigenen Zauberer, einen, der niemandem sonst verpflichtet ist.«

»Und du glaubst, dieser Vroon ist der Richtige?«

»Seine Fähigkeiten in dieser Kunst sind unerreicht,

heißt es. Es sind nicht nur Zaubersprüche: Wer kann schon sagen, welchen Wert diese Sprüche wirklich haben? Und Zauberei besteht aus mehr als nur Sprüchen. Die Vroons haben Geisteskräfte, die die aller anderen bei weitem übertreffen. Es heißt, Thalnap Zelifor habe sogar eine Art Maschine gebaut, die es ihm ermöglicht, direkt in die Seele anderer Leute zu blicken. Und abgesehen davon kennt er jeden und hat seine Nase überall stecken.«

»Vroons haben keine Nasen«, sagte Thismet und lachte. »Nur diese schrecklichen Schnäbel.«

»Du weißt, was ich meine. Wenn ich darf, gehe ich zu ihm. Erkläre ihm dein Anliegen. Verpflichte ihn für dich und biete ihm ein so hohes Gehalt an, dass er nicht in Versuchung gerät, das, was er von dir erfährt, Lord Korsibar zu verraten. Soll ich das tun, Lady?«

Thismet nickte. »Ja, tue es. Stelle ihn für mich ein. Bring ihn sofort zu mir. O Melithyrrh, Melithyrrh, ich möchte so gern Königin sein!«

4

Auf dem Burgberg war der dritte Tag der freudigen Krönungszeremonien angebrochen. Zurzeit galt die Aufmerksamkeit der Ritter und Lords der Burg ausschließlich den Feiern, Banketten und Vergnügungen der Spielfelder.

Der Geist dieser Spiele war völlig anders als der jener, die vor kurzem im Labyrinth abgehalten worden waren, als der alte Pontifex im Sterben lag. Diese Spiele hatten in der seltsamen dunklen und geheimnisvollen unterirdischen Einfriedung der Arena des Pontifex Dizimaule stattgefunden, zu einer Zeit der weltweiten Anspannung und des Unbehagens; aber die Spiele zu

Lord Korsibars Krönung wurden auf der breiten, sonnigen Grünfläche des Vildivar-Hofes abgehalten, direkt unter den Neunundneunzig Stufen, von wo aus man einen ausgezeichneten Blick auf die höchsten Gefilde der Burg und das unermessliche, strahlend blaugrüne Gewölbe des freien Himmels dahinter hatte. Und es sollte ein fröhliches Fest werden, eine wackere Feier des neuen Anfangs statt der Markierung eines Endes, mit Trommeln und Trompeten und Jongleuren und Bodenakrobaten und Feuerwerken in der Nacht, und Gelächter und Freude und warmem Sonnenschein am Tag, und sehr viel starkem Wein, der die ganze Zeit über floss, sowohl am Tag als auch in der Nacht.

Über drei Seiten des Hofs hinweg war eine riesige Haupttribüne errichtet worden. In der ersten Reihe genau in der Mitte befand sich eine vorzügliche Loge für den Coronal Lord Korsibar mit einer Imitation des Confalume-Throns aus schimmerndem Gamandrusholz darin. Genau gegenüber, auf der anderen Seite des Hofs, war ein zweites, genauso großes und prächtiges thronähnliches Gebilde für den Pontifex Confalume errichtet worden, der am Tag zuvor aus dem Labyrinth zur Burg gekommen war, um der Krönung seines eigenen Sohns beizuwohnen, was noch kein Pontifex vor ihm je getan hatte. Und auf der dritten Seite, der links vom Coronalsthron, befand sich eine weitere große Loge für die neu eingesetzte Lady der Insel der Träume, die Mutter des Coronals, Roxivail, die erst an diesem Morgen von ihrem tropischen Zufluchtsort auf der Insel Shambettirantil im Golf von Stoien hier eingetroffen war.

Die Lady Roxivail war seit mehr Jahren nicht mehr in der Burg gewesen, als die meisten sich erinnern konnten, und eigentlich hatte niemand damit gerechnet, sie hier noch einmal zu sehen. Doch da war sie nun, eine kleine Frau mit dunklem Teint, deren großer Schönheit die Jahre nichts hatten anhaben können, eine prächtige

Gestalt in ihrem außergewöhnlichen Gewand aus blendend weißer Seide mit sich bauschenden Ärmeln und einem Besatz aus tiefstem Purpur, das wie durch Zauberei alle Blicke auf sich zog. Sie saß mit königlicher Anmut da und schaute ernst zu ihrem königlichen Gatten und ihrem königlichen Sohn hinüber. Die drei Mächte des Reiches waren an diesem Tag hier versammelt und kamen aus ein und derselben Familie: Wer hätte sich so etwas vorstellen können?

Hinter den Logen der Mächte befanden sich die ihrer Ratgeber und Helfer. Bei Korsibar waren dies der Hohe Berater Herzog Oljebbin, den er aus der alten Regierung übernommen hatte, und die hohen Adligen Gonivaul und Serithorn, aber auch die neuen großen Männer des Königreichs: Farquanor, Farholt, Mandrykarn, Navigorn, Graf Venta von Haplior. Der Zauberer Sanibak-Thastimoon saß ebenfalls in Korsibars Nähe und flüsterte ihm gelegentlich mit dem einen oder dem anderen Mund etwas ins Ohr. Hinzu kamen noch mehrere andere Zauberer aus dem Stab der Burg.

Eine viel kleinere Gruppe umgab den Pontifex Confalume, denn ihn hatte nur der ehrwürdige Orwic Sarped aus dem Labyrinth begleitet, der der Minister für auswärtige Angelegenheiten des verstorbenen Pontifex Prankipin gewesen und zurzeit noch in diesem Amt war, und Heszmon Gorse von Triggoin mit dem ehernen Gesicht, der viele Jahre lang Confalumes Hauptmagier gewesen war. Es waren noch keine Nachfolger für die meisten hohen Pontifikalbeamten der vorherigen Regierung ernannt worden, auch nicht für Kai Kanamat, den Hohen Sprecher des Pontifikats unter Prankipin, der am Tag nach Prankipins Tod von seinem Posten zurückgetreten war. In der Burg waren Gerüchte im Umlauf, dass Confalume den Herzog Oljebbin zu überreden versuchte, ihm ins Labyrinth zu folgen und sein Hoher Sprecher zu werden, Oljebbin die Einladung bislang jedoch ausgeschlagen hatte.

Was die Lady Roxivail betraf, so war niemand in ihrer Gesellschaft, der in irgendeiner Verbindung zur Verwaltung der Insel des Schlafs stand. Nur ihre Hofdamen und Zauberer saßen neben ihr. Sie hatte noch keine Zeit gehabt, die Reise zur Insel anzutreten und die Amtsgeschäfte von der scheidenden Lady Kunigarda zu übernehmen oder Hierarchinnen aus dem Stab der Lady auszuwählen, die mit ihr an den Krönungsfeierlichkeiten teilnehmen sollten.

In der Tat wurde viel darüber geflüstert, ob Lady Kunigarda die Macht, die sie so lange gehabt hatte, überhaupt abgeben würde. Die Hierarchin Marcatain, die bei den Trauerfeiern für den Pontifex im Labyrinth ihre Bevollmächtigte gewesen war, war nach Prankipins Tod sofort zur Insel zurückgekehrt, anstatt Korsibars Krönung in der Burg beizuwohnen. Das sahen einige als Indiz dafür, dass Lady Kunigarda nicht vorhatte, Korsibars Thronbesteigung anzuerkennen und folglich ihre Ladyschaft auch nicht an eine Nachfolgerin übergeben würde, deren Ernennung sie als unrechtmäßig ansah. Aber diesbezüglich waren noch keine offiziellen Erklärungen abgegeben worden.

Zahlreiche andere hohe Adlige des Reichs und Vertraute des Coronals hatten Sitzplätze gewählt, die nicht weit von den drei Mächten und ihrem unmittelbaren Stab entfernt waren: Herzog Kanteverel von Bailemoona, Graf Kamba von Mazadone, Graf Iram von Normork, Dembitave von Tidias, Fisiolo von Stee, Prinz Thaszthasz, der über das verregnete Kajith Kabulon herrschte, und viele andere.

Zu dieser Gruppe gehörte auch die Lady Thismet, die während der ersten beiden Tage das Fest mit einem besonders verdrießlichen Ausdruck auf dem schönen Gesicht verfolgte, der bei den schärferen und aufmerksameren Beobachtern nicht unbemerkt geblieben war. Ihre Hofdame Melithyrrh saß auf der einen Seite neben ihr, und Thalnap Zelifor, der vor kurzem in ihre Dienste getretene kleine Vroonzauberer, auf der anderen, und sie sagte kaum etwas zu irgendeinem anderen und lächelte auch nicht und wirkte überhaupt nicht liebenswürdig, auch nicht, als Lord Korsibar selbst, strahlend in seiner neuen königlichen Pracht, zu ihr kam, um ihr eine Schale mit schimmerndem goldenem Wein anzubieten. »So eingeschnappt, wie Thismet ist, könnte man glauben«, sagte Kanteverel von Bailemoona zu Kamba von Mazadone, »dass Prestimion Coronal geworden sei und nicht Korsibar!«

»Vielleicht wollte sie einen höheren Platz haben«, meinte Graf Kamba. »Ihr Bruder sitzt hoch oben auf einem schönen Thron, ihr Vater hat auch einen und sogar ihre Mutter; aber sie sitzt wie alle anderen von uns bei der gewöhnlichen Masse der Herzöge und Prinzen.«

»Die drei anderen sind die Mächte des Reichs«, stellte Herzog Dembitave von Tidias klar. »Was ist sie schon im Vergleich dazu? Nur eine Prinzessin, und das auch nur aufgrund des Rangs ihres Vaters.«

»Ich glaube«, sagte der direkte und stets respektlose Graf Fisiolo von Stee, »dass sie stört, wie ihre Mutter aussieht. Roxivail wurde hier zum letzten Mal vor – wann? – zwanzig Jahren gesehen. Thismet hat wahrscheinlich gedacht, sie müsse mittlerweile eine verwelkte alte Schachtel sein, nicht mehr die geringste Konkurrenz. Und dann taucht sie plötzlich auf, sieht eher wie Thismets Schwester denn ihre Mutter aus und trägt außerdem noch ein eleganteres Kleid als Thismet.«

Und alle lachten, denn Lady Thismets Eitelkeit war jedem Einzelnen von ihnen gut bekannt.

Etwas weiter vom mittleren Bereich entfernt befanden sich die Sitzplätze, die für hohe städtische Beamte reserviert waren. Die Bürgermeister der meisten der Fünfzig Städte des Bergs waren anwesend und auch einige von ferneren Städten, einer aus dem Glaygetal und einer von der Halbinsel Stoienzar. Aber die äußersten

Städte von Alhanroel – solche Orte wie Sefarad und Alaisor, Michimang, Bizfern und all jene auf der anderen Seite des Bergs Zygnor – waren nur spärlich vertreten, und von der gewaltigen Bevölkerung der großen Metropolen des fernen Zimroel waren gar keine Repräsentanten anwesend. Die Krönung war so plötzlich angesetzt worden, dass es einfach nicht möglich gewesen war, die Burg vom Westkontinent aus noch rechtzeitig zu erreichen.

Bei den Krönungsfeiern wurde auch Dantirya Sambail vermisst, von dem es hieß, er sei auf dem Weg nach Ni-moya, um dort offiziell zu verkünden, dass eine neue Regierung eingesetzt worden sei, und ebenso Prinz Prestimion von Muldemar, der zwar eingeladen, aber noch nicht erschienen war. Als am dritten Tag der Feiern gerade die Wettbewerbe im Hammerwurf und Reifenspringen beendet waren und das Feld für den ersten Turnierdurchgang vorbereitet wurde, begab sich Farquanor zur Loge des Coronals. »Er ist endlich da«, sagte er zu Korsibar, »mit seinen drei Freunden. Ist vor einer Stunde eingetroffen und begab sich sofort in seine alten Gemächer.«

»Weiß er, dass die Spiele stattfinden?«

»Ja, mein Lord. Er beabsichtigt, ihnen bald beizuwohnen.«

»Schick ihm eine formelle Eskorte. Eine Ehrenwache, Banner, prinzliche Regalien, alles. Und mach für die vier Sitzplätze in unserer Nähe frei.« Korsibar schaute nach links. »Dort. Diese Plätze sind frei, direkt hinter Venta und Mandrykarn. Dort sollen sie sich hinsetzen.«

»Das ist Kanteverels Platz, Lordschaft, und Thaszthasz', glaube ich.«

»Falls sie noch kommen, sollen sie sich heute woanders hinsetzen. Prestimion muss mit Samthandschuhen angefasst werden, verstehst du? Ein geehrter Gast. Jede Höflichkeit.«

Farquanor salutierte und ging. Kurz darauf signalisierte eine leichte Unruhe in der Menge, dass Prinz Prestimion am Tor des Spielfelds eingetroffen war, flankiert von Gialaurys und Septach Melayn, während Herzog Svor ihnen auf dem Fuße folgte. Alle vier waren für diese besondere Gelegenheit angemessen gekleidet, Prestimion mit goldenen Hosen, die so eng wie die Scheide eines Schwertes waren, und mit einer elfenbeinfarbenen Jacke, die mit Silberfäden durchzogen war und über der er einen offenen Mantel aus purpurnem Samt trug. Die drei anderen waren fast genauso prachtvoll gewandet. Eine Eskorte, die aus einem Dutzend strammer Männer aus der Wache des Coronals bestand, fünf davon Skandars, die anderen Menschen, bildeten eine lebende Mauer um sie herum, als sie auf das Feld marschierten und zu den Plätzen geführt wurden, die Farquanor ihnen reserviert hatte. Korsibar beugte sich vor und über den Rahmen seines thronähnlichen Stuhls, lächelte jovial, winkte Prestimion zu, nannte ihn seinen liebsten Freund, sagte ihm, wie froh er sei, ihn an diesem Tag hier zu sehen, und wie sehr er Prestimions Gesellschaft an den ersten beiden Tagen der Spiele vermisst habe.

Prestimion reagierte mit einem kühlen, formellen Lächeln und ein paar Dankesworten auf die Begrüßung, die man ihm gewährt hatte. Er machte kein Sternenfächerzeichen vor Korsibar.

Korsibar merkte sich das. Er merkte sich auch, dass seine Schwester von ihrem Platz aus Prestimion mit einer unglaublich seltsamen Intensität betrachtete, als wäre er ein leibhaftiger Dämon, der einzig und allein zu dem Zweck materialisiert war, die Krönungsfeierlichkeiten zu beeinträchtigen. Sie beugte sich in ihrem Sitz vor und starrte ihn mit festem Blick, vorgeschobenem Kinn und starr hochgezogenen Schultern an. Es machte den Anschein, als hätte sie nur Augen für Prestimion und keinen sonst.

Drei Tjostdurchgänge waren für diesen Nachmittag angesetzt: Kovac Derocha von Normork und Belditan von Gimkandale gegen Yegan von Nieder-Morpin und Herzog Oljebbins mittleren Sohn, Alexiar von Stoien; dann zwei junge Brüder, Grafen der Mavestoi-Linie, die sich mit dem grauhaarigen alten Herzog von Sisivondal und seinem Sohn maßen; und nach ihnen ein Wettkampf, bei dem Lethmon Yearlock von Sterinmor und sein Furcht erregender einäugiger Bruder Grayven auf den ungebärdigen Vicomte Edgan von Guand und seinen Verwandten Warghan Blais trafen, den Meister-Laureaten der Zwölf Seen.

Kovac Derocha und Belditan waren bereits auf ihren Reittieren auf das Feld gekommen und ritten auf und ab, um sich an die Tiere zu gewöhnen, und Yegan und Alexiar waren an der Koppel zu sehen und schickten sich an, diese zu verlassen.

Doch in dem Augenblick trat die schwerfällige Gestalt Graf Farholts zwischen Korsibar und die Sonne. »Mein Lord«, sagte der große Mann, »ich möchte eine Bitte stellen.«

»Dann stell sie.«

»Gialaurys ist hier. Ich will ihn zum Kampf Mann gegen Mann herausfordern.«

Auf Farholts Gesicht lag ein wilder Ausdruck mörderischer Blutrünstigkeit. Korsibar musste an diesen grimmigen Ringkampf im Labyrinth zurückdenken. »Das ist eine fröhliche Feier, Farholt«, sagte er finster dreinblickend, »und keine Gelegenheit zur Blutrache. »Wir möchten nicht, dass heute auf diesem Feld ungebührlich Blut vergossen wird.«

»Mein Lord, ich will nur …«

»Nein. Wir verbieten es.«

Farholt, dessen Augen vor Zorn loderten, wandte sich an den neben Korsibar sitzenden Sanibak-Thastimoon. »Ich bitte dich«, rief er, »bring ihn zur Vernunft, mein Lord Magus! Er verweigert es mir kurzerhand, und warum? Gialaurys ist mein Feind. Ich bitte um das Recht, gegen ihn anzutreten.«

»Der Lord Coronal hat gesprochen«, sagte der Su-Suheris leidenschaftslos. »Also dürft Ihr es nicht tun.«

»Warum nicht? Warum?« Farholts Gesicht hatte sich gerötet. Er fauchte und stammelte. »Jetzt bietet sich die Gelegenheit, diesen Affen endgültig loszuwerden! Lasst mich mit ihm kämpfen! Lasst es zu, mein Lord!«

»Es wird hier und heute kein Gemetzel geben«, erwiderte Korsibar und ließ seine Verärgerung nun offensichtlicher werden. »Setz dich, Farholt.«

»Das habt Ihr gut gemacht, Lordschaft«, sagte Sanibak-Thastimoon, als Farholt, noch immer grollend, auf seinen Platz zurückgekehrt war. »Niemand will sehen, dass diese beiden sich schon so bald wieder gegenüberstehen. Aber er hat Recht damit, dass Gialaurys ein Feind ist, und nicht nur Farholts Feind. Er ist eine Gefahr für unsere gesamte Sache.«

»Gefahr? Wieso denn? Hier läuft es sehr gut für uns.«

»Im Augenblick. Aber Gialaurys ist viel kriegerischer als sein Herr. Er kocht vor Groll, dass wir die Krone genommen haben; und er ist imstande, Prestimions Zorn anzufachen und ihn eines Tages vielleicht sogar zur Rebellion zu führen. Gestattet, dass ich mich mit ihm befasse, mein Lord.«

»Was hast du im Sinn?«

»Ein Kampf Mann gegen Mann, wie Farholt es sagt. So können wir ihn auf ganz unschuldige Weise loswerden. Bei einem Turnier kommen Unfälle vor, die nicht gleich wie Mord aussehen.«

»Du hast gehört, was ich gesagt habe. Ich will heute kein Blutvergießen sehen!«

»Nicht durch Farholts Hand, nein. Es würde wie eine Kriegserklärung aussehen, wenn Farholt Prestimions Mann vor dessen Augen niederschlüge, vor allem nach dem, was sich im Labyrinth zwischen Farholt und Gialaurys zugetragen hat. Aber ich habe einen Mann, der es erledigen und wie einen Unfall aussehen lassen kann, und niemand wird etwas davon erfahren.« Sanibak-Thastimoon zeigte auf einen Magus, der bei der Gruppe der Zauberer am vorderen Geländer der Tribüne stand, einen Mann aus Zimroel namens Gebel Thibek, groß, langgliedrig und stämmig, aber Korsibar in keiner Hinsicht als Sportsmann bekannt.

»Er?«, fragte der Coronal stirnrunzelnd. »Das ist kein Turnierkämpfer, sondern einer deiner Magier! Gialaurys wird ihn mit einem Stoß seiner Lanze bis nach Suvrael werfen.«

»Er hat seine Fähigkeiten, mein Lord.«

Korsibar betrachtete nachdenklich die Fingerspitzen. »Ist das klug, Sanibak-Thastimoon?«

»Eure Lage ist prekärer, als Ihr ahnt, mein Lord. Und dieser Gialaurys trägt zu einem beträchtlichen Maß Schuld daran. Erlaubt mir, ihn zu beseitigen.«

Auf dem Feld hatte der erste Wettkampf angefangen. Korsibar zögerte lange und widmete seine Aufmerksamkeit nach außen hin den Streitern vor ihm, beobachtete, wie Kovac Derocha und Yegan von Nieder-Morpin einander auf springenden Reittieren umkreisten und Belditan von Gimkandale zögernd die Lanze mit Alexiar von Stoien kreuzte. Dann schaute er zu dem Su-Suheris auf. »Was immer du für das Beste hältst«, sagte er.

Der ungeplante Wettkampf Mann gegen Mann wurde an dritter Stelle in das Tagesprogramm eingeschoben, nach der Tjost zwischen den beiden Mavestoi-Grafen und dem Vater und Sohn aus Sisivondal. Gialaurys, den die Herausforderung eines Mannes überraschte, den er gar nicht kannte, und der auch nicht für einen Turnierdurchgang gekleidet war, brauchte Zeit, um zu seinem Quartier zurückzukehren und sich entsprechend anzukleiden. Aber er akzeptierte die Einladung durchaus bereitwillig und praktisch noch im gleichen Atemzug, in dem sie ausgesprochen wurde. Zu Prestimion, der leichtes Unbehagen über die plötzliche und unerwartete Entwicklung ausdrückte, sagte Gialaurys: »Ich bin lange genug untätig gewesen, mein Freund. Hier bietet sich die Gelegenheit, all diesen Leuten, die Korsibar so sehr lieben, zu zeigen, dass ich weiß, an welchem Ende man eine Lanze hält.«

Er ging davon, um sich anzuziehen, ein Reittier aus den königlichen Ställen auszusuchen und ein paar Waffen auf ihre Stärke und Ausgewogenheit zu überprüfen.

Der erste Durchgang war noch nicht beendet. Kovac Derocha von Normork hatte seinen Gegner aus dem Sattel gehoben und stand am Rand des Felds, wartete auf den Ausgang des Kampfs zwischen Belditan und Alexiar. Sollte Belditan fallen, würde Kovac Derocha gegen Alexiar antreten. Aber es sah so aus, als wäre keiner der beiden imstande, den anderen zu Boden zu werfen. Fünfmal ritten sie über das Feld aufeinander zu, und fünfmal stießen ihre Lanzen aneinander und ritten sie weiter, noch immer fest in den Sätteln. Es war keine schöne Vorführung. Prestimion wurde unruhig, verließ seinen Platz und ging zu ein paar Lords hinüber, die er seit der Zeit im Labyrinth nicht mehr gesehen hatte, Kamba und Fisiolo und einigen anderen, um ein paar belanglose Worte mit ihnen zu wechseln.

Herzog Svor, der sitzen geblieben war, wandte sich an Septach Melayn auf dem Sitz neben ihm. »Diese Herausforderung bereitet mir Sorgen«, sagte er.

»Mir ebenfalls. Wer ist dieser Gebel Thibek? Er saß bei den Zauberern, bevor er hier hinaufkam, um Gialaurys herauszufordern.«

»Und er ist auch ein Zauberer, mein Freund. Ich habe von ihm gehört. Er ist ein Mitglied von Sanibak-Thastimoons Gefolgschaft.«

»Ich dachte, das Turnier sei Männern von hoher Herkunft vorbehalten.«

»Dann ist er vielleicht ein hochgeborener Magus«,

sagte Svor. »Falls es so etwas überhaupt gibt. Aber nicht die Herkunft des Mannes bereitet mir Sorgen, sondern sein Geschick.«

»Im Turnierkampf gibt es keinen Besseren als Gialaurys.«

»Ich spreche nicht von seinem Geschick bei der Tjost.«

»Ach«, sagte Septach Melayn. »Du glaubst also, hier ist Verrat im Spiel?«

Svors Augen nahmen eine verschlagene Helligkeit an. »Wir sind unter ehrbaren Leuten, nicht wahr? Aber es ist immer gut, auf das Unerwartete vorbereitet zu sein.« Und Septach Melayn nickte zustimmend, lächelte und beugte sich auf seinem Sitz vor.

Kurz darauf kehrte Prestimion zurück. Er schien in besserer Stimmung zu sein als noch vor kurzem. »Alle sprechen nur von Roxivail und Thismet dort drüben«, sagte er, als er wieder Platz nahm. »Wie hübsch die Lady Roxivail aussieht und was für ein verdrossenes Gesicht die Lady Thismet heute aufgesetzt hat.«

»Sie hat einen guten Zauberer, die Lady Roxivail«, sagte Septach Melayn und blinzelte. »Eine solche Schönheit in einem Alter wie dem ihren kommt aus der Trickkiste des Beschwörers, meint ihr nicht auch? Sie muss doch mindestens vierzig sein. Wenn nicht sogar fünfundvierzig.«

»Sogar noch etwas älter, habe ich gehört«, sagte Svor. »Aber sie hatte die ganzen Jahre da unten im schwülen Shambettirantil nichts anderes zu tun, als Schönheitswässerchen aufzulegen, in dampfendem Schönheitsschlamm zu baden und, ja, das wohl auch, Tag und Nacht Verjüngungssprüche über sich ergehen zu lassen.« Svor lachte düster. »Ich kann mir vorstellen, welche Träume sie bringen wird, wenn sie ihren Posten als Lady der Insel antritt! So ein Gesicht, das sich in die schlafenden Seelen der Männer stiehlt! Diese Augen ... dieses wollüstige Lächeln ...«

»Und seht euch dann die Tochter an!«, sagte Prestimion. »Thismets wütender Blick! Wie sie ihr Gesicht verzieht und verzerrt! Wie sie starrt und starrt, als könnte sie ihrer Mutter nicht verzeihen, das sie so aussieht. Oder dass sie überhaupt hier ist, vermute ich. Aber was haben sie und ihre Verbündeten gedacht, als sie Korsibar halfen, die Krone zu stehlen? Ist ihnen denn nicht in den Sinn gekommen, dass Roxivail dann die Lady der Insel sein wird und ihre kleine, ferne Insel verlassen muss?«

»Ich habe den Eindruck«, sagte Septach Melayn, »dass Lady Thismet hauptsächlich dich angeschaut hat, Prestimion, ihre Mutter aber kaum. Sieh doch, sie starrt jetzt auch zu dir hinüber! Und gewiss nicht mit einem liebevollen Gesicht, ganz und gar nicht, oder, Prestimion? Eine schwierige Frau, mit schwierigen Gedanken hinter dieser hübschen Stirn.«

»Befürchtet sie etwa«, sagte Prestimion ziemlich grob, »dass ich den Arm ausstrecke und ihrem geliebten Bruder die Krone vom Kopf reiße, während wir alle hier sitzen? Nicht, dass dieser Gedanke mir nicht in den Sinn gekommen wäre, aber … ach, seht doch, da kommt Gialaurys!«

Der groß gewachsene, nun mit einem Tjostgewand bekleidete Mann ritt in diesem Augenblick auf einem so temperamentvollen und wilden Renntier auf das Feld, dass es sich eher um einen Feuer spuckenden Dämon als um irgendein Lasttier zu handeln schien. Seine Beine waren lang und schlank, sein schmaler Rücken war scharf wie eine Rasierklinge; die glatte Haut wies ein helles Purpur auf, das ins Rot überging, und die gelben, rot umrandeten Augen waren teuflisch Furcht erregend. Hinter ihm ritt der Magus Gebel Thibek auf einem stämmigen, aber bei weitem nicht so wilden Ross heran, das dem Anschein nach für eine lange Reise über schwieriges Terrain besser geeignet war als für die schnellen Angriffe und Wendemanöver eines Turnierkampfs.

Gialaurys schien sein Tier im Griff zu haben, wenngleich jeder schlechtere Reiter schon in den ersten Augenblicken abgeworfen worden wäre. Er saß voller Selbstvertrauen ganz vorn in dem natürlichen Sattel, der den schmalen Rückgratkamm des Reittiers unterbrach, hatte die Beine tief in die Walzen der Rippen gegraben und hielt sich gut ausbalanciert aufrecht, wobei die lange Lanze leicht in seiner Armbeuge lag. Das Tier wirkte zwar ungehalten darüber, dass überhaupt jemand auf ihm ritt, schien Gialaurys' Herrschaft jedoch anzuerkennen und einen gewissen Respekt vor ihm zu haben.

Wer immer dieses Tier aufgezogen hatte, hatte ein teuflisches Ungetüm von vulkanischer Energie und aufsässigem Temperament hervorgebracht. Renntiere waren wie die langsameren, stämmigeren Züchtungen ihrer Spezies, die bei gewöhnlichen Transporten und Zugarbeiten eingesetzt wurden, künstlich erzeugte Geschöpfe, die vor langer Zeit für die menschliche Bequemlichkeit regelrecht entworfen worden waren, und zwar mit Hilfe einer uralten Wissenschaft, die sich kaum von Zauberei unterschied und nun völlig in Vergessenheit geraten war. Obwohl die Kunst ihrer Herstellung verloren gegangen war, konnten solch synthetische Wesen wie diese Reittiere sich wie natürliche Geschöpfe durch gewöhnliche Reproduktion fortpflanzen, und durch selektive Zucht waren zahlreiche Arten entstanden. Von all diesen Arten waren die Renntiere die schönste Spezies und ausschließlich dem Gebrauch durch die Lords des Burgbergs vorbehalten. Aber es konnte nicht viele Adlige geben, die mit solch einem Tier fertig wurden.

Gialaurys und Gebel Thibek sahen sich von entgegengesetzten Seiten des Feldes aus an, salutierten und preschten zu ihrem ersten Ansturm vor. Die Geschwindigkeit von Gialaurys' Ross war um vieles größer als die des anderen Tieres, sodass Gialaurys nicht die Hälfte, sondern fast zwei Drittel des Feldes zurückgelegt hatte, als sie sich begegneten. Wie es der Brauch war, griffen sie bei diesem Durchgang nicht an, sondern ließen nur leicht die Spitzen ihrer Lanzen aneinander stoßen und ritten weiter. Doch beide Männer rissen ihre Tiere herum, und als sie sich nun wieder einander näherten, hob Gialaurys seine Lanze in der bekannten Stoßhaltung. Sein Tier bewegte sich so schnell, dass all seine Hufe sich gleichzeitig in der Luft zu befinden schienen. Gebel Thibek wartete auf den Angriff und wirkte langsam und unsicher. Er hielt seine Lanze unbeholfen, und die scharfe Spitze deutete nach unten.

»Das muss es sein«, sagte Prestimion. »Stoß und Abwurf.«

Aber nein. Gialaurys senkte seine lange Lanze etwas und richtete sie auf den dunklen Kreis in der Mitte von Gebel Thibeks gepolstertem Lederwams. Und dann ging etwas schief: Im letzten Augenblick riss Gebel Thibek seine Lanze zu einer überraschenden Parade hoch, ließ sie glatt am Schaft von Gialaurys' Waffe entlanggleiten und wehrte sie ab, sodass sie harmlos an ihm vorbei stach.

»Wie war das möglich?«, fragte Septach Melayn. »Ist hier irgendeine Zauberei am Werk?«

»Eher unerwartete Fertigkeit, würde ich sagen«, erwiderte Prestimion. »Der Mann ist kein schlechter Turnierkämpfer. Ich frage mich, warum wir noch nie von ihm gehört haben.«

Der nächste Angriff war bereits im Gange. Erneut führte Gialaurys sein Tier mit äußerster Präzision, erneut wirkten Gebel Thibeks Abwehrversuche unbeholfen und unangemessen. Doch als die beiden Männer die Lanzen kreuzten, diesmal auf der Mitte des Feldes, schwankte Gialaurys' Waffe während des Stoßes befremdlich, und sein Widersacher stieß sie mit einem lauten, verächtlichen Schlag beiseite, der Jubel bei den Männern um Korsibar und Erstaunen bei Prestimion und Septach Melayn hervorrief.

»Hier stimmt etwas ganz und gar nicht«, murmelte Prestimion.

Dem war in der Tat so. Gialaurys saß nun ganz seltsam auf dem Tier, zu einer Seite geneigt, fast halb aus dem Sattel hängend. Er hielt die Lanze viel zu tief an ihrem Griff, als hätte er noch nie zuvor eine in der Hand gehabt. Und er hatte einen Teil der Herrschaft über sein temperamentvolles Reittier verloren, das nun mit heiklen Sprüngen kanterte, als spielte es mit dem Gedanken, den Reiter abwerfen zu wollen.

»Er verhält sich plötzlich, als wäre er betrunken«, sagte Septach Melayn.

»Nicht Gialaurys«, sagte Prestimion. »Er wäre niemals auf das Feld gegangen, hätte er zuvor Wein getrunken.«

»Nicht der Wein tut ihm das an«, sagte Svor. »Seht ihr, wie sich unter dem Helm die Lippen des Zauberers bewegen? Er spricht zu Gialaurys. Vielleicht webt er irgendeinen Zauber? Warum hat ein Magus ihn herausgefordert und nicht jemand wie Farholt, wenn sie nicht von vornherein vorgehabt hatten, Zaubersprüche einzusetzen?«

Gialaurys ritt nun davon, zurück zu seinem Ende des Feldes – unbeholfen, wie trunken. Er sah aus wie ein Narr; so etwas hatte man bei ihm noch nie zuvor gesehen. Von der Tribüne auf der anderen Seite war wildes Gelächter zu vernehmen. Gebel Thibek nahm seinen Platz auf der Mitte des Feldes ein, rief dreimal Gialaurys' Namen und stieß dreimal die Lanze in seine Richtung, das Zeichen für seinen Gegner, zu wenden und ihn anzugreifen. Es war offensichtlich, dass Gialaurys mit seinem Tier kämpfte und versuchte, es herumzuziehen. Endlich gelang es ihm.

Erneut ritten sie aufeinander zu. Gialaurys schüttelte den Kopf, als wollte er ihn von einem Nebelschleier befreien. Es gelang ihm kaum, Gebel Thibeks Stoß zu parieren, der auf sein Herz gerichtet war, und er selbst setzte gar nicht erst zu einem an.

Diese Lanzen hatten scharfe Spitzen. Ein Stoß an der falschen Stelle oder einer, der nicht richtig pariert wurde, konnte tödliche Folgen haben. Und Gialaurys wirkte plötzlich unfähig, sich zu verteidigen. Sein Zustand verschlechterte sich ständig; er hatte sich nicht mehr im Griff. Wie es aussah, würde er jeden Augenblick von seinem Reittier fallen, ohne eigens von einem Stoß zu Boden befördert werden zu müssen.

Prestimion erhob sich langsam. »Dem muss ein Ende gemacht werden«, sagte er und schaute zu Navigorn hinüber, der heute der Meister der Spiele war, und winkte, um seine Aufmerksamkeit auf sich zu lenken. »Gialaurys kann diesen Kampf nicht fortsetzen.« Aber Navigorn sah in die andere Richtung.

Herzog Svors Hand legte sich um Prestimions Gelenk.

»Sieh doch«, sagte er.

Septach Melayn war mit drei schnellen Schritten von der Tribüne und auf das Feld hinabgesprungen und brüllte und schwankte nun wie jemand, der in fünf Minuten sechs Flaschen Wein getrunken hatte und hoffte, eine siebente zu finden. Er hatte das Schwert gezogen und fuchtelte wild damit herum. Die Menge begann zu buhen.

Beim Anblick dieses nackten Stahlschafts scheute Gialaurys' Tier, wich zurück und hätte ihn fast abgeworfen. Die Lanze fiel aus seiner Hand, doch irgendwie gelang es ihm, sich an der schweren Mähne des Rosses festzuhalten, während das übererregte Tier hektisch hin und her lief. Gebel Thibeks ruhigeres Ross stand unbewegt da. Der Zauberer rief Septach Melayn wütend zu, er solle das Feld verlassen, worauf Septach Melayn mit heiseren, betrunkenen Beleidigungen und einem Schlag seines Schwerts durch die leere Luft antwortete. Gebel Thibek reagierte mit einem kräftigen Stoß seiner Lanze, einem, der eindeutig nicht warnen, sondern töten sollte. Wäre Septach Melayn nicht mit äußerster Agilität zur Seite gesprungen, wäre ihm die Brust durchbohrt worden.

»Was?«, rief Septach Melayn und tollte noch immer umher, als hätte er den Verstand verloren. »Ist das ein Dämon hier auf dem Berg? Ja! Ja, ein Dämon!« Er schnappte sich die Lanze, die Gialaurys fallen gelassen hatte, und schwang sie seitlich weit im Kreis, erwischte Gebel Thibek unter einem Arm und stieß ihn zu Boden. »Ein Dämon!«, rief Septach Melayn erneut. »Er muss exorziert werden!« Der Zauberer erhob sich unsicher, wich vor ihm zurück und wollte sich mit Zeichen und Gesängen gegen ihn schützen. Aber Septach Melayn grinste wie ein Verrückter, stürmte mit schnellen, hüpfenden Schritten auf ihn zu und rammte, ohne langsamer zu werden, das Schwert durch Gebel Thibeks Leib, sodass es auf eine Länge von sechs Zoll aus seinem Rücken herausragte.

Ein lauter Schrei des Erstaunens und Entsetzens erklang. Wachen liefen auf das Feld. Septach Melayn torkelte, noch immer breitbeinig wie ein Betrunkener, zurück und starrte mit weit aufgerissenen Augen auf sein Schwert und seinen Schwertarm, als hätten sie Gebel Thibek aus eigenem Antrieb niedergeschlagen. Er bahnte sich den Weg durch das Durcheinander auf dem Feld, erreichte die Seite der Tribüne und schaute zu Korsibar hoch. »Mein Lord!«, rief er. »Mein Lord, es war ein Unfall – verzeiht mir, mein Lord, ich dachte, dieser Mann sei ein Dämon, der einen Zauber auf meinen Freund gelegt hat ...«

Dann stand Prestimion neben ihm auf dem Feld, warf den Arm um Septach Melayns Schultern und führte ihn davon. »Dieser dreckige Zauberer!«, murmelte Septach Melayn so leise, dass nur Prestimion ihn verstehen konnte. Seine Stimme klang jetzt gar nicht mehr trunken. »Noch einen Augenblick länger, und er hätte Gialaurys mit seiner Waffe durchbohrt, wie ich es mit ihm tat!«

»Komm. Schnell«, sagte Prestimion.

Und er schaute zu Korsibar hoch, dessen Gesicht streng und grimmig und schwarz vor Wut war. Prestimion gelang es, einen Ausdruck des Schocks und des Schmerzes aufzusetzen. »Mein Lord ... wie schrecklich das ist ... er hat zu viel Wein getrunken, sein Verstand ist völlig benebelt. Er wusste nicht, was er tat. Er hat nur gesehen, dass sein Freund in großer Gefahr war. Diesen Eindruck hatte er jedenfalls.«

»Vergebt mir!«, stöhnte Septach Melayn erneut, mit der mitleidigst bebenden Stimme, die man je bei ihm gehört hatte. »Ich bitte Euch, Lord, verzeiht mir! Verzeiht!«

5

Später, in Prestimions Gemächern, sagte Gialaurys wütend: »Bei der Lady, ich hätte ihn direkt beim ersten Durchgang töten sollen, statt höflich die Lanzen mit ihm zu kreuzen. Aber ich bin nicht dazu ausgebildet, solch ein Gemetzel im Namen des Sports zu veranstalten, und woher sollte ich denn wissen, welche Hinterlist er im Sinn hatte? Aber ich habe es ja schnell genug erfahren, bei der Lady! Das war erneut der Ringkampf im Labyrinth, diesmal nur mit einer tödlicheren Waffe als Farholts Armen und Händen. Als ich beim zweiten Durchgang auf ihn zuritt, flüsterte er mir schon seine Zaubersprüche entgegen. Und dann dachte ich, jetzt ist alles vorbei – mein Verstand bewölkt sich wieder, und ich habe keine Kraft mehr, ich werde hier vor allen umkommen, und alle werden glauben, ich hätte all meine Fertigkeiten vergessen, seitdem ich zum letzten Mal eine Tjost geritten habe. Ich hätte ihn getötet, wäre es mir nur möglich gewesen. Aber ich war zu benebelt von ihm.«

Er zitterte, und sein Gesicht war schneeweiß vor Zorn. Prestimion reichte ihm eine Flasche Wein; er leerte sie, ohne sich die Mühe zu machen, den Inhalt vorher in eine Trinkschale zu gießen, und dann warf er sie beiseite.

»Es war Wahnsinn, bei solch einem Wettkampf gegen einen Zauberer anzutreten«, sagte Svor. »Ich hätte von dir verlangen müssen, die Herausforderung auszuschlagen.«

»Auf deine Warnungen hört nie jemand, Svor«, sagte Septach Melayn leichthin. »Das ist dein Schicksal. Aber wenigstens wird uns morgen niemand mit Zaubersprüchen belegen.«

»Das alles war der reinste Wahnsinn«, sagte Prestimion düster. »Sowohl die Annahme der Herausforderung als auch das Töten des Zauberers. Du kannst von Glück sprechen, wenn du heute Abend nicht im Burgkerker sitzt, Septach Melayn.«

»Er hat mich schließlich provoziert. Das haben alle gesehen. Er hat die Lanze auf mich gerichtet, um mich zu töten, während ich nur ein dummer Betrunkener war, der das Turnier gestört hat. Wer kann abstreiten, dass ich ihn aus reiner Selbstverteidigung niedergestreckt habe?«

»Du bist mit der Absicht auf das Feld gegangen, ihn zu töten«, sagte Prestimion.

»Ja. Das stimmt. Aber er hatte es darauf abgesehen, Gialaurys zu töten. Wäre es dir lieber gewesen, es wäre ihm gelungen?«

Prestimion öffnete den Mund, um darauf zu antworten, aber kein Wort kam über seine Lippen, und er schloss ihn wieder.

»Es wäre mit Sicherheit mein Tod gewesen«, sagte Gialaurys. »Er hat Zaubersprüche gegen mich vorgebracht, mich mit dem Griff von Dämonen gefesselt … ich konnte kaum noch etwas sehen, mich mit Mühe und Not gerade noch auf meinem Tier halten …« Er griff nach einer weiteren Flasche Wein. »Ich wusste, ich würde sterben. Aber ich konnte mich nicht dazu bringen, einfach davonzulaufen. Ich verspürte keine Furcht, nur Zorn darüber, auf diese Art und Weise hereingelegt worden zu sein. Sie hatten vor, mich zu töten. Hätte Septach Melayn nicht eingegriffen, wäre ich heute Abend bei der Quelle.«

»Wer hat diesen Plan geschmiedet?«, fragte Prestimion scharf. »Glaubst du, etwa Korsibar?«

Gialaurys schüttelte den Kopf. »Du sagst uns immer wieder, dass er ein ehrenwerter Mann ist. Er hat den Thron gestohlen, ja, ist aber trotzdem ein Ehrenmann. Nun, er liebt uns alle: Gehen wir einfach mal davon aus. Dieser Sanibak-Thastimoon hat den Zauberer gegen mich antreten lassen. Und ich schwöre, demnächst wird er versuchen, seine Zauberei gegen dich einzusetzen.«

»Ach, soll er es nur versuchen!«, sagte Prestimion lachend.

»Das wird er! Siehst du denn nicht, dass die Burg bei diesen Spielen voll von Zauberern ist? Überall ist der Geruch von Weihrauch, und wohin man auch geht, auf irgendeinem Korridor stimmt immer jemand einen Gesang an. Hast du das nicht gesehen, als wir ankamen? Die Hälfte von Confalumes Zauberern steht noch auf Korsibars Lohnliste, und seine eigenen sind auch hier, und zahlreiche neue, die wir noch nie gesehen haben. Seine Herrschaft wird eine der Zauberei werden, Prestimion! Diese gewaltigen Scharen von Zauberern sind hier in der Burg, um alle einzuschüchtern, die vielleicht der Ansicht sind, dass Korsibar nicht der rechtmäßige König ist. Und das war nur der erste Schlag gegen uns vier, die wir als Feinde Korsibars bekannt sind. Der nächste wird gegen dich gerichtet sein, mein Freund. Wir sollten sofort von hier verschwinden.«

»Dann geht«, sagte Prestimion. »Ich halte euch nicht auf, keinen Einzigen von euch. Ihr müsst nicht bleiben. Aber ich muss es.«

»Während Zaubersprüche gegen dein Leben vorgebracht werden?«

»Zaubersprüche! Was kümmern mich Zaubersprüche!«, rief Prestimion. »Ach, Gialaurys, Gialaurys, muss ich deine Torheit ewig verhätscheln? Diese Zaubersprüche sind nur dummer Unsinn. Es gibt keine Dämonen! Es gibt keine Hexerei!«

»Und was ist dann mit mir auf dem Turnierfeld geschehen? Was war das, ein plötzlicher Sonnenstich?«

»Es gibt so etwas wie hypnotische Illusionen«, sagte Prestimion, »und die hat der Magus gegen dich eingesetzt. Du warst ohnehin schon halbwegs bereit, ihm jedes seiner Worte zu glauben; mehr als nur halbwegs bereit. Also hat er deine eigene Leichtgläubigkeit gegen dich eingesetzt und dich hypnotisiert, damit du dich schwach und verwirrt fühlst.«

Gialaurys schlug die geballten Fäuste zusammen und atmete mit einem frustrierten Seufzen aus. »Ob man es nun Hypnose oder Magie nennt – was für einen Unterschied machen diese Worte? Er hat die Kontrolle über meinen Verstand übernommen. Wie es von Anfang an ihr Plan war. Ach, Prestimion, du bist so klug, und ich bin so dumm … jedenfalls behauptet Septach Melayn das immer, und doch erscheint mir alles so klar, was ihr beide einfach nicht sehen wollt. Es gibt Zauberei auf dieser Welt, und sie funktioniert, und du musst das glauben oder sterben!«

»Muss ich das?«, erwiderte Prestimion ruhig. »Wir haben diesen Kampf schon einmal ausgefochten, du und ich.«

Gialaurys schloss die Augen und atmete ein-, zweimal tief ein. »Lassen wir es dabei bewenden«, sagte er dann etwas ruhiger. »Glaube es oder nicht, wie der Geist dich nötigt. Aber gestehe mir zumindest ein, dass wir hier in Gefahr sind. Septach Melayn hat auf dem Turnierfeld jemanden getötet. Warum wurde er deshalb nicht verhaftet? Nicht, weil es in Selbstverteidigung geschah, sondern weil Korsibar wusste, dass er den Zauberer beauftragt hatte, mich dort zu ermorden, und befürchtete, dass es bei einer Untersuchung herauskommen würde! Ich sage erneut, wir sollten diesen Ort noch heute Abend verlassen!«

»Wir sind in keiner Gefahr, solange wir weiterhin auf Draht sind und nicht den Kopf verlieren«, sagte Prestimion stur. »Wie kann ich am Tag meiner Ankunft wieder abreisen? Das ist einfach nicht möglich. Ich bin Korsibar die Höflichkeit schuldig, diesen Ereignissen beizuwohnen. Er ist Coronal, ganz gleich, wie er es wurde, und dies ist seine Krönungsfeier, und ich bin ein Prinz seines Adels. Aber ich sage euch erneut: Ihr müsst nicht bleiben, keiner von euch.« Er sah jeden von ihnen eindringlich und auffordernd an. »Geht, wenn ihr wollt. Geht.«

»Sag es noch einmal, und es gibt eine Schlägerei«, erwiderte Septach Melayn. »Wir sind mit dir hierher gekommen. Wir werden bei dir bleiben. Zumindest gilt das für mich. Gialaurys?«

»Es wäre wohl am klügsten, einfach abzureisen. Aber ich werde bleiben, wenn ihr bleibt, du und Prestimion.«

»Und du, Svor?«, fragte Septach Melayn.

Der kleine Mann fuhr mit der Hand nachdenklich durch die engen Locken seines Barts.

»An diesem Ort sind wir nicht sicher, wie ich es euch schon gesagt habe, bevor wir hierher kamen. Die Ereignisse des heutigen Tages bestätigen es. Aber keiner von uns wurde dafür geboren, ewig zu leben. Ich bleibe ebenfalls, Prestimion, auch wenn die Vorstellung mir keine große Freude bereitet.«

Lady Thismet und Thalnap Zelifor gingen gemeinsam auf der Terrasse vor ihren Gemächern auf und ab, wo sich ihnen nach Osten ein prächtiger, goldener Blick auf die Hänge unter der Burg bot. Der Himmel war mit verstreuten Wolken gesprenkelt, als der lange Nachmittag allmählich in den Abend überging, und dumpfer Donner dröhnte schwach irgendwo bergabwärts, wo sich ein Sturm über einer der Wächterstädte oder sogar noch weiter unten zusammengezogen hatte. Doch hier war die Luft mild und ungestört. Thismet spazierte ganz langsam, passte ihr Tempo dem des winzigen Vroon an und schaute dann und wann zu dem kleinen Geschöpf hinab, als wäre es ein putziges Haustier, das um ihre Knöchel huschte. Doch mittlerweile wusste sie, dass er alles andere als das war.

Sie hatte ihm alles erzählt. Nun musste sie sich darauf verlassen, dass er ihr den richtigen Weg zeigte, dem sie folgen konnte. Dieses scheußliche kleine außerirdische Ding war nun ihr Mentor, ihr einziger Retter, dieses Wesen, das nicht schwerer als ein Haufen Federn und so winzig war, das es fast auf ihrer Handfläche stehen konnte, mit seiner Unmenge zuckender kleiner Gliedmaßen, dem hässlichen Kopf, dem wuchtigen, gekrümmten Schnabel und den beiden großen gelben Augen, deren Pupillen aus unheimlichen horizontalen schwarzen Streifen bestanden.

»Du hast dir die Horoskope angesehen, die ich von Sanibak-Thastimoon bekommen habe?«, fragte sie.

»Nicht nur angesehen, sondern von oben bis unten und kreuz und quer studiert. Und nicht nur das, sondern auch selbst die Runen für Euch geworfen, nach den Daten, die Ihr mir gegeben habt.«

»Und?«

»Völlige Bestätigung. Er ist ein ausgezeichneter Handwerker, dieser Sanibak-Thastimoon. Es gibt nirgendwo einen besseren, der in diesen Künsten tätig ist.«

»Ich wünschte, ich könnte ihm noch vertrauen. Ich habe ihm einmal vertraut, mehr als jedem anderen auf der Welt. Aber das war Torheit. Er war stets der Lakai meines Bruders und hat mir nur die Fetzen von Korsibars Tisch zugeworfen, die man dort nicht vermissen würde, vielleicht aus Höflichkeit mir gegenüber, aber nie aus irgendeiner Treue heraus. Du bist der Einzige, dem ich vertraue, Thalnap Zelifor. Du und Lady Melithyrrh.« Ihre Augen glänzten plötzlich. »Also wirklich völlige Übereinstimmung? Er hat gesagt, mich erwarte ein großes Schicksal. Und du hast dasselbe festgestellt?«

»Seht selbst«, sagte er. Er warf ein halbes Dutzend seiner schier unzähligen Tentakel hoch, verschlang sie über seinem Kopf und wirbelte sie schnell in einem Muster herum, das zu kompliziert war, als dass sie es mit Blicken verfolgen konnte. Doch plötzlich sprang auf unerklärliche Weise etwas wie ein strahlendes, buntes Feuerwerk vor ihr hoch, und sie machte intensive, pulsierende Grün- und tiefe, pochende Violett- und scharfe, speerförmige Rottöne aus, und verwirrende schwarze und gelbe Linien zogen sich über diesen Hintergrund wie Kometen durch das Firmament. Es hätte sich um die Landkarte eines noch unentdeckten Kontinents handeln können. »Hier ist Euer Diagramm, Lady, und Eure Linie ist die gelbe. Und die schwarze ist Lord Korsibars Schicksalslinie. Seht nur, seht, wie sie sich von demselben Punkt erheben, Eure Linie und die seine, denn Ihr und er, Ihr wart Gefährten im Mutterleib, und das verbindet Euch bei diesen Deutungen auf ewig. Seht Ihr, hier in diesem Gebiet sind die Linien miteinander verschlungen und verlaufen schnurgerade. Das ist Eure glückliche Kindheit und die seine, die lange, süße Zeit des Müßiggangs in der Burg, die verhätschelnden Tage der gleichgültigen Geschwister, Prinz und Prinzessin … verzeiht mir das hässliche Wort, meine Lady, aber es ist so, man kommt nicht darum herum, ich muss völlig ehrlich zu Euch sein. Welchen Wert hätten sonst meine Dienste? Gleichgültig wart Ihr. Ich bitte um Vergebung, wenn ich das sage.«

»Erspare mir die Höflichkeit«, sagte Thismet. »Ich ziehe die Wahrheit vor.« Ihre Blicke rasten schon weiter, versuchten die Bahnen der gelben und der schwarzen

Linien auszumachen, aber das Muster war zu verwirrend für sie. Ihr wurde klar, dass man einen Magus brauchte, um es zu deuten.

»Nun schaut hierher«, sagte er. »Und hierher, hierher und hierher. Eure Linien, die bislang ziemlich flach verliefen, steigen nun an. Der Pontifex wird krank. Euer Vater muss den höheren Thron besteigen. Prestimion wird Coronal werden. Aber nein, nein, Eure Schicksalslinie und die Korsibars lassen das nicht zu. Endlich ist seine Zeit gekommen – und Eure. Seht hier, Ihr und er, beide Linien steigen gleichmäßig von Tag zu Tag, und Eure Linie liegt direkt unter der seinen, unterstützt sie, drängt sie höher …«

»Wie ich es tatsächlich getan habe, als ich ihm die Idee eingab, sich die Krone zu nehmen.«

»Ja. Ja. Und hier ist er, steigt steil nach oben, Lord Coronal von Majipoor.« Die schwarze Linie, die nun dicker geworden war, schnellte mit einem plötzlichen Stachel wie eine Rakete in die Höhe und hob sich deutlich von dem roten und grünen Schimmern dahinter ab.

»Und meine Linie? Wo ist sie geblieben?« Sie suchte verzweifelt, konnte aber nur noch Verwirrung und Farbenwirbel ausmachen. »Gerade eben habe ich die gelbe Linie noch gesehen, aber jetzt … jetzt …«

»Ach, meine Lady, an diesem Ende des Diagramms stehen wir vor dem, was wir in unserem Gewerbe einen Nexus nennen, einen Sammelpunkt möglicher Zukünfte, an dem nichts gewiss ist, da entgegengesetzte Anziehungskräfte sehr stark sind und das Ergebnis von wichtigen Entscheidungen abhängig ist, die noch nicht getroffen sind.«

»Ich bezahle dich gut«, sagte Thismet kalt, »damit du mir Gewissheit verschaffst und keinen Sammelpunkt von Möglichkeiten zeigst.«

Sie schaute zu ihm hinab. Hinter ihren Schläfen pochte es heftig; ihre Finger und Zehen waren kalt, und die Muskeln ihrer Lippen und Wangen schmerzten, weil sie in letzter Zeit fast ununterbrochen die Stirn gerunzelt hatte. Es war keine einfache Zeit für sie gewesen, diese ersten Wochen wieder daheim in der Burg, in denen sie nur auf Triumph und Freude gehofft hatte.

War es ein Fehler gewesen, so viel Vertrauen in diesen neuen Magier zu setzen? Er hatte nicht gerade zur Zufriedenheit seines vorherigen Arbeitgebers gewirkt, nicht wahr? Und nun hatte sie ihre Hoffnungen auf ihn gesetzt, als besäße er und nur er allein den Schlüssel für alle Geheimnisse des Universums.

»Lady, Lady, Lady«, sagte der Vroon mit einem aufgeregten Stoß seiner seilartigen Glieder. »Alles hängt von Euch ab! Das ist Eure Stunde! Nutzt sie!« Er zeigte auf die konfuse linke Seite des Diagramms, die für Thismet völlig unverständlich war. »Hier wird alles klargestellt. Man muss sich mit dem Thema befassen und darf keine Zeit mehr verschwenden. Vom Augenblick der Empfängnis an war Euer Schicksal unentwirrbar mit dem seinen verflochten, und das Diagramm zeigt, dass es für Euch und für ihn bis zum Ende Eurer Tage so bleiben wird – wenn Ihr jetzt die richtigen Schritte ergreift. Untätigkeit wird die Linien voneinander trennen. Ihr habt mir gesagt, dass Ihr Euch am dringendsten eine mächtige Position im Reich wünscht.«

»Ja. Das ist meine Hoffnung und mein Verlangen. Nun sag mir eins, wenn du kannst: Wenn meine Linie mit der seinen verflochten ist, wie du sagst – und Sanibak-Thastimoon hat dasselbe gesagt –, warum ist Korsibar dann Coronal, und ich … ich bin überhaupt nichts?«

»Vielleicht habt Ihr nur im Augenblick keinen Rang. Aber Ihr seid für große Dinge bestimmt, Lady, wenn Ihr nur die Gelegenheit nutzt, sie zu ergreifen.«

»Ja, und was für Dinge sind das? Hoher Berater vielleicht? Das wird wohl Farquanor werden. Ratsmitglied? Darüber hat Korsibar mir gegenüber noch kein Wort fallen lassen. Wann immer ich dieser Tage in seine Nähe komme, schaut er gequält drein. Er weiß, dass ich etwas von ihm haben will, und scheint entschlossen zu sein, es mir nicht zu geben. Aber warum? Warum? Ich habe ihn zum König gemacht. Verdiene ich keine Belohnung?«

»Habt Ihr ihm gegenüber einen bestimmten Wunsch geäußert, meine Lady?«, fragte Thalnap Zelifor.

»Wie kann ich das? Worum soll ich denn bitten? Ich habe ihm von dem Traum erzählt, den ich hatte, den mit den beiden Thronen, und dass er und ich uns im Thronsaal gegenüber saßen. Er hat gelacht und gesagt, es sei nur ein Traum, und in Träumen kämen alle möglichen wüsten Phantasien zu uns. Dann habe ich ihm erneut, durch Sanibak-Thastimoon, mitteilen lassen, dass ich auf einen Platz in der Regierung hoffe. Ich habe keine Antwort erhalten.«

»Und um welchen Platz habt Ihr gebeten?«

»Nun, um keinen bestimmten. Einen, der eine gewisse Macht mit sich bringt, das war alles.«

»Da liegt Euer Fehler, Lady. Und deshalb ist das Diagramm in diese Zone der Unsicherheit vorgedrungen.«

»Dann sag mir, welche Forderung ich hätte stellen sollen.«

»Ihr sagt, Ihr habt von einem Thronsaal mit zwei identischen Thronen darin geträumt. Da habt Ihr Eure Antwort.« Der Vroon schaute triumphierend zu ihr hoch, und seine hervortretenden goldenen Augen strahlten hell vor vehementem Durchsetzungsvermögen. »Eine gemeinsame Herrschaft! Ihr und Euer Bruder, mit dem Ihr Euch den Mutterleib geteilt habt, müsst Euch die Regierungsmacht als Coronals teilen! Welche andere Bedeutung könnte Euer Traum gehabt haben?«

Thismets Mund klaffte erstaunt auf. »Ist das dein Ernst?«

»Ist es Eurer, meine Lady?«

»Als ich Sanibak-Thastimoon diesen Traum erzählt habe, hat er mich gewarnt, irgendeinen Traum wortwörtlich zu interpretieren. Nun sagst du mir, ich solle ihn für bare Münze nehmen.«

»Ja. Das tue ich.«

»Es hat noch nie eine gemeinsame Coronalschaft gegeben. Es hat noch nie eine Frau auf dem Thron gesessen.«

»Wie ich gehört habe, ist auch noch nie ein Sohn seinem Vater auf den Thron gefolgt.«

Sie starrte ihn an. Bei all ihren Machtphantasien war es ihr nie in den Sinn gekommen, diesen ihren Traum wörtlich zu nehmen. Es war schon riskant genug gewesen, sich ihren Bruder als Coronal vorzustellen; für sich hatte sie höchstens einen Schlüsselposten in seiner Regierung erhofft, keinen – trotz allem, was sie in dem Traum gesehen hatte – eigenen Thron. Es war Wahnsinn, das zu verlangen. Bislang hatte Korsibar sogar ihre leisesten Andeutungen auf irgendein ranghohes Amt ignoriert. Und das ... das ...

»Seht das Diagramm an, Lady!«, rief Thalnap Zelifor. Sie tat wie geheißen. Nichts ergab Sinn. Es bestand nur aus bedeutungslosen Zickzacklinien. »Da steht alles. Es liegt vor Euch wie ein Weg, der mit den Sternen des Himmels gepflastert ist. Das ist kein Augenblick für Furchtsamkeit. Geht zu ihm. Erzählt ihm von Euren wahren Absichten. Beharrt darauf, dass sie erfüllt werden, meine Lady. Er ist kein starker Mann, Euer Bruder. Er kann nur bis zu einem gewissen Punkt widerstehen; und wenn er dann den Druck einer stärkeren Kraft spürt, kapituliert er. Das wisst Ihr, meine Lady.«

»Ja. Das weiß ich. Und ich bin eine stärkere Kraft.«

»Das seid Ihr in der Tat. Also geht zu ihm.«

In ihrem Kopf drehte sich alles. Licht und Farben wirbelten vor ihr. Das Diagramm, das der Vroon in der Luft heraufbeschworen hatte, öffnete sich und dehnte sich aus, bis es den gesamten Himmel ausfüllte. Sie hatte Melithyrrh vor gar nicht so langer Zeit gesagt, dass sie Königin sein wolle; aber was hatte sie damit gemeint?

Das Wort war einfach über ihre Lippen gesprungen. Königin? Es gab keine Königinnen auf Majipoor. Aber Lords Coronals waren Könige, und ein Coronal, der eine Frau war, wäre also eine Königin, nicht wahr? Coronal aus eigenem Recht, ja! Königliche Tochter ihres königlichen Vaters, königliche Schwester ihres königlichen Bruders, Inhaberin dieses zweiten Throns, der im wunderbaren Thronsaal ihres Vaters für sie errichtet werden würde.

Warum nicht?

Warum nicht?

»Du darfst hereinkommen, Schwester«, sagte Korsibar.

Er legte die Hände auf den großen Schreibtisch aus rotem Palisander, hinter dem schon sein Vater gesessen hatte, und davor Lord Prankipin und ein König nach dem anderen, seit diese prachtvolle Amtsstube während der Herrschaft des großen Baumeisters Lord Dizimaule für den Coronal errichtet worden war. Korsibar beobachtete, wie Thismet eintrat, schnell und geschäftsmäßig durch den großen Raum auf ihn zukam und über die Intarsien aus Semotanholz und Bannikop und Ghazyn schritt, mit denen der Boden verziert war.

Dann stand sie vor ihm, winzig und gefährlich. Es war jederzeit möglich, dass sie explodierte. Seine andere Hälfte, sein weibliches Ich, seine Gefährtin im Mutterleib, wunderschön, energisch, voller nicht zielgerichteter Energien.

Sie machte ihm Angst. Sie war eine ständige Bedrohung für ihn, jetzt und immerdar. Er war so schrecklich müde nach diesen hektischen Wochen und nach dieser albtraumhaft fehlgeschlagenen Sache mit Septach Melayn und dem Magus, dieser schrecklichen Fehleinschätzung am vergangenen Tag auf dem Turnierplatz. Und nach dem harten Funkeln ihrer dunklen Augen zu schließen, der Art und Weise, wie sie die Schultern hochzog und das Kinn vorstreckte, konnte er davon ausgehen, dass sie nicht nur hierher gekommen war, um sich die Zeit zu vertreiben.

Sie hatte ihn dazu gedrängt, Coronal zu werden. Wozu würde sie ihn jetzt drängen?

»Du siehst schrecklich aus, Bruder.« So fing sie an.

»Wirklich? Überrascht dich das? Dieser abscheuliche Schlamassel? Dieses Töten direkt vor unseren Augen?«

»Warum hast du Septach Melayn dann nicht verhaften lassen?«

»Er war betrunken. Es war ein Unfall.«

»Ja, das behauptet er.«

»Ich glaube ihm«, sagte Korsibar standhaft. »Was willst du, Thismet? In zehn Minuten wird Farquanor mit weiteren Papieren kommen, die ich unterschreiben muss.«

»Zehn Minuten für deine Schwester, mehr hast du nicht übrig? Na ja, vielleicht kann ich dir in diesen zehn Minuten sagen, was ich zu sagen habe.« Sie bedachte ihn mit einem Blick, den er nur allzu gut kannte. Nach einer viel sagenden Pause fuhr sie dann fort: »Das Horoskop, das Sanibak-Thastimoon für dich erstellt hat und das besagt, dass du die Welt erschüttern wirst … wusstest du, dass er mir ein ganz ähnliches erstellt hat, Korsibar?«

»Nun, warum sollte es nicht ähnlich sein? Wir wurden in ein und derselben Stunde geboren. Fast im selben Augenblick. Und bei unserer Empfängnis standen die Sterne in einer identischen Konfiguration. Und du hast die Welt erschüttert, Schwester. Dein Schicksal erfüllt sich in mir.«

»In dir.« Ihre Stimme klang ganz fade.

Er warf einen Blick auf die Krone, die in seiner Nähe auf dem Schreibtisch lag. Er trug sie dieser Tage immer seltener. »Ich sitze auf dem Thron des Coronals, und du hast mich dorthin gebracht. Denn ohne dein Drängen, deinen scharfsinnigen Rat, dein Vertrauen in meine Erfolgsaussichten hätte ich es niemals versucht.«

»Damit ist dein Schicksal erfüllt, aber nicht meines. Die Runen meiner Zukunft zeigen, dass ich deinem Weg folge.«

»Und das hast du auch getan. Ich bin Coronal; du stehst nun neben mir, während ich die Regierungsgewalt über die Welt auf meine Schultern nehme.«

»Neben dir? Ein Stück hinter dir, würde ich sagen, Korsibar.«

Er hatte so etwas befürchtet. Aber er wusste noch immer nicht, worauf genau sie hinauswollte.

»Ich bitte dich, Thismet, komm zur Sache. Ich habe dir doch schon gesagt, dass Farquanor jeden Augenblick kommen und mir einen Stapel Dokumente bringen wird, die ich …«

»Ich könnte mich mit diesen Dokumenten befassen«, sagte sie.

»Die Schwester des Coronals ist dazu nicht befugt.«

»Genau darauf will ich hinaus. Du bist König; ich bin nichts, was ich nicht auch vorher schon war.« Thismet beugte sich vor, legte die Fäuste auf den Schreibtisch und schob aggressiv das Gesicht vor. »Thalnap Zelifor hat erneut mein Horoskop erstellt. Es bestätigt Sanibak-Thastimoons Ergebnisse. Wir folgen identischen Bahnen, du und ich. Ich wurde ebenfalls geboren, um Großes zu erreichen, und das ist meine Stunde.« Sie hielt einen Augenblick lang inne, und dann kamen erstaunliche Worte über ihre Lippen: »Mach mich in gemeinsamer Herrschaft mit dir zum Coronal, Korsibar.«

Die unverblümte, unglaubliche Forderung traf ihn mit der Wucht einer Keule in die Magengrube.

Das war schlimmer, als er erwartet hatte: sogar noch schlimmer, als er es sich hätte vorstellen können. Er nahm ihre Worte mit körperlichem Schmerz wahr. »Kann das dein Ernst sein, Thismet?«, fragte er, als er wieder zu Atem gekommen war.

»Du weißt, dass es mein Ernst ist.«

»Ja«, sagte er bleiern. »Ja, ich glaube schon.«

Er starrte sie an, konnte keine Worte finden.

Es klopfte an der Tür. Draußen erklang die Stimme des Majordomus. »Mein Lord, Lord Farquanor möchte Euch sprechen.«

»Sag ihm, er soll noch einen Augenblick warten!«, erwiderte Korsibar mit heiserer Stimme, die überdies von Ratlosigkeit und Zorn erstickt wurde. Thismet wartete reglos auf seine Antwort. Seine unversöhnlichen Augen leuchteten wie polierte Edelsteine.

Nach einer geraumen Weile hatte er sich wieder in der Gewalt. »Du stellst keine geringe Forderung, Schwester«, sagte er verkniffen. »Es gibt keinen historischen Präzedenzfall für eine solche Teilung des Throns.«

»Das ist mir klar. In letzter Zeit sind viele Dinge geschehen, für die es keine historischen Präzedenzfälle gibt.«

»Ja. Ja. Aber dass ein Prinz die Nachfolge seines Vaters als König antritt, ist nicht völlig unnatürlich. Doch dass eine Frau auf dem Thron des Coronals sitzt ...«

»Den Thron des Coronals mit ihrem Bruder teilt.«

»Drücke es aus, wie immer du willst. Es ist noch nie zuvor geschehen.«

»Ich bitte dich, darüber nachzudenken. Wirst du das tun?«

Er war völlig erstaunt. »Ich muss in Ruhe die verfassungsmäßigen Probleme erkunden, die sich dabei vielleicht auftun«, sagte er diplomatisch. »Das verstehst du doch, oder? Und mich mit erfahreneren Köpfen beraten, als wir beide es sind, und ihre Meinung darüber einholen, mit welchen allgemeinen Konsequenzen wir rechnen müssten, wenn wir solch einen Schritt in Erwägung zögen. Ich glaube, das Volk hat meine ungewöhnliche Thronbesteigung friedlich akzeptiert. Aber wenn wir nun von ihm verlangen, noch einen Schritt weiter zu gehen und auch dich zu akzeptieren ...«

»Einen sehr gewagten Schritt, ja«, erwiderte sie, und

er konnte nicht sagen, ob in ihrem Tonfall Ironie lag oder nicht.

»Gib mir ein wenig Zeit, mehr verlange ich nicht. Zeit, um über deine Bitte nachzudenken und klugen Rat einzuholen.«

Sie bedachte ihn mit einem langen, kühlen Blick voller Skepsis.

Er kannte sie gut genug, ihre Bereitschaft dafür zu ermessen, aus dieser Sache ein großes Ärgernis zu machen oder noch etwas Schlimmeres als ein Ärgernis, bis sie ihren Willen bekam. Sie wiederum kannte ihn gut genug, vermutete er, um zu verstehen, dass eine Bitte um eine Denkpause sehr wahrscheinlich einer Ablehnung gleichkam. Aber im Augenblick steckten sie in einer Sackgasse, und damit gab er sich erst einmal zufrieden.

»Was glaubst du, wie viel Zeit du für deine Studien der Verfassung benötigen wirst?«

Ein Achselzucken. »Ich habe keine genaue Vorstellung. Deine Bitte kommt sehr plötzlich, Thismet, und das ausgerechnet zu einem Zeitpunkt, da ich mich um Prestimion kümmern muss, dessen Situation auch noch ungeklärt ist, und auch noch sowohl um unsere Mutter als auch um unseren Vater, und an die Krone und all ihre Herausforderungen, die sie mit sich bringt, habe ich mich auch noch nicht so recht gewöhnt. Aber du hast mein Wort: Ich verstehe deinen Wunsch und werde ihn sorgfältigst prüfen.«

Vom Gang erklang erneut ein Klopfen – diesmal ungeduldig.

»Einen Augenblick!«, rief Korsibar und schaute wütend zur Tür. »Ich spreche mit Lady Thismet!«

Er sah sie wieder an.

Er konnte noch immer nicht glauben, dass sie diese Forderung gestellt hatte. Es kam ihm mit einem Mal vor, als lauerte hinter der schönen Maske ihres Gesichts eine dämonische Intensität.

»Wir werden uns bald wieder über diese Sache unterhalten«, versprach er ihr besänftigend und brachte aus irgendeinem tiefen Reservoir seiner Seele ein freundliches Lächeln auf seine Züge. Und fügte hinzu, als sie die Stirn runzelte: »Wir werden es bald tun. Sehr bald, Thismet. Du hast mein Wort.«

»Ja«, sagte sie. »Das habe ich.«

Sie spießte ihn mit einem letzten, durchdringenden Blick auf. Dann drehte sie sich um, schritt schnell durch den langen Raum und war verschwunden. Fast wäre sie mit dem eintretenden Farquanor zusammengestoßen. Der kleine Mann schleppte einen so unhandlichen, ihm bis ans Kinn reichenden Stapel Papiere herein, dass er mit Müh und Not lediglich ein einhändiges Sternenfächerzeichen darüber zustande brachte. »Mein Lord …«, begann er.

»Leg sie dort hin«, sagte Korsibar. Er schloss einen Moment lang die Augen und atmete dreimal tief ein. »Dieser Vroonzauberer, Thalnap Zelifor«, sagte er dann. »Du weißt, wen ich meine, Farquanor?«

»Er steht in Gonivauls Diensten, glaube ich.«

»Nicht mehr. Jetzt ist er bei meiner Schwester beschäftigt und füllt ihre Ohren mit groteskem Unsinn, Unsinn einer Sorte, die weder ihr noch mir dienlich ist. Lass ihn verhaften und in den Kerker werfen. Und sorge dafür, dass es schnell und unauffällig geschieht.«

»Mit welcher Begründung, mein Lord?«

»Sagen wir einfach, jemand hat eine Beschwerde gegen ihn vorgebracht. Praktizieren dunkler Kunst gegen unschuldige Opfer. Du musst den Ankläger nicht namentlich nennen. Schnappe ihn dir einfach, sperre ihn in den tiefsten Gewölben ein und lasse ihn dort schmoren, bis ich die Zeit gefunden habe, mit ihm zu sprechen und ihm zu erklären, wie er seine Einstellung am besten zu seinem Vorteil ändern kann. Erledige das sofort, Farquanor. Diese Papiere können wir uns danach ansehen. Und jetzt geh.«

6

Zorn, Furcht und wilde Erregung durchströmten Thismet, als sie vom Büro ihres Bruders schnell zu ihren Gemächern zurückkehrte.

Was immer daraus werden mochte, sie hatte ihren Zug getan. Und nun musste sie mit den Konsequenzen ihrer Handlung leben.

Sie wusste, es war kein Frieden zwischen ihr und Korsibar möglich, bis das Thema geklärt war. So viel stand fest. Nachdem sie ihre Forderung erst einmal gestellt hatte, konnte sie weder zurückgezogen noch vergessen werden – nur akzeptiert oder abgelehnt. Er wusste, dass sie es ernst meinte; das hatte ihr der Ausdruck des Abscheus und Schreckens verraten, der sich auf sein Gesicht gelegt hatte, als sie ihr Ansinnen vorgetragen hatte. Ihm war durchaus klar, was für eine Widersacherin sie sein konnte.

Aber, so fragte sie sich, hatte sie seine neue Königswürde auch gebührend berücksichtigt? Ihr ganzes Leben lang – und natürlich auch das seine – hatte sie immer genau gewusst, wie sie mit Korsibar umspringen musste, der ihr nie etwas hatte abschlagen können. Eigentlich konnte er überhaupt niemandem etwas abschlagen, wenn man ihn nur freundlich oder energisch genug darum bat. Doch nun war er nicht mehr einfach ihr stattlicher, aber biegsamer Bruder Korsibar, sondern Lord Coronal von Majipoor.

Die Krone, so hatte Thismet gelesen, adelte und erhob ihren Träger zuweilen. Es gab alte Geschichten darüber, welch ein fauler Nichtsnutz Prinz Kanaba gewesen war, bis der Pontifex Havilbove ihn zu seinem Coronal bestimmt hatte und er augenblicklich sein prahlerisches Wesen aufgegeben und die ernsthafte Gesinnung eines Königs angenommen hatte. Und dann war da noch Lord Siminave, angeblich ebenfalls ein

Trunkenbold und Glücksspieler, bis ihm die Krone zugefallen war, und danach war er dann stets so streng und rechtschaffen gewesen wie ein Mönch. Oder Lord Kryphon, von dem es hieß, er sei bis zum Tag seiner Krönung ein Schwächling gewesen, der völlig unter dem Einfluss seines finsteren Freundes Ferithrain gestanden habe, den er jedoch nach der Krönung dann ohne jede Vorwarnung auf ewig nach Suvrael verbannt hatte. Würde auch Korsibar nun, da er König war, plötzlich unerwartete Charakterstärke beweisen?

Thismet stürmte erregt durch die Innere Burg, während sie über all diese Dinge nachdachte, sich immer wieder fragte, ob sie sich einen irreparablen Schaden zugefügt hatte, indem sie diesen kühnen, ja vielleicht allzu kühnen Angriff auf Korsibars alleinigen Anspruch auf die königliche Autorität unternommen hatte. Vom Pinitor-Hof ging sie zum lächerlichen Turm des lächerlichen Lords Arioc und dann zum Wintergarten ihres Vaters, und von dort entlang der Guadeloom-Brustwehr hinab zum Vildivar-Hof, und wieder die Neunundneunzig Stufen hinauf in das Innere Gebäude, vorbei an Kapellen und Waffenkammern und Innenhöfen und Exerzierplätzen, bis sie sich schließlich vor einem der Eingänge zu der riesigen, von Ziegelsteinmauern umzogenen Bibliothek wieder fand, die Lord Stiamot gegründet hatte und die sich wie eine lange, zusammengerollte Schlange durch den Kern der Burg wand, von der einen Seite zur anderen und immer wieder herum.

Es hieß, dass hier jedes Buch aufbewahrt wurde, das jemals auf einer zivilisierten Welt erschienen war. Verschrumpelte alte Bibliothekare, die kaum mehr waren als große Gehirne mit vertrockneten Gliedmaßen, welche trockenen Stöcken ähnelten, schlurften hier den ganzen Tag hin und her, staubten Bücher ab, sortierten sie ein und hielten dann und wann inne, um anerkennend irgendeinen obskuren Bestandteil ihrer fast unendlich großen Sammlung zu betrachten.

Das Schild über dem Eingang verkündete, dass es sich um die historische Abteilung handelte. Thismet hatte seit Jahren keinen Fuß mehr in irgendeinen Teil der Bibliothek gesetzt. Impulsiv stürmte sie nun hinein, ohne einen Grund dafür zu kennen. Vielleicht hoffte sie, die vergessenen Annalen irgendeines uralten Chronisten zu finden, in denen sie einen Bericht über die Schwester eines Coronals fand, die vor tausenden von Jahren auf irgendeine seltsame Art und Weise selbst zu einer Krone gekommen war. So hastig eilte sie über die Schwelle, dass sie mit einer Wucht, die ihr den Atem raubte, gegen einen kleinen, stämmig gebauten Mann stieß, der gerade das Gebäude ebenso schnell verließ.

Der Zusammenprall, der sie hauptsächlich an der Schulter und der linken Brust traf, war so schwer, dass sie herumwirbelte. Eine starke Hand hielt sie fest, als sie gerade gegen die Wand der Eingangshalle zu prallten drohte, und richtete sie wieder auf.

Sie legte eine Hand gegen die Wand, um ihr Gleichgewicht zurückzuerlangen. »Verzeihung«, sagte sie noch ein wenig benommen. »Es tut mir schrecklich Leid. Ich hätte darauf achten müssen, wohin ich …«

Es war Prestimion. Gepflegt und adrett in einer gut geschnittenen, engen Jacke aus einem weichen weißen Leder und hellgrünen Hosen, die mit gewundenen Streifen aus orangefarbenem Velours besetzt waren.

»Bist du in Ordnung?«, fragte er.

»Nur … etwas durchgeschüttelt …«, sagte sie.

Er stand vor ihr und lächelte freundlich. Der Zusammenstoß schien ihm nichts ausgemacht zu haben. Er trug drei Bücher unter den linken Arm geklemmt, und einige weitere lagen zu seinen Füßen. Thismet bedachte ihn mit einem kurzen höflichen, aber unbehaglichen Lächeln. Dort, wo sie gegen ihn geprallt war, schmerzte ihre Brust, und sie wollte sie reiben, aber nicht vor ihm. Sie ging um ihn herum, doch er hob eine Hand, um sie aufzuhalten.

»Bitte. Wenn wir uns schon auf diese Weise begegnet sind … Kann ich kurz mit dir sprechen, Thismet?«

»Hier? Jetzt?«

»Bitte«, sagte er erneut. Mit einer flüssigen Bewegung sammelte er die zu Boden gefallenen Bücher wieder ein, verstaute sie geschickt neben den anderen unter seinem Arm und reichte ihr die freie Hand. Sie konnte ihm einfach nicht widerstehen. Für den Augenblick war ihre gesamte Grimmigkeit durch die Konfrontation mit Korsibar erschöpft. Er führte sie hinein und in eine der kleinen Kammern, in denen normalerweise Gelehrte saßen und über Büchern brüteten, die sie aus den endlosen Magazinen angefordert hatten, welche in Tunneln von hier bis ins Herz des Burgbergs verliefen.

Sie nahmen einander gegenüber Platz, und sein kleiner Stapel Bücher schien zwischen ihnen eine Barrikade zu bilden. Thismet wurde sich Prestimions eindringlicher, eng zusammenstehender grünblauer Augen bewusst, seines schmalen Gesichts mit den dünnen, entschlossenen Lippen und der beträchtlichen Breite seiner Schultern. Er wäre noch stattlicher, dachte sie, wäre sein Haar etwas glänzender. Doch auch so war er ein attraktiver Mann. Der Gedanke überraschte sie. Wie konnte sie so etwas überhaupt denken?

»Bist du mir wegen irgendetwas böse, Thismet?«, fragte er.

»Böse? Wie kommst du denn darauf?«

»Ich habe dich neulich beim Turnier auf der anderen Seite des Feldes gesehen. Du hast mich feindselig angestarrt. Dein Gesicht war ganz verkniffen, und ich habe das für Zorn gehalten. Ich dachte, du würdest deine Mutter so wütend anfunkeln, aber Septach Melayn hat darauf bestanden, dass du nicht sie, sondern mich angesehen hast.«

»Er hat sich geirrt. Ich habe keinen Streit mit dir, Prestimion.«

»Dann also mit deiner Mutter?«

Er sagte es mit einem leichten und fröhlichen Lächeln. Sie versuchte, ein genauso unbekümmertes aufzusetzen, als sie sagte: »Meine Mutter ist eine schwierige Frau, und es ist nicht leicht für mich, sie nach all diesen Jahren wiederzusehen. Aber nein, nein, ich habe auch mit ihr keinen besonderen Streit. Oder mit sonst irgendeinem. Ich bin mit der Welt im Reinen. Wenn ich auf dem Vildivar-Hof angespannt gewirkt habe, Prestimion, dann nur wegen des Turniers, weil ich befürchtete, jemand könne verletzt werden. Ich habe noch nie Vergnügen an diesen wilden Amüsements gefunden, die ihr Lords so schätzt.« Es war eine glatte Lüge, jedes einzelne Wort davon, und Prestimion zog vielleicht deshalb die Brauen ein wenig hoch, weil er es wusste, doch sie fuhr glattzüngig fort: »Wenn überhaupt«, sagte sie, »würde ich davon ausgehen, dass du Zorn auf mich hegst. Oder zumindest auf meinen Bruder. Aber du scheinst die Freundlichkeit in Person zu sein.«

»Du und ich, wir waren doch immer gute Freunde, nicht wahr, Thismet?«

Das war eine weitere Lüge, die mindestens genauso weit von der Wahrheit entfernt war wie die ihre. Sie begegnete ihr mit einem zurückhaltenden Lächeln und sogar einem Erröten.

»Was Korsibars Thronbesteigung betrifft«, fuhr er genauso gutmütig wie zuvor fort, »nun ja, so war ich davon genauso verblüfft wie alle anderen, vielleicht sogar noch etwas mehr. Das gestehe ich freimütig ein. Aber wütend? Nur genauso wütend wie auf den Regen, wenn man gerade nass geworden ist. Es ist geschehen; die Situation ist nun mal so. Korsibar ist unser Coronal, und ich wünsche ihm ein langes Leben und eine glückliche Herrschaft. Wer könnte ihm etwas anderes wünschen?«

Sie ließ ihr Lächeln etwas viel sagender werden. »Du behauptest also, du hegst nicht den geringsten Groll?«

»Enttäuschung wäre ein besserer Ausdruck. Du weißt, ich hatte darauf gehofft, König zu werden.«

»Ja. Alle wissen das.«

»Aber die Dinge haben sich nun mal anders entwickelt, und man kann nichts daran ändern. Es gibt andere Vergnügungen im Leben, als auf einem Thron zu sitzen und Dekrete zu erlassen, und ich hoffe darauf, ihnen nun frönen zu können.« Sein Blick ruhte auf irritierende Weise auf ihrem Gesicht. Wie es schon im Labyrinth geschehen war, verspürte sie erneut, wie in ihr eine unerwartete Begierde nach ihm erwachte.

Das hatte sie damals erzürnt und abgestoßen; doch andererseits war Prestimion damals der Feind, der Rivale gewesen. Das alles lag nun hinter ihnen. Selbst wenn sie zwei Drittel von dem abzog, was er ihr erzählt hatte, hatte sie trotzdem den Eindruck, dass er sich mit seiner Verdrängung einigermaßen abgefunden hatte. Und sie machte eindeutige Anzeichen aus, dass er auch von ihr angezogen war. Sie ertappte sich bei dem Gedanken, wie sie diesen Umstand in ihrer Auseinandersetzung mit Korsibar für sich nutzen konnte.

Doch während sie noch darüber nachdachte, stand er auf und klemmte sich wieder die Bücher unter den Arm. »Nun«, sagte er, »du hast meinen Geist beruhigt. Ich möchte nicht, dass es Feindseligkeiten zwischen uns gibt, Thismet.«

»Nein«, sagte sie und sah ihn an, als er die kleine Kammer verließ. »Es sollte auf keinen Fall Feindseligkeit zwischen uns herrschen.«

»Eure Mutter, die Lady Roxivail, ist hier, Lord Korsibar«, sagte der Majordomus.

Sie bot einen erstaunlichen Anblick. Zart gebaut, klein und dunkel und übernatürlich schön, ähnelte Roxivail Thismet so sehr, dass man fast glauben konnte, sie und nicht ihr Sohn Korsibar sei Thismets wahrer Zwilling. Ihr schwarzes, gelocktes Haar hatte den gleichen seidigen Glanz, die Augen das gleiche diabolische Funkeln. Sie betrat Korsibars Büro in einem kurzen, engen Rock aus leuchtendem schwarzem Satin, in den kleine purpurne Figuren eingearbeitet worden waren und der nur aus Rüschen und Spitze und perlenbesetzter Filigranarbeit zu bestehen schien, und in einem so tief ausgeschnittenen Mieder, dass ihre Brüste, hoch, rund und fest wie die eines Mädchens, fast nackt hervorstanden. Von ihrer Halsgrube ging der süße, schwere Geruch von Rosenöl aus Funisar aus. Überall, wo ihre Haut zu sehen war, war sie tief gebräunt, als spazierte sie auf ihrer sonnigen Insel Shambettirantil den halben Tag lang nackt herum.

Korsibar sah sie erstaunt an. »Du solltest dich vor mir bedecken, Mutter.«

»Warum? Bin ich so hässlich?«

»Du bist meine Mutter.«

»Und muss ich deshalb eine besondere Kleidung tragen? Ich bin es nicht gewöhnt, mich wie eine alte Frau anzuziehen, und sehe keinen Grund, dir gegenüber eine mütterliche Sittsamkeit an den Tag zu legen. Wir sind einander fremd, Korsibar. Du warst ein Säugling, als ich diesen Ort verließ. Ich komme mir nicht gerade wie deine Mutter vor.«

»Trotzdem bist du meine Mutter. Bedecke dich.«

»Der Anblick meines Körpers stört dich? Dann verzeih mir«, sagte sie mit einem koketten Lächeln. Sie wusste, dass sie ihn aus dem Gleichgewicht gebracht hatte, und genoss es.

Korsibar verstand nun, warum Lord Confalume es nicht übermäßig bedauert hatte, dass sie ihn verlassen hatte.

Er starrte sie weiterhin kalt an. Ihr Lächeln verwandelte sich in ein verschmitztes Grinsen, und sie zog eine Satinfalte über ihren Busen. »Ich bin gekommen, um mich zu verabschieden«, sagte sie. »In zwei Tagen trete ich meine Reise zur Insel der Lady an. Wo mich wahrscheinlich, so vermute ich, eine hässliche Auseinandersetzung mit deiner Tante, der Lady Kunigarda, erwartet.«

»Eine Auseinandersetzung? Um die Ladyschaft?«

»Ich habe keine Willkommensbotschaft von ihr erhalten. Sie hat keine Gesandten aus ihrem Stab geschickt, die mich zur Insel begleiten sollen. Ganz zu schweigen davon, dass sie mir keinerlei Instruktionen gegeben hat, die ich erhalten muss, falls ich die Aufgaben der Lady erfüllen soll. Kunigarda hat nicht im Geringsten anklingen lassen, dass sie dich als Coronal anerkennt oder beabsichtigt, von ihrem Posten zurückzutreten.«

»Ach«, sagte Korsibar. Er hatte bereits gelernt, welchen Wert ein nichtssagendes »Ach!« für einen König hatte.

»Natürlich wird sie, sobald ich einmal dort bin, zurücktreten müssen, ob es ihr nun passt oder nicht. Du bist König, und ich bin deine Mutter, und die Regeln besagen eindeutig: Die Mutter des Coronals wird zur Lady der Insel, so ist es nun mal. Trotzdem glaube ich, dass es anfangs Ärger geben wird. Sie ist hart und zäh, diese Kunigarda, und gibt nicht so leicht auf. Ich erinnere mich aus den alten Zeiten noch gut an sie.«

»Wenn sie sich weigert, dir nachzugeben«, sagte Korsibar, »werde ich ihr den Befehl zukommen lassen, sich zu unterwerfen.«

Roxivail lachte. Es war ein sprödes Lachen mit einer gewissen Schärfe, das an Korsibar raspelte wie eine Feile. »Gerade, weil sie dich nicht als rechtmäßigen Coronal ansieht, wird sie mir die Ladyschaft nicht einfach so übergeben. Warum sollte dann irgendein Befehl von dir bei ihr irgendetwas ausrichten? Aber überlasse sie mir, Korsibar. Ich biege die Sache schon so hin, wie sie hingebogen werden muss.«

»Dann *willst* du Lady der Insel werden, Mutter?«

Diese Frage schien sie völlig zu überraschen. Ein Augenblick verging, bevor sie antwortete: »Ja! Natürlich will ich das! Wie kannst du das nur fragen?«

»Ich habe gehört«, sagte er verblüfft, »dass dir sehr viel an den Annehmlichkeiten deiner Insel im Golf liegt. An deinem großzügigen Palast, der sanften, warmen Brise und dem strahlenden Sonnenschein, dem guten Leben in Luxus und Müßiggang.«

»Einen Palast und sanfte Brisen und Sonnenschein kann ich auch auf der Insel der Träume haben, und Luxus auch, wenn mir daran liegt. Und was den Müßiggang betrifft, so habe ich für ein Leben schon genug davon gehabt.«

»Ach«, sagte er wieder.

»Verstehst du, ich habe niemals damit gerechnet, Lady der Insel zu werden, oder irgendetwas anderes, was ich nicht schon bin. Aber was für eine Identität ist das? Der Welt nur mit dem Namen des Mannes bekannt, mit dem ich einmal verheiratet war? Als ich in der Burg wohnte, hatte ich von Sonnenaufgang bis Sonnenuntergang nichts zu tun, und danach auch nicht besonders viel. Und so war es auch auf Shambettirantil. Aber dann, Korsibar, hast du dich irgendwie zum Coronal gemacht, und das macht mich zur Lady der Insel, wofür ich dir ewig dankbar sein werde. Zumindest habe ich der Welt gegenüber jetzt eine Aufgabe. Oh, ich freue mich durchaus auf die Ladyschaft. Schätze mich in dieser Hinsicht nicht falsch ein, mein Sohn.«

»Ich verstehe«, sagte er.

Sie ähnelte Thismet also nicht nur, was den Körper, sondern auch, was den Geist betraf. Eine wunderschöne Frau, die nichts zu tun hatte, zu intelligent war, als es gut für sie war, und hungrig nach Macht. Nicht, dass er es jemals bezweifelt hatte, aber Roxivail war offensichtlich die Mutter ihrer Tochter.

»Wie hat Confalume all das übrigens aufgenommen?«, fragte sie beiläufig.

»Was?«

»*Das*. Du reißt ihm nach Prankipins Tod die Krone aus den Händen und setzt sie auf dein Haupt. Das hast du doch getan, oder? Zumindest behaupten das alle. Wir haben uns neulich unterhalten, Confalume und ich, nur ein paar Minuten lang: Die ersten Worte, die wir beide seit zwanzig Jahren gewechselt haben, glaube ich. Er schien sich völlig verändert zu haben, kam mir nur noch wie der Schatten des Mannes vor, den ich einmal kannte. Er hat stark abgenommen. Glaubst du, er ist krank?«

»Soweit ich weiß, ist er bei bester Gesundheit.«

»Und er hat geduldet, dass du dich zum Coronal machst? Er hat überhaupt keine Einwände erhoben? Ich habe gehört, Prestimion sollte den Posten bekommen. Warum hat Confalume sich nicht sofort zu Wort gemeldet und verhindert, dass du tust, was du getan hast?«

»Es war bereits geschehen«, sagte Korsibar. »Wir hatten das Gefühl – Thismet, Farquanor, einige andere und ich –, dass Prestimion nicht der richtige Mann für den Thron ist, dass er zu stolz, zu sehr von sich eingenommen ist. Und in mancher Hinsicht nicht wirklich königlich. Er sondert sich nicht von anderen ab, wie ein König es meines Erachtens tun muss. Er gibt sich zu bereitwillig mit zu vielen ab. Deshalb habe ich gehandelt. Es geschah so schnell, dass Vater es nicht verhindern konnte oder wollte. Er ließ es geschehen, und hier sind wir nun.«

»›Stolz und zu sehr von sich eingenommen.‹ So würde ich auch deinen Vater beschreiben. Weißt du, ich habe Confalume niemals gemocht. Ich spreche nicht von Liebe, Junge. Ich habe ihn nicht mal gemocht. Steif und großspurig, sich so schrecklich bewusst, welch großer Coronal er war. Mit ihm zu schlafen war genauso, als würde man mit dem Stiamot-Monument schlafen. Kurz nachdem du und deine Schwester geboren waren, wachte ich eines Morgens auf und sagte mir, dass es keinen Grund gebe, noch länger hier zu bleiben, dass ich nur wenig Interesse daran hatte, Kinder großzuziehen, und sogar noch weniger daran, die Gemahlin des

Coronals zu sein, und so ging ich. Aber es erstaunt mich trotzdem, dass Confalume dir diesen Trick durchgehen ließ, dich selbst zum Coronal zu krönen. Er muss allmählich alt werden.«

»Er ist nicht jung«, sagte Korsibar ernst. Er schaute hoffnungsvoll zur Tür, wünschte, jemand würde klopfen und dieses Gespräch unterbrechen. Aber er hatte den Rest des Tages über keine Termine vereinbart. »Nun ja, Mutter …«, sagte er.

»Keine Angst, ich werde früh genug gehen. Aber ich habe vorher noch ein paar Worte des mütterlichen Rats für dich.«

Zum ersten Mal, seit sie den Raum betreten hatte, lächelte Korsibar. »Besser spät als nie, nicht wahr?«

»Vielleicht ist mütterlicher Rat der falsche Ausdruck. Ratschläge für die Staatsführung trifft es eher. Wir beide sind jetzt Mächte des Reiches. Es ist ein politischer Rat.«

»Nun gut.«

»Erstens. Bring Thismet unter die Haube, so schnell du kannst. Vermähle sie mit einem deiner gut aussehenden jungen Lords – zum Beispiel mit diesem Navigorn. Oder deinem Freund Mandrykarn, dem aus Stee. Mit jemandem, der robust genug ist, um sie zu befriedigen, und dir gleichzeitig so treu ergeben, dass er nicht in dem Augenblick, in dem er die Schwester des Coronals heiratet, anfängt, gegen dich zu intrigieren. Sie darf nicht ledig bleiben. Wunderschöne ledige Frauen sind rastlose Geschöpfe, und rastlose Frauen machen nur Ärger. Ich kann das am besten beurteilen, Korsibar.«

»Thismets Rastlosigkeit hat sich bereits gezeigt«, sagte Korsibar. »Ich werde deinen Rat in Erwägung ziehen und danke dir dafür, Mutter.«

»Zweitens«, sagte sie. »Schaff dir Prestimion vom Hals.«

Sein Kopf ruckte überrascht hoch. »Vom Hals schaffen …«

»Auf jeden Fall. Verbanne ihn nicht nur. Sorge dafür, dass er für immer verschwindet. Ich gehe davon aus, dass einer aus deinem Stab weiß, wie man das anstellt.«

»Farquanor, denke ich mir. Oder Sanibak-Thastimoon. Aber Prestimion ist keine Gefahr! Er scheint den Verlust der Krone in der Tat sehr gut hingenommen zu haben.«

»Hat er das?«

»Ach, es hat ihn verletzt, keine Frage. Aber er ist ein praktisch denkender Mann, ein Realist. Ich bin König, und das Heer steht hinter mir, und was kann er dagegen tun? Er ist ein anständiger Mann mit reiner Seele. Ich habe ihn immer für einen Freund gehalten.«

»Für einen Freund«, wiederholte Roxivail verächtlich.

»Ja, für einen Freund! Was weißt du schon, Mutter? All diese Leute sind für dich nur Namen, aber ich habe mein ganzes Leben mit ihnen verbracht. Natürlich ist Prestimion der Ansicht, dass er ein besserer Coronal wäre, als ich es bin. Wie könnte das auch anders sein? Aber es ist vorbei und erledigt. Der Thron ist von Vater auf mich übergegangen, und Prestimion weiß, dass das nicht ungeschehen gemacht werden kann. Ich werde ihm keinen Schaden zufügen, um nichts auf der Welt. Ich habe sogar vor, ihm eine hohe Stellung in der Regierung anzubieten, um ihn zu besänftigen und den Groll zu lindern, den er vielleicht noch gegen mich hegt.«

»Schaff ihn dir vom Hals«, wiederholte Roxivail. »Du kannst so einen Mann nicht mit einem Sitz im Rat kaufen. Er ist stolz und sehr von sich eingenommen. Ich kenne seinen Vater: ebenfalls ein stolzer Mann, in dieser Hinsicht ebenso schlimm wie Confalume. Prestimion ist genauso. Falls er in letzter Zeit freundlich zu dir gewesen sein sollte, dann nur, weil er seine Zeit abwartet, den richtigen Augenblick, um seinen Zug zu machen. Ich sage dir, Korsibar, er wird nicht ruhen, bis er auf deiner Leiche steht und sich die Krone auf das Haupt setzt, um herauszufinden, ob sie ihm passt. Lass ihn töten.«

Korsibar schüttelte den Kopf. »Ich habe den schlechten Rat des Magus Sanibak-Thastimoon angenommen, und wir haben versucht, Prestimions Freund Gialaurys auf dem Turnierplatz zu töten. Es hätte nicht schlimmer für uns ausgehen können. Ich habe genug vom Töten, Mutter. Prestimion will mir nichts Übles, und ich werde ihm keinen Schaden zufügen.«

»Dann tu, was du willst«, sagte sie und machte eine gleichgültige Geste. »Aber ich würde dir raten, ihn irgendwie auf die Probe zu stellen, um herauszufinden, ob er dir tatsächlich so wohlgewogen ist, wie du es dir vorstellst. Und zwar bald.«

»Ich werde darüber nachdenken.« Er rieb die Fingerknöchel aneinander und wünschte, sie wäre zehntausend Meilen weit weg. »Hast du noch einen weiteren Rat für mich?«

»Ich glaube, das reicht. Komm, erhebe dich von diesem Schreibtisch, Junge, und gib deiner Mutter einen Abschiedskuss.« Ihre Augen funkelten boshaft. Sie drückte sich fest an ihn, als sie sich küssten, wand sich ein wenig und rieb ihre Brüste an seiner Brust. Ihr Kuss war alles andere als mütterlich. Er ließ sie schnell los, und genauso schnell war sie verschwunden.

»Eine weitere Aufforderung von Korsibar«, sagte Prestimion. »Diesmal zu einer Privataudienz im Confalume-Thronsaal.«

»Worum geht es?«, fragte Svor. Er stand vor dem großen, runden Fenster in Prestimions Gemächern der Burg, einer behaglichen Wohnung in einem Gebäude aus weißen Ziegelsteinen, bekannt als Munnerak-Turm, im Ostflügel der Burg, der ausschließlich für Prinzen von Prestimions Rang reserviert war. Es war später Vormittag. Strahlen goldgrünen Lichts fielen durch das facettierte Glas hinter ihm.

»Um die Stellung, die er mir in der Regierung anbieten will«, erwiderte Prestimion. »Er bezieht sich auf das Gespräch, das ich an unserem letzten Tag im Labyrinth mit ihm führte, als er sagte, er werde mich vielleicht auffordern, einen hohen Rang in seiner Bürokratie anzunehmen.«

»Sei vorsichtig«, sagte Septach Melayn. »Ein Gefallen von einem Feind birgt oftmals Gift in seinem Herzen.«

»Was meinst du damit?«, fragte Prestimion.

»Ich vermute, er hat vor, dich zu kompromittieren, indem er dich bei seinem Raub der Krone zum Komplizen macht. Wenn du eine Zeit lang in der Ratskammer zu seiner rechten Hand sitzt und seinen Gesetzen, Dekreten und Ernennungen deine Zustimmung gibst und dich dann eines Tages gegen ihn erhebst und seinen Sturz verlangst, wirst du lediglich undankbar und verräterisch aussehen, wie ein übermäßig ehrgeiziger Untergebener, der gehässig seinen Herrn angreift.«

»Doch wenn ich mich weiterhin von ihm fern halte, weder offen rebelliere noch irgendeinen Posten von ihm annehme, bewahre ich Distanz zu einem Regime, das ich bei gegebener Zeit als unrechtmäßig brandmarken will. Ja, das verstehe ich. Und was, wenn er mir nicht gestattet, diese Distanz zu wahren?«

»Wie will er das denn anstellen?«, fragte Septach Melayn.

»Indem er die Position einnimmt«, sagte Svor, bevor Prestimion antworten konnte, »dass jeder, der nicht für ihn ist, gegen ihn ist. Farquanor wird diese Vorstellung Korsibar bestimmt schon eingeredet haben: Versuche, Prestimions Treue zu erkaufen, indem du ihn in deine Nähe holst und ihm einen wichtigen Posten in der Regierung gibst, und falls Prestimion sich weigern sollte, interpretiere das als Zeichen, dass Prestimion früher oder später Ärger machen will. Das ist der Rat, den ich Prestimion im umgekehrten Fall geben würde.«

»Ja«, sagte Septach Melayn und zog das Wort in die

Länge. Sein Prunkschwert lag über seinen Knien, und er polierte den glänzenden Stahl vorsichtig mit einem Streifen Chamoisleder. »Ihr gleicht euch wie ein Ei dem anderen, du und Graf Farquanor. Kleb ihm deinen Bart aufs Gesicht, und wir könnten euch beide nicht mehr auseinander halten.«

»Wann ist diese Audienz bei Korsibar anberaumt?«, fragte nun Gialaurys, der lange geschwiegen hatte.

»Heute. In einer Stunde.«

»Nur ihr beide, du und er?«

»Soweit ich weiß.«

»Dann nimm einen Dolch mit«, sagte Gialaurys. »Setz dich neben ihn, hör genau allem zu, was er dir sagt, und lächle und nicke und gib ihm keinen Grund zur Beunruhigung, und wenn euer Gespräch dann warm und freundlich verlaufen ist, ziehst du den Dolch, stößt ihn ihm ins Herz, setzt die Krone auf dein Haupt und rufst dich zum Coronal aus.«

»Bravo, Gialaurys!«, rief Septach Melayn. »Du musst von deinem geschätzten Herzog Svor Unterricht in Verrat und Perfidie genommen haben. Und anscheinend bist du ein sehr gelehriger Schüler.«

»Den Verrat«, sagte Gialaurys kalt, »hat Korsibar begangen, als er die Krone gestohlen hat. Damit würde man die Dinge nur zurück ins Lot bringen. Was ist so schändlich daran?«

»Glaubst du etwa, Korsibar wird keine Wachen in der Nähe haben?«, fragte Prestimion. Seine Stimme war sehr mild; Gialaurys' Vorschlag amüsierte ihn eher, als dass er ihn erzürnte, so haarsträubend er auch sein mochte. »Ich steche ihn nieder, und im nächsten Augenblick liegt meine Leiche neben der seinen auf dem Boden des Thronsaals. Das wäre dann eine sehr kurze Herrschaft für mich gewesen. Aber ich weiß, du hast deinen Rat gut gemeint, Gialaurys. Ich glaube, du wünschst dir noch sehnlicher als ich selbst, dass ich Coronal werde.«

»Was wirst du dann tun, wenn du vor Korsibar trittst?«, fragte Svor.

»Ich habe noch keinen genauen Plan«, sagte Prestimion stirnrunzelnd. »Was würdet ihr mir denn vorschlagen, abgesehen davon, Dolche in meinem Gewand zu verstecken?«

»Am besten wäre es, du gingest gar nicht erst hin«, sagte Septach Melayn. »Falls dies nicht möglich ist, solltest du zuhören und so wenig wie möglich sagen. Und wenn er dir ein Angebot macht, erwiderst du, dass du etwas Zeit brauchst, um darüber nachzudenken, und dass du zuerst mit deiner Mutter, der Lady Therissa, sprechen und dich erkundigen musst, ob du auf deinem Landsitz in Muldemar nicht dringender gebraucht wirst als hier.«

»Gut. Das verschafft mir ein wenig Zeit, aber nicht viel.«

»Ich wünschte, ich könnte einen klügeren Plan für dich ausarbeiten«, sagte Septach Melayn.

»Ich ebenfalls.«

»Du sagst, diese Audienz findet im Thronsaal statt?«, fragte Svor. »Nicht im Büro des Coronals?«

»Ja, im Thronsaal.«

Svors Miene wurde düster. Er drehte sich ein wenig um, sodass er nicht mehr Prestimion ansah, sondern aus dem Fenster schaute. »Darin sehe ich Schwierigkeiten. Er fürchtet dich: so groß das königliche Büro auch sein mag, für dieses Gespräch ist es anscheinend nicht groß genug: Er will, dass die Erhabenheit des Thronsaals dich umgibt, wenn er dich anspricht. Das ist ein Zeichen für Schwäche in seiner Seele. Ein Feind, dessen Seele schwach ist, dem aber trotzdem große Macht zur Verfügung steht, ist viel tödlicher als ein starker Feind. Er wird aus Furcht zuschlagen wie eine in die Enge getriebene Schlange. Sei vorsichtig, Prestimion.«

»Ja. Du kannst dich darauf verlassen.« Er zog die Tür zu seiner großen begehbaren Garderobe auf und betrachtete die Kleidungsstücke darin. »Das nächste große Problem, meine Freunde: Soll ich etwas Prachtvolles und Üppiges anziehen, wie es sich für einen hohen Prinzen geziemt, der zu einem Coronal bestellt wird? Oder wird er das nicht so gern sehen, und ich sollte mich lieber bescheidener anziehen, wie der niedrige Vasall, als den er mich zweifellos gern hätte, was ihn vielleicht beruhigen wird?« Prestimion lachte. »Und doch will ich nicht, dass er mich zu leicht nimmt. Vielleicht ist die goldene Mitte am besten, wie bei allen Dingen.«

Er entschied sich schließlich für ein einfaches, aber kostbares Gewand, eine weiße Seidentunika, die eher wie Baumwolle aussah, einen gewöhnlichen roten Umhang, der an den Rändern – aber nur dort – mit goldenen Figuren geschmückt war, und einfache Lederschnürstiefel. Im letzten Augenblick holte er Thalnap Zelifors grünes steinernes Amulett hervor, den Corymbor an der goldenen Kette, und legte ihn sich um den Hals.

Gialaurys und Septach Melayn begleiteten ihn bis in die Innere Burg hinein, und er ließ sie am Eingang des Thronsaalbereichs zurück. Da Herzog Svor zuvor schon eine Verabredung mir einer Lady aus Herzog Kanteverels Gefolgschaft getroffen hatte – Svor brachte den Damen große Aufmerksamkeit entgegen, genau wie sie ihm –, begleitete er sie nicht.

Als Prestimion eintrat, bot Korsibar ein überaus prachtvolles Bild auf dem Confalume-Thron. Er trug eine beeindruckende Robe aus schwerem, scharlachrotem Samt über den Coronalsfarben, und die Sternenfächerkrone leuchtete auf seinem Kopf mit der Helligkeit des neuen Sterns am Himmel, der seinen Aufstieg zur Macht verkündet hatte. Er hielt sich sehr gerade, um die Größe seiner mächtigen Gestalt zu betonen. Um seinen Hals hing die Vildivar-Kette, deren goldene Glieder vor Saphiren und Rubinen und Topasen strahlten, sein Gürtel aus schwarzer Schlangenhaut war mit Turmalinen und blauem Quarz besetzt, und an einem

Finger trug er den massiven Flammenring, der Lord Moazlimon gehört hatte, einen großen Diamanten, der mit Jaspis und Onyx besetzt war. Es war genau, wie Svor es vorhergesagt hatte, dachte Prestimion: Unter diesem königlichen Äußeren war Korsibar unsicher und hatte sich in der fieberhaften Hoffnung, dadurch einen Vorteil über ihn zu erringen, dazu entschlossen, alle theatralischen Möglichkeiten auszuschöpfen, die sein Amt ihm boten.

Nun, er war beeindruckend, das musste man ihm zugestehen. Und natürlich war der Thron selbst der majestätischste Hintergrund überhaupt, vor dem ein König sich zeigen konnte. Als Prestimion ihn nun betrachtete, verspürte er aufgrund des Wissens, dass eigentlich er ihn hätte besteigen sollen, erneut einen Stich des Schmerzes und Verlusts. Die massive Platte aus schwarzem Opal, das große Mahagonipodest, die silbernen Säulen, der goldene Baldachin, das Funkeln der Edelsteine, mit denen die Deckenbalken besetzt waren, die Tapisserien, der leuchtende Boden und all das: Confalume musste dafür gesorgt haben, dass der Wohlstand von fünf Provinzen in diesen Saal geflossen war.

Und das alles hatte er, ohne es zu ahnen, für seinen Sohn errichtet. Für seinen eigenen Sohn.

»Tritt näher, Prestimion«, sagte Korsibar. »Wenn du so weit weg stehst, hören wir in diesem Saal ein sehr lautes Echo.«

Prestimion trat noch ein paar Schritte näher an ihn heran. Außer ihm und Korsibar befand sich niemand in dem Saal; allerdings standen zahlreiche Wachen direkt vor der Tür. Korsibar saß auf seinem Thron hoch über ihm. Prestimion musste hochschauen, hoch, sehr hoch, um ihm in die Augen zu sehen.

»Nun, Prestimion«, begann Korsibar.

Und hielt wieder inne. Denn Prestimion war nicht niedergekniet; Prestimion hatte nicht den Sternenfächer gemacht.

Prestimion hatte mit keiner Geste zum Ausdruck gebracht, dass er vor seinem König stand.

Sei auf der Hut, Prestimion, hatte Svor geraten.

Ja. Ja. Aber Prestimion spürte in diesem Augenblick der Konfrontation, wie eine Lähmung über ihn kam und gleichzeitig Zorn wie eine rote Säule in seinem erstarrten Körper emporstieg. Er konnte nicht vor diesem Mann knien.

Er konnte nicht den Sternenfächer machen.

Nun war er zum ersten Mal seit jenem schrecklichen Tag, an dem Korsibar die Krone gestohlen hatte, allein mit diesem Mann. Damals waren sie mehr oder weniger Freunde gewesen, zwei sorglose junge Prinzen der Burg. Aber nun war der eine der König, und der andere war es nicht, saß der eine hoch auf einem Thron aus schwarzem Opal, mit einer Krone auf dem Haupt und einer Robe aus scharlachrotem Samt auf den Schultern, und der andere stand in einer schlichten Tunika und einfachen Lederschnürstiefeln bescheiden vor ihm. In der überwältigenden Pracht von Lord Confalumes Thronsaal wurde Prestimion erst richtig klar, wie schrecklich falsch das alles war. Er bemühte sich aufs Heftigste, die Selbstbeherrschung zu behalten, spürte aber, dass er den Kampf verlor.

»Ich weiß, wie schwierig das für dich sein muss, Prestimion«, sagte Korsibar.

»Ja.« Sehr verkniffen.

»Du solltest sagen: ›Ja, mein Lord.‹«

Prestimion befeuchtete die Lippen. »Ich weiß, dass ich es sagen sollte.«

»Dann sag es.«

»Korsibar.«

»*Lord* Korsibar.«

»Kannst du wirklich wissen, wie schwer das für mich ist? Während du dort auf dem Thron sitzt, über und über mit den Juwelen ehemaliger Könige bedeckt und der Krone auf dem Haupt …«

»Ich bin der Lord Coronal, Prestimion.«

»Du hast den Thron, ja. Du trägst die Krone.«

Korsibars dunkles Gesicht lief rot an. Das läuft fürchterlich schief, dachte Prestimion. Er strebte dem Rand eines Abgrunds entgegen, und es gab kein Zurück. Unbewusst griff er verstohlen nach dem Vroon-Amulett an seiner Brust und rieb über die kalte grüne Oberfläche, bis ihm plötzlich klar wurde, was er da tat. Schnell nahm er die Hand wieder weg.

»Bitte, Prestimion. Ein Coronal sollte nicht ›bitte‹ sagen, aber ich tue es. Ich möchte, dass wir Freunde sind. Ich möchte, dass du einen hohen Posten annimmst, in meinem Rat sitzt und mir alles bietest, was du zu bieten hast, und das ist nicht unbeträchtlich. Aber man muss gewisse Formalitäten einhalten.«

»Dein Vater hat auch ›bitte‹ zu mir gesagt, als ich im Labyrinth zu ihm ging, um ihn zu fragen, ob er nichts dagegen unternehmen wolle, dass du die Krone an dich gerissen hast. ›Bitte, Prestimion‹, sagte er und fing an zu weinen. Also habe ich dieses Wort jetzt von einem Coronal wie auch von einem Pontifex gehört. Falls du in der Tat Coronal bist, Korsibar.«

Korsibar atmete scharf ein.

»Prestimion … das ist sehr gefährlich, Prestimion …«

»Ja.«

Er war jetzt über den Rand getreten. Nun gab es endgültig keine Umkehr mehr; er musste ganz hinab springen.

»Man hat mich davor gewarnt«, sagte Korsibar. »Ich war trotzdem der Ansicht, es dir schuldig zu sein, dir einen Platz im Rat anzubieten. Er gehört noch immer dir, wenn du ihn haben willst. Aber du musst mir sagen, dass du mich als Coronal anerkennst, und es mir auch zeigen.«

»Nein«, sagte Prestimion und blickte dabei ruhig und kalt zu dem Mann auf dem Thron hinauf.

»Nein?«

»Das ist zu viel von mir verlangt.«

»Es ist von grundlegender Bedeutung, Prestimion. Oder es wird einen schrecklichen Bruch zwischen uns geben.«

»Ich glaube, ich hatte nicht vor, einen Bruch zwischen uns zu schaffen, als ich mich heute entschloss, hierher zu kommen. Ich hatte nicht den Wunsch, dir einen Strich durch die Rechnung zu machen. Aber als ich dich dann tatsächlich auf dem Thron sah, hat sich für mich alles verändert. Das ließ mir keine andere Wahl, als das zu sagen, was ich dir gerade gesagt habe. Ich werde diesen Ratssitz nehmen, Korsibar, wenn du ihn mir noch geben willst, denn ich bin der Ansicht, es wäre am besten, dass wir beide zusammenarbeiten, um nicht Chaos über die Welt zu bringen, und es ist nicht mein Wunsch, dass ich derjenige bin, der dieses Chaos über uns bringt.«

»Es freut mich sehr, das zu hören.«

»Ich bin noch nicht fertig«, sagte Prestimion unerbittlich. »Du solltest wissen, dass ich den Ratssitz nur unter der Voraussetzung akzeptiere, dass es sich um einen Interimsrat handelt, den Rat eines unrechtmäßigen Regimes, das nur fungiert, bis die derzeitige verfassungsmäßige Situation geklärt ist. Ich sage dir ganz offen, Korsibar: Ich bin der Ansicht, dass die Welt zu diesem Zeitpunkt keinen rechtmäßigen Coronal hat.«

Da. Nun waren die Worte gefallen. Es war, als hätte er ihm den Fehdehandschuh hingeworfen. Eine Umkehr war nun unmöglich.

Korsibar starrte ihn an.

Auf seiner Stirn trat eine Ader deutlich hervor, als wollte sein Kopf jeden Augenblick explodieren. Sein Gesicht leuchtete rot. Es hatte einen tieferen Scharlachton als den angenommen, den seine Robe aufwies.

Einen Augenblick lang schien er nichts sagen zu können.

Dann, mit einer dunklen, kaum verständlichen Stimme: »Wirst du diese Aussage widerrufen, Prestimion?«

Prestimion schaute unerschütterlich zu ihm hoch und antwortete nicht.

Korsibar nickte grimmig. In die schreckliche Stille drang ein Grunzen von ihm, als wäre eine angestaute Kraft freigesetzt worden, und dann ein scharfer Knall, als Korsibar einmal in die Hände klatschte. Und während das vibrierende Echo dieses Klatschens sich noch ausdehnte, stürmte eine Schwadron Wachen in den Saal. Prestimion wurde klar, dass sie sich in einer verborgenen Kammer bereitgehalten und gewartet hatten. Korsibar sprang auf und zeigte auf ihn. »Hier ist ein Verräter!«, rief er mit dröhnender Stimme. »Verhaftet ihn! Werft ihn in den Burgkerker!«

Septach Melayn war in seinen Gemächern und focht mit seinem Rapier einen Schattenkampf, um sein Auge scharf und sein Gleichgewicht rein zu halten, wie er es täglich mindestens eine Stunde lang zu tun pflegte, als Gialaurys ohne Ankündigung hereinplatzte und rief: »Prestimion ist festgenommen worden! Er liegt in einem von Lord Sangamors Tunneln in Ketten!«

»Was? Was sagst du da?« Septach Melayn schob seine Waffe in die Scheide und lief zu Gialaurys, packte den lockeren Kragen von dessen Wams und zog seinen Freund zu sich heran. »Festgenommen? Warum? Wieso?«

»Die Audienz bei Korsibar lief nicht gut. Wütende Worte fielen. Und dann rief Korsibar seine Wachen und ließ Prestimion abführen, um ihn wegen Hochverrats anzuklagen. Ich habe das von Serithorns Neffen Akbalik erfahren, der im Vorraum wartete, um mit Korsibar zu sprechen, und alles mithören konnte.«

»Festgenommen«, wiederholte Septach Melayn staunend. »Wer hätte gedacht, dass dieser närrische Hohlkopf Korsibar jemals den Mut dazu finden würde? Nein, das nehme ich zurück, er ist zwar ein ausgemachter Tor, aber an Mut mangelt es ihm nicht. Und es ist schlimm, großen Mut zu haben, aber nicht allzu viel

Weisheit, die ihn zügeln kann.« Während er sprach, lief er schnell im Raum hin und her, sammelte einige Waffen ein, ein paar Kleidungsstücke und andere vereinzelte Gegenstände, und warf sie in einen Sack. »Was für ein Wahnsinn ist das! Der zweiköpfige Zauberer hat ihn dazu überredet, oder vielleicht auch Farquanor, der genug böse Arglist in seiner Seele hat, um damit drei Köpfe zu füllen«, sagte er. Und kurz darauf: »Nun, dann müssen wir von diesem Ort fliehen, du und ich.«

»Und Prestimion in Ketten baumeln lassen?«, erwiderte Gialaurys in ungläubigem Tonfall. »Auf keinen Fall.«

»Glaubst du etwa, dass wir beide, du und ich, uns zu ihm durchkämpfen und ihn befreien können?«, entgegnete Septach Melayn und lachte laut. »Wir beide gegen die ganze Burg? Das wäre die größte Torheit überhaupt.«

»Aber wenn wir lautstarken Protest erheben und die Unterstützung von Leuten wie Oljebbin und Serithorn bekommen …«

»Wir bekämen niemals Gelegenheit dazu. In den Kerkern ist nicht nur für Prestimion, sondern auch für viele andere Platz, mein Freund, und in diesem Augenblick werden wahrscheinlich schon Zellen für uns ausgefegt. Wenn wir neben ihm in Ketten baumeln, können wir kaum etwas für ihn tun.«

»Würden sie das wagen?«

»Selbst Korsibar ist scharfsinnig genug, um zu wissen, dass man keine halben Sachen tun darf, wenn man nicht völlig scheitern will. Er hat bereits versucht, dich vor aller Augen töten zu lassen, oder hast du das schon vergessen? Und nun hat er seinen Zug gegen Prestimion getan. Wie kann er uns da in Freiheit belassen? Er wird uns alle mit einem Aufwisch erledigen wollen.« Septach Melayn stieß den schwergewichtigen Mann ungeduldig an. »Komm, Gialaurys, komm! Wir müssen die Burg verlassen. Draußen können wir versuchen,

Unterstützung für ihn zu gewinnen, und uns für seine Freilassung einsetzen. Beweg deinen schwerfälligen Körper und lass uns verschwinden, so lange wir noch Gelegenheit dazu haben.«

»Ja. Vielleicht sollten wir das. Aber wohin?«

»Ach«, sagte Septach Melayn, denn diese Frage hatte er sich noch nicht gestellt. Aber er musste nur ganz kurz überlegen. »Nach Muldemar«, sagte er, »zu Prestimions Mutter und Brüdern. Man muss ihnen mitteilen, was geschehen ist, und danach können wir in Ruhe über die nächsten Schritte nachdenken.« Er schüttelte wütend den Kopf. »Welch eine Umkehr und Wandlung des Schicksals ist es doch, dass der, der auf dem hohen Thron sitzen sollte, stattdessen in die tiefen Verliese geworfen wird.«

»Und Svor?«, fragte Gialaurys. »Was ist mit ihm?«

Septach Melayn verzog das Gesicht. »Er ist bei einer seiner Huren, einer Frau aus Bailemoona, die Kanteverel ihm abgetreten hat. Wer weiß, wohin er mit ihr gegangen ist? Wir haben keine Zeit, um in der ganzen Burg ein Schlafzimmer nach dem anderen zu durchsuchen. Ich hinterlasse eine Nachricht für ihn, damit er erfährt, was geschehen ist; mehr können wir nicht für ihn tun. Was sagst du dazu?«

»Ich pflichte dir bei. Svor wird auf sich selbst aufpassen müssen.«

»Dann geh in deine Gemächer und hole die Sachen, die du mitnehmen willst. Wir sollten die Burg auf der Gossif-Seite verlassen, unten bei der Spurifon-Brüstung – du weißt, welche ich meine? – und die alte Straße nehmen, die nach Huine führt. Es ist zu riskant, die Dizimaule-Straße zu nehmen; dort werden sie zuerst Sperren errichten. Aber wenn der Göttliche uns beisteht, werden sie an die Gossif-Seite erst denken, wenn wir schon längst fort sind.«

»Ein guter Plan. Ich treffe dich in fünfzehn Minuten an der Kanaba-Treppe, die hinter dem alten Exerzierplatz hinabführt.«

»In zehn Minuten.«

»Dann also in zehn.«

»Und wenn ich bei deiner Ankunft nicht dort bin, verlässt du die Burg allein und eilst ohne mich nach Muldemar. Wenn du dich verspätest, verfahre ich ebenso. Wir dürfen es nicht wagen, aufeinander zu warten.« Ein warmes Aufblitzen der kameradschaftlichen Liebe trat in Septach Melayns Augen, und er legte eine Hand auf Gialaurys' Baumstamm von Arm, genau auf die großen, schwellenden Muskeln, und schlang die andere Hand kurz um Gialaurys' Rücken und Schultern. Dann hasteten sie auf den Gang hinaus.

Draußen war die Luft rein.

Gialaurys lief nach rechts, wo seine Kammern lagen, und Septach Melayn in die andere Richtung, auf den offenen Platz, der der Kryphon-Kreuzgang war und zu den verfallenen Überresten der Balas-Bastion hinabführte, hinter der ein Irrgarten schmaler Wege lag, über die er die Nordseite der Burg erreichen konnte.

Septach Melayn rechnete damit, dass schon allein die Größe und Weitläufigkeit der Burg zu seinen Gunsten arbeitete. Er hegte nun nicht mehr den geringsten Zweifel daran, dass die Wachen bereits nach ihm Ausschau hielten, und auch nach Svor und Gialaurys. Aber sie mussten ihn zuerst einmal finden, und er eilte nun durch die fast unendlich vielen Gänge und Nebengänge und Kreuzgänge des großen Gebäudes, sodass seine Gegner nur darauf hoffen konnten, irgendwo zwischen seinen Gemächern und dem Ausgang, für den er sich entschieden hatte, zufällig über ihn zu stolpern. Und es gab viele solcher Ausgänge, wenngleich die meisten nur selten benutzt wurden. Septach Melayn kannte die Burg gut und hatte nicht nur schnelle Füße, sondern auch einen schnellen Verstand. Er ging zielstrebig weiter. Dann und wann sah er in der Ferne ein paar Wachen, aber sie schienen ihn nicht zu bemerken, ja vielleicht nicht einmal zu wissen, dass er gesucht wurde;

und auf jeden Fall war es immer möglich, eine andere Strecke zu finden, die ihn zu seinem Ziel brachte.

Doch alles ging gut, auch wenn er einen etwas verschlungeneren Weg als den einschlagen musste, den er ursprünglich hatte nehmen wollen, weil er einigen Wachen ausgewichen war, die er vor sich erspäht hatte. Er lief leichtfüßig und behände über einen Hof, dessen Namen er vergessen hatte und auf dem ein Stapel kopfloser, verwitterter Marmorstatuen, die die Flecken von fünftausend Jahren trugen, in einem traurigen Haufen aufgetürmt lagen, dann über eine Brücke, von der er glaubte, dass sie Lady Thiins Überführung hieß, und einen spiralförmigen Wehrgang mit Seitenmauern aus Ziegelsteinen hinab zum Turm der Trompeten, der zu einer Treppe führte, die ihn zur Außenmauer der Burg bringen würde.

Dort begegnete er zu seiner großen Verärgerung vier Männern in den Uniformen der Coronalswache, die sich am Kopf der Treppe aufgestellt hatten, als wollten sie ihm den Weg versperren. Dies schien in der Tat der Fall zu sein. Ihre Haltung war entschieden unfreundlich.

»Hebt eure Waffen und lasst mich passieren«, sagte er zu ihnen, ohne stehen zu bleiben. »Ich kann keine Zeit mit Gerede verschwenden.«

»Und wohin wollt Ihr in solcher Eile?«, fragte einer, der einen Hauptmannshelm trug.

»Ich habe auch keine Zeit, um Fragen zu beantworten. Tretet beiseite. Wenn ihr mich behindert, werdet ihr es bedauern. Ich bin Septach Melayn.«

»Wir kennen Euren Namen. Ihr seid der, den wir suchen«, sagte der Hauptmann, wenn auch nicht besonders begeistert, und der Mann, der neben ihm stand, wirkte geradezu verzweifelt angesichts der Vorstellung, sich vielleicht mit einem so berühmten Schwertkämpfer wie Septach Melayn messen zu müssen. »Begleitet uns friedlich. Aufgrund des Befehls von Coronal Lord Korsibar seid Ihr hiermit …«

»Ich habe euch gewarnt«, sagte Septach Melayn und zog seine Waffe.

Sein Arm war noch warm von der Übung mit dem Rapier, die er gerade erst absolviert hatte, und mehr als nur bereit. Er parierte einen eiernden, zittrigen Stoß des Hauptmannes, als wäre es der eines Kindes gewesen, und drückte die Spitze seines Schwerts in die Wange des Mannes. Dann wirbelte er herum, trieb die Klinge noch während der Drehung in die Schulter einer anderen Wache und trennte einer dritten mit einer schnellen Handbewegung drei Finger ab. Das alles geschah auf eine gelangweilt aussehende Weise, die völlig mühelos und einfach wirkte. Der vierte Wächter war mit einem kleinen grauen Metallgerät bewaffnet, einem Energiewerfer, mit dem er verzweifelt zu zielen und zu schießen versuchte. Aber er war anscheinend noch nie zuvor in einer Lage gewesen sein, die den Einsatz der Waffe erforderlich gemacht hätte. Seine Versuche, den Auslöser zu betätigen, wurden vom heftigen Zittern seines gesamten Arms verhindert. Septach Melayn trennte ihm das Handgelenk ab und trat um ihn herum, als der Mann mit dem verständnislosen Jammern anhob, das gewöhnlich auf solche Ereignisse folgte.

Die ganze Sache hatte nur einen Augenblick lang gedauert. Doch der Lärm, der von seinen verstümmelten Angreifern ausging, zog nun andere Wachen an. Septach Melayn machte sie hoch über sich aus, wie sie den spiralförmigen Wehrgang hinunterliefen. Er schlug schnell einen Bogen nach links, vorbei an der in Trümmern liegenden Ostseite des Turms der Trompeten, und stellte dankbar fest, dass sich dort eine tiefe und lange unterirdische Zisterne befand, an deren Ende das schwache Schimmern von Tageslicht auszumachen war. Er kroch schnell hinein, konnte gleich wieder aufrecht stehen, lief etwa fünfzig Schritte und kletterte ins Licht hinauf, tauchte auf einer tieferen Ebene an einem Ort auf, den er zuerst nicht erkannte, doch dann sah er, dass es sich um den hinteren Teil der Spurifon-Brustwehr handelte. Das war genau der Ort, den er suchte.

Von Gialaurys war nichts zu sehen. Sehr wahrscheinlich war er bereits hier gewesen und weitergezogen, als er gemerkt hatte, dass sein Gefährte sich verspätete. Doch auf die bloße Möglichkeit hin, dass Gialaurys mit noch größerer Verspätung kam, wartete Septach Melayn noch ein paar Minuten an der Brustwehr, bis er zwei Stockwerke über ihm eine weitere Gruppe von Wachen bemerkte, die sich seiner Position näherten.

Es wäre töricht gewesen, noch länger zu warten. Die Wohnquartiere der Wachen befanden sich in der Nähe dieses Bezirks. Ein paar von ihnen mochten über ihn stolpern, ohne dass sie eigens nach ihm suchten, ganz einfach, während sie nach Dienstschluss zu ihren Wohnungen zurückkehrten, und dann hätte er noch mehr Blut vergießen müssen. Es war besser, die Flucht fortzusetzen, und zwar schnell.

Septach Melayn lief die Neigung der Brustwehr hinab und durch das kleine, uralte, gebogene Tor, durch das man die Burg auf der kaum benutzten Nordseite verlassen konnte. Die Straße nach Huine lag vor ihm. Wenn er darauf ein kleines Stück hügelabwärts ging und sich dann nach Osten hielt, würde er an die Kreuzung mit der Straße nach Gossif gelangen; Gossif grenzte unter den Inneren Städten an Tidias, Septach Melayns Geburtsort, und nicht weit hinter Tidias lag Muldemar. Er hoffte zutiefst, Gialaurys wiederzusehen, wenn er dort eintraf. Er wollte die Aufgabe, Prestimion aus Korsibars Griff zu befreien, nicht unbedingt allein angehen. Er schaute zurück. Noch immer kein Gialaurys. Hoffentlich hat er die Burg bereits unbeschadet verlassen, dachte Septach Melayn. Möge der Göttliche ihn auf seinem Weg voranbringen. Und er ging auf seinen schlaksigen Beinen auf die Straße zu, die die lange Schulter des Bergs hinabführte.

IV

DAS BUCH DER ABRECHNUNGEN

1

Niemand hatte die geringste Ahnung, welchen Zweck Lord Sangamor für die Tunnel vorgesehen hatte, deren Bau er dreieinhalbtausend Jahre zuvor befohlen hatte und die später seinen Namen tragen sollten. Die Tunnel befanden sich in der westlichen Wand des Bergs auf mittlerer Höhe der Burg, wo eine große Felsspitze, die praktisch selbst ein Berg war, aus der Hauptformation ragte. Dieser hohe Vorsprung – er war ebenfalls nach Sangamor benannt – war so eckig und scharf, dass er nicht zu begehen, ja sogar fast nicht zu erklimmen war; doch an seinem Fuß hatte Lord Sangamor eine Reihe niedriger unterirdischer Kammern anlegen lassen, die alle miteinander verbunden waren und von der eigentlichen Burg bis zum Sangamor-Gipfel verliefen und die Spitze dort, wo sie dem Berg entsprang, vollständig umkreisten.

Das Material, aus dem diese Kammern erschaffen worden waren, war so geheimnisvoll wie ihr Zweck. Die Wände und Decken waren mit Platten eines synthetischen Steins bedeckt, der von selbst lebhafte Farben ausstrahlte. Eine Kammer wurde ständig von einem pulsierenden kastanienbraunen Glanz erhellt, eine andere von einem strahlenden smaragdgrünen, eine dritte von einem safrangelben, eine weitere von einem kräftigen fuchsroten, die nächste von einem schwefelfarbenen, die folgende wiederum von einem lodernden, hell orangefarbenen Leuchten, und so weiter und so fort.

Das Geheimnis dieser Leuchtkraft der Platten, die in all den Jahrtausenden seit Lord Sangamors Zeit nicht im Geringsten nachgelassen hatte, gehörte zu den vielen, die den Handwerkern Majipoors im Lauf der Jahrhunderte verloren gegangen waren. Die Wirkung des Lichts und der Farben in Lord Sangamors Tunnel war überaus prachtvoll, aber auch – da die Beleuchtung weder am Tag noch in der Nacht auch nur einen Augenblick lang schwächer wurde – schnell ermüdend und irgendwann sogar beklagenswert: ständig, Stunde für Stunde, Tag für Tag, strömten diese Farben von den Wänden. Man konnte sich ihnen nicht entziehen, und sie waren so kräftig, dass man sie auch dann noch wahrnahm, wenn man die Augen geschlossen hatte. Dieses ewige Strahlen war wie eine Folter, wenn man es längere Zeit über ertragen musste.

Und so wurden die Tunnel nach einigen Jahrtausenden als Kerker genutzt, da sie sich aufgrund der einzigartigen Topographie dieser Region des Bergs weitab vom Rest der Burg befanden, man keine andere Verwendung für sie gefunden hatte und Bequemlichkeit kein wichtiger Faktor war, den es zu berücksichtigen galt, wenn es um Gefangene ging. In diese Kerker wurden nur solche Individuen gesteckt, die der Coronal für überaus widerspenstig oder für so unbequem hielt, dass man sie nicht frei herumlaufen lassen durfte.

Prestimion hatte die Sangamor-Tunnel einmal besucht, vor langer Zeit, als er als Kind unter dem Schutz und mit Duldung seines mittlerweile verstorbenen Vaters in den entlegensten Ecken der Burg herumgestöbert hatte. Damals wurde niemand in ihnen gefangen gehalten; offensichtlich war seit etwa zwei- oder dreihundert Jahren niemand mehr hier eingekerkert worden, nicht mehr seit der Zeit des Coronals Lord Amyntilir. Doch die endlosen Farbwellen waren beeindruckend schön, wenn auch irgendwie anstrengend, und die Reihen der leeren Ketten, die mit Schäkeln an den Wänden befestigt waren, waren in gewisser Hinsicht auch beeindruckend, und das galt ebenso für die Geschichten, die sein Vater ihm von diesem rebellischen Prinzen und jenem hitzköpfigen jungen Herzog erzählte, die während der Herrschaft irgendeines längst verstorbenen Coronals, der die Schicklichkeit an seinem Hof wiederherstellen wollte, hier angekettet worden waren.

Prestimion war nie in den Sinn gekommen, dass er sich eines Tages selbst hier in Ketten vorfinden würde. Dieser Ort war ein Überbleibsel aus dem Mittelalter und keineswegs einer, der täglich genutzt wurde. Doch hier baumelte er nun an einer Wand, von der ein spektakuläres rubinrotes Strahlen ausging, die Arme weit gespreizt, die Handgelenke und Knöchel von engen Ketten umklammert. Dann und wann kam es ihm fast komisch vor. Der vor Wut tobende Korsibar hatte ihn in den Kerker werfen lassen! Was kam als Nächstes? Der Henkersklotz?

Aber natürlich war gar nichts komisch daran. Er war Korsibars Gnade ausgeliefert. Niemand wusste, was hier unten vorging. Jeden Augenblick konnte ein Handlanger des Coronals kommen und ihm die Kehle durchschneiden, und er konnte sich nicht dagegen wehren. Er schätzte, dass er mittlerweile seit sechs oder acht Stunden hier hing, und während dieser Zeit war noch niemand bei ihm gewesen. Vielleicht wollten sie ihn einfach hier unten verhungern lassen. Oder diese unerbittlich pulsierenden roten Wellen, die unaufhörlich aus den Wänden um ihn herum strömten und wieder zurückgeworfen wurden, sollten ihn langsam, aber sicher in den Wahnsinn treiben.

Diesen Anschein hatte es zumindest. Die Stunden verstrichen, und niemand kam.

Umso erstaunter war er, als dann eine leise, belegte Stimme aus dem unerträglichen Farbenmeer vor ihm sagte: »Habt Ihr zufällig Euren Corymbor bei Euch, Prinz Prestimion?«

»Was?« Seine Stimme war heiser, weil er so lange nicht gesprochen hatte. »Wer hat das gesagt? Wo bist du?«

»Direkt gegenüber. Thalnap Zelifor. Erinnert Ihr Euch an mich, Exzellenz?«

»Ja, der Vroonzauberer. Ich erinnere mich nur allzu gut an dich.« Prestimion spähte in dieses hartnäckige Licht, blinzelte einmal und ein zweites Mal und versuchte, seinen Blick zu fokussieren. Aber er konnte nur diesen wogenden Ozean aus Rot sehen. »Wenn du dort bist, hast du dich irgendwie unsichtbar gemacht.«

»O nein. Ihr könntet mich sehen, wenn Ihr es richtig anstellt. Schließt die Augen für eine Weile und öffnet sie dann ganz schnell, Exzellenz, und Ihr werdet mich erkennen. Versteht Ihr, ich bin ebenfalls hier gefangen. Es hat mich endlos erstaunt, als sie Euch hierher brachten«, fuhr die Stimme aus dem roten Leuchten fort. »Ich wusste, dass das Muster Eurer Sterne ungünstig war, hätte aber nicht gedacht, dass es so ungünstig ist. Könnt Ihr mich jetzt sehen?«

»Nein«, sagte Prestimion. Er schloss die Augen, zählte bis zehn, öffnete sie dann und sah nichts als rote Wellen. Er schloss die Augen erneut, zählte diesmal bis zwanzig und entschloss sich dann, bis vierzig zu zählen. Als er sie schließlich öffnete, konnte er direkt gegenüber auf der anderen Seite des Raums undeutlich die verschwommene Gestalt des kleinen Geschöpfs mit den vielen Tentakeln ausmachen. Die Fesseln waren um zwei seiner größten Tentakel geschlossen. Da Thalnap Zelifor jedoch so klein war und die Fesseln angebracht worden waren, um Individuen von normaler menschlicher Größe zu bändigen, hing er etwa einen Schritt über dem Boden.

Das Rot brach wieder über ihn herein.

»Ich habe dich zumindest einen Augenblick lang gesehen«, sagte Prestimion. Er schaute ernst in das pulsierende Strahlen. »Du warst es eindeutig«, sagte er. »Du, der du im Labyrinth zu mir gekommen bist, um mir zu sagen, dass ich keinen klaren Weg zum Thron habe, dass du Omen des Widerstands auf allen Seiten siehst, dass ich mächtige Feinde habe, die insgeheim darauf warten, mich aus dem Weg zu räumen. Du hast gewusst – auf welche Weise, das wage ich nicht einmal zu vermuten –, was geschehen wird. Da ist es wohl nur angemessen, dass wir uns im selben Kerker wiedersehen.

Du konntest meinen Untergang vorhersagen, deinen aber nicht, was?« Er kniff die Augen zusammen, versuchte erfolglos, den Vroon gegenüber auszumachen. »Seit wann steckst du schon hier?«

»Seit drei Tagen, glaube ich. Vielleicht seit vier.«

»Haben sie dir etwas zu essen gegeben?«

»Gelegentlich«, sagte der Vroon. »Nicht sehr oft. Ich habe Euch schon einmal gefragt, Prinz: Habt Ihr zufällig Euren Corymbor bei Euch? Ich meine das kleine grüne Amulett, das ich Euch geschenkt habe.«

»Ja. Zufällig habe ich es dabei. An einer Kette um meinen Hals.«

»Wenn sie kommen, um Euch Nahrung zu bringen, werden sie Eure Hände losbinden müssen, damit Ihr essen könnt. Reibt dann den Corymbor und fleht seine Macht an, Euch gewogen zu sein. Das müsste die Wachen veranlassen, Euch freundlicher zu behandeln, und vielleicht werden sie Euch dann öfter etwas zu essen bringen oder sogar etwas Besseres als den üblichen Schweinefraß. Ich sollte Euch sagen, dass das Essen hier abscheulich ist und die Wachen absolute Rohlinge sind.«

»Dein Corymbor war mir vor kurzem, als ich mit Korsibar im Thronsaal war, keine große Hilfe. Ich habe ihn einmal berührt, als es gerade zu dem Disput zwischen uns kam. Aber das Gespräch verlief lediglich immer schlechter.«

»Ihr habt ihn mit der Absicht berührt, seine Macht einzusetzen, nicht wahr? Ihr habt Euch seiner Macht anvertraut und ihm genau gesagt, was Ihr von ihm erwartet?«

»Ich habe nichts dergleichen getan. Das ist mir gar nicht in den Sinn gekommen. Ich habe ihn lediglich berührt, wie man sich vielleicht an einer juckenden Stelle des Körpers kratzt, während man sich unterhält.«

»Nun, dann«, erwiderte Thalnap Zelifor, als wollte er sagen, dass nun völlig klar sei, welchen Fehler Prestimion begangen hatte.

Sie schwiegen eine Zeit lang.

»Warum haben sie dich hier eingesperrt?«, fragte Prestimion schließlich.

»Das ist mir nicht klar. Auf jeden Fall handelt es sich um eine schreiende Ungerechtigkeit. Aber man hat mir nicht gesagt, wer dafür verantwortlich ist. Ich weiß nur, dass ich im Sinne der Anklage unschuldig bin, wie auch immer sie lauten mag.«

»Zweifellos«, sagte Prestimion.

»Ich stand eine Zeit lang als Ratgeber in den Diensten der Lady Thismet«, fuhr der Vroon fort, »und vielleicht hat Korsibar einige der Dinge als Beleidigung aufgefasst, die Thismet ihm auf meinen Rat hin mitgeteilt hat, oder meine Vorschläge waren ihm einfach nur lästig, und er ließ mich in den Kerker werfen, um zu verhindern, dass ich ihr weitere Ratschläge erteile. Das könnte gut sein. Andererseits habe ich Schulden gemacht, mir von Prinz Gonivaul Geld geliehen, oder besser gesagt, er hat einige meiner Forschungen finanziert. Ihr wisst, wie Gonivaul es mit dem Geld hält. Vielleicht hat er den Coronal gebeten, mich hier als Strafe einzusperren, weil ich ihm sein Darlehen nicht zurückgezahlt habe, obwohl mir völlig unverständlich ist, wie er auf diese Weise sein Geld zurückbekommen will.«

»Anscheinend ist dir sehr vieles unklar«, sagte Prestimion. »Für jemanden, der deiner Profession nachgeht, ist das keine große Empfehlung. Ich dachte, alles Wissen sei für euch Zauberer wie ein aufgeschlagenes Buch. Und doch bist du dir nicht einmal sicher, warum man dich an diese Wand gekettet hat.«

»Es ist eine unvollkommene Wissenschaft«, meinte Thalnap Zelifor schwermütig.

»Ach, aber eine Wissenschaft ist es?«

»O ja, ganz gewiss eine Wissenschaft. Für Euch mag sie nur aus Dämonenverehrung und Beschwörung bestehen, aber für uns geht es darum, die Grundgesetze des Universums zu verstehen und ihnen zu gehorchen, und diese Gesetze sind in völlig rationalen Fundamenten verwurzelt.«

»Sieh an. Rationale Grundlagen, sagst du. Wenn wir sehr lange hier verweilen sollten, musst du mir das erklären. Dann nehme ich an, du würdest es vorziehen, dich nicht Zauberer, sondern Techniker zu nennen?«

»Für mich ist das fast ein und dasselbe, o Prinz. Vor dreihundert Jahren wäre ich Techniker gewesen, daran besteht nicht der geringste Zweifel. Die Forschungen, die ich für den Großadmiral Gonivaul betrieben habe, waren übrigens rein technischer Natur: die Erfindung und Konstruktion eines mechanischen Geräts.«

»Eines mechanischen Geräts, das Zauberei bewirken kann?«

»Eines Geräts, das den direkten Kontakt zwischen einem Geist mit den anderen herstellen kann. Auf wissenschaftliche Weise, nicht durch irgendeinen Zauberspruch oder die Beschwörung von Dämonen, wäre ich dann imstande, in Euren Verstand zu schauen, Prinz, und zu sehen, welche Gedanken dort sind, und Euch nach meinem Belieben Gedanken einzugeben.«

Prestimion verspürte einen leichten Schauer der Furcht. Vielleicht war es am besten, sagte er sich, dass Thalnap Zelifor hier in Ketten an dieser Wand hing.

»Du hast tatsächlich solch ein Ding perfektioniert?«

»Ich fürchte, die Forschungen sind noch nicht ganz abgeschlossen, Exzellenz. Es war noch ein wenig Arbeit erforderlich ... aber die Knappheit der Mittel, Ihr versteht ... Prinz Gonivaul war nicht bereit, mir die paar Royals vorzustrecken, die ich noch benötigte ...«

»Ja. Das muss ein schwerer Schlag für dich gewesen sein. Und würdest du mir vielleicht sagen, was Großadmiral Gonivaul mit diesem Gerät anfangen wollte, sobald du es erst erfunden hättest?«

»Das, befürchte ich, müsst Ihr Prinz Gonivaul selbst fragen.«

»Oder ich müsste wahrscheinlich deine Gedankenlesemaschine benutzen, um es zu erfahren«, sagte Prestimion. »Gonivaul offenbart seine Geheimnisse niemandem freiwillig.« Er schwieg eine Weile. Und dann: »Ist in deinem Repertoire von Zaubersprüchen zufällig einer, der dieses verdammte rote Licht ein wenig erträglicher für das Auge machen kann?«

»Ich glaube, der Corymbor könnte diese Wirkung erzielen.«

»Aber meine Hände sind natürlich gefesselt, und ich kann den Corymbor nicht berühren, oder?«

»Wie schade«, sagte Thalnap Zelifor. »Aber hört – die Wachen kommen.« In der Tat vernahm Prestimion Schritte und das Öffnen von Toren. »Man wird Euch jetzt zu essen geben und dafür Eure Hände befreien, zumindest für eine kleine Weile. Das wird Eure Chance sein.«

Drei vor Waffen strotzende Wärter betraten den Raum. Einer blieb mit verschränkten Armen am Eingang stehen und sah grimmig zu; einer schloss die Fesseln an Prestimions Handgelenken auf und hielt ihm eine Schale mit abscheulichem kaltem Haferschleim hin, damit er sie nahm und austrank; der dritte brachte dem Vroon einen Teller mit Nahrungsmitteln, und der Magier scharrte mit einem seiner freien Tentakel eifrig darin herum. Während Prestimion aß, und es war nicht einfach, dieses dünne, bittere Zeug herunterzukriegen, schob er unauffällig eine Hand in den Ausschnitt seines Gewands und streichelte den Corymbor flüchtig ein paarmal mit dem Finger – wobei er sich nicht nur töricht, sondern auch verachtenswert vorkam, weil er alles verriet, woran er glaubte –, und dann noch ein paarmal.

»Konntet ihr nichts Besseres für mich auftreiben?«, fragte er seinen Wärter. »Ist es dir vielleicht möglich, mir irgendetwas zu besorgen, das nicht im Magen gerinnt?«

Die einzige Antwort des Wärters war ein kalter, düsterer Blick.

Als die Schale mit dem Haferschleim leer war, nahm der Wärter sie Prestimion ab und schloss die Fesseln wieder um seine Hände, und alle drei verließen den Raum. Sie hatten die ganze Zeit über kein einziges Wort gesprochen.

»Das Licht ist noch genauso grell«, sagte Prestimion. »Und die Wachen kamen mir gar nicht freundlich vor.«

»Habt Ihr den Corymbor berührt, Prinz?«

»Ja, mehrmals.«

»Und Ihr habt die Macht, die in ihm wohnt, gebeten, Euren Bedürfnissen gewogen zu sein, oder?«

»Ich habe ihn einfach nur gestreichelt«, gestand Prestimion ein. »Mehr als das brachte ich einfach nicht über mich. Ich gestehe ein, dass es mir nicht leicht fällt, imaginäre Kräfte zu beschwören.«

»Nun, dann«, sagte Thalnap Zelifor erneut.

Als Svor spät an diesem Nachmittag von seinem vergnüglichen Stelldichein mit der üppigen Heisse Vaneille von Bailemoona zurückkehrte und herausfand – was sehr schnell geschah –, dass Prestimion ein Gefangener in den Sangamor-Gewölben war und Gialaurys und Septach Melayn nirgendwo in der Burg aufzutreiben waren, verwandelte all seine Befriedigung sich sofort in Staub.

Prinz Serithorns nützlicher grauäugiger Neffe Akbalik, von dem er von den Ereignissen erfuhr, deutete an, dass Herzog Svor ebenfalls gut daran täte, ohne weitere Verzögerung aus der Burg zu fliehen.

»Wurde eine Ächtung gegen Prestimions Fraktion ausgesprochen?«, fragte Svor ihn.

»Ich habe nichts davon gehört«, sagte Akbalik nur, der von Natur aus ruhig und besonnen war. »Es gab im Thronsaal einen Disput zwischen dem Coronal und Prinz Prestimion, und Lord Korsibar befahl, den Prinzen einzukerkern, das kann ich dir genau sagen. Was aus den beiden anderen wurde, kann ich nur vermuten. Wie ich gehört habe, wurden einige Wachen bei einem

Schwertscharmützel an einem der hinteren Tore schwer verletzt. Die Vermutung liegt nicht fern, dass sie Septach Melayn über den Weg liefen, als die beiden die Burg verließen.«

»Zweifellos. Also sind sie fort und haben mich allein hier zurückgelassen.«

»Es ist vielleicht nicht klug, dass du bleibst«, wiederholte er.

Svor nickte. Er saß kurz schweigend da und überdachte, welche Möglichkeiten sich ihm boten; keine davon war erfreulich, die meisten gefährlich. Dass das Gespräch zwischen Korsibar und Prestimion zu Unheil geführt hatte, überraschte ihn nicht. Es war für Svor entmutigend gewesen, mit ansehen zu müssen, dass Prestimion immer wieder darauf beharrte, den Kopf in die Höhle des Dämons zu stecken, obwohl er den Prinzen wiederholt gewarnt hatte. Aber Prestimion schenkte Omen und Vorhersagen keinen großen Glauben, wenn überhaupt welchen; und sich wissentlich in die Höhle von Dämonen zu begeben schien ein wesentlicher Bestandteil seiner Persönlichkeit zu sein. Svor war da von ganz anderer Gesinnung; es fiel ihm nicht immer leicht, Prestimion zu verstehen.

Svor wusste, dass nun seine eigene Zukunft erkundet und verstanden werden musste, oder er war verloren. Die Vorzeichen waren mehrdeutig.

Schließlich fasste er einen Entschluss. »Ich werde sofort um eine Audienz bei Korsibar nachsuchen«, sagte er zu Akbalik.

»Hältst du das für klug?«

»Klüger als jedes andere Vorgehen. Ich bin nicht dazu geschaffen, mir wie Septach Melayn den Weg aus der Burg freizuschneiden oder Wachen wie Kegel umzuschmeißen, wie Gialaurys es tut. Wenn Korsibar mich einkerkern will, sei es so. Aber ich glaube, das kann ich ihm ausreden, und ich sehe keinen anderen Weg für mich.«

Und so verlangte Svor Zutritt zum Büro des Coronals – der ihm, zu seiner beträchtlichen Überraschung, auch sofort gewährt wurde. Zwei bewaffnete Skandar-Wachen standen schützend neben dem Palisanderschreibtisch des Coronals, als sei Gialaurys' tapferes Gerede, sich mit einem Dolch auf Korsibar zu stürzen, durch die Gänge bis zu Korsibars Ohren gelangt. Svor kam sich vor diesen riesigen Außerirdischen und der befehlsgewohnten Gestalt Korsibars zwischen ihnen wie ein Zwerg vor. Aber es war nicht neu für ihn, sich zwischen größeren und stärkeren Männern zu befinden. So schlank und drahtig und zart gebaut er auch sein mochte, bislang hatte er sich stets unter ihnen behauptet.

Korsibar selbst wirkte ausgelaugt und erschöpft; sein Gesicht war blassgelb, und er hatte einen starren, gehetzten Blick. Er hielt eine Kette mit Bernsteinperlen in der linken Hand und spielte nervös, ja fast zwanghaft damit, ließ eine nach der anderen durch seine langen, kräftigen Finger gleiten. Die Krone lag wie ein fallen gelassenes Spielzeug auf einer Ecke des Schreibtischs.

»Bist du auch gekommen«, sagte er mit seltsam gedämpfter Stimme, als Svor sich vor dem Schreibtisch aufbaute, »um mir zu trotzen, alter Freund?«

»Ist das geschehen? Prestimion hat Euch getrotzt?«

»Ich habe ihm einen Sitz im Rat angeboten. Er hat ihn ausgeschlagen und mir ins Gesicht gesagt, ich sei ein unrechtmäßiger, illegitimer Coronal. Wie könnte ich das tolerieren? Gib mir das Sternenfächerzeichen, Svor, ich bitte dich. Vergiss nicht, ich bin hier König.«

Das kostet mich nichts, überlegte Svor. Er hob die Hände und vollzog die Geste des Respekts.

Korsibars Gesicht, das streng und angespannt und verkniffen gewesen war, entspannte sich vor Erleichterung. »Danke. Ich möchte nicht auch dich einkerkern lassen müssen.«

»Dann stimmt das Gerücht also? Prestimion liegt in Ketten in den Gewölben?«

»Nur für eine kleine Weile. Ich werde ihn in einem oder zwei Tagen zu mir bringen lassen und erneut mit ihm sprechen. Ich will, dass er Vernunft annimmt, Svor. Die Welt jubelt mir als König zu. Mein Vater hat meine Thronbesteigung anerkannt. Es kann Prestimion nur Leid bringen, wenn er sich jetzt zwischen mich und den Thron stellt. Bist du nicht auch der Ansicht?«

»Ja, es wird Leid geben, daran zweifle ich nicht. Wo sind Gialaurys und Septach Melayn? Bei Prestimion in den Gewölben?«

»Ich glaube, sie sind geflohen«, erwiderte Korsibar. »Septach Melayn ist auf jeden Fall verschwunden – er hat mit vier Wachen gekämpft, als er die Burg verließ, sie zu Wurstfleisch kleingehackt – und Gialaurys hat seit dem Mittag niemand mehr gesehen. Ich hatte keinen Zwist mit den beiden. Ich hätte nur ein oder zwei Sternenfächerzeichen von ihnen verlangt und dass sie mich ›mein Lord‹ nennen, wenn sie mit mir sprechen. Du solltest es übrigens auch sagen, Svor: ›mein Lord‹.«

»Wenn es Euch gefällt, mein Lord.«

»Nicht, weil es mir gefällt, sondern weil es der mir zustehende Titel ist und man mir damit Respekt erweist. Man sagt diese Worte, wenn man den Coronal anspricht.«

»Ja, mein Lord.«

Korsibar brachte ein bleiches Lächeln zustande. »O Svor, Svor, du bist der am wenigsten vertrauenswürdige Mann, der je auf diesem Planeten gelebt hat, und ich habe dich trotzdem so gern! Weißt du, wie sehr ich dich vermisse? Wir waren so gute Freunde; wir haben aus derselben Trinkschale getrunken, wir haben dieselben Frauen umarmt, wir sind oft die ganze Nacht über aufgeblieben und haben uns wilde Geschichten erzählt und sind in der Morgendämmerung dann zum Fluss gelaufen, um zu schwimmen. Und dann bist du zu Prestimion gegangen. Warum hast du mich wegen ihm verlassen, Svor?«

»Ich habe Euch nie verlassen, mein Lord. Ihr steht so hoch in meinem Herzen wie eh und je. Aber ich finde viel Vergnügen an Prestimions Gesellschaft. Und an der Gialaurys', und an der Septach Melayns, denen ich zudem sehr zugetan bin. Ich empfinde großes Interesse für ihre Denkweise, wenngleich ich mit beiden nur wenig gemeinsam habe. Aber was das betrifft, so haben auch diese beiden kaum etwas miteinander gemeinsam. Sie sind zwei von völlig anderem Schlag.«

»Gemeinsam haben sie die Auffassung, Prestimion solle Coronal sein. Und du auch, vermute ich.«

»Ich habe das Sternenfächerzeichen vor Euch gemacht, mein Lord.«

»Du würdest es auch vor diesen Skandars machen, falls du es für nötig hieltest. Was wirst du nun tun, Svor, da Prestimion im Kerker ist?«

»Ihr habt gesagt, Ihr werdet ihn in ein oder zwei Tagen herauslassen, mein Lord.«

»Oder in drei oder vier. Zuerst will ich auch von ihm ein Sternenfächerzeichen haben, Svor, und zwar mit ein wenig Aufrichtigkeit dahinter.«

»Dann wird er vielleicht sehr lange in den Gewölben bleiben«, sagte Svor.

»So sei es denn«, entgegnete Korsibar. »Wir können nur einen Coronal gleichzeitig auf dieser Welt haben.«

Svor dachte einen Augenblick lang nach. »Wenn Ihr nicht die Absicht habt, Prestimion in Kürze freizulassen, mein Lord«, sagte er dann, »und ich vermute, die habt Ihr nicht, bitte ich Eure Lordschaft um Erlaubnis, die Burg zu verlassen.«

»Um wohin zu gehen? Du hast nirgendwo Grundbesitz, nicht wahr, Svor? Nur die Gemächer, die ich dir in den Tagen unserer Freundschaft hier zur Verfügung gestellt habe, nicht wahr?«

»Im Haus Muldemar wartet ein kleines Gemach auf mich. Ich würde wahrscheinlich dorthin gehen.«

»Um dich mit Septach Melayn und Gialaurys zu treffen und dich mit ihnen zu Prestimions Gunsten gegen mich zu verschwören?«

»Ich habe keine Ahnung, wohin Septach Melayn und Gialaurys gegangen sind, mein Lord. Ich fühle mich in der Burg nicht mehr wohl, nun, da ich weiß, dass Prestimion irgendwo unter meinen Füßen in Ketten liegt und ich nur frei bin, solange es Euch gefällt, und diese Gunst könntet Ihr mir jeden Augenblick entziehen. Ihr sagt, Ihr habt mich gern, mein Lord: Nun gut, dann lasst mich gehen. Muldemar ist ein ruhiger, schöner Ort, und der Wein ist gut, und Prinzessin Therissa erweckt in mir das Gefühl, dort willkommen zu sein. Mit Eurer Erlaubnis, mein Lord, würde ich nach Muldemar gehen. Von einer Verschwörung gegen Euch habe ich nichts gesagt.«

»Aber du wirst dich gegen mich verschwören. Das weiß ich.«

»Ich sage nichts davon, mein Lord.«

Korsibar warf seine Perlenkette beiseite und streckte mit einer Geste von überraschender Wärme und Verletzlichkeit beide Hände über den Tisch hinweg nach Svor aus. Kurz trat eine aufblitzende Energie in seine müden Augen. »Hör mir zu«, sagte er. »Geh nach Muldemar, wenn du willst, Svor. Du hast meine Erlaubnis, und Farquanor wird dir einen Zwischenschein aushändigen, der dir sicheres Geleit gewährt, wenn du ihn darum bittest. Ich würde dir nie Schaden zufügen. Verstehst du das, Svor? Wir waren einst Freunde, und im Namen dieser Freundschaft sage ich dir jetzt, ich würde dir niemals Schaden zufügen. Aber füge du mir auch keinen Schaden zu. Ich bin Coronal, nicht Prestimion. Das ist bereits entschieden. Verrate mich nicht, Svor. Verschwöre dich nicht gegen mich. Und sollte sich jemand gegen mich verschwören, so bitte ich dich, Svor, sorge dafür, dass ich davon erfahre. Wenn schon nicht aufgrund der Freundschaft, die es einst zwischen uns gab, dann aus Treue, die du mir als deinem König schuldig bist, und wegen deiner Liebe für unsere Welt, für Majipoor. Denn würde Prestimion einen Krieg gegen mich um den Thron führen, würde der gesamten Welt nicht wieder gutzumachender Schaden zugefügt werden, ganz gleich, wer von uns schließlich die Krone tragen wird.«

»Daran habe ich nicht den geringsten Zweifel, mein Lord«, sagte Svor. Unaufgefordert machte er das Sternenfächerzeichen. »Und ich danke Euch für die vielen Freundlichkeiten, die Ihr mir in der Vergangenheit erwiesen habt und noch immer erweist. Darf ich jetzt gehen?«

Korsibar entließ ihn mit einer müden Handbewegung. Svor entfernte sich unverzüglich aus der Gegenwart des Coronals.

2

Nach einer langen und beschwerlichen Reise zu Fuß vom Gipfel des Bergs hinab traf Septach Melayn grimmig, abgerissen und fußkrank im Haus Muldemar ein, wo die Nachricht von Prestimions Einkerkerung bereits eingetroffen war, und wurde sofort in eine der Gästewohnungen geleitet. Dort badete er, aß eine Kleinigkeit und trank eine Schale Wein. Dann zog er ein sauberes Wams und Hosen an, die Abrigant gehörten, Prestimions zweitem Bruder, der fast so groß war wie Septach Melayn selbst. Als er sich später in der großen Halle des Hauses einfand, in der sich auf allen Seiten schwere rote Vorhänge um sie schlossen, teilte er Prestimions Mutter und Brüdern die Neuigkeiten mit, die er kannte, was nicht viele waren: nur, dass der Prinz und Korsibar sich bei einer Privataudienz ein hitziges Wortgefecht geliefert hatten und Korsibar ihn unmittelbar darauf in die Sangamor-Tunnel hatte werfen lassen. Das war aber keine Neuigkeit für sie.

»Es hätte wenig genützt, wären wir geblieben«, erklärte er ihnen. »Korsibar hätte uns dann nur ebenfalls in Ketten legen lassen.«

»Du hast gut daran getan zu fliehen, so lange du es noch konntest«, pflichtete Prinzessin Therissa ihm bei. »Aber es ist sehr voreilig von Korsibar und sehr schändlich, einen großen Prinzen des Reiches auf diese Weise festzusetzen. Begreift er denn nicht, dass dieser Hochmut auch für alle anderen Lords der Burg eine Bedrohung darstellt?«

»Er hat wohl nicht über seine Tat nachgedacht. Svor sah das Bild deutlich vor sich, wie es bei ihm so oft der Fall ist: Eine Schwäche in Korsibars Seele, so sagte Svor, wird ihn ganz plötzlich zuschlagen lassen, wo gar kein Schlag angebracht wäre, allein aus seiner inneren Furcht heraus. Demnach war er bereit, bei jeder Provokation, die Prestimion ihm bieten sollte, mit übermäßiger Härte zuzuschlagen. Und ich vermute, Prestimion wird ihm durchaus eine geboten haben.«

»Welcher Art?«, fragte Prinzessin Therissa.

»Korsibar hat bei diesem Gespräch im Thronsaal Prestimion einen Sitz im Rat angeboten – oder einen anderen ähnlich hohen Posten. So viel wissen wir. Und ich schätze, Prestimion wird die Ernennung wütend zu ihm zurückgeworfen haben, wie einen verfaulenden Fisch.«

»Ja, das sähe Prestimion ähnlich«, sagte der kriegerische Bruder Abrigant mit einem Leuchten in den Augen.

»Ach, aber es war nicht klug, da Korsibar hoch oben auf dem Thron sitzt und Prestimion so sehr fürchtet«, sagte Septach Melayn. »Doch Prestimion ist heutzutage impulsiver, als es früher der Fall war, und manchmal zu hitzig, und das kommt ihn teuer zu stehen.«

»Es war schon immer ein heißes Feuer in ihm«, sagte die Prinzessin Therissa, »das er mit großer Anstrengung im Zaum hielt. Aber als er Korsibar auf Lord Confalumes Thron sah, war es wohl zu viel für ihn, und er wird die Beherrschung verloren haben, weil man ihn, der auf diesem Thron sitzen sollte, mit einem einfachen Sitz im Rat abspeisen wollte.«

Septach Melayn nickte. »Du hast es genau erkannt, meine Lady. Wir haben Prestimion gewarnt, er solle überhaupt nicht zu diesem Treffen gehen, denn es könne ihn nur kompromittieren und in Gefahr bringen. Oder wenn er schon hinginge, sollte er zumindest nicht sofort auf ein Angebot antworten, ganz gleich, wie es aussehen mochte, sondern sagen, er wolle sich zuerst im Haus Muldemar beraten, ob er es akzeptieren solle oder nicht. Das hätte ihm ein wenig Zeit verschafft. Doch ich glaube, er konnte sein Temperament nicht zügeln. Ihm wird schon die Galle hochgekommen sein, als er vor Korsibar das Sternenfächerzeichen machen oder vor ihm niederknien und ihn ›mein Lord‹ nennen musste. Ja. Vermutlich sind genau in jenem Augenblick alle Dämme in ihm gebrochen, schon ganz am Anfang, als er ihm die Ehre erweisen musste.«

»Dieser Ansicht bin ich auch. Er würde nie freudig vor Korsibar niederknien«, sagte Prestimions Bruder Taradath.

»Nein«, sagte Septach Melayn. »Das würde er nicht tun. Sein Zorn ist zu groß und auch sein Schmerz.«

»Schmerz?«, fragte die Prinzessin Therissa.

»O ja, meine Lady. Prestimion verspürt einen schrecklichen Schmerz über den Verlust der Krone, wenngleich ihm im Gespräch nichts anzumerken ist. Er nimmt es ruhig und leicht hin, gewissermaßen mit einer philosophischen Annäherung. Aber sein Inneres besteht nur aus Zorn und Feuer.« Septach Melayn streckte die Hand mit der Trinkschale aus, und Taradath füllte bis zum Rand nach. »Korsibar wird Prestimion wohl keinen wirklichen Schaden zufügen. Er ist voller Verwirrung und Unsicherheit, unser Korsibar, stellt plötzlich fest, dass er König ist, obwohl der Thron nie für ihn bestimmt war. Er folgt erst diesem Ratschlag und dann jenem, hat aber keinen eigenen klaren Weg im Sinn. Doch ich glaube, er ist Prestimion noch immer freundlich zugetan und wird es nicht über sich bringen, ihn zu verletzen. Noch ein paar Tage, und er wird einsehen, dass es keinen Sinn hat, ihn im Kerker festzuhalten, und dann wird er ihn freilassen.«

»Der Göttliche gebe, dass du damit Recht hast«, sagte Prinzessin Therissa.

»Korsibar hat ihn schon ziemlich verletzt, indem er ihm den Thron gestohlen hat«, sagte Abrigant. »Ich hätte auch die Beherrschung verloren, hätte ich vor Korsibar gestanden und das Sternenfächerzeichen machen müssen.«

»Prestimion hätte einen Dolch mitnehmen sollen«, sagte der hitzige jüngste Bruder, Teotas, »und die Stufen zum Thron hinaufgehen und dem Dieb Korsibar die Kehle durchschneiden sollen!«

»Du bist nicht der Erste, der so etwas vorschlägt«, sagte Septach Melayn lächelnd. »Dabei fällt mir ein: Habt ihr schon Nachricht von Gialaurys bekommen? Wir wurden getrennt, als wir das Schloss verließen, und wollten uns hier treffen.«

»Nichts«, sagte Prinzessin Therissa.

»Und Svor? Irgendetwas von ihm?«

Sie schüttelte erneut den Kopf.

»Aber das stimmt nicht, Mutter«, sagte Prinz Taradath. »Nicht ganz vor einer Stunde traf die Nachricht von Herzog Svor ein, er sei in Sicherheit, habe von Lord Korsibar die Erlaubnis erhalten, die Burg zu verlassen, und werde in Kürze zum Haus Muldemar kommen. Er sagt, über Prestimion gebe es nichts Neues, aber er habe jeden Grund zu der Annahme, Korsibar denke nicht daran, ihm das Leben zu nehmen.«

Septach Melayn schlug vor Vergnügen auf die dunkle Tischplatte aus Obsidian. »Svor ist in Sicherheit! Also hat Korsibar nicht seine alte Liebe für den schlüpfrigen kleinen Freund ehemaliger Tage vergessen. Das ist eine gute Nachricht: Sie bedeutet vielleicht, dass Korsibar nach seinem Zornesausbruch weicher wird und Prestimions Freilassung kurz bevorsteht. Aber ich fürchte trotzdem um Gialaurys. Er sucht zu schnell den Kampf und hat auf dem Weg zum Burgtor vielleicht mehr davon auf sich genommen, als selbst er bewältigen kann.«

Doch just in diesem Augenblick kam ein Diener zur Tür, der mitteilte, ein weiterer Gast sei im Haus Muldemar eingetroffen; es war Gialaurys, der sogar noch schlechter aussah als Septach Melayn bei seiner Ankunft kurz zuvor und dessen linke Gesichtshälfte eine große purpurne Schwellung zierte. Er wirkte jedoch recht ausgelassen, so heiter, wie es bei einem Mann von Gialaurys' brütender Gesinnung überhaupt der Fall sein konnte. Er umarmte Septach Melayn mit solcher Freude, dass dessen Knochen knackten, und leerte in den ersten zehn Minuten seiner Anwesenheit in der großen Halle drei Schalen mit rubinrotem Wein.

Septach Melayn berichtete ihm von Svors Nachricht und bat Gialaurys, von seiner Flucht aus der Burg zu erzählen. Die sei ihm ziemlich einfach gelungen, sagte Gialaurys, abgesehen davon, dass das Gossif-Tor zu stark bewacht gewesen sei, als er sich ihm genähert hatte, und er stattdessen zur Halanx-Seite gegangen sei, wo die Wachen aber auch genug Zeit gehabt hätten, sich zu versammeln, und schon auf ihn gewartet hatten. Also hatte es eine Schlägerei gegeben, und er befürchtete, er habe ein paar Wachen zur Quelle zurückgeschickt, was er bedaure, aber sie hätten ihm nicht den Weg freigegeben und ihm also keine andere Wahl gelassen. »Kennt ihr diesen Leutnant von der Wache, der die überaus lange Nase hat, Himbergaze?«, fragte Gialaurys. »Ich habe ihn vom Canaberu-Bergfried geworfen, und er ist ziemlich laut unten aufgeschlagen. Er wird wohl nicht mehr viele Wachen anführen. So

habe ich mir das hier zugezogen.« Er betastete die große Schwellung auf seiner Wange.

»Er hat dich ins Gesicht geschlagen?«, fragte Septach
Melayn.

Gialaurys kicherte. »Es war genau anders herum. Ich
habe ihn mit dem Kopf gerammt, als er auf mich zuge-
laufen kam, um mich zu ergreifen. Er flog ganz erstaunt
in die Luft und über den Rand des Bergfrieds. Hätte ich
das doch auch nur mit Farholt gemacht, als wir bei den
Pontifikalspielen miteinander rangen.« Er erhob sich
und betrachtete unglücklich die Fetzen seiner Kleidung. »Auf dem Weg den Berg hinab kam ich durch
den Dornenwald von Quisquis: keine angenehme Strecke. Seht mich nur an!«

»Ich trage hier Prinz Abrigants Wams«, sagte Septach
Melayn mit einem Blick auf Prestimions drei gerten-
schlanke Brüder. »Auch ich habe die Reise lediglich
ziemlich mitgenommen überstanden. Aber ich glaube,
hier gibt es keine Kleidung, die groß genug für dich ist,
mein Freund. Vielleicht kann einer der Stallknechte dir
ein unbenutztes Zelt bringen, das die Näherinnen der
Lady dir dann zu Hosen umarbeiten können.«

»Du hast immer einen Scherz auf den Lippen«, sagte
Gialaurys mit nicht der geringsten Erheiterung in der
Stimme.

Doch die Prinzessin Therissa erklärte, neue Gewänder für ihn könnten schnell genäht werden; und am
nächsten Morgen waren sie fertig. Am Morgen tauchte
auch Herzog Svor vor den Toren von Haus Muldemar
auf, am Kopf einer Karawane von fünf Packtieren, die
eine Reihe von Gütern transportierten, darunter auch
eine willkommene Auswahl an Kleidung, die er aus Gialaurys' und Septach Melayns Gemächern geholt hatte.

Er erzählte ihnen von seinem Gespräch mit Korsibar
und seiner Hoffnung auf Prestimions baldige Freilassung.

»Was sagen sie in der Burg darüber«, fragte Septach

Melayn, »dass Korsibar ihn verhaftet hat? Was sagen Serithorn oder Oljebbin?«

»Nicht sehr viel«, erwiderte Svor. »Versteht ihr, ich habe keine Zeit verloren, mich aus der Burg zu entfernen, und bin nicht durch die Gänge gelaufen, um die Sache mit vielen Leuten zu besprechen. Aber nach dem, was ich gehört habe, scheinen alle zu erstaunt zu sein, um ihre Stimme zu erheben, und tun so, als liefe alles ganz normal ab, während sie darauf warten, was Korsibar als Nächstes tut.«

»Wie von dem Augenblick an, als diese Sache begann«, sagte Gialaurys finster. »Korsibar reißt die Krone an sich, und niemand erhebt seine Stimme dagegen, nicht einmal Confalume. Alle warten furchtsam ab, was als Nächstes geschieht. Dann begibt Korsibar sich zur Burg und übernimmt die Regierungsgeschäfte, ohne dass jemand sich dagegen ausspricht. Nun wirft Korsibar Prestimion in den Kerker, und es ist genauso. Sind das alles solche Feiglinge? Warum rührt Oljebbin sich nicht, oder Gonivaul, oder irgendjemand, und erhebt Einspruch gegen diese unrechtmäßigen Torheiten?«

»Du hast hier in diesem Haus gesessen und mit eigenen Ohren den mitreißenden Worten des tapferen Oljebbin gelauscht«, sagte Septach Melayn, »und des furchtlosen Gonivaul, und auch des mutigen Serithorn. Einer nach dem anderen haben sie uns gesagt, sie wollten abwarten und das Geschehen verfolgen und sehr genau beobachten, was Korsibar tut, bevor sie irgendeine Position beziehen, und nichts gegen ihn unternehmen, bis es ihnen angemessen erscheint. ›Wir dürfen nicht überstürzt oder voreilig handeln‹, hat Serithorn gesagt, oder war es Gonivaul? Ich weiß es nicht mehr genau. Aber aus allen Mündern kamen dieselben Worte.«

»Sie haben versprochen, Prestimion zu unterstützen, falls er sich gegen Korsibar erhebt«, sagte Gialaurys.

»Auf lauwarme, ausweichende Weise«, entgegnete Svor. »Sie haben alles mit ›falls‹ und ›aber‹ und ›vielleicht‹ umgeben und nichts davon gesagt, Prestimion zu unterstützen, falls Korsibar gegen ihn vorginge. Ach, was glaubst du denn, Gialaurys? Dass diese törichten, schwachen, die Bequemlichkeit liebenden alten Männer sich erheben und gegen Prestimions Festnahme toben und zetern, wenn Korsibar lediglich mit den Fingern schnippen muss und sie einen Augenblick später selbst in den Sangamor-Tunneln in Ketten liegen werden? Korsibar hält alle Trümpfe in der Hand. Die hohen Lords fürchten ihn und misstrauen einander. Auf der ganzen Welt gibt es außer Prestimion nur einen, der es wagt, sich gegen Korsibar zu erheben, und der uns helfen könnte, Prestimion aus Korsibars Gewalt zu befreien. Und er ist natürlich selbst kein Engel.«

»Du meinst den Prokurator?«, fragte Septach Melayn.

»Wen sonst? Wenn wir Korsibar irgendwie Widerstand leisten wollen, kann es nur mit der Hilfe Dantirya Sambails geschehen. Er ist schließlich Prestimions Verwandter; wem steht es eher zu, Prestimions Freilassung zu verlangen? Er ist ein mächtiger Mann, hinter dem starke Heere stehen, er ist wohlhabend und entschlossen und außerdem fünfmal so klug wie Korsibar.«

»Und hat einen gewaltigen Charme und eine freundliche Seele«, sagte Septach Melayn. »Ganz zu schweigen von seiner großen Schönheit und Liebe für kleine Tiere. Welch hervorragender Verbündeter wäre er, Svor!«

»Auf jeden Fall ist Dantirya Sambail zurzeit auf hoher See, auf dem Weg nach Zimroel«, sagte Gialaurys. »Selbst wenn er in dem Augenblick umkehrte, in dem er in Piliplok eintrifft, würde es Monate dauern, bis er wieder hier sein kann. Vorausgesetzt, er will überhaupt umkehren.«

»Ach, nein«, sagte Svor. »Er ist überhaupt nicht auf See. Wie ich gehört habe, war er erst auf halber Strecke zum Hafen Alaisor, als ihn die Nachricht erreichte, dass Prestimion gefangen genommen wurde. Er sagte seine

Reise sofort ab und begab sich augenblicklich zur Burg zurück.«

»Weißt du das genau?«, fragte Septach Melayn.

»Ich weiß nichts genau, abgesehen davon, wie viele Finger und Zehen ich habe«, erwiderte Svor, »und es gibt Tage, an denen zweifle ich sogar daran. Aber ich habe von zuverlässigen Leuten in der Stadt Muldemar gehört, als ich heute Morgen hindurchkam, dass Dantirya Sambail mit seiner gesamten Gefolgschaft hierher unterwegs ist. Entspricht das den Tatsachen? Ich könnte ein paar Runen werfen, aber du würdest ohnehin nicht glauben, was dabei herauskommt, nicht wahr, Septach Melayn? Also können wir lediglich abwarten. Hier sitzen wir, und entweder wird Dantirya Sambail kommen, oder er wird nicht kommen. Ich habe euch gesagt, was wir wissen.«

»Was, glaubst du, wird er verlangen, um Prestimion aus diesem Kerker zu holen?«, fragte Gialaurys. »Er tut nichts, ohne einen guten Preis dafür zu fordern.«

»Ein berechtigter Einwand«, sagte Septach Melayn. »Prestimion wird ihm verpflichtet sein und ihm bei der Abrechnung sehr viel zahlen müssen. Sollte Prestimion je an die Macht kommen, wird Dantirya Sambail zu seiner Rechten sitzen. Nun, und wir können nichts dagegen tun, wenn es uns nicht gelingt, Prestimion ohne die Hilfe des Prokurators aus diesem Keller zu zaubern, und dazu sind wir nicht in der Lage. Hier sitzen wir, wie Svor sagt, und müssen zusehen, wie die Dinge ihren Lauf nehmen.«

»Wenigstens lässt es sich an diesem Ort angenehm sitzen«, meinte Svor. »Und der Wein ist ausgezeichnet.«

Die Tage verstrichen, und täglich gelangten die unterschiedlichsten Nachrichten zum Haus Muldemar, von denen allerdings nicht alle völlig glaubwürdig waren. Prinz Prestimion, so hieß es, werde am nächsten Seetag freigelassen werden, nein, erst am Mondtag, nein, am

Dreitag. Aber Prestimion wurde nicht freigelassen, weder am Dreitag noch am Viertag, noch an irgendeinem anderen Tag. Von Akbalik kam die Nachricht, dass Prinz Serithorn Prestimion im Kerker besucht habe und dieser durchaus wohlauf sei, wenn auch sehr erstaunt über Korsibars Kühnheit, ihn einfach so gefangen zu halten, und verdrossen über die Qualität und Quantität der Kost; aufgrund des schlechten Essens sehe er bleich und etwas hager aus. Was Lord Korsibar betraf, so hatte man diesen in letzter Zeit nur selten gesehen; er blieb hauptsächlich in seinen Privatgemächern, und Navigorn, Farquanor und Mandrykarn suchten ihn dort oft auf, aber das Leben am Hof schien während dieser seltsamen Zeit der Krise zu einem Stillstand gekommen zu sein. Auch die Lady Thismet zeigte sich nur selten in der Öffentlichkeit. Man munkelte jedoch – eine Hofdame hatte es der anderen erzählt, und dann war das Gerücht von den üblichen Klatschweibern verbreitet worden –, dass Thismet und ihr Bruder Lord Korsibar sich wegen irgendeiner Angelegenheit entfremdet hätten und der Bruch tief und ernst sei.

»Ich habe hier einen Brief von meiner Freundin, der Lady Heisse Vaneille von Bailemoona, in dem steht, dass sie sich wegen Prestimion streiten«, meldete Svor. »Die Lady Thismet hat anscheinend unter Tränen gebeten, dass Prestimion freigelassen wird, und erklärt, Prestimion stünde ihr sehr nah, und sie wolle nicht, dass er einfach so eingesperrt wird. Was den Coronal dermaßen erzürnt habe, dass er gedroht hat, sie ebenfalls in einem anderen Abschnitt der Tunnel einzusperren.«

»Wenn das so weitergeht, werden bald alle in den Sangamor-Tunneln in Ketten liegen«, sagte Septach Melayn grinsend. Dann sah er Svor fragend an. »Weißt du etwas darüber, du Frauenheld? Ich meine diese plötzliche Zuneigung, die zwischen Thismet und Prestimion entstanden sein soll. Ich war immer der Ansicht, sie verabscheue ihn.«

»Alles ist möglich, wenn es um Männer und Frauen geht«, sagte Svor. »Und ich erzähle euch nur, was Heisse Vaneille mir geschrieben hat.«

»Ist deine Schlampe eine einigermaßen zuverlässige Informantin?«, fragte Septach Melayn.

Svor warf dem Schwertkämpfer einen verdrossenen Blick zu. »Du fügst ihr großes Unrecht zu«, sagte er. »Sie ist eine gute Frau aus der besten Familie von Bailemoona. Aber lasst mich mit meinen Neuigkeiten fortfahren, denn es gibt noch weitere. Der Pontifex Confalume hat die Burg verlassen, um zu seinen Pflichten im Labyrinth zurückzukehren.«

»Er wendet sich erneut von den Verbrechen seines Sohnes ab«, sagte Septach Melayn.

»Der Pontifex steht unter irgendeinem Zauberbann«, sagte Gialaurys düster. »Es gibt keine andere Erklärung dafür, wie er sich dieser Tage verhält. Es sieht dem alten Confalume nicht ähnlich, alles so gleichgültig hinzunehmen; aber Sanibak-Thastimoon oder ein noch finstererer Magier in Korsibars Diensten hat einen Zauber auf ihn gelegt. Das weiß ich ganz genau.«

»Du könntest Recht haben«, meinte Svor. »Außerdem: Die Lady Roxivail ist ebenfalls aufgebrochen, unterwegs nach Alaisor, um dort ein Schiff zur Insel des Schlafs zu nehmen, damit sie ihre Rolle als Lady der Insel antreten kann.«

»Möge die Lady Kunigarda sie mit Speeren begrüßen«, sagte Septach Melayn.

»Es gibt auch Neuigkeiten vom Prokurator Dantirya Sambail«, fuhr Svor fort. »Die früheren Berichte über seine Rückkehr von Alaisor treffen zu. Er marschiert mit seiner gesamten Gefolgschaft zum Berg. Er und seine Gruppe wurden in Coragem gesehen, in Tedesca, Klatre und Bland. Es heißt, er werde in einer Woche in Pivrarch oder Lontano sein, den Aufstieg den Berg hinauf von dieser Seite aus beginnen und dann zuerst nach Muldemar kommen, um sich mit uns zu beraten –

er weiß, dass wir hier in Sicherheit sind –, bevor er dann zur Burg weiterziehen und Lord Korsibar gegenübertreten werde. Er habe Korsibar bereits eine Nachricht geschickt, schreibt Lady Heisse Vaneille, die es von Akbalik hat, und ihm mitgeteilt, Prestimions Einkerkerung missfalle ihm.«

»Wenn das stimmt«, sagte Septach Melayn, »könnte er auch uns eine Nachricht schicken und uns über seine Pläne in Kenntnis setzen.«

Aber es kam keine Nachricht. Stattdessen kam Dantirya Sambail persönlich. Wie zuvor präsentierte er sich ohne Ankündigung vor dem Haus Muldemar, eine dunkle Präsenz mitten an einem warmen, sonnigen Nachmittag, begleitet von seiner riesigen Gefolgschaft, für die er Unterkunft, Verpflegung und Wein verlangte.

Der Prokurator, wie immer in der vollen Pracht seiner Pfauenkleidung, diesmal in einem stark taillierten Wams mit Puffärmeln und Spitzenmanschetten über blauen Samthosen und mit türkisen, sehr spitz zulaufenden, mit gelben Satinbändern besetzten Schuhen, versammelte sich mit Septach Melayn, Svor, Gialaurys und Prestimions Brüdern in dem langen, schmalen Raum, der als Waffenkabinett bekannt war und an dessen weißen Granitwänden über einhundert reich verzierte antike Bögen und eine Vielzahl phantastischer Pfeile hingen, die Prestimion gesammelt hatte. Wie immer wich sein Giftkoster, Mandralisca mit dem verdrossenen Gesicht, nicht von seiner Seite.

Als die Kammerherren des Hauses für sie alle kühlen Wein eines guten Jahrgangs ausgeschenkt hatten und der Vorkoster ihn für unbedenklich erklärt hatte, trank Dantirya Sambail gierig einen gewaltigen Schluck. »Was habt ihr in letzter Zeit von meinem Vetter Prestimion gehört?«, fragte er dann. »Wird er gut behandelt? Bestehen Pläne für seine Freilassung?«

»Wir haben keine direkten Neuigkeiten«, erwiderte Septach Melayn. »Nur Geschichten aus zweiter oder sogar dritter Hand. Es heißt, es gehe ihm einigermaßen gut, aber diese Nachricht ist mehrere Wochen alt. In letzter Zeit hat er keinen Besuch mehr empfangen dürfen.«

Der Prokurator beugte sich schwerfällig vor, grub die Daumen tief in die fleischigen rosafarbenen Kinnbacken und fuhr dann mit der Hand langsam die große, leuchtende Kuppel der Stirn hinauf.

Dann winkte er nach mehr Wein. Seine Schale wurde erneut gefüllt, Mandralisca nippte daran, und Dantirya Sambail leerte den Rest mit einem großen Schluck. Auf den Gesichtern von Prestimions Brüdern war Missfallen, ja sogar Abscheu auszumachen.

»Ihr drei«, sagte er schließlich, »seid seine geliebten Ergebenen, und ihr drei« – sein finsterer Blick glitt über Taradath, Abrigant und Teotas – »seid seine Brüder. Doch ihr sechs sitzt alle faul hier im Haus Muldemar herum und tut nichts. Warum? Warum seid ihr nicht in der Burg und füllt die Luft mit Protesten gegen die schändliche Behandlung, die Prinz Prestimion zuteil wird? Ich habe nie gehört, dass es dir an Mut mangelt, Septach Melayn. Oder dir an Hinterlist, Herzog Svor.«

»Wir haben auf dich gewartet«, sagte Septach Melayn. »Du bist das fehlende Steinchen im Mosaik. Wären wir allein hingegangen, hätte man uns schneller in Ketten gelegt, als du eine Schale von Prestimions Wein leeren kannst, denn wir sind lediglich Prestimions Anhängsel. Aber du bist niemandes Anhängsel. Es geht hier nicht um Mut oder Hinterlist, Dantirya Sambail, sondern um Macht. Du allein hast die Macht, Korsibar zu zwingen, Mitleid zu zeigen. Ich spreche von dem Heer, das in Zimroel unter deinem Befehl steht.«

»Ach«, sagte der Prokurator. »Es ist also meine Aufgabe. Das hatte ich mir schon gedacht. Aber werdet ihr mich wenigstens begleiten?«

»Wenn du es für richtig hältst, ja, natürlich«, sagte Septach Melayn.

»Dann kommt, ihr drei«, sagte Dantirya Sambail und zeigte auf Septach Melayn, Svor und Gialaurys.

»Und was ist mit uns?«, fragte Abrigant mit ziemlich hitziger Stimme.

»Ihr wohl kaum. Eure Aufgabe ist es, das Haus Muldemar in Ordnung zu halten und für die Rückkehr eures Bruders vorzubereiten. Zieht die Männer aus eurer Stadt zusammen und bereitet sie auf einen möglichen Kampf vor.«

»Auf einen Kampf?«, sagten Septach Melayn und Gialaurys im gleichen Atemzug; beide waren sofort Feuer und Flamme. Svor sagte nichts, doch sein Blick wurde unter den schweren Brauen geistesabwesend.

»Ja, auf einen Kampf. Wenn Korsibar uns Prestimion nicht freiwillig gibt, werden wir ihn gewaltsam befreien. Und dann wird wirklich der Teufel los sein, was?« Der Prokurator grinste wie ein Wolf. »Ich will, dass ihr mir dreißig starke Bewaffnete zur Verfügung stellt«, sagte er zu Taradath und Abrigant, »und sie sollen die gleiche Livree wie meine Gefolgschaft tragen.«

»Leute aus Muldemar in den Farben Ni-moyas?«, fragte der gelehrte Taradath sofort aufgebracht. »Wie könnten wir so etwas zulassen?« Und der große, hitzige, junge Abrigant erhob sich wütend halb von seinem Stuhl.

Dantirya Sambail winkte mit einer breiten, fleischigen Hand ab. »Friede, Vettern, Friede. Das war nicht als Beleidigung gemeint. Ich will lediglich die Freilassung eures Bruders bewirken. Und jetzt passt gut auf. Ich habe sechsundsiebzig Männer bei mir. Wenn ihr mir dreißig weitere gebt, erwecken sie allmählich den Eindruck einer beeindruckenden Streitmacht von einer Größe, die auch Korsibars Aufmerksamkeit erregen wird. Aber wenn sie meine Farben tragen, handelt es sich lediglich um mein Reisegefolge, um diejenigen, die mich zur Beerdigung des Pontifex ins Labyrinth begleitet haben. Das ist völlig harmlos. Wenn ich aber mit einer zweiten, in den Farben Muldemars gekleideten Truppe zur Burg ziehe, hat es den Anschein, dass wir ein Heer gegen den Coronal in dessen Heimat aufstellen, und diese Drohung könnte kein Herrscher jemals hinnehmen. Ihr könnt mir doch folgen, oder? Die zusätzlichen Männer werden sehr nützlich sein, doch wir verkleiden sie ein wenig, um einen vorzeitigen Ausbruch von Feindseligkeiten zu verhindern.«

Die Brüder waren noch immer beunruhigt und unsicher.

»Tut ihm den Gefallen«, drängte Svor sie. »Der Plan ist gut.« Und zu Dantirya Sambail sagte er: »Nimmst du vielleicht auch fünfzig statt dreißig Männer?«

»Dreißig sollten genügen«, erwiderte der Prokurator. »Vorerst jedenfalls.«

Svor hatte nicht erwartet, so bald zur Burg zurückzukehren. Doch Dantirya Sambail war eine unwiderstehliche Kraft, und so stand er nun hier mit dem Prokurator vor Korsibar in dem alten Stiamot-Thronsaal, den der neue Coronal in letzter Zeit offensichtlich dem viel imposanteren, den sein Vater erbaut hatte, vorzog und für die meisten Audienzen nutzte. Es war ein asketischer kleiner Raum, streng und schlicht – ein niedriger Thron aus einfachem weißem Marmor, daneben Bänke für die Minister des Coronals, ein dreieckiger Boden aus glatten grauen Fliesen, der von einem purpurnen und grauen Teppich aus Makroposopos bedeckt war, welcher irgendein uraltes Muster trug.

Graf Farquanor saß auf der einen Seite Korsibars und Sanibak-Thastimoon auf der anderen. Vor ihm standen Svor und Septach Melayn links neben dem Prokurator und der Giftkoster rechts. Gialaurys war nicht bei ihnen; er hatte zuvor trotzig erklärt, er werde sich vor Korsibar nicht verbeugen und das Sternenfächerzeichen machen, und so war er unten geblieben, bei den rund einhundert Männern in Dantirya Sambails Farben, die ihn zum Schloss begleitet hatten.

Korsibar wirkte nach diesen weiteren Wochen seiner Herrschaft seltsam vermindert. Ein Großteil seiner alten draufgängerischen Vitalität war verschwunden, und er sah jetzt matt und grau im Gesicht aus. Seine Schultern waren eingefallen, die Haut zeigte statt des gewohnten sonnengebräunten Farbtons eine Blässe, die vom Aufenthalt in geschlossenen Räumen herrührte, und seine Wangenknochen standen scharf hervor. Obwohl er äußerlich noch mächtig und stark wirkte, hielt er die Kiefer zusammengebissen, und seine Augen waren von dunklen Schatten umringt und starr, als hätte er in letzter Zeit alle Kraft aufgewandt, um eine Last zu tragen, die selbst für ihn viel zu schwer war. Er machte einen gehetzten Eindruck.

Es war Herzog Svors Aufgabe, sie davor zu schützen, dass Sanibak-Thastimoon einen Zauberspruch auf sie legte, der ihren Verstand vernebelte, wie er es bei der Machtergreifung im Labyrinth getan hatte. Denn wie Dantirya Sambail betont hatte, verfügte Svor über das Talent, Zauberei zu riechen, auch wenn er sie selbst nicht großartig ausüben konnte, und so sollte er sie gegen Betrug schützen. Svor starrte den Su-Suheris nun an, warf ihm dann und wann einen dunklen, warnenden Blick zu, als wolle er sagen: *Ich kenne deine Tricks, wage es ja nicht, heute einen davon zu versuchen! Und wenn du es doch tust, wird Septach Melayn mit seinem Schwert deine beiden Hälse durchtrennen.*

Dantirya Sambail stand mit gespreizten Beinen direkt vor Korsibar und hatte den massiven Kopf aggressiv vorgeschoben. »Ich nehme an, mein Lord«, begann er, »Ihr habt meine Nachricht bezüglich der Festnahme Prestimions erhalten?«

»Die Nachricht hat uns erreicht, ja.« Korsibar sprach diese Worte sehr kalt.

»Ich habe sie vor einigen Wochen geschickt. Man hat mich informiert, mein Lord, dass Prestimion noch immer festgehalten wird.«

»Der Prinz ist in einer Verfassung der Rebellion gegen unsere Autorität. Sobald er von diesem Zustand geheilt ist, wird er freigelassen, Dantirya Sambail. Eher nicht.«

»Ach«, sagte der Prokurator. »Und wie kann er das bewerkstelligen, mein Lord?«

»Als du zu uns vorgelassen wurdest, hast du das Sternenfächerzeichen vor uns gemacht, bist niedergekniet und hast uns als ›mein Lord‹ begrüßt. Der Herzog Svor hat freundlicherweise dasselbe getan und sogar der Graf Septach Melayn. Prinz Prestimion muss uns dieselbe Höflichkeit erbieten, dann wird er wieder ein freier Mann sein.«

»Er hat Euch die Förmlichkeiten verweigert, die einem Coronal zustehen?«, fragte Dantirya Sambail. »Ist es das?«

»Er hat sie verweigert, ja. Ich saß auf dem Confalume-Thron und habe ihn gebeten – eher wie ein Bittsteller denn wie ein König –, mir die Ehre zu erweisen.« Zorn funkelte in Korsibars Augen. Aber zumindest, so fiel Svor auf, hatte er für den Augenblick damit aufgehört, in der königlichen Mehrzahl von sich zu sprechen. »Ich habe ihn wie unter alten Freunden gebeten, mir einfach die Ehre zu erweisen, die mir gebührt, denn ich bin König. Und er hat erwidert, ich sei kein König.«

»Ach was, das hat er gesagt?«

»Mir ins Gesicht. Meine Herrschaft sei unrechtmäßig, hat er gesagt. Die Welt habe zurzeit keinen legitimen Coronal, hat er gesagt.«

»Ach. Das hat er gesagt.«

»Ja, und ich habe ihm geraten, diese Worte zurückzunehmen, und er hat sie nicht zurückgenommen. Und deshalb sitzt er im Kerker, und ich werde ihn dort warten lassen, bis er mir sagt, dass er mich als wahren Coronal anerkennt.«

»Ach. *Ach*.« Und dann fragte Dantirya Sambail: »Darf ich zu ihm gehen und mit ihm sprechen, mein Lord?«

»Nein, das darfst du nicht.«

»Ich kann ihn vielleicht überreden«, sagte Dantirya Sambail, »Euch in dieser Angelegenheit nachzugeben.«

»Anfangs habe ich erlaubt, dass einige Besucher zu ihm durften. Aber in den letzten neunzehn Tagen hat er keine andere Gesellschaft gehabt als die eines höchst lästigen Vroons, der in demselben Kerker wie er in Ketten liegt. Ich ziehe es vor, ihn in dieser Halbeinsamkeit zu belassen, bis seine Entschlossenheit, mir zu trotzen, völlig dahingeschmolzen ist.«

»Ich könnte dieses Schmelzen beschleunigen, mein Lord«, sagte der Prokurator. »Ihm zeigen, welcher Weg der vernünftige ist, und …«

»Nein, Dantirya Sambail. Nein. Nein. Nein. Muss ich das Wort noch einmal sagen? Dann werde ich es tun: nein.« Und Korsibars Lippen schlossen sich fest um diese letzte, nachdrückliche Silbe.

Svor, der diesen Wortwechsel von seinem Platz an der Seite Dantirya Sambails verfolgte, hatte den Eindruck, dass Korsibar drauf und dran gewesen war, dem Prokurator ebenfalls Haft anzudrohen, sollte er weiterhin auf seinem Ersuchen beharren, er jedoch die Worte im letzten Augenblick, bevor er sie ausgestoßen hatte, wieder heruntergeschluckt hatte. Und Svor hatte des Weiteren den Eindruck, Dantirya Sambail wisse genau, dass die Drohung unmittelbar bevorstand, und sei darauf vorbereitet. Aber die Worte wurden nicht ausgesprochen, und das galt auch für die hitzige Erwiderung, die Dantirya Sambail darauf in petto hatte.

In der nachfolgenden kurzen Stille wandte der Prokurator, der reglos wie ein großer Felsklotz vor Korsibar gestanden hatte, sich an Mandralisca und sagte leise etwas zu ihm. Der Giftkoster nickte, machte schnell das Sternenfächerzeichen vor dem Coronal und verließ den Raum. »Dann sagt mir, mein Lord«, fuhr Dantirya Sambail nun fort, freundlich und leichthin, als hätten er und der Coronal sich nicht noch einen Augenblick zuvor scharf aneinander gerieben, »geht es meinem geliebten Vetter nach all diesen Wochen im Kerker noch gut? Denn er steht mir sehr nah, und sein Wohlergehen ist für mich von großer Bedeutung.«

»Wir lassen ihn nicht verhungern, Dantirya Sambail. Und foltern ihn auch nicht und fügen ihm keinen Schaden zu, einmal abgesehen davon, dass wir seine Freiheit dahingehend beschnitten haben, zu kommen und zu gehen, wie es ihm beliebt. Und diese Freiheit kann er jederzeit ohne großen Aufwand zurückbekommen, für den Preis eines Sternenfächerzeichens und eines Kniefalls.«

»Ich hätte gern die Zusicherung, mein Lord, dass es ihm unter der Belastung seiner Haft gut ergangen ist.«

Graf Farquanor beugte sich daraufhin vor und flüsterte Sanibak-Thastimoon etwas zu. Der Su-Suheris reagierte mit einem doppelten Nicken und drehte sich zu Korsibar um. Aber der schüttelte ihn mit einer Handbewegung ab. »Diese Zusicherung hast du gerade bekommen, Prokurator«, sagte er eisig zu Dantirya Sambail.

»Ihr habt mir nur gesagt, was Ihr ihm nicht antut, mein Lord«, erwiderte Dantirya Sambail darauf, »und nicht, wie es ihm wirklich geht.«

»Willst du den Coronal unbedingt beleidigen, Dantirya Sambail?«, warf nun Farquanor mit kalter, barscher Stimme ein. »Dein ach so kostbarer Vetter – ein sehr entfernter Vetter, ist dem nicht so? – ist unverletzt, und es geht ihm gut. Verlasse dich in dieser Hinsicht auf unser Wort und erkundige dich nicht mehr danach. Nicht einmal der Prokurator von Ni-moya darf den Coronal auf diese Weise verärgern.«

Und Korsibar sagte: »Warum bist du überhaupt hier, Dantirya Sambail? Du hast mir gesagt, du wolltest wegen deines schrecklichen Heimwehs nach Zimroel zurückkehren und den Leuten dort von Lord Korsibars Thronbesteigung berichten. Stattdessen finden wir dich so bald nach deinem Aufbruch wieder in der Burg vor. Warum also bist du hier?«

»Ihr wisst, warum ich hier bin«, erwiderte Dantirya Sambail ruhig. »Aber es würde den Coronal verärgern, würde ich es erneut erklären, und aufgrund von Graf Farquanors Erlass ist es mir verboten, den Coronal zu verärgern.«

»Darf ich sprechen, Lordschaft?«, bat Septach Melayn, der die ganze Zeit über geschwiegen hatte. »Wir sind hier in eine Sackgasse geraten. Aber ich möchte einen Kompromiss vorschlagen.«

»Dann sprich«, sagte Korsibar.

»Wie ich es verstanden habe, hat Prestimion Euch beleidigt, indem er sich weigerte, Euch die angemessene Ehrerbietung zu erweisen. Nun gut. Aber Ihr hofft, ihm diese Ehrerbietung unter Zwang abzupressen, mein Lord, und kennt Prestimion sicher gut genug, um zu wissen, dass er sie Euch auf diese Weise niemals erbieten wird.«

»Er ist ein unnachgiebiger Mann, ja«, gestand Korsibar ein.

»Nun denn: Ihr habt ihn daraufhin der Rebellion angeklagt und ihn inhaftiert, bis er bereut, und da er nicht bereuen wird, wird er im Gefängnis schmachten, bis er stirbt, was eher früher denn später geschehen könnte, wenn dieser Ort wirklich so ermüdend ist, wie ich gehört habe. Dann wird es überall heißen, dass der Coronal Lord Korsibar seinen ehemaligen Rivalen Prinz Prestimion wegen Aufruhr zum Tode gebracht habe, und was wird die Welt davon halten, wenn man bedenkt, wie beliebt Prestimion in allen Provinzen Majipoors ist? Verzeiht mir, mein Lord, aber ich sage Euch, dass man dies als eine abscheuliche Tat auffassen wird, die der Liebe, die das Volk Euch in diesen frühesten Tagen Eurer Herrschaft entgegenbringt, nur schaden kann.«

»Genug. Ich verstehe, worauf du hinauswillst. Wie sieht der Kompromiss aus, den du vorschlägst, Septach Melayn?«, fragte Korsibar mit vor Anspannung rauer Stimme.

»Dass wir nicht offen gegen die Behandlung protestieren, die Prestimion durch Euch zuteil wurde, aber auch, dass Ihr ihn uns noch heute aushändigt, mein Lord, und uns mit ihm nach Muldemar zurückkehren lasst. Dort könnte es sehr gut geschehen, dass seine Mutter und Brüder und wir ihn überzeugen können, einen ernsten Fehler begangen zu haben. In den Kerkern könnt Ihr das niemals bewerkstelligen, mein Lord, niemals, aber wenn wir vielleicht ruhig und überzeugend mit ihm sprechen ...«

»Das ist deine Vorstellung von einem Kompromiss?«, fiel Korsibar ihm ins Wort. »Du musst mich für einen Narren halten. Ich werde unter keinen Umständen einwilligen ...«

»Lordschaft!«, rief draußen eine heisere Stimme. Die Tür wurde aufgerissen, und zwei Wachen stürmten keuchend und zerzaust herein. »Die Gefangenen ... man ist in die Kerker eingedrungen ...«

Korsibar schnappte zuerst nach Luft und saß dann wie betäubt da. Farquanor sprang auf, brüllte mit rotem Gesicht Befehle. Selbst der ausdruckslose Sanibak-Thastimoon schien von Überraschung und Bestürzung überwältigt zu werden. Einen Augenblick später stürzte Mandralisca in den Raum und zu Dantirya Sambail und flüsterte ihm etwas ins Ohr. Dantirya Sambail lauschte, runzelte zuerst die Stirn und lächelte dann.

Dann schaute der Prokurator zu Korsibar hoch. »Anscheinend«, sagte er ernst, »hat es zwischen meinen Männern und einer Gruppe Eurer Wachen ein kleines Scharmützel gegeben, mein Lord. Es scheint sich am Eingang zu Lord Sangamors Tunnel zugetragen zu haben, und während der unglückseligen Schlägerei wurde der versiegelte Durchgang zu den Tunneln in gewissem Maß beschädigt, sodass man in sie eindringen konnte. Ich muss leider sagen, dass es wohl Tote gegeben hat. Des weiteren hat ein Skandar-Bogenschütze in meinen Diensten diese Gelegenheit offensichtlich ge-

nutzt, um festzustellen, ob sein Kollege Prinz Prestimion, ebenfalls ein berühmter Bogenschütze, während
seiner Haft anständig behandelt wurde, und als er feststellte, dass der Prinz sich nicht in einem völlig zufrieden stellenden Zustand befand, hat er ihn aus den Kerkern entfernt, damit er die medizinische Versorgung
bekommt, die er anscheinend benötigt.«

Die ruhige Weise, wie er das alles erklärte, rief bei
Svor Erstaunen und Bewunderung hervor. Dantirya
Sambails selbstzufriedene Gelassenheit schien irgendeinen Zauberbann um Korsibar geschlungen zu haben,
der den Coronal veranlasste, die Ereignisse in den Gewölben mit bemerkenswerter Ergebenheit hinzunehmen. Korsibar öffnete und schloss den Mund wieder,
doch kein Ton kam über seine Lippen. Innere Konflikte
offenbarten sich in seinen Gesichtszügen und seinem
Stirnrunzeln; und doch reagierte er im Augenblick
nicht auf diese erstaunliche Nachricht, obwohl sie praktisch einen Aufstand gegen seine Autorität beschrieb.
Während Korsibar still blieb, schien Farquanor etwas
sagen zu wollen, doch der Coronal bedeutete ihm mit
einer brüsken, herrischen Geste, Schweigen zu bewahren.

Dantirya Sambail fuhr fort, sprach glatt und leicht in
das Machtvakuum, das Korsibar ihm hinterließ. »Es ist
eine heikle Lage, Lordschaft. Daher schlage ich vor,
dass wir uns sofort auf den Kompromiss einigen, den
Graf Septach Melayn soeben vorgetragen hat. Es wird
fürderhin Friede zwischen der Fraktion des Coronals
und der des Prinzen Prestimion geben, und ich werde
Prinz Prestimion augenblicklich in Gewahrsam nehmen und persönlich für sein gutes Benehmen garantie-
ren.«

Sanibak-Thastimoon bewegte sich nun unruhig, als
zöge er in Erwägung, irgendetwas zu unternehmen.
Svor sah ihn an und zog mit Zeigefinger und Daumen
ein kleines, drohendes Hexenkraftzeichen durch die

Luft. Der Su-Suheris sank zurück und saß wieder still wie eine Statue da. Obwohl Farquanor allmählich am Rand eines Ausbruchs zu stehen schien, beherrschte er sich noch. Alle Blicke waren auf Korsibar gerichtet.

Und Korsibar nahm das alles mit erstarrtem Gesicht auf und zeigte aus weit aufgerissenen Augen den glasigen Blick eines Menschen, der einer tödlichen Schlange gegenübersteht, die sich bereits von einer Seite auf die andere wiegt, um jeden Moment zuzustoßen. Er trieb wie ein Träumender dahin, konnte sich weder bewegen noch auf andere Weise reagieren, und es war kein angenehmer Traum.

Denn hier verspottete Dantirya Sambail ihn und trotzte ihm in seinem eigenen Thronsaal auf überaus unverschämte Weise. Und doch schien er nicht zugeben zu wollen, dass er beleidigt wurde. Das kam Svor unglaublich vor. Vielleicht war Korsibar unter der gestohlenen Krone noch unsicher und wagte es an diesem Tag nicht, sich den Wünschen des groben, gewalttätigen und gefährlichen Prokurators von Ni-moya zu widersetzen, der über eine so große Macht verfügte und, wenn man ihn provozierte, zu jeder Tat fähig war. Aus welchem Grund auch immer, jedenfalls schien Korsibar angesichts dieser ungeheuerlichen Zurschaustellung der Verachtung für seine Macht wie gelähmt zu sein.

Svor hielt erstaunt den Atem an. Er konnte kaum glauben, dass dies geschah, obwohl Dantirya Sambail ihnen seine Absicht knapp eine Stunde, bevor sie den Thronsaal betreten hatten, erläutert hatte.

Der Prokurator fuhr genauso ruhig wie zuvor fort. »Ich habe die Absicht, mein Lord, mich sofort von diesem Ort zurückzuziehen und meine Reise nach Zimroel in Eurem Namen wieder anzutreten. Und ich habe vor, Graf Septach Melayn und seinem Gefährten Herzog Svor zu erlauben, Prinz Prestimion umgehend aus der Burg zu schaffen und zum Haus Muldemar zu bringen, wo er sich in aller Ruhe von den Entbehrungen der letzten Wochen erholen kann. Ich bin davon überzeugt, dass man danach jeden Versuch unternehmen wird, den Prinzen zu überreden, die Huldigungen zu vollziehen, die als gehorsamer Untertan Eurer Lordschaft seine Pflicht sind, und dass diese Versuche sich als erfolgreich erweisen werden.«

Mit schwungvollen Bewegungen vollzog Dantirya Sambail vor dem wie betäubt dreinschauenden Korsibar schnelle Sternenfächerzeichen und eine tiefe Verbeugung. »Ich wünsche Euch einen guten Tag und ein langes Leben, mein Lord, und alles Gute für Eure Herrschaft.« Und er drehte sich um, um den Raum zu verlassen.

Korsibar, der noch immer nicht sprechen zu können schien, bekundete mit einer kleinen Geste mit der linken Hand sein Einverständnis und seine Zustimmung und sank dann wie besiegt gegen die Lehne seines Throns zurück. Svor verspürte eine so umfassende Bewunderung für Dantirya Sambails vollendete Kühnheit, wie er sie nur selten zuvor empfunden hatte, und sah den Prokurator staunend und ehrfürchtig an.

So kam es also, dass sie unversehrt aus Korsibars Thronsaal gingen, Svor, Septach Melayn und Dantirya Sambail, und dass auch Prestimion dank des Einsatzes seines hartherzigen Verwandten, des Prokurators, die Freiheit zurückbekommen hatte. Aber sie wussten auch, dass er dafür später einen guten Preis würde zahlen müssen.

Und als sie die Tore der Burg unbeschadet hinter sich gelassen hatten und wieder nach Muldemar hinabritten, sagte der Prokurator zu dem bleichen und hageren Prestimion: »Wir befinden uns nun mit Korsibar im Krieg, Vetter, meinst du nicht auch? Er wird bestimmt nicht lange tolerieren, was ich gerade getan habe. Ziehe ein Heer zusammen, und ich werde dasselbe tun.«

3

antirya Sambail verbrachte eine Woche im Haus Muldemar, während der er und seine Handlanger aßen und tranken wie eine Herde schnüffelnder, unersättlicher Habbagogs, die über ein Feld mit gerade reif gewordenem Getreide herfielen. Danach brach er zur Westküste Alhanroels auf, um Heere zu erwarten, die er über schnelle Boten von seinem Heimatkontinent angefordert hatte. »Ich gelobe, dir eine so gewaltige Streitmacht zur Verfügung zu stellen, wie diese Welt sie noch nicht gesehen hat«, sagte der Prokurator überaus eloquent zu Prestimion. »Meine beherzten Brüder Gaviad und Gaviundar werden deine Generäle sein, und du wirst Leutnants von Furcht erregender Tapferkeit bekommen.«

Prestimion war froh, ihn gehen zu sehen. Er brachte seinem seltsamen und skrupellosen Verwandten eine widerwillig faszinierte Zuneigung entgegen und war natürlich für seine Rettung dankbar, schätzte seine ausgedehnte Anwesenheit aber nicht besonders. Vor allem jetzt nicht, da er sich so schwach und müde fühlte und so umfassende Pläne schmieden musste. Der Prokurator würde zu solch einer Zeit seine bereits beeinträchtigte Vitalität nur zusätzlich schwächen.

Aufgrund der Wochen seiner Gefangenschaft war das Gesicht des Prinzen hager und eingefallen, die Augen lagen tief in den Höhlen, die Haut hatte einen gelblich grauen Farbton, und das blonde Haar war stumpf und leblos. Seine Hände zitterten unentwegt, und er wagte es nicht, sich dem Bogenschießstand zu nähern, aus Furcht, sein großes Geschick sei in Lord Sangamors Gewölben eingerostet, ja vielleicht sogar völlig verloren gegangen. Den größten Teil des Tages ruhte er sich in jener ersten Zeit wie ein kranker, alter Mann in seinem Schlafgemach aus, die Vorhänge aus schwerem blauem

Velours aufgezogen, damit er die Schönheit des grünen Hügels hinter dem gebogenen Fenster aus facettiertem Quarz genießen konnte und die wohltuenden Strahlen der Sonne hereinfallen und das ihre dazutun konnten, damit er schnell wieder zu Kräften kam.

Seine Freunde waren entsetzt über den Anblick gewesen, den er geboten hatte, als man ihn aus dem Kerker geholt hatte. Gialaurys hatte vor Wut getobt. Svors Finger hatten sich zusammengekrümmt wie erzürnte Schlangen. Doch nun waren sie in Muldemar, und wie immer platzte Septach Melayn geradezu vor Optimismus. »Ein wenig anständiges Essen, ein paar Schlucke Wein jeden Tag, Prestimion – frische Luft, der Fluss, die Sonne ... schau, du heilst doch bereits, und du bist gerade erst befreit worden! Haben sie dich da drinnen verhungern lassen, war es das?«

Prestimion lächelte schief. »Verhungern wäre wohl nicht schlimmer gewesen als das Zeug, das sie mir zu essen gegeben haben. Solchen Schleim würde ich nicht mal Mintuns zu fressen geben, die auf der Straße nach Nahrung wühlen! Eine dünne Suppe aus altem Kohl war es größtenteils, in der Brocken aus zähem Fleisch schwammen, von dem nur der Göttliche weiß, von welchem Tier es stammte – *pfui!* Und das Licht, dieses schrecklich pochende Licht, Septach Melayn, das aus den Wänden kam und Tag und Nacht jede Stunde und jede Minute auf mich einhämmerte! Das war das Schlimmste, viel schlimmer als das schreckliche Essen. Ich will in den nächsten hundert Jahren nie wieder etwas Rotes sehen.«

»Es heißt, das nie endende Licht sei mithilfe einer uralten, heute vergessenen Magie in diese Steine eingefügt worden«, warf Svor ein. »Und die Magie, mit der man es ausschalten kann, wurde ebenfalls vergessen.«

Prestimion zuckte mit den Achseln. »Magie, Wissenschaft – wer kann schon sagen, wo da der Unterschied liegt? Dieses Licht ist jedenfalls schrecklich. Es trifft einen so hart wie eine Faust. Es gibt kein Entrinnen vor ihm. Man schließt die Augen und sieht es trotzdem noch hinter den Lidern, und man fühlt es Tag und Nacht. Ich wäre völlig wahnsinnig geworden, wäre da nicht das kleine grüne Amulett Thalnap Zelifors gewesen, das mir einen gewissen Schutz gab.« Ein verwirrter Ausdruck legte sich auf sein Gesicht. »Er hat mir erklärt, wie man es benutzt. Jedes Mal, wenn sie mir bei den Mahlzeiten die Hände losgebunden haben, bin ich mit der Fingerspitze über das Ding gefahren – genau so, seht ihr? Und dabei sagte ich stumm im Kopf, als betete ich zum Göttlichen: ›Gib meinen Augen Erleichterung, verschaffe mir etwas Schonung.‹ Und wisst ihr was – es hat schlecht und recht funktioniert. So schlimm für mich das alles war: Hätte ich das nicht getan, wäre es noch schlimmer gewesen. Aber zu wem oder was ich gebetet habe, kann ich nicht sagen: bestimmt nicht zum Göttlichen. Was ist übrigens aus diesem kleinen Vroon geworden?«

»Er ist hier im Haus Muldemar«, sagte Septach Melayn.

»Hier? Wie ist es dazu gekommen?«

»Er wurde zusammen mit dir befreit, und in der Verwirrung ist er uns gefolgt und hat die Burg mit uns zusammen verlassen.«

»Nun«, sagte Prestimion lächelnd, »darin kann wohl kein Schaden liegen. Ich mag ihn mittlerweile mehr als nur ein wenig, nach all der Zeit, die wir an gegenüberliegenden Wänden unseres Tunnels angekettet waren.«

»Du bist ein sehr freundlicher und toleranter Mann«, sagte Svor. »Du findest in den überraschendsten Leuten etwas Liebeswertes.«

»Sogar im abscheulichen Korsibar«, sagte Gialaurys mit einer wütenden Grimasse. »Noch nachdem er dir den Thron gestohlen hatte, hattest du gute Worte für ihn übrig. Aber jetzt wohl nicht mehr, hoffe ich.«

»Nein.« Heißer Zorn flammte in Prestimions Augen

auf. Er hatte in diesem Gefängnis irgendeinen Wende-
punkt erreicht, so viel war offensichtlich. »Lange Zeit
über hielt ich ihn für einen einfachen, anständigen
Mann, den Schurken und Ungeheuer auf einen bösen
Weg gedrängt haben; doch nun sehe ich ein, dass jemand, der Ungeheuern Beachtung schenkt, schließlich
selbst zu einem wird. Korsibar kannte keine Gnade mir
gegenüber, und das lediglich, weil ich nicht vor ihm zu
Kreuze kroch, als er auf dem gestohlenen Thron saß.
Und ich werde keine für ihn haben, sobald die Dinge
umgekehrt stehen. Es wird jetzt eine Abrechnung geben, und zwar eine scharfe, die alles berücksichtigt,
was geschehen ist.«

»Sieh an! Gut! Also ist der freundliche Prestimion,
den wir lieben, nun zum wilden, rachsüchtigen Prestimion geworden, der um den ihm rechtmäßig zustehenden Platz in der Burg kämpfen wird«, sagte Septach
Melayn. »Das halte ich für die beste Nachricht überhaupt. Offensichtlich war es eine sehr törichte Tat Korsibars, eine von sehr vielen, dich in diesen Kerker zu
werfen. Denn nun wird es Krieg geben.«

»Ja, es wird Krieg geben«, sagte Prestimion.

Er nahm vom Nachttisch eine zusammengerollte
Karte und breitete sie auf den Knien aus, um ihnen seinen Plan zu erläutern. Es war die Karte von Alhanroel,
in einer Vielzahl heller Farben gehalten, mit vielen Verzierungen und Schnörkeln.

Er zeigte auf die Stelle, wo der Burgberg in einem
kräftigen, dunklen Purpur eingezeichnet war und sich
hoch über alles andere erhob.

»Wir müssen die Burg isolieren, bevor wir ihren falschen Coronal angreifen. Dies werden wir sowohl mit
Worten als auch mit Taten bewirken. Es wird zuerst
eine Proklamation in meinem Namen und in dem der
derzeitigen Lady der Insel der Träume geben, die besagt, dass Korsibar die Burg gegen jedes Gesetz und
exemplarisches Beispiel hält, indem er in der Stunde

von Prankipins Tod einen Zauber gegen seinen Vater, Lord Confalume, wirkte, und dass er ein Usurpator und Verräter gegen den Willen des Göttlichen ist und von dem hohen Thron gestürzt werden muss, den er unrechtmäßig zu dem seinen gemacht hat.«

»Die derzeitige Lady der Insel?«, fragte Svor. »Ich nehme an, du meinst Kunigarda und nicht Roxivail. Aber hast du wirklich ihre Unterstützung, Prestimion?«

»Ich werde sie bekommen. Sie ist in den vergangenen vier Wochen dreimal in Träumen zu mir gekommen, um mir dies zu sagen. Ich werde ihr sofort eine Nachricht schicken, die bestätigt, dass ich frei bin und vorhabe, Korsibars Anspruch auf das Amt des Coronals herauszufordern. Und ich werde sie um eine öffentliche Erklärung bitten, die besagt, dass sie mich als Lord Coronal anerkennt und geschworen hat, ihren Platz auf der Insel niemals der unrechtmäßig ernannten Roxivail zu überlassen, sondern nur meiner Mutter, nachdem ich in der Burg den Thron bestiegen habe. Damit wird sie wohl einverstanden sein.«

»Die Behauptung, Korsibar habe Magie gegen Confalume gewirkt, als er die Krone an sich riss ...«, sagte Septach Melayn. »Glaubst du das wirklich, Prestimion? Oder sagst du das nur, um die Leichtgläubigen zu beeindrucken?«

»Es spielt keine Rolle, was ich tief in meinem Herzen glaube. Ihr wisst, dass die Masse des Volkes an Zauberei glaubt. Die Behauptung, Confalume sei verzaubert worden, wird dazu beitragen, dass sie sich gegen Korsibar wenden, und das ist mein Ziel. Niemand will, dass ein Coronal unrechtmäßig die Krone bekommt, indem er auf Hexerei zurückgreift.«

»Aber es war Zauberei«, sage Gialaurys. »Ach, Prestimion, wann wirst du endlich die Beweise sehen, die sich wie Berge auf all deinen Seiten erheben?« Prestimion lächelte lediglich. Aber es war ein sehr mattes Lächeln.

Gialaurys wandte sich starrsinnig an Septach Melayn. »Du warst dabei, als es geschah. Dein eigener Geist wurde von dem Zauberspruch benebelt. Bestreitest du, dass Magie am Werk war?«

»Irgendetwas legte einen Nebel über meinen Verstand, das gestehe ich bereitwillig ein. Ob es Magie oder etwas anderes war, kann ich dir nicht sagen.« Ein boshaftes Funkeln trat in Septach Melayns Augen. »Mein Verstand war benebelt, Gialaurys. Wie kann ich da wissen, was ihn umwölkt hat?«

Prestimion tippte auf die Karte. »Machen wir weiter«, sagte er ungeduldig. »Wir erklären, dass Korsibars Herrschaft unrechtmäßig ist, und werden den Berg hinabsteigen, um mit seiner Einkreisung zu beginnen. Ich rufe mich zuerst in der Stadt Amblemorn zum Coronal aus, neben dem schwarzen Marmormonument, das die alte Baumgrenze kennzeichnet. Dort begann vor Urzeiten die Eroberung des Bergs, und an dieser Stelle werden wir mit einer neuen Eroberung des Bergs beginnen. In Amblemorn fordere ich Freiwillige auf, sich meinem Heer anzuschließen. Für den Fall, dass es Schwierigkeiten mit den örtlichen Truppen gibt, haben wir eine Menge gut bewaffneter Männer bei uns, doch ich glaube, Amblemorn wird sofort zu uns überlaufen. Von dort aus marschieren wir dann zum Fuß des Bergs, zu jener Stelle, an der der Glayge entspringt. Dann ziehen wir um den Berg und besuchen dabei alle großen Städte an seinem Fuß, Vilimong, Estotilaup, Simbilfant, Ghrav und weiter, bis wir ihn einmal umrundet haben.« Er zeigte immer wieder auf die Karte und nannte die jeweiligen Namen der Städte. »Arkilon. Pruiz. Pivrarch. Lontano. Da. Und hier kommen wir nach Hazen, Megenthorp, Bevel, Salimorgen, Demigon Glade und schließlich nach Matrician, wo der brave Herzog Fengiraz uns mit offenen Armen empfangen wird, und nach Gordal, und dann sind wir wieder am Glayge, und die Straße zur Burg liegt offen vor uns. Wie viele Leute wohnen in diesen Städten am Fuß des Berges? Fünfzig Millionen? Mehr, glaube ich. Sie werden unter unserer Flagge zusammenströmen, das weiß ich genau. Und zu diesem Zeitpunkt wird Dantirya Sambail schon mit seinen Heeren von Zimroel im Anmarsch sein, und seine kriegerischen Brüder Gaviad und Gaviundar, um sich an der Westflanke des Bergs mit uns zu vereinen. Mittlerweile wird man auf dem Berg vernommen haben, was unten geschieht. Werden sie sich hinter Korsibar gegen mich stellen? Ich glaube nicht. Sie werden sich sagen, dass Lord Prestimion das Mandat des Göttlichen hat und Lord Korsibar ein falscher Coronal ist; und sie werden in Scharen von ihm abfallen. Dann beginnen wir mit dem Aufstieg zur Burg.«

Er brach plötzlich in einen Hustenanfall aus und griff nach der Schale neben seinem Bett. Gialaurys reichte sie ihm. Prestimion trank einen großen Schluck, atmete tief ein und schloss kurz die Augen, um seine Fassung zurückzugewinnen.

»Nun, was haltet ihr davon, meine Freunde?«

»Ich glaube, du solltest dich noch etwas ausruhen«, sagte Svor.

»Ja, und dann? Der Plan?«

»Er kann nicht schief gehen«, meinte Septach Melayn.

»Genau«, pflichtete Gialaurys ihm bei. »Der Göttliche ist auf unserer Seite.«

»In der Tat«, sagte Svor, als die anderen ihn ansahen. Aber in seiner Erwiderung hatte ein winziger Anflug von Zögern gelegen. »Zuerst solltest du dich ausruhen, Prestimion, bis du wieder bei Kräften bist«, fuhr er dann fort. »Dann werden wir losmarschieren und sehen, wie es uns in diesem Krieg ergeht.«

Zuerst erging es ihnen durchaus zufrieden stellend. In Amblemorn, wo man Prestimion und seiner Familie stets große Zuneigung entgegengebracht hatte, begrüßte ihn eine Delegation mit freundlicher Begeisterung, als er die Straße von Dundilmir herunterkam. »Prestimion!«, riefen die Leute und rissen die Hände hoch, um Sternenfächerzeichen zu machen. »Lord Prestimion! Lang lebe Lord Prestimion!« Das war das erste Mal, dass jemand aus der Bürgerschaft ihn so genannt und den Sternenfächer gemacht hatte, und er nahm die Ehre lächelnd und mit Bescheidenheit und Zuversicht hin.

Korsibars Banner, die bei Prestimions letztem Besuch überall in Amblemorn geweht hatten, waren nun verschwunden, und man hatte stattdessen Prestimion-Banner in denselben königlichen grünen und goldenen Farben gehisst. Zweifellos handelte es sich um diejenigen, die man nach Prankipins Tod hatte hochziehen wollen und dann schnell verstaut hatte, als der Thron so überraschend an Korsibar gefallen war. Prestimion stand neben dem schwarzen Steinschaft des Baumgrenzen-Monuments und verpflichtete sich ernst, die Welt wieder in Ordnung zu bringen, und das Volk rief erneut seinen Namen und schwor, seinen Anspruch zu unterstützen. Und als er den Berg hinabzog und sich mit einer großen Schar von Männern aus Muldemar und einigen aus Amblemorn nach Westen zur Stadt Vilimong wandte, verlief alles ganz ähnlich. Vilimong begrüßte ihn freundlich als wahren Coronal und vergrößerte sein Heer um ein weiteres Regiment Kämpfer.

In Estotilaup, der nächsten Stadt hinter Vilimong am Fuß des Berges, kam es zu den ersten Problemen.

Estotilaup war Confalumes Geburtsstadt, und man verspürte dort großen Stolz auf ihn, der sich auch auf seinen Sohn Korsibar übertragen hatte. Es war eine Stadt hoher, schmaler, weißer Türme mit spitzen Dächern aus roten Ziegeln, die von einer schwarzen Eisenpalisade mit einem beeindruckenden hohen Tor darin umgeben wurde; und als Prestimion vor dem Tor eintraf, stand es offen, aber nur ein wenig, und fünfzig Männer in den Uniformen der städtischen Aufsichtsbeamten, die mit vor der Brust verschränkten Armen davor warteten, versperrten ihm den Weg. Ein größerer Trupp bewaffneter Soldaten mit ernsten Gesichtern war hinter ihnen auszumachen; sie standen dicht hinter der Palisade.

Herzog Svor trat vor. »Das ist der Coronal Lord Prestimion«, sagte er, »der Einlass in eure Stadt und ein Gespräch mit eurem Bürgermeister begehrt.«

»Der Lord Coronal ist Lord Korsibar«, sagte der Hauptmann der Aufsichtsbeamten, der beunruhigt die Vielzahl der Bewaffneten betrachtete, die hinter Svor auf der Ebene standen, »und wir kennen Prestimion nur als Prinzen einer der Städte des Bergs. Wenn er hierher gekommen ist, um den Thron zu stürzen, wird ihm der Einlass verweigert.«

Svor überbrachte Prestimion diese Nachricht, und der erwiderte, dass sie ihn hier vielleicht nicht als Coronal ansahen, aber trotzdem kein Recht hatten, dem Prinzen von Muldemar den Einlass in ihre Stadt zu verweigern. »Sag ihnen das«, trug Prestimion ihm auf.

»Und lass durchblicken, dass wir uns den Zutritt gewaltsam verschaffen werden, wenn sie ihn uns nicht gewähren«, sagte Septach Melayn mit mehr aufbrausender Heftigkeit.

Er hob den Arm, als wollte er der vordersten Abteilung von Prestimions Truppen bedeuten, sie sollten näher ans Tor heranrücken. Doch Prestimion ergriff ihn schnell zwischen Gelenk und Ellbogen und zog ihn wieder herunter. »Nein«, sagte er scharf. »Wir werden hier nichts erzwingen, nicht so früh. Später ist noch Zeit genug, Blut fließen zu lassen, wenn es denn sein muss; aber ich verspüre nicht den Wunsch, gegen unschuldige, verständnislose Leute an Estotilaups Tor Krieg zu führen.«

»Das ist Torheit, mein Lord«, sagte Septach Melayn.

»Du nennst mich ›mein Lord‹, aber im gleichen Atemzug auch töricht?«

»In der Tat. Denn du bist mein Coronal, und ich bin

dir bis zum Tod verpflichtet«, antwortete der langarmige Schwertkämpfer. »Aber trotzdem bist du ein Narr, wenn du glaubst, du könntest hier einen Konflikt vermeiden und ihn erzwingen, wenn es dir an einem anderen Tag besser passt. Zeig diesen Leuten von Estotilaup hier und jetzt, dass du ihr König bist, der sich nicht von ihrem Tor abweisen lässt.«

»Ich bin in dieser Sache derselben Meinung wie Septach Melayn«, sagte Gialaurys.

»Beide wollt ihr mit mir streiten?«

»Wenn du einen Fehler machst, ja«, sagte Gialaurys. »Und hier begehst du einen sehr schweren Fehler.«

»Nun denn«, sagte Prestimion und lachte. »Wenn meine liebsten Gefährten mir schon am Anfang meines Königtums trotzen und widersprechen, wird es eine sehr wackelige Herrschaft werden.« Und zu Svor sagte er: »Teile ihnen mit, dass wir die Stadt betreten werden, und lass gar keinen Zweifel daran.« Und er wies Septach Melayn an, Svor mit einer Schwadron von etwa zweihundert Mann zu folgen, aber Feindseligkeiten zu vermeiden, solange sie nicht angegriffen wurden.

Er selbst zog sich zur Seite zurück und wartete.

Was dann geschah, blieb selbst jenen unklar, die sich mitten darin befanden. Der abseits stehende Prestimion sah Svor in hitzigen Verhandlungen mit dem Hauptmann der Aufsichtsbeamten; die beiden Männer standen sich gegenüber und gestikulierten wild. Und dann herrschte plötzlich rege, wütende Betriebsamkeit, auch wenn man nur schwer ausmachen konnte, wo sie begann. Die Truppen der Stadt stürmten zu den Aufsichtsbeamten vor, und Septach Melayns Leute liefen im selben Augenblick zum Tor. Schwerter wurden gezückt, Speere stießen vor, und hier und da blitzten hellrot die Strahlen jener unzuverlässigen, aber tödlichen Energiewerfer auf. Prestimion sah, dass Septach Melayn alle anderen überragte und sein Rapier mit hektischer, wütender Schärfe schwang. Die Klinge zuckte so schnell auf, dass man ihr mit dem Auge kaum folgen konnte, und jeder Stoß war ein Treffer, während er mit der anderen Hand den kleinen Herzog Svor hochhob, damit er nicht in das Gemenge geriet. Mehrere Soldaten beider Seiten gingen mit stark blutenden Verletzungen zu Boden. Ein Mann aus Estotilaup taumelte aus dem Kampfesgewühl und starrte ungläubig den roten Stumpf seines Arms an.

Prestimion setzte sich in Bewegung, wollte zum Tor laufen. Aber er hatte erst drei Schritte getan, als Gialaurys ihn an der Brust packte und zurückriss.

»Mein Lord? Wohin willst du?«

»Das muss aufhören, Gialaurys.«

»Dann sag es mir, und ich werde es beenden. Du darfst hier nicht in Gefahr gebracht werden, mein Lord.« Er ließ Prestimion los und lief mit donnernden Schritten zum Tor, wo er sich den Weg in das verworrene Gewimmel erzwang und sich zu Septach Melayn durchschlug. Prestimion sah, dass die beiden mitten im Kampfesgewühl beratschlagten. Die Verwirrung hielt noch einen Augenblick an, bis der Befehl zum Rückzug endlich zu allen Männern Prestimions vorgedrungen war. Dann hörten das Scheppern der Waffen und das Geschrei abrupt auf. Die Leute aus Estotilaup stürmten zu ihrem Tor zurück und schlossen es schnell, und Gialaurys und Septach Melayn kehrten an die Spitze von Prestimions Truppen zurück. Sie hatten den bleich und matt wirkenden Svor zwischen sich genommen, denn er war nicht wie ein Krieger gebaut und hatte auch kein Verlangen nach Blutvergießen.

»Sie werden uns nicht einlassen, wenn wir sie nicht dazu zwingen«, meldete Svor. »Dazu sind sie entschlossen. Heute sind bereits Männer gestorben, um zu verhindern, dass wir die Stadt betreten, und ich glaube, noch viel mehr werden auf beiden Seiten umkommen, wenn wir einen weiteren Versuch unternehmen.«

»Dann werden wir es vorerst aufgeben«, sagte Prestimion mit einem scharfen, warnenden Blick, der für Septach Melayn bestimmt war. »Wenn wir das nächste Mal hierher kommen, werden sie einen kostbaren Teppich aus Makroposopos für mich entrollen, damit ich die Stadt darauf betrete. Aber im Augenblick möchte ich keinen Krieg gegen mein eigenes Volk führen. Habt ihr das verstanden? Wir werden sie entweder durch die Macht unserer Rechtschaffenheit für uns gewinnen oder überhaupt nicht.« Und er gab den Befehl, sich zurückzuziehen und nach Simbilfant zu marschieren, der nächsten Stadt auf ihrem Rundweg um den Berg. Zwei Männer aus ihren Reihen, einer aus Muldemar und einer aus Amblemorn, waren bei dem Scharmützel getötet und vier weitere verletzt worden; von den Männern Estotilaups hatten sie zumindest fünf tot oder sterbend auf dem Schlachtfeld liegen sehen.

»Das bereitet mir Sorgen«, sagte Gialaurys leise zu Septach Melayn, als sie zu ihren Schwebern zurückkehrten. »Ist es möglich, dass er keinen Mut für den Kampf hat?« Und Septach Melayn runzelte die Stirn und nickte und erwiderte, er befürchte dasselbe.

Doch Svor hatte sie gehört, und er lachte und sagte: »Er? Er ist ein Kämpfer, daran gibt es nicht den geringsten Zweifel! Und wenn die Zeit dafür gekommen ist, wird er mit den Besten von euch das Schwert schwingen und den Feind zurückwerfen. Aber er ist der Ansicht, dass diese Zeit noch nicht gekommen ist. Er hat seine Seele noch nicht mit dem Wissen versöhnt, dass er den Thron nur erreichen kann, wenn er auf einem Fluss aus Blut segelt.«

»Genau, wie ich es sage«, erwiderte Gialaurys. »Er hat nichts für den Kampf übrig.«

»Er hat nichts dafür übrig, ist aber dazu bereit, wenn es keine andere Möglichkeit gibt«, sagte Svor. »Wartet nur ab. Ich kenne den Mann mindestens genauso gut wie ihr. Wenn kein anderer Ausweg als der Kampf bleibt, werde sogar ich ein Schwert in die Hand nehmen.«

»Du?«, rief Septach Melayn und brach in brüllendes Gelächter aus.

»Du wirst mich unterweisen«, sagte Svor ernst.

Besser erging es ihnen in Simbilfant an dem berühmten verschwindenden See, einer geschäftigen Handelsstadt, in die seit jeher viel Wein von Muldemar versandt wurde und in der Prestimion sehr beliebt war. Die Nachricht, dass Prestimion Anspruch auf den Thron erhob, war dort bereits eingetroffen, und der Hegemon der Stadt, wie sie ihren Bürgermeister nannten, hatte ein großes Bankett für ihn vorbereitet. Überall hingen grüne und goldene Banner, und zweitausend Bewaffnete standen bereit, sich seinem Heer anzuschließen, während man ihm für die Zukunft noch viel mehr versprach. Und als wäre er ein auf Besuch weilender Coronal, ließen sie den See für ihn verschwinden, rollten die großen Felsbrocken beiseite, die die vulkanischen Schlöte darunter blockierten, sodass der gesamte See gurgelnd in die Tiefen des Planeten zu fließen schien und einen leeren, klaffenden Krater aus schwefelgelbem Fels zurückließ, der von weißen Granitkämmen umgeben war, nur um dann mit gewaltiger Macht eine Stunde später tosend zurückzukehren.

»Das ist wie bei einer großen Prozession«, sagte Prestimion, »und ich bin noch nicht einmal gekrönt worden.«

Der Empfang im nahe gelegenen Ghrav war ebenfalls freundlich, wenngleich nicht ganz so warmherzig oder eifrig – offensichtlich fühlte der Bürgermeister sich zwischen Prestimion und Korsibar gefangen wie zwischen zwei Schleifsteinen einer Mühle und legte auf diesen Umstand keinen besonderen Wert. Aber er war durchaus gastfreundlich und stand auf vorsichtige Weise Prestimions Sache auch wohlwollend gegenüber. Dann zogen sie weiter nach Arkilon. In dieser Stadt drängten sich vier Millionen Leute in einem weiten grünen Tal zusammen, das von niedrigen, bewaldeten Hügeln flankiert wurde. Dort gab es eine angesehene Universität; es war eine Stadt der weltfremden Gelehrten und Archivare und Buchverleger, und es gab keinen Grund für die Annahme, dass sie dort größerer Widerstand erwartete. Doch als sie sich dem Ort unter einer strahlend heißen Herbstsonne näherten, zeigte der scharfäugige Septach Melayn auf die dem Berg nächste Hügelkuppe, und überall auf diesem Hang befanden sich Truppen des Coronals wie eine Horde Ameisen, die über die Schräge wimmelte.

»Ich würde schätzen, sie sind unseren Männern zehnfach überlegen«, sagte Septach Melayn. »Die gesamte westliche Garnison ist hier und wohl auch einige Kontingente aus anderen Bezirken. Und sie halten die Höhe. Sind wir darauf vorbereitet?«

»Ist Korsibar es?«, fragte Gialaurys. »Er droht uns mit diesem Heer wie mit der Faust. Aber wird er mehr wagen, als nur zu drohen?«

»Schickt ihm einen Boten«, sagte Prestimion und schaute ernst zu dieser großen Streitmacht auf dem Hügel hinauf. »Ruft ihn her. Wir werden uns zu Verhandlungen treffen.«

Gehorsam ging ein Abgesandter hinüber, und bei Anbruch der Dämmerung kamen Reiter den Hügel herab, um sich an einer vereinbarten Stelle auf halber Strecke zwischen den beiden Heeren zu treffen. Aber Korsibar war nicht unter ihnen. Die beiden Heerführer, die erschienen, waren Navigorn von Hoikmar, in einem beeindruckenden und Furcht erregenden kriegerischen Gewand aus steifem, glänzendem schwarzem Leder, das mit scharlachroten Federbüschen besetzt war, und Kanteverel von Bailemoona, der in seiner weiten, orangegelb gestreiften Tunika, die um die Taille von einer goldenen Zierkette zusammengehalten wurde, bei weitem nicht so kriegerisch aussah. Prestimion war überrascht und keineswegs erfreut, den gelassenen, gutmütigen Kanteverel hier als Anführer von Korsibars Garnisonsstreitkräften vorzufinden. Das runde, glatte Gesicht des Herzogs von Bailemoona kam ihm nun seltsam düster vor, und der Mann schien seinen üblichen Humor verloren zu haben.

»Wo ist Korsibar?«, fragte Prestimion sofort.

»Lord Korsibar ist in der Burg«, erwiderte Navigorn steinern, während er aufgrund seiner beträchtlichen Größe auf Prestimion herabschaute, »wohin er gehört. Er hat uns beauftragt, dich zu ihm zu bringen, damit du dich aufgrund deiner jüngst erfolgten Taten vor ihm verantworten kannst.«

»Und würdet ihr mir bitte sagen, was das für Taten sind?«

Diesmal antwortete Kanteverel. Er sprach so ruhig wie immer, zeigte aber nicht das freundliche Lächeln, das sein Markenzeichen war. »Du weißt, was für Taten es sind, Prestimion. Du kannst doch nicht durch alle Städte am Fuß des Bergs ziehen, dich zum Coronal ausrufen und Truppen ausheben, ohne Korsibars Aufmerksamkeit auf dich zu lenken. Was hast du überhaupt vor?«

»Das weiß Korsibar bereits. Ich erkenne ihn nicht als Coronal an und biete mich der Welt als rechtmäßiger Inhaber des Throns an.«

»Bei der Liebe der Lady, sei doch vernünftig, Prestimion!«, sagte Kanteverel und zeigte eine Spur seines alten, überzeugenden Lächelns. »Deine Position ist absurd. Niemand hat dich zum König ernannt. Wie auch immer Korsibar an die Krone gekommen sein mag, es steht außer Frage, dass er jetzt Coronal ist, was alle bestätigen.« Und Navigorn ergriff das Wort und übertönte mit seiner hochmütigen, scharfen Stimme seinen Freund: »Du bist Prestimion von Muldemar, Prestimion, und sonst nichts, und wirst auch nie mehr sein. Lord Korsibar hat den Segen des Pontifex Confalume, der im Labyrinth allen uralten Gesetzen gemäß sein Königtum bestätigt hat.«

»Confalume ist sein Vater. Wie stimmt das mit den uralten Gesetzen überein? Und Confalume weiß ohnehin nicht, was er tut. Korsibar ließ seine Zauberer eine Menge Bannsprüche auf Confalumes Verstand legen, die ihn zu einem zitternden senilen Narren machten.«

Das rief bei Kanteverel Gelächter hervor. »Du, Prestimion, sagst uns, das alles sei durch Zauberei bewirkt worden? Demnächst werden wir wohl hören, dass du Magier in deine Dienste genommen hast!«

»Genug. Ich habe in Arkilon zu tun«, sagte Prestimion kalt. Er schaute zu dem großen Heer auf dem Hügel hinüber. »Wollt ihr mich daran hindern?«

»Du hast in der Burg zu tun«, sagte Navigorn. Er sprach sehr nachdrücklich, wenngleich sein Blick unbehaglich war, als missfiele ihm die Situation, als bedauerte er den Konflikt, von dem beide Seiten wussten, dass er bevorstand. »Als du auf Dantirya Sambails Bitte freigelassen wurdest, geschah dies nur aufgrund seines Versprechens, dass du dich benehmen würdest, wofür er persönlich die Verantwortung übernommen hat. Nun heißt es, der Prokurator sei nach Ni-moya zurückgekehrt. Und deine gute Führung besteht anscheinend darin, Heere auszuheben, um die Welt mit Bürgerkrieg zu überziehen. Deine Freiheit ist widerrufen, Prestimion. Ich befehle dir in Lord Korsibars Namen, uns sofort zu begleiten.«

Es folgte ein Augenblick des unsicheren Schweigens. Prestimion war lediglich von Septach Melayn, Svor, Gialaurys und fünf Bewaffneten zu dem Gespräch begleitet worden. Bei Navigorn und Kanteverel befanden sich die Lords Sibellor von Banglecode und Malarich Merobaudes sowie ebenfalls fünf Bewaffnete. Die Männer der beiden Gruppen verlagerten unbehaglich ihr Gewicht. Würde es hier während der Verhandlungen zu einem Handgemenge kommen? Bislang hatte stets Freundschaft zwischen ihnen geherrscht, aber wo war sie nun geblieben? Prestimion sah Navigorn ruhig an, dessen dunkles Gesicht eine steinerne Maske war, warf dann Septach Melayn einen schnellen Blick zu und sah, dass er lächelte und die Hand auf den Griff seines Schwerts legte.

Prestimion fragte sich, ob Navigorn vielleicht tatsächlich auf die verrückte Idee gekommen war, ihn hier zu ergreifen. Es wäre ein törichtes Vorhaben. Falls es dazu kommen sollte, lagen die Vorteile auf Prestimions Seite. Seine Begleiter bei der Verhandlung waren die stärkeren; und sollte er seine Truppen brauchen, so waren sie nicht weit entfernt.

»Ich habe nicht die Absicht, euch zu begleiten«, sagte Prestimion schließlich. »Das habt ihr gewusst, als ihr hierher gekommen seid. Verschwenden wir keinen Atem mehr mit diesen Formalitäten, Navigorn. Wir brauchen ihn dafür, was nun folgen wird.«

»Und was ist das?«, fragte Navigorn.

»Wie kann ich das wissen? Ich sage euch nur, dass Korsibar für mich nicht Lord Korsibar ist und ich seine Herrschaft über mich nicht anerkenne. Ich möchte dieses Treffen nun beenden.«

»Wie du willst«, sagte Navigorn kalt und unternahm keine Anstalten, Prestimion zu ergreifen, als der zu seinen Linien zurückkehrte.

»Es wird doch nicht wie bei einer großen Prozession sein, nicht wahr?«, sagte Prestimion zu Septach Melayn, als sie davongingen. »Anscheinend werden wir den Krieg früher bekommen, als wir es uns erhofft haben.«

»Aber auch früher, als Korsibar es sich erhofft hat«, erwiderte Gialaurys. »Wenn Navigorn und Kanteverel die besten Generale sind, die er so schnell auftreiben kann, werden wir sie noch heute so vernichtend schlagen, dass ihnen nur die Kapitulation bleibt.«

»Kanteverel ist bloß hier, um uns gut zuzureden«, sagte Svor. »Navigorn ist der General, und er wird den Ton angeben, falls es heute zu einer Schlacht kommt.«

»Was machen wir nun?«, fragte Septach Melayn.

»Wir ziehen nach Arkilon weiter«, sagte Prestimion. »Wenn sie uns aufhalten wollen, müssen sie den Hügel herunterkommen. Und wenn sie das tun, werden wir dafür sorgen, dass sie es bedauern.«

4

Lord Korsibar befand sich in seinem großen Bad aus Alabaster und Chalzedon und vergnügte sich in dem warmen Seifenwasser mit der Kammerzofe seiner Schwester, der rothaarigen Aliseeva mit der milchigen Haut, als man ihm mitteilte, dass Graf Farquanor mit wichtigen Neuigkeiten draußen wartete. Anscheinend hatte es bei Arkilon Kampfhandlungen gegeben, und Farquanor hatte Nachricht vom Schlachtfeld erhalten.

»Ich bin gleich wieder da«, sagte Korsibar zu dem Mädchen. Er kleidete sich an und ging in den Vorraum hinaus, dessen weiß gefliese Wände Mosaike von Meeresdrachen aus schönen blauen, grünen und roten Glasstücken zierten. Aufgrund des selbstgefälligen Ausdrucks auf dem schmalen und wölfischen Gesicht des kleinen Farquanor wurde ihm sofort klar, dass es sich um gute Nachrichten handeln musste.

»Nun?«, fragte er umgehend. »Wurde Prestimion ergriffen?«

»Er ist auf offenes Gelände entkommen, mein Lord. Navigorn war wohl zu gnädig. Aber die Streitmacht der Rebellen hat große Verluste erlitten und befindet sich auf dem kopflosen Rückzug.«

»Ist wenigstens Septach Melayn tot? Oder Gialaurys?«

»Keiner von denen, Lordschaft, und auch nicht Svor«, sagte Farquanor mit entschuldigendem Tonfall. »Aber es hat eine Vielzahl von Toten gegeben – ich habe einige Namen, doch der Einzige, den ich kenne, ist Gardomir von Amblemorn –, und dem Widerstand wurde der Rücken gebrochen. Es hat den Anschein, dass der Krieg schon nach dem allerersten Gefecht vorüber ist.«

»Erzähl mir alles darüber«, verlangte Korsibar.

Farquanor fuhr mit der Hand die lange, scharfe Klinge seiner Nase herab, die so auffällig seiner Stirn entsprang. »Das hier ist das Tal von Arkilon«, sagte er und zeichnete Bilder in die Luft. »Hier die Stadt. Hier der Vormisdas-Hügel, auf dem unsere Truppen Position bezogen haben. Prestimion ist hier drüben auf der Ebene, mit einem zusammengewürfelten Heer, das er in Amblemorn und Vilimong und einigen anderen Orten ausgehoben hat, mit einem Haufen Winzer aus Muldemar im Zentrum. Es findet eine Verhandlung statt. Navigorn überbringt Euren Befehl, und Prestimion trotzt ihm, wie wir alle es erwartet haben. Und dann …«

Prestimion, so fuhr er fort, hatte nach dem Gespräch Navigorn den Rücken zugewandt und seinen Marsch über die Ebene nach Arkilon fortgesetzt. Navigorn hatte sein Heer schnell von der Position auf dem Hügel herabmarschieren lassen, in der Mitte ein Bataillon kleiner Schweber, die mit kleinkalibrigen Energiewerfern ausgestattet waren, flankiert von zwei Schwadronen berittener Lanzenkämpfer, während der Großteil der Infanterie zurückgehalten wurde und die Nachhut bildete. Prestimion hatte überhaupt keine Kavallerie, und seine Truppen waren eher ein zusammengewürfelter Haufen als ein ausgebildetes Heer. Ihm blieb nur übrig, den Befehl zu geben, auszuschwärmen und den Feind zu umzingeln, damit Navigorns Schweber keine Flanke fanden, die sie angreifen konnten, und er musste versuchen, Navigorns Männer in Verwirrung zu stürzen, indem er sie von allen Seiten gleichzeitig angriff.

Aber dieser Versuch war vergebens. Die anfängliche Heftigkeit von Prestimions Attacke überraschte Navigorn zwar, doch seine Männer waren besser bewaffnet und besser ausgebildet und weit in der Überzahl; und nach ein paar schwierigen Augenblicken warfen sie die Rebellenkräfte mit großem Erfolg zurück. Die Schweber hielten ihre Formation, die Lanzenkämpfer verhinderten, dass die Rebellen ernsthaft in Navigorns Reihen vorstoßen konnten, und noch bevor die königlichen Infanteristen auf das Schlachtfeld vorstoßen konnten, war schon klar, welchen Verlauf die Schlacht nehmen würde. Prestimions Leute befanden sich auf dem ungeordneten Rückzug, flohen Hals über Kopf, einige nach Arkilon, andere in die Richtung, in der Ghrav lag, und wieder andere in eine ganz andere.

»Aber Prestimion und seine drei Lakaien sind unbeschadet entkommen?«, fragte Korsibar, als Farquanor innehielt.

»Ja, leider. Navigorn hat den Befehl gegeben, keinem von ihnen Leid anzutun, sie nur gefangen zu nehmen. Es war zu freundlich von ihm, Lordschaft. Hätte an diesem Tag jemand wie mein Bruder Farholt den Befehl über das Heer gehabt, hätte die Sache wohl einen anderen Ausgang genommen. Farholt hätte bestimmt …«

»Erspare mir die Anpreisung der Vorzüge deines Bruders«, sagte Korsibar, ohne zu lächeln. »Es hätte genügt, sie gefangen zu nehmen. Aber nicht einmal das ist ihnen gelungen?«

»Sie hatten Septach Melayn eine Zeit lang mitten auf dem Schlachtfeld in einen Kampf Mann gegen Mann verwickelt, bei dem Hosmar Varang, der Hauptmann der Lanzenkämpfer, ihm schwer zusetzte und Graf Alexid von Strave ihn zu Fuß mit zwei weiteren Männern in die Zange nahm.«

»Aber er ist trotzdem entkommen?«

»Er holte Hosmar Varang mit einem gewaltigen Streich von seinem Reittier und versetzte ihm eine tiefe Wunde in der Nähe der Achselhöhle, die wohl ein Jahr brauchen wird, um völlig auszuheilen, tötete Alexid und schlug auf die beiden anderen derart ein, dass sie wohl jetzt noch damit beschäftigt sind, ihre Finger zu zählen, aber nicht mal gemeinsam auf zehn an der Zahl kommen werden. Und dann sprang er, völlig unverletzt, auf Hosmar Varangs Reittier, schnappte sich den widerlichen kleinen Bastard Herzog Svor, den er wie ein Kind liebt, und ritt, als er sah, dass die Schlacht verloren und weiteres Verweilen sinnlos war, mit ihm schnell in die Wälder.«

»Vier von uns gegen diesen einen, und er behält die Oberhand? Der Mann ist mit Dämonen im Bunde. Nein, er ist selbst ein Dämon! Und Alexid ist tot?« Korsibars Stimmung verdüsterte sich. Er war mit Alexid von Strave an der Seite oft auf die Jagd gegangen, in den Dschungeln im Süden und auf den kahlen, purpurnen Hängen der Berge im Norden: ein schlanker, rastloser Mann, schnell und sehr geschickt mit dem Speer. Der Umstand, dass Alexid umgekommen war, ließ die Schlacht für ihn plötzlich sehr real werden. »Welche anderen Verluste haben wir erlitten? Waren Männer darunter, die ich kenne?«, fragte Korsibar, doch als Farquanor dann eine Liste von beträchtlicher Länge entfaltete, bedeutete er ihm mit einer Geste schnell, Schweigen zu bewahren. »Und Prestimion, sagst du, ist nach Arkilon geflohen?«

»In den Wald westlich davon. Ich glaube, alle vier sind dort, mit den anderen Überlebenden, um wohl weiter nach Westen zu ziehen.«

»Ich werde noch heute eine Proklamation erlassen«, sagte Korsibar, »die Prestimion als Verräter am Reich bezeichnet, und eine Belohnung von dreitausend Royals für denjenigen aussetzen, der ihn mir lebendig bringt.«

»Tot oder lebendig«, schlug Farquanor augenblicklich vor, und ein wildes Leuchten trat in seine kalten grauen Augen.

»Ist es schon so weit gekommen?«, fragte Korsibar und dachte einen Moment lang nach. »Ja. Ja, ich glaube schon. Also gut. Fünftausend Silberroyals für Prestimion, tot oder lebendig, und dreitausend für jeden der drei anderen. Benachrichtige Navigorn, dass er sich sofort an die Verfolgung machen soll. Und Farholt wird ein zweites Heer bekommen, um Prestimion notfalls bis auf die andere Seite der Welt zu jagen, und wir werden ihn mit den beiden Streitkräften in die Zange nehmen. Die ganze Angelegenheit wird in weiteren zehn Tagen ausgestanden sein.«

»Der Göttliche begünstigt unsere Sache, Lordschaft«, sagte Farquanor mit seinem öligsten Tonfall. Er machte das Sternenfächerzeichen und zog sich zurück, woraufhin Korsibar in das Bad zurückkehrte.

»Angenehme Neuigkeiten?«, fragte die rothaarige Aliseeva und lächelte gewinnend über den Wannenrand hinweg.

»Sie hätten besser sein können«, sagte Korsibar. »Aber ja. Ja. Angenehme Neuigkeiten.«

Aus der königlichen Kammer begab Graf Farquanor sich sofort zu den Gemächern der Lady Thismet. Sie hatte ihn vor nicht allzu langer Zeit gebeten, ihn bezüglich der Rebellion auf dem Laufenden zu halten, und dieser erste Bericht über einen Sieg konnte als guter Vorwand für andere Dinge dienen, die er vorbringen wollte. Die Lady Melithyrrh ließ ihn ein. Thismet hielt sich gerade in ihrem neunseitigen Salon mit den eisgrünen Jadewänden auf, und auf einem niedrigen Tisch vor ihr lagen mehrere goldene Ringe, in die verschiedene kostbare Edelsteine eingefasst waren, als treffe sie eine Auswahl, welche davon zu ihrer Abendgarderobe passten. Und sie war prachtvoll gekleidet, in ein Kapuzengewand aus dunkelgrünem Samt, der in schweren Falten herabhing, mit einem taillierten engen Mieder und engen Ärmeln, die an den Gelenken dann sehr weit wurden. Doch ihr schönes Gesicht war verkniffen und angespannt, wie es in letzter Zeit so oft der Fall war, ihr zarter Kiefer war vor Verbitterung zusammengebissenen, und Farquanor konnte das Funkeln eines ständigen Zorns in ihren Augen sehen. Was machte sie nur so wütend?

»Navigorn und Kanteverel sind bei Arkilon mit Prestimion zusammengetroffen, Lady«, sagte er nach einer Verbeugung. »Prestimions Streitkräfte wurden völlig zerschlagen, und die hohe Sache deines Bruders hat triumphiert.«

Thismets Nasenflügel blähten sich kurz vor Erregung, und Farbe kam in ihr Gesicht.

»Und Prestimion? Was ist mit ihm?«, fragte sie schnell und gespannt.

»Das wollte dein königlicher Bruder von mir ebenfalls zuerst erfahren. Und die Antwort lautet, dass er entkommen ist. In die Wälder, mit Septach Melayn und dem Rest dieser Mannschaft, was wirklich schade ist. Aber sein Heer wurde zerstreut, und die Revolution hat wohl ein Ende gefunden, noch bevor sie richtig angefangen hat.«

Sie beruhigte sich schnell wieder und zog die Lippen herunter, und ihre Gesichtsfarbe nahm wieder die übliche Blässe an. »Ach ja«, sagte sie, ohne eine Frage in ihren Tonfall zu legen, sah ihn einen Moment lang leer an, und richtete ihre Aufmerksamkeit dann wieder auf die Ringe, als hätte sie kein weiteres Interesse daran, mit ihm zu sprechen.

Doch da sie ihn nicht ausdrücklich entlassen hatte, blieb er vor ihr stehen. »Ich dachte«, sagte er nach einer kleinen Weile, »die Nachricht von unserem Sieg würde dich erfreuen, Lady.«

»Dem ist auch so.« Erneut sprach sie mit tonloser Stimme, wie im Schlaf. »Ich vermute, viele Männer sind tot, und Blut wurde zufrieden stellend auf dem gesamten Schlachtfeld vergossen? Ja, das erfreut mich sehr, Farquanor. Ich liebe es geradezu, von Blutvergießen zu hören.«

Das war sehr seltsam von ihr. Doch seit vor so vielen Wochen diese düstere Stimmung über sie gekommen war, hatte sie sich nur noch seltsam benommen. Nun gut, dachte er, genug der Neuigkeiten über die Schlacht. Da war noch das andere Thema, mit dem es sich zu befassen galt.

Er zählte im Kopf bis zehn und atmete dann tief ein. »Thismet«, sagte er, »darf ich als Freund zu dir sprechen? Denn ich denke, wir beide sind doch Freunde.«

Sie schaute erstaunt auf. »Du nennst mich Thismet? Ich bin die Schwester des Coronals!«

»Du warst einmal die Tochter eines anderen Coronals, und auch damals habe ich dich gelegentlich Thismet genannt.«

»Vielleicht, als wir Kinder waren. Was soll das, Farquanor? Du nimmst dir plötzlich sehr viel heraus.«

»Ich wollte dich nicht beleidigen, Lady. Ich wollte dir nur helfen, wenn ich kann.«

»Mir helfen?«

Farquanors Schultermuskulatur zog sich wie unter einem starren, eisernen Griff zusammen. Nun musste er es wagen, oder er würde sich für immer verachten. »Ich habe den Eindruck«, sagte er, wog jedes einzelne Wort genau ab und überdachte seine wahrscheinliche Wirkung mit aller ihm zur Verfügung stehenden Schläue, »dass du in den letzten Monaten bei deinem Bruder, Lord Korsibar, vielleicht ein wenig in Ungnade gefallen bist. Verzeih mir, wenn ich mich diesbezüglich irren sollte; aber ich bin nicht der schlechteste Beobachter in dieser Burg und glaube, in letzter Zeit eine Entfremdung zwischen dir und ihm festgestellt zu haben.«

Thismet schaute mit einem misstrauischen Blick zu ihm hoch. »Und wenn dem so ist?«, fragte sie. »Ich sage nicht, dass es so ist – aber was, wenn dem so sein sollte?«

»Es wäre sehr schade«, sagte Farquanor scheinheilig, »sollten der königliche Bruder und die königliche

Schwester sich nicht miteinander vertragen. Und – verzeih mir, Lady, wenn ich deiner Seele zu nahe trete – ich habe den Eindruck, dass dies der Fall ist, denn ich sehe dich bei formellen Empfängen nicht mehr an seiner Seite, und er lächelt auch nicht, wenn er in der Öffentlichkeit mit dir spricht, und du lächelst dieser Tage überhaupt nicht mehr, sondern bist stets angespannt und grimmig. So ist es jetzt schon seit über einer Jahreszeit.«

Sie wandte den Blick ab und spielte wieder mit ihren Ringen. »Und wenn der Coronal und ich eine kleine Meinungsverschiedenheit haben sollten?«, erwiderte sie dann mit nichts sagender Stimme. »Was hast du damit zu tun, Farquanor?«

»Du weißt, wie ich an eurer Seite gearbeitet habe, um Lord Korsibar zu dem zu machen, was er heute ist. Ich hege eine enge Freundschaft zu euch beiden, seit ich auf dein Geheiß Ränke geschmiedet und gemeinsame Sache mit dir gemacht habe, um ihm einen Schubs zu geben, den Thron anzustreben. Falls das Ergebnis all meiner Pläne nun einen Keil zwischen Bruder und Schwester getrieben haben sollte, bedauere ich dies. Aber ich habe eine Lösung vorzuschlagen, Lady.«

»Wirklich?«, bemerkte sie abweisend.

Das war der Augenblick, den großen Versuch zu wagen. Er konnte schon gar nicht mehr zählen, wie oft er dies im Geist geprobt hatte. Doch nun endlich strömten die Worte über seine Lippen.

»Würdest du mich heiraten, Lady, könnte dies dazu beitragen, den Bruch zu kitten, der sich zwischen dir und Lord Korsibar aufgetan hat.«

Sie hatte fünf Ringe in die Hand genommen, einen mit einem Rubin, einen mit einem Smaragd, einen Saphir, einen facettierten Diamanten und einen goldgrünen Chrysopras; bei Farquanors Worten zuckte sie so heftig zusammen, dass die Ringe mit einem strahlenden Lichtspiel zu Boden fielen.

»Dich *heiraten?*«

Nun gab es kein Abdrehen mehr. Er war fest entschlossen, auf seinem Kurs zu bleiben.

»Du hast keinen Gemahl. In der Burg wird allgemein gemunkelt, das sei angesichts deiner Anmut und Schönheit und hohen Geburt sehr zu bedauern. Und man sagt auch, in letzter Zeit würdest du einfach nur dahintreiben, hättest alle Halteleinen durchtrennt, kein Ziel in Sicht und auch keine Möglichkeit, eins zu erreichen, nun, da deinem Bruder so viel Macht zugefallen sei und du selbst keine feste Stellung habest. Doch wie kann eine Frau ohne einen Gatten einen angemessenen Platz am Hof finden, selbst wenn es sich um die Schwester des Coronals handelt? Eine bedeutende Ehe, das ist die Antwort. Ich biete mich dir an.«

Sie schien wie benommen zu sein. Aber das hatte er erwartet. Sein Antrag hatte sie ohne die geringste Vorbereitung überrascht. Er wartete, lächelte weder, noch runzelte er die Stirn, beobachtete, wie das undeutbare Spiel der turbulenten Gefühle auf ihrem Gesicht kam und ging, sah, wie sie errötete und das Funkeln in ihren Augen sich veränderte.

»Hast du wirklich eine so hohe Meinung von dir, Farquanor?«, fragte sie nach einer Weile. »Glaubst du, dass ich mein Ansehen am Hof durch eine Heirat mit dir vergrößern würde?«

»Ich lasse meine uralte königliche Herkunft einmal ganz außer Betracht. Aber da du dieser Tage nur so selten mit deinem Bruder sprichst, ist dir vielleicht entgangen, dass ich bald Hoher Berater sein werde, sobald der alte Oljebbin sich mit dem Ruhestand abgefunden hat, den man ihm aufdrängt.«

»Meinen herzlichsten Glückwunsch dazu.«

»Der Hohe Berater – und seine Gemahlin – stehen in der gesellschaftlichen Rangordnung der Burg direkt unter dem Coronal. Überdies wird es mir als engstem Ratgeber deines Bruders wie keinem anderen möglich sein, in dem wie auch immer gearteten Disput zu vermitteln, der eurer Zuneigung Schaden zugefügt hat. Aber es geht noch um viel mehr. Der Hohe Berater steht in der direkten Nachfolgelinie der Thronerben. Wenn Confalume einmal stirbt, ist es sehr gut möglich, dass Korsibar mich zum Coronal ernennt, sobald er ins Labyrinth geht, und das würde deine Stellung beträchtlich erhöhen. Du wärest dann nicht mehr nur die Schwester des Coronals, sondern dessen Frau …«

Thismet starrte ihn ungläubig an. »Das ist jetzt weit genug gegangen«, sagte sie und bückte sich, um die zu Boden gefallenen Ringe mit einer wütenden Handbewegung aufzuheben. Dann schaute sie entrüstet zu ihm hoch. »Der Nachfolger meines Bruders? Ich wollte dich nicht einmal haben, wenn du der erklärte Nachfolger des Göttlichen wärest.«

Farquanor schnappte nach Luft, als hätte man ihn geschlagen.

»Lady …«, sagte er. »Lady …« Und dann war seine Stimme nicht mehr zu verstehen.

»Seit ich ein kleines Mädchen war und man mir erklärt hat, wie man Kinder empfängt«, sagte sie mit einem Tonfall scharfen Spotts, »hat mich nichts mehr so erstaunt wie dieses Gespräch mit dir. Dich heiraten? *Dich?* Wie kannst du dir so etwas nur vorstellen? Und warum sollte ich akzeptieren? Passen wir in irgendeiner Hinsicht zusammen? Siehst du dich wirklich als einen ebenbürtigen Mann für mich? Wie könntest du das sein? Du bist ein so *kleiner* Mann, Farquanor!«

Er machte sich so groß, wie er konnte. »Nicht so groß wie dein Bruder, zum Beispiel, oder wie Navigorn oder Mandrykarn. Aber ich bin auch kein Zwerg, Lady. Wir würden nebeneinander gut aussehen. Ich erinnere dich daran, dass auch du nicht sehr groß bist. Du reichst mir kaum bis an die Schultern, würde ich sagen.«

»Glaubst du, ich spreche von deiner Körpergröße?«, erwiderte sie. »Nun gut, dann bist du auch noch ein Narr.« Sie schüttelte den Kopf über ihn. »Geh. Ich bitte dich, geh. Schnell. Ich sage dir: Geh. Bevor du mich dazu bringst, etwas wirklich Grausames zu sagen.«

Korsibar befand sich in seinem privaten Arbeitszimmer, als Lady Thismet eine Stunde später zu ihm kam. Es war das erste Gespräch, das sie seit geraumer Zeit unter vier Augen mit ihm führte, seit jenem, bei dem sie mit ihm über das Horoskop gesprochen hatte, das Thalnap Zelifor für sie erstellt hatte. Seitdem hatten sie diese Angelegenheit mit keinem Wort mehr erwähnt. Er würde ihrem Ersuchen offensichtlich nicht ohne einen Kampf nachgeben, und da Prestimion durch das Land zog und zur Rebellion aufrief, zögerte sie, ihn ausgerechnet jetzt mit dieser Angelegenheit zu behelligen. Doch vergessen hatte sie sie keinesfalls.

Als sie den Raum betrat, wirkte er unsicher und schlecht gelaunt, als befürchtete er, sie sei hier, um eine neue Diskussion über einen eigenen Thron anzufangen. Thismet argwöhnte, er hätte sie am liebsten gar nicht zu sich vorgelassen, doch er schreckte wohl davor zurück, seiner eigenen Schwester gegenüber ein so strenges Verbot auszusprechen. Und sie hatte ohnehin vor, ihm heute wegen einer ganz anderen Sache Ärger zu bereiten.

Ein paar Karten lagen auf dem Tisch neben ihm und ein Stapel offizieller Berichte.

»Nachrichten vom Schlachtfeld?«, fragte sie. »Einzelheiten des großen Sieges?«

»Du hast es also gehört?«

»Graf Farquanor war so freundlich, mich gerade eben davon zu unterrichten.«

»Ich schätze, dass Prestimion am nächsten Seetag in Ketten vor uns stehen wird. Und dann beginnt für ihn eine Unterweisung in angemessenem Benehmen, an die er sich sein Leben lang halten wird.«

Er wandte sich wieder den Karten zu. »Hör mir zu, Bruder«, sagte sie, nachdem sie ihn einen Augenblick lang mit Missfallen beobachtet hatte.

»Was gibt es, Schwester?« Ohne aufzuschauen. »Hoffentlich hast du dir nicht ausgerechnet diesen Moment ausgesucht, um deinem Wunsch nach einem …«

»Nein, das hat nichts damit zu tun. Ich möchte, dass du Farquanor entlässt und ihn aus der Burg verbannst.«

Nun schaute er in der Tat auf und betrachtete sie mit völligem Erstaunen. »Du bist immer voller Überraschungen, Schwester. Du willst, dass ich Farquanor …«

»Dass du ihn entlässt. Ja. Genau das habe ich gesagt. Er hat an diesem Hof keinen Platz verdient.«

Korsibar schien nach Worten zu suchen.

»Er hat keinen Platz verdient?«, wiederholte er schließlich. »Ganz im Gegenteil, Thismet. Farquanor ist kein liebenswerter Mann, aber sehr nützlich, und ich habe vor, ihn zu nutzen. Oljebbin hat endlich eingewilligt, am Ende des Jahres zurückzutreten, und Farquanor wird Hoher Berater sein. So viel bin ich ihm schuldig, und wenn er dann endlich bekommt, wovon er so lange geträumt hat, wird er den Mund halten.«

»Aber nicht dicht genug«, sagte Thismet. »Er war gerade bei mir, Korsibar. Er hat mich gebeten, ihn zu heiraten.«

»Was?« Korsibar blinzelte und lächelte dann, aber nur mit leichter Überraschung. Und als er dann erneut über ihre Worte nachdachte und ihre Bedeutung ihm klar wurde, verwandelte das Lächeln sich in Gelächter, und das Gelächter wurde zu einem brüllenden Gewieher, zu dem er sich mit beiden Händen auf die Schenkel schlug, bis er sich schließlich wieder zusammenriss. »Dich heiraten?«, sagte er dann. »Sieh an, sieh an, sieh an: der kühne, kleine Farquanor. Wer hätte ihm so etwas zugetraut?«

»Der Mann ist eine Schlange. Ich will nie wieder sein schmales kleines Gesicht sehen. Du verweigerst mir vieles, Korsibar, aber verweigere mir dies nicht: Schicke ihn von der Burg fort.«

»Aber nein, Schwester, nein, nein! Das werde ich nicht tun.«

»Nicht?«, wiederholte sie.

»Farquanor ist für mich sehr wertvoll. Er hat sich in deinem Fall vielleicht übernommen; zumindest hätte er die Sache vorher mit mir besprechen sollen, bevor er damit über dich herfiel. Du hast Recht, es ist eine kühne Bitte. Vielleicht wäre solch eine Hochzeit etwas zu groß für ihn. Aber er ist ein gerissener und geschickter Ratgeber. Ich käme nicht ohne ihn aus, besonders jetzt nicht, da Prestimion noch frei ist, und nun, da er Navigorn entwichen ist und womöglich einen neuen Feldzug plant. Ich brauche einen Mann wie Farquanor, der voller Boshaftigkeit und Verschlagenheit ist. Er muss manche Pläne für mich schmieden; verstehst du, wenn man König ist, kann man sich nicht nur mit Tölpeln von edler Gesinnung umgeben. Du könntest übrigens eine schlechtere Wahl treffen, als ihn zu heiraten.«

»Ich würde eher einen Liimenschen heiraten, der auf der Straße Würste verkauft.«

»Oh. Oh. Das Aufblitzen in Thismets Augen! Die entblößten Zähne. Nun denn, weise ihn zurück, Schwester, wenn du nichts für ihn übrig hast. Ich würde ihn dir auf keinen Fall aufzwingen.«

»Glaubst du, ich hätte ihn noch nicht zurückgewiesen? Aber du sollst dafür sorgen, dass er mir nie wieder unter die Augen kommt.«

Korsibar drückte seine Fingerspitzen gegen die Schläfen. »Ich habe dir erklärt, wie wertvoll er für mich ist. Wenn du möchtest, werde ich ihn zurechtweisen, ihm befehlen, er solle die Sache endgültig vergessen, ihn zu dir schicken, damit er sich für diese Unverschämtheit entschuldigt und ein wenig vor dir auf dem Bauch kriecht. Aber ich werde ihn nicht verbannen. Und du *solltest* übrigens heiraten. Es ist an der Zeit dafür, vielleicht sogar schon ein wenig über die Zeit hinaus. Heirate zum Beispiel Navigorn. Ein guter, edler und anständiger Mann.«

»Ich bin nicht daran interessiert, überhaupt zu heiraten.« Thismet veränderte den Tonfall ihrer Stimme, sprach tiefer, legte etwas Schärfe hinein. »Du weißt, was ich will, Korsibar.«

Sie sah, dass er verzagte. Aber sie bedrängte ihn trotzdem weiterhin. Wenn er ihr nicht in der einen Sache nachgab, würde sie ihn mit der anderen belästigen.

»Gib mir eine Krone«, sagte sie. »Mach mich in gemeinsamer Herrschaft mit dir zum Coronal.«

»Das schon wieder?« Er kniff die Lippen zusammen, und sein Gesicht lief vor Zorn rot an. »Du weißt, dass das nie sein kann.«

»Ein einfaches Dekret … wie du am Tag von Prankipins Tod einfach die Krone genommen hast, könntest du …«

»Nein. Niemals, Thismet. Niemals! Niemals!« Korsibar bedachte sie mit einem langen Blick, aus dem tödlicher Zorn sprach, sprang dann hoch und schritt vor ihr aufgebracht auf und ab. Er schäumte geradezu vor Wut. »Beim Göttlichen, Schwester, belästige mich nicht mit dieser Krone für dich, oder ich werde dich persönlich mit dem kleinen Farquanor verheiraten! Ich werde deine Hand in die seine legen und euch vor aller Welt für Mann und Frau erklären, und wenn er dich fesseln muss, um die Ehe zu vollziehen, wird es mich nicht bekümmern! Das ist ein ernster Schwur, Thismet. Noch ein Wort über diesen Wahnsinn, dass du Coronal sein willst, und du bist Farquanors Braut!«

Sie starrte ihn entsetzt an.

Er schwieg eine Weile. Sie sah, dass der Zorn in ihm langsam nachließ, aber sein Gesicht war nun steinern. »Hör mir genau zu«, sagte Korsibar jetzt etwas ruhiger. »In meinem Land findet eine Rebellion gegen meine Herrschaft statt. Ich muss Prestimion zerstören, und das werde ich tun. Ich bin sogar schon drauf und dran, es zu tun. Sobald dies geschehen ist, bin ich unangefochten der Coronal von Majipoor, und wenn ich das Königsamt dann endgültig antrete, wird es mir gehören, und zwar mir allein. Hast du das verstanden, Thismet? Ich werde nicht vor die Welt treten und sagen, dass ich in dieser Burg einen zweiten Thron errichte und eine mir gleichgestellte Frau darauf sitzen wird. Dass du verlangst, neben mir Coronal zu sein, ist genauso bizarr wie Farquanors Antrag, dich zu heiraten. Er wird nicht dein Ehemann sein, solange du mich mit deinem Starrsinn nicht zwingst, dich ihm zur Frau zu geben; und du wirst nicht Coronal sein, unter keinen Umständen. Das ist mein letztes Wort zu diesem Thema. Mein *letztes*. Und wenn du mich jetzt entschuldigen würdest, Schwester, der gute Sanibak-Thastimoon möchte mich in einer Angelegenheit von großer Bedeutung sprechen, und ich will ihn nicht länger warten lassen ...«

5

In der Stunde seiner Niederlage in der Ebene von Arkilon öffnete sich der Himmel über Prestimion und bombardierte ihn mit einem jener schweren Herbstregenfälle, wie sie in dieser Gegend so häufig vorkommen. Also ritt er lange und schnell unter einer peitschenden Sintflut tief in die Nacht, begleitet von lediglich ein paar Dutzend seiner Männer; und war bis auf die Haut durchnässt und in einer elenden seelischen Verfassung, als er schließlich den Wald von Moorwath im Westen von Arkilon erreichte. Das war der Ort, den er und Septach Melayn als Sammelpunkt vereinbart hatten, sollte die Schlacht von Arkilon für sie ein schlechtes Ende nehmen. In seiner optimistischen Stimmung vor der Schlacht hatte er gar keinen Gedanken an die Möglichkeit verschwendet, diese Nacht unter den großen, dicken Vakumbabäumen von Moorwath zu verbringen; aber hier war er nun, lahm, nass und müde in der Dunkelheit.

»Mit der Kriegführung ist anscheinend mehr verbunden«, sagte er betrübt zu seinem Adjutanten Nilgir Sumanand, »als lediglich die Rechtschaffenheit seiner Sache zu verkünden.«

»Das war nur das erste Scharmützel, mein Lord«, erwiderte Nilgir Sumanand ziemlich taktvoll. »Es wird noch viel mehr Begegnungen auf dem Schlachtfeld für uns geben, und zwar glücklichere, bevor die Aufgabe erfüllt ist.«

»Aber sieh doch nur, wie schlimm es uns bereits ergangen ist!«, sagte Prestimion verdrossen. »Wo ist Gialaurys? Und Septach Melayn … ich habe ihn auf dem Schlachtfeld kurz gesehen, wie er von einem Rudel Feinde umgeben war. Beim Göttlichen, wenn Septach Melayn gefallen ist …«

»Ich bin überzeugt, dass er irgendwo im Wald in Sicherheit ist, ganz in der Nähe, und uns kurz über lang finden wird. Der Mann, der ihm mit der Waffe ebenbürtig ist, ist noch nicht geboren, mein Lord.«

Es war eine willkommene Beruhigung. Aber Prestimion fegte sie beiseite und fauchte mit mehr Zorn in der Stimme, als er eigentlich hatte zeigen wollen: »Hör auf, mich ›mein Lord‹ zu nennen! Es verbittert mich, diese Anrede zu hören. Ein toller Coronal bin ich, wie ich hier im Regen unter diesen tropfnassen Vakumbas sitze!« Doch dann fuhr er schnell und mit milderem Tonfall fort, weil es ihn beschämte, diesen guten, treuen Mann so barsch angefahren zu haben: »Ich musste in letzter Zeit viele unverdauliche Dinge schlucken, nicht wahr, Nilgir Sumanand, seit das Blatt sich für mich gewendet hat? Das war sicher nicht der Plan, den ich für mich ausgearbeitet hatte, als ich mich anschickte, Größe in der Welt zu gewinnen.«

Der Regen schien allmählich nachzulassen. Zwischen den großen, schweren grauen Blättern über ihm, die auf der Oberseite lederhäutig und unten pelzig waren, konnte er schwache, weiße Strahlen des Mondlichts hindurchspähen sehen. Aber die Nacht war kalt, der Boden durchnässt, und sein Schenkel pochte gnadenlos; er hatte in einem wilden Handgemenge einen plötzlichen Schlag gegen den fleischigsten Teil davon abbekommen, als einer von Navigorns Männern an ihm vorbeigeritten war und ihn dabei mit der Reitgerte angegriffen hatte. Das war zwar immer noch besser als die Klinge eines Schwertes, sagte Prestimion sich, aber er humpelte trotzdem.

»Haben wir Leuchtsphären dabei?«, fragte er Nilgir Sumanand. »Falls ja, sollten wir sie an die Bäume binden. Sie werden diejenigen unserer Leute, die in der Nähe durch die Nacht wandern, zu uns führen.«

»Und was, wenn sie stattdessen Navigorn zu uns führen, Exzellenz?«

»Der General würde sehr überstürzt handeln, führte er seine Truppen des Nachts in einen dunklen Wald wie diesen, ohne zu wissen, welch ein Hinterhalt vielleicht auf ihn wartet. Nein, Navigorn und seine Männer werden sich in diesem Augenblick in Arkilon betrinken, um ihren Sieg zu feiern. Bringe ein paar Leuchtsphären an, Nilgir Sumanand.« Und bald hingen Kugeln an den untersten Ästen der nächsten Bäume, die ein rötliches Licht verbreiteten, und nach einer kleinen Weile zog deren Glanz, wie Prestimion es gehofft hatte, die verstreuten Reste seines Heers an, zumeist jeweils zwei oder drei Soldaten, manchmal aber auch Gruppen bis zu einem Dutzend Männer.

Gialaurys stieß um Mitternacht zu ihnen. Er kam allein. Sein Ärmel war zerrissen, und man konnte einen großen, blutigen Schnitt unter den Stofffetzen sehen. Seine Stimmung war so grimmig, dass sogar Prestimion zögerte, mit ihm zu sprechen. Gialaurys wies das Angebot, seine Wunde zu verbinden, schroff zurück, nahm abseits von den anderen Platz und holte aus sei-

ner zerrissenen Jacke die grüne Frucht eines Vakumba-
baums, die er von einem tiefen Ast gepflückt oder sogar
vom Boden aufgehoben haben musste, und nagte und
riss mit einem fürchterlichen Schnauben daran. Er
stopfte sich das Fruchtfleisch in den Mund, als wäre er
nichts weiter als ein Tier des Waldes.

Kurz darauf traf Kaymuin Rettra von Amblemorn mit
einer Abteilung Skandars und einigen Menschen aus
seiner Stadt ein, und dann Nemeron Dalk von Vilimong
mit fünfzig weiteren, fast auf dem Fuß gefolgt von Graf
Ofmar von Ghrav mit vielen seiner Leute und einigen
aus Simbilfant, und die drei Söhne des Winzers Rufiel
Kisimir, der eine ganze Schar von Männern aus Muldemar anführte, die Prestimion mit lauten Freuden-
schreien umgaben. Der Lärm der Begrüßungen lockte
die ganze Nacht hindurch weitere zu ihrem Lager unter
den riesigen Vakumbabäumen. Also war das Heer nicht
völlig zerschlagen worden, wie Prestimion befürchtet
hatte, und das erfüllte ihn mit etwas neuem Mut. Kaum
jemand hatte die Schlacht unverletzt überstanden, manche waren sogar schwer verwundet worden.

Doch sie alle traten vor Prestimion, sogar die Verletzten, und schworen ihm ernst, auch weiterhin für seine
Sache zu kämpfen, bis zum Ende.

Von Septach Melayn und Svor war jedoch nichts zu
sehen.

Gegen Morgen schlief Prestimion ein wenig. Die
Dämmerung kam in diesen Breiten nur langsam, denn
die Burg lag genau im Osten von ihnen, und die Sonne
musste über diesen fast dreißig Meilen hohen Wall klet-
tern, bevor ihr Licht den Wald durchdringen konnte.
Schließlich spürte Prestimion Wärme auf dem Gesicht;
und als er die Augen öffnete, sah er zuerst Herzog
Svors Hakennase und dessen breites, teuflisches Grinsen, und dann Septach Melayn, so gelassen und elegant, als wäre er auf dem Weg zu einem Bankett in der
Burg. Jedes seiner blonden Haare war am richtigen

Platz, und seine Kleidung war nicht einmal zerknittert. Der Vroonzauberer Thalnap Zelifor hockte zufrieden auf Septach Melayns linker Schulter.

Der Schwertkämpfer lächelte zu Prestimion hinab. »Habt Ihr gut geschlafen, o beispielloser Prinz?«, fragte er.

»Nicht so gut wie du«, sagte Prestimion, richtete sich mit steifen Gliedern in eine sitzende Position auf und klopfte Erde von seiner Kleidung. »Dieses Hotel ist nicht so kultiviert wie die luxuriöse Herberge, in der du die Nacht verbracht haben musst.«

»Sehr luxuriös«, erwiderte Septach Melayn. »Sie war ausschließlich aus rosa Marmor und schwarzem Onyx erbaut, verfügte über freundliche Dienerinnen in Hülle und Fülle, und es gab ein Festmahl mit in Drachenmilch eingelegten Bilantoonzungen, das ich nicht so schnell vergessen werde.« Er kniete neben Prestimion nieder und ermöglichte dem Vroon, zu Boden zu springen. »Bist du bei der Schlacht verletzt worden, Prestimion?«, fragte er nicht mehr so leichthin.

»Nur mein Stolz wurde verletzt, und mein Schenkel hat eine Prellung abbekommen, die noch einen oder zwei Tage schmerzen wird. Und du?«

»Der Daumen tut mir weh«, sagte Septach Melayn blinzelnd, »weil ich ihn zu fest gegen den Griff meines Schwerts gedrückt habe, als ich mitten im größten Kampfgetümmel Alexid von Strave fällte. Ansonsten nichts.«

»Alexid ist tot?«

»Und viele andere, auf beiden Seiten. Und es wird noch mehr Tote geben.«

»Du erkundigst dich gar nicht nach meinen Verletzungen, Prestimion«, sagte Svor.

»Ach, du hast auch tapfer gekämpft, mein Freund?«

»Ich wollte mich als Krieger auf die Probe stellen. Also habe ich mich ins größte Getümmel gestürzt. Es herrschte ein wildes Durcheinander, als ich an Herzog Kanteverel geriet und ihm von Angesicht zu Angesicht gegenüberstand.«

»Und du hast ihm in die Nase gebissen?«, fragte Prestimion.

»Du bist unfreundlich. Ich zog blank – ich habe nie zuvor im Zorn blank gezogen –, und er sah mich an und sagte: ›Svor, willst du mich töten, der ich dir die schöne Lady Heisse Vaneille vermittelt habe? Denn ich habe meine Waffe verloren und bin deiner Gnade ausgeliefert.‹ Und ich fand nirgendwo in meinem Herzen Hass auf ihn, und so packte ich ihn an der Schulter, wirbelte ihn herum und stieß ihn mit ganzer Kraft vorwärts, und er taumelte auf seine Seite des Schlachtfelds zurück. Habe ich dich sehr enttäuscht, Prestimion? Ich hätte ihn töten können. Aber ich glaube, ich bin kein Mörder.«

»Was hätte es schon ausgemacht, wenn du Kanteverel getötet hättest?«, antwortete Prestimion kopfschüttelnd. »Er ist kein größerer Krieger als du. Aber bleib bei unserer nächsten Schlacht hinter den Linien, Svor. Dort wirst du glücklicher sein. Ich glaube, das gilt für uns alle.« Prestimion schaute zu Thalnap Zelifor hinüber. »Und du, Gefährte aus meinem Kerker?«, fragte er. »Hast du denn mächtig mit deinem Schwert gekämpft?«

»Ich könnte fünf Stück gleichzeitig schwingen«, sagte der Vroon und wackelte mit seinen vielen Tentakeln, »aber sie wären nicht größer als Nadeln, und ich könnte den Feinden damit nur in die Schienbeine stechen. Nein, ich habe gestern kein Blut vergossen, Prestimion. Aber ich habe zu deinen Gunsten gezaubert. Ohne mich wäre der Ausgang der Schlacht noch schlimmer gewesen.«

»Noch schlimmer?«, meinte Prestimion und kicherte leise. »Nun, dann ist mein Dank dir gewiss.«

»Sei auch dafür dankbar: Ich habe die Wünschelruten geworfen, um den Ausgang deiner nächsten Schlacht zu erkennen. Das Muster war sehr günstig. Du wirst gegen eine überwältigende Übermacht einen großen Sieg erringen.«

»Hört, hört!«, rief Septach Melayn.

»Ich würde die Zauberei mit ganzem Herzen umarmen, mein Freund«, sagte Prestimion, »würde ich von meinen Magiern ständig Prophezeiungen dieser Art hören.«

Der warme, helle Morgen und die Rückkehr seiner lieben Freunde hoben Prestimions Stimmung beträchtlich, und allmählich verblich sein Kummer über die Schlacht von Arkilon. Den ganzen Tag über trafen verstreute Soldaten ein, bis ihm wieder etwas zur Verfügung stand, das nach einem Heer aussah, wenngleich die Männer müde, übel zugerichtet und verdreckt waren.

Prestimion wusste, dass sie den Wald so schnell wie möglich verlassen mussten. Navigorn würde sie nicht allzu lange unbehelligt hier lagern lassen. Doch wohin sollten sie sich wenden? Sie hatten keine Karten dabei, und keiner von ihnen war allzu gut mit den weiten, offenen Flächen vertraut, die westlich von Arkilon lagen, doch direkt hinter dem Wald befand sich die große und berühmte Gulikap-Quelle, die allen gut bekannt war.

Einige Informationen lieferte Nemeron Dalk aus Vilimong, ein nicht mehr ganz junger Mann, der gelegentlich in jenen Landen gereist war. Er kannte die Namen der Flüsse und Hügel und wusste ungefähr, wie sie zueinander lagen. Elimotis Gan, der aus Simbilfant stammte, kannte die Gegend ebenfalls. Und Thalnap Zelifor behauptete, zu seinen Begabungen gehöre es, Erkundungszauber zu wirken, mit denen man die richtigen Straßen und Routen finden könne. Am späten Vormittag kamen diese drei sowie Septach Melayn, Prestimion und Svor zusammen, um eine Marschstrecke auszuarbeiten.

Der Vroon zündete einige kleine Würfel aus einem braunen Zeug an, das wie Zucker aussah, seiner Erklärung zufolge jedoch magischer Weihrauch war. Er schlängelte die Tentakel, schaute ins Leere und murmelte leise vor sich hin. Und nach einer Weile beschrieb er das Land vor ihnen, wie er es angeblich in seinen Weihrauchvisionen sah, und Elimotis Gan und Nemeron Dalk gaben ihm zusätzliche Erklärungen und korrigierten ihn gelegentlich, und Septach Melayn entwarf mit der Schwertspitze eine grobe Karte auf einem unbewachsenen, feuchten Fleck Erde und wischte seine Fehler mit der Stiefelspitze aus.

»Diese Hügel hier ... sind es Hügel oder Berge? Wie werden sie genannt?«, fragte Prestimion und zeigte auf eine Linie auf Septach Melayns Karte, die über eine große Entfernung hinweg geradewegs von Norden nach Süden verlief.

»Das Trikkalas«, sagte Elimotis Gan. »Eher Berge als Hügel, würde ich sagen. Ja, eindeutig Berge.«

»Kann man sie problemlos überqueren, wenn man von hier aus nach Westen marschiert?«

Elimotis Gan, ein kleiner, drahtiger Mann, der sehr schwungvoll wirkte, wechselte einen Blick mit dem robusten, stämmigen Nemeron Dalk. Prestimion hatte den Eindruck, dass es sich um einen sehr pessimistischen Blick handelte.

»Die Sisivondal-Straße verläuft hier hindurch«, sagte Nemeron Dalk und zeigte auf das untere Ende der Linie, das die südlichen Ausläufer der Berge darstellte, »und hier im Norden ist die Sintalmond-Straße. In der Mitte, wo du den Gebirgszug überqueren willst, ist er am höchsten und schroffsten, und dort gibt es lediglich den als Ekesta bekannten Pass, was im Dialekt der Region ›der Verfluchte‹ heißt.«

»Ein hübscher Name«, meinte Septach Melayn.

»Keine hübsche Straße«, erwiderte Elimotis Gan. »Ein rauer Pfad, sehr steil, wie ich gehört habe. Unterwegs werden wir kaum etwas zu essen finden, und des Nachts lassen Rudel hungriger Vorzaks die Reisenden nicht zur Ruhe kommen.«

»Aber ein direkter Weg«, sagte Prestimion. »Dorthin

will ich, zu diesem breiten Fluss hier auf der anderen Seite der Berge. Das ist der Jhelum, nicht wahr?«

»Ja, der Jhelum«, sagte Nemeron Dalk.

»Gut«, beschloss Prestimion. »Wir ziehen gen Westen und nehmen euren verfluchten Pass durch das Trikkalas und werfen Steine auf die verdammten Vorzaks, falls sie uns behelligen, und wenn wir die andere Seite des Berges erreicht haben, überqueren wir nach dem wahrscheinlich viel leichteren Marsch den Pass hinab den Fluss. Und dann können wir uns dort unten vorerst niederlassen, am Westufer des Jhelum, im Marraitis-Weideland, wo die besten Reittiere gezüchtet und ausgebildet werden. Versteht ihr, worauf ich hinaus will?«

»Wenn wir wieder kämpfen wollen, brauchen wir eine Kavallerie«, sagte Septach Melayn.

»Genau. Wir beschlagnahmen von den Marraitis Reittiere und schicken Boten in alle Städte, die unserer Sache wohlwollend gegenüberstehen, und bitten um Freiwillige, und dann bauen wir ein richtiges Heer auf und bilden es aus. Wir brauchen mehr als so eine zufällig zusammengewürfelte Horde, wie Navigorn sie gestern zerschlagen hat. Irgendwann wird Korsibar herausfinden, wo wir sind, und dann wird er uns von einem Heer verfolgen lassen. Aber er wird es nicht über den Bergpass schicken, wenn der wirklich so abscheulich ist, wie die beiden Herren sagen. Er wird die Berge stattdessen im Süden oder im Norden überqueren, und das wird ihn viele Monate kosten. Wenn wir den Ekesta-Pass nehmen, verschaffen wir uns einen guten Vorsprung, erreichen das Land im Westen lange vor ihnen und gewinnen Zeit für die nötigen Vorbereitungen, und das alles nur mit der kleinen zusätzlichen Anstrengung, jetzt die schwierigste Strecke zu nehmen.«

»Wie siehst du diesen Pass?«, fragte Svor den Vroon. »Glaubst du, man kann ihn überwinden?«

Thalnap Zelifor hob wieder die Tentakel und machte irgendwelche beschwörenden Bewegungen. »Es wird schwierig sein, aber nicht unmöglich«, erwiderte er nach einer Weile.

»Schwierig, aber nicht unmöglich: Das reicht mir«, sagte Prestimion lächelnd. »Ich will einmal glauben, dass du die wahre Gabe hast, und dein Urteil als zutreffend und vertrauenswürdig akzeptieren.« Er sah die anderen an. »Dann sind wir uns einig? Den Ekesta-Pass zum Jhelum, über den Fluss – wie, darüber zerbrechen wir uns später den Kopf –, und dann schlagen wir auf dem Weideland von Marraitis unser Lager auf. Und wenn der Göttliche es will, werden wir, wenn wir das nächste Mal in die Schlacht ziehen, ein richtiges Heer haben, das wir gegen den Usurpator in den Kampf werfen können.«

»Ganz zu schweigen von der Verstärkung aus Zimroel, die Dantirya Sambail uns dann bestimmt schon geschickt haben wird«, sagte Svor.

»Du sagst das mit einem boshaften Blick in den Augen«, meinte Septach Melayn. »Bezweifelst du, dass die Heere des Prokurators kommen werden?«

»Ich habe immer einen boshaften Blick in den Augen«, erwiderte Svor. »Es ist nicht meine Schuld: Ich wurde so geboren.«

»Erspart uns dieses Geplänkel bitte«, sagte Prestimion scharf. »Wenn der Göttliche es will, wird der Prokurator sein Wort halten. Unsere Aufgabe ist es nun, nach Marraitis vorzustoßen und uns besser auf den Krieg vorzubereiten, als es gestern der Fall war. Über das, was danach kommt, werden wir uns den Kopf zerbrechen, sobald es so weit ist.«

Am Mittag kam ihr Gepäckzug in den Wald, soweit er intakt geblieben war, und brachte die Besitztümer und Waffen, die ihnen durch die Städte am Fuß des Bergs nachgetragen worden waren. Es war schön, frische Kleidung zu bekommen und andere Dinge, an denen es ihnen während der Nacht im Wald gemangelt hatte.

Des Weiteren fanden noch ein paar Hundert Versprengte zu ihnen; und als dann sicher schien, dass sich an diesem Ort keiner mehr zu ihnen gesellen würde, gab Prestimion den Befehl, mit dem Marsch in Richtung Westen zu den Trikkalas-Bergen und dem Fluss Jhelum dahinter zu beginnen.

Hinter dem Wald zogen sie eine Weile über gewöhnliches Ackerland, doch schon bald wurde die Landschaft fremdartig, denn sie näherten sich der berühmten Gulikap-Quelle. Zuerst stießen sie auf sprudelnde warme Quellen, die die Erde verbrühten, sodass sie zwar feucht, aber braun und nackt war, und dann auf hochschießende Geysire und kalkige Terrassen, die wie aneinander gereihte Badewannen aussahen und Wasser enthielten, das von Algen vieler verschiedener Farbtöne durchdrungen war, von roten, grünen, blauen und allen möglichen Mischungen und Abstufungen dieser Färbungen.

Prestimion blieb staunend stehen, um schwarzen Dampf zu beobachten, der Dutzende von Schritt hoch aus einer taschenförmigen Fumarole schoss. Dann überquerten sie ein totes Plateau mit glasähnlichen Ablagerungen und schlugen einen Zickzackkurs ein, um klaffenden Schloten auszuweichen, aus denen üble Faulgase emporstiegen.

»An solch einem Ort könnte ich zweifellos an Dämonen glauben«, sagte Prestimion und meinte es mehr als nur halbwegs ernst. »Diese Landschaft ist wie ein Stück aus einer anderen Welt, das irgendein schrecklicher Zauberer aus einer Laune heraus hierher versetzt hat.«

Svor, der schon einmal hier gewesen war, lächelte nur und sagte, er solle abwarten, was noch vor ihm lag.

Sie zogen nun durch eine verschlungene Anordnung von Thermalquellen, die gurgelten und keuchten und stöhnten und sie anscheinend mit kochenden Flüssigkeiten überschütten wollten. Der Himmel war hier selbst am Mittag graublau vor Rauch, und die Luft hatte einen bitteren chemikalischen Geruch. Die Sonne war nicht zu sehen. Ihre Haut war schon bald von dunklen, rußähnlichen Exhalationen überzogen. Prestimion beobachtete, wie Septach Melayn mit den Fingernägeln leicht über seine Wange fuhr und bleiche Spuren in der Schwärze zurückließ. Doch so schrecklich dieser Ort auch sein mochte, er war bewohnt. Überall bewegten sich, dicht über den Boden schlitternd, vielbeinige Geschöpfe mit leuchtender rosafarbener Haut, schauten auf und betrachteten sie misstrauisch mit Reihen schwarzer Knopfaugen, die sich auf ihren Stirnen hervorwölbten.

Ein stumpfes Felsenriff, das sich nach Norden und Süden erstreckte, umschloss am anderen Ende diesen Ort der Geysire und heißen Teiche. Sie kletterten schnell hinauf, trotz einer Unmenge lockeren Gesteins, das es erschwerte, Halt zu finden, und dann auf der Westseite des Riffs wieder hinab in ein so außergewöhnliches Terrain, das Prestimion sofort klar machte, dass sie sich nun im Bereich der Quelle selbst befinden mussten.

Im schwachen Licht der rauchgefilterten Sonne sah er ein völlig nacktes Flachland: kein Busch, kein Baum, kein Stein, nur eine völlig ebene Ausdehnung, die von ganz links nach ganz rechts verlief und sich vor ihnen über den Bauch der Welt hinwegkrümmte. Der Boden war ziegelrot. Und direkt vor ihnen brach eine gewaltige Lichtsäule aus der Ebene hervor und stieg völlig gerade an, wie eine große Marmorsäule, deren oberes Ende sich in der hohen Atmosphäre verlor. Prestimion schätzte, dass die Säule einen Durchmesser von etwa einer halben Meile hatte, und sie glänzte wie polierter Stein.

»Sieh doch«, sagte Svor. »Das ist der Gulikap.«

Kein Stein, nein, wurde Prestimion klar: eher ein Schacht aus reiner Energie. In seinen Tiefen waren Bewegungen auszumachen: Gewaltige Teile wirbelten, prallten gegeneinander, verhedderten sich, verschmolzen. Die Farben wechselten aufs Geratewohl, nun herrschte ein roter Ton vor, dann ein blauer, ein grüner, ein brauner. Einige Stellen der Säule schienen von dichterer Beschaffenheit als andere zu sein. Oft brachen Funken heraus und flatterten davon, um sich dann aufzulösen. An ihrer höchsten Stelle, die nicht genau auszumachen war, verschmolz die Säule unmerklich mit den Wolken und verdunkelte und verfärbte sie. In der Luft lag ein ständiges Zischen und Knistern wie bei einer elektrischen Entladung.

Prestimion wurde vom Anblick des mächtigen, leuchtenden Stabs inmitten dieser verlorenen Ebene geradezu überwältigt. Er war ein Zepter aus Energie, ein Brennpunkt der Veränderung und Schöpfung; eine mächtige Achse, auf der sich der gesamte riesige Planet drehen konnte.

»Was, glaubst du, würde mit mir geschehen, würde ich den Schacht berühren?«, fragte er Svor.

»Du würdest sofort aufgelöst werden. Die Partikel deines Körpers würden ewig in dieser Lichtsäule tanzen.«

Sie gingen so nah heran, wie sie es wagten. Nun konnten sie sehen, dass die Quelle von einem breiten, verkalkten Rand, knochenweiß und glatt wie Porzellan, umgeben war. Die unglaubliche Woge des vielfarbigen Lichts schoss aus irgendeinem gewaltigen, dunklen Abgrund durch diesen Rand hinauf. Welche Mächte dort unten zu Werke waren, konnte Prestimion nicht einmal erahnen. Doch als er staunend dieses gewaltige Gebilde betrachtete, das vor ihnen lag, überkam ihn wie zum ersten Mal ein Verständnis der majestätischen Pracht seiner Heimatwelt, der überwältigenden Schönheit und Erhabenheit, der unendlichen Vielzahl der Wunder Majipoors. Und er verspürte große Trauer darüber, dass ein Teil dieser Schönheit und Erhabenheit nun durch den Krieg verdorben werden musste. Doch er hatte keine andere Wahl. Es gab eine Disharmonie auf der Welt, die geheilt werden musste, und Krieg war die einzige Möglichkeit.

Lange betrachtete er die Quelle. Dann gab er den Befehl, sie zu umgehen und den Marsch nach Westen fortzusetzen.

6

Sie brauchten dreizehn Tage, um den Ekesta-Pass zu überqueren, und Nemeron Dalk sagte, das sei die schnellste Überquerung, von der er je gehört habe; sie marschierten Tag und Nacht fast ohne Pause, als wären Navigorns Truppen ihnen dicht auf den Fersen. Es war eine beträchtliche Tortur, aber, wie Thalnap Zelifor vorhergesagt hatte, keine unmögliche, nur eine sehr schwierige.

Das Trikkalas war ein schroffes Gebirge mit zerklüfteten Gipfeln, die sich wie der Kamm eines Reptils hoben, und die Straße über den Pass war lediglich ein rauer Pfad, und an manchen Stellen nicht einmal das. Hier oben gab es kaum Nahrung, und das meiste davon war nicht sehr gehaltvoll und noch weniger wohlschmeckend, und die Luft war trocken, kühl und dünn, sodass manchmal sogar das Atmen Schmerzen bereitete. Aber sie marschierten schnell und ohne Klagen und brachten die Überquerung ohne Zwischenfall hinter sich. Sogar die gefürchteten Vorzaks bewahrten Distanz und beschränkten sich darauf, wütend aus der Sicherheit ihrer Höhlen in den Berggipfeln zu heulen und bellen. Schließlich machten die Wanderer sich auf der anderen Seite des Berges dankbar und erleichtert an den Abstieg. Nun befanden sie sich auf offenem, leicht bewaldetem Gelände mit einigen verstreuten Orten hier und da. Die Luft war nun weicher, denn sie betraten das Tal des Jhelum, und auf allen Seiten strömten Nebenflüsse an ihnen vorbei. Der Jhelum selbst war breit und schnell, zu breit, um in dieser Gegend durchwatet zu werden. Aber es gab keine Stromschnellen oder offensichtlichen Gefahrenstellen, und sie schickten sich an, Boote und Flöße aus den Bäumen zu bauen, die das Ufer überreichlich säumten. Es dauerte drei Tage, bis sie alle Männer und Ausrüstungsgegenstände übergesetzt hatten.

Der einzige schwierige Augenblick kam, als der große, stumpf schimmernde Kopf und der lange, dicke Hals eines Gappapaspes sich keine zwanzig Schritt vor Gialaurys' Boot aus dem Wasser erhob. Das riesige Tier zeichnete sich hoch über ihnen bedrohlich wie ein Menschenfresser ab, füllte den Himmel aus und ließ einige Männer fast in Panik geraten. Aber es schaute sie nur an. Gappapaspes waren harmlose Pflanzenfresser, die den Flusstang und Bodenschlick abgrasten; die einzige Gefahr, die sie für Reisende darstellten, bestand in der Möglichkeit, dass sie direkt unter einem Floß oder Boot an die Oberfläche kämen, das Gefährt wie Zündhölzer zersplittern und die Insassen ins Wasser schleuderten, wo vielleicht weniger harmlose Geschöpfe warteten. Doch sie sahen nur diesen einen einsamen Riesen, der nach einer Weile wieder außer Sicht glitt und in den graubraunen Tiefen verschwand.

Westlich vom Fluss fanden sie sich in besiedeltem Land wieder, auf dem es von landwirtschaftlich genutzten Flächen und daran anliegenden Ortschaften nur so wimmelte. Als Prestimion sich dem Volk erklärte, wurde er auch hier als Erlöser und Coronal begrüßt. In dieser Gegend wussten die Leute nur wenig von Korsibar und verstanden es kaum, wie er Besitz vom Thron hatte ergreifen können, obwohl der Sohn eines Coronals niemals Nachfolger seines Vaters werden und das Königsamt übernehmen sollte. Diese brave, konservative Landbevölkerung rief Prestimion frohen Herzens zum rechtmäßigen König aus und lief bereitwillig zu seiner Standarte über.

Er errichtete das Lager wie geplant auf dem weiten Weideland von Marraitis, wo seit Jahrtausenden die hervorragenden Reittiere Majipoors gezüchtet wurden. Die besten Züchter kamen mit ihren Herden starker, für den Kampf ausgebildeter Tiere zu ihm und stellten die temperamentvollsten von ihnen bereitwillig seiner Kavallerie zur Verfügung.

Des Weiteren wurde nah und fern verbreitet, dass Prestimion ein Heer zusammenstelle, das zum Burgberg marschieren und den falschen Coronal stürzen werde, und die Reaktion darauf war eine begeisterte. Kaum ein Tag verging, ohne dass eine Abteilung Truppen aus irgendeiner Stadt der Region in seinem Lager eintraf. »Ich würde lieber hier mit dir sterben, als diesen unrechtmäßigen Herrscher in der Burg zu ertragen«, sagten sie ihm immer und immer wieder. Und so begrüßte Prestimion freudig Männer wie den weißbärtigen Herzog Miaule von Hither Miaule in ihrer Mitte, der etwa fünfhundert mit grünen Jacken bekleidete Soldaten mitbrachte, die sich auf den Umgang mit Reittieren verstanden, ferner Thurm von Sirynx, mit tausend Soldaten in den türkis gestreiften Uniformen dieser Stadt, den strahlenden, jungen, blonden Spalirises, den Sohn von Spalirises von Tumbrax, mit einer großen Streitmacht, sowie Gynim von Tapilpil mit einem Korps mit Schleudern bewaffneter Krieger in purpurnen Wämsern, den kühnen Abantes von Pytho, Talauus von Naibilis und viele weitere dieses Kalibers – und auch Truppen aus Thannard und Zarang und Abisoane und zwei Dutzend anderer Städte, von denen Prestimion noch nie gehört hatte, deren Beistand er jedoch trotzdem willkommen hieß. Der Strom der Unterstützung erstaunte und befriedigte ihn sehr. Seine Brüder Abrigant und Taradath kamen ebenfalls mit, wie es schien, der Hälfte der wehrfähigen Männer der Stadt Muldemar. Sie sagten, Teotas, der jüngste Bruder, wäre ebenfalls gekommen, doch ihre Mutter, die Prinzessin Therissa, habe ihn nicht gehen lassen.

Und schließlich kam die Nachricht, auf die Prestimion am begierigsten gewartet hatte, auch wenn er nicht ganz zu glauben gewagt hatte, dass er sie jemals hören würde: Ein großes Heer unter dem Befehl von Gaviad und Gaviundar, Dantirya Sambails Brüdern, sei vor ein paar Wochen bei Alaisor an Land gegangen und ziehe schnell nach Marraitis, um sich der wachsenden Rebellenstreitmacht anzuschließen. Dantirya Sambail selbst, so besagte die Nachricht weiterhin, sei von den Verantwortungen, die er als Prokurator von Ni-moya habe, dort aufgehalten worden, würde Zimroel aber in Kürze verlassen und sich so schnell wie möglich Prestimions Truppen anschließen. War es wirklich so? Ja. Ja. Kaum hatte er die Nachricht vernommen, trafen auch schon die berittenen Späher der Streitmacht aus Zimroel ein und kurz darauf die Masse der Soldaten, angeführt von den beiden Brüdern des Prokurators.

»Dantirya Sambails Brüder sind schon ein beeindruckendes Paar«, sagte Gialaurys leise zu Septach Melayn, als sie ihre Ankunft beobachteten. »Sie sind vom selben schönen Schlag wie ihr älterer Bruder, nicht wahr?«

»Noch schöner, viel schöner«, sagte Septach Melayn. »Sie sind der Inbegriff der Schönheit.«

Gaviad und Gaviundar hatten das gleiche rötlich gelbe Haar und die sommersprossige Haut wie Dantirya Sambail und waren genauso prachtvoll hässlich wie er, wenn auch auf andere Weise. Gaviad, der ältere der beiden, war klein und dick, hatte wässrige Augen und ein aufgeschwemmtes Gesicht mit einem großen roten Tropfen als Nase und einem rauen, feuerroten Schnurrbart, der wie ein Büschel aus Kupferdraht darunter hervorsprang, über wunderbar fleischigen, hängenden Lippen. Er war ein schwerer Mann von monströsem Appetit, mit einer Brust wie eine Trommel und einem Bauch wie ein geschwollener Sack. Sein Bruder Gaviundar war viel größer, reichte fast an Septach Melayn heran, und sein Gesicht war breit und ständig gerötet, mit grausamen, kleinen blaugrauen Augen, die von den größten und dicksten Ohren flankiert wurden, die der Göttliche einem Menschen je gegeben hatte: Ohren wie Wagenrädern. Er war sehr jung kahl geworden; von seinem Haar waren lediglich zwei erstaunlich borstige Büschel verblieben, die weit von den Seiten seines Kopfs abstanden. Doch wie zum Ausgleich hatte er sich einen dichten und verfilzten rötlich gelben Bart wachsen lassen, der so gewaltig war, dass Vögel sich darin verstecken konnten. Wie ein Katarakt fiel er bis auf die Mitte seiner Brust. Er war, wie Gaviad, ein unmäßiger Esser und Trinker. Aber Gaviundar konnte eine Unmenge vertragen und hielt sich gut, wohingegen der gedrungene kleine Gaviad, wie sich schnell herausstellen sollte, großes Vergnügen darin fand, sich bis zur Bewusstlosigkeit zu betrinken. Das mochte hingenommen werden, dachte Prestimion, solange der Mann kämpfen konnte. Und auf jeden Fall waren die Brüder mit einer großen Streitmacht gekommen, die sie an der Ostküste Zimroels ausgehoben hatten, hauptsächlich in Piliplok und Ni-moya, aber auch in zwanzig anderen Städten.

Den ganzen Herbst und Winter hindurch, bis in den Frühling, bemühte Prestimion sich, diesen zusammengewürfelten Haufen von Soldaten zu einer geschlossenen, effektiven Streitmacht zu verschmelzen. Die einzige Frage lautete nun, wann und wie sie gegen Korsibar ziehen sollten.

Prestimion neigte auch weiterhin zu seiner ursprünglichen Strategie, durch die Gebirgsausläufer zum Burgberg zu ziehen, wieder in einem Kreis von Simbilfant über Ghrav und Arkilon nach Pruiz und dann um den Berg herum vorbei an Lontano und Da zurück nach Vilimong, diesmal mit einem großen und stetig wachsenden Heer, das schließlich die Flanke des Burgbergs hinauf schwärmen und Korsibars Abdankung verlangen würde. Aber Gialaurys hatte ein anderes Vorgehen im

Sinn. »Lasst uns hier mitten in Alhanroel darauf warten, dass Korsibar herauskommt und uns züchtigt«, sagte er. »Hier draußen, weit entfernt vom Berg, zerschlagen wir sein Heer, und dann marschieren wir gemächlich zur Burg und akzeptieren die Kapitulation aller Truppen, denen wir unterwegs vielleicht begegnen.«

Beide Pläne hatten ihre Vorzüge. Prestimion gelangte zu keiner schnellen Entscheidung.

Dann kam eines Tages Herzog Svor zu ihm. »Wir haben verlässliche Depeschen vom anderen Ufer des Jhelum erhalten«, sagte er. »Zwei große Heere, beide viel größer als das unsere, nähern sich uns: das eine unter Farholt, der die südliche Strecke um das Trikkalas nimmt, das andere unter Navigorn, der die nördliche Route eingeschlagen hat. Farholt führt eine gewaltige Streitmacht an Kriegsmollitors mit sich. Sobald sie den Fluss überquert haben, wollen sie uns umgehen. Ein Heer greift von vorne an, das andere von hinten, und sie wollen uns in die Zange nehmen und zerquetschen.«

»Dann ist unsere Strategie klar«, sagte Gialaurys. »Wir stellen uns ihnen hier in Marraitis, wie ich es vorgeschlagen habe.«

»Nein«, sagte Prestimion. »Wenn wir hier auf sie warten, bis sie sich zusammengeschlossen haben, sind wir verloren. So groß unser Heer auch sein mag, sie sind uns weit überlegen, wenn wir den Berichten Glauben schenken können. Entweder zerschlagen sie uns hier auf dem Weideland, oder sie treiben uns nach Osten, bis sie uns in den Fluss drängen können.«

»Was schlägst du also vor?«, fragte Septach Melayn.

»Welches Heer wird den Jhelum wahrscheinlich zuerst erreichen?«, fragte Prestimion Svor.

»Farholts, würde ich sagen. Die südliche Strecke ist die schnellere.«

»Gut. Soll er kommen. Wir werfen ihn seinen eigenen Mollitors vor. Ich schlage Folgendes vor: Wir setzen zuerst über den Jhelum über, während er noch am Ostufer lagert und seine Boote baut, und schleichen uns hinter ihn. Farholt wird auf keinen Fall erwarten, dass wir seine *östliche* Flanke angreifen.«

»Können wir schnell genug dorthin gelangen?«, fragte Septach Melayn.

»Wir sind doch auch schnell genug hierher gelangt, nicht wahr?«, erwiderte Prestimion.

An diesem Abend wanderte Prestimion allein durch das Lager, blieb hier stehen, um mit Valirad Visto zu sprechen, dem die Reittiere unterstanden, und mit Herzog Miaule von Hither Miaule, mit Thurm von Sirynx und Destinn Javad von Glaunt, und ging sogar zu der Streitmacht aus Zimroel hinüber, um sich mit Gaviad und Gaviundar zu unterhalten. Als Prestimion dort eintraf, war Gaviad schon längst betrunken, doch der große Gaviundar mit dem struppigen Bart begrüßte Prestimion, als wären sie nicht nur entfernte Verwandte, sondern richtige Brüder, und bedachte ihn mit einer umschlingenden Umarmung. Ein gewaltiger Gestank nach Knoblauch und getrocknetem Meeresdrachenfleisch ging von ihm aus. »Wir haben viel zu lange im Leben gewartet, um uns kennen zu lernen«, bellte Gaviundar. »Aber wir werden gute, enge Freunde sein, sobald du in der Burg auf dem Thron sitzt, nicht wahr, Prestimion?« Anscheinend hatte auch er getrunken. Und er fuhr fort: »Mein Bruder, der Prokurator, hält dich für den besten Mann auf der Welt, ohne Einschränkung. Er freut sich so auf den Tag, an dem du den Thron besteigst, als machte man ihn und nicht dich zum Coronal.«

»Ich bin dankbar für all seine Hilfe«, sagte Prestimion. »Und auch für deine und die deines Bruders«, fügte er mit einem Blick auf Gaviad hinzu, der in voller Rüstung vornübergeneigt am Tisch saß, das Gesicht auf dem Teller, und so laut schnarchte, dass er damit liebeskranke Gappapaspes vom fernen Fluss herbeilocken konnte.

Und als Prestimion auf seine Seite des Lagers zurückgekehrt war, ging er rastlos von einem Zelt zum anderen. Obwohl es schon sehr spät war, verspürte er nicht die geringste Müdigkeit. Er sprach eine Weile mit seinem Bruder Taradath, dann mit Septach Melayn und mit dem jungen Spalirises, der kaum seinen Eifer beherrschen konnte, endlich in den Kampf zu ziehen.

Und auch in Thalnap Zelifors Zelt brannte noch Licht. Als Prestimion hineinschaute, sah er den Vroonzauberer an seiner Werkbank, aufmerksam über etwas gebeugt, das wie eine Art Rohilla aussah – ein kompliziertes, rundes Gewebe aus leuchtenden goldenen Drähten und kleinen Kristallen. Aber es war viel zu groß für ein Amulett, zehnmal größer als eine Rohilla; eher sah es wie eine Krone aus. »Was ist das?«, fragte Prestimion. »Ein neues Hexenkunst-Gerät? Willst du damit unseren Erfolg bei dem Angriff auf Farholt heraufbeschwören?«

»Das hier ist keine Hexerei, o Prestimion. Erinnerst du dich, dass ich dir während unserer gemeinsamen Zeit im Kerker erzählte, ich wolle einen Mechanismus bauen, mit dem ich die Wellen verstärken kann, die der Verstand einer anderen Person ausschickt, um so ihre Gedanken lesen und meine eigenen Gedanken in ihren Kopf schicken zu können?«

»Ja, Gonivaul hatte dich angeheuert, damit du ihm so ein Ding entwirfst. Ist es das?«

»Das ist ein Versuch, es zu rekonstruieren«, sagte der Vroon. »Ich musste mein halb fertiggestelltes Versuchsmodell und all meine Notizen in der Burg zurücklassen, als wir uns so plötzlich von diesem Ort verabschiedeten. Aber ich habe wieder damit angefangen und arbeite daran, seit wir hier das Lager aufgeschlagen haben.«

»Und welchen Zweck hast du im Sinn?«

»Nun, denjenigen, über den Jhelum zu greifen und Kontakt mit den Gedanken unserer Feinde herzustellen, wenn sie sich uns nähern, um ihre Strategien und Absichten in Erfahrung zu bringen.«

»Ach«, sagte Prestimion. »Welch ein nützliches Ding! Und funktioniert es?«

»Noch nicht«, sagte der Vroon traurig. »Bestimmte wichtige Teile sind mit all meinen anderen Maschinen, ob nun funktionsfähig oder noch nicht, in meinem Raum in der Burg zurückgeblieben, und ich habe noch keine Möglichkeit gefunden, sie hier zu replizieren. Aber ich setze meine Arbeit fort. Es ist meine große Hoffnung, o Prestimion, dir dieses wunderbare Gerät kurz über lang zur Verfügung stellen zu können, als Dank dafür, dass du in der Burg mein Leben gerettet hast.«

»Dantirya Sambail hat dir das Leben gerettet, nicht ich«, sagte Prestimion grinsend. »Und das wohl auch nur zufällig. Er ist gegen Korsibar vorgegangen, und du wurdest bei demselben Handstreich befreit, mit dem er mich aus diesem Kerker holte. Aber wie dem auch sei: Stell das Gerät fertig, und du wirst dafür gut belohnt werden. Wir sind nicht so zahlreich und mächtig, dass wir darauf verzichten könnten, die Gedanken unserer Feinde zu lesen.«

Er wünschte Thalnap Zelifor eine gute Nacht und verließ den Vroon, während dieser noch immer über seine goldenen Spulen gebeugt dasaß. Im eigenen Zelt blieb Prestimion noch eine Weile auf, dachte über das nach, was nun kommen würde, und fühlte dann mit der Zeit, dass der Schlaf ihn überkam, und auch ein Traum.

In seinem Traum hielt er den Planeten Majipoor wie eine Kugel auf seiner Handfläche, schaute auf die Welt in seiner Hand hinab und nahm sie als gewaltige und kompliziert bestickte Tapisserie wahr, die in einem dunklen, schattigen steinernen Saal hing, in dem ein Kaminfeuer flackerte. Trotz der bedrückenden Finsternis in dieser Halle ragten die Einzelheiten der Tapisserie mit wunderbarer Klarheit heraus. Im züngelnden

Licht des Feuers sah er alle möglichen kunstvoll gewebten Elfen und Dämonen und seltsamen Tiere und Vögel, die in dunklen Wäldern und dichten Dornengebüschen und hier und da auf strahlend hellen Lichtungen hin und her huschten. In dem Gewebe selbst machte er das Glitzern des Lichts der Sonne und der Sterne aus, helle goldene Flecken, das Leuchten wunderbarer Juwelen und die unterschiedlichen Töne glänzenden menschlichen Haars und der Schuppen von Schlangen. Und das alles war so wunderbar, dass es über sein Verständnis hinausging, und von einer Aura der überwältigenden Schönheit umgeben.

Der Traum blieb bei ihm, als er erwachte, und hielt ihn in einem unheimlichen magischen Griff gepackt. Doch als er zur Tür seines Zelts und hinausging, war es draußen grau und regnerisch und überhaupt nicht magisch. Nein, es regnete nicht bloß: *Es goss in Strömen.* Ein Wolkenbruch.

Der Regen begleitete sie Tag für Tag, auf dem ganzen Rückweg zum Jhelum. Die Welt schien sich in einen Ozean aus schlüpfrigem Schlamm verwandelt zu haben. »Ich würde lieber zehnmal den verfluchten Ekesta-Pass überqueren, als bei so einem Wetter zu reisen«, sagte Gialaurys fluchend, aber sie marschierten trotzdem weiter, durch ein schreckliches Reich aufgeweichten, feuchten Sumpflands, das im Vorjahr bei ihrer Wanderung nach Westen noch aus leicht begehbaren Feldern bestanden hatte. Von einem Abend zum anderen war der Winter in das Tal des Jhelums eingezogen, und es hatte den Anschein, dass der Winter in dieser Gegend eine Jahreszeit war, in der es einfach nicht zu regnen aufhörte. Dann erreichten sie den Jhelum selbst und stellten fest, dass er wildes Hochwasser führte, weit über seine ehemaligen Ufer getreten war und mit schrecklichen Turbulenzen floss, wo es zuvor nur sehr schnelle Strömungen gegeben hatte.

Die Boote und Flöße, die sie im Herbst am Ufer zurückgelassen hatten, waren von den Fluten davongespült worden. Aber sie brauchten ohnehin neue, denn ihr Heer war nun viel größer als das, das den Fluss im Vorjahr überquert hatte. Und so schickten sie sich an, neue Boote zu bauen, und fällten junge Bäume und banden sie zu Flößen zusammen. Aber war es überhaupt möglich, nach diesen starken Regenfällen hier überzusetzen? Das war bereits zweifelhaft, und der Fluss schwoll jeden Tag höher an.

Prestimion bat um Freiwillige, die die Überquerung wagen und die Lage am anderen Ufer ausspähen sollten. Tausend Männer traten vor. Er suchte sechs aus, schickte sie auf einem stämmigen kleinen Floß los und beobachtete besorgt, wie sie auf dem reißenden, angeschwollenen Fluss immer wieder hochgeschleudert wurden und auf den Wellen tanzten. Der Jhelum war nun so breit, dass man durch den endlosen Regen kaum noch das andere Ufer ausmachen konnte; doch Septach Melayn hatte Position in einem Wachturm bezogen, starrte in das ferne Halbdunkel und sagte schließlich: »Ja, sie sind drüben angekommen!«

Sie blieben sechs Tage fort. Dann kehrten sie mit der Nachricht zurück, dass Farholts Heer ebenfalls den Jhelum erreicht und dreißig Meilen flussabwärts an dessen Ufer das Lager aufgeschlagen hatte und nun darauf wartete, dass das Wetter besser wurde.

»Wie viele sind dort?«, fragte Prestimion.

»Es hätte noch eine Woche gedauert, sie zu zählen.«

»Und die Mollitors?«

»Sie haben hunderte davon«, sagte einer der Späher. »Vielleicht sogar tausend.«

Das war eine beunruhigende Nachricht. Mollitors waren die tödlichsten aller Kriegstiere: gewaltige gepanzerte Geschöpfe synthetischen Ursprungs, wie die Reittiere, Energiewerfer, Flugvehikel und viele andere solcher Dinge in den alten Zeiten geschaffen, in denen die wissenschaftlichen Fertigkeiten auf Majipoor größer gewesen waren, und seitdem durch natürliche Zucht des vorhandenen Bestands erhalten geblieben. Es waren kurzbeinige Ungetüme mit breitem Körper, purpurner, lederartiger Haut, die so hart wie Eisen war, furchtbaren gekrümmten Klauen, mit denen sie einen Baum so leicht zerfetzen konnten, wie ein Kind vielleicht Blätter von einer Blume abriss, und mit massiven Köpfen mit großen, schweren, unwiderstehlichen Kiefern, die dazu entworfen waren, Feinde zu zerreißen und zu zermalmen. Obwohl sie nur über eine geringe Intelligenz verfügten, war ihre Schlagkraft so gewaltig, dass man ihr im Gefecht kaum widerstehen konnte. Und Farholt hatte hunderte von ihnen zum Ufer des Jhelum mitgebracht. Vielleicht sogar tausende.

»Nimm vier Bataillone – nein, nimm fünf, sowohl Kavallerie als auch Fußsoldaten, und genug unserer besten Reittiere«, sagte Prestimion zu Septach Melayn, »und führe sie nach Süden, auf den Uferstreifen gegenüber von Farholts Lager. Errichte dort Befestigungen, drille deine Truppen und sorge dafür, dass man dich sieht und hört, wenn du deine Befehle brüllst. Die Leute sollen jeden Tag viel Lärm machen, und auch die ganze Nacht hindurch. Baue Boote und lass so viel hämmern, wie es nur möglich ist. Blast die Trompeten, schlagt die Trommeln, marschiert am Ufer auf und ab. Lass deine Männer aus vollem Hals Kampflieder schmettern, wenn euch welche einfallen. Schicke des Nachts Späher auf das Wasser, die in Farholts Lager schauen. Kurz gesagt, tu alles, was Farholt merken lässt, dass du dich darauf vorbereitest, den Fluss zu überqueren und ihn anzugreifen. Aber greife ihn ja nicht an.«

»Wir werden großen Lärm machen«, versprach Septach Melayn.

»Am dritten Tag lässt du des Nachts die Boote ins Wasser, wenn möglich in strömendem Regen, falls es noch regnet, und bemühe dich nicht, dabei leise vorzugehen. Aber kehrt nach hundert Ruderschlägen wieder um. In der nächsten Nacht rudert ihr hundertfünfzig Schläge auf den Fluss hinaus und kehrt dann wieder um. In der folgenden Nacht verfahrt ihr genauso. Aber dann wird der Angriff keine Finte sein.«

»Ich verstehe«, sagte Septach Melayn.

Prestimion rief derweil die Truppe zusammen, mit der er den Sturmangriff durchführen wollte, sieben Bataillone seiner besten Infanteristen und Bogenschützen, hinter ihnen der Rest der Kavallerie. Sie brauchten zwei Tage, um alles vorzubereiten; am Morgen danach führte er sie zwanzig Meilen flussaufwärts, zu einer Stelle, wo seine Spähtrupps mitten im Fluss eine große und dicht bewaldete Insel gefunden hatten, die die Überquerung beträchtlich vereinfachte. Und man konnte sie auch nicht sehen, während sie sich hinter den Bäumen neu formierten, selbst wenn Farholts Späher so weit flussaufwärts vorgedrungen sein sollten. Am Abend setzte er mit all seinen Truppen auf Booten und Flößen zu der Insel über, hielt dort inne, um seine Streitmacht neu zu ordnen, und machte sich dann etwa zwei Stunden vor Mitternacht auf den Weg zum Ostufer des Jhelum.

Die Nacht war mondlos; die einzige Beleuchtung boten die entsetzlichen Blitze, die immer wieder über den Himmel zuckten. Der Regen fiel in Sturzbächen und wurde vom unbarmherzigen Wind immer wieder seitlich in ihre Gesichter getrieben. Aber dieser Wind wehte aus dem Westen und trieb ihre kleinen Boote schnell voran. Prestimion setzte, lediglich von Gialaurys und seinem Bruder Taradath begleitet, in einem der kleinsten Boote über, und sie sprachen von der bevorstehenden Schlacht.

Fünfundvierzig Meilen schlammigen Flussufers trennten sie nun von Farholts Lager. »Jetzt«, sagte Prestimion, »beginnen wir unseren Marsch.«

Auf dem ganzen Weg nach Süden hörte es keinen

Augenblick zu regnen auf; sie mussten durch den Schlamm gleiten und rutschen, und doch marschierten sie. Sie schlugen auf erbärmlich nassem Schlamm ein Lager auf und zogen dann durch strömenden Regen weiter. Und doch waren sie alle guter Stimmung.

Septach Melayn war jetzt an Ort und Stelle und hatte den ersten Scheinangriff durchgeführt. Wenn Farholt auch nur einen Funken Verstand hatte, würde er den Großteil seiner Streitmacht am Flussufer antreten lassen, Septach Melayns Lager im Auge behalten und sich darauf vorbereiten, den wahnwitzigen Angriff aus dem Westen zurückzuschlagen, falls Septach Melayn ihn denn tatsächlich durchführen sollte.

Aber zuerst ... zuerst ...

Unter der Deckung, die die Dunkelheit und der Sturm ihm boten, zog Prestimion ohne Unterbrechung am Ostufer entlang, bis er in unmittelbarer Nähe von Farholts Lager war. Das Spiel war riskant: Würde Septach Melayn eine ausreichende Ablenkung liefern? Und würde er, sobald er tatsächlich über den Fluss setzte, es auch unbeschadet auf die andere Seite schaffen? Und würde der Rest des Heeres für den entscheidenden Schlag zur richtigen Zeit an der richtigen Stelle sein? Prestimion konnte seinen Angriff lediglich zeitlich genau planen und auf das Beste hoffen.

Er führte, mit Taradath an seiner Seite, die Bogenschützen selbst an. Gialaurys hatte auf der rechten Flanke den Befehl über die Speerwerfer, und zu seiner Linken rückten unter Thurm und dem blonden Spalirises die Krieger mit den Langspießen vor. Herzog Miaule führte die Kavallerie an, die sich zurückhalten würde, bis die Frage der Mollitors geklärt war, denn selbst die besten Kampffreittiere empfanden schreckliche Furcht vor den Mollitors und waren nutzlos, wenn die großen Ungetüme angriffen.

»Kommt jetzt«, sagte Prestimion und führte die Attacke gegen Farholt an.

Es war ein fast perfekter Überraschungsangriff.

Farholt hatte in der Tat das Herz seiner Streitmacht am Flussufer postiert und erwartete Septach Melayn. Zwei Nächte der falschen Überfahrten waren Farholts Männer in Alarmbereitschaft gewesen, doch jedes Mal war der erwartete Angriff ausgeblieben, sodass sich bei den königlichen Truppen der Eindruck eingestellt hatte, Septach Melayn wolle lediglich Nacht für Nacht einen Scheinangriff durchführen. Dies hatte unwillkürlich zu einem Rückgang an Wachsamkeit auf Farholts Seite geführt; dennoch hielt er seine Linie am Fluss intakt und hatte den Großteil der Mollitors dort postiert, um die Rebellen in den Fluss zurückdrängen zu können, sollten sie je versuchen, an Land zu gehen.

Doch in dieser Nacht war Septach Melayns Angriff keine Finte. Und während er seine Boote über die Mitte des Flusses und zu den wartenden Royalisten führte, griffen Prestimions Bogenschützen Farholts Lager von der anderen Seite aus an. Wäre ihnen die Überraschung völlig gelungen, wäre die Schlacht vielleicht mit einem Handstreich innerhalb von fünf Minuten beendet gewesen; doch einige Männer Farholts, die zufällig ihren durchgegangenen Reittieren in den Wald nördlich vom Lager gefolgt waren, sahen im Licht eines Blitzes, dass Prestimions Männer einen niedrigen Hügel zu ihnen herabstiegen, und liefen schreiend ins Lager zurück und schlugen Alarm. Und so hatte Farholt gerade noch Zeit, um einen Teil seiner Truppen umzupositionieren und dem unerwarteten Angriff von hinten zu begegnen.

»Sieh, Bruder«, sagte Prestimion zwischen zwei gewaltigen Donnerschlägen zu Taradath. »Sie laufen in den Tod.« Und er legte einen Pfeil in den Bogen und erschoss einen von Farholts Hauptmännern; Taradath zielte unmittelbar nach ihm und fällte einen weiteren.

Das Gemetzel war entsetzlich. Ein Pfeilhagel schlug auf Farholts verwirrte Männer ein, als sie in der Dunkelheit durch den Schlamm den Hügel hinaufstürmten.

Von den Mollitors war nichts zu sehen; sie waren anscheinend noch am Flussufer und warteten auf Septach Melayn. Also konnte Prestimion ohne Risiko die Kavallerie ins Spiel bringen und befahl Miaule, mit seiner Division vorzurücken.

Farholt wusste nun vom Ausmaß des unerwarteten Angriffs auf seinen Rücken und teilte verzweifelt seine Streitmacht, schickte ein Bataillon nach dem anderen hinüber, um dem Vorstoß von Prestimions Männern zu begegnen. Offensichtlich hatte er die Größe des Rebellenheers unterschätzt und auch nicht damit gerechnet, von zwei Seiten gleichzeitig angegriffen zu werden; und die meisten seiner Leute hatten das Nachtlager aufgeschlagen und bemühten sich, sich kampfbereit zu machen. Prestimion bedeutete Thurm und Spalirises nun, mit den Lanzenkämpfern einzugreifen, und schickte Gialaurys von der anderen Seite los, die Royalisten mit seinen Speerkämpfern zu umschließen. »Wir haben sie!«, rief er Prestimion mit einem laut hallenden Schrei zu, den man von der einen Seite des Schlachtfelds bis zur anderen Seite hören konnte. »Prestimion! Prestimion! Heil dir, Lord Prestimion!«

Nun wichen Farholts Leute unter dem mörderischen Angriff von Prestimions Bogenschützen zurück, während die Infanteristen die Royalisten von beiden Seiten zur Mitte des Lagers trieben. Septach Melayn war mittlerweile gelandet; so viel wurde aus dem wilden Trompeten der Mollitors in der Ferne ersichtlich. Prestimion, der im dichtesten Kampfgetümmel stand, fragte sich erstaunt und verwirrt, ob sie vielleicht imstande waren, das gesamte Heer der Royalisten auf einmal in die Flucht zu schlagen, jetzt, ganz am Anfang der Schlacht, während seine Streitmacht und die Septach Melayns sich wie die Hälften eines Nussknackers um die Gegner schlossen.

Aber er wusste, diese Hoffnung würde sich nicht erfüllen. Er verdrängte solche Gedanken und konzentrierte sich wieder völlig auf seinen Bogen. Die Pfeile flogen, und fast jeder fand sein Ziel.

Prestimion versuchte, nicht darüber nachzudenken, wen er zur Strecke brachte, obwohl er einige der Männer erkannte. Er sah den benommenen Ausdruck auf dem Gesicht Hyles von Espledawn, und einen weiteren, bei dem es sich um Travin von Ginoissa handeln mochte, als die Pfeile sie durchbohrten. Aber jetzt war nicht die Zeit, um Bedauern zu empfinden. Er zielte erneut, auf einen Mann, der einen Energiewerfer hielt. Farholts Heer verfügte nur über wenige solcher Waffen, und sie waren in der Tat sehr gefährlich; aber sie waren auch sehr unzuverlässig, denn die Kunst ihrer Herstellung war vor etwa einem Jahrtausend verloren gegangen und erst kürzlich wieder entdeckt worden, wurde aber noch nicht mit viel Geschick betrieben. Der Mann hatte aus fünfzig Schritt Entfernung die Mündung seiner Waffe auf Prestimion gerichtet. Doch Prestimion schickte einen Pfeil durch seinen Hals, während er noch an den Knöpfen und Hebeln herumfummelte, mit denen man den Strahl einstellen konnte.

Auf Prestimions linker Seite erklangen Schreie. Er schaute in diese Richtung und sah, dass die Stoßkraft des Gefechts, die zuerst ausschließlich von seinen Truppen ausgegangen war, sich nun zu verändern begann. Farholts Männer hatten sich gesammelt und behaupteten sich zumindest.

Prestimions Bogenschützen stießen nun nicht mehr völlig unbehindert in Farholts Lager vor. Die schiere Masse von Farholts Heer war zu groß. Sie waren gefangen zwischen Septach Melayns Landetrupp und Prestimions Männern, die sie im Rücken angegriffen hatten, und konnten nirgendwohin fliehen; und nun saßen sie fest zwischen dem Wald und dem Fluss. Der plötzliche Angriff von zwei Seiten hatte sie in einen kopflosen Haufen verwandelt, doch es war ein bewaffneter und kräftiger Haufen, und die Soldaten fürchteten um ihr

Leben. Also hielten sie ihre Positionen, setzten sich gegen die Angreifer zur Wehr und wichen keinen Fingerbreit mehr zurück. Es entwickelte sich ein Kampf Mann gegen Mann, so wie einst, vor langer Zeit, Farholt und Gialaurys im Labyrinth miteinander gerungen hatten.

Bogenschützen waren bei solch einem Handgemenge keine große Hilfe mehr. Die Vorrangstellung war auf die Bataillone übergegangen, die von Gialaurys, Spalirises und Thurm geführt wurden und viel weniger Platz für den Einsatz ihrer Waffen benötigten. Sie stachen mit ihren Speeren und Lanzen zu, während Miaules Kavallerie außen um das Durcheinander ritt und mit Schwertern und Äxten von oben auf Farholts Männer einschlug.

Prestimion arbeitete sich zu Gialaurys zurück. »Mach mir einen Weg zum Ufer frei«, sagte er. »Meine Bogenschützen sind dort unten viel wertvoller.«

Gialaurys, der von Regen und Schweiß völlig durchnässt war, grinste breit, nickte und zog einen Trupp seiner Lanzenkämpfer vom Kampfgetümmel ab. Prestimion sah seinen Bruder Taradath direkt neben sich stehen und zupfte an seinem Ärmel. »Am Flussufer gibt es Arbeit für uns«, sagte er. Gefolgt von ihrem Korps aus Bogenschützen, begaben sie sich unter der Deckung des Zugs der Lanzenkämpfer um die linke Seite des Lagers und den sanften, verschlammten Hang zum Fluss hinab.

Dort unten herrschte das reine Chaos. Septach Melayn war, wie angewiesen, lediglich mit seinen Fußsoldaten an Land gekommen; die Anwesenheit der Kavalleriebataillone auf dem anderen Flussufer hatte Farholt lediglich in die Irre führen sollen. Aber die vordringenden Streitkräfte waren, nachdem sie gerade den Kampf mit der Sturzflut überstanden hatten, auf die unerbittliche Linie der Mollitors gestoßen. Die schwerfälligen Kampftiere waren überall am Ufer, zerrissen die Angreifer mit den Klauen, zerstampften sie, spießten sie auf. Septach Melayns Männer wehrten sich mit Speeren und Lanzen und stachen in der Hoffnung nach oben, einen schwachen Punkt unter ihren Körperpanzern zu treffen. Doch überall waren Schlamm und Blut und peitschender Regen, und überall sah Prestimion gefallene Soldaten.

»Zielt auf die Mollitorführer«, rief er seinen Männern zu. Denn im Sattel eines jeden Mollitors, der von natürlichen Falten des Schulterpanzers gebildet wurde, saß ein solcher Führer, der mit Schlägen eines Schlegels mehr oder weniger imstande war, sein monströses Ungetüm zu lenken. Prestimions Schützen machten sich nun daran, sie aus den Sätteln zu schießen, schickten einen nach dem anderen von ihnen in den Schlamm und unter die krallenbewehrten Hufe ihrer eigenen Tiere. Die Mollitors, die ohne ihre Führer völlig verwirrt waren und darüber hinaus auf einer immer kleiner werdenden Fläche eingezwängt wurden, bewegten sich immer wütender im Kreis und rempelten sich gegenseitig an. Und schließlich konnten sie Freund und Feind nicht mehr auseinander halten, machten kehrt, preschten vom Ufer davon und stoben mitten in Farholts Kavallerie, die zu einem Gegenangriff zum Ufer hinabritt.

Prestimion kämpfte sich den Weg frei, bis er neben Septach Melayn stand. Der große Schwertkämpfer focht mit einem wilden Hochgefühl, schlug hämisch und mit schrecklicher Wirkung zu. »Ich hatte nicht gedacht, dass es so gut laufen würde!«, rief er lachend. »Wir haben sie besiegt, Prestimion! Besiegt!«

Ja. Die Schlacht war gewonnen. Und jetzt kam der letzte Schlag. Die Regimenter aus Zimroel waren in Reserve gehalten worden; und nun überquerten diese Truppen unter Gaviad und Gaviundar den Fluss in einer Vielzahl von Booten und erreichten ein Ufer, das nicht mehr von Mollitors bewacht wurde. Die Augen der beiden hässlichen Brüder leuchteten geradezu, ihre schrecklichen Gesichter strahlten vor Kampflust, und sie wirkten wie in Ekstase, als sie ihre Männer ans Ufer führten.

Was nun folgte, war kein Kampf mehr, sondern ein Gemetzel.

Die Streitmacht der Royalisten – sie war schon längst kein Heer mehr – zog sich Hals über Kopf zurück, als diese völlig unerwartete Verstärkung in ihre Mitte vorrückte. Das Schlachtfeld war zu einem Chaos aus gefallenen Reittieren, Verwundeten und erzürnten, unkontrollierbaren Mollitors geworden; Rebellentruppen rückten von allen Seiten vor. Farholts Streitkräfte liefen wild durcheinander, während sie versuchten, die feindlichen Linien zu durchbrechen, um sich zurückziehen zu können, doch die Rebellen mähten sie auf allen Seiten nieder. Das war Krieg von einer Wildheit, die niemand erwartet hatte, und die Royalisten waren nicht darauf vorbereitet, angesichts solch eines Aderlasses geordnete Formationen beizubehalten. Als sich im Osten eine Öffnung auftat, schmolz ihre Streitmacht dahin. Zuerst waren es Gruppen von zehn oder zwanzig Soldaten, dann gaben hunderte gleichzeitig Fersengeld und verschwanden in die verregnete Dunkelheit.

Prestimion erblickte Farholt selbst, eine riesige, wütende Gestalt, die ein gewaltiges Schwert schwang und Befehle bellte. Gialaurys hatte ihn ebenfalls ausgemacht und lief mit Mordlust in den Augen in seine Richtung. Prestimion rief ihm zu, er solle zurückkommen, doch es war sinnlos, denn er hatte seine Stimme fast verloren, und Gialaurys war schon weit außerhalb ihrer Reichweite.

Doch dann verschwand Farholt in einem wirbelnden Durcheinander. Prestimion sah, dass Gialaurys allein dort stand, sich umschaute, nach seinem persönlichen Feind suchte, ihn aber nicht fand.

Das erste Licht der Dämmerung zog über den Himmel. Es erhellte ein verschlammtes Schlachtfeld, das rot vor Blut war, überall Leichen, und Farholts stolzes Heer strömte Hals über Kopf nach Osten davon und ließ seine Reittiere, die Mollitors und die Waffen zurück.

»Es ist vollbracht«, sagte Prestimion. »Und zwar sehr gut vollbracht.«

7

Die Schlacht am Flussufer war zwar ein großer Sieg für die Sache der Rebellen gewesen, hatte jedoch einen hohen Preis gefordert. Als der Regen im Morgengrauen allmählich nachließ und die Sonne sich zeigte, zählten die Sieger ihre Toten. Kaymuin Rettra von Amblemorn war gefallen und Graf Ofmar von Ghrav; einer von Rufiel Kisimirs Söhnen war tot und ein anderer schwer verwundet. Der nützliche Führer Elimotis Gan von Simbilfant war ebenfalls umgekommen, der meisterhafte Speerkämpfer Telthyb Forst und viele mehr. Prestimion war auch nicht weniger bekümmert, als er die Leichen jener sah, die auf der anderen Seite gefallen waren, denn obwohl sie sich entschlossen hatten, sich um Korsibars willen gegen ihn zu stellen, kannte er sie trotzdem schon seit Jahren, manche seit der Kindheit, und hatte sie einst als gute Freunde betrachtet. Unter ihnen waren Graf Iram von Normorks jüngerer Bruder Lamiran, Thivvid Karsp von Stee, der ein enger Verwandter Graf Fisiolos war, und auch so große Männer wie Belditan von Gimkandale und Graf Edgan von Guand und Sinjian von Steppilor. Doch Farholt war anscheinend entkommen und mit den meisten seiner Kommandanten in völliger Unordnung zurück zum Burgberg geflohen.

»Das alles sind schwere Verluste, sowohl unsere als auch ihre, und ich trauere um sie alle«, sagte Prestimion ernst zu Herzog Svor, nachdem sie die Gefallenen bestattet hatten. »Und wie es mich verbittert, dass sie nicht die Letzten sein werden! Was glaubst du, wie viele Tote muss es noch geben, bevor Korsibar zurücktritt und seine Niederlage eingesteht?«

»Zumindest einen – Korsibar«, meinte Septach Melayn. »Glaubst du ernsthaft, Prestimion, dass er jetzt zu deinen Gunsten zurücktritt, nur weil er eine Schlacht verloren hat? Hast du deine Hoffnungen aufgegeben, als er uns bei Arkilon vernichtend schlug?«

Prestimion antwortete nicht, sondern starrte nur vor sich hin. Er hatte von Anfang an gewusst, dass dieser Krieg nur mit Korsibars Tod – oder dem seinen – enden konnte; und doch vermochte er dieses Wissen nicht so einfach zu hinzunehmen. Die Vorstellung, dass Korsibar sterben musste, um den Frieden wiederherzustellen, war ungeheuerlich. Und wenn er an alles andere dachte, das vorher noch vollbracht werden musste, kam es ihm vor, als sähe er sich der Herausforderung gegenüber, den Burgberg zu Fuß zu besteigen.

»Und vergiss nicht, am Jhelum wartet im Norden ein zweites Heer unter Navigorn auf uns«, fuhr Gialaurys fort. »Wir werden bereits wieder auf dem Schlachtfeld stehen, bevor wir zu Atem gekommen sind, und beim nächsten Mal läuft es vielleicht nicht so gut für uns.«

Doch es hatte den Anschein, dass ihnen doch die Zeit blieb, wieder zu Atem zu kommen, denn schon bald brachten Boten aus dem Osten die Nachricht, dass Korsibar Navigorns Heer von seiner Stellung am Flussufer abgezogen hatte und Konferenzen in der Burg abhielt, um zu beraten, wie er den Feldzug gegen die Rebellen am besten führen sollte. Auf jeden Fall stellten nun die Winterregen eine starke Behinderung aller Kampfhandlungen dar. Also würde es einen Aufschub geben. Wann auch immer die nächste Schlacht kommen mochte, Prestimions Truppen würden zumindest ausgeruht und bereit sein.

Prestimion schickte sich nun an, sein Heer wieder zu vergrößern und die Unterstützung der Bürgerschaft hier im Hinterland zu gewinnen.

Dantirya Sambail war noch nicht eingetroffen, wie er es versprochen hatte. Das war ein Problem. Stattdessen hatte der Prokurator Nachrichten geschickt: Die Angelegenheiten zu Hause seien komplizierter, als er erwartet habe, aber er hoffe, alle Probleme schnell klären und spätestens im Frühjahr zu den Rebellenkräften stoßen zu können. Derweil beglückwünschte er Prestimion zum großen Sieg am Jhelum, von dem er in allen Einzelheiten von seinen Brüdern erfahren habe, und verlieh seiner festen Überzeugung Ausdruck, Prestimions Weg zur Burg und zum Thron werde von stetem Erfolg gepflastert werden. Was alles gut und schön war, doch Prestimion bereitete Dantirya Sambails Abwesenheit Probleme. Dieser Mann beherrschte die Kunst, auf allzu vielen Seiten gleichzeitig zu stehen.

Nachdem Prestimion die Regenzeit am Jhelum abgewartet, sich Proviant verschafft und von den Züchtern von Marraitis eine weitere Anzahl Reittiere erhalten hatte, zog er in nördliche Richtung, in den Bezirk Salinakk im zentralen Alhanroel, einer Plateauregion mit milden Brisen, niedrigen Hügeln und einem trockenen, sandigen Terrain. Sein Ziel war die bevölkerungsreiche Stadt Thasmin Kortu, die Hauptstadt der Provinz Kenna Kortu, die direkt hinter Salinakk lag. Herzog Keftia von Thasmin Kortu, der durch Ehebande mit der Prinzessin Therissa verwandt war, hatte Prestimion Briefe zum Jhelum geschickt, in denen er seiner Sympathie für Prestimions Sache Ausdruck verlieh und ihn einlud, seine Stadt als Stützpunkt zu nutzen, während er seinen Feldzug gegen den Usurpator vorbereitete.

Doch zwischen dem Jhelum und Thasmin Kortu lagen die vielen großen und kleinen Städte des Salinakk, und ein Großteil dieser Provinz war Korsibar treu ergeben. Die Späher, die Prestimion vorausgeschickt hatte, hatten dort fast überall Korsibars Banner gesehen.

Anfangs setzte man Prestimions Vorstoß in diese Provinz jedoch kaum Widerstand entgegen; schließlich hatte er Farholts Herde von Mollitors dabei. Es war ihm nicht ratsam erschienen, diese schrecklichen Kriegstiere frei am Ufer des Jhelum streifen zu lassen, wenn er sie selbst einsetzen konnte. Also hatte er sie zusammentreiben lassen und Farholts überlebende Mollitorführer gezwungen, sich seinem Heer anzuschließen. Als die Dorfbewohner des Salinakk die Annäherung dieser beeindruckenden Streitmacht bemerkten, hießen sie Prestimion durchaus herzlich willkommen. In einem Ort namens Thelga jubelten sie ihm mit scheinbarer Aufrichtigkeit als Coronal zu und zeigten ihm einen einfacheren Weg durch das Salinakk als den, den er ursprünglich hatte nehmen wollen, über Hurkgoz und Diskhema und vorbei an den trostlosen Salzebenen des Sees Guurduur.

Auf dieser Strecke kam es nur zu einer einzigen bemerkenswerten Kampfhandlung: beim Fort Magalissa, das auf einem Berggipfel lag und in dem eine Garnison Infanterie stationiert war. Prestimion schickte dem Kommandanten die Nachricht, er erhebe als Coronal Anspruch auf ihre Dienste, worauf die Soldaten mit einem trotzigen Pfeilregen antworteten.

»Wir sollten ein solches Verhalten nicht dulden«, sagte Septach Melayn freundlich und zog mit fünfhundert Mann los, um sich mit ihnen zu befassen. Es war eine riskante Aufgabe, dieser Angriff hügelaufwärts gegen eine befestigte Stellung, zumal die Kavallerie keine echte Unterstützung darstellte, da der Hügel zu rau und steil war, als dass Reittiere ihn erklimmen konnten; doch es stellte sich heraus, dass die Garnison von Magalissa nur wenig echte Kampflust hatte und sich schnell ergab.

Danach zog die Rebellenstreitmacht schnell über das sandige Plateau nach Norden, durch eine Region mit kleinen Flüssen, die sich durch kahlen Boden schnitten, vorbei an winzigen Dörfern, die von Wäldchen schmaler, hoher Vribinbäume geschützt wurden, die man dicht nebeneinander gepflanzt hatte. Schließlich kamen sie zum See Guurduur, einem grimmigen, toten Gewässer, das von einer weißen Salzschicht bedeckt war. Bösartige rotäugige Salzgeschöpfe mit Gliederbeinen und hoch aufragenden Skorpionschwänzen krochen dort langsam umher und warnten sie mit unaufhörlichem Zuschnappen der Kiefer, ihre Reviere zu meiden. Doch Prestimion verspürte gar nicht den Wunsch, Coronal der Salzgeschöpfe zu sein, und ließ sie unbehelligt. Und nach fünf weiteren Tagen erreichte er die Stadt Kelenissa, in der sich zwei bedeutende Straßen trafen. Die eine führte zu der Provinz Kenna Kortu, die andere, die Hauptstraße, zu Herzog Keftias Stadt tiefer im Norden.

Zwei Flüsse entsprangen hier, der Quarintis und der Quariotis. Der eine floss nach Osten, der andere nach Westen, und beide traten aus derselben Kalksteinhöhle hervor, die wie ein klaffendes weißes Maul auf dem sandigen Boden hockte. Auf dem Hügel darüber, auf dem Kelenissa lag, war alles grün und üppig und blühend, ein willkommener Anblick nach dem Schlamm des Jhelum-Tals und der Unfruchtbarkeit des Salinakk-Plateaus.

Hier fanden sie einen uralten Steinpalast, den irgendein Coronal errichtet hatte, der wohl noch vor Stiamot geherrscht hatte, doch das Gebäude war zur Ruine verkommen; dann erreichten sie einen Wald, durch den ungehindert fremdartige wilde Tiere streiften. Ein Mann aus Kelenissa, der dort jagte, erzählte Prestimion, dass der Coronal, der den Palast erbaut hatte – seinen Namen kannte auch er nicht –, hier einen großen Park mit solchen Tieren angelegt hätte. Der Park war noch tausende von Jahren nach seiner Amtszeit als Tierschutzgebiet erhalten geblieben, doch nun lebten die Tiere dort unbeaufsichtigt, denn die Mauern des Geheges waren zerfallen.

Derselbe Mann zeigte auf Septach Melayn, der auf der Seite stand und so penibel, wie es seine Art war, das

Gehenk seines Schwerts zurechtrückte, und sagte zu Prestimion: »Dieser sehr große Mann dort, mit den schmucken blonden Ringellöckchen und dem kleinen Spitzbart: Könnte das Prinz Prestimion sein, der behauptet, Coronal zu sein? Denn wenn dem so ist, sollte ich ihm etwas sagen.«

Prestimion lachte. »Er sieht so königlich aus, nicht wahr? Und in der Tat ist er Prestimions anderes Ich, oder eins davon, denn auch das dort drüben ist Prestimion, der kleine dunkle Mann mit dem eng gelockten Bart, und der dort drüben ebenfalls, der Breitschultrige, dessen Haar so kurz geschnitten ist. Aber eigentlich bin ich derjenige, der nach seiner Geburt diesen Namen bekam, also sage mir, was Prinz Prestimion deiner Meinung nach wissen sollte.«

Der Mann aus Kelenissa schaute, verwirrt von Prestimions leichtfertiger und ein wenig überspannter Antwort, von Septach Melayn zu Svor und zu Gialaurys und dann wieder zu Prestimion. »Nun ja, wer auch immer von euch der Prinz sein mag«, sagte er dann, »lass ihn wissen, dass zwei große Heere des anderen Lord Coronals, dessen Name Korsibar ist, in diesem Augenblick zu dieser Stadt marschieren, um ihn gefangen zu nehmen und zum Burgberg zurückzubringen und ihm dort den Prozess wegen Rebellion zu machen, und dass wir von diesem Lord Korsibar den Befehl erhalten haben, ihnen nach ihrer Ankunft jeden gewünschten Beistand zu leisten und dem Rebellen Prestimion nicht zu helfen. Sag das Prinz Prestimion, wenn du so freundlich bist.« Und der Mann drehte sich um und trottete davon, und Prestimion tat es Leid, dass er so unernst mit ihm gesprochen hatte.

Also war ihre Ruhepause vorbei. Prestimion beriet sich schnell mit Thalnap Zelifor, der in der Tat ein gewisses Geschick darin zu haben schien, seinen Geist an ferne Orte zu versetzen und dort einiges in Erfahrung zu bringen. Der Vroon gestikulierte geschäftig mit seinen Tentakeln, erzeugte in der Luft vor ihm ein schwaches bläuliches Leuchten und berichtete nach einem Augenblick der äußersten Konzentration, dass sich ihnen in der Tat zwei Heere näherten, noch größere Streitkräfte als die, die Farholt angeführt hatte. Mandrykarn und Farholt waren die Generale derjenigen im Süden, die durch Orte wie Castinga, Nyaas und Purmande marschierten, während Navigorn erneut aus dem Norden heranrückte.

»Und welches Heer ist uns in diesem Augenblick näher?«, fragte Prestimion.

»Navigorns. Er befehligt auch das größere.«

»Wir tragen den Krieg zu ihm, ohne abzuwarten, bis er hier eintrifft«, sagte Prestimion sofort, denn der Sieg am Jhelum floss noch heiß in seinen Adern. »Er hat uns bei Arkilon schwer zugesetzt, doch diesmal werden wir ihn schlagen. Und danach befassen wir uns mit Mandrykarn und Farholt.«

Septach Melayn und Gialaurys pflichteten ihm bei: schnell zuschlagen, bevor die beiden vorrückenden Heere sich vereinigen konnten. Die Brüder Gaviad und Gaviundar waren nicht so versessen darauf. »Es ist zu früh, um schon wieder zu kämpfen«, sagte Gaviad, der sogar zu dieser Morgenstunde schon seinen Wein genossen zu haben schien; jedenfalls ließ seine schwere Zunge darauf schließen. »Unser Bruder, der Prokurator, wird kurz über lang mit zusätzlichen Männern zu uns stoßen.«

»Ja, warten wir«, sagte Gaviundar. »Unser Bruder ist unserer Sache eine große, wunderbare Stütze.«

»Und wisst ihr, wann er bei uns eintreffen wird?«, fragte Septach Melayn ein wenig gereizt. »Er scheint schon etwas überfällig zu sein, meint ihr nicht auch?«

»Hab Geduld, Junge, Geduld!«, sagte Gaviad, schaute aus geröteten, trüben Augen zu Septach Melayn auf und zog an den drahtigen Büscheln seines Schnurrbarts. »Dantirya Sambail wird bald bei uns sein, meinen Eid darauf.« Und er holte eine neue Flasche Wein hervor und machte sich an die Arbeit.

Der Vorschlag, sofort anzugreifen, stieß auch bei Svor auf keine Gegenliebe. »Wir sind nach dem Kampf am Fluss und diesem leichten Marsch nach Norden in gehobener Stimmung und fühlen uns stark. Aber sind wir auch stark genug, Prestimion? Wäre es nicht klüger, sich nach Westen zurückzuziehen, vielleicht sogar bis zur Küste, und ein noch größeres Heer aufzubauen, bevor wir es mit ihnen aufnehmen?«

»Was ihnen ebenso Gelegenheit gäbe, ihre eigenen Truppen zu verstärken«, sagte Gialaurys. »Nein. Ich sage: Schlagen wir jetzt zu, machen wir sie mit unseren Mollitors nieder und schicken sie in Fetzen zu Korsibar zurück, wie wir es mit Farholts Heer getan haben. Zwei solche Niederlagen in Folge, und die Leute werden sich sagen, dass die Hand des Göttlichen sich gegen den Usurpator gewendet hat. Wenn wir warten, verschaffen wir ihm damit nur noch mehr Zeit, sich als rechtmäßigen König darzustellen.«

Nun folgte ein langes Schweigen, in das Svor schließlich mit leiser Stimme, die schon an Melancholie grenzte, sagte: »Rechtmäßig … unrechtmäßig … ach, meine guten Lords, wie viel Blut wollen wir wegen dieser Worte noch vergießen? Wie viele Wunden, wie viele Tote wird es geben? Hätte man Majipoor doch nur nicht diese teuflische Monarchie aufgebürdet!«

»Aufgebürdet, Svor?«, wiederholte Septach Melayn. »Und teuflisch? Eine seltsame Wortwahl. Was willst du damit sagen?«

»Nehmen wir einmal an«, erwiderte Svor, »wir hätten hier keine Könige auf Lebenszeit, sondern nur einen Coronal, der von den hohen Lords und Prinzen gewählt wird und das Amt vielleicht sechs oder auch acht Jahre lang ausübt. Und dann tritt er vom Thron zurück, und ein anderer wird zu seinem Nachfolger gewählt.

Bei so einem System würden wir tolerieren, dass Korsibar den Thron hält, so unrechtmäßig es auch sein mag, wenn wir eine Einigung darüber erzielen könnten, dass er nach den sechs oder acht Jahren seines Weges geht und Prestimion die Krone bekommt. Und sechs oder acht Jahre darauf wiederum ein anderer. Wäre es so, hätten wir nicht diesen Krieg, würden keine rechtschaffenen Männer an schlammigen Flussufern sterben und auch keine Städte in Flammen stehen, denn ich glaube, dass es kurz über lang zu Brandschatzung kommen wird.«

»Was du sagst, ist Wahnsinn«, erwiderte Gialaurys. »Ein Rezept für das nackte Chaos, sonst nichts. Das Königsamt sollte in einem großen Mann verkörpert sein, und dieser Mann sollte den Thron halten, so lange er lebt, und dann ins Labyrinth gehen und bis zum Ende seines Lebens auf dem noch höheren Thron sitzen. Das ist die einzige Möglichkeit, wenn wir auf dieser Welt eine stabile Regierung haben wollen.«

»Und bedenke auch dies«, meinte Septach Melayn. »Bei deinem Entwurf würde der Coronal im letzten oder den beiden letzten Jahren seiner Herrschaft alle Macht verlieren, denn jeder wüsste, dass er nicht mehr lange König sein wird. Warum soll man ihn noch fürchten, wenn seine Zeit sowieso bald abgelaufen ist? Und noch etwas: Ständig würden sich Männer um die Nachfolge streiten. Kaum sitzt ein Coronal auf dem Thron, balgen sich fünf oder sechs schon darum, nach dessen Amtszeit seinen Platz einnehmen zu können. Gialaurys hat Recht, Svor: ein verrücktes System. Wir wollen nichts mehr von dieser Idee hören.«

Prestimion rief sie zur Ordnung, und sie beschäftigten sich wieder mit dem eigentlichen Anlass dieses Treffens, nämlich der Überlegung, ob sie Navigorns Heer angreifen sollten oder nicht. Man fasste diesen Entschluss, auch wenn die Brüder Gaviad und Gaviundar sich nicht dafür erwärmen konnten, und schickte

Späher in unterschiedliche Richtungen aus. Bald erhielt Prestimion von ihnen Meldungen, die Thalnap Zelifors magische Vorhersagen bestätigten. Navigorn war fünf Tagesmärsche in nordöstlicher Richtung von ihnen entfernt, auf einer flachen, trockenen Ebene nahe einem Ort namens Stymphinor. Er führte ein Heer von erschreckender Größe an, sagten die Späher, und auch ein großes Korps von Zauberern und Magiern.

»Gebt mir einen guten Mann mit einem Schwert und einen weiteren mit einem Speer«, sagte Prestimion verächtlich, »und jeder von ihnen wird ein Dutzend Zauberer töten. Diese Männer mit ihren kecken Hüten jagen mir keine Angst ein.«

Sollte Navigorn ruhig zu solchen Dingen greifen, wenn er wolle, erklärte er. Er selbst würde sich auf konventionellere Taktiken verlassen: gute, stabile Waffen mit leuchtendem, scharfem Stahl, und nicht solche Dinge wie Ammatelapalas und Veralistias und Rohillas und ähnliche magische Geräte der Unwissenden und Abergläubischen. »Wir greifen sofort an«, sagte er. »In der Überraschung liegt unsere beste Hoffnung.« Und sie bereiteten sich auf die Schlacht vor.

Dann brachen sie nach Osten auf, folgten so lange wie möglich dem Lauf des Quarintis und zogen dann in die Hügel nördlich des Flusses hinauf, die nach Stymphinor führten, wo Navigorn das Lager aufgeschlagen hatte.

Am Vorabend der Schlacht kam Thalnap Zelifor zu Prestimion, der mit Septach Melayn in seinem Zelt saß und den Angriffsplan ausarbeitete, und fragte den Prinzen, ob er einen Zauber sprechen solle, der sich günstig auf ihre Sache auswirke. »Nein«, erwiderte Prestimion. »Hast du nicht gehört, dass ich immer wieder gesagt habe, solche Dinge seien vielleicht für Navigorn geeignet, aber nicht für mich?«

»Ich dachte, Ihr hättet in den letzten Wochen die Vorzüge unserer Kunst erkannt«, entgegnete der Vroon.

»Ich toleriere ein paar Beschwörungen um mich herum, ja«, sagte Prestimion, »aber nur, weil andere, die ich liebe, mich gebeten haben, sie zuzulassen. Ich bin keineswegs zu deiner Magie konvertiert, Thalnap Zelifor. Militärisches Geschick und schlichtes, einfaches Glück sind mir mehr wert als eine ganze Legion von Dämonen und Geistern und anderer dieser unsichtbaren und nicht existenten Kräfte.«

Doch zu Prestimions Überraschung nahm Septach Melayn eine andere Position ein. »Ach, lass ihn die Zauber doch sprechen, Prestimion«, sagte er. »Sie können schließlich keinen Schaden anrichten, oder? Was kostet es uns, wenn dieser Vroon ein wenig mit den Tentakeln wackelt und die Luft blau leuchten lässt und ein paar Worte murmelt, die uns auf dem Schlachtfeld vielleicht helfen?«

Prestimion bedachte ihn mit einem seltsamen Blick. Nie zuvor hatte er gehört, dass Septach Melayn sich für die Zauberei stark gemacht hätte. Doch Septach Melayn hatte insofern Recht, als dass diese Zauberei sie nichts kostete, von einer kleinen Anstrengung des Vroon einmal abgesehen, und so gab Prestimion seine Erlaubnis. Thalnap Zelifor kehrte zu seinem Zelt zurück, um den Zauber zu sprechen, und Prestimion und Septach Melayn arbeiteten an ihrem Schlachtplan weiter.

Eine Stunde später tauchte der Vroon wieder auf. Seine großen Augen blickten noch ernster als sonst, als hätte er lange und hart an seiner Aufgabe gearbeitet.

»Nun?«, fragte Prestimion. »Bist du fertig? Hast du alle Dämonen beschworen, wie es sich gehört?«

»Die Runen sind geworfen, ja«, sagte Thalnap Zelifor. »Und nun wende ich mich in einer ganz anderen Angelegenheit an Euch.«

»Nur zu«, forderte Prestimion ihn auf. »Sprich.«

»Ich habe Euch erzählt, mein Lord, dass ich das unvollständige Modell meines Geräts, mit dem man Gedanken lesen kann, und viele andere Mechanismen, die

Euch bei dem bevorstehenden Kampf von großem Nutzen sein könnten, in der Burg zurückgelassen habe. Ich bitte Euch um Erlaubnis, sofort zur Burg zurückzukehren – noch an diesem Abend aufzubrechen, falls Ihr es erlaubt –, um diese Dinge zu holen.«

Septach Melayn lachte. »Fünf Minuten nach deiner Ankunft dort wirst du wieder in Ketten in den Sangamor-Tunnels hängen. Falls du Glück hast, heißt das. Korsibar weiß, dass du bei uns bist. In dem Augenblick, in dem er dich sieht, wird er dich des Verrats anklagen.«

»Nicht, wenn ich behaupte, auf seine Seite übergelaufen zu sein«, sagte der Vroon.

»Übergelaufen?«, wiederholte Prestimion verblüfft.

»Nur ein Vorwand, das versichere ich Euch«, sagte der Vroon schnell. »Ich erkläre ihm, dass ich keinen Vorzug in Eurem Anspruch auf das Amt des Coronals sehe, und biete ihm meine Dienste an. Vielleicht teile ich ihm auch einige Eurer angeblichen strategischen Pläne mit – die ich selbst erfinden werde. Dann wird er mir keinen Schaden zufügen. Und im richtigen Augenblick gehe ich einfach in meine Gemächer, sammle all meine Geräte und Mechanismen ein, schlüpfe davon und kehre mit ihnen zu Euch zurück. Dann werdet Ihr durch mich – natürlich nachdem ich die letzten zwei oder drei Schritte meiner Forschungen abgeschlossen habe – die Macht haben, in Korsibars Verstand zu schauen oder in Navigorns oder in den jeder Person, bei der Ihr es wünscht, und Ihr werdet die innersten Geheimnisse sehen, die dort verborgen sind.«

Prestimion warf Septach Melayn einen unbehaglichen Blick zu. »Das ist mir alles zu verschlungen. Du willst so tun, als liefest du zu Korsibar über? Wird er so naiv sein, das zu glauben? Und dann willst du die Burg unter seiner Nase verlassen und mit deinen Zaubermaschinen hierher zurückkehren?«

»Ich habe Euch erklärt«, sagte Thalnap Zelifor würdevoll, »dass sie nichts mit Zauberei zu tun haben, sondern mit Wissenschaft.«

»Wenn er glaubt, dass er es schafft, lass ihn gehen«, sagte Septach Melayn. »Wir müssen uns heute Abend mit anderen Dingen befassen, Prestimion.«

»Ja. Ja. Na schön, du kannst zur Burg gehen, Thalnap Zelifor.« Ungeduldig winkte Prestimion den Vroon hinaus. »Willst du eine Eskorte haben?«, fragte er, als Thalnap Zelifor rückwärts aus dem Zelt ging. »Ich kann zwei Männer aus Muldemar erübrigen, die am Jhelum verwundet wurden und morgen sowieso nicht kämpfen werden. Sprich mit Taradath darüber. Und komm mit deinen Maschinen so schnell wie möglich zurück.«

Thalnap Zelifor machte ein ehrfurchtsvolles Sternenfächerzeichen und verließ das Zelt.

Die Kampfhandlungen begannen bei Sonnenanbruch: ein heller, klarer Himmel, eine strahlende, heiße Sonne. Das bedrohliche Korps der Mollitors stand in der vordersten Reihe der Rebellenstreitmacht, und auf jedem großen Ungetüm saß dessen Führer, bereit, auf Prestimions Zeichen mit dem Tier vorzupreschen. Die beiden Heere standen sich auf einem weiten, flachen, offenen Feld gegenüber, dessen Eintönigkeit nur von ein paar dürren Büschen und Felsen unterbrochen wurde: Ein idealer Ort, dachte Prestimion, für einen Angriff mit Mollitors. Er selbst stand mit seinen Bogenschützen auf der linken Seite, ein kurzes Stück hinter der Kampflinie. Seine Speerkämpfer und die Einheiten mit den Wurfschleudern waren, angeführt von Gialaurys und Septach Melayn, in der Mitte postiert, ebenfalls ein wenig hinter der Linie. Die Kavallerie unter Herzog Miaule wartete verborgen in einem Hohlweg ein gutes Stück hinter der rechten Flanke.

Da sie zahlenmäßig weit unterlegen waren, beabsichtigte Prestimion, den Kampf schnell zu beginnen, aber mit den Kräften hauszuhalten. Daher wollte er den

Feind nicht an der schwächsten, sondern an der stärksten Stelle angreifen – genau in der Mitte.

Er vertraute auf einen indirekten Vorstoß: Die Mitte und die linke Flanke wollte er anfangs zurückhalten, damit die Mollitors ungehindert vorstürmen und Navigorns Kampflinie in Unordnung bringen konnten. Sobald dann dort eine Lücke entstanden wäre, sollte die Kavallerie von rechts zum entscheidenden Angriff ansetzen, während die beiden anderen Flügel in ihrem Kielwasser folgten. Überwältigende Kraft im entscheidenden Zeitpunkt: das war ihre Strategie. Erneut blieb das Heer aus Zimroel unter dem Befehl der Brüder des Prokurators zurück, um den letzten entscheidenden Angriff zu führen und Navigorns versprengte Truppen aufzureiben, sobald sie sich zurückzogen.

Prestimion konnte Navigorn auf der anderen Seite sehen, an der Spitze seiner Truppen: eine imposante, dunkelhaarige Gestalt, äußerlich Korsibar sehr ähnlich, kühn und großspurig, zuversichtlich grinsend, die von einem grünen Umhang umgebenen Schultern zurückgeworfen, die breite Brust stolz unter der Rüstung aus glänzenden Silberplättchen geschwollen. Auch aus dieser Entfernung sah er, dass Navigorns Augen leuchteten, vor Freude auf den Kampf und Eifer, endlich vorstoßen zu können. Ein würdiger Gegner, dachte Prestimion. Aber wie schade, dass sie Feinde sein mussten.

Er gab den Befehl zum Angriff. Die Mollitors preschten vor. Ihre schweren Hufe erzeugten ein Geräusch, als schlügen tausend Hämmer auf tausend Ambosse.

Dann kamen plötzlich ein Dutzend oder mehr von Navigorns Zauberern mit ihren dreisten Hüten in Sicht, protzig mit goldenen Kalautikois und scharlachroten und grünen Lagustrimores bekleidet. Prestimion sah, dass sie nebeneinander auf einem der Felsvorsprünge über dem Schlachtfeld standen. In den linken Händen hielten sie große, gewundene Bronzehörner, wie er sie noch nie gesehen hatte. Und als die Mollitors mit dem

Angriff begannen, hoben die Magier die Mundstücke dieser Hörner an ihre Lippen und erzeugten ein so teuflisches Gekreische, dass Prestimion schon glaubte, der Himmel werde deshalb aufreißen. Er hatte den Eindruck, dass hier irgendeine Zauberei am Werk war, die den Lärm dieser Hörner verstärkte; jedenfalls kam es ihm unwahrscheinlich vor, dass menschliche Lungen solch ein Geräusch hervorbringen konnten. Dieser Ton heulte immer und immer wieder auf, wie die Posaunen des Jüngsten Gerichts.

Und die Mollitors, zumindest einige von ihnen, gerieten in Verwirrung.

Diejenigen, die vorneweg preschten, blieben abrupt stehen, als sie dieses schreckliche Geräusch vernahmen, wandten sich davon ab und liefen wild in jede Richtung, die sie dem bösen Kreischen nicht näher brachte. Einige rannten nach links, mitten in die Reihen von Prestimions Bogenschützen, die vor ihnen auseinander stoben. Einige liefen nach rechts, verschwanden inmitten von Staubwolken in die Runse, in der Prestimions Kavallerie sich verborgen hielt, und lösten bei den Reittieren Panik aus. Und einige, die vielleicht tapferer oder auch nur dümmer als die anderen waren, stürmten auf Navigorns Kampflinie zu; aber das Royalistenheer trat einfach beiseite und schuf Gassen, durch die die heranrasenden Mollitors laufen konnten, damit sie sich dann auf den offenen Feldern hinter den Linien austoben konnten, ohne Schaden anzurichten.

Einen Augenblick lang hatte es Prestimion aufgrund des völlig misslungenen Angriffs die Sprache verschlagen. Dann hob er seinen Bogen, zog ihn zurück, bis er fast brach, und holte mit dem mächtigsten Schuss seines Lebens einen von Navigorns Magiern von dem Felsen, wobei der Pfeil sich problemlos in den üppigen Brokat dessen Kalautikois bohrte und der Schaft auf der anderen Seite eine Handspanne weit wieder heraustrat. Der Mann wurde zurückgeschleudert und brach zusammen, ohne ein Wort von sich zu geben, und sein Horn aus polierter Bronze fiel scheppernd neben ihm zu Boden.

Aber Prestimions wunderbarer Schuss war der letzte glückliche Augenblick dieses Tages für die Rebellen. Der wirkliche Schwung lag nun auf der Seite der Royalisten. Als die Mollitors sich zerstreuten, preschte Navigorns Kavallerie donnernd vor, dicht gefolgt von der Infanterie, die drohend ihre Lanzen und Speere schwenkten. »Haltet die Formation!«, rief Prestimion. Septach Melayn rief, weit neben ihm, denselben Befehl. Doch die Kampflinie der Rebellen brach zusammen. Prestimion beobachtete, wie seine Männer sich umdrehten und zur zweiten Linie zurückströmten, und stellte dann zu seinem Entsetzen fest, dass eine Zeit lang ein bizarrer Kampf zwischen seinen eigenen Leuten tobte. Denn die zweite Linie konnte in der Hitze des Getümmels Freund von Feind nicht unterscheiden und griff jene an, die auf sie zustürmten, ohne mitzubekommen, dass es sich um ihre fliehenden Gefährten handelte.

Prestimion hielt nach einem Boten Ausschau und erblickte seinen leichtfüßigen Bruder Abrigant. »Lauf zu Gaviundar«, befahl er ihm. »Sag ihm, wenn sie nicht sofort in die Schlacht eingreifen, ist alles verloren.«

Abrigant nickte und lief nach hinten.

Prestimion erkannte nun, dass Navigorn ein meisterhafter General war. Er hatte die vollständige Kontrolle über jeden Augenblick der Schlacht. Seine Kavallerie hatte die Kampflinie der Rebellen in die Flucht geschlagen; seine Infanterie setzte wütend nach und verwickelte Prestimions zweite Linie, die sich nun neu formiert hatte und stärkeren Widerstand leistete, in Kämpfe Mann gegen Mann. Und nun drang Navigorns zweite Linie vor, aber nicht an der erwarteten breiten Front, sondern als tödlicher, konzentrierter Keil, der sich gnadenlos in das Herz der Rebellenlinie zwängte. Man konnte sie nicht mehr aufhalten. Prestimion und seine

Männer füllten die Luft nun mit Pfeilen, doch die besten Bogenschützen der Welt hätten diesen Vorstoß nicht zurückwerfen können.

Das Gemetzel setzte sich fort.

Wo waren Gaviundar und der betrunkene Gaviad? Über eine Flasche Wein gebeugt, irgendwo ungefährdet hinter den Linien? Prestimion warf einen Blick auf Gialaurys, der einige Feinde mit seinem Speer aufspießte, und dann auf Septach Melayn, der anderswo mit seinem unermüdlich aufblitzenden Schwert an der Arbeit war, doch die Sache war hoffnungslos. Er hatte sogar den Eindruck, dass Blut Septach Melayns Arm herabfloss: den Arm eines Mannes, der nie zuvor in seinem Leben eine Verletzung davongetragen hatte. Sie waren geschlagen.

»Blast zum Rückzug«, rief Prestimion.

Gerade als das Signal erklang, kam Abrigant zu ihm zurückgelaufen. »Das Heer aus Zimroel kommt!«, rief der Junge keuchend.

»Jetzt? Wo ist es die ganze Zeit über gewesen?«

»Gaviundar hat dich falsch verstanden. Er dachte, du wolltest, dass er erst angreift, sobald die Kavallerie vorgerückt ist. Und Gaviad …«

Prestimion runzelte die Stirn und schüttelte den Kopf. »Schon gut. Ich habe bereits zum Rückzug geblasen. Bring dich in Sicherheit, Junge. Wir sind hier fertig.«

8

Draußen im Gang vor dem Büro des Hohen Beraters Farquanor im Pinitor-Hof kam es unvermittelt zu irgendeinem hässlichen Tumult. Der Hohe Berater schaute angesichts dieser Störung seiner Arbeit verärgert auf, hörte Stampfen von Stiefeln auf dem steinernen

Boden des Gangs, laute, wütende Schreie, das Poltern schneller Schritte, die aus verschiedenen Richtungen herbeieilten. Dann hob sich eine erstaunlich vertraute Stimme über das Durcheinander, eine unmögliche Stimme, laut und rau und barsch. »Ganz ruhig, ihr da, ganz ruhig!«, rief sie. »Nehmt eure dreckigen Hände von mir oder ich lasse sie euch abhacken! Ich bin kein Sack Calimbots, den ihr nach Belieben herumschmeißen könnt.« Farquanor stürmte zur Tür, schaute hinaus und schnappte erstaunt nach Luft.

»Dantirya Sambail? Was tust du denn hier?«

»Aha, der Hohe Berater. Aha. Bitte sei so freundlich, deine Männer anzuweisen, einem hohen Lord des Reiches die gebührende Höflichkeit zukommen zu lassen.«

Es war nicht zu fassen. Der Prokurator von Ni-moya, bekleidet mit einer großartigen Reiserobe aus schimmerndem grünem Samt über ausgestellten gelben Kniebundhosen, grinste ihn diabolisch mitten aus einer verwirrt wirkenden Gruppe von Burgwachen an, von denen einige die Waffen gezogen hatten. Trotz der Pracht seiner Kleidung wirkte der Prokurator verstaubt und zerknittert, als hätte er gerade eine lange, beschwerliche Reise hinter sich. Fünf oder sechs Männer in der kühn gefärbten Livree, die Dantirya Sambails Leute trugen, standen in der Nähe. Sie schienen von der Reise genauso mitgenommen zu sein wie ihr Herr und waren von weiteren Wachen gegen eine Wand zurückgedrängt worden. Farquanor erkannte unter ihnen Mandralisca, den Giftkoster mit dem scharf geschnittenen Gesicht.

»Was hat das zu bedeuten?«, wandte Farquanor sich an die ranghöchste Wache der Gruppe, einen Hjort namens Kyargitis, der das ständig verdrossene Gesicht und die hervortretenden Augen seiner Spezies hatte. Kyargitis wirkte im Augenblick jedoch noch unglücklicher als sonst. Seine dicke, orangefarbene Zunge huschte nervös über die vielen Reihen der gummiartigen Kauknorpel hin und her, die seinen geräumigen Mund ausfüllten.

»Der Prokurator und seine Männer haben sich durch das Dizimaule-Tor Zutritt zur Burg verschafft – ich verspreche Euch, ich werde eine genaue Untersuchung einleiten, Graf Farquanor –, und sie konnten ungehindert zum Vorraum des Pinitor-Hofs vordringen, bevor sie gestellt wurden«, sagte der Hjort und blähte vor Verdruss die Wangen auf. »Er hat darauf bestanden, Euch zu sprechen. Es kam zu Handgreiflichkeiten … wir mussten ihn mit körperlicher Gewalt bändigen …«

Farquanor war völlig verblüfft, dass ausgerechnet der Mann, von dem er am wenigsten erwartet hätte, ihn heute in diesem Gang zu sehen, unerklärlicherweise vor seiner Tür aufgetaucht war. Wie kühn musste Dantirya Sambail sein, dass er mit dieser kleinen Hand voll Männer in die Burg marschiert war, obwohl er mit seiner sofortigen Verhaftung rechnen musste? Er sah den Prokurator scharf an. »Bist du hier, um mich zu ermorden?«

»Warum sollte ich das tun?«, fragte Dantirya Sambail, jetzt der Charme und die Freundlichkeit in Person. »Glaubst du etwa, ich begehre deinen Posten?« Der Blick der geheimnisvollen amethystfarbenen Augen des Prokurators heftete sich auf Farquanors Gesicht und betrachtete ihn plötzlich mit einer so seltsamen, ungestümen, überwältigenden Zärtlichkeit, dass Farquanor sich zwingen musste, nicht davor zurückzuschrecken. »Nein, Farquanor, ich habe nichts mit dir zu schaffen, höchstens indirekt. Ich bin hier, um mit dem Coronal über eine Angelegenheit von höchster Bedeutung zu sprechen. Und da das Protokoll verlangt, dass ich beim Hohen Berater des Coronals um dieses Gespräch ersuche – herzlichen Glückwunsch zu deiner Ernennung übrigens, er hat sich damit viel Zeit gelassen, was? –, bin ich hierher zum Pinitor gekommen, um dich aufzusuchen und …«

»Das Protokoll?«, sagte Farquanor, noch immer völlig durcheinander vor Erstaunen, den Mann zu diesem Zeitpunkt hier zu sehen. »Es gibt kein Protokoll, das Rebellen gegen die Krone eine Audienz gewährt! Du wurdest für vogelfrei erklärt, Dantirya Sambail, weißt du das nicht? Die einzige Audienz, die dich hier erwartet, ist die beim Kerkermeister der Sangamor-Tunnel! Wie konntest du dir irgendetwas anderes einbilden?«

»Sag Lord Korsibar, dass ich hier bin und ihn sprechen möchte«, erwiderte der Prokurator kalt, in einem Tonfall, als hätte er es mit einem Lakaien zu tun.

»Lord Korsibar ist zurzeit bei …«

»Sag ihm, dass ich hier bin und ihm die Möglichkeit biete, bei dem derzeitigen Aufstand den Sieg zu erringen«, sagte Dantirya Sambail jetzt noch weniger herzlich, als er es gerade eben gewesen war. »Übermittle ihm genau diese Worte. Und ich verspreche dir, Farquanor, falls du mich auf irgendeine Weise daran hindern willst, mit dem Coronal zu sprechen, und falls du mich auch nur noch um einen Herzschlag und einen halben aufhältst, werde ich nicht nur dafür sorgen, dass du irgendwann von deinem derzeitigen hohen Posten entfernt wirst, sondern dass man dir auch noch sehr langsam jeden einzelnen Fingerbreit deiner Haut abzieht, die man dann in Streifen um dein Gesicht schlingt, bis du erstickst. Das ist ein sehr ernstes Versprechen, Graf Farquanor, und du weißt, dass ich meine Versprechen zu halten pflege.«

Farquanor starrte ihn einen Augenblick lang an, und dann noch einen, ohne zu antworten.

Er hatte den Eindruck, dass hinter der üblichen Arroganz und Schreierei des Prokurators eine außergewöhnliche Anspannung und Unruhe lag. Und eine Drohung eines Mannes wie Dantirya Sambail durfte man auf keinen Fall auf die leichte Schulter nehmen.

Dieser seltsame Besuch, so wurde Graf Farquanor allmählich klar, ging weit über seine Zuständigkeit hinaus.

Es war wohl am klügsten, sich keinerlei Überheblichkeit herauszunehmen. »Ich werde Lord Korsibar benachrichtigen, dass du in der Burg bist«, sagte er in formellem, frostigem Tonfall, »und er wird entscheiden, ob er dich empfängt oder nicht, Dantirya Sambail.«

»Warum bist du hier?«, fragte Korsibar genauso überrascht, wie Farquanor es vor kurzem gewesen war. »Ich wollte dich nie wieder sehen, nachdem du Prestimion gewaltsam aus meinem Griff befreit hattest. Und ich hätte wirklich nicht gedacht, dass du mich zu solch einer Zeit besuchst. Solltest du jetzt nicht neben deinen widerlichen Brüdern in Salinakk gegen mich kämpfen?«

»Ich bin nicht Euer Feind, mein Lord«, sagte Dantirya Sambail. »Und sie sind auch nicht Eure Feinde.«

»Du nennst mich ›mein Lord‹?«

»Ja.«

Das Gespräch fand weder im Thronsaal noch im Privatbüro des Coronals statt, sondern in Lord Kryphons Großer Halle, einem langen, dunklen und schmalen Raum, der viel kleiner war, als sein Name andeutete. An den Wänden hingen Karten vom Feldzug gegen Prestimion, die ständig auf den neuesten Stand gebracht wurden.

Korsibar verbrachte dieser Tage viel Zeit in diesem Raum. Er hing nun schlaff in irgendeinem antiken Stuhl, dessen gusseiserne Lehnen sich windenden Eidechsen nachempfunden waren. Seine einzigen Bewegungen waren die seiner Augen, die in ihren tiefen Höhlen rastlos von einer Seite zur anderen schauten; abgesehen davon rührte er sich überhaupt nicht. Mit einer Hand umklammerte er das weit aufgerissene, zahnbewehrte Maul der Echse, die seine linke Armlehne war, mit der anderen stützte er den eigenen Kopf, einen Finger gegen den Wangenknochen gedrückt, während die Hand selbst tief in seinem dichten Bart verborgen war. Korsibar hatte diesen Bart in letzter Zeit wachsen lassen, was er früher nie getan hatte, obwohl Aliseeva und andere Frauen des Hofes ihm gesagt hatten, dass er damit viel älter aussehe, als er in Wirklichkeit sei; in der Tat funkelten sogar ein paar helle weiße Strähnen in der Schwärze. Das war etwas Neues. Aber sein behagliches früheres Leben hatte ihn nicht auf die Anstrengungen dieser Zeit vorbereiten können.

Sanibak-Thastimoon war bei ihm, und Prinz Serithorn und Graf Iram und Venta von Haplior sowie mehrere andere enge Berater. Für den Fall, dass der Prokurator irgendeine Dummheit im Sinn hatte, wichen zwei Skandarwachen nicht von Korsibars Seite. Dantirya Sambail stand aufrecht vor dem Coronal, auf seine übliche anmaßende Weise, die Beine weit gespreizt, die Arme zurückgelegt, den Kopf vorgeschoben. Graf Farquanor wartete, verdrossen dreinschauend und seltsam bleich, unmittelbar hinter ihm.

»Ich bin dein Lord, sagst du«, fuhr Korsibar langsam fort, denn er war an diesem Tag sehr müde, »und du bist nicht mein Feind, sagst du ebenfalls, und trotzdem lässt du deine Heere gegen die meinen zu Felde ziehen. Warum scheinen sie nicht zu wissen, dass du nicht mein Feind bist, Dantirya Sambail?«

Der Prokurator nickte zu den Wandkarten hinüber. »Haben die Soldaten meiner Brüder deinen Truppen großen Schaden zugefügt?«

»Bei der Schlacht am Jhelum schon. Das weiß ich von Farholt.«

»Und bei der Schlacht bei Stymphinor? Dort auch?«

»Das war eine sehr kurze Schlacht. Navigorn hatte Prestimion schon in der ersten halben Stunde geschlagen. Dort haben wir nur geringe Verluste erlitten.«

»Schickt nach Navigorn, mein Lord, und fragt ihn, ob die Truppen aus Zimroel bei Stymphinor überhaupt gegen ihn marschiert sind. Sagt ihm, ich behaupte, die Heere unter dem Befehl meiner Brüder Gaviad und

Gaviundar hätten an diesem Tag überhaupt nicht in das Gefecht eingegriffen, sondern sich zurückgehalten, bis Prestimion geschlagen war, und hört, was er dazu sagt.«

Korsibar vergrub die Finger in seinem Bart und zerrte daran, wie Herzog Svor es gelegentlich auch tat, von dem er, so vermutete er, diese Angewohnheit übernommen hatte. Hinter seinen Augen hämmerte es schrecklich. »Warum haben deine Soldaten bei Stymphinor nicht gekämpft«, erwiderte er nach einer Weile, »wenn sie Prestimion den Treueid geleistet haben?«

»Weil ich ihnen befohlen habe, nicht zu kämpfen«, sagte der Prokurator. »Ich streite nicht ab, mein Lord, dass ich mich in den ersten Tagen seiner Rebellion mit Prestimion verbündet habe. Er ist mein Verwandter: Das wisst Ihr. Die Blutsbande zogen mich zu ihm. Aber für seine Sache hatte ich nie viel Liebe übrig.«

»Und trotzdem hast du ihm Truppen zur Verfügung gestellt.«

»Ja, ich habe ihm Truppen gegeben, weil ich ihm dies versprochen hatte, und am Jhelum ließ ich sie gegen Euer Heer kämpfen. Aber es war nur ein Vorwand, damit ihm vor Stolz über einen leichten Sieg die Brust schwoll, und um ihn für eine vernichtende Niederlage vorzubereiten. Und bei der nächsten Schlacht kamen meine Soldaten zu spät, um in den Kampf einzugreifen, und auch das geschah auf meinen Befehl.«

»Was soll das heißen?«, rief Korsibar erregt. »Ach, du Schlange!«

»Aber *Eure* Schlange, mein Lord. Prestimions Sache ist hoffnungslos. Das war mir von Anfang an klar, und jetzt scheint es außer Frage zu stehen. Er ist ein Mann gegen eine Welt; Ihr habt die Unterstützung des Volkes, und Ihr werdet obsiegen. Vielleicht gewinnt er hier und da eine Schlacht, aber der Untergang ist ihm gewiss.«

»Du hast das von deinen Wahrsagern erfahren?«,

fragte Korsibar mit einem schnellen Blick auf Sanibak-Thastimoon.

»Ich habe es von *dem hier* erfahren, mein Lord«, sagte Dantirya Sambail und tippte sich auf die breite, leuchtende, sommersprossige Stirn. »Jedes Fünkchen Klugheit, das ich hier drinnen habe, und das ist mehr als nur ein wenig, verrät mir, dass Prestimion das Unmögliche versucht, wenn er Eure Herrschaft stürzen will. Und so ziehe ich mein Versprechen zurück, ihm Unterstützung zu gewähren, denn ich habe nicht vor, mich mit unmöglichen Aufgaben abzumühen. Ich bin hierher zu Euch gekommen … unter großen persönlichen Unannehmlichkeiten, mein Lord, wie Euch schon mein zerzaustes Aussehen verrät; es fällt einem Mann in meinem Alter nicht leicht, mit solcher Schnelligkeit die Weiten Alhanroels zu durchqueren, ganz zu schweigen davon, nach Zimroel und wieder zurück zu fahren … Ich bin also zu Euch gekommen, um Euch den Schlüssel zum Sieg zu präsentieren und den Zwist zu beenden, in den die Welt verwickelt ist.«

»Den Schlüssel zum Sieg«, wiederholte Korsibar tonlos. »Was kannst du damit meinen?« Das Gespräch wurde ihm allmählich zuwider. Sich mit Dantirya Sambail zu befassen kam einem Ringkampf mit Manculains gleich: Überall auf dem Mann waren tödliche Stachel. Er schaute sich Hilfe suchend im Raum um, sah Sanibak-Thastimoon an, Iram, Serithorn, Farquanor. Aber ihre Gesichter waren starr wie Masken, und ihre Augen verrieten ihm nichts. »Was soll ich denn tun, Dantirya Sambail?«

»Zum einen müsst Ihr selbst in den Kampf ziehen.«

»Willst du uns beide beißen?«, fragte Korsibar. »Zuerst verrätst du deinen Vetter, und dann versuchst du, mich aus der Burg ins Freie zu locken, wo jeder nach Belieben einen Speer nach mir werfen kann …«

Dantirya Sambail grinste wie ein Tiger. »Gebt Euren Argwohn auf, mein Lord. Euch wird kein Leid geschehen. Ich will Euch zeigen, was ich im Sinn habe. – Ist das die Karte des Kampfgebiets? Ja, gut. Hier ist Prestimion, irgendwo zwischen Stymphinor und Klorn. Er zieht nach Nordwesten, wahrscheinlich, um Alaisor zu erreichen und an der Küste neue Truppen zu rekrutieren. Hier ist das Heer von Mandrykarn und Farholt, irgendwo bei Purmande, es nähert sich ihm sozusagen von unten. Und hier ist Navigorns Heer, östlich von ihm, und es verfolgt ihn ebenfalls. Vielleicht werden Mandrykarn und Farholt ihn irgendwo in der Mitte Alhanroels stellen, vielleicht auch nicht. Wahrscheinlich eher nicht, aber sie werden ihn nach Norden zwingen. Seid Ihr meiner Meinung?«

»Fahre fort«, sagte Korsibar.

»Während er von einem Ort zum anderen flieht und versucht, den Heeren auszuweichen, die ihm auf beiden Seiten folgen, erreicht ihn nun die Nachricht, dass Ihr selbst, der Coronal Lord Korsibar, ein drittes Heer ausgehoben habt und an dessen Spitze selbst in den Kampf zieht. Schaut, hier ist der Fluss Iyann, mein Lord. Da ist der große Mavestoi-Damm, und dort ist das Reservoir dahinter, der Mavestoi-See. Nun, mein Lord, bezieht Ihr Position in den Hügeln über dem Damm. Dann lasst Ihr durchsickern, dass Ihr dort das Lager aufgeschlagen habt und beabsichtigt, ihn aus Norden anzugreifen und zu vernichten. Prestimions Spione werden davon erfahren.« Dantirya Sambails violette Augen leuchteten nun vor Aufregung; sie schienen fast zu glühen. »Seine Lage ist verzweifelt, aber er sieht eine letzte Hoffnung für sich! Wenn er Euer Lager angreifen und Euch töten oder gefangen nehmen kann, hat er den Krieg mit einem Schlag beendet. Er ist von Mandrykarns und Farholts und Navigorns feindlichen Heeren umgeben, doch nach Eurem Tod hätten sie keine andere Wahl, als ihm den Thron zu überlassen.«

»Also siehst du mich als Köder für die Falle vor, die

ihn fangen soll«, sagte Korsibar. »Und er marschiert den Iyann hinauf, um nach dem Köder zu schnappen. Ja, aber was, wenn ihm das gelingt, Dantirya Sambail? Solange ich in der Burg bleibe, bin ich außerhalb seiner Reichweite, doch sobald ich in den Kampf ziehe, hat er die Chance, mich zu erreichen. Nicht, dass ich ihn fürchte – ihn oder sonst jemanden. Aber es ist nur klug, dass ich außerhalb der Reichweite eines plötzlichen wilden Stoßes bleibe, bis diese Angelegenheit ausgestanden ist.«

»Ach, nein, mein Lord, seid deshalb unbesorgt! Prestimion wird in die Falle gehen und vernichtet werden, und Ihr bringt Euch zu keinem Augenblick in Gefahr. Hier, mein Lord, ich zeige es Euch ...«

9

Für Prestimion war es eine Zeit des ständigen Rückzugs und des Heilens der Wunden.

Die Verluste bei Stymphinor waren nicht so groß gewesen, wie er anfangs befürchtet hatte, aber doch ziemlich ernst. Von seinen Offizieren hatte er Abantes von Pytho und den furchtlosen Matsenor, Sohn des Mattathis, verloren, und auch Thuya von Gabell, den Ghayrog Vexinud Kreszh und einen alten Spielgefährten aus seiner Kindheit in Muldemar, Kimnan Tanain. Und auch viele gute Soldaten der ersten Kampflinie waren gefallen; doch der Kern seines Heers war noch intakt, wenn auch mitgenommen und bis zu einem gewissen Grad demoralisiert.

Septach Melayn hatte einen tiefen Schnitt im oberen Teil des Schwertarms abbekommen, ein Ereignis, das bei Prestimions Männern großes Erstaunen und Bestürzung hervorrief. Es war wie die Erniedrigung eines

Gottes. Noch nie zuvor in all den Jahren, in denen er sich als Meister der Fechtkunst erwiesen hatte, hatte Stahl Septach Melayns Haut berührt. Doch die Schlacht bei Stymphinor war alles andere als ein sportliches Ereignis gewesen, und nun saß Septach Melayn ohne Hemd und bleich und mit schmerzverzerrtem Gesicht da, während einer der Wundärzte den langen, roten Schnitt mit glänzenden schwarzen Fäden vernähte.

War die Verletzung des beispiellosen Septach Melayn ein Omen für ihre letztliche Niederlage? Die Männer murmelten verdrossen vor sich hin und machten Zauberzeichen, um die Dämonen abzuwehren, von denen sie befürchteten, dass sie ihnen immer näher rückten.

»Ich werde zu ihnen gehen«, sagte Septach Melayn gutmütig, »ihnen zeigen, dass es mir gut geht, und ihnen sagen, wie erleichtert ich bin, herausgefunden zu haben, dass ich doch sterblich bin. Ich werde sagen, dass ich deshalb beim nächsten Kampfgetümmel weniger selbstsicher sein werde: Denn im Lauf der Jahre habe sich bei mir tatsächlich der Eindruck eingestellt, ich könne jeden Gegner auf der Welt schlagen, ohne mich allzu sehr anstrengen zu müssen.«

»Und das kannst du bestimmt«, sagte Prestimion, der an diesem Morgen erfahren hatte, dass Septach Melayn verwundet worden war, als er gegen vier Männer gleichzeitig gekämpft hatte, und trotz der Behinderung, die die Verletzung seines Arms darstellte, alle vier getötet hatte, bevor er dann mit größtem Zögern das Feld verlassen hatte, um sich einen Breiumschlag auf die Wunde legen zu lassen.

Das Verhalten der Truppen aus Zimroel, die bei Stymphinor so zögernd vorgerückt waren, stellte für Prestimion einen weiteren Grund zur Besorgnis dar. Er befahl Gaviad und Gaviundar zu sich, um sie wegen ihrer Laxheit zu schelten, doch die Brüder mit den fleischigen Gesichtern waren so reuig und unterwürfig, dass er den Großteil des Ärgers, den er über sie hegte, zurückhielt. Der stämmige, massige Gaviad mit den herabhängenden Lippen und dem vorspringenden Schnurrbart war zur Abwechslung stocknüchtern und sagte immer wieder, seine Truppen seien bereit gewesen, doch er habe, da dies so abgesprochen gewesen sei, den Angriff der Kavallerie abwarten wollen, bevor er sie ins Feld schickte. Und der große, stets gestelzt gehende Gaviundar mit dem kahlen Kopf und dem langen, verfilzten, orangefarbenen Bart weinte tatsächlich vor Bestürzung, seine Männer nicht rechtzeitig losgeschickt zu haben. Also verzieh Prestimion ihnen. Doch er behielt in Erinnerung, wessen Brüder sie waren, und da er die Verschlagenheit fürchtete, die durch die Adern des Prokurators floss, warnte er sie, dass er bei der nächsten Kampfhandlung mit den Royalisten keine Ausreden mehr akzeptieren werde.

Die hoffentlich nicht allzu bald kommen würde. Seine Männer brauchten Zeit, um sich zu erholen und zu genesen, und er hoffte auch, dass sich weitere Truppen seiner Sache anschließen würden. Ermutigende Nachrichten hatten ihn aus Alaisor an der Westküste erreicht, dem Hafen, über den die Familie Muldemar ihren Wein nach Zimroel verschiffte. Dort hatte er viele enge familiäre wie auch geschäftliche Verbindungen, und die führenden Leute Alaisors, so sagte man ihm, begünstigten die Sache der Rebellen gegen Korsibar und mobilisierten ein Heer, das für Prestimion kämpfen sollte. Gute Neuigkeiten trafen auch aus vielen anderen Orten im Westen Alhanroels ein: an der gesamten Küste, in Steenorp und Kikil, in Klai in Kimoise und auch in anderen Städten, erörterten die Leute die Vorzüge der beiden Männer, die den Thron beanspruchten, und immer mehr waren Prestimion zugetan, denn sie hatten inzwischen genug Zeit gehabt, um zu überdenken, auf welche Weise Korsibar Coronal geworden war, und die kam nicht gut bei ihnen an.

All das war gut und schön; aber jene Städte der westlichen Provinzen waren sehr weit entfernt, und Mandrykarns, Farholts und Navigorns Heere waren dicht hinter ihm. Prestimion musste nun schnell in nordwestliche Richtung vorrücken, zu den Ländereien seiner Anhänger an der Küste, und sich mit ihnen vereinigen, bevor die Feinde in seinem Rücken über ihn herfallen und seiner ganzen Rebellion ein Ende machen konnten. Mit aller gebotenen Eile zog er also quer über den Kontinent, nach außen und nach oben, und entfernte sich mit jedem verstreichenden Tag weiter vom Burgberg und dem Thron, den er begehrte.

Sie näherten sich dem Tal des Flusses Iyann, der weiter nördlich entsprang und hier eine Biegung nach Westen vollzog, die ihn bei Alaisor ins Meer münden ließ, als Herzog Svor zu Prestimion kam. »Ich glaube, ich habe gewisse Leute gefunden«, sagte er, »die wir gut als Späher einsetzen können. Sie behaupten, schon bestimmte Informationen in Erfahrung gebracht zu haben, die sich für uns als sehr wertvoll erweisen werden.«

»Haben wir einen Mangel an Spähern, Svor, dass wir Fremde einsetzen müssen?«

»Leute wie sie haben wir nicht«, sagte Svor. Und er zeigte auf einen Mann mit knochigem Gesicht und von außergewöhnlicher Größe, der mindestens einen Kopf höher gewachsen war als jeder andere Mann im Lager, aber dabei so schlank und langgliedrig, dass er zerbrechlich wie ein Stab wirkte, den man mit einem ordentlichen Schubs in zwei Teile zerbrechen konnte. Sein Haar war sehr dunkel und kurz geschnitten, und auch seine Hautfarbe war dunkel, fast so wie die Svors, und ein derber, dichter Bart schwärzte zusätzlich sein Gesicht mit dem schweren Kiefer. Er nannte sich Gornoth Gehayn und sagte, er stamme aus der nahe gelegenen Stadt Thaipnir am gleichnamigen Nebenfluss.

Hinter ihm standen drei weitere Männer, die fast genauso groß, hager und dunkel wie er waren, aber höchstens halb so alt zu sein schienen; und hinter ihnen sah Prestimion einen langen Karren, der von zwei Reittieren gezogen wurde. Auf diesem Wagen standen vier große, quadratische Kästen, die mit Ledertüchern bedeckt waren.

»Was ist das?«, fragte Prestimion barsch, denn er war zu diesem Zeitpunkt schlechter Laune und ungeduldig.

»Eure Lordschaft«, sagte Gornoth Gehayn mit dünner, hoher, schnarrender Stimme, »meine Söhne und ich sind Züchter und Ausbilder von Hieraxes. Wir bringen ihnen bei, dorthin zu fliegen, wohin wir wollen, und klammern uns dabei auf ihren Rücken fest. Das ist eine geheime Kunst, auf die sich nur unsere Familie versteht, und wir haben lange gebraucht, bis wir sie beherrschten. Wir sind viel und weit geflogen und haben schon viele seltsame Dinge gesehen.«

»Hieraxes?«, wiederholte Prestimion erstaunt. »Ihr fliegt auf Hieraxes?«

Gornoth Gehayn machte eine großspurige, weit ausholende Geste, und einer seiner Söhne kletterte auf den Karren und zog das Tuch zurück, das den hintersten Kasten bedeckte.

Er entpuppte sich als stählerner Käfig, der einen großen Vogel beherbergte, dessen gewaltige graue Schwingen wie ein Mantel um seinen Körper gefaltet waren. Große, funkelnde Augen schauten wie wütende Saphire zwischen den Gitterstäben hinaus.

Prestimion hielt überrascht den Atem an. Er hatte schon oft Hieraxes gesehen, bei vielen Gelegenheiten, hauptsächlich bei Reisen zwischen dem Burgberg und dem Labyrinth. Es handelte sich bei ihnen um riesige Raubvögel der oberen Luftschichten, die gemächlich auf den warmen atmosphärischen Strömungen hoch über dem Glaygetal dahinglitten und nur selten einmal mit den Schwingen schlugen, während sie von einem Ort zum anderen flogen und sich dann und wann mit einer schnellen Bewegung des langen Schnabels einen unglücklichen kleineren Vogel schnappten.

Auf ihre Weise waren sie anmutig und sehr schön, zumindest hoch droben, auch wenn hier unten nur knochige Ungetüme in den Käfigen zu kauern schienen. Aber er hatte noch nie gehört, dass man einen Hierax gefangen genommen hatte, und die Vorstellung, Menschen säßen auf ihrem Rücken wie auf dem von Reittieren aus guter Zucht, war einfach unglaublich.

»Diese Hieraxes unterscheiden sich ein wenig von denen im Osten«, erklärte Gornoth Gehayn, als sein Sohn das Fallgitter des Käfigs des großen Vogels hob. »Das sind die schwarzbäuchigen der Iyann-Region, die größer und viel stärker als die rosafarbenen des Glayge sind, und so intelligent, dass man ihnen Gehorsam anerziehen kann. Wir holen ihre Eier aus dem Nest, ziehen sie groß und bilden sie aus, uns zu gehorchen, damit wir auf ihnen fliegen können. Soll ich es demonstrieren, mein Lord?«

»Nur zu.«

Auf einen Wink von Gornoth Gehayns Sohn watschelte der große Vogel unbeholfen aus seinem Käfig. Er schien kaum imstande zu sein, die riesigen Schwingen zu entfalten, die eng um seinen Körper geschlungen waren, und seine langen, dünnen Beine waren offensichtlich nicht für Bewegungen auf dem Erdboden geschaffen. Doch nach einem Augenblick breitete er die Flügel endlich aus, und Prestimion stieß ein erstauntes Zischen aus, als er sah, wie diese langen, gebogenen Schwingen sich immer weiter entfalteten, bis sie auf beiden Seiten des kräftigen, lang gestreckten Körpers eine schier unvorstellbare Fläche einnahmen.

Sofort sprang der Sohn Gornoth Gehayns, ein so großer, schlanker und leichter Junge, dass es sich fast um einen Verwandten des Vogels zu handeln schien, geschmeidig vor und packte den Hierax vorsichtig, aber fest an genau der Stelle, an der die mächtigen Schwingen den muskulösen Schultern entsprangen, und warf sich der Länge nach auf den Rücken des Vogels, sodass sein Kopf sich direkt neben dem des Tiers befand. Dann flatterte der Hierax mit den Flügeln, schlug sie donnernd auf den Boden, und nach einem Augenblick der scheinbaren Anstrengung sprang er vom Boden hoch, und nach zwei weiteren Augenblicken flog er durch die Luft, während Gornoth Gehayns Sohn sich noch an ihn klammerte.

Er rauschte in einer fast geraden Linie höher, kreiste hoch oben einmal über ihnen und schoss dann mit so phänomenaler Geschwindigkeit in nördliche Richtung davon, dass man Vogel und Reiter schon bald nicht mehr sehen konnte.

Gialaurys, der sich zu Prestimion und Svor gesellt hatte, als der Junge den Vogel gerade aus dem Käfig geholt hatte, lachte schallend. »Wirst du die beiden je wieder sehen?«, sagte er zu Gornoth Gehayn. »Denn ich glaube, der Vogel wird mit ihm zum Großen Mond fliegen.«

»Diese Gefahr besteht nicht«, erwiderte der Mann. »Er fliegt mit unseren Hieraxes, seit er sechs Jahre alt war.« Gornoth Gehayn zeigte auf den Karren. »Wir haben noch drei weitere Vögel, mein guter Lord. Würdet Ihr auch gern mal fliegen?«

»Das würde ich gern, und vielen Dank für die Einladung«, erwiderte Gialaurys mit einem strahlenden, fröhlichen Grinsen, das gar nicht typisch für sein sonst so frostiges Naturell war. »Aber ich befürchte, ich bin etwas zu schwer, als dass das Geschöpf mich tragen könnte.« Und er tippte auf seine stierähnliche Brust und auf seine breiten Schultern. »Ein kleinerer Mann wäre vielleicht besser dafür geeignet. Du zum Beispiel, mein Lord Herzog Svor.«

Prestimion fiel ebenfalls ein: »Ja, Svor! Flieg hinauf und sage uns, was du gesehen hast!«

»Vielleicht eines anderen Tages«, sagte Svor. »Aber seht doch ... seht ... kommt da nicht der Junge zurück?« Er deutete zum Himmel hinauf, und in der Tat konnte man nun hoch oben einen dunklen Fleck sehen, der sich vor der strahlend blauen Luft in die weit ausgebreiteten, gekrümmten Schwingen und den langen, schwarzfiedrigen Körper des Hierax verwandelte. Als er dann tiefer flog, konnte man ausmachen, dass Gornoth Gehayns Sohn sich noch immer an den Rücken des Vogels klammerte. Sie landeten einen Augenblick später, Vogel und Junge, und der Junge sprang ab, errötete und strahlte vor Vergnügen. Der Flug hatte ihm offensichtlich großen Spaß gemacht.

»Was hast du gesehen?«, fragte sein Vater ihn.

»Schon wieder die Heere. Sie werden am Seeufer gedrillt und marschieren dort auf und ab.«

»Heere?«, fragte Prestimion schnell.

Svor beugte sich zu ihm. »Ich habe dir doch gesagt, dass sie Informationen haben, die uns sehr nützlich sein werden.«

Die Jungen hatten in der Tat die ganze Woche über Aufklärungsflüge im Tal des Iyann durchgeführt, seit sie die militärischen Bewegungen nördlich von ihrer Stadt bemerkt hatten, und schon eine ganze Menge herausgefunden, was sie Prestimion für ein paar Silberroyals nun gern verrieten. Eine große Streitmacht, so sagten sie, sei mit Schwebern aus dem Osten gekommen, Männer mit Waffen und Rüstungen; und nachdem sie den Iyann erreicht hatten, waren sie an jenem Teil des Flusses entlanggezogen, der aus dem Norden heranfloss, bis sie den Mavestoi-Damm am Fuß des großen Reservoirs erreicht hatten, das den Großteil dieser Provinz mit Wasser versorgte.

Sie hatten nun am gesamten Rand des Damms Lager

aufgeschlagen und auf beiden Seiten des Sees dahinter. Jeden Tag war einer der Söhne Gornoth Gehayns ausgeflogen, um zu sehen, was sich da tat – Gornoth Gehayn selbst flog nicht mehr, er meinte, er sei zu alt dafür –, und jeden Tag hatten sie beobachtet, dass weitere Truppen dort eintrafen und sich eingruben.

»Interessant daran ist«, sagte Svor, »dass einer der Jungs vor drei Tagen tiefer flog und einen Mann in der Mitte des Lagers sah, einen großen, dunkelhaarigen Mann, der die Kleidung eines Coronals trug, das Grün und Gold mit weißem Pelz besetzt; und er hatte den Eindruck, dass etwas auf dem Kopf des dunkelhaarigen Mannes blitzte, das eine Krone gewesen sein könnte.«

Prestimion schnappte nach Luft. »Korsibar? Korsibar persönlich ist da draußen?«

»Den Anschein hat es.«

»Ist das möglich? Ich dachte, er bleibe sicher und selbstgefällig in der Burg sitzen, solange er Männer wie Navigorn und Farholt hat, die seine Schlachten für ihn ausfechten.«

»Anscheinend will er diesen Kampf selbst ausfechten«, sagte Svor. »Zumindest behaupten das unsere fliegenden Späher.«

»Ich frage mich nur«, sagte Prestimion stirnrunzelnd, »warum Korsibar diesen Vögeln erlaubt, so tief zu fliegen und sie auszuspähen, ohne zu versuchen, sie vom Himmel zu schießen. Wahrscheinlich sehen sie den Hierax nur von unten und nicht den Reiter, der sich an seinen Rücken klammert, und schenken ihm keine Beachtung. Nun, wie dem auch sei … wenn dies zutrifft, bietet sich uns eine große Gelegenheit, meinst du nicht auch, Svor? Wir werden unserem Freund, dem Herzog Horpidan von Alaisor, Nachricht schicken, er soll sofort seine Truppen in Marsch setzen. Dann kreisen wir sie ein und greifen Korsibar an, solange er noch hier ist. Das ist unsere große Chance. Wir ergreifen Korsibar, und der Krieg ist vorbei – so einfach ist das.«

»Ich selbst werde ihn dir als Gefangenen bringen«, sagte Septach Melayn, dessen Verletzung schnell heilte und der darauf brannte, wieder sein Schwert zu schwingen.

Nun flogen jeden Tag die Hieraxes aus; und jeden Tag kehrten sie mit weiteren Berichten über die Aktivitäten am Mavestoi-See zurück. Das Heer dort, sagten die Späher, sei von einer beträchtlichen Größe, wenngleich alle drei Söhne Gornoth Gehayns der Meinung waren, Prestimions Heer sei noch größer. Sie hatten Zelte aufgeschlagen und fällten die Bäume am Seeufer, um Befestigungen zu errichten; und, ja, der Mann im Ornat eines Coronals war jedes Mal zu sehen gewesen, wenn sie über das Lager geflogen waren. Energisch lief er zwischen den Soldaten hin und her und erteilte Befehle.

Prestimion sehnte sich danach, sich selbst auf den Rücken eines der Hieraxes zu schwingen und dies mit eigenen Augen zu bestätigen. Doch als er mit Gialaurys und Septach Melayn darüber sprach und mehr als nur halbwegs ernst klang, erhoben sie sich im Zorn gegen ihn und schworen, sie würden Gornoth Gehayns Vögel mit eigenen Händen erwürgen, sollte er versuchen, sich in ihre Nähe zu begeben. Und Prestimion versprach ihnen, Abstand von dieser Idee zu nehmen. Aber er hätte es trotzdem gern versucht, einerseits, um so viel wie möglich über den Feind in Erfahrung zu bringen, andererseits, weil ihn das reine Wunder und die Pracht lockten, durch die Luft zu fliegen.

Es hatte einst, vor sehr langer Zeit, Luftfahrzeuge auf Majipoor gegeben: Lord Stiamot, so hieß es, habe seinen Krieg gegen die Gestaltwandler aus der Luft geführt und ihre Dörfer in Brand gesetzt, indem er Feuerbomben auf sie abgeworfen hatte, und sie so in Gefangenschaft getrieben. Die Technik der Herstellung von

Fluggeräten war jedoch in ferner Vergangenheit verloren gegangen, und um auf dem gewaltigen Planeten von einem Ort zum anderen zu gelangen, musste man nun mit Schwebern oder von Reittieren gezogenen Wagen über die Welt kriechen, und niemand außer diesen knochendürren Jungen aus der Provinz Iyann wusste, wie es war, sich von der Oberfläche zu erheben. Prestimion beneidete sie sehr.

Aber er würde nicht auf einem Hierax fliegen. Er wusste, dazu war ein Geschick erforderlich, mit dem man geboren sein oder das man als Kind lernen musste, und vielleicht war er auch zu kräftig gebaut, als dass die Vögel ihn tragen konnten. Und er musste ohnehin einen Krieg führen, und zwar bald. Sie hatten sich entschlossen, nicht auf die Verstärkungen aus dem Westen zu warten. In der Zwischenzeit würden Korsibars andere Heere aus dem Osten heranmarschieren, und wenn die Streitkräfte Mandrykarns, Farholts und Navigorns sich mit denen unter Korsibars Befehl vereinen konnten, bestand nicht mehr die geringste Hoffnung, gegen sie den Sieg erringen zu können. Sie mussten jetzt sofort zuschlagen, gegen ein Heer, das anscheinend nicht so groß war wie das ihre.

»Hätte Thalnap Zelifor uns nicht verlassen«, sagte Gialaurys, »könnten wir seine Zauberei benutzen, um in Korsibars Lager zu schauen und die Soldaten zu zählen. Und auch, um den besten Weg für den Angriff herauszufinden.«

»Wir sehen das Lager durch die Augen dieser Jungen«, erwiderte Prestimion, »und das ist besser, als durch Zauberei einen Blick darauf zu erhaschen. Und was den Weg betrifft, so ist dies Gornoth Gehayns Heimatland, und er hat uns gute Karten gezeichnet. Thalnap Zelifor wird wohl dieser Tage zurückkehren und seine Geräte mitbringen, mit denen man Gedanken lesen kann. Aber ich glaube, wir werden Korsibar auch ohne seine Hilfe erledigen.«

Sie beugten sich tief über die Karten. Auf beiden Seiten des Flusses führten Wege durch die Wälder zum Damm hinauf. Sie mussten sie in einer Nacht hinaufgehen, in der keine Monde am Himmel standen, die eine Hälfte der Kavallerie auf dem Ost-, die andere auf dem Westufer stationieren und auf ein bestimmtes Zeichen von beiden Seiten gleichzeitig in Korsibars Lager reiten und angreifen. Prestimion würde die Bogenschützen bei diesem Angriff auf Reittiere setzen: Sie würden den Feind mit Pfeilen überschütten, während sie ins Lager ritten. Das würde bestimmt Entsetzen hervorrufen: Männer mit Bögen auf Reittieren. Und dann die schwere Infanterie. Gaviad würde aus dem Osten kommen, Gaviundar aus dem Westen – und der Göttliche stehe ihnen bei, wenn sie diesmal zu spät kamen! Eine Reihe massiver Schläge, Septach Melayns funkelndes Schwert schnitt sich einen Weg in das Lager der Royalisten, Gialaurys mit seinem Speer …

Ja … Welch eine Fehleinschätzung war Korsibar nur unterlaufen, dass er sich ihnen freiwillig ausgeliefert hatte?

»In drei Tagen werden keine Monde scheinen«, erklärte Svor, nachdem er in seinen Almanachen und Almagesten nachgeschlagen hatte.

»Dann ist das unsere Nacht«, sagte Prestimion.

Der Iyann war hier ein schmaler Fluss, nicht sehr tief, leicht zu durchwaten. Der Großteil seiner aus dem Norden kommenden Wassermassen wurde von dem Damm zurückgehalten, den Lord Mavestoi vor achthundert Jahren hatte errichten lassen. Es stellte kein Problem dar, die Streitkräfte zu teilen und eine Hälfte auf jedes Flussufer zu schicken. Prestimion bezog mit seinen berittenen Bogenschützen Position auf dem östlichen Ufer; Gialaurys war mit der schweren Infanterie direkt hinter ihm, und dahinter folgten Gaviads Streitkräfte. Auf dem Westufer sollte die reguläre Kavallerieabteilung unter Herzog Miaule vormarschieren, ge-

folgt von Septach Melayns Bataillonen, während Gavi-
undars Heer die Nachhut für den zweiten Stoß bildete.

Die Nacht wurde lediglich von den Sternen erhellt,
deren Licht in diesem Teil der Welt besonders strahlend leuchtete. Es waren die großen Sterne, die alle
kannten, Trinatha oben im Norden, Phaseil im Osthim-
mel und sein Zwillingsbruder Phasilin im Westen,
während Thorius und der helle, rote Xavial die Mitte
des Himmels markierten. Irgendwo dort draußen war
auch der kleine gelbe Stern der Alten Erde, obwohl es
keine Einigkeit darüber gab, um welchen genau es sich
dabei handelte, und dann auch der neue Stern, der
grelle blauweiße, der der Welt erschienen war, während Korsibar und Prestimion getrennt den Glayge hinauf in nördliche Richtung zum Burgberg gefahren
waren. Er war nun genau über ihnen deutlich auszumachen und durchbohrte den Himmel wie ein wütend
starrendes Auge.

Im Licht dieser Sterne, und besonders in jenem des
neuen Sterns, war das lange, schmale weiße Band, das
der Mavestoi-Damm war, am Kopf des Tals über ihnen
deutlich auszumachen, wie es zwischen den dunklen
Felswänden verlief. Prestimion wusste, er und seine
Männer mussten in dieser Nacht dort hinaufsteigen,
diese bewaldeten Steilhänge hinauf, und dann nach innen kehren und über die ahnungslosen Royalisten in
ihrem Lager herfallen. Als er nun nach oben schaute,
glaubte er, winzige Gestalten auf der Betonstaumauer
des Damms ausmachen zu können. Zweifellos Wachen. Ahnten sie, dass Heere auf beiden Seiten des
Flusses unter ihnen verstohlen zu ihnen heraufmar-
schierten? Wohl kaum. In ihren Bewegungen lagen weder Beunruhigung noch Dringlichkeit: Es waren nur einige Männer, die von hier aus winzig wie Zündhölzer
aussahen und ruhig und gleichmäßig auf der Staumauer auf und ab schritten.

Prestimion überprüfte die Position der Sterne. Trinatha, Thorius, Xavial, alle genau ausgerichtet. Es war an der Zeit für den Aufbruch. Er hob die Hand, hielt sie einen Augenblick lang oben, senkte sie dann und marschierte los, den Pfad neben dem Fluss hinauf. Auf dem westlichen Ufer hatten sich Herzog Miaules Truppen ebenfalls in Bewegung gesetzt.

Aufwärts. Aufwärts.

Der Göttliche gewähre uns seine Gunst, dachte Prestimion, und wir werden den Kampf in dieser Nacht beenden und die Welt wieder in vernünftige Bahnen lenken.

»Was ist das?«, fragte Svor. »Donner?«

Prestimion schaute sich verwirrt um. In der Tat, ein dumpfes Dröhnen. Aber der Himmel war klar, wolkenlos. Es hatte keine Blitze gegeben, es zog kein Sturm auf.

»Bruder? *Bruder!*«

Taradath, der den Pfad heraufkam. »Nicht so laut!«, flüsterte Prestimion scharf. »Was ist das?«

»Gaviad … die Männer aus Zimroel …«

»Ja?«

Noch ein Dröhnen, lauter als das erste.

»Ich habe gerade die Nachricht erhalten … sie entfernen sich. Marschieren vom Fluss davon, so schnell sie können.«

»Sie … entfernen sich?«, fragte Prestimion. »Aber … was …«

»Sieh doch, da oben!«, sagte Svor. »Der Damm!«

Bumm. Bumm. Bumm.

Auf der Sperrmauer waren nun keine Gestalten mehr zu sehen. Nur ein kurzer, roter Blitz, wie das Flackern eines Leuchtsignals, und dann ein dunkler, unregelmäßig gezackter Riss, und es sah ganz so aus, als hätte man einen dreieckigen Splitter aus der weißen Betonmauer gerissen.

Bumm! Lauter als jedes Dröhnen zuvor.

»Sie haben den Damm gesprengt, Prestimion!«, rief

Svor mit sich überschlagender Stimme. »Sie schicken den ganzen See auf uns herab!«

»Aber damit würden sie hundert Dörfer überfluten und …«, erwiderte Prestimion und verstummte dann, schnappte nur noch ungläubig nach Luft, denn im gespenstischen Licht der Explosionen über ihnen sah er, dass die gesamte Sperrmauer zusammenbrach und eine unglaubliche Wasserflut durch die Dunkelheit auf das Tal darunter und all seine Männer herabschoss.

V

DAS BUCH DER ZAUBERER

1

Dies ist sicher die ödeste Landschaft auf der ganzen Welt, dachte Prestimion, einmal abgesehen von den schrecklichen Wüsten des Kontinents Suvrael, in die sich niemand begab, der noch bei klarem Verstand war.

Es war ein graues Land, durch das er in dieser schwarzen Stunde schritt. Der Himmel über ihm war grau, der trockene Boden unter seinen Füßen war grau, sogar der Wind war grau unter der Last des feinen Schlicks, den er von Osten herantrug. Die einzige Farbe an diesem Ort stammte von den Pflanzen, die mit wütender Entschlossenheit gegen das allgemeine Grau zurückzuschlagen schienen. Große, starre, kuppelförmige Pilze von einem tödlich gelben Farbton explodierten zu Wolken leuchtend grüner Sporen, wann immer er auf einen trat. Das widerstandsfähige spärliche Gras mit den scharfen Halmen wies ein wütendes Karminrot auf. Die Bäume, groß und schmal wie Speere, hatten leuchtend blaue Blätter, die wie Stachel geformt waren und ständig einen dickflüssigen Saft absonderten, der wie Säure auf seiner Haut brannte, wenn er sich einmal unvorsichtigerweise in ihre Reichweite begab.

Niedrige kalkige Hügel, die wie Zahnstummel aussahen, bildeten am fernen Horizont Ketten. Das offene Land dazwischen war flach und trocken und nicht sehr viel versprechend, keine Seen, keine Flüsse, nur gelegentlich brackige Quellen, die aus salzverkrusteten Rissen im Boden sickerten.

Er marschierte schon seit Tagen, seit so vielen, dass er sie nicht mehr zählen konnte. Seine Zunge war vor Durst dick angeschwollen, und seine Lider waren so verquollen, dass er zwischen ihnen hinausschaute wie durch fast geschlossene Jalousien vor einem Fenster. Schweiß strömte ständig an ihm herab; verkrusteter

Staub haftete überall auf seiner klebrigen Haut; die Kraft der Sonne wurde zu einem metallischen Scheppern, das in seinem Kopf widerhallte. Und in seinem Geist reihten sich immer wieder, ohne Unterlass, die Bilder seiner Erinnerung aneinander, die Szenen der Katastrophe, die sein Heer vernichtet und, soweit er wusste, ihm seine liebsten Freunde genommen hatte.

Diese gnadenlose weiße Wassermauer, die den Hügel zu ihnen herabschoss und große, herausgebrochene Brocken des Mavestoi-Damms mit sich riss ...

Die entsetzten, scheuenden und bockenden Reittiere, die in alle Richtungen auseinander stoben ... die verzweifelt rennenden Infanteristen, die sich auf höheres Gelände retten wollten ... Schreie in der Nacht ... das Geräusch des herabströmenden Wassers, dieses unerbittliche Geräusch, als stürzte der Große Mond selbst durch die Luft auf sie herab, um sie alle zu zermalmen ...

Prestimion konnte sich kaum daran erinnern, wie es ihm gelungen war, die Zerstörung des Damms zu überleben. Er entsann sich noch recht deutlich an die erste Zunge des schäumenden Wassers, die über den Boden auf ihn zu wirbelte, und auch an den größeren Ansturm der Wassermassen, der darauf folgte. Sein Reittier bemühte sich, aufrecht zu bleiben, doch es gelang ihm nicht. Es wurde umgerissen, trat in dem See, der es plötzlich verschlingen wollte, heftig mit den Beinen aus. Dann waren seine Erinnerungen für eine Weile unklar. Er wusste, es war ihm nicht möglich gewesen, das Tier aufzurichten oder irgendwie zu beruhigen, und schließlich war er aus dem Sattel gerissen und von der Kraft des Wassers davongespült worden, weit weg von dem untergehenden Tier. Und dann – war er geschwommen? Ja, er musste irgendwie gegen die steigenden Wellen angekämpft haben, durch all die Turbulenzen, während gewaltige Wassermassen ständig wie Felsbrocken auf ihn fielen und ihn unter die Oberfläche drückten. Er wurde tief hinabgeschleudert, seine Lungen füllten sich mit Wasser, und dann kämpfte er sich wieder nach oben, immer wieder. Aber daran konnte er sich nicht mehr deutlich erinnern. Er wusste nur noch, dass er irgendwann auf trockenes Land gelangte, auf irgendeinen Felsvorsprung kletterte, der noch eine Stunde zuvor Teil der Felswand unter dem Damm gewesen sein musste, und dann endlos lange dort lag, keuchte und spuckte und nach Atem rang. Von all dem Wasser, das er geschluckt hatte, war ihm ganz schwindlig, und er musste sich übergeben.

Dann … Korsibars Männer stiegen zu dem überfluteten Gebiet herab, suchten nach den benommenen Überlebenden und schlachteten sie ab wie Schweine.

Er hatte keine Ahnung, wie er dem entgangen war. Seine Waffen hatte er im Wasser verloren. Vielleicht hatte er Schutz unter einem überhängenden Felsvorsprung gefunden oder hinter irgendeinem Busch. Er wusste nur, dass er es irgendwie lebend überstanden hatte. Er hatte sich vom Schauplatz des Gemetzels entfernt, vom Rand des Wassers, an dem schreiende Krieger hin und her liefen und Leichen oder die Körper der Schwerverletzten wie Strohpuppen auf dem Land lagen.

Das war nicht das erste Mal, dass Prestimion diese grimmige Landschaft des Todes gesehen hatte. Er wusste, er hatte sie schon einmal geschaut: vor langer Zeit im Haus Muldemar, im angenehmen Frieden und der Zurückgezogenheit der Lesegalerie seiner Mutter, damals, als der Magier Galbifond ihn in eine Schüssel mit irgendeiner blassen Flüssigkeit hatte schauen lassen. Galbifond hatte Beschwörungen gemurmelt und ihm genau dieses Schlachtfeld gezeigt, diese Szene des fürchterlichen Chaos. Prestimion hatte damals nicht gewusst, wessen Heere dort gegeneinander kämpften, doch nun war klar, dass das eine Korsibars und das andere das seine und Korsibar der Sieger gewesen war, weil er nicht vor jener furchtbar bösen Tat zurückgeschreckt war.

Doch er selbst hatte die Flut und das nachfolgende Debakel überlebt. In der Erinnerung sah er nun, wie er von dem Schlachtfeld humpelte, auf dem nur noch die Spuren der Katastrophe zurückblieben. Schließlich erreichte er einen ruhigeren Ort, an dem niemand zu sehen war, weder Freund noch Feind. Er kletterte einen steilen Felsweg hinauf, der parallel zum Fluss verlief, vorbei am zerschmetterten Damm und den Palisaden von Korsibars Lager.

Als die Dämmerung nach dieser schrecklichen Nacht aufzog, war Prestimion allein, schaute hinab und hinter sich und dachte: *Taradath? Abrigant?* Und dann dachte er auch: *Svor? Gialaurys? Septach Melayn?*

Warum hatte er je Coronal sein wollen? War er als Prinz von Muldemar nicht glücklich gewesen? Zwei seiner Brüder waren höchstwahrscheinlich tot, seine drei besten Freunde von dieser Sintflut davongespült worden, tausende von Männern, die seine Sache unterstützt hatten, waren ertrunken, und wofür? Wofür? Damit er und nicht ein anderer Mann auf einem großen, mit Rubinen besetzten Block aus schwarzem Opal saß und die Leute vor ihm knieten und dümmliche Gesten vollzogen und ernst lauschten, während er Dekrete erließ?

Er war benommen, wie betäubt von dem Tod und der Zerstörung, die seine Entschlossenheit verursacht hatte, mit der er Korsibar den Thron entreißen wollte. Wie viele waren seinetwegen umgekommen? Sein maßloser Ehrgeiz hatte aus tausenden rechtschaffener Leute Märtyrer gemacht. Majipoor war nie eine kriegerische Welt gewesen; seit der Befriedung der Gestaltwandler vor siebentausend Jahren hatten die Völker in Frieden gelebt, in glücklicher Harmonie, und diejenigen mit einem kriegerischen Naturell konnten sich auf den Tjostfeldern und bei anderen derben Sportarten Erleichterung verschaffen. Doch was war nun geschehen? Wegen seiner Entschlossenheit, dass er und nicht der andere herrschen sollte, war die Welt mit Krieg überzogen worden und lagen Männer in ihren Gräbern, die sonst noch ein langes Leben gehabt hätten. Nun blieb ihm nichts anderes mehr übrig, als auch weiterhin in dieses unbekannte Land zu wandern, in der Hoffnung, dem Zorn von Korsibars Männern zu entgehen und irgendeinen sicheren Ort zu erreichen, an dem er sich ausruhen und erholen konnte, um dann darüber nachzudenken, wie er die Zeit verbringen wollte, die ihm auf dieser Welt noch bleiben mochte.

In den folgenden Tagen, und in denen danach, waren Wurzeln und Blätter und kleine weiße, bittere Früchte die einzige Nahrung, die Prestimion fand. Dann endlich, auf der anderen Seite der kalkigen Hügel, veränderte das Land sich ein wenig, wurde hellbraun, von roten Streifen durchzogen: vielleicht ein Zeichen von Fruchtbarkeit. Ein gräulicher, verschlammter kleiner Fluss verlief hier von Osten nach Westen und gabelte sich dann dreifach. An den Ufern hatten die Pflanzen leuchtend grüne Blätter, und einige von ihnen trugen dicke purpurne Früchte mit runzliger Haut. Prestimion versuchte eine, und sie richtete keinen Schaden an, und so aß er mehrere, bevor er schlief, und als er am Morgen aufwachte und feststellte, dass er noch lebte und sich nicht vergiftet hatte, aß er noch einige und sammelte andere und nahm sie in einer Falte seines Wamses mit.

Es war ein hartes, ungezähmtes Land. Er hatte keine Ahnung, wie es genannt wurde. Überall lauerten Gefahren. Er stolperte über ein paar lose Äste und wäre fast gestürzt, und als er sein Gleichgewicht zurückerlangt hatte, schaute er zurück und sah sich am Rand einer Grube, und unter ihm lauerten funkelnde rote Augen und blitzende gelbe Krallen. Später an diesem Tag stürmte ein langes, schmales Tier mit einem Senkrücken, bedeckt von dicken, braunen Schuppen, die so hart wie Stein zu sein schienen, wild aus dem Nichts heran und schwenkte den kleinen Kopf mit den trüben Augen wie eine Keule von einer Seite zur anderen; aber es lief an ihm vorbei, als hielte es nach einer saftigeren Beute Ausschau. Und danach sah er ein komisches, hoppelndes Geschöpf mit fröhlichen goldenen Augen und absurd winzigen Vorderläufen, doch seinem Schwanz entsprang ein Dorn, der Gift in die stämmigen grauen Echsen pumpte, die es jagte. Ein oder zwei Tage später kam ein Schwarm geflügelter Insekten angeflogen, so blendend wie bunte Juwelen, und sie füllten die Luft mit einer milchigen Gischt aus, und als ein Vogel in diesen tödlichen Nebel flog, ließ er die Schwingen hängen und fiel wie ein Stein zu Boden.

Allmählich änderte das Terrain sich erneut. Nun befand er sich in einem gebrochenen Land, das von Runsen und steilen Schluchten zerrissen wurde. Hier lagen die Knochen der Welt bloß, große dunkle Streifen, die durch die weichen, rötlichen Felsen der Hügel verliefen. Wuchernde Büsche mit weißen, wolligen Blättern klammerten sich wie ein dichter Felsbesatz an den Boden. Er sah große Bäume mit dicken schwarzen Stämmen und ausladenden Kronen mit gelben Blättern.

Und dort war ein Dorf, an einer geschützten Stelle auf dem Grund einer schmalen Schlucht. Bewohnt wurde es ausschließlich von Ghayrogs, dem grauschuppigen, reptilienhaft aussehenden Volk mit den gespaltenen, ständig hin und her huschenden scharlachroten Zungen. Es waren ein paar hundert, die weit verstreut auf mehreren Meilen Länge in der Schlucht wohnten. Das trockene Land schien ihnen zu gefallen: Ghayrogs ließen sich oft in unwirtlichen Gegenden Majipoors nieder, die sie an ihre Umgebung auf ihrer Heimatwelt erinnerten.

Man begegnete Prestimion hier durchaus mit Freundlichkeit. Sie gaben ihm einen Platz zum Schlafen und Nahrung, die genießbar, wenn auch seltsam war, und er konnte sogar einen Bogen und ein paar Pfeile erwerben, um auf die Jagd gehen zu können, und einen Rucksack, in dem er Proviant verstaute, sobald er seine Reise fortsetzte.

Von Coronals und Bürgerkriegen wussten diese Leute überhaupt nichts. Die Namen ›Prestimion‹ und ›Korsibar‹, ja sogar ›Confalume‹ und ›Prankipin‹ hatten nicht die geringste Bedeutung für sie. Sie lebten hier wie auf einem eigenen Planeten.

Er fragte sie, wo er sei, und sie sagten mit ihrem schweren, zischenden Akzent, den er kaum verstehen konnte: »Das ist die Stadt Valmambra, hinter der die gleichnamige Wüste anfängt.«

Als er diesen Namen hörte, *Valmambra*, war es, als würde in einer Tür ein Schlüssel umgedreht.

Erneut dachte Prestimion zurück, weit zurück, in ein anderes Leben, wie es schien, an jene stille Stunde, die er im Haus Muldemar in der Lesegalerie seiner Mutter verbracht hatte. Ja, Prinzessin Therissa war dort gewesen und der weißhaarige Magier Galbifond mit den gekrümmten Schultern. Die Schüssel mit der schieferfarbigen Flüssigkeit, in dem Galbifond ihm – wie? – jene allzu genaue Vision der Schlacht an den Ufern des Iyann gezeigt hatte, das Gemetzel, das Korsibars Heer an dem seinen anrichtete.

Doch Prestimion fiel nun ein, dass diese Vision einen zweiten Teil gehabt hatte. Das Bild vom Schlachtfeld war verblichen, und die Schüssel hatte ihm eine grimmige und karge Landschaft gezeigt, die noch karger als die war, durch die er vor kurzem gezogen war. Ein paar vereinzelte, zerklüftete Hügel. Rötliche Erde, keilförmige Felsbrocken. Die verbogene Form eines einsamen Szambrabaums mit ganz wenigen Blättern, die er vor einem wolkenlosen Himmel ausmachte. Der Szambrabaum wuchs lediglich in der Valmambrawüste und nirgendwo sonst! Und dann … die winzige Gestalt eines Mannes, der müde durch die Einöde trottete, für den jeder Schritt eine Anstrengung war. Der kleine Mann mit

den kantigen Schultern, das blonde Haar kurz geschnitten, das Wams zerrissen, einen Rucksack, einen Bogen
und ein paar Pfeile tragend: er selbst. Galbifond hatte
ihm alles gezeigt, damals im Haus Muldemar. Er selbst,
ein einsamer Flüchtling, der zu Fuß durch die Valmambra zur Hexerstadt Triggoin wanderte. Triggoin, wo
man Svor in einem Traum einmal gesagt hatte, dass
Prestimion dort vielleicht erführe, wie er die Krone bekommen konnte, die er verloren hatte.

Galbifond hatte ihm das alles vor langer Zeit in den
Tiefen jener Schüssel gezeigt, die Schlacht, die Niederlage, der Marsch nach Norden durch die Wüste – und
nun trug es sich tatsächlich zu.

Also musste er seinem Schicksal wohl oder übel folgen.

»Ich habe in der Stadt Triggoin zu tun«, sagte er zu
den Ghayrogs dieses Dorfes, das am Rand der Wüste
lag, von der er nun wusste, dass er sie durchqueren
musste. »Könnt ihr mir erklären, wie ich die Straße finde, die dorthin führt?«

Die Valmambra war in jeder Hinsicht identisch mit dem
Ort, den Galbifond ihm in der Vision in der Schüssel gezeigt hatte – die Hügel, die Felsbrocken, die wenigen
knotigen Bäume, die in der rötlichen Erde wuchsen.
Aber die Schüssel hatte ihm die Wüste nur *zeigen* und
nicht bewirken können, dass er sie *fühlte*. Und nun fühlte Prestimion sie. Er hatte bislang den Eindruck gehabt,
seit Beginn seiner Reise gen Norden durch eine Wüste
zu marschieren, doch nun erkannte er, dass das, was er
für eine Wüste gehalten hatte, verglichen mit der Valmambra ein sanfter Park, ja sogar ein Paradies war.
Denn das Terrain, das hinter ihm lag, war lediglich trockenes, gebrochenes Land gewesen, leer, weil dort
kaum jemand leben wollte. Die Valmambra war allerdings wirklich eine Wüste, und sie war leer, weil sie
praktisch unbewohnbar war.

Triggoin, erklärten die Ghayrogs ihm, lag geradewegs im Norden, auf der anderen Seite der Wüste. Es genügte, wenn er sich des Nachts von den Sternen leiten ließ, Phaseil rechts und Phasilin links von sich hielt und ständig dem weißen Leuchten Trinathas im Nordhimmel entgegenstrebte. Nach einer Weile würde er ein kleines Dorf namens Jaggereen erreichen, ebenfalls eine Ansiedlung der Ghayrogs und die einzige in der eigentlichen Valmambra. In Jaggereen würde man ihm erklären, wie er nach Triggoin gelangte.

Das alles klang ziemlich unkompliziert. Doch die Ghayrogs hatten ihn genauso wenig wie Galbifond auf die Kargheit der Valmambra vorbereitet. Sie hatten ihn nicht auf die gnadenlose Trockenheit des Landes aufmerksam gemacht, durch das man manchmal drei Tage lang wandern konnte, ohne eine Wasserquelle zu finden, und was man dann fand, war zumeist brackig. Auf die Luft, die so trocken wie der Sand unter seinen Füßen war, sodass die Nasenlöcher austrockneten, wenn man sie einatmete, und die Zunge rau und empfindlich wurde. Auf die Hitze des Tages, die Prestimion so unerträglich vorkam, wie seines Erachtens die berühmte Hitze Suvraels es sein musste. Auf die Kälte der Nacht, wenn die klare Luft alle Wärme, die sie am Tag aufgenommen hatte, an den Himmel abgab, sodass er zitternd in der Unterkunft kauerte, die er vielleicht gefunden hatte. Auf die Knappheit an Nahrungsmitteln, manchmal fand er zwei oder drei Tage lang nichts zu essen, und dann nur elende kleine, trockene Beeren und die Stiele einiger niedriger, schiefer Pflanzen mit stacheligen Blättern und – selten, sehr selten – das zähe Fleisch der kleinen grauen, hüpfenden Geschöpfe mit den großen, runden Ohren, die so groß waren wie der Kopf selbst und bei denen es sich um die einzigen Tiere zu handeln schien, die hier lebten. Ihr Gehör war so empfindlich, dass es Prestimion nicht möglich war, sich an sie heranzuschleichen. Doch gelegentlich sah er eins reglos auf einem Hang gegenüber einer öden Schlucht sitzen, und wenn er seinen Pfeil schnell in die Richtung schoss, in die das Tier seiner Vermutung nach laufen würde, wenn es das Geräusch des sich ihm nähernden singenden Pfeils hörte, konnte er es zur Strecke bringen.

Triggoin sollte auf der anderen Seite der Wüste liegen, doch die Wüste schien kein Ende zu haben. Prestimion wurde immer schwächer, während die Anforderungen, die die Valmambra an seinen ohnehin schon überstrapazierten Körper stellte, weit über die Mengen an Nahrung und Wasser hinausgingen, die er finden konnte. Fieber und Schwindel attackierten ihn, sodass die Landschaft vor ihm schaukelte und schwankte wie die Oberfläche eines unruhigen Ozeans. Er sah nur noch verschwommen, konnte seinen Bogen also nicht mehr verwenden. Und seine Füße und Beine schwollen an und ließen jeden Schritt zu einer schmerzenden Qual werden. Der Schall, der vom unerbittlichen Licht der Sonne zu kommen schien, setzte von neuem ein und wollte nicht wieder aufhören. Er bildete sich ein, Donnerschläge an einem Ort zu vernehmen, der keinen Regen kannte. Große oszillierende Ringe aus grünem Licht umgaben die Sonne und füllten den halben Himmel aus; diesen Eindruck hatte er zumindest. Die Sonne verursachte Blasen auf seinem Rücken und den Schultern, und wenn er eine Weile bäuchlings dösend auf dem Sand lag, weil ihm zu schwindlig war, als dass er hätte weitergehen können, und sich dann wieder erhob, war er vom Hals bis zu den Knöcheln gerötet und geschwollen und kam sich halb durchgebraten vor – oder mehr als nur halb.

Einen oder zwei Tage später aß er etwas Hartes und Blaues, irgendeine Nuss, die seinen Mund verbrannte und seine Lider zur dreifachen Dicke anschwellen ließ. Eine Wolke kleiner goldener Fliegen fiel wie ein Nebel aus hellem Metall über ihn her; sie stachen ihn an hundert Stellen, und seine Haut bekam Blasen. Er stieß auf ein undurchdringliches Gewirr von Dornensträuchern, das ihm auf mehrere Meilen Breite den Weg versperrte, und musste lange in östliche Richtung gehen, bevor er eine Möglichkeit fand, sich wieder nach Norden zu schlagen. Er träumte vom Haus Muldemar, von seinem Bett, seiner steinernen Badewanne, seinem Wein, seiner sauberen, weichen Kleidung. Er träumte von seinen Freunden. Eines Nachts kam Thismet in seinen Träumen zu ihm, tanzte und öffnete ihr Mieder, um ihm kleine, runde Brüste mit harten, dunklen Warzen zu zeigen.

Eines Morgens erwachte er würgend und erbrach eine Stunde lang – den Anschein hatte es zumindest – eine dünne, weiße Flüssigkeit. Einmal erwachte er schluchzend, was ihn erstaunte. Das Leder seiner Stiefel begann zu reißen. Seine Zehen lugten hervor; einen stieß er sich an, und er blutete zwei Tage lang.

Er versuchte, nicht daran zu denken, wo er war oder was mit ihm geschah. Er wollte nicht die Aussicht in Betracht ziehen, dass er hier draußen sterben könnte, vergessen und ohne Begräbnis.

Einen ganzen Tag lang dachte er, er sei Coronal, und fragte sich, warum er nicht in der Burg war. Dann fiel ihm die Wahrheit wieder ein.

Drei Tiere mit schlanken Beinen kauerten sich eines Nachts neben ihm nieder, als er am Rand einer trockenen Runse auf den Schlaf wartete, und gaben meckernde Geräusche von sich, die fast wie Gelächter klangen. Sie hatten scharfe Zähne; er fragte sich, ob sie über ihn herfallen und ihn fressen würden. Aber das taten sie nicht. Sie lachten noch etwas über ihn und umkreisten ihn, und eins nach dem anderen legte kleine, hellgrüne Haufen. Dann zogen sie weiter. Sie hatten keine Verwendung für ihn.

Er kam an einen Fluss aus Sand, der durch die Wüste verlief. In der Mittagssonne loderte er aufgrund der Quarzkristalle, die sich darin befanden, wie eine lange

Linie aus weißem Feuer. Er kniete nieder und schöpfte den Sand mit den Händen, als wäre er Wasser, ließ ihn durch die Finger rinnen und weinte erneut.

Er stolperte über einen knorrigen Busch und verrenkte sich den Knöchel. Sein Knie schwoll an wie ein Ballon. Zwei Tage lang konnte er es weder belasten noch gehen. Er kroch. Auf einer breiten, offenen Ebene unter der gnadenlosen Sonne wurde er von einem großen Vogel angegriffen, einem Aasfresser, der ein wenig einem Milufta ähnelte, mit schrecklichen, blutunterlaufenen Augen, einem langen, nackten, roten Hals, an dem lockere Haut in gekräuselten Falten herabhing, und einem Schnabel, der so scharf wie eine Sense war. Er kam aus dem Himmel herabgeflattert, kreischend, als hätte er seit einem Monat nichts mehr gefressen, und versuchte, ihn mit seinen großen, ausgefransten Schwingen zu umschlingen. »Noch nicht tot!«, rief Prestimion, rollte sich auf den Rücken und trat mit dem unverletzten Bein nach dem Tier. »Nicht tot, nicht tot, nicht tot!«

Offensichtlich war dem Vogel das gleichgültig. Der Hunger schien ihn in den Wahnsinn getrieben zu haben. Er musste so lange nichts mehr zu fressen bekommen haben, dass er bereit war, seine Nahrung zu töten, obwohl es sich eindeutig um einen Aasfresser handelte. Er hackte mit gelben, gekrümmten Krallen nach ihm und fügte ihm ein halbes Dutzend blutende Wunden zu. Er schnappte nach seiner Kehle, nach seinen Augen. Er zerrte an ihm und riss ihm ein Stück Fleisch aus dem Arm und wollte sich mehr holen. »Noch nicht tot!«, rief Prestimion immer wieder, während er versuchte, den Vogel abzuwehren. »Nicht tot!« Zum ersten Mal seit Tagen hatte er laut gesprochen.

Der Atem des Aasfressers roch so widerwärtig, dass Prestimion übel wurde, und die Striemen, die das Tier ihm gerissen hatte, brannten wie weißes Feuer. Er lag auf dem Rücken und trat nach dem Vogel und schlug auf ihn ein, während das Tier hektisch um ihn herum flatterte. Würde es doch nur etwas höher fliegen, damit er versuchen konnte, ihm einen Pfeil in den Bauch zu schicken; aber nein, nein, der Vogel schwebte dicht über ihm, biss und krallte ohne Unterlass, verletzte ihn immer wieder, bis Prestimion ihn schließlich in einem Anfall der verzweifelten Wut an seinem langen, dürren Hals packte, einen Arm um ihn schlang und mit der anderen Hand wieder und wieder einen Stein auf seinen Schädel hämmerte.

Der Aasfresser fiel von ihm zurück und lag schlaff da, schlug noch eine Weile langsam mit den Schwingen und bewegte sich dann nicht mehr. Als er den letzten seiner Todeskrämpfe hinter sich hatte, erhob Prestimion sich, ging zu ihm hinüber und sah, dass es sich um ein Ungetüm handelte, das fast so groß wie er selbst war. Ihm kam der Gedanke, dass das Fleisch essbar sein mochte; aber die Vorstellung, dieses Geschöpf zu essen, war so widerwärtig, dass er sich erneut übergeben musste, und zwar schier endlos lange, obwohl sein Magen völlig leer war.

Danach verband er die tiefsten Wunden mit Stoff, den er von seinem Unterhemd abriss. Und dann erhob er sich und humpelte weiter. Schon nach kurzer Zeit bemerkte er den Schmerz nicht mehr, obwohl den ganzen Tag über Blut bis zu seiner äußeren Bekleidung durchsickerte. Er hatte allmählich vergessen, wie man Schmerz fühlte.

Doch eines Tages war er einfach nicht mehr imstande, überhaupt noch weiterzugehen.

Er hatte den Eindruck, die ganze Zeit lang in die richtige Richtung gegangen zu sein, doch vom Dorf Jaggereen war noch nichts zu sehen, und er hatte seit mehreren Tagen nichts mehr zu essen gefunden, keine Blätter, keine Wurzeln, keine Insekten oder Kriechtiere, nichts, und auch kein Wasser, bis auf das, was er von einem flachen Stein hatte lecken können, über den ein winziges Rinnsal floss, das irgendwoher kam. Und nun war seine Kraft erschöpft. Er wusste, das war das Ende. All sein stolzer Ehrgeiz würde an diesem erbärmlichen Ort sein Ende finden, und niemand würde je erfahren, was aus ihm geworden war, und mit der Zeit würde die Welt vergessen, dass es jemals eine Person wie Prestimion von Muldemar gegeben hatte, dessen Name eigentlich dazu vorgesehen gewesen war, in die Liste der Könige eingetragen zu werden.

Er legte sich in den Schatten eines großen Felsbrockens, schob den Rucksack auf die eine und den Bogen auf die andere Seite, schloss die Augen und wartete. Wie lange, fragte er sich, würde es dauern, bis der Tod ihn holte? Eine Stunde? Einen Tag? Er fühlte schon, wie die Zeit langsamer verlief. In seinem Mund schmeckte er Staub, und seine Atemzüge kamen so unregelmäßig, dass jeder für ihn eine Überraschung darstellte. Gelegentlich öffnete er die Augen, sah aber nur ein verschwommenes rötliches Wirbeln vor sich. Dann lag er lange ganz still da, und die bloße Vorstellung, sich zu bewegen, kam ihm völlig unmöglich vor, und ihm kam in den Sinn, dass er vielleicht schon tot war. Aber nein, nein, er hörte, dass er erneut einatmete.

Ich sollte meinen Namen neben meine Leiche schreiben, sagte er sich, damit sie wissen, wem diese Knochen einst gehörten, falls man sie finden sollte. Er öffnete die Augen. Es war unmöglich, den Blick zu fokussieren. Wieder der rote Wirbel. Dahinter das Gleißen der Sonne, das in seinem Bewusstsein hallte wie ein metallischer Gong im Himmel. Er drehte sich langsam nach links. Streckte einen zitternden Finger aus, zog langsam und wackelig den ersten Buchstaben seines Namens in den Sand. Den zweiten Buchstaben, den dritten. Er hielt inne, überlegte, wie der vierte Buchstabe lautete. Eine Stimme über ihm sagte: »Schreib jetzt ein S.«

»Danke«, sagte Prestimion.

»Und danach ein T«, sagte eine andere, tiefere Stimme mit dem schweren Akzent der Stadt Piliplok.

»Ich kenne diese Stimme«, murmelte Prestimion.

»Ja. Du kennst sie. Und du kennst auch meine. Heb ihn hoch, Gialaurys. Wir müssen ihn sofort zum Dorf bringen.«

»Svor? Bist du das?«

»Ja. Und Gialaurys.«

»Dann seid ihr ebenfalls tot? Und wir sind gemeinsam in der Quelle?«

»Falls das Dorf Jaggereen die Quelle ist, sind wir in der Quelle, ja«, sagte Svor. »Oder dreihundert Schritt entfernt, denn so nah bist du bei Jaggereen.« Prestimion fühlte, dass man ihn hochhob und in starken Armen hielt. Er hatte den Eindruck, gewichtslos zu sein. »Hast du ihn sicher, Gialaurys?« Erneut Svors Stimme. »Gut. Halte ihn fest. Ich glaube, wenn du ihn fallen lässt, wird er in hundert Stücke zerbrechen.«

Zwei Wochen lang genas er in Jaggereen, einer Stadt fadenscheiniger Hütten aus Korbgeflecht, die am einzigen Ort der ganzen Wüste dem Sand der Valmambra entsprangen, an dem Trinkwasser aus verborgenen Quellen an die Oberfläche trat. In der ersten Woche lag er auf einem Bett aus Zweigen, schlief die meiste Zeit über, erwachte dann und wann und nippte an einer seltsam süßen Suppe, die Svor ihm mit einem Löffel darreichte, oder knabberte an ungewöhnlich schwammigem Ghayrogbrot. Dann kehrte seine Kraft allmählich zurück, und er verließ das Bett und ging langsam, auf Gialaurys' Arm gestützt, durch das Zimmer. Eine Woche später fühlte er sich der Aufgabe gewachsen, allein zu gehen, wenngleich es ihm noch alles andere als gut ging.

»Gialaurys hat mich gerettet, als der Damm brach«, erzählte Svor ihm. »Er zerrte mich aus dem Wasser und trug mich auf dem Rücken, als wir vor Korsibars Männern flohen. Und hielt mich in der Wüste am Leben. Ohne ihn wäre ich zwischen dort und hier zehnmal gestorben.«

»Wie üblich lügt er«, sagte Gialaurys, auch wenn kein Groll in seiner tiefen Stimme lag. »Svor ist viel zäher, als er uns glauben machen will. Er braucht keine nennenswerte Nahrung und kaum Wasser und klettert wie ein Zamfigir über Felsen und durch Schluchten, und ein halbes Dutzend Mal hat er mit bloßen Händen kleine Tiere gefangen, die dann für uns beide eine Mahlzeit ergaben. Es war nicht leicht, hierher zu gelangen, aber ohne ihn wäre es noch viel schwerer gewesen. Und es hat den Anschein, dass du die beschwerlichste Reise von uns allen hattest. Noch eine Stunde, und – nun ja, wir haben dich gefunden, nur das ist wichtig. Und wir drei leben noch, während so viele umgekommen sind.«

»Korsibar wird viel zu erklären haben«, sagte Svor, »weil er diesen Damm gebrochen hat. Ich sah, wie auf beiden Seiten Männer von der Gewalt des Wassers davongetragen wurden oder untergingen, weil sie nicht schwimmen konnten. Viele tausende sind tot, fürchte ich. Und nicht nur die aus unserem Heer; das Wasser wird auch die Provinz überflutet haben, und nichtsahnende Bauern müssen in ihren Betten ertrunken sein.«

»Nicht nur Korsibar muss zur Rechenschaft gezogen werden«, sagte Gialaurys. »Bestimmt hat Dantirya Sambail ihn auf die Idee gebracht, den Damm zu brechen: Allein hätte Korsibar so etwas Böses niemals ausgeheckt.«

»Dantirya Sambail?«, fragte Prestimion. »Warum sollte er denn …?«

Und dann fiel es ihm wieder ein: Der unheimliche Moment der ersten Explosionen, als er gedacht hatte, er habe lediglich einen Donnerschlag gehört … Dann war sein Bruder Taradath zu ihm gekommen, um ihm zu melden, dass Gaviads Heer den Rückzug angetreten habe. Es war vom Fluss davonmarschiert, als hätte Gaviad gewusst, was mit dem Damm geschehen werde. Im Chaos des Augenblicks hatte Prestimion dem keine große Beachtung geschenkt, und er hatte nicht mehr daran gedacht, bis man ihn nun daran erinnerte. »Ja«, sagte er. »Natürlich! Er hat um seines eigenen Vorteils willen beide Seiten gegeneinander ausgespielt. Sehr wahrscheinlich hat er Korsibar geraten, Stellung hinter diesem Damm zu beziehen. Und der Prokurator hat uns auch freundlicherweise diese Hierax-Männer geschickt, damit wir auch ja erfahren, dass Korsibar dort ist, und ihm zum Damm folgen, auf dass wir uns auch gewiss an der richtigen Stelle befinden, wenn der See über uns hereinbricht. Während er seinen beiden verabscheuungswürdigen Brüdern geraten hat, ihre Heere im letzten Augenblick vor dem Dammbruch zurückzuziehen und ihr wertloses Leben zu retten. Wer außer Dantirya Sambail könnte solch einen Plan entwerfen? Bei der Lady, sollte ich ihn je in die Hände bekommen, werde ich ihn Fingerbreit um Fingerbreit in Stücke hacken!«

»Du solltest nicht so laut schreien«, sagte Svor. »Du bist noch ziemlich schwach.«

Prestimion ignorierte das. »Wisst ihr, wer sonst noch überlebt hat?«

»Von denen westlich vom Fluss ziemlich viele, glaube ich«, sagte Svor. »Korsibars Truppen kamen auf dieser Seite langsamer herab als auf unserer, und Miaule und seinen Leuten blieb Zeit zur Flucht, falls sie nicht von dem hinunterschießenden Wasser eingeholt wurden.«

»Dann gibt es Hoffnung für Septach Melayn?«

»Ach, viel mehr als nur Hoffnung«, sagte Svor. »Die Ghayrogs haben uns von ihm erzählt, sowohl in Valmambra als auch hier. Er kam eine beträchtliche Weile vor uns durch die Wüste getanzt, ausgelassen und lebhaft, als wäre es eine schnelle, angenehme Reise wie die von der Burg nach Ober-Morpin, und ist schon längst weitergezogen. Er wird in Triggoin auf uns warten.«

»In Triggoin?«, fragte Prestimion. »Weshalb sollte er nach Triggoin gegangen sein?«

»Die Vision, die man dir im Haus Muldemar gezeigt hat, besagte, dass du eines Tages, nach einer großen Schlacht, nach Triggoin gehen würdest. Und ich habe es auch geträumt«, sagte Svor. »Er muss angenommen haben, dass wir alle nach der Katastrophe am Damm nach Triggoin ziehen. Auf jeden Fall ist er dorthin marschiert: Die Ghayrogs sagen, er sei nach Norden gegangen.«

Prestimion lachte.

»Dann ist er höchstwahrscheinlich schon dort. Septach Melayn unter den Zauberern – welch eine seltsame Vorstellung das ist! Was glaubt ihr, werden wir ihn in der Robe eines Magiers vorfinden, wenn wir dort eintreffen, und wird er zur Begrüßung mystische Zeichen machen? Das wäre seine Vorstellung von einem gelungenen Scherz.« Und dann fuhr er mit dunklerem Tonfall fort: »Ich frage mich, wie es meinen Brüdern ergangen ist.«

»Abrigant ist bestimmt mit Miaule entkommen«, sagte Gialaurys. »Wie Svor dir bereits gesagt hat, ist es denen auf der anderen Seite des Flusses viel besser ergangen.«

Dann folgte ein unbehagliches Schweigen.

»Und Taradath?«, fragte Prestimion schließlich. »Er war bei mir, als der Damm brach. Nachdem das Wasser uns trennte, habe ich ihn nicht mehr gesehen.«

»Ich schwöre beim Göttlichen«, sagte Gialaurys leise, »ich habe versucht, ihn zu retten. Ich hatte den einen Arm um ihn und den anderen um Svor gelegt. Aber dann kam eine weitere Woge und riss ihn aus meinem Griff. Ich sage dir, Prestimion, ich hätte ihn festgehalten, wäre es mir möglich gewesen, aber das hätte mich meinen Arm gekostet, und dann wäre er sowieso fortgespült worden.«

Prestimion fühlte dort, wo einst sein Herz gewesen war, ein bleiernes Gewicht. Aber er verbarg seine Gefühle und setzte einen so hoffnungsvollen Ausdruck auf, wie er es vermochte. »Obwohl das Wasser so stark war, ist er vielleicht in Sicherheit geschwommen.«

»Ja. Vielleicht«, sagte Gialaurys bedacht, mit einer Stimme, die keinen Zweifel daran ließ, für wie unwahrscheinlich er es hielt.

»Du solltest jetzt ruhen«, sagte Svor, bevor Prestimion weitere Fragen stellen konnte. »Du bist noch nicht so stark, wie es eigentlich der Fall sein sollte. Und eine schwierige Reise steht uns noch bevor, sobald du bereit dazu bist.«

2

Triggoin, die Stadt der Zauberer, lag ein gutes Stück hinter dem nördlichen Rand der Wüste, angenehm eingebettet in ein grünes Tal hinter einem runden See, der so hell wie Glas leuchtete, hinter dem sich wiederum ein dicht bewaldeter, doppelhöckriger Berg erhob. Wenn man die Stadt von der letzten Biegung der Hügelstraße aus sah, die sich ihr von Süden näherte, kam sie einem ganz gewöhnlich vor, wie eine jener mittelgroßen Städte, wie man sie überall auf Majipoor fand. Eine sanfte Brise wehte, kühl und frisch und süß, und auf den Grasrändern der Straße funkelten die Tropfen eines jüngst gefallenen leichten Regens.

Sein ganzes Leben lang hatte Prestimion entsetzliche Geschichten über Triggoin gehört, von dem flammend roten Himmel und den blauen Geisterfeuern, die Tag und Nacht in der Luft brannten, und dem unheimlichen Kreischen und Schluchzen entkörperlichter Entitäten, das hier ständig hallte. Aber als er und Svor und Gialaurys sich nun an den Abstieg zu der freundlich aussehenden, ja sogar hübschen Stadt unter ihnen machten, konnte er nichts von alledem entdecken. Doch nach der Kargheit und den Schrecken der Valmambra hätte fast jeder Ort freundlich und hübsch ausgesehen, überlegte er.

»Sind wir also endlich hier«, sagte Gialaurys. »Und hier werden wir Magier finden, die wir anheuern und in unsere Dienste nehmen können, und vielleicht werden wir sogar selbst den einen oder anderen magischen Trick lernen, mit dem wir Korsibar solch einen Schrecken einjagen können, dass er weinend zu seiner Mutter läuft, was?«

»Ich beneide dich um die Stärke deines Glaubens an die Magie«, sagte Prestimion. »Selbst hier, an den Grenzen Triggoins, widersetze ich mich noch der Vorstellung, es könnten irgendwelche Vorzüge darin liegen.«

»Ach, akzeptiere doch einfach die Beweise, die du mit eigenen Augen siehst, Prestimion! Wohin auch immer du auf dieser Welt schaust, siehst du Zauberei am Werk, und dieses Werk ist sehr wirklich!«

»Wohin ich schaue, sehe ich Täuschung und Illusion, Gialaurys, die die Welt noch tiefer in die Dunkelheit führen.«

»War es Täuschung, als der Magier deiner Mutter dir dich selbst in dieser Schüssel zeigte, wie du die Valmambra durchquerst? War es Täuschung, als Thalnap Zelifor im Labyrinth zu uns kam, um dich vor dem geheimen Feind zu warnen, der mit dir um die Burg streiten würde; und vor dem schrecklichen Krieg, der ausbrechen würde? War es Täuschung, als …«

Prestimion hob eine Hand. »Erspare mir den Rest«, sagte er. »Es wird eine ermüdende Geschichte sein, die all die Omen aufzählt, die ich auf dem Weg, der uns von dort nach hier geführt hat, nicht beachtet habe, und ich bin dieser Tage schon müde genug. Lass es gut sein, Gialaurys. Meine Seele gibt ihren Zweifel anscheinend nur sehr langsam auf. Doch wer weiß, vielleicht erfährt meine Skepsis hier eine große Bekehrung?«

»Ich werde dem Magier, der mir einen Zauberspruch

gibt, der dich zur Vernunft bringt, ein hohes Honorar zahlen«, sagte Gialaurys.

»Ja«, sagte Prestimion. »Ich glaube, du hast die Lösung nun gefunden: Gebrauche Zauberei, um mich dazu zu bringen, an die Vorzüge der Zauberei zu glauben. Das ist vielleicht die einzige Möglichkeit, wie es angestellt werden kann.« Und alle drei lachten. Doch sie lachten auf unterschiedliche Weise, denn Svor und Gialaurys glaubten schon seit langem an die Magie, und der kräftige Tonfall ihres Gelächters schien ihr Vertrauen auszudrücken, dass Prestimion Triggoin als anderer Mensch verlassen würde als der, der die Stadt betreten hatte. Doch Prestimions Gelächter war dünn und hohl. Jedes Gelächter, das dieser Tage von ihm kam, wirkte gezwungen. Nach der Katastrophe am Mavestoi-Damm war nur noch wenig Frohsinn in ihm.

Die Stadt sah nicht mehr so freundlich und unschuldig aus, als sie sich erst innerhalb ihrer Mauern befanden. Ein Platz mit Kopfsteinpflaster direkt hinter dem Tor führte zu einem dunklen Chaos mittelalterlicher Straßen, die sich in ein Dutzend Richtungen dahinschlängelten. Alle waren so stark gekrümmt, dass man kaum mehr als ein paar Dutzend Schritt in die eine oder andere Richtung schauen konnte.

Die Bauweise lief hier auf schmale, vierstöckige, senffarbene Gebäude antiquierten Aussehens hinaus, die alle dicht zusammengepfercht standen. Die meisten hatten Giebeldächer und nichtssagende Fassaden, in die nur die winzigsten Fenster eingelassen waren. Gelegentlich trennte ein dunkler Durchgang zwei Gebäude, und diese Gassen schienen bewohnt zu sein. Geflüster kam aus ihnen, und gelegentlich spähten unter Kapuzen befindliche Augen hell, scharf und unfreundlich zu ihnen hinaus. Manchmal handelte es sich um zwei grüne Augenpaare, denn es gab viele Su-Suheris in diesen Straßen, und auch eine ungewöhnlich hohe Anzahl

Vroons. Doch jeder, ob nun Mensch oder Fremdwesen, umgab sich mit der Aura, in die großen Geheimnisse des Universums eingeweiht zu sein. Das waren Leute, dachte Prestimion, die täglich mit unsichtbaren Geistern wandelten und sprachen und nicht an sich zweifelten, da sie mit Phantomen verkehrten. Er hatte sich noch nie in seinem Leben so unbehaglich gefühlt. »Du scheinst zu wissen, wohin du gehst«, sagte er zu Svor, als sie im Gänsemarsch durch die Straßen schritten, die zu schmal und überfüllt waren, als dass die drei nebeneinander hergehen konnten. »Ich dachte, du wärest bislang nur in Träumen hier gewesen.«

»Aber es waren lebhafte Träume«, erwiderte Svor. »Ich habe eine gewisse Vorstellung davon, was uns erwartet. Seht, da ist eine Herberge. Wir sollten uns zuerst Zimmer nehmen.«

»Hier?«, rief Prestimion. Es war ein dunkles, schmutziges, schief stehendes Gebäude, das aussah, als wäre es fünftausend Jahre alt. »Das wäre nicht einmal für Schweine eine angemessene Unterkunft!«

»Wir sind hier nicht in Muldemar, o Prestimion«, sagte Svor ganz leise. »Dieser Gasthof wird wohl genügen, und ich bezweifle ohnehin, dass wir hier einen besseren finden werden.«

Die Zimmer waren klein, mit niedrigen Decken und winzigen Fenstern, die kaum einen Schimmer Licht hindurch ließen, und es roch nach stinkenden Gewürzen und altem Fleisch, als hätten frühere Gäste regelmäßig Mahlzeiten in den Räumen zubereitet. Doch die Unterkünfte, die Prestimion in der Valmambra gehabt hatte, veranlassten ihn nicht gerade dazu, diese hier zu bekritteln, da man sie fast für Paläste halten konnte, wenn man vor kurzem noch halb erfroren unter freiem Himmel in der Wüste gelegen oder in einer Ghayroghütte aus Korbgeflecht geschlafen hatte, durch das der Wind die ganze Nacht über Sand hineinwehte. Die Herberge war zumindest einigermaßen sauber und verfügte über anständige Toiletten am Ende des Gangs, und obwohl Prestimions Matratze auf dem Steinboden lag und sowohl steif als auch klamm zu sein schien, war sie mit sauberen Laken bezogen und wies keine nennenswerte Bevölkerung an Wanzen und Zecken auf.

»Ich bin bald wieder da«, sagte Svor, nachdem sie sich häuslich eingerichtet hatten. Er blieb anderthalb Stunden lang fort. Als er zurückkam, brachte er einen zerbrechlichen, weißhaarigen Mann mit, der in schlichte dunkle Roben gekleidet war, die dem Aussehen nach zweihundert oder sogar zweitausend Jahre alt hätten sein können. Er war so dünn, dass jeder über das Land streichende Wind ihn hätte davontragen können, und er hatte bleiche Haut, die weißer als das weißeste Papier und fast durchsichtig war. Svor stellte ihn als Gominik Halvor vor, der, wie er sagte, vor langer Zeit sein Lehrmeister in der Hexenkunst gewesen sei, und fügte hinzu, dass er der Vater von Heszmon Gorse war, dem Hauptmagier des ehemaligen Coronals Lord Confalume.

»Sein Vater!«, rief Prestimion erstaunt aus. Er hatte immer den Eindruck gehabt, dass der ernste und reservierte Heszmon Gorse der fünft- oder zehntälteste Mensch auf der Welt sein musste, und ihm war nie in den Sinn gekommen, dass Heszmon Gorses Vater ebenfalls noch leben konnte. Aber Gominik Halvor schien sich nicht für den Grund von Prestimions Ausbruch zu interessieren. Er lächelte lediglich und betrachtete Prestimion einen Moment lang mit kleinen, dunklen Augen, die sehr hell leuchteten, auch wenn sie halb unter den Runzeln und Falten seines uralten Gesichts verborgen lagen.

Svor zeigte auf Prestimion. »Das ist Polivand von Muldemar«, sagte er. »Und das« – er nickte zu Gialaurys hinüber – »ist Gheveldin von Piliplok. Du wirst noch einen vierten Schüler haben, der sich noch nicht zu uns gesellt hat, doch wir nehmen an, dass er bereits irgendwo in Triggoin ist. Wir sind bereit, jederzeit mit unseren Studien zu beginnen.«

»Die siebente Stunde des Abends wird eine günstige Zeit sein, damit anzufangen«, sagte Gominik Halvor. Seine Stimme war eine weitere Überraschung: nicht das schwache, dünne Pfeifen, das man von einem so uralten Mann erwarten konnte, sondern das starke und tiefe Organ eines Mannes in der Blüte seines Lebens. Er schaute von Prestimion zu Gialaurys. »Du, Gheveldin«, sagte er. »Ich sehe, dass du bereits eine Einführung in unsere Geheimnisse erhalten hast. Aber Polivand hier hat die Aura eines völligen Neulings.«

»Der ich auch bin«, sagte Prestimion. »Ich habe nicht die geringsten magischen Fertigkeiten und keinerlei Kenntnisse über die Geheimnisse der Magie.«

»Das sehe ich, denn du nennst unsere Künste ›Magie‹. Wir ziehen es vor, diesbezüglich von unserer ›Philosophie‹ zu sprechen oder aber von unserer ›Wissenschaft‹.«

»Dann also Philosophie. Ich lasse mich berichtigen und bitte um Verzeihung.«

»Bist du denn tatsächlich bereit, deinen Verstand unseren Disziplinen zu öffnen?«, fragte der Alte.

»Nun ja …« Prestimion zögerte. Er war keineswegs dafür bereit, genauso wenig wie für irgendeinen anderen Aspekt dieses Gesprächs: Svor hatte ihn ohne Warnung in eine Situation geführt, die weit über sein Verständnis hinausging.

Und in der Tat war es Svor, der schnell das Wort ergriff, als Prestimion unsicher zögerte: »Graf Polivand ist stark an jedem Aspekt der großen Philosophie interessiert, Meister. Er hat noch keine Gelegenheit gehabt, sie zu studieren, ist jetzt jedoch eigens zu diesem Zweck nach Triggoin gekommen. Wie wir alle. Um zu deinen hingebungsvollsten Schülern zu werden.«

Prestimion schwieg, während die Vorkehrungen für den Beginn ihrer Ausbildung in Zauberei getroffen wurden. Doch als Gominik Halvor wieder gegangen war, wirbelte er zu Svor herum. »Was soll das heißen«, fuhr er ihn an, »dass wir bei diesem Mann Magie studieren sollen? Ich dachte, wir würden hier ein paar Zauberer anheuern und nicht bei ihnen in die Lehre gehen! Und warum diese Namen – Polivand, Gheveldin?«

»Friede, Prestimion. Ein gewisses Maß an Vorsicht ist jetzt für uns unerlässlich. Man hat den Befehl erteilt, all jene zu verhaften, die gegen die Herrschaft Lord Korsibars rebelliert haben; weißt du das nicht? Sein Griff erstreckt sich sogar bis nach Triggoin. Du kannst nicht einfach hier hereinschlendern, dich als Prinz Prestimion von Muldemar ausgeben und Zauberer auffordern, sich auf deine Seite zu schlagen und dich bei deiner Rebellion zu unterstützen, ohne dich in Schwierigkeiten zu bringen.«

»Und wieso kennt dieser Gominik Halvor unsere wahren Identitäten nicht, wenn er ein so mächtiger Zauberer ist?«

»Natürlich weiß er, wer du bist«, sagte Svor.

»Aber … dann …«

»Wir müssen darauf bedacht sein, ihn nicht zu belasten. Angenommen, die Behörden kommen zu ihm und fragen: ›Weißt du etwas über den Aufenthaltsort des für vogelfrei erklärten flüchtigen Rebellen Prinz Prestimion, der sich in dieser Stadt aufhalten soll?‹ Nein, kann er dann sagen: Er habe nie Kontakt mit jemandem dieses Namens gehabt. Und so weiter.«

»Ich verstehe. Also bin ich Polivand, und Gialaurys ist Gheveldin. Nun gut. Und wie sollen wir dich nennen?«

»Svor«, sagte Svor.

»Aber du hast doch gerade gesagt …«

»Mein Name steht nicht auf der Liste der gesuchten Flüchtlinge, Prestimion. Korsibar hat mir Straffreiheit zugesichert, aus Respekt vor der alten Freundschaft zwischen uns. Da ich nicht gesucht werde und Gominik Halvor ohnehin weiß, wer ich bin, habe ich mir nicht die Mühe gemacht, ihm gegenüber eine falsche Identität anzugeben. Bereitet es dir Kopfzerbrechen, dass Korsibar bereit ist, über meine Verbindung mit dir hinwegzusehen? Stellst du deshalb meine Treue in irgendeiner Hinsicht infrage?«

»Korsibar ist ein Narr, und du bist mein Freund, und ich habe keinen Zweifel daran, wo deine Treue liegt. Wenn er dich nicht für vogelfrei erklären will, nun gut. Aber warum hast du für mich einen Lehrgang in Magie arrangiert, Svor? Ist das ein kleiner Schabernack von dir?«

»Wir müssen uns hier versteckt halten, bis Gras über die Sache gewachsen ist, und die städtischen Behörden werden verlangen, dass wir einen plausiblen Grund für unsere Anwesenheit nennen. Das Studium der Zauberei ist nicht nur ein Zeitvertreib, es verleiht unserem Aufenthalt hier eine gewisse Rechtmäßigkeit. Außerdem findest du es vielleicht aufschlussreich.«

»Ja, vielleicht. Und Blaven könnten fliegen, wenn sie nur wüssten, wie sie sich Schwingen wachsen lassen können. Ach, Svor, Svor …«

Ein Klopfen an der Tür unterbrach ihn.

»Ist das das Quartier«, rief draußen eine volltönende Stimme, eine Stimme, die sie alle sehr gut kannten, »von Graf Polivand von Muldemar?«

Gialaurys erreichte die Tür als Erster und riss sie weit auf. Ein schlanker und extrem großer Mann in der eleganten Kleidung eines Höflings des Bergs – einem Wams aus grünem Samt im Bombifale-Stil – mit hochgeschlagenem Kragen und einer kleinen Halskrause – stand lächelnd da.

»Septach Melayn!«, rief Gialaurys.

Er verbeugte sich anmutig und trat ein. Prestimion stürmte zu ihm und umarmte ihn. »Svor und Gialaurys haben mir erzählt, dass du überlebt hast«, sagte er.

»Aber trotzdem … ich hatte so lange befürchtet, du wärest in den Fluten ertrunken …«

»Ich bewege mich schnell, wenn der Tod die Alternative ist. Wie ist es dir ergangen, Prestimion?«

»Nicht sehr gut, um die Wahrheit zu sagen.«

»Nein. Das überrascht mich nicht.«

»Und du darfst mich hier nicht ›Prestimion‹ nennen. Ich bin Graf Polivand von Muldemar. Gialaurys ist jetzt Gheveldin. Svor wird es dir erklären. Er ist übrigens noch Svor. Ich muss dir sagen, wir alle haben uns als Studenten der Zauberei eingeschrieben, und unser Privatlehrer ist – ich spreche die reine Wahrheit, Septach Melayn, wie seltsam sie auch klingen mag – der Vater von Confalumes uraltem Magier Heszmon Gorse. Der Vater.«

»Studenten der Zauberei«, sagte Septach Melayn sinnierend, als hätte Prestimion ihm gerade erklärt, sie alle würden bald Frauen werden oder Skandars, oder vielleicht Meeresdrachen. »Ein drolliger Zeitvertreib für euch, Prestimion. Ich wünsche euch viel Spaß dabei.«

»Du wirst auch an unseren Studien teilhaben, Septach Melayn«, sagte Svor. »Du heißt jetzt Simrok Morlin und kommst aus Gimkandale, nicht aus Tidias.« Er erklärte den Grund für dieses Täuschungsmanöver, und Septach Melayn gab dem Plan gut gelaunt seine Zustimmung und schwor, der eifrigste Schüler von ihnen allen zu werden und Triggoin als wahrer Meister der diabolischen Wissenschaften zu verlassen.

Dann erkundigte Prestimion sich bei ihm, wie er sie gefunden habe; und Septach Melayn erwiderte, vor kurzem habe ein Bote ihn in seinem Quartier aufgesucht, das sich zufällig nur drei Straßen entfernt befand, und ihm die Adresse genannt, wo er einen bestimmten großen Freund von ihm finden würde. Der Bote hatte ihm die Karte seines Auftraggebers gegeben, die Septach Melayn nun hervorholte und Prestimion zeigte. Es war die Karte des Magiers Gominik Halvor.

»Wir haben ihm nicht deinen Namen genannt!«, sagte Prestimion. »Wie konnte er nur wissen …?«

»Ach, Prestimion«, sagte Gialaurys. »Was habe ich dir gesagt? Die Beweise umgeben dich auf allen Seiten, und du weigerst dich noch immer, das Wirken dieser Magier zu akzeptieren!«

Prestimion zuckte mit den Achseln. Er verspürte nicht den Wunsch, diese Angelegenheit noch einmal mit Gialaurys zu erörtern, weder jetzt noch in Zukunft.

Die Herberge, in der sie sich einquartiert hatten, verfügte über einen Speisesaal, in dem sie vor der ersten Unterrichtsstunde bei Gominik Halvor eine Mahlzeit aus Fleisch und Wein einnahmen. Septach Melayn unterhielt sie mit Geschichten über seine Flucht vor der Flut, seine schnelle Reise gen Norden und seine unbeschwerten Abenteuer in Triggoin, während er auf ihre Ankunft wartete, denn, so sagte er, er habe nie bezweifelt, dass sie früher oder später hier auftauchten. Bei ihm klang alles nach einfachen und fröhlichen Heldentaten, was ohnehin sein Stil war, doch Prestimion merkte, dass er absichtlich so leichthin von allem sprach – von dem schrecklichen Debakel des Dammbruchs, den Entbehrungen seiner Reise durch die Wüste, den unbehaglichen Stunden des einsamen Wartens in Triggoin. Offensichtlich hatte Septach Melayn bereits erkannt, in welch dunkler Stimmung Prestimion sich befand, und wollte sie nicht mit Geschichten über Verluste und Leid zusätzlich verdüstern.

Prestimion aß wenig und trank noch weniger. Obwohl er seit seiner Genesung in Jaggereen ständig gegen die traurige Düsterkeit ankämpfte, die seine Seele einhüllte, wusste er selbst, dass er damit nur äußerst geringe Fortschritte machte.

Er hatte keine Ahnung, was er jetzt tun würde. Zum ersten Mal in seinem Leben war er ohne jeden Plan.

Vorerst wollte er nur ein ruhiges Dasein führen, weit entfernt von der Burg, von jeder Machtausübung, von allem, was er in jenen Tagen gewesen war, als er Prestimion von Muldemar gewesen war. Er sah es nur als angemessen an, dass er beim Schiffbruch seines Lebens nach Triggoin verschlagen worden war, einem Ort, der in solch einem Gegensatz zu seiner Natur und all seinen Ansichten stand. Es war eine angemessene Buße, hier bei den Magiern Zuflucht suchen zu müssen.

»Buße?«, rief Septach Melayn, als Prestimion nach einer Weile einige dieser ernsten Gedanken laut aussprach.

»Buße wofür? Dass du der Sache der Rechtschaffenheit gegen die des Bösen gedient hast?«

»Glaubst du wirklich, dass es so war? Dass ich mich lediglich gegen Korsibar erhob, weil ich der Ansicht war, ich sei der rechtmäßige Coronal und er ein verderbter Usurpator?«

»Sag mir, dass es etwas anderes war«, erwiderte Septach Melayn, »dass du es zum Beispiel nur aus reiner Machtgier getan hast, und dann werde ich dir das Schwert geben, das ich hier an meiner Hüfte trage, und du kannst damit meinen Leib durchbohren, Prestimion. Verzeihung: Polivand. Ich kenne dich und weiß, warum du getan hast, was du getan hast. Korsibars Diebstahl der Krone war ein Verbrechen gegen die gesamte Zivilisation. Du hattest keine andere Wahl, als dich zu erheben und dich ihm zu widersetzen. Damit ist keine Schuld verbunden, Prestimion, nicht die geringste.«

»Hör ihm zu und nimm dir seine Worte zu Herzen«, sagte Gialaurys. »Du quälst dich selbst ohne jeden vernünftigen Grund, Prestimion.«

»Polivand«, berichtigte Svor ihn. »Und jetzt kommt, meine Herren. Es ist an der Zeit für unsere erste Lektion in Zauberei.«

Gominik Halvors Unterkunft war zweifellos die einer bedeutenden Person. Er bewohnte sieben oder acht große Räume, vielleicht sogar noch mehr, ganz oben in einem hohen, steinernen Turm im Zentrum Triggoins, der einen Blick auf das gesamte Panorama der Stadt bot. Dort hatte Gominik Halvor eine große Sammlung an Gegenständen seltsamer und esoterischer Natur zusammengetragen, Destillierblasen und Schmelztiegel, Flaschen, die geheimnisvolle Flüssigkeiten und Pulver enthielten, Metalldosen mit Salben und Cremes, Eisenplatten, in die kryptische Schriftzeichen graviert waren, Retorten und Trinkschalen, Stundengläser, Waagen, Armillarsphären und Astrolabiumen, Ammatepilas, Hexaphoren, Phalangrien, Ambivials. Außer diesen Geräten – und es gab noch viel mehr, und die meisten davon waren noch viel seltsamerer Natur – standen manche Räume voller Regale mit den großen, ledergebundenen Büchern jener Art, die Prestimion schon neben dem Bett des Pontifex und in der Lesegalerie seiner Mutter gesehen hatte und die zweifellos überall auf der Welt großen Wert für die Kenner dieser Künste besaßen. Und es gab noch weitere Räume, in die sie nicht hineinschauen durften.

»Ich spreche zuerst eure Skepsis an«, begann Gominik Halvor und schaute dabei zuerst Prestimion und dann Septach Melayn an. »Ihr braucht eure Gefühle nicht zu verleugnen: Eure Gesichter enthüllen sie sehr deutlich. Sie müssen für eure Studien hier kein Hinderungsgrund sein. Lauscht meinen Worten und überprüft sie anhand der Ergebnisse, die ich erziele. Wir praktizieren hier in Triggoin eine Wissenschaft, das soll heißen, die Methoden folgen strikten Disziplinen, und die Ergebnisse, die wir erzielen, lassen sich empirisch analysieren. Schiebt euer Urteil auf. Beobachtet und prüft. Fordert nicht allzu schnell heraus, was ihr nicht versteht.«

Er erzählte nun von seinen eigenen Studien und Reisen, die ihn in jeden Teil der Welt geführt zu haben schienen, obwohl Prestimion wusste, dass man fünfmal länger leben musste als Gominik Halvor, um das alles erlebt zu haben. Doch er sprach davon, über das Große Meer zu einem Ort gereist zu sein, wo der Himmel von dem seltsamen, geisterhaften Licht der Sterne Giskhernar und Hautaama, die man über Land nie sah, taghell erleuchtet wurde, und dass er beobachtet hatte, wie die riesigen blauen Schlangen der Tiefe mit zwanzigbeinigen Ungeheuern kämpften, die in ewigen Strudeln lebten. Er sprach von seiner Reise zur Insel Gapeligo, von der Prestimion noch nie gehört hatte, auf der die Feuer der inneren Welt unaufhörlich in einem ohrenbetäubenden Aufwallen weißer Flammen hervorbrachen. Er sprach von seinen Entdeckungsreisen in den feuchten und dampfenden Regenwäldern von Kajith Kabulon, bei denen er gewisse Kräuter von unermesslichem Wert gesammelt hatte, die sogar den Bewohnern jener Provinz unbekannt waren. Und er erzählte auch von der Zeit, die er unter den Piurivars verbracht hatte, den eingeborenen Metamorphen, in ihrer Dschungelprovinz Piurifayne auf Zimroel, wohin Lord Stiamot vor langer Zeit, nach dem Ende des Gestaltwandler-Kriegs, ihre Vorfahren verbannt hatte.

Die unwahrscheinlich tiefe und kräftig Stimme des alten Mannes hatte unaufhörlich gesprochen, sie bis hin zur Selbstzufriedenheit eingelullt. Doch als er erwähnte, unter den Metamorphen gelebt zu haben, richtete Prestimion sich überrascht auf. Die Metamorphen trieben kaum Handel mit der Außenwelt und hießen Besucher der menschlichen Spezies in ihrem Reservat nicht willkommen. Und doch wollte Gominik Halvor sie glauben machen, mehrere Jahre bei ihnen verbracht zu haben.

»Diese Dämonen, von denen alle sprechen«, sagte Gominik Halvor. »Wir wissen nun, welcher Natur sie sind, und ich werde dieses Wissen mit euch teilen. Sie sind die prähistorischen Bewohner dieser Welt, ja sogar ihre ersten Herren – unsterbliche Geschöpfe aus uralten Zeiten, die lange, bevor die Menschheit nach Majipoor kam, frei umherstreiften, bis die Gestaltwandler sie dann vor zwanzigtausend Jahren mit schrecklichen Zaubersprüchen einsperrten. Aber die Schlösser, die sie halten, kann man mit den richtigen Worten öffnen. Und dann kann man diese Geister zwingen, das zu tun, was wir ihnen befehlen; und danach schicken wir sie an jenen dunklen Ort zurück, von dem wir sie geholt haben. Passt auf«, sagte Gominik Halvor und intonierte Worte in einer Sprache, die Prestimion noch nie gehört hatte. »*Goibaliiug yei thenioth kalypritiaar*«, sagte er, und »*Idryerimos urilaad faldiz tilimoin gamoosth*«, und in der Luft rührte sich etwas, und eine schwach sichtbare, halb durchsichtige Gestalt erschien mitten im Raum vor ihnen, ein Wesen, das Dornen statt Haare und Lichtpfützen als Augen hatte. »Das ist Theddim«, sagte der Magier, »der überwacht, dass das Blut durch unsere Herzen fließt.« Und in der Tat spürte Prestimion, dass sein eigenes Herz zu hämmern und zu pochen anfing, wenngleich er nicht sagen konnte, ob es das Werk des Dämons war oder lediglich seine Bestürzung darüber, solch einen Ritus zu beobachten. Dann murmelte der Magier andere Worte, und die Erscheinung verschwand.

Gominik Halvor erzählte ihnen noch von anderen Dämonen, von Thua Nizirit, dem des Deliriums, und dem schuppengesichtigen Ginitiis, und Ruhid mit der großen, baumelnden Schnauze, der Erleichterung vom Fieber brachte, und Mimim, der die Wiedererlangung verlorenen Wissens bewirkte, und Kakilak, dem wohlwollenden Dämon, der jene beruhigte, die von Anfällen ergriffen wurden. Diese Wesen, so der Magier, konnten nur unvollständig beherrscht werden. Aber trotzdem waren sie denen, die sich darauf verstanden, sie zu beschwören, oft von großem Nutzen.

Er gab seinen vier Schülern bei den abendlichen Lektionen einige Hinweise auf diese Techniken, kratzte aber nur die Oberfläche seiner Wissenschaft an, wie er sagte, denn sie waren noch in der Vorbereitungsphase ihrer Studien. »Es gibt drei Klassen von Dämonen«, sagte er. »Die Valisteroi, die der Macht der Zaubersprüche der Metamorphen entkommen sind, die jenseits der Sonnensphäre leben und unseren Befehlen unter keinen Umständen Beachtung schenken werden. Und die Kalisteroi, die teilweise frei und diejenigen Geister sind, die zwischen der Luft und dem Großen Mond wohnen und uns manchmal mit ihrem Wohlwollen bedenken. Und die Irgalisteroi, die Dämonen der unterirdischen Welt sind, die die Metamorphen unterworfen haben und die wir manchmal in unserem Sinne benutzen können, obwohl sie gefährliche, wütende Wesen sind, die nur vom Adepten beschworen werden dürfen, weil sie alle anderen verschlingen würden.«

Als sie nach dieser Lektion nach Hause gingen, sagte Prestimion leise zu Septach Melayn: »Wir sollten ganz vorsichtig ausschreiten, denn unter unseren Füßen sind Irgalisteroi. Hast du gewusst, Septach Melayn, dass wir unsere Welt mit so vielen unsichtbaren Wesen teilen?«

»Wenn sie sich mir in diesem Augenblick zeigten«, erwiderte Septach Melayn, »würde ich sie alle in diese Taverne hier bitten und sie auf meine Kosten zum Wein einladen.« Und Gialaurys, der ein paar Schritte vor ihnen ging, rief wütend zu ihnen zurück, sie sollten nicht lästern, wenn sie sich in ihrer Dreistigkeit keine Schwierigkeiten einbrocken wollten, und ob sie in letzter Zeit nicht schon Ärger genug gehabt hatten.

Geduldig erklärte Gominik Halvor ihnen Abend für Abend seine Geheimnisse. Er erzählte ihnen von Amuletten und Knoten und Ligaturen, und von der magischen Kraft von Steinen und wie man Heiltränke braute. Er brachte ihnen einen Zauberspruch bei, mit dem man durchs Feuer gehen konnte, und eine Möglichkeit, Warzen auszutrocknen, ferner Rezepte, mit denen man sich vom Husten befreien konnte, von Kopfschmerzen, von Schmerzen in den Därmen, vom Stich eines Skorpions. Er erklärte ihnen die Regeln, die man beim Sammeln von Pflanzen beachten musste; dass man manche vor dem Sonnenaufgang pflücken musste und andere nur unter dem Licht eines der kleineren Monde, und wieder andere nur mit Daumen und Zeigefinder der linken Hand. Prestimion hätte gern gefragt, warum dem so sei und was geschehen würde, wenn man die andere Hand und andere Finger hernahm, doch er hatte sich geschworen, zu lauschen und zuzuhören und keinen Zweifel, keine Geringschätzung auszudrücken.

Der Unterricht ging weiter. Wie man die Bewegungen der Sterne auf ihren Bahnen interpretieren musste; wie man die Stöcke werfen musste, damit sie einem die Zukunft verrieten; wie man die Lügen Meineidiger aufdeckte, indem man sie weißes Schilf in der Hand halten ließ; wie man mit Worten den Angriff der Tiere der Wälder abwehren konnte; wie man ranghöhere Dämonen benutzte, um niedrigere zu bedrohen und zu beherrschen; wie man die Sprüche rivalisierender Magier mit Geräten neutralisierte, die aus Wachs und Haar hergestellt wurden; welche Pflanzen man benötigte, um die Reinheit von Metall festzustellen, und wie man Tinkturen herstellte, die einem ein langes Leben oder große sexuelle Kraft verliehen, wie man eine üppige Ernte gewährleistete und wie man die Verwüstungen von Dieben abwehrte. Es gab sogar einen Zauberspruch, der den Lauf von Flüssen umkehrte. (»Schnell, schnell«, sagte Prestimion, aber nur stumm, zu sich selbst: »Soll es beim Iyann geschehen, und sollen all diese Toten auferstehen, während der See von unterhalb des Dammes wieder in sich selbst fließt.«) Er unterwies sie im Gebrauch von Rohillas und Veralistas und in den Vorzügen des Corymbors; er ließ Prestimion sein Amulett aus seinem Wams hervorholen und benutzte es, um seine Vorlesung mit ein paar schnellen Beschwörungen anschaulicher zu gestalten, die – das behauptete er zumindest – einen kräftigen Regen, der vor einer Stunde eingesetzt hatte, dazu brachten, nachzulassen und schließlich ganz aufzuhören.

Die Wunder, die Gominik Halvor vor ihnen ausbreitete, nahmen kein Ende, wenngleich er nur wenige tatsächliche Vorführungen seiner Techniken einfließen ließ. Und Prestimions Meinung nach konnte man für die Ergebnisse, die er erzielte, fast immer eine plausible Erklärung finden, die ohne Zaubersprüche und Beschwörungen auskam, wenn man bereit war, sich darum zu bemühen.

Prestimion und Septach Melayn machten sich anfangs aus alledem einen großen Spaß, wenn die anderen außer Hörweite waren. »Man kann Zahnschmerzen heilen«, sagte Septach Melayn, »indem man einem Gromwark in den Mund spuckt und ihn dreimal von links nach rechts dreht.« Und Prestimion: »Eine langsame Verdauung kann man beschleunigen, indem man im Himmel Sternschnuppen zählt und sich genau in dem Augenblick zu Boden kauert, wenn die elfte der Nacht an einem vorbeizieht.« Dann wieder Septach Melayn: »Damit einem die Nase nicht läuft, muss man genau zur Mittagsstunde die eines Steetmoys küssen.« Und es folgten noch viele weitere Sprüche, bis sie des Spiels überdrüssig wurden.

Während dieser frühen unglücklichen Tage in Triggoin war es eine gute Ablenkung für Prestimion, Abend für Abend zu dem Magier zu gehen und seinen Rezitationen zu lauschen. Doch als Gominik Halvor mit der Zeit nicht nur die Kunst der Weissagung und des Beschwörens von Geistern darlegte, sondern seine Schüler selbst bescheidene Experimente durchführen ließ, stellte sich bei Prestimion ein seltsames Gefühl von Unbehagen ein. Während ihm noch immer viel von dem, was Gominik Halvor zu sagen hatte, wie ausgelassene, verrückte Phantasien vorkam, konnte er sich in kleinem Maßstab von der offensichtlichen Wirksamkeit gewisser Sprüche überzeugen. Dafür ließ sich nur schwer eine Erklärung finden.

Und als er auf all das zurückschaute, was ihm zugestoßen war, fiel es ihm immer schwerer, die verschiedenen düsteren Prophezeiungen und Vorhersagen einfach so abzutun, die in den Tagen, bevor Korsibar die Krone geraubt hatte, Svor ihm gemacht hatte und Thalnap Zelifor und dieser und jener. Dann war da noch diese Vision, die Galbifond, der Magier seiner Mutter, ihm gezeigt hatte; dabei hatte es sich eindeutig um die Schlacht am Mavestoi-Damm und seine Flucht in die Valmambra gehandelt. Über all das hatte er die Nase gerümpft, all das hatte er ignoriert, und all das hatte den Weg zur großen Katastrophe gepflastert.

Unter Gominik Halvors Anleitung gelang es ihm, selbst gewisse trübe Vorhersagen über seine Zukunft zu bewerkstelligen. Erneut schaute er in eine Schüssel, wie auch Galbifond sie ihm gezeigt hatte. Und obwohl die Dinge, die er nun sah, viel undurchsichtiger als bei jener anderen Vision waren, schienen sie anzudeuten, dass er Triggoin eines Tages verlassen und den Kampf um den Thron wieder aufnehmen würde; und sie wiesen auf weitere große Schlachten hin und auf viele weitere Tote und ein gewaltiges, endgültiges Ereignis, dessen Natur ihm völlig verborgen blieb, das aber fast auf das Ende der Welt hinzudeuten schien, eine Zeit der Leere und Schwärze, hinter der er nichts mehr ausmachen konnte.

»Was ist das?«, erkundigte er sich bei Gominik Halvor nach dieser letzten apokalyptischen Enthüllung. »Was sehe ich hier?«

Doch Gominik Halvor spähte höchstens eine halbe Sekunde lang in die Schüssel. »Manchmal ist das«, sagte er dann mit einem Tonfall der größten Gleichgültigkeit, »was unerklärlich aussieht, lediglich bedeutungslos, mein guter Graf Polivand. Und nicht alles, was ein Novize heraufbeschwört, hat Bedeutung. Ich rate dir, dies zu vergessen.«

Was Prestimion dann auch versuchte. Aber er blieb bei

ihm, dieser rasende Wirbel des Nichts, der sich in der Schüssel drehte. Die Tatsache, dass er selbst kleine Zauber zu wirken begann, hatte ihn bereits aus dem Gleichgewicht gebracht. Die Tatsache, dass sie ihm – und Gominik Halvor – Dinge zeigten, die unverständlich, aber bedrohlich waren, beunruhigte ihn noch mehr. Die meiste Zeit über fühlte er sich nun eigentümlich und fieberhaft. Manchmal hatte er den Eindruck, sein Verstand werde zerbrechen. »Ich habe mein gesamtes Leben auf die Sicherheit der Vernunft gebaut«, sagte er eines verregneten Abends, als sie beide noch spät aufgeblieben waren und einige Schalen Wein geleert hatten, zu Septach Melayn, der lange sein einziger skeptischer Bundesgenosse gewesen war und auch jetzt noch unerschütterlich verschlossen blieb, »und stelle fest, dass mein Glaube an diese Sicherheit nun gefährdet ist.«

»Ist er das, Prestimion? Unterwirfst du dich deinen eigenen Beschwörungen?«

»Ich gestehe ein, dass viel von dem, was Gominik Halvor sagt, mir allmählich logisch vorkommt. Aber diese Aussage selbst kommt mir nicht logisch vor!«

»Eine traurige Notlage, von Widersprüchen in den Wahnsinn getrieben zu werden, und du hast sie selbst ausgearbeitet. Entspanne dich, alter Freund. Diese Zauberer verbreiten zur einen Hälfte Wahnsinn und zur anderen Betrug, und du musst keines von beiden auch nur halbwegs ernst nehmen. Ich habe es nie getan und werde es nie tun, und du solltest es auch nicht. Schon als Kind habe ich alles fallen lassen und beiseite geschoben, das nicht in mein Verständnis darüber zu passen schien, wie die Welt wirklich ist.«

»Das ist mir nicht mehr möglich«, sagte Prestimion. »Oder vielleicht hat sich hier in dieser Stadt der Zauberer mein Verständnis verändert, wie die Welt wirklich ist. Ich befürchte, allmählich glaube ich diesen Leuten, zumindest teilweise.«

»Dann bemitleide ich dich.«

»Erspare mir das«, sagte Prestimion. Er beugte sich über den Tisch, sodass sein Gesicht dicht vor dem Septach Melayns war. »Tag für Tag versuche ich, die Kraft zu finden«, sagte er, »die Stadt zu verlassen und meinen Kampf gegen Korsibar wieder aufzunehmen. Ich bin jetzt weit davon entfernt, doch mich hat der Drang wieder erfasst. Korsibar darf seine gestohlene Krone auf keinen Fall behalten; davon bin ich so überzeugt wie eh und je. Das Schicksal der Welt könnte von dem abhängen, was ich tue, sobald ich von hier aufgebrochen bin; und vielleicht brauche ich die Hilfe der Zauberer, denen ich abgeschworen habe, um meine Ziele zu erreichen.«

»Nun denn, benutze sie, Prestimion! Ich habe nie gesagt, dass ich etwas ablehne, was nützlich sein könnte.«

»Aber du hast kein Vertrauen in Zauberer, Septach Melayn. Wie kannst du mir da raten, sie zu benutzen?«

»Du hast das Vertrauen. Was ich glaube, ist unwichtig.«

»Vertrauen? Ich habe lediglich gesagt, dass ich ein wenig von dem glaube, was …«

»Wenn du überhaupt etwas davon glaubst, bist du zu ihrem Glaubensbekenntnis konvertiert. Du hängst genauso fest am Haken wie Svor oder Gialaurys oder all die anderen. Demnächst wirst du einen kecken Hut tragen und Roben mit mystischen Symbolen darauf.«

»Willst du mich verspotten?«, erwiderte Prestimion, der fühlte, dass er wütend wurde.

»Würde ich so etwas denn tun?«

»Ja. Ja, ich glaube schon. Du sitzt hier und lachst über mich, Septach Melayn.«

»Habe ich dich beleidigt? Sollen wir hinausgehen und kämpfen?«

»Mit Schwertern vielleicht?«

»Mit jeder Waffe, die du bevorzugst, Prestimion. Schwerter, ja, wenn du es auf Selbstmord abgesehen hast. Oder Steine oder Scheiben rohen Fleisches. Oder wir könnten uns auf die Straße stellen und uns mit Zaubersprüchen bewerfen, bis einer von uns mit einem lähmenden Schüttelfrost zusammenbricht.« Und nach diesen Worten fing er an zu lachen, und nach einem Augenblick fiel Prestimion ein, und dann reichten sie sich impulsiv die Hände über den Tisch hinweg und schüttelten sie sich, noch immer lachend.

Doch hinter dem Gelächter war es Prestimion noch immer schwer ums Herz, verspürte er noch immer Verwirrung, und an diesem Abend dauerte es lange, bis der Schlaf ihn fand. Irgendwie, dachte er, war er von seinem Weg abgekommen und wanderte in einer Wüste, die noch viel verwirrender und feindseliger war als die, die er vor einem oder zwei Monaten durchquert hatte, als er hierher nach Triggoin gekommen war.

3

»Der Magier Thalnap Zelifor wartet draußen und erbittet eine Audienz bei Euch, Lordschaft«, sagte der Hohe Berater Farquanor. »Soll ich ihn wegschicken?«

Das Gesicht des Hohen Beraters wirkte verkniffen. Er hatte nie versucht, seinen Abscheu gegenüber dem kleinen Vroon zu verbergen.

Aber Korsibar sagte: »Er ist auf mein Geheiß hier und soll hereinkommen. Und entferne dich danach.«

Der letzte Satz ließ Farquanor nicht freundlicher dreinschauen. Sie befanden sich im schmucklosen und strengen Stiamot-Thronsaal, in dem Korsibar dieser Tage den Großteil seiner Arbeitszeit verbrachte. Farquanor schritt wortlos zur Tür, ging hinaus und hielt die Tür gerade lange genug auf, dass Thalnap Zelifor hereinschlüpfen konnte.

»Lordschaft?«, fragte der Vroon, und seine gelben Augen wurden ganz groß, als er das Sternenfächerzeichen vor dem Coronal machte. »Lordschaft, geht es Euch gut?«

Korsibar war betroffen darüber, dass man ihm seine Erschöpfung so deutlich anmerken konnte. Er hatte in der vergangenen Nacht kein Auge zugetan, sich unablässig von der einen Seite auf die andere gedreht und keine Ruhe finden können, und in mehr als nur einigen Nächten zuvor war es ganz ähnlich gewesen.

»Sehe ich krank aus, Thalnap Zelifor?«

»Ihr seht ... müde aus. Bleich. Dunkle Ränder um die Augen. Ich habe einen Zauberspruch, der Euren Schlaf verbessern kann, mein Lord.«

»Kann er mir auch Schlaf ohne Träume bescheren?«

»Dafür gibt es keinen Spruch«, sagte der Vroon.

»Dann verzichte ich darauf. Meine Träume sind schrecklich, sie reißen mich immer wieder aus dem Schlaf und baden mich in kaltem Angstschweiß, und wenn ich wach bin, ist es kaum besser.« Korsibar hatte die Stirn gerunzelt und die Zähne zusammengebissen; er saß vorgebeugt auf einer Seite von Lord Stiamots schlichtem Marmorthron. Seine Schultern waren vor Anspannung verkrampft, und er drückte die weißen Knöchel der zu Fäusten geballten Hände gegeneinander. »Tausendmal in jeder Nacht sehe ich, wie dieser Damm bricht«, sagte er finster und schaute zu der nackten Steinwand. »Das Wasser ergießt sich unter mir, überflutet die nahe gelegenen Höfe am Fluss, die Dörfer ... so viele Tote, Thalnap Zelifor, Prestimions Männer und all die Dorfbewohner ...«

»Der Damm war Dantirya Sambails Werk, mein Lord.«

»Der Damm war seine Idee, die er mir wie Gift in den Verstand tröpfelte, um meine Seele zu verderben; aber ich habe den Befehl gegeben. Die Schuld liegt bei mir.«

»Schuld? Mein Lord, Ihr habt eine Rebellion bekämpft!«

»Ja«, sagte Korsibar, wandte das Gesicht ab und schloss kurz die Augen. »Eine Rebellion. Nun, Prestimion ist jetzt tot; zumindest nimmt man das allgemein an. Die Rebellion ist vorbei. Aber wann werde ich wieder schlafen können? Und Dantirya Sambail wandert noch immer durch die Burg und plagt mich mit seinen Intrigen, genau wie meine Schwester, in der großer Zorn auf mich schwelt und die sich nicht besänftigen lässt, und auch die geheime Fraktion meiner Feinde … ich weiß, dass es eine gibt, ich weiß, dass man sich gegen mich verschworen hat. Sogar Farquanor und Farholt oder vielleicht Oljebbin, oder irgendwelche anderen, deren Namen ich noch nie gehört habe, schmieden in diesem Augenblick Ränke, um mich durch einen Bruder Prestimions zu ersetzen oder durch den Prokurator selbst …«

»Mein Lord …«

»Sag mir«, unterbrach Korsibar ihn, »hast auch du dich gegen mich verschworen?«

»Ich, mein Lord?«

»Du kommst und gehst, du wechselst von einer Seite auf die andere, das war schon immer so: du hast dich an Gonivaul verkauft, an Thismet, an Prestimion. Und jetzt kommst du zur Burg zurück und behauptest, du hättest dich von Prestimion losgesagt, und verkaufst dich wieder an mich. Was habe ich an mir, dass sich solche Schwärme verschlagener Leute um mich scharen? Zuerst war es der kleine, hinterhältige Svor, den ich geliebt habe und der von mir an Prestimions Brust sprang, und dann Farquanor, der zu jedem alles sagen wird, solange es ihm nutzt, und dann Dantirya Sambail, dem es gelungen ist, sowohl seinen Vetter Prestimion zu verraten und mir gleichzeitig großen Schaden zuzufügen, indem er mich überredete, den Damm zu brechen, eine Tat, die ich gern ungeschehen machen würde, wäre es mir nur möglich.«

»Mein Lord …«

Aber Korsibar konnte seinen Redefluss nicht unterbrechen. »Selbst mein eigener Zauberer, Sanibak-Thastimoon … er scheint mir durchaus treu ergeben zu sein, aber irgendwo in ihm liegt Verrat, das weiß ich. Und Oljebbin. Gonivaul. Ich vertraue keinem von ihnen. Navigorn ist ein wahrer Freund, vermute ich. Und Mandrykarn. Vielleicht Venta. Iram. Doch selbst sie scheinen sich seit dem Damm von mir abgewandt zu haben, obwohl sie behaupten, mich ebenso zu lieben wie zuvor.« Endlich hielt er inne und schaute unheilvoll auf den Vroon herab. »Soll ich dir vertrauen, Thalnap Zelifor? Warum sollte ich?«

»Weil innerhalb dieser Burg oder außerhalb kein anderer außer Euch mich schützen wird, mein Lord. Ihr seid mein Bollwerk. Aus reinem Eigeninteresse werde ich Euer treuer Diener sein.«

Korsibar brachte über diese Antwort ein schwaches Lächeln zustande. »Gut. Das hört sich zumindest ehrlich an.« Er warf einen Seitenblick auf den Vroon. »Hast du die Gerüchte gehört, dass Prestimion die Flut überlebt hat und sich in diesem Augenblick irgendwo im Norden versteckt?«

»Ja, ich habe sie gehört, mein Lord.«

»Hältst du sie für wahr? Sanibak-Thastimoon ist dieser Ansicht. Er wirft die Runen, murmelt seine Zaubersprüche und schickt seinen Geist aus, lässt ihn herumziehen und behauptet, es sei sehr wahrscheinlich, dass Prestimion noch lebt.«

»Sanibak-Thastimoon ist ein Meister dieser Künste, mein Lord.«

»Ja. Das ist er. Er ist taktvoll, aber wenn er sagt, er glaube, es sei möglich, dass Prestimion noch lebt, meint er damit, dass er es genau weiß. Na ja, das bereitet mir keinen Kummer. Ich wollte Prestimion nicht töten. Ich habe ihn gern gehabt, wusstest du das, Thalnap Zelifor? Ich bewunderte ihn. Ich hätte ihn zu meinem Berater ernannt. Aber nein, nein, er musste sich weigern, mir sagen, ich sei ein unrechtmäßiger Coronal, und einen Aufstand gegen mich anzetteln. Das alles war überflüssig. Er hätte seinen Sitz im Rat und ein glückliches Leben auf seinem Weinberg haben können.« Korsibar schloss ein zweites Mal die Augen, diesmal länger. Sie taten ihm weh. Sie schmerzten den ganzen Tag und die ganze Nacht lang, weil unablässig sein fieberhafter Verstand hinter ihnen pochte.

Nach einer Weile schaute er wieder zu dem Vroon herab. »Was glaubst du«, sagte er sehr leise, »hassen die Leute mich?«

»Wie bitte, mein Lord?«, erwiderte der Vroon überrascht.

»In den Städten. Oben und unten auf dem Berg und im ganzen Land. Was sagen sie über mich? Halten sie mich für einen Tyrannen? Für ein Ungeheuer? Sie wissen von dem Damm. Ist ihnen klar, dass es sich um einen kriegerischen Akt handelte, dass Prestimion aufgehalten werden musste, oder halten sie mich wegen dieser Tat für einen Verbrecher? Dass ich den Thron bekommen habe … was denken sie darüber? Sind sie allmählich der Ansicht, Prestimion hätte ihn bekommen sollen? Ich fürchte mich vor dem, was sie da draußen vielleicht flüstern. Ich habe große Angst davor. Was kannst du mir darüber sagen, Thalnap Zelifor?«

»Seit ich aus Prestimions Lager zurückgekehrt bin, habe ich die Burg nicht verlassen, mein Lord. Und das war vor dem Ereignis am Mavestoi-See.«

»Kannst du mit irgendeiner Zauberei deinen Geist ausschicken, wie Sanibak-Thastimoon es tut, und mir verraten, was die Leute über mich sagen?«

»Ich kann etwas Besseres als das, mein Lord. Ich kann ermöglichen, dass Ihr selbst in die Welt hinausgeht und Euch heimlich unter den Leuten bewegt, sodass Ihr mit eigenen Ohren hören könnt, was sie sagen.«

Korsibar beugte sich vor, sein Herz raste plötzlich. »Was? Ich kann die Burg heimlich verlassen?«

»In der Tat. Sagen wir, anderthalb Tage in Bombifale, Halanx oder Minimool. Völlig ungefährdet, niemand weiß, dass der Coronal sich in ihrer Mitte aufhält.«

»Wie ist das möglich?«

»Ihr wisst, mein Lord«, sagte Thalnap Zelifor, »dass sich in meiner Werkstatt im Tampkaree-Turm viele Geräte befinden, die ich selbst entworfen habe, keine magischen, sondern wissenschaftliche, die alle mit der Gedankenübertragung von einem Geist zum anderen zu tun haben?«

»Ja. Das hast du mir gesagt.«

»Die meisten von ihnen sind leider noch unvollständig. Aber ich habe vor kurzem eins vollendet, das in genau der Hinsicht, die Ihr erwähnt habt, von großem Nutzen für Euch sein würde. Eins, das eine Illusion ausschickt ... das eine perfekte Täuschung bezüglich der Identität ermöglicht ...«

Die Vorbereitungen für das Verlassen der Burg waren nicht einfach, obwohl er Coronal war. Zuerst musste er seinen gesamten Stab informieren, dass er sich zu dieser und jener Stunde dieses und jenes Abends zu einer ernsten Meditation über den Zustand der Welt in seine Gemächer zurückziehen werde und unter keinen Umständen von irgendjemandem gestört werden dürfe, bis er wieder auftauchte, selbst wenn ein Tag oder mehr verstreichen sollte.

Des Weiteren beauftragte Korsibar einen Hofsekretär, einen schnellen Schweber abrufbereit am Südtor warten zu lassen, der dem Vroon Thalnap Zelifor und dessen Fahrer zur Verfügung stehen sollte. Ein weiterer wichtiger Schritt bestand in der Erfindung eines Su-Suheris' im Stab des Coronals, der einen Passierschein besaß, welcher es ihm ermöglichte, die Burg nach Belieben zu betreten und zu verlassen. Thalnap Zelifor hatte seine Maschine so entworfen, dass sie den Benutzer als Angehörigen des zweiköpfigen Volkes tarnte, um noch größere Verwirrung zu stiften, da diese Wesen für die anderen Völker alle recht gleich aussehen.

Jeder dieser Schritte musste unabhängig von allen anderen ausgeführt werden, damit niemand auf den Gedanken kam, den Rückzug des Coronals in seine Gemächer mit dem Kommen und Gehen des Vroonzauberers und seines Su-Suheris-Fahrers in Verbindung zu bringen. Mehrere Tage waren erforderlich, um alles zu regeln. Aber das gab Korsibar Zeit, sich mit der Bedienung von Thalnap Zelifors Gestaltwandlungsgerät vertraut zu machen.

Es war ein kleines Instrument, ganz ähnlich wie ein Zierdolch geformt, den man an der Hüfte tragen konnte, ohne Aufmerksamkeit darauf zu lenken. Wenn man es einsetzen wollte, musste man seinen Geist vorher von allen Ablenkungen und innerem Lärm befreien, damit das Gerät sich auf die geistige Essenz des Benutzers einstellen konnte. Danach musste man lediglich eine Hand auf den Griff des kleinen Dolchs legen und den Hebel herunterdrücken, der es aktivierte, und darauf achten, den Schalter gedrückt zu halten, so lange die Maschine in Betrieb war.

»Es gibt keine Möglichkeit, den Schalter einzurasten?«, fragte Korsibar.

»Keine. An diesem Aspekt arbeite ich noch. Aber es ist keine große Sache, die Hand ein paar kurze Stunden auf dem Hebel liegen zu lassen, nicht wahr, mein Lord?«

»Wahrscheinlich nicht. Lass es mich jetzt versuchen.«

»Säubert Euren Geist von Gedanken, mein Lord.«

»Das ist einfacher gesagt als getan. Aber ich werde es versuchen«, sagte Korsibar. Er befestigte das Gerät an seinem Gürtel, schloss die Augen und ließ seinen Verstand in einem eintönigen Meer treiben, in dem oben und unten alles grau war und es nicht das Geringste zu sehen gab. Als er glaubte, alle Geräusche seines Geistes zum Verstummen gebracht zu haben, drückte er den Schalter nach unten und hielt ihn dort fest.

Auf der anderen Seite des Raums befand sich ein Spiegel, und nach einer Weile kam ihm der Gedanke, einen Blick hineinzuwerfen. Doch er sah nur sein eigenes Spiegelbild. Er versuchte es erneut, tauchte wieder in dieses graue Meer und ließ sich ruhig auf dessen Wellen treiben, und nach einiger Zeit war er so ruhig, dass er fast vergessen hatte, was er versuchte. Doch dann fiel es ihm wieder ein, und er bewegte den Schalter erneut, und erneut schaute Lord Korsibar aus dem Spiegel gegenüber zu ihm zurück.

»Es funktioniert nicht, Thalnap Zelifor.«

»Ganz im Gegenteil, mein Lord. Für meine Augen seid Ihr der Su-Suheris Kurnak-Munikaad, genau, wie es in diesem offiziellen Zertifikat steht. Und Ihr macht eine ganz prächtige Gestalt, soweit man dies für einen Su-Suheris sagen kann. Ihr seht aus wie ein Zwilling von Sanibak-Thastimoon.«

»Ich sehe nur mich selbst im Spiegel.« Er berührte mit der freien Hand den Kopf. Er fühlte sich wie sein eigener an: Schnurrbart, Backenbart. Su-Suheris hatten keine Bärte. Und er konnte auch keinen zweiten Kopf entdecken. »Nichts hat sich bei mir verändert«, sagte er. »Ich habe nur einen Kopf. Meine Haut fühlt sich wie Menschenhaut an.«

»Natürlich, Lordschaft! Ihr habt Euch überhaupt nicht verändert. Verändert hat sich lediglich die Art und Weise, in der andere Euch wahrnehmen. Für jeden Betrachter seid Ihr … aber kommt, ich will es Euch zeigen …«

Sie gingen in den Korridor. Korsibar hielt mit der Hand den Schalter an seiner Hüfte gedrückt. Ein Zimmermädchen kam ihnen entgegen, und Thalnap Zelifor sagte zu ihm: »Lord Korsibar hat sich in seine Gemächer zurückgezogen, und niemand darf sich seiner Tür nähern, bis er wieder herauskommt.«

»Ich werde sofort Bescheid geben, Herr«, sagte das Zimmermädchen. Es schaute Korsibar an, ohne ihn zu erkennen, und wandte den Blick dann ab. Nichts wies darauf hin, dass es in diesem Augenblick den Coronal von Majipoor neben dem Vroon stehen sah.

»Also bin ich jetzt ein Su-Suheris«, sagte Korsibar und verspürte den ersten Anflug von Erheiterung, den er seit vielen Wochen erlebt hatte. »Oder scheine es zumindest für andere zu sein. Gute Arbeit, Thalnap Zelifor! Machen wir uns auf den Weg!«

Thalnap Zelifor hatte bereits den Schweber angefordert, und als er und Korsibar die Burg verließen, stand er bereits auf dem Dizimaule-Platz. Keiner der Bediensteten der Burg, denen sie auf ihrem Weg durch das Gebäude begegneten, hatte ihnen die geringste Beachtung geschenkt: keine Sternenfächer, keine Kniefälle. Es handelte sich nur um einen Vroon und einen Su-Suheris, Angehörige des Burgpersonals wie sie selbst, die irgendeinen Botengang erledigten.

Korsibar wollte bei seiner ersten Exkursion nicht allzu lange abwesend sein, und so entschieden sie sich für Ober-Morpin, jene Stadt des Berges, die der Burg selbst am nächsten lag, eine Fahrt von kaum einer Stunde. Ein Gefühl großer Erleichterung und Freiheit überkam ihn, als der Schweber die Große Calintane-Straße hinabbrauste und das phantastische, vielgliedrige Ungeheuer, das die Burg war, hinter ihm zurückblieb. Seit er Coronal geworden war, hatte er keinen Schweber mehr gelenkt, und es freute ihn, nun hinter den Kontrollen zu sitzen. Er durfte kaum noch etwas selbst tun: Es gab Leute, die ihn fuhren, sein Fleisch schnitten und ihm Wein einschenkten, sogar Leute, die ihn an- und auszogen. Doch zumindest für diesen Augenblick war er wieder ein freier Mann.

Nachdem sie die Burg verlassen hatten, hatte er wieder seine eigene äußere Erscheinung angenommen. Doch Thalnap Zelifor erinnerte ihn daran, dass er die Su-Suheris-Gestalt zeigen musste, falls sich auf der Straße andere Schweber näherten. »Ich verstehe«, sagte

Korsibar, und alle paar Minuten griff er hinab, um den kleinen Schalter zu berühren. »Funktioniert es noch? Habe ich mich in einen Su-Suheris verwandelt?«

»Ihr seht genau aus wie einer, mein Lord«, erklärte Thalnap Zelifor.

Bald konnte man das goldene, luftige Netzwerk, aus dem die Straßen der Vergnügungsstadt Ober-Morpin bestanden, am Hang des Berges zu ihrer Linken schimmern sehen. Sie stellten den Schweber am Stadtrand ab, in der Nähe des großen Brunnens, der während der Herrschaft von Korsibars Vater erbaut worden war und unablässig Speere aus gefärbtem Wasser Dutzende von Schritten hoch in die Luft schoss, und gingen zu Fuß ins Herz der Stadt weiter. »Bin ich in Ordnung?«, fragte Korsibar immer wieder nervös. »Du weißt ja, ich kann nicht sagen, ob dein Gerät richtig funktioniert.«

»Wenn die Leute sich vor Euch verbeugen und Sternenfächer machen, mein Lord, wisst Ihr, dass etwas nicht stimmt. Aber im Augenblick scheint hier niemand auf Euch zu achten.«

Es war fast Mitternacht, aber in der Vergnügungsstadt herrschte ein reges Treiben eifriger Unterhaltungssuchender. Korsibar erlaubte dem Vroon, sich auf seine Schulter zu hocken, damit er nicht niedergetrampelt wurde. Obwohl Korsibar die Versuchung verspürte, fuhr er mit keinem Karussell und nahm an keinem der Spiele teil – es kam ihm irgendwie unangemessen vor, dass ein strenger und finsterer Su-Suheris sich auf den Spiegelschlitten oder in den Energietunneln amüsierte –, und er bewegte sich einfach durch die Menge, eine Hand ständig auf den Schalter des Vroon-Geräts gelegt, und staunte darüber, dass es dem Coronal von Majipoor möglich war, sich hier unerkannt zu bewegen.

Mehr als einmal erblickte er einen Angehörigen des Hofs, der hier Urlaub machte – Woolock Fals von Gossif, Graf Gosbeck, Iram von Normork – und bereitete sich innerlich darauf vor, von ihm gegrüßt zu werden, doch sie gingen an ihm vorbei und warfen ihm höchstens überaus beiläufige flüchtige Blicke zu. Das war in der Tat ein wundersamer Zauber, dachte Korsibar. Oder eine wissenschaftliche Leistung, wie Thalnap Zelifor beharrlich behauptete; aber es fiel ihm schwer, den Unterschied zu begreifen.

Während er über die Straßen ging, lauschte er darauf, was gesprochen wurde.

Der Coronal und seine Politik stellten an diesem Abend in Ober-Morpin nicht das wichtigste Gesprächsthema dar. Mindestens eine Stunde war vergangen, bevor Korsibar zum ersten Mal seinen Namen hörte. Doch als er dann auf der Schwelle einer Taverne stehen blieb, hörte er, wie jemand aus voller Kehle rief: »Trinken wir auf den Coronal!« Und aus dem Schanksaal drang der Ruf: »Lord Korsibar! Lord Korsibar!« und Gejubel und das Klirren von Trinkschalen. Hatten die Leute ihn in ihrer Mitte erkannt? Nein. Nein. Alle schauten in die andere Richtung. Sie stießen einfach auf ihn an. Doch konnte überhaupt viel an den Gerüchten über das allgemeine Missfallen über seine Herrschaft sein, die er gehört hatte, wenn man in der Vergnügungsstadt Ober-Morpin auf die Gesundheit des Coronals trank?

Noch mehrmals im Verlauf dieser Nacht hörte Korsibar seinen Namen und schnappte sogar ein paar Brocken politischer Gespräche auf. Jemand sagte mit überzeugtem Tonfall, er habe gehört, Dantirya Sambail hoffe darauf, Farquanors Nachfolge als Hoher Berater antreten zu können, und habe ein Auge darauf geworfen, eines Tages, wenn der alte Confalume stürbe und Korsibar Pontifex würde, selbst Coronal zu werden. Aber ein anderer erwiderte genauso überzeugt: »Lord Korsibar wird dem Prokurator nie einen so hohen Posten geben. Nie. Der Prokurator ist zu gefährlich. Korsibar wird ihn zurück nach Ni-moya schicken. Er weiß, wie man sich mit lästigen Typen abgibt, unser Korsibar. Sieh dir doch nur an, was er mit Prestimion gemacht hat!«

Als Korsibar und Thalnap Zelifor in den Stunden unmittelbar vor Beginn der Dämmerung unbehelligt von den Wachen in die Burg zurückkehrten, verspürte er ein Hochgefühl, ja fast sogar Triumph. Was er in Ober-Morpin gehört hatte, hatte seine schlimmsten Befürchtungen zerstreut. »Du hast mich vor den Abgründen der Verzweiflung gerettet«, sagte Korsibar zu dem Vroon und gab ihm einen Beutel mit Silberroyals. »Wäre deine Maschine nicht gewesen … ach, dann wäre ich wirklich verloren gewesen.« Und nachdem er wieder seine eigene Gestalt angenommen hatte, kehrte er fröhlich pfeifend zu seinen Gemächern zurück.

Doch in den folgenden Tagen beschlichen ihn neue Zweifel. Die Bestätigung, die Korsibar in Ober-Morpin gefunden hatte, verblich schnell. Er musste erneut hinausgehen und sich überzeugen, dass diese Worte der Zuneigung und Treue, die er dort gehört hatte, nicht nur bloße Ausnahmen und Anomalien in einem Klima der allgemeinen Missbilligung seiner Herrschaft waren.

Und so arrangierte er alles wie zuvor, brach diesmal am frühen Nachmittag auf und verbrachte einen langen Abend in Bombifale mit den orangefarbenen Sandsteinmauern, wo er stundenlang sorgfältig lauschte, aber nichts hörte, was ihn in irgendeiner Hinsicht betraf, und dann erneut ein paar Gesprächsfetzen aufschnappte, in denen schmeichelhaft über seine Herrschaft gesprochen wurde.

Also doch! All seine Befürchtungen waren umsonst gewesen!

Nun war ihm klar, war er felsenfest davon überzeugt, dass er ein richtiger Coronal war, der die Unterstützung der Bevölkerung hatte und den nicht einmal der schreckliche Schlag, mit dem er Prestimions Heere zerschmettert hatte, die Liebe des Volkes gekostet hatte.

Für Korsibar wurden diese verstohlenen Abstecher in die Städte des Bergs, bei denen er hörte, wie man ihn lobte, bald zu einer Art Sucht. Er unternahm eine dritte Reise ins leuchtende Halanx und eine vierte, erneut nach Ober-Morpin, und schließlich eine nach Sipermit direkt unterhalb der Burg auf der entgegengesetzten Seite von Ober-Morpin. In Sipermit unterlief Korsibar schließlich ein Schnitzer: Er nahm an einem mondhellen Abend im Statuengarten Lord Makharios die Hand von dem Schalter von Thalnap Zelifors Gerät, als er sich vorbeugte und die Ohren spitzte, um eine Unterhaltung über aktuelle Regierungsangelegenheiten aufzuschnappen, die knapp außerhalb seiner Hörweite stattfand.

»Lordschaft!«, flüsterte Thalnap Zelifor eindringlich.

»Bitte«, sagte Korsibar. »Siehst du denn nicht, dass ich hören will, was sie …«

»Lordschaft! Der Schalter!«

»Ach, der Schalter!«, rief Korsibar, entsetzt über seine eigene Dummheit. »Bei der Liebe des Göttlichen!« Ihm wurde klar, dass er beide Hände gehoben hatte und klar und deutlich auszumachen war, während er nicht weit entfernt von zwölf oder fünfzehn Bürgern der Stadt Sipermit im hellen Mondschein stand, aber nicht als der zweiköpfige Spaziergänger, der er noch einen Augenblick zuvor gewesen war, sondern als Coronal Lord Korsibar in seiner grünen und weißen Amtsrobe. Schnell griff er zu dem Gerät an seiner Hüfte hinab und schob den Schalter an Ort und Stelle. Aber nicht, bevor er die ungläubigen Blicke eines halben Dutzends Zuschauer in der Nähe sah.

»Ihr seid wieder getarnt. Aber wir sollten schnell von hier verschwinden, Lordschaft«, sagte Thalnap Zelifor.

»Ja. Ja. Kannst du sie mit einem Zauber belegen? Sorge dafür, dass ihr Verstand sich bewölkt, damit sie nicht glauben, was sie gerade gesehen haben.«

»Ich werde es versuchen«, sagte der Vroon. Aber in seiner Stimme lag eine gewisse Unsicherheit, ein beunruhigender Mangel an Zuversicht, der beträchtliche Anspannung und Besorgnis in Korsibar aufkommen ließ, als er schnellen Schrittes den Park verließ.

4

Im dritten Monat seines Aufenthalts in Triggoin spürte Prestimion, dass er der Verzweiflung nahe war und den Tiefpunkt der schwierigen Reise durch die Welt erreicht hatte, die er an dem Tag angetreten hatte, als Korsibar ihm im Labyrinth die Sternenfächerkrone entrissen hatte.

Sein Geist war nun voller verschwommener Zaubereien, die er nur halb verdaut und kaum verstanden hatte. Gominik Halvors nächtliche Unterweisungen hatten ihn sowohl erleuchtet als auch benebelt; denn Prestimion glaubte mittlerweile an die Welt der unsichtbaren Geister, von der so viele Leute ihm gesagt hatten, sie läge direkt hinter den Grenzen der menschlichen Wahrnehmung, und zugleich glaubte er auch wieder nicht daran. Hier in Triggoin hatte er immer und immer wieder gesehen, dass gewisse Sprüche und Zauber, gewisse Amulette und Geräte, Salben und Tränke und Kräuter und Mischungen pulverisierter Mineralien auf offensichtlich unerklärliche Art und Weise funktionierten. Er sah Steine, die im Dunkeln mit seltsamen Farben leuchteten und Wärme ausstrahlten. Er beobachtete eigentümliche Dämonen, die im weißen Licht schwarzer Kerzen tanzten. Und er sah noch viel mehr, von dem vieles plausibel war, was ihn äußerst verdross. Und nachdem er das alles gesehen hatte, fiel es ihm noch schwerer, klipp und klar zu sagen: »Das ist unwirklich, das ist nicht echt, das ist Täuschung, das ist Torheit!«, wenn seine eigenen Augen ihm etwas anderes sagten.

Und doch ... und doch ...

Prestimion bemerkte auch vieles, das er immer angeprangert hatte: alle möglichen Schwindel, Dinge, die über jeden Zweifel hinaus unwirklich waren, nicht echt, Täuschung, Torheit. Er warf Blicke in Fabriken dieser

Stadt, in denen grobschlächtige kleine Statuen und Bilder imaginärer Götter und Dämonen von gelangweilt dasitzenden Handwerkern in unbeschreiblichen Mengen für den Verkauf an die Leichtgläubigen hergestellt wurden, und beobachtete, wie ihre Produkte verpackt und zu den Ladeplätzen an den Piers gebracht wurden, um in alle Welt verschifft zu werden. Er blätterte billige, schlecht gedruckte Bücher mit Flüchen durch, mit denen man angeblich seine Feinde schikanieren konnte, und Bücher mit Beschwörungen, die Wohlstand oder ein Kind des gewünschten Geschlechts oder irgendetwas anderes bringen sollten, wobei sie offensichtlich von skrupellosen Schmierern dahingeschludert worden waren und an leichtgläubige Narren verkauft werden sollten.

Er hörte, dass Gominik Halvor eingestand, es sei nützlich für einen erfolgreichen Zauberer, gewisse Techniken der Taschenspielerei und der Hypnose zu studieren. Und er lauschte auch jungen, großspurigen Studenten der Zauberei, die in den Tavernen von den Tricks sprachen, die sie seit kurzem beherrschten, von der Herstellung von Wachsfiguren, die unbeschadet in Kaminen standen und in unbekannten Sprachen sangen, von Zaubersprüchen, die Türen in benachbarte Universen zu öffnen schienen, von Beschwörungen, die Levitationen und das Verschwinden und wundersame Auftauchen von Personen bewirkten und die allesamt, wie sie selbst eingestanden, auf trügerischen mechanischen Hilfsmitteln beruhten. Diese jungen Männer boten einander ihre Schwindel für stolze Summen an: »Fünfzig Royals für die tanzenden Wasser!«, riefen sie. »Sechzig für die schwebenden Geister!« Das alles bestätigte und bekräftigte Prestimions ursprüngliche natürliche Skepsis. Doch dagegen musste er das neue Wissen stellen, das er von Gominik Halvor erworben hatte, so unvollständig und unverstanden es auch sein mochte, mit dem er in der Tat echte Türen zu echten Orten öffnen konnte, die jenseits der Wirklichkeit lagen. Und diese neuen Kenntnisse, die Dinge, die er einfach nicht widerlegen konnte, obwohl sie allem widersprachen, woran er je geglaubt hatte, erschütterten ihn zutiefst.

Des Nachts kamen turbulente Träume, in denen bösartige und entsetzliche Gestalten durch seinen Geist glitten. Er sah eine große schwarze Krabbe, die die Kante der Sonne abnagte, und eine riesige Schlange mit tausend Beinen, die über den Rand der Welt auf das Land rutschte, und Schwärme von Insekten mit Gesichtern von Wölfen und viele andere ähnliche Dinge, sodass er oft schwitzend und zitternd erwachte und eine Zeit kam, da er sogar fürchtete, sich überhaupt schlafen zu legen.

Doch in anderen Nächten stellten sich manchmal freundlichere Träume ein, Sendungen der Lady der Insel. Diese verwirrten ihn auf ihre Weise, denn er hatte gehört, dass Korsibars Mutter, die Lady Roxivail, sich nun auf der Insel der Träume niedergelassen und das Kommando über die Maschinen übernommen hatte, die die Träume in die Welt ausschickten, und dass die ehemalige Lady Kunigarda geflohen war, statt sich auf die Terrasse der Schatten auf der Insel zurückzuziehen, auf der ehemalige Ladies zu wohnen pflegten. Aber die Sendungen, die Prestimion nun erreichten, waren zweifellos solche der Lady Kunigarda. Er erkannte ihre feste, aber sanfte Berührung, die eiserne Reinheit ihres Geistes. Gab es nun zwei Ladies der Insel, von denen beide mit den Sendegeräten ausgestattet waren, mit denen die Lady ihre Visionen in die Seelen der Schlafenden der Welt schickte?

In den Träumen, die von Kunigarda kamen, fand er sich wieder wandernd in der Valmambra, ein abgerissener, müder Mann, der in dieser endlosen Einöde am äußersten Rand der Erschöpfung von einem scheußlichen Szambrabaum zum nächsten taumelte. Doch statt der glühenden, laut schallenden Sonne im Himmel sah er das leuchtende, lächelnde Gesicht der Lady Kunigarda und hörte ihre Stimme: »Ja, Prestimion, geh weiter, geh weiter zu dem Ort, den du erreichen sollst, du bist noch nicht am Ende deiner Kraft angelangt.« Und sie sagte auch zu ihm: »Du musst weitergehen. Du bist der Retter der Welt, Prestimion, von dem wir unsere Erlösung bekommen werden.« Und während er am Rand des Zusammenbruchs auf seiner Reise durch dieses schreckliche Land des spärlichen Wassers und brennenden Sands torkelte und rief, er habe keine Kraft mehr, er werde hier zugrunde gehen, hörte er dann: »Geh weiter, Lord Prestimion, unser wahrer Coronal, bis du den Thron erreichst.«

War das Wahnsinn? Die megalomanischen Torheiten seines gequälten Verstands? Er rief sich in Erinnerung zurück, dass Korsibar Coronal war und er ein verwirrter Flüchtling, der sich unter einem Namen verbarg, an den er sich in dieser unheimlichen Stadt der Zauberer oft nicht einmal erinnern konnte.

Tiefste Verwirrung hatte ihn ergriffen.

Und er entfremdete sich allmählich auch von seinen Freunden. Sein teilweises Bekenntnis zur Zauberei hatte ihn von Septach Melayn entfernt, dessen respektloser Witz und die Manieriertheit eines Tanzmeisters ihn nicht mehr amüsierten. Doch selbst von Svor und Gialaurys hatte er sich entfernt, obwohl sie ihn liebten und sich darüber freuten, dass er sich ihren Ansichten zumindest ein wenig annäherte. Prestimion gab ihnen in gewisser Weise die Schuld daran, dass sie ihn in diese Strömung der unbegreiflichen Widersprüche gezerrt hatten. Warum hatte er sich Gläubige als Gefährten ausgesucht? Warum hatte er sich nicht auf die Gesellschaft fröhlicher, materialistischer Männer wie Septach Melayn beschränkt? Er wusste, er tat Svor und Gialaurys damit großes Unrecht; aber die Vertäuungen seines Herzens waren mittlerweile so stark ausgefranst, dass er sogar vor ihnen zurückschreckte, was sie wiederum überhaupt nicht verstehen konnten.

Keine Frage, er war völlig von seinem Weg abgekommen. Er wanderte hoffnungslos in einer schrecklichen Wüste. Sein einziger Trost waren die Sendungen, die von Kunigarda kamen; und sie stellten sich nur spärlich und mit großen Abständen ein und waren ihm keine Hilfe dabei, die hohe Bestimmung zu erfüllen, zu der er, wie er sich nun eingestand, noch immer getrieben wurde.

Dann erschien ihm eines Nachts nicht die Lady Kunigarda, sondern der Zauberer Gominik Halvor in einem Traum, stand vor ihm, während er schlafend in seinem tristen kleinen Zimmer lag. »Das darf so nicht weitergehen«, sagte er zu ihm. »Für dich ist es an der Zeit, Rat zu suchen.« Und als Prestimion erwachte, wusste er, dass es ein Wahrtraum gewesen war: dass er lange genug ziellos und ohne Verständnis durch dieses Chaos gewandelt war und nun Führung suchen musste.

Eines Nachts, als keine Monde am Himmel standen und nur der kalte, starke Glanz der vielen Millionen Sterne zu sehen war, stand Prestimion in der Stunde nach Mitternacht auf und verließ leise sein winziges, niedriges Zimmer. Unter dem Arm trug er ein kleines Bündel mit den Dingen, die er in den vergangenen zehn Tagen zusammengetragen hatte. Er trat aus dem Gasthof, ging durch die verworrenen, gewundenen Straßen Triggoins, die kein Geheimnis mehr für ihn waren wie damals, als er hierher gekommen war, und verließ die Stadt durch das Tor namens Trinatha auf der Nordseite, von dem aus man den weißen Stern mit diesem Namen sehen konnte.

Hier oben auf dem zweihöckrigen Berg, der direkt nördlich von der Stadt lag, gab es einen angenehmen, weitläufigen Park mit Wiesen und Bächen und einigen

Laubbaumwäldchen. Niemand, oder kaum jemand, kam zu dieser Stunde hierher. Und er wollte sich von der Stadt und ihren Bewohnern entfernen, den überfüllten, schmalen, alten Gebäuden, die von fünftausend Jahren der Magie durchdrungen waren, von der Vielzahl der Zauberer, die Tag und Nacht Beschwörungen sprachen, den sich anrempelnden unsichtbaren Horden der Dämonen und Geister und Seelen. Der Park lag zwar dicht bei der Stadt der Zauberer, war aber ein friedlicher Ort. Prestimion brauchte Ruhe, so viel Ruhe, wie er im Augenblick finden konnte.

Auf einem stillen Fleckchen Gras zwischen zwei kleinen Hainen, über das ein so schmaler Bach floss, dass man mit einem Satz hinüberspringen konnte, legte er sein Bündel ab und kniete daneben nieder. Er wagte es nicht, nun etwas zu denken. Jeder Gedanke wäre jetzt verheerend für seine Absicht gewesen.

Der seltsame neue Stern, der in den Himmel getreten war, während er die Reise vom Labyrinth zur Burg unternommen hatte, befand sich fast direkt über ihm und badete ihn in die gewaltige Intensität seines Lichts. Er fühlte, wie sein blauweißes Feuer zu ihm hinabströmte. Es war ein willkommenes, ein reinigendes Gefühl. »Lord Korsibars Stern«, so nannte man ihn – zumindest hatte er das gehört –, doch Prestimion kam es vor, als wäre in seinem strahlenden Leuchten überhaupt nichts von Korsibar. Ja, es war ein Stern der Veränderung, der großen Transformation; aber es war nicht Lord Korsibars Stern und würde es auch niemals sein.

»Hilf mir«, flüsterte er.

Prestimion war klar, dass er betete, was er nie zuvor in seinem Leben getan hatte. Er wollte nicht wissen, zu wem er betete.

Während dieses Gebets kniete er lange nieder, schaute zuerst auf das weiche, dichte, taufeuchte Gras hinab, das im Sternenlicht fast schwarz aussah, obwohl es in

Wirklichkeit eher scharlachrot war, und hob dann ganz langsam den Kopf, schaute nach oben, geradewegs nach oben, direkt ins Auge des neuen Sterns.

»Hilf mir.«

Er hatte einige Worte gelernt, und er sprach sie nun. »*Voro liuro yad thearchivoliia*«, sagte er, und dann sagte er sie auch rückwärts: »*Thearchivoliia yad liuro voro.*« Und er hörte in der Ferne ein Poltern, wie von einem Donner, obwohl die Nacht klar und trocken war. Danach sagte er auch die Fünf Worte, die niemals niedergeschrieben worden waren, und die Drei Worte, die niemals niedergeschrieben werden konnten. Dann nahm er aus seinem Bündel die Knäuel gefärbten Garns, die er mitgebracht hatte, und legte Streifen verschiedener Färbung sorgfältig nach gewissen Mustern aus, die er erlernt hatte.

Als die Muster vollständig waren, schaute er wieder in den Himmel hinauf, doch diesmal mit geschlossenen Augen, und murmelte Namen, die er andere hatte murmeln hören und von denen er nie erwartet hatte, sie selbst einmal zu sprechen.

»Bythois!«, sagte er und wartete einen Augenblick, und dann sagte er: »Proiarchis!« Erneut vernahm er zweimal lautes Donnergrollen. Prestimion fragte sich nicht, warum. »Sigei!«, sagte er und wartete.

Und dann:

»*Remmer!*«

Bei diesem letzten und mächtigsten der Namen krachte ein Donner und tanzte ein Blitz von solcher Helligkeit durch den Himmel, dass er ihn selbst hinter den Lidern seiner geschlossenen Augen sehen konnte.

Nun nahm er aus seinem Beutel die Kräuter, die er mitgebracht hatte, die pulverisierten Circarisblätter und die Cobilysamen und die getrockneten Jangars, schüttete sie auf seine Handfläche und leckte sie in den Mund. Was einen Augenblick lang brannte und stach, bis er die Flasche fand, die das Gallicundi-Öl enthielt, und es trank, was das Stechen etwas linderte. Danach musste er nur noch die Pardaobeere essen, was er tat; und dann wartete er. Schweiß perlte auf seiner Stirn und strömte sein Gesicht herab. Eine starke Benommenheit überkam ihn, sodass sich in seinem Kopf alles drehte und die Welt in drei Richtungen gleichzeitig wirbelte. Und er wartete noch immer, kniete in dem weichen Gras, den Kopf zum Himmel gewandt, die Augen geschlossen.

Nach einer Weile öffnete er die Augen und sah, dass ein grünlich gelber Nebel aufgekommen war und vier Monde am Himmel standen, die er nie zuvor gesehen hatte, drei kleine, bleiche, kantige, die wie weiße Splitter aussahen, und ein größerer, roter in ihrer Mitte. Dieser Vierte war diamantenförmig, und von seinen vier scharfen Kanten kam ein funkelndes, blauweißes Strahlen, das dem Licht des neuen Sterns ähnelte. Prestimion richtete seinen Blick darauf, und nach einer kleinen Weile fühlte er, wie er zu schweben begann. Er trieb über die bewaldeten Kuppen des zweihöckrigen Bergs hinauf, der Triggoin überragte, und sah kurz darauf die Stadt tief unter ihm liegen, flach, wie eine bloße Skizze ihrer selbst. Und er stieg noch höher, sodass der ferne Burgberg wie eine Laterne aus der Nacht herausragte, und dahinter erschien ihm im Osten ein helles, bronzefarbenes Leuchten, dort, wo die Städte auf der anderen Seite des Bergs sich bereits dem neuen Tag öffneten.

Noch höher. Jetzt befand er sich bereits über dem Bereich der Wolken. Die Welt wogte wie ein Teppich aus dichtem Nebel unter ihm.

Hier leuchteten die Sterne mit einem unvorstellbaren Glanz. Die Luft, die während seines Aufstiegs eine Zeit lang von einem betörenden Weiß gewesen war, wurde wieder dunkel, und dann dunkler als dunkel und sehr kalt. Er befand sich in einem Reich der ewigen Nacht. Dies war, so wusste er, die Grenze des Himmels; und als er hindurchflog, sah er überall um sich herum Erscheinungen und Vorzeichen, große Heere erbitterter Männer, die Speere und Schwerter schwangen und auf beiden Seiten kämpften, und blutige Blitze, die zwischen ihnen zuckten, und wirbelnde Lichter, die wie Kometen vom Firmament gerissen worden waren und wild auf die Welt unter ihnen herabstürzten.

Nun fror er. Sein Haar war steif vor Eis. Sein Blut floss nicht mehr in den Adern. Aber er verspürte keinen Schmerz und empfand auch nicht die geringste Furcht. Er war in einer Art Ekstase. Immer höher flog er, bis sich ein Band aus Schwärze um ihn geschlossen hatte und nicht einmal die Sterne noch sichtbar waren. Außer Majipoor war nichts mehr im Himmel. Der Planet drehte sich wie ein Kinderball langsam unter ihm, ganz grün und blau und braun, und er konnte den großen, dunklen Keil ausmachen, der Alhanroel war, und den langen, breiten, grünen Kontinent, der Zimroel war, und die kleine Insel der Träume, die zwischen ihnen lag, während das gelbbraune Suvrael darunter hing. Und dann drehte die Welt sich, und er sah nur noch das Große Meer, das noch niemand von der einen zur anderen Seite überquert hatte, eine riesige, smaragdgrüne Narbe, die die Mitte der Welt überspannte. Schließlich kam wieder Alhanroel in Sicht; denn die Welt drehte sich nun immer schneller, die Kontinente und das Meer, das zwischen ihnen lag, zogen wieder und wieder an ihm vorbei. Es war seine Welt. Sie war für ihn bestimmt und er für sie. Alle Zweifel daran verließen für immer seine Seele. Genau das suchte er, und er war hierher gekommen, um es hier oben, am Rand der Wirklichkeit, zu finden. Die Welt gehörte ihm, und er gehörte der Welt, und sie schwebte innerhalb seiner Reichweite vor ihm in der Luft.

Prestimion griff hinab und berührte sie.

Er hüpfte in seine Hand hoch, der kleine Ball, der die Welt war, und er hielt sie vorsichtig fest, betrachtete sie genau und atmete auf sie hinab. Und er sagte zu ihr: »Ich bin Prestimion, der dich heilen möchte. Aber zuerst muss ich mich selbst heilen.« Und er wusste, dass er es schaffen würde. Eine große Tür war in seiner Seele aufgeschwungen, die bis jetzt von eisernen Riegeln verschlossen gewesen war.

Ihm war nun sehr kalt, er war völlig durchgefroren; trotzdem flossen noch Schweißbäche seinen Körper herab. Aber sein Weg lag klar vor ihm. Er sah den Pfad, der ihn in die Wärme tragen würde, wenn er nur den Willen und die Kraft hatte, ihm zu folgen. Und er wusste, dass er sie hatte.

Er ließ die kleine Welt los, und sie entfernte sich drehend von ihm in die Dunkelheit.

Dann sah er ein Licht über sich. Der neue Stern leuchtete wieder, doch nun hatte er ein Gesicht, und es war das der Lady Kunigarda, und er konnte ihre Stimme hören. »Komm, Prestimion«, sagte sie leise. »Noch ein kleines Stück. Ich bin nicht so weit entfernt. Noch ein kleines Stück. Weiter. Weiter …«

»Weiter. Weiter.«

»Das ist weit genug, würde ich meinen«, sagte eine tiefe und kräftige Stimme über ihm. »Komm, Prestimion. Öffne die Augen.«

Einen Moment lang konnte er nichts sehen. Doch dann nahm er wahr, dass Gialaurys neben ihm stand und Svor und Septach Melayn nicht weit entfernt waren. Es war mindestens später Vormittag. Die Sonne stand hoch am Himmel, der Tau war vom Gras verschwunden. In seinem Magen breiteten sich qualvolle, grollende Schmerzen aus, als hätte er seit Wochen nichts gegessen, sein Hals war trocken, und die Augen fühlten sich geschwollen an.

»Nimm meine Hand«, sagte Gialaurys. »Auf. Auf.«

»Wir haben seit Anbruch der Dämmerung nach dir gesucht«, sagte Svor. »Schließlich haben wir Gominik

Halvor gefragt, und er meinte, wir sollten im Park nachsehen. Aber der Park ist groß.«

Prestimion erhob sich und machte ein paar schwankende Schritte. Dann stolperte er und wäre fast in den nahen Bach gefallen, doch Septach Melayn trat schnell vor, fing ihn anmutig auf und hielt ihn fest.

»Du hast mit gefährlichen Spielzeugen gespielt, nicht wahr, Prestimion?«, sagte er und zeigte auf die Reihe der Kräuter und die Garnmuster auf dem Boden. Dabei versuchte er erst gar nicht, seine Verachtung zu verbergen. »Aber du wirst wohl wieder auf die Beine kommen. Eine gute Mahlzeit und etwas Ruhe …«

»Du solltest es auch einmal damit versuchen, Septach Melayn«, sagte Prestimion und brachte ein schwaches Lächeln zustande. Das Sprechen fiel ihm schwer; seine Stimme war eingerostet und rau, noch nicht wieder voll unter seiner Kontrolle. »Dich erwarten einige Überraschungen. Zuerst Circarisblätter und Cobily und ein paar getrocknete Jangars, und dann …«

»Danke, nein. Ich glaube, es würde meiner Fechtkunst die Schärfe nehmen, würde ich in solchen Medizinen dilettieren. Mit welchem Unsinn hast du dich hier draußen vergnügt, Prestimion?«

»Lass ihn in Ruhe«, sagte Gialaurys schroff. »Kommt, bringen wir ihn zum Gasthaus zurück.«

»Kannst du laufen?«, fragte Svor und schaute Prestimion forschend und besorgt ins Gesicht.

»Mir geht es gut, Svor.« Er streckte beide Arme aus. »Schau. Eine gerade Linie, Schritt um Schritt um Schritt um Schritt. Stellt dich das zufrieden?« Prestimion lachte. Er sammelte die Dinge ein, die er mitgenommen hatte, und stopfte sie in seinen Rucksack. Er kam sich nach dem nächtlichen Abenteuer sehr ruhig, sehr friedlich vor. Sein Weg war ihm völlig klar. Er musste nur den ersten Schritt tun und dann den zweiten. Eine gerade Linie, ja, Schritt um Schritt um Schritt um Schritt.

»Möchtest du gern die Neuigkeiten hören?«, fragte Svor, als sie zusammen zur Stadt gingen.

»Was für Neuigkeiten sind das?«, fragte Prestimion.

»Die Proklamation der Lady Kunigarda über den Zustand der Regierung. Septach Melayn hat sie gestern Nacht in einer Taverne gehört, und wir gingen zu deinem Zimmer, um sie dir mitzuteilen, aber du warst fort. Und dann haben wir in der ganzen Stadt nach dir gesucht. Wie sollen wir je den Schlaf der vergangenen Nacht bekommen, den du uns schuldest, Prestimion?«

»Was besagt die Proklamation, Svor?«

»O ja. Das … Anscheinend ist die Lady von der Insel geflohen und hat ihre Mechanismen mitgenommen, mit denen sie die Träume ausschickt. Und sie hat erklärt, dass sie mithilfe dieser Geräte weiterhin die Seelen der Welt führen und sich von nun an Lady-im-Exil nennen wird. Und sie hat sich auch gegen Korsibar ausgesprochen, und auch gegen ihren Bruder, den Pontifex Confalume. Sie hat Korsibar als Usurpator bezeichnet. ›Der falsche Coronal, der Usurpator Korsibar‹, so nennt sie ihn. Ihren eigenen Neffen! Und was Confalume betrifft, so verurteilt sie seine gleichgültige Hinnahme, dass Korsibar den Thron ergriffen hat. Die beiden hätten das Missfallen des Göttlichen über die Welt gebracht, sagt sie. Sie hat alle Bürger Majipoors aufgerufen, sich sofort zu erheben und Korsibar beiseite zu fegen. Sie will selbst Krieg gegen ihn führen, mit Traumsendungen und auch mit anderen Mitteln.«

»Das alles hat Kunigarda gesagt?«, fragte Prestimion erstaunt. Es kam ihm vor, als wäre dieses Gespräch noch Teil seines Traums, als läge er noch schlafend auf dem Gras neben dem Bach und hielte in der Hand den kleinen Ball, der Majipoor war. »Und was ist aus Kunigarda geworden? Wurde sie ebenfalls für vogelfrei erklärt?«

»Sie hat die Insel verlassen«, sagte Septach Melayn. »Sie ist jetzt irgendwo im südlichen Alhanroel und zieht gen Norden. Sie hat erklärt, dass sie dich sucht und sich mit dir zusammentun will: denn du bist der rechtmäßige Coronal Majipoors, Prestimion – das sagt die Lady Kunigarda. Was wir dir gern gestern Abend erzählt hätten, mein Freund, aber du musstest ja unbedingt eine Nacht im Park verbringen, den Bauch voller … was hast du gesagt? Circarisblätter und Cobily?« Er lachte lauthals und verächtlich. »Ich frage mich, ob das alles, diese Allianz mit Confalumes eigener Schwester, durch Zauberei erreicht wurde. Bist du hierher gegangen, um Proiarchis und Remmer um Unterstützung anzurufen, und haben diese großen Wesen dich mit ihrer Gunst bedacht, Prestimion, und dir die Welt gegeben, damit du sie wie ein Spielzeug in der Hand halten kannst?«

Prestimion antwortete nicht. Doch ein verstohlenes Lächeln umspielte bald sein Gesicht.

5

Ich habe es in Lord Makharios Statuengarten in Sipermit gesehen, als ich dort auf Urlaub war«, sagte Sebbigan Kless aus Perimor, der in dieser geschäftigen Stadt auf dem unteren Hang des Burgbergs Fabrikant von Wämsern und Kniehosen war. Sein Gefährte, der so eindringlich lauschte, als hätte Sebbigan Kless ihm gerade gesagt, dass der Berg sich vom Planeten losreißen und ins All davontreiben werde, war der Zwischen- und Großhändler Aibeil Gammis aus Stee, ein wichtiger Vertreiber von Sebbigan Kless' Waren in mehreren der Freien Städte, die ein Stück höher auf dem Berg lagen. »Da ging dieser Su-Suheris im Garten spazieren, und auf seiner Schulter saß der kleinste Vroon, den ich je gesehen habe. Na ja, wenn man schon mal einen Su-Suheris sieht, dann wirft man auch einen verstohlenen Blick auf ihn, oder? Das sind so unheimliche Mistkerle, mit den beiden spitzen Köpfen, die aus dem Nacken kommen … und dass einer einen Vroon auf seiner Schulter sitzen lässt, war auch merkwürdig, aber lass dir sagen, das war noch gar nichts im Vergleich zu dem, was ich dann sah. Der Su-Suheris fing plötzlich zu flackern an, und dann …«

Als Aibeil Gammis zwei Tage später nach Stee zurückgekehrt war und mit seinem Bilanzbuchhalter, einem Mann namens Hazil Scroith, der behauptete, entfernt mit einem jüngeren Bruder des Herzogs von Alaisor verwandt zu sein, eine Bestandsliste von den Waren in seinem Lagerhaus aufstellte, sagte er: »Wenn wir klug wären, würden wir sofort eine Produktpalette entwickeln, die wir den Metamorphen verkaufen können. Schließlich haben wir ja jetzt einen als Coronal.«

»Ein Metamorph? Wovon sprichst du?«

»Na ja, ich habe es von Sebbigan Kless persönlich gehört, und Sebbigan Kless ist kein Trinker, also bezweifle ich, dass er es sich nur ausgedacht hat. Anscheinend war er auf Besuch in Sipermit, du weißt schon, um sich mit diesem knackigen kleinen Mädchen aus Zimroel zu treffen, von dem seine Frau nichts wissen darf, und sie waren in dem Park, in dem diese exotisch reizvollen Statuen stehen, als mir nichts, dir nichts der Coronal vorbeikommt, Korsibar persönlich, nur, dass er als Su-Suheris verkleidet war. Tja, jetzt fragst du dich, wie ein menschliches Wesen es schafft, wie ein zwei Schritt großes Ungeheuer mit zwei Köpfen auszusehen, und wie Sebbigan Kless herausfinden konnte, dass dieses zwei Schritt große Ungeheuer in Wirklichkeit unser geliebter Coronal war? Und die Antwort darauf lautet, mein Freund, dass der Coronal gar kein Mensch ist, sondern ein Gestaltwandler sein muss, weil Sebbigan Kless tatsächlich gesehen hat, wie er die Gestalt veränderte – zwar nur für einen kurzen Augenblick, aber Sebbigan Kless sieht noch sehr gut. Jedenfalls verwandelte der Su-Suheris sich in den Coronal, der sehr überrascht dreinschaute, sich plötzlich so enthüllt zu haben, und sich genauso schnell, wie ich dir die Geschichte erzählen kann, wieder in einen Su-Suheris zurückverwandelte! Aber so ist es gewesen, und man hat ihn beobachtet. Ein Gestaltwandler! Kein Wunder, dass Korsibar Confalume und all diese Lords im Labyrinth verhexen konnte! Er war gar nicht Korsibar, sondern irgendein Ding aus dem Land der Metamorphen! Oder ist es sogar möglich, dass auch Confalume ein Gestaltwandler ist? Dass seit vierzig Jahren die Welt von einer ganzen Familie von Gestaltwandlern beherrscht wird? Und wenn das stimmt, kann ich dir sagen …«

Diese Enthüllungen meldete Hazil Scroith pflichtschuldig in seinem nächsten Brief dem Neffen seiner Frau, Jispard Demaive, der gar nicht der jüngere Bruder des Herzogs von Alaisor war, sondern als Bürokraft im Ministerium des Herzogs für Gefängnisse und Lagerhäuser arbeitete. »Hier schwirren überall die Gerüchte«, schrieb Hazil Scroith, »dass der Coronal Lord Korsibar in Wirklichkeit ein Metamorph ist und der echte Korsibar anscheinend beseitigt wurde, als sein Vater noch Coronal war. Dies wird von einer absolut zuverlässigen Quelle in Stee bestätigt, die beobachten konnte, wie der angebliche Lord Korsibar *in einem öffentlichen Park die Gestalt wandelte* – ist das nicht unglaublich? – und sich sehr schnell von menschlicher Gestalt in die eines Su-Suheris und sofort wieder zurück verwandelte. Warum er so etwas in Gegenwart anderer tun sollte, ist mir unverständlich, lieber Neffe, aber wer begreift schon, wie der Verstand eines Metamorphen funktioniert?

Auf jeden Fall wird diese Geschichte jetzt auf dem ganzen Berg erzählt, und niemand spricht von etwas anderem. Erst gestern berichtete mir ein Vertreter aus Normork, der geschäftlich bei mir war, die neueste Neuigkeit, nämlich, dass der Su-Suheris-Zauberer Sanibak-Thastimoon, der neben unserem neuen Coronal steht, seit er den Thron bestieg, ebenfalls ein Metamorph ist! Beide sind Betrüger, der König und auch sein Zauberer, und wo soll das enden? Werden wir herausfinden müssen, dass die ganze Regierung mit Gestaltwandlern durchsetzt ist, die sich als Menschen ausgeben? Es verschlägt einem den Atem. Alle Leute dort oben in der Burg sind lediglich getarnte Metamorphen!«

Horpidan, Herzog von Alaisor, an den geschätzten Großadmiral Gonivaul:

Lieber Onkel!

Wahrscheinlich wird dich die bemerkenswerte Geschichte verblüffen, die seit ein paar Wochen in Alaisor kursiert. Ich habe sie von einem der Kämmerer in meinem Zollamt, der behauptet, er habe sie allein diese Woche von mindestens zwei Dutzend Leuten gehört. Es läuft darauf hinaus, dass eure gesamte Meute in der Burg, von Korsibar und seinem Rat bis hin zu den Lakaien, ein Haufen Metamorphen sind: Wir sollen glauben, dass eine Schwadron Ureinwohner irgendwann während Lord Confalumes Herrschaft insgeheim die Burg infiltriert, einen führenden Mann des Reiches nach dem anderen getötet und seine Stelle eingenommen hat. Das schließt offensichtlich auch Confalume selbst ein. Was erklären würde, wieso der ehemalige Coronal so fügsam war, als Korsibar – oder das Geschöpf, das wir für Korsibar halten – seinen erstaunlichen Griff nach dem Thron wagte. Alles war zwischen ihnen arrangiert – eine Metamorphen-Verschwörung, um die

Herrschaft über Majipoor zu erringen! Und wenn man den Geschichten Glauben schenken kann, ist sie hervorragend geglückt.

Den neuesten Versionen der Geschichte zufolge war der Einzige, den sie nicht durch einen aus ihren Reihen ersetzen konnten, der arme Prinz Prestimion. Er entging irgendwie ihrem Zugriff. Aber sie waren zumindest imstande, ihn zugunsten Korsibars beiseite zu schieben, als das Amt des Coronals neu besetzt werden musste, und als Prestimion drohte, die ganze üble Verschwörung zu enthüllen, trieben sie ihn ins Exil und töteten ihn schließlich – so scheint es zumindest –, indem sie diesen Damm sprengten, als er darunter am Iyann das Lager aufgeschlagen hatte und einen Feldzug beginnen wollte, um die Dinge wieder in Ordnung zu bringen. Es wird immer unangenehmer, Onkel!

Natürlich ist diese Sache mit den Metamorphen nur verrückter Unsinn, nicht wahr? Das bloße Geschwätz unwissender provinzieller Klatschmäuler? Ich hoffe das zumindest, obwohl jeder, der die Geschichte erzählt, bei allem, was heilig ist, zu schwören bereit ist, dass man Korsibar eindeutig gesehen habe, wie er in einem öffentlichen Park in Stee oder Halanx oder einer der anderen großen Städte des Bergs vor aller Augen die Gestalt wandelte. Angeblich gibt es Zeugen, eidesstattliche Aussagen und so weiter.

Ich bitte dich, Onkel, beruhige meinen aufgewühlten Geist. Wenn die Geschichte stimmt, bist du wahrscheinlich auch ein getarnter Metamorph. Bist du einer? Es würde mich sehr betrüben, das zu hören, denn du bist immer einer meiner Lieblingsverwandten gewesen, ganz zu schweigen davon, dass du seit dem Tod meines Vaters das Haupt unserer Familie bist, und es würde mich schrecklich erschüttern, müsste ich erfahren, dass du in Wirklichkeit ein widerwärtiges, weichknochiges, nasenloses Ding aus den Urwäldern Ilirivoynes bist. Bitte lass mich die Wahrheit wissen, so oder so. Dein dich liebender Neffe … hoffe ich …

Horpidan, Alaisor

Und in Sisivondal sagten sie …

In Bailemoona …

In Sefarad …

In Sippulgar …

Der endlos auf und ab schreitende Korsibar wirbelte ohne Warnung herum und schritt auf Farquanor zu, als wollte er ihm eine Gliedmaße nach der anderen abreißen. Farquanor wich verzagt ein paar schnelle Schritte zurück, bis er dann spürte, dass er mit dem Hintern die Wand des Thronsaals berührte.

»Diese Geschichten, Farquanor! Diese unglaublichen, lächerlichen Geschichten über mich …«

»Lügen, mein Lord!«, sagte Farquanor zitternd. »Jede Einzelne davon gelogen!«

Korsibar blieb erstaunt stehen.

»Danke«, sagte er nach einer Weile bissig. »Ich glaubte allmählich schon selbst, sie seien wahr, aber du hast mich zutiefst beruhigt, Graf Farquanor. Wie sehr es mich doch freut, nun genau zu wissen, dass ich doch kein Gestaltwandler bin.«

»Ich habe doch nur gemeint, mein Lord, dass …«

»Du hast gemeint! Du hast gemeint! Du hast gemeint!«

»Mein Lord, ich bitte Euch, reißt Euch zusammen!«

»Ich reiße dich auseinander, und dann werfe ich dich von hier bis nach Zimroel, wenn du nicht aufhörst, Unsinn zu faseln. Du bist mein Hoher Berater, Farquanor. Ich habe dich gerufen, weil ich deinen Rat brauche, und du ergießt dich stattdessen in Platitüden. Sag mir: Was sollen wir wegen dieser verrückten

Geschichten unternehmen, die man plötzlich von allen Seiten hört?«

»Sie ignorieren, mein Lord.«

»Ignorieren? Nicht zurückweisen?«

»Sie sind zu verachtenswert, um zurückgewiesen zu werden. Könnt Ihr Euch vorstellen, dass Ihr vor die Welt tretet und sagt: ›Ich bin kein Gestaltwandler!‹ Solch ein Dementi verleiht der Sache doch nur Leben. Soll sie an ihrer eigenen Absurdität sterben, mein Lord.«

»Und das wird sie, glaubst du?«

Farquanor atmete tief ein. Er fühlte sich unbehaglich eingeengt; Korsibars großer Körper ragte vor ihm auf, und die Wand befand sich nur wenige Fingerbreit hinter ihm. Und der Coronal schien am Rand des Wahnsinns zu stehen: Das Gesicht war starr vor Anspannung, die Augen traten ihm fast aus dem Kopf, und er sah aus wie ein Mann, den die Verantwortungen des Amtes, das er ergriffen hatte, und die Verärgerung über diese wahrlich seltsamen Gerüchte fast in den Wahnsinn getrieben hatten. Es war nicht mehr viel erforderlich, und er würde endgültig durchdrehen und in wilde Gewalttätigkeit ausbrechen. Ein falsches Wort, dachte Farquanor, und er wird mich an dieser Wand wie eine Fliege zerquetschen.

»Mein Lord«, sagte er vorsichtig und zwang einen Ausdruck der dringenden Besorgnis und des tiefen Mitgefühls auf sein Gesicht, »ich habe nicht den geringsten Zweifel daran. Es ist nicht mehr als der kurzfristige Wahnsinn dieser Jahreszeit. Lasst ihn austrocknen und verwehen; das Volk wird Euch frohen Herzens wieder als seinen Lord zujubeln, wie es dies von Anfang an getan hat. Das verspreche ich Euch, mein Lord. Bleibt Eurem wahren Ich treu, und keine Lügen werden an Euch haften bleiben.«

»Ach«, sagte Korsibar erleichtert. Und dann, fast, als hätte er Dantirya Sambails Angewohnheit übernommen, sagte er einen Augenblick später noch einmal: »Ach.«

»Serithorn«, sagte Oljebbin, »kann ich kurz mit dir sprechen?«

Serithorn, der ein Tablett mit antiken gemeißelten Kebbelsteinen untersuchte, die ihm eine Stunde zuvor ein Antiquitätenhändler aus Gimkandale gebracht hatte, schaute zu dem ehemaligen Hohen Berater auf. »Du siehst sehr erregt und besorgt aus, alter Mann«, sagte er freundlich. »Stimmt etwas nicht?«

»Ob etwas nicht stimmt? Nicht stimmt? Ach, nein, keineswegs!« Oljebbin von Stoienzar trat in Serithorns Arbeitszimmer – beide Männer hatten ihre großzügigen Gemächer behalten dürfen, obwohl sie keine bedeutenden Posten in der Regierung mehr bekleideten – und schlug mit der Hand so heftig auf den Schreibtisch, dass die Kebbelsteine auf dem Tablett hochsprangen. »Siehst du diese Hand, Serithorn? Sieht sie für dich wie die eines Metamorphen aus?«

»Bei der Liebe des Göttlichen, Oljebbin!«

»Sieht sie so aus? Kann ich sie schlängeln und verformen? Mir vielleicht sieben oder acht Finger wachsen lassen? Sie in die Hand eines Skandars verwandeln, wenn mir danach ist? Was ist mit dir, Serithorn? Zeig mir deine Hand! Wird sie sich verändern, wenn ich hart genug daran zerre?«

»Du bist überreizt, Oljebbin. Setz dich und trink eine Schale Wein mit mir. Diese absurde Geschichte über Lord Korsibar …«

»Nicht nur Korsibar. Gonivaul war bei mir. Die Sache breitet sich wie eine Seuche aus. Weißt du, was man sich in anderen Orten wie Alaisor und Sisivondal erzählt? Dass wir alle Metamorphen sind, jeder Einzelne von uns, du und ich und Gonivaul und Farquanor und Farholt und Dantirya Sambail …«

»Na ja«, sagte Serithorn, »zu Farquanor und Farholt möchte ich nichts sagen, und Gonivaul könnte durchaus ein Metamorph sein, wenn auch ein verdammt haariger. Und was Dantirya Sambail betrifft, so habe ich ihn noch nie für einen Menschen gehalten. Aber ich sage dir geradeheraus, dass ich ich selbst bin und kein anderer als ich selbst, und dass ich genauso wenig die Gestalt wandeln kann, wie ich in ein und derselben Nacht zwanzig Frauen lieben kann. Und ich bin einigermaßen zuversichtlich, dass auch du echt bist. Einigermaßen zuversichtlich, sage ich. Ich hege keine ernsten Zweifel an dir. Ich wäre bereit, jeden Eid für bare Münze zu nehmen, den du mir über deine Menschlichkeit leisten möchtest, alter Freund, und würde danach niemandem glauben, der mir weiszumachen versuchte, du wärest in Wirklichkeit …«

»Serithorn, sei doch einmal in deinem Leben ernst!«, explodierte Oljebbin lautstark.

»Nun gut.« Das leise Lächeln, das Serithorns normaler Gesichtsausdruck war, wich einem Blick düsterer, verdrossener Intensität, der eines Farholt oder Gialaurys würdig gewesen wäre. »Ich bin jetzt ernst.«

»Danke. Hör mir zu. *Natürlich* glaube ich nicht, dass Korsibar ein Metamorph ist oder dass du einer bist, oder dass ich einer sein könnte und es einfach nicht bemerkt habe. Das alles ist viel zu lächerlich, um es in Worte zu kleiden. Aber die Tatsache bleibt bestehen, dass anscheinend fünf oder zehn Milliarden Leute da draußen glauben, ihr Coronal sei einer. Gonivaul stellt Nachforschungen an, und die Geschichte hat sich bereits über ganz Alhanroel verbreitet, kursiert in mindestens einem Dutzend Abwandlungen, von denen die eine grotesker als die nächste ist. Was für Auswirkungen hat das wohl auf Korsibars Legitimität in den Augen dieser fünf Milliarden Leute? Wird er dadurch nicht schrecklich kompromittiert? Er ergreift den Thron auf verfassungswidrige Weise, wofür er schon im ganzen Land von keiner Geringeren als der ehemaligen Lady der Insel angeprangert wird, Kunigarda persönlich, die Tag und Nacht subversive Traumsendungen ausschickt. Und dann nimmt man allgemein an, dass er nicht nur kein Mensch, sondern sogar ein *Gestaltwandler* ist, der sich als Korsibar getarnt hat …« Oljebbin fuhr mit beiden Händen erregt durch seine dichte weiße Haarmähne. »Prestimion lebt, hast du das gewusst?«, fragte er. »Und wird einen zweiten Versuch unternehmen, Anspruch auf den Thron zu erheben.«

Serithorns elegante Fassade der unerschütterlichen Selbstsicherheit wich einem erstaunten Keuchen.

»*Er lebt?*«

»Ja. Das wurde gerade eben erst bestätigt. Der Coronal weiß es wohl noch nicht: Farquanor hat offensichtlich Angst, es ihm zu sagen. Anscheinend hat Prestimion sich in Triggoin aufgehalten, doch nun hat er, Gonivaul zufolge, die Stadt verlassen und marschiert wieder irgendwo im westlichen Alhanroel, sammelt die Überlebenden des Rebellenheers um sich, die Korsibar nicht ertränkt hat, und rekrutiert ein neues …«

Es klopfte an der Tür.

»Gonivaul«, sagte Oljebbin. »Ich habe ihn gebeten, mich hier aufzusuchen.«

»Komm herein, Admiral!«, rief Serithorn, und Prinz Gonivaul schritt in den Raum. Sein zottelbärtiges Gesicht war grimmig und aufgewühlt.

»Hat Oljebbin dir gesagt …«, begann er.

»Ja«, erwiderte Serithorn. »Wir alle sollen Metamorphen sein. Na ja, wir sind keine, und damit hat sich das. Aber was ist damit, dass Prestimion noch leben soll?«

»Er lebt. Das steht eindeutig fest. Er ist aus dem Norden gekommen – Triggoin, habe ich gehört – und hat ein Lager auf der Ebene zwischen Gloyn und Marakeeba aufgeschlagen, das sind Orte auf der anderes Seite des Trikkalas. Er stellt dort ein neues Heer zusammen, um zum Burgberg zu marschieren, unterwegs etwa eine Milliarde Rebellen um sich zu scharen und Korsibar vom Thron zu stoßen.«

»Steckt er hinter dieser irrsinnigen Behauptung, Korsibar sei ein Metamorph?«, fragte Serithorn.

Gonivaul zuckte mit den Achseln. »Das kann ich nicht sagen. Wahrscheinlich besteht kein Zusammenhang. Aber er wird das Gerücht bestimmt als Propaganda ausnutzen, um uns zu schaden. ›Akzeptiert mich als euren wahren Coronal anstelle dieses Geschöpfs, das vorgibt, Korsibar zu sein‹, wird er sagen. ›Die Person, die ihr für Korsibar haltet, ist nicht nur ein unrechtmäßiger Coronal, sondern ein betrügerischer böser Metamorph!‹ Und die Leute werden darauf anspringen. Ich glaube übrigens, dass in dieser Metamorph-Geschichte ein Körnchen Wahrheit steckt.«

»Ach was?«, sagten Oljebbin und Serithorn in ein und demselben Augenblick.

»Oh, nicht buchstäblich«, sagte Gonivaul. »Aber Korsibar steckte in den letzten paar Monaten ständig mit dem Vroon Thalnap Zelifor zusammen, der früher einmal für mich arbeitete und, wie ihr euch vielleicht erinnert, sich letztes Jahr große Schwierigkeiten einbrockte, als er Lady Thismet ein paar verrückte Ideen einflüsterte; danach ist er geflohen und zu Prestimion übergelaufen. Als der Vroon nach Prestimions Niederlage bei Stymphinor hier angewatschelt kam, gelang es ihm irgendwie, sich wieder bei Korsibar einzuschmeicheln, fragt mich nicht, wie. Seitdem genießt Thalnap Zelifor fast genauso viel Ansehen wie Sanibak-Thastimoon und nimmt in seinem Stab von Zauberern eine hohe Position ein.

Tja, dieser Vroon versteht sich sehr gut auf die Konstruktion von Geräten, und ich weiß zufällig, dass er, als er in meinem Lohn stand, an einem gearbeitet hat, das dem Träger ermöglicht, seine Gestalt zu verändern. Versteht mich nicht falsch, kein tatsächliches Gestaltwandeln, nur die Illusion davon. Nun scheinen all diese Gerüchte auf irgendeiner Eskapade Korsibars zu beruhen. Ein auf Urlaub befindlicher Geschäftsmann, der keinen Grund zu haben scheint, sich diese Geschichte aus den Fingern zu saugen, hat beobachtet, wie Korsibar in Bombifale oder Bibiroon oder sonstwo die Gestalt veränderte, und er behauptet, ein Vroon sei zu diesem Zeitpunkt bei ihm gewesen. Ich vermute, dass er und Thalnap Zelifor sich aus der Burg geschlichen haben, um mit dieser Maschine zu experimentieren, und dass sie unaufmerksam wurden und dieser Geschäftsmann zufällig alles mitbekommen hat. Danach wurde dann das Gerücht in Umlauf gesetzt, dass …«

»Ich verstehe«, sagte Oljebbin. »Aber ob es nun so geschehen ist oder nicht, wichtig ist, dass das Gerücht sich mit Windeseile verbreiten und Korsibar großen Schaden zufügen wird. Metamorphen werden überall gefürchtet und verabscheut. Es wird nicht leicht werden, diesen Makel wieder abzuschrubben. Ob die Gerüchte nun zutreffend sind oder nicht, sie werden Korsibars Ansehen beim gewöhnlichen Volk schaden, und das ist sowieso schon schlecht, nun, da Kunigarda offen gegen ihn Position bezieht. Nachdem Prestimion nun plötzlich wieder aufgetaucht ist, will ich von euch beiden wissen: Ist das der richtige Augenblick für uns, Korsibar die Unterstützung zu entziehen?«

Serithorn runzelte überrascht die Stirn. »Zugunsten Prestimions?«, fragte er.

»Nein«, sagte Oljebbin scharf. »Zugunsten Prankipins einbalsamierter Leiche. Oder vielleicht zugunsten der Statue Lord Stiamots. Was glaubst du denn, von wem ich spreche, Serithorn?«

»Prestimion hat nicht die geringste Chance, Coronal zu werden, weder jetzt noch später«, sagte Serithorn leise, aber nachdrücklich.

»Das sagst ausgerechnet du?«, fragte Oljebbin. »Du, sein guter alter Freund, der *sehr* gute Freund seiner Mutter?«

Serithorn errötete leicht. Doch seine Stimme blieb ruhig, als er darauf antwortete. »Es liegt irgendein Fluch auf Prestimion. Alle Welt erwartete von ihm, dass er Coronal wird. Doch selbst einem Narren wie Korsibar ist es gelungen, ihm den Thron zu stehlen, was wohl eindeutig belegt, dass die Götter Prestimion Unglück zugedacht haben. Nun, da er wieder aufgetaucht ist und hierher zieht, wird wieder etwas schief gehen. Korsibar wird einen weiteren Stausee auf ihn ausgießen, oder ein verirrter Pfeil wird ihn treffen, oder Vorzaks werden ihn fressen, wenn er über die Berge zieht. Denkt an meine Worte: Prestimion wird diesmal nicht mehr Erfolg haben als zuvor.«

»Wenn wir ihn also unterstützen«, sagte Oljebbin, »schneiden wir uns damit selbst die Kehlen durch?«

»Im Grunde schon«, sagte Serithorn.

»Aber dann bleibt uns nur ein Coronal, den die halbe Welt für einen Metamorphen hält! Korsibar kann unmöglich vor alle Leute treten und beweisen, dass er keiner ist, nicht wahr? Dieses hohlköpfige Gerücht wird schließlich seiner Regierungsfähigkeit irreparablen Schaden zufügen, wenn es das nicht schon längst getan hat, und dann ...«

»Du vergisst etwas«, sagte Gonivaul.

Oljebbin starrte ihn an. »Was meinst du damit?«

»Seit ich diesen Raum betreten habe, ist kein einziges Mal der Name Dantirya Sambail gefallen. Korsibar ist erledigt, da gebe ich euch Recht: Diesen wilden Geschichten wird man nie angemessen widersprechen können, und früher oder später werden alle dort draußen bleibenden Argwohn gegen ihn hegen. Was Prestimion betrifft, so teile ich Serithorns Ansicht: Er ist einfach ein armer Pechvogel, und ich kann nicht glauben, dass er jemals den Thron bekommen wird, so sehr er ihn auch verdient haben mag. Damit bleibt der Prokurator übrig. Seit dem Sieg bei Mavestoi hat er Farquanor und alle anderen leise beiseite gedrängt und sich, zumindest inoffiziell, zu Korsibars Hauptberater gemacht. Nun bekommt Korsibar wegen dieses bizarren Metamorphengerüchts politische Probleme in den Provinzen. Na schön: Dantirya Sambail wird Korsibar entweder in Kürze selbst stürzen – ›zum Wohle Maji-poors‹, wie er scheinheilig erklären wird – oder ihn mit seinen Ratschlägen direkt in ein schreckliches Unglück führen. So oder so, Korsibar wird über kurz oder lang von der Bildfläche verschwinden, und Dantirya Sambail wird ganz oben stehen. Wenn wir klug sind, und das sind wir, werden wir gerade zu diesem Zeitpunkt die Freundschaft mit Dantirya Sambail pflegen. Was hältst du davon, Serithorn?«

»Ich bin völlig deiner Meinung. Korsibars Position ist sehr wacklig geworden. Überdies war sie von Anfang an nicht besonders stark, wegen der Rechtmäßigkeit, der Sohn des Coronals wird Coronal und so weiter. Prestimion ist nicht besser dran. Er wurde nie offiziell zum designierten Coronal erklärt. Selbst wenn er den neuen Krieg, der uns bevorzustehen scheint, gewinnen sollte, hat er keinen sehr berechtigten Anspruch auf den Thron. Dantirya Sambail hingegen kann darlegen, dass er als Prokurator von Ni-moya direkt unter dem Ponti-fex Confalume steht und daher der logische und recht-mäßige Erbe des Coronalthrons ist.«

»Sehr gut ausgedacht«, sagte Oljebbin. »Endlich ent-decke ich in diesem ganzen Chaos ein Muster. Unsere Strategie, meine Lords, bei dem bevorstehenden Kampf um den Thron muss also sein, unsere ewige Treue un-serem geliebten Lord Korsibar und seinem loyalen Ver-bündeten, dem Prokurator von Ni-moya, zu geloben und die Dreistigkeit des verbrecherischen Aufrührers Prestimion geradeheraus zu verurteilen. Sollte Korsi-bar irgendwie überleben und auf dem Thron bleiben, wird er uns ewig verpflichtet sein. Sollte ihm das nicht gelingen, wird er mit hoher Wahrscheinlichkeit von Dantirya Sambail als Coronal abgelöst werden, der uns für unsere Hilfe dann ebenfalls dankbar sein wird. So oder so, wir stehen auf der Seite des Gewinners. Sind wir uns einig, meine Herren?«

»Absolut«, sagte Gonivaul sofort.

»Trinken wir darauf«, sagte Serithorn und holte eine verstaubte Weinflasche aus seiner Vitrine. »Guter Wein aus Muldemar, zufällig von Prestimions Gut. Fünfzehn Jahre alt. Auf den Frieden, meine Herren! Auf ewigen Frieden und Harmonie auf der Welt!«

6

Hast du diese Geschichten gehört, Melithyrrh«, fragte Thismet, »denen zufolge mein Bruder ein Metamorph sein soll?«

»Wie töricht sie doch sind, meine Lady!«

»Ja. In der Tat Torheit. Wenn er ein Metamorph ist, was bin ich dann, die aus demselben Mutterleib wie er geschlüpft ist?«

»Wie ich es verstanden habe, behaupten die Geschichten, dass er insgeheim als Erwachsener durch einen Metamorphen ersetzt wurde, und nicht, dass er als einer geboren wurde. Aber das alles ist Unsinn. Du solltest all dem keine Beachtung schenken, meine Lady.«

»Fürwahr. Das sollte ich nicht. Aber es ist so schwer, Melithyrrh!«

Thismet erhob sich von ihrem Diwan und ging durch den Raum zu dem oktagonalen Fenster, das einen Blick auf Lord Siminaves atemberaubenden Spiegelteich bot. Dann drehte sie sich rastlos um, ging zur anderen Seite, öffnete die angenehm duftenden Shimmakholztüren ihrer Garderobe und enthüllte all ihren Reichtum an Kleidung darin, Aberdutzende von bestickten Roben und juwelenbesetzten Kleidern und Miedern und Unterkleidern und Soutanen und so weiter, die alle nach ihren eigenen Entwürfen von den geschicktesten Schneidern Majipoors angefertigt worden waren. Sie hatte viele davon nur ein- oder zweimal getragen, manche überhaupt nicht; und nun mussten sie alle geändert werden, so schlank und hager war sie in diesen bitteren Tagen geworden. Sie aß kaum noch etwas, und sie schlief auch nicht mehr viel. Korsibars Thronergreifung, die ihr einst so prachtvoll vorgekommen war, hatte sie beide ins Verderben getrieben.

»Bitte, meine Lady«, sagte Melithyrrh, »dieses Auf- und Abschreiten, diese ständige Unruhe …«

»Ich musste zu viel schlucken, Melithyrrh! Verräter und Schurken auf allen Seiten. Der Zauberer Sanibak-Thastimoon, der mir weismacht, das Schicksal halte Großes für mich bereit, und mir dann bei der nächsten Gelegenheit in den Rücken fällt! Der andere Zauberer, Thalnap Zelifor, der mich dazu bringt, meinen Bruder zu beleidigen, mich dann völlig verlässt und nach seiner Rückkehr dann plötzlich der ergebene Diener meines Bruders ist! Oder der widerwärtige Farquanor, der einfach hier hereinplatzt … er stand da drüben, im Jadesalon … ich hätte danach den Boden mit Säure schrubben lassen sollen … Kalt wie Eis sagt er zu mir, ich solle ihn heiraten, das werde meine gesellschaftliche Stellung in der Burg verbessern. Er nennt mich *Thismet*, als wäre ich ein Dienstmädchen! Und wird dafür nicht einmal bestraft, nachdem ich ihn bei Korsibar denunziert habe.«

»Meine Lady …«

»Und Korsibar«, fuhr Thismet fort. »Mein wunderbarer, heroischer Bruder, der sich selbst zum Coronal gemacht hat, weil ich es ihm sagte, und der mich belohnt, indem er mich hier in der Burg selbst ins Exil schickt, mich ignoriert, von allem ausschließt, ungestraft hin und her schiebt, während er sich mit Betrügern und Lügnern und heimtückischen Verrätern umgibt, die ihn in den Untergang führen! Ein Mann wie Dantirya Sambail spielt sich jetzt in der Burg groß auf, als wäre er gleichzeitig Coronal und Pontifex – zu viel, Melithyrrh, viel zu viel! Ich kann diesen Ort und diese

Leute nicht mehr ertragen.« Sie ging in den Nebenraum, in dem sie ihren wertvollen Schmuck aufbewahrte, ihre wunderbaren Ringe und Anhänger und Kolliers, die sich mit den besten messen konnten, die jede Gemahlin eines Coronals je besessen hatte, und stand da und vergrub ihre zarten Hände tief in ihnen, als handelte es sich um einen Hort verlorener Schätze, den sie gerade erst entdeckt hatte. »Melithyrrh«, sagte sie nach einer Weile mit viel ruhigerer Stimme, »wirst du mich auf einer kleinen Reise begleiten?«

»Natürlich, meine Lady. Vielleicht ein paar Tage in Ober-Morpin ... das wird dir sehr gut tun. Oder ein Besuch der Gärten in Tolingar ... ein Urlaub in Bombifale ...«

»Nein«, sagte Thismet. »Weder Bombifale noch Tolingar. Und auch nicht Ober-Morpin. Ich habe eine längere Reise im Sinn. Weißt du, wo Gloyn liegt, Melithyrrh?«

»Gloyn?«, wiederholte Melithyrrh verdutzt, als hätte Thismet den Namen eines anderen Planeten genannt.

»Gloyn. Es ist eine Stadt, oder vielleicht ein Dorf, im Westen Alhanroels, hinter den Trikkala-Bergen, aber auf dieser Seite von Alaisor.«

»Ich habe noch nie davon gehört«, sagte Melithyrrh verwirrt.

»Nein. Ich auch nicht, vor diesem Tag. Aber jetzt möchte ich dorthin fahren. Wir brechen morgen auf, nur du und ich. Komm, packen wir ein paar Sachen zusammen. Du kannst doch einen Schweber bedienen, oder? Und ich bin ziemlich sicher, dass ich es auch kann. Ich kann dir gar nicht sagen, wie gern ich diesen Ort verlassen möchte – in die frische Luft hinaus, ein kleines Abenteuer, ganz allein, das erste, das ich je hatte. Nur du und ich, Melithyrrh ...«

»Darf ich fragen, Lady, was dich an Gloyn so sehr interessiert?«

»Prestimion«, sagte Thismet.

Schließlich nahm sie viel weniger auf die Reise mit, als sie es je für möglich gehalten hätte, fast keine ihrer eleganten Roben und Gewänder, nur einfache, derbe Kleidung, die an dem Ort, den sie aufsuchen wollte, nützlich sein würde, und nur eine Hand voll Schmuckstücke, ein paar Ringe und Kolliers, die sie daran erinnern sollten, dass sie solche Gegenstände besaß. Aber sie nahm auch einen kleinen Dolch mit juwelenbesetztem Griff mit, den sie an der Innenseite ihres linken Arms festschnallen konnte, und nach einigem Nachdenken auch einen Energiewerfer, den sie in einem Augenblick der weisen Voraussicht vor einem Monat aus einer Waffenkammer geborgt hatte. Sie wusste nicht genau, wie man das Ding bediente, und hatte überdies gehört, dass sie sowieso schrecklich unzuverlässig waren, nahm jedoch an, es würde jeden verscheuchen, der vielleicht der Ansicht war, zwei junge, allein reisende Frauen seien eine leichte Beute.

Die Bedienung des Schwebers war der herausforderndste Aspekt des Unternehmens. Sie hatte nie selbst einen geflogen und auch nie großartig darauf geachtet, was der Pilot tat, wenn sie sich in einem befunden hatte. Und wie sich herausstellte, hatte auch Melithyrrh nicht die geringste Erfahrung damit. Aber so schwer konnte es doch nicht sein, oder? *Start, stopp, hoch, runter, langsamer, schneller* – mehr steckte nicht dahinter, dachte sie. Als Korsibar und die anderen eine weitere ihrer endlosen Ratssitzungen abhielten – dieser Tage, da Prestimions neue Rebellion im Westen wieder an Schwung gewann und diese absurde Krise der Metamorphengerüchte einfach kein Ende nehmen wollte, fanden ständig lange Treffen statt –, forderte Thismet vom Hauptmann der Wachen einen Vergnügungsschweber an, und sie und Melithyrrh gingen zum Dizimaule-Platz, um ihn abzuholen.

Der Gardist, der ihnen den Schweber aushändigte, betrachtete sie ein wenig seltsam, als ihm klar wurde, dass kein Fahrer bei ihnen war. Aber es stand ihm nicht zu, der Schwester des Coronals Fragen zu stellen. Er half ihnen, das Gepäck im dafür vorgesehenen Abteil zu verstauen, und hielt ihnen die Tür auf.

»Du fährst zuerst«, flüsterte Thismet.

»Ich … aber … meine Lady …«

»Wenn ich mich hinter die Kontrollen setze, denken sie sofort, etwas würde nicht stimmen. Nun mach schon!«

»Ja, meine Lady.«

Melithyrrh betrachtete kurz das Armaturenbrett. Acht oder neun Knöpfe, keiner davon beschriftet. Sie atmete tief durch und berührte einen. Nichts geschah. Der Gardist gaffte sie mit weit offenem Mund an. Er hatte bestimmt noch nie zwei so hoch gestellte Ladies gesehen, die allein in einen Schweber stiegen. Melithyrrh drückte auf einen anderen Knopf. Unten erklang nun ein Summen.

»Du hast die Rotoren angelassen«, sagte Thismet. »Nun berühre den Knopf links davon.«

Es war nur eine Vermutung, aber eine gute. Die Nase des Schwebers hob sich zehn Fingerbreit vom Boden, fünfzehn, zwanzig. Und hob sich weiterhin.

»Lass los!«, rief Thismet. Der Schweber senkte sich ein wenig und behielt die Flughöhe dann bei. »Jetzt den nächsten Knopf links!« Das bewirkte, dass der Schweber einen heftigen Satz zurück machte. Thismet riss Melithyrrhs Hand von dem Knopf und drückte ihre eigene auf den direkt rechts von der Rotorkontrolle. Genauso heftig bewegte der Schweber sich vorwärts. Der Gardist, der beim ersten Satz vom Fahrzeug zurückgesprungen war, trat zur Seite, und sein Mund klaffte noch weiter auf. »Dann mal los!«, rief Thismet, als der Schweber unsicher auf die Große Calintane-Straße zuhielt.

»Ich glaube, ich habe das Prinzip jetzt raus«, sagte Melithyrrh. »Mit diesem Knopf beschleunigt man, mit

diesem bremst man ab. Und mit dem fliegt man nach ...
rechts? Nein, nach links, glaube ich. Also muss der
hier ...«

»Du machst das sehr gut«, sagte Thismet. Und dem
war in der Tat so. Der Schweber flog nun waagerecht
zum Boden und bewegte sich reibungslos entlang der
breiten Straßenmitte. Vor ihnen tauchte ein Schild auf.
Links nach Ober-Morpin, rechts nach Halanx. »Nimm
die Straße nach Halanx«, befahl Thismet. Melithyrrh
berührte einen Knopf. Der Schweber drehte sich, nicht
zu ruckhaft, nach rechts. »Siehst du?«, meinte Thismet.
»Es ist überhaupt nichts dabei. Wir sind unterwegs.«

Die erste Aufgabe bestand darin, vom Berg herunter-
zukommen. Sobald sie die Ebene erreicht hatten, mussten sie sich nach Westen halten. Wie Thismet wusste, bedeutete dies, dass sie den Berg auf der Dundilmir-Seite
verlassen mussten. Aber Dundilmir war eine Hang-
stadt, die tief unten lag, fast am Fuß des Bergs. Um dorthin zu gelangen, mussten sie zuerst die drei höheren
Ebenen verlassen, die Inneren Städte, die Wächterstädte, die Freien Städte.

Sie hatte eine verschwommene Vorstellung von einer
Strecke, die durch Banglecode nach Hoikmar oder Greel
führte, und von einer anderen, die von dort aus nach
Burgdorn oder Gimkandale verlief, von wo aus sie Dundilmir und dann die Ebene erreichen müssten. Aber ihre
geografischen Kenntnisse vom Berg waren unvollständig und beinhalteten keineswegs Einzelheiten über die
komplizierte Anordnung der Spitzen und Nebengipfel,
die die Fahrt hinauf und hinab an den Seiten des gewaltigen Ungetüms beträchtlich erschwerten. Man konnte
sich nicht einfach von Punkt A nach Punkt B begeben,
nur weil diese beiden Punkte auf einer Karte auf einer
geraden Linie lagen. Vielmehr musste man eine Straße
finden, die sie tatsächlich miteinander verband, und
manchmal war es dazu erforderlich, den halben Berg zu
umrunden. Und so verbrachten sie ihre erste Nacht völ-

lig unerwartet in einem Gasthaus in der Stadt Guand, in der Thismet noch nie zuvor in ihrem Leben gewesen war und die sie unter dem falschen Eindruck erreichten, sie hätten von Halanx die Straße nach Banglecode genommen.

Das Wirtshaus war das beste, das sie finden konnten, aber alles andere als luxuriös. Der Gastwirt warf ihnen ständig unverschämte Blicke zu, obwohl sie sich so unvorteilhaft gekleidet hatten, wie sie nur konnten, und zudem alle Schminke von den Gesichtern gewaschen und die Haare streng zurückgekämmt hatten. Das Zimmer war klein und karg, an den Wänden waren Flecken, und das Bettzeug schien nicht frisch zu sein. Das Abendessen, das sie dort bestellten, war unvorstellbar schlecht, unbekanntes weißes Fleisch, in heißem Fett fritiert. Die ganze Nacht über hörten sie in den Nachbarzimmern Gelächter und das Knarren von Sprungfedern der Betten.

»Glaubst du, es wird bis nach Gloyn so sein?«, fragte Thismet.

»Noch schlimmer, meine Lady. Das ist noch immer der Burgberg.«

Als sie die Rechnung bezahlen wollten, stellte Thismet fest, dass sie kein Geld mitgenommen hatte. Die Schwester eines Coronals war es nicht gewohnt, Geld bei sich zu tragen. Zum Glück hatte Melithyrrh eine Börse mit Royals eingesteckt, doch Thismet kam sie sehr klein vor, und sie befürchtete, dass sie ihren Schmuck versetzen musste, um unterwegs für diese elenden Unterkünfte zu bezahlen. Ja, Thismet sah ein, dass es schlimmer kommen würde.

Irgendwie fanden sie den Weg den Berg hinab. Irgendwie machten sie Straßen ausfindig, die sie nach Westen führten, obwohl sie keine Karten bei sich und keine Erfahrung mit dem Reisen hatten. »Wir sollten nach Schildern Ausschau halten, auf denen ›Alaisor‹ steht«, sagte Thismet. »Alaisor liegt im Westen.« Aber

Melithyrrh wies darauf hin, dass Alaisor sehr weit entfernt lag, direkt am Meer, und wohl kaum so weit landeinwärts auf einem Schild genannt werden würde. Also versuchten sie, sich andere Städte in der richtigen Richtung einfallen zu lassen, die näher am Berg lagen. »Arkilon«, schlug Thismet vor, nachdem ihr einfiel, dass dort im Jahr zuvor eine große Schlacht stattgefunden und sie auf der Karte gesehen hatte, dass die Stadt westlich vom Berg lag. Also fuhren sie nach Arkilon.

Dort schlug ihnen ein Reisender vor, der ebenfalls in ihrem Gasthaus wohnte, sie sollten jetzt in südliche Richtung nach Sisivondal reisen, und zeichnete ihnen eine kleine Karte, um ihnen zu zeigen, dass sie sich damit die schwierige Überquerung der Trikkala-Berge ersparten. »Du bist sehr freundlich«, sagte Thismet lächelnd, eine Redewendung und ein Lächeln, die er missverstand. Als sie zusammen an einem Tisch saßen, legte er kühn eine Hand auf ihren Schenkel, und sie musste ihm den Dolch zeigen, den sie unter der Bluse an ihren Arm geschnallt hatte. Danach war er höflicher. Aber der Abdruck seiner umhertastenden Hand brannte noch stundenlang auf ihrer Haut.

Sie flogen nach Sisivondal. Es war die hässlichste Stadt, die Thismet je gesehen hatte. Nicht einmal in Albträumen war ihr etwas Entsetzlicheres untergekommen. Diesmal war ihr Hotelzimmer ein leerer, stickiger Kasten. Man schien in ihm einfach nicht atmen zu können, und als sie das Fenster öffneten, rieselte ein feiner Sandregen herein.

Von Sisivondal führten Straßen in alle Richtungen. Sie waren mit einem Irrgarten von Schildern konfrontiert.

»In welcher Richtung liegt Gloyn?«, fragte Thismet entmutigt. »Ich hätte mir nie vorgestellt, dass Majipoor so groß ist!«

»Es ist die größte Welt im ganzen Himmel«, sagte

Melithyrrh. »Zumindest die größte Welt, auf der das Menschenvolk leben kann.«

»Und wir müssen sie allein bereisen, zwei verhätschelte Frauen.«

»Es war unsere Wahl, Lady.«

»Ja. Es gab keine andere, nicht wahr?«

Nein. Keine Wahl. Sie wusste, ihre Zeit am Hof war zu Ende, jenem Ort, der einst so schön gewesen und irgendwie in einen Ort der Enttäuschung und Zurechtweisung verwandelt worden war. Die Burg und all ihre Schrecken schienen schon weit hinter ihr zu liegen: der lauernde, anzügliche Farquanor, der schnaubende, tierische Prokurator, die verräterischen Zauberer, der edle Bruder, der sie so schändlich behandelt hatte, als sie ihn um einen Platz in seiner Regierung gebeten hatte. Sie vermisste kaum ihren Jadesalon und ihre Alabasterwanne, ihre Roben und Armreifen, ihr ganzes luxuriöses und leeres Leben. Damit war sie endgültig fertig. Das war tot. Vorbei. Sie suchte ein neues Leben, und sie würde es im Westen finden. Aber trotzdem ... diese endlose, ermüdende Reise, diese dreiste Hand auf ihrem Schenkel, deren Abdruck wie eine Flamme brannte ... die schäbigen Hotels, die schrecklichen Straßen, das abscheuliche Essen ...

Die Gegend um Sisivondal war eine gewaltige, staubige Einöde. Ein trockener, heißer, staubiger Wind wehte unentwegt darüber. Sie hielten den Schweber dicht verschlossen, doch wenn Thismet Melithyrrh anschaute, sah sie, dass ihr blondes Haar mit einem Sandfilm überzogen war, und wusste, dass es bei ihrem ebenso sein musste. Sand in ihren Augen, Sand zwischen ihren Zähnen, Sand auf ihren Armen und zwischen ihren Brüsten. Ihre Haut war trocken; ihr Hals war trocken. Sogar ihre Seele war wie ausgetrocknet. Sie war sich noch nie so schmutzig vorgekommen, so schäbig, so glanzlos. Wahrscheinlich hätte niemand sie als Lady Thismet aus Lord Confalumes Burg erkannt.

Sie fuhren immer weiter und beteten, dass diese grimmige, sandige Ebene irgendwann enden würde; und schließlich tat sie das auch, und die Luft wurde süß, und die Welt wurde wieder so schön, wie Majipoor es eigentlich auch war.

»Ich hoffe, wir nähern uns endlich Gloyn«, sagte Thismet eines prachtvollen, sonnigen Morgens, als sie über ein Land glitzernder grüner Felder flogen.

Sie hielten bei einem Bauernhof an, bei dem auf Feldern geheimnisvoll aussehende Pflanzen mit purpurnen Blättern angebaut wurden, auf Feldern, die sich schier endlos erstreckten, eins nach dem anderen, soweit das Auge reichte. Gloyn? Gloyn? Ach ja, Gloyn! Das lag doch an der Straße nach Marakeeba, oder? Nun ja, sie hatten die Abzweigung nach Gloyn vor einigen hundert Meilen verpasst. Fliegt zurück nach Kessilroge, biegt dort rechts ab und fliegt gut zweihundertfünfzig Meilen weiter, achtet auf Schilder nach Gannamunda, und in Gannamunda nehmt ihr die Straße nach Hunzimar …

Nun gut. Zurück nach Kessilroge.

Prestimions Heer hatte das Lager im Tal von Gloyn aufgeschlagen, einer großen, breiten Savanne im Mittelwesten Alhanroels, fast genau auf halber Höhe zwischen dem Berg und der Küste von Alaisor. Dieses friedliche Land war vollständig von riesigen Teppichen kupferfarbenen, kniehohen Gattagagrases bedeckt, dessen Halme so dicht beieinander standen und so dick waren, dass man, wenn man darüber ging, eine Spur hinterließ, die man noch eine halbe Stunde später sehen konnte. Diese Hunderte von Morgen Gattagagras waren die Heimat von gewaltigen Herden von Weidetieren, die hier lebten, wie es schon vor hunderttausend Jahren der Fall gewesen war oder vor noch längerer Zeit.

Herzog Svor, der an diesem Tag allein ausgeritten

war, stand auf der scharfen Kuppe eines der Zwergberge, die über die Ebene verstreut lagen und schiffsgroße Felsbrocken waren, die sich wie kleine Inseln aus Stein fünfundzwanzig oder dreißig Schritt hoch über das Gras erhoben. Von seinem Aussichtspunkt aus betrachtete er nun staunend die großen Herden.

Das Gattagagras erstreckte sich, so weit er sehen konnte. Hier, ganz in der Nähe, grasten zehn- oder zwanzig- oder fünfzigtausend der stämmigen, flachschnäuzigen Vierfüßler, die man Klimbergeysts nannte. Ihre Felle waren mit unterschiedlichen Mustern aus Rot und Gold gesprenkelt. Sie sahen aus wie unzählige Sonnenuntergänge, die frei über die Ebene wanderten. Links von ihm befand sich ein lichtes Wäldchen hoher, dorniger grauer Bäume, in dem Dutzende langhalsiger Pflanzenfresser, die über fünfzehn Schritt groß waren, die zarten hohen Blätter abweideten. Er hatte keine Ahnung, wie diese Tiere hießen. Ihre langen, schlanken Beine waren starr und knochig und wiesen drei Sätze gleich weit voneinander entfernter Knie auf; ihre Hälse waren so biegsam wie Schlangen, und darauf saßen Köpfe, die aus kaum mehr bestanden als aus riesigen Mäulern und trüben, besorgten Augen. Unermüdlich rissen sie das weiche Blattwerk von den hohen Bäumen, und genauso unermüdlich trieben die Bäume neue Blätter aus, sobald die Pflanzenfresser weitergezogen waren.

Auf der anderen Seite bemerkte Svor ein untersetztes, gedrungenes Ding mit einer funkelnden, gepanzerten Haut, das sich in der äußeren Erscheinung kaum von einem Mollitor unterschied, aber offensichtlich bei weitem nicht so angriffslustig war. Es zog friedlich am Rand eines Sumpfgebiets entlang, in dem rosafarbene Knospen irgendeiner Wasserpflanze sprossen. Dahinter, bei der Öffnung eines Seitentals, dem zwei der kleinen Inselberge als Tor dienten, sah er eine weitere weidende Herde. Bei diesen Tieren handelte es sich um die breitnasigen, schweineähnlichen Tiere namens Vongiforin, die in dem Gattaga nach den kleinen, süßen Samenkörnern schnüffelten, von denen sie sich ernährten. Die Sonne war warm und mild, Schäfchenwolken zogen über den Himmel, eine leichte, angenehme Brise wehte aus dem Süden.

Eine idyllische Szene, dachte Svor.

Jedenfalls fast idyllisch. Er bemerkte auf einem der nahe gelegenen Inselfelsen drei schlanke, gelbbraune Raubtiere, Kepjitaljis, die die weidenden Vongiforins interessiert beäugten. Die Kepjitaljis – eine Mutter und zwei Welpen, wie er vermutete – hatten lange und spitz zulaufende Körper, starke, keilförmige Köpfe, helle Augen, die wie rote Sterne leuchteten, Vorderläufe mit wuchtigen Krallen und große, mächtige Hinterläufe, die sie schnell mit unerbittlichen Hüpfbewegungen vorwärts treiben konnten. Er hatte dasselbe Trio schon vor zwei Tagen gesehen, als es knurrend und mit blutigen Schnauzen inmitten eines Haufens angenagter Rippen gelegen hatte. Zweifellos würden die Tiere schon sehr bald wieder fressen.

Hinter ihm, auf der anderen Seite des Miniaturbergs, den er als Aussichtsposten ausgewählt hatte, befand sich Prestimions Lager.

Dieses neue Heer war größer als jedes seiner Vorgänger und wuchs weiterhin täglich an; Freiwillige aus allen Teilen Alhanroels kamen herbeigeströmt, um sich um das Rebellenbanner zu scharen. Überlebende von Prestimions zerschlagenem Heer vom Iyann waren als Erste zu ihnen gestoßen, und es waren mehr, als Prestimion zu hoffen gewagt hatte. Hier hatten sich erneut Herzog Miaule von Hither Miaule versammelt, der blonde Spalirises von Tumbrax, der stämmige Gynim von Tapilpil mit seinem Korps aus Schleuderern und viele andere dieser unerschrockenen Truppe. Sie alle hatten Geschichten von ihrer Flucht vor den tobenden Fluten zu erzählen, und sie alle brodelten vor Rachsucht gegen den feigen Feind, der die Staumauer über ihnen zum Einsturz gebracht hatte.

Aber es waren auch unzählige andere hier: eine Legion aus den Südlanden, Stoien und Aruachosia und Vrist, und eine Schar aus dem nebelverhangenen Vrambikat, das weit östlich auf der anderen Seite des Burgbergs lag, und Männer aus den Städten am Fuß des Bergs selbst, Megenthorp und Bevel und Da, und Truppen aus der Stadt Matrician, die zu dem blühenden Herzogtum des tapferen Fengiraz gehörte, dessen Mutter die liebste Jugendfreundin von Prestimions Mutter gewesen war; aus dem Westland waren Gornoth Gehayn und seine furchtlosen Söhne mit ihren gezähmten Hieraxes eingetroffen, die als Luftaufklärer dienten. Und jeden Tag kamen noch mehr; und jeden Tag mühten sich Prestimion und Gialaurys und Septach Melayn von der Morgendämmerung bis zur Dunkelheit, sie zu einer geschlossenen Streitmacht zusammenzuschweißen, die in Kürze ihren Marsch nach Osten aufnehmen würde, um gegen den falschen Coronal zu Felde zu ziehen.

Einige dieser Männer waren aus Liebe zu Prestimion nach Gloyn gekommen, andere aus Zorn über die unrechtmäßige Thronergreifung Korsibars, und sehr viele, weil sie die Geschichten gehört hatten, nach denen Korsibar ein getarnter Metamorph sei, was sie auf keinen Fall erdulden wollten. Einige suchten nur nach Abenteuern; andere hofften darauf, ihr Los zu verbessern. Und sehr, sehr viele hatten sich Prestimions Rebellentruppe aus reinem Abscheu darüber angeschlossen, dass Korsibar so feige den Mavestoi-Damm gesprengt hatte. Zu dieser letzten Gruppe gehörte ein Kontingent von Bauern aus dem Iyanntal, die alle bei der Überflutung Verwandte verloren hatten und die, obwohl sie weder als Soldaten ausgebildet noch kriegerischer Natur waren, mit Beilen und Spaten und Mistgabeln und allen möglichen anderen landwirtschaftlichen Geräten nach Gloyn gekommen waren, weil sie annahmen, diese ihre Waffen gegen den Usurpator und sein Heer einsetzen zu können.

Ein wundersam prächtiges Heer war hier zusammengeströmt, und als Svor es von seinem Aussichtspunkt auf dem Hügel betrachtete, war er hoch erfreut, es unter sich ausschwärmen zu sehen, während die Soldaten auf und ab marschierten und ihre Angriffs- und Verteidigungsmanöver einübten. Auch das Wissen darüber, dass Prestimion nach diesen dunklen Monaten in Triggoin seine Entschlossenheit zurückgefunden hatte, beglückte ihn, denn er hoffte aus tiefstem Herzen, dass sein Freund Erfolg haben und triumphieren und seinen rechtmäßigen Platz auf dem Confalume-Thron einnehmen werde.

Was Svor selbst betraf, so hatte er in letzter Zeit mehr als genug dieser militärischen Angelegenheiten beobachtet und wollte sich ein wenig Erholung davon verschaffen. Da er kein Soldat war, hatte er kaum an diesem Drill und Marschieren und Ausarbeiten von Schlachtplänen teilgenommen und fand auch kein großes Vergnügen an den ihm zugewiesenen Verantwortungen; allmählich aber verdross seine Untätigkeit ihn. Er sehnte sich nach seinen Gemächern in der Burg, nach seinen Büchern und Sternenkarten und nach den Damen. Besonders nach ihnen, denn durch Herzog Svors drahtigen kleinen Körper floss eine gewaltige Kraft, die er, wie er schon vor langem herausgefunden hatte, am besten in den Armen einer Frau freisetzen konnte. Früher hatte er romantische Beziehungen mit vielen großen Ladies der Burg gepflegt und auch viele Stelldicheins in den umliegenden Städten des Bergs gehabt; sogar im grimmigen Labyrinth war es ihm gelungen, Gefährtinnen für gemeinsame Vergnügungen zu finden. Aber in Prestimions Lager bei Gloyn gab es keine Frauen, und es gab auch keine Städte in der Nähe, in denen er welche finden konnte. Diesbezüglich nagte nun die Rastlosigkeit an Svor. Deshalb war er an diesem Tag allein in die Savanne ausgeritten, die im Norden und Westen des Lagers lag, nicht mit irgendeinem Ziel im Sinn, sondern nur, um sich, falls es ihm gelang, von der Anspannung zu befreien, die der Müßiggang und die einsamen Nächte an diesem Ort in ihm hervorgerufen hatten. Er hatte sich aus der Kavallerie-Palisade ein Reittier geborgt und diesen kleinen Berg erklommen, um auf das offene Land hinter dem Lager hinauszuschauen. Und nun suchte Svor sich willkürlich ein Ziel aus und ritt in das benachbarte Tal, in dem die Vongiforinherde weidete.

Es war ein tief liegendes, etwas feuchtes Landstück, über das unzählige Vongiforins zogen, ein Meer von ihnen, das sich bis zum Horizont erstreckte, während gelegentlich kleine Herden von Klimbergeysts und anderen Tieren zwischen ihnen grasten. Bei allen handelte es sich um friedliche Pflanzenfresser, die entgegenkommenderweise zur Seite wichen und dabei unmusikalische leise Schnaubgeräusche von sich gaben, als Svors Reittier sich den Weg durch ihre Mitte bahnte. Er ritt vielleicht eine halbe Stunde lang in nordwestliche Richtung. Als er dann einen weiteren kleinen Inselberg vor sich ausmachte, band er das Reittier an dessen Fuß fest und kletterte hinauf, um das Gelände zu betrachten, das vor ihm lag.

Dort begrüßte ihn ein überraschender Anblick.

Unter ihm lag ein weiteres Tal, eine breite Fläche von Gattagagras, die hier und dort von kleinen Bächen geteilt wurde. Mitten darin, etwa dreihundert Schritt nördlich von ihm, erblickte Svor verblüfft einen schmutzigen und ziemlich verbeulten Schweber, der in schrägem Winkel auf einer morastigen Stelle saß, als hätte er sich zu sehr dem Boden genähert, woraufhin Schlamm in die Rotoren geraten war. Zwei Frauen standen daneben – junge Frauen, wie es den Anschein hatte. Sonst schien niemand in der Nähe zu sein. Die eine war blond, die andere dunkelhaarig; und selbst aus dieser Entfernung konnte Svor aufgrund ihrer Körperhaltung ausmachen, dass die Notlage ihres Fahrzeugs sie verwirrte und beunruhigte.

Zwei Frauen, die allein mit dem Schweber durch dieses unbewohnte, straßenlose Land der Vongiforins und Klimbergeysts und scharfklauigen Kepjitaljis reisten? Ein unwahrscheinlicher Anblick; aber einer, der eindeutig eine nähere Untersuchung verlangte.

Svor eilte zu seinem Tier zurück und ritt schnell zu dem gestrandeten Schweber.

7

hier gab es außer Gras keine Vegetation, und die Frauen sahen ihn kommen, als er noch ein gutes Stück entfernt war. Sie schauten zu ihm und zeigten auf ihn und traten vorsichtig an die Seite des Schwebers, als Svor sich näherte. Ja, nun sah er, dass sie in der Tat ziemlich jung waren. Schäbig gekleidet, aber beide recht wohlgeformt, und sie hatten eine gute Haltung. Besonders die dunkelhaarige, dachte er, legte große Eleganz und Selbstbeherrschung an den Tag. Aber beim Göttlichen, was hatten sie hier zu suchen? Das war kein Ort für Frauen. Die einzige plausible Erklärung war, dass sie ungebeten hierher gekommen waren, um bei ihren Geliebten oder Ehemännern in Prestimions Heer zu sein, was von ihnen aber sehr überstürzt und unklug gewesen wäre.

Und dann war er nah genug heran, um ihre Gesichter ausmachen zu können. »Bei allen Göttern und Dämonen!«, rief Svor heiser, über alle Maßen erstaunt. »Meine Lady«, sagte er, »was hast *du* denn …«

»Steig von dem Reittier«, unterbrach Thismet ihn,

»bleib daneben stehen und heb beide Hände.« Sie hielt einen kleinen Energiewerfer in der Hand und zielte damit genau auf seine Brust.

»Meine Lady, ich bin unbewaffnet«, sagte Svor und stieg schnell ab. »Und ich würde dir auf keinen Fall Schaden zufügen. Bitte … diese Waffe ist gefährlich …«

»Bleib stehen, wo du bist, mein Lord Herzog.« Ihr Gesicht kam ihm hart und kalt vor. »Ich suche nach Prestimions Lager.«

»Hinter uns.« Er nickte in die betreffende Richtung. Der Energiewerfer jagte ihm einen kalten Schrecken ein; er wünschte, sie würde ihn von ihm abwenden.

»Weit?«

»Ein Ritt von knapp einer Stunde.«

»Bring uns dorthin, Svor.«

»Natürlich, meine Lady. Aber bitte … die Waffe … es besteht kein Grund …«

»Ja, vermutlich.« Sie senkte den Energiewerfer und schob ihn in ein Halfter an ihrer Seite. Ihre Stimme wurde etwas weicher. »Ich hatte Angst, du würdest annehmen, dass ich für meinen Bruder spionieren will, und uns kurzerhand erschlagen. Aber ich bin nicht zu diesem Zweck hierher gekommen.«

Svor überlegte, ob er fragen durfte, was denn ihre Absicht sei. Ihre Anwesenheit stellte ihn vor ein völliges Rätsel. Sie hatten keine leichte Reise gehabt, so viel war klar. Sowohl Thismet als auch Melithyrrh sahen so verdreckt und abgehärmt und zerzaust aus, dass man sie kaum erkennen konnte. Die einfache Bauernkleidung, die sie trugen, war schmutzig und zerfetzt; ihre Gesichter waren fleckig, ihr Haar war verheddert; beide sahen schlimm unterernährt aus und schienen tagelang nicht geschlafen zu haben. Die Intensität von Thismets großer Schönheit strahlte jedoch unvermindert durch diese Schlampigkeit. Aber sie bot einen Furcht erregenden Anblick, und Lady Melithyrrh war es nicht besser ergangen. Warum in aller Welt waren sie hierher gekommen? Konnte ihre Anwesenheit Teil eines tödlichen Tricks sein, den der Feind ausgeheckt hatte? Dort, wo der Ärmel ihrer Bluse zerrissen war, konnte er den kleinen Dolch sehen, der an der Innenseite ihres Arms befestigt war. Doch selbst, wenn sie keine finsteren Absichten hegte, war das plötzliche Auftauchen von Korsibars Schwester in Gloyn unbegreiflich.

Svor senkte die Arme und ergriff die Zügel seines Reittiers.

»Ich kann nur eine von euch auf einmal mitnehmen, meine Lady.«

»Ich warte hier beim Schweber«, sagte Melithyrrh sofort. »Nimm meine Lady mit und schicke schnell jemanden zu mir zurück.«

»Bist du damit einverstanden?«, fragte er Thismet.

»Es lässt sich nicht vermeiden«, antwortete sie. »Sag mir, Svor, wie geht es Prinz Prestimion?«

»Gut, meine Lady. Sehr gut.«

»Er hat inzwischen ein beachtliches Heer hier versammelt, nicht wahr?«

»Ich bitte um Verzeihung, aber das musst du schon selbst beurteilen. Ich muss dich als Feind ansehen, Lady, und darf dir keine Einzelheiten verraten, die …«

»Ich bin kein Feind, Svor.«

Er sah sie an und sagte nichts.

»Mein Bruder ist ein Narr, und seine Berater sind Schurken. Ich will mit keinem von ihnen mehr etwas zu tun haben. Was glaubst du denn, weshalb Melithyrrh und ich durch halb Alhanroel hierher gereist sind? Es war eine albtraumhafte Fahrt. Wir haben in den schrecklichsten Bruchbuden geschlafen, den abscheulichsten Fraß gegessen, die Annäherungsversuche jeder Menge grober, vulgärer Kerle abgewehrt …« Sie hielt inne. »Und dann haben wir ein paar Meilen vor dem Ziel unserer Reise den Schweber zu Schrott geflogen! Wir waren am Ende unserer Weisheit angelangt, Svor, als du des Weges kamst. – Gibt es einen Ort in der Nähe, an dem ich mich ein wenig waschen könnte, bevor du mich zu Prestimion bringst? Diese Schmutzschicht, die ich auf mir habe, widert mich an. Ich habe seit zwei Tagen, vielleicht sogar drei, nicht mehr gebadet. Nie zuvor in meinem Leben bin ich so dreckig gewesen.«

»Dort drüben fließt ein Bach«, sagte Svor und nickte nach links.

»Zeig ihn uns.«

Er führte sie dreißig Schritt durch das dichte Gras. Es war der Bach, der den Sumpf speiste, in dem sie ihren Schweber aufgesetzt hatten, und er floss schnell und war klar.

»Bleib dort bei deinem Reittier stehen«, sagte Thismet. »Wende uns den Rücken zu und dreh dich nicht um.«

»Ich gebe dir mein Wort.«

Während sie badeten, warf er nur einmal einen verstohlenen Blick zu ihnen hinüber, und den auch erst dann, als er sich wirklich nicht mehr davon abhalten konnte. Er sah, wie die beiden splitternackt bis zu den Knien im Bach standen. Melithyrrh wandte ihm den Rücken zu, schöpfte Wasser in ihr Hemd und goss es über Thismet, die seitlich zu ihm stand. Der Anblick der vollen weißen Hinterbacken Melithyrrhs und Thismets runder, makelloser Brüste brannte sich unauslöschlich in Svors Verstand, und nach all diesen Wochen des zölibatären Lebens zitterte er und bekam weiche Knie.

»Alles in Ordnung, Svor?«, fragte Thismet, als sie und Melithyrrh vom Ufer des Baches zurückkehrten. Beide sahen sauberer und viel frischer aus. »Du wirkst plötzlich ganz kränklich.«

»Ich hatte vergangene Woche Schüttelfrost«, sagte er. »Davon habe ich mich wohl noch nicht ganz erholt.« Er half Thismet in den Sattel seines Reittiers hinauf und sprang ebenfalls hoch. Seine Schenkel drückten gegen ihr Hinterteil, sein Arm lag um ihre Hüfte. Auch das trieb ihn fast in den Wahnsinn. Er rief der Lady Melithyrrh zu, sie solle sich ja nicht von diesem Ort entfernen, sondern bei dem Schweber bleiben, bis jemand sie holen kam, und gab dem Reittier die Sporen.

Nachdem sie sich eine Weile den Weg durch die dichten Herden der Vongiforins und Klimbergeysts gebahnt hatten, fragte Svor: »Du hast dich völlig von deinem Bruder entfremdet, meine Lady?«

»Es wäre nicht völlig falsch, es so auszudrücken. Ich habe die Burg verlassen, doch Korsibar muss mittlerweile wissen, wohin ich gegangen bin. Plötzlich kam ein Tag, als ich es einfach nicht mehr ertragen konnte, unter all diesen Leuten zu sein. Abscheu vor diesem Ort stieg mir in der Kehle hoch, und ich dachte: ›Es war falsch von uns, Prestimion den Thron zu nehmen. Es war eine schreckliche Sünde gegen den Willen des Göttlichen. Ich werde zu ihm gehen, ihm dies sagen und ihn um Verzeihung bitten.‹ Und genau das habe ich vor. Glaubst du, er wird meine Entschuldigung annehmen, Svor?«

»Prestimion hegt nur die freundlichsten Gedanken für dich, meine Lady«, erwiderte Svor nachsichtig. »Ich zweifle nicht daran, dass er über alle Maßen zufrieden und erfreut sein wird, von deinem Sinneswandel zu hören.«

Aber er fragte sich erneut, ob das alles vielleicht eine ausgeklügelte Intrige Korsibars gegen Prestimion sein könnte – oder, was ihm wahrscheinlicher vorkam, ein Komplott Dantirya Sambails zugunsten Korsibars. Doch wie konnte das sein? Welcher mögliche Vorteil konnte Korsibar daraus erwachsen, seine Schwester und deren Hofdame über tausende von Meilen zu Prestimions Lager zu schicken? Gab sie sich der verrückten Vorstellung hin, ihren Dolch in dem Augen-

blick, in dem sie Prestimion sah, in sein Herz zu stoßen? Irgendwie wollte Svor das nicht glauben. Besonders nicht, wenn er mit gespreizten Beinen auf dem
Reittier saß, auf ihren schlanken Nacken schaute, die
Schenkel gegen ihre Haut drückte und mit dem Arm
direkt unterhalb ihrer Brüste ihren Leib umfasste.

Sein Verstand verlor sich einen Augenblick lang in
einem verrückten Wirbel des Begehrens und der unmöglichen Sehnsucht. Und dann ertappte er sich plötzlich, wie er in das wunderschöne Ohr flüsterte, das sich
nur wenige Fingerbreit von seinen Lippen entfernt befand: »Meine Lady, darf ich dir etwas sagen?«

»Was denn, Svor?«

»Wenn du jetzt wirklich zu unserer Fraktion gehörst,
Lady, könnte ich dir vielleicht an diesem unfreund-
lichen Ort meinen Schutz anbieten.«

»Deinen Schutz, Svor?« Ihr Kopf war von ihm abgewandt, aber er hatte den Eindruck, dass sie lächelte.
»Welchen Schutz könntest du mir in diesem Lager der
groben Soldaten denn geben?«

Er zog es vor, sich nicht beleidigt zu zeigen. »Ich
meine damit, dass ich dein Begleiter wäre und du nicht
allein gelassen wärest und andere dir nicht zu nahe
kommen könnten, meine Lady. Habe ich mich klar ausgedrückt?« Er zitterte wie ein liebeskranker Junge, er,
der er sich den Weg durch das Leben immer mit dem
zuversichtlichen Gefühl gebahnt hatte, sein Ziel erreichen zu können. »Ich muss dir sagen, Lady, seit ich in
die Burg kam, habe ich die tiefste und ehrenwerteste
Liebe für dich empfunden …«

»Ach, Svor. Nicht auch du!«

Das klang nicht sehr ermutigend. Aber er bedrängte
sie verzweifelt, ließ die Worte ungehindert hinausflie-
ßen. »Natürlich konnte ich nichts darüber sagen, besonders, nachdem das Verhältnis zwischen deinem Bruder und dem Prinzen abzukühlen begann. Aber die
ganze Zeit über, Lady, habe ich dich mit einzigartiger

Freude betrachtet … mit großer Liebe im Herzen … mit dem aufrichtigen und eifrigen und alles verzehrenden Begehren, dich für mich zu beanspruchen …«

»Und wie vielen Frauen vor mir, Svor«, fragte Thismet mit überraschend sanfter Stimme, »hast du dasselbe aufrichtige und eifrige Begehren erklärt?«

»Ich spreche nicht nur von Begehren, sondern von Ehe, meine Lady. Und die Antwort auf deine Frage lautet: keiner, keiner einzigen.«

Sie schwieg einen Augenblick lang, der sich zehntausend Jahre dahinzuziehen schien. »Das ist ein überaus seltsamer Ort, an dem du um meine Hand anhältst, mein Lord Herzog«, sagte sie dann. »Wir sitzen auf dieses Tier gekauert, reiten mitten durch das Nichts, während überall um uns herum wilde Tiere schnauben und schnüffeln, ich in Fetzen, und du umklammerst mich von hinten. Farquanor hat seinen Heiratsantrag wenigstens in angemessener Umgebung gemacht.«

»Farquanor?«, fragte er entsetzt.

»Oh, keine Bange, Svor, ich habe ihn abgewiesen. Sogar sehr ungehalten. Ich weise dich freundlicher ab, denn du bist ein weit besserer Mann als Farquanor. Aber du bist nicht der Richtige für mich. Ich bin nicht sicher, ob es überhaupt einen Richtigen gibt; doch auf jeden Fall weiß ich, dass du es nicht bist. Nimm dies ohne Verbitterung hin, Svor, und lass uns nie wieder davon sprechen.«

»So sei es«, sagte Svor, den seine Kühnheit, das alles hervorgebracht zu haben, genauso erstaunte wie die Sanftheit ihrer Erwiderung.

»Du könntest dich um die Lady Melithyrrh bemühen«, sagte Thismet kurz darauf. »Nun, da sie und ich nicht mehr am Hofe weilen, kommt sie sich sehr verloren vor. Vielleicht steht sie deinen Avancen wohlwollend gegenüber. Ob sie einen Ehemann haben will, kann ich nicht sagen; aber ob du tatsächlich eine Ehefrau willst, ist wohl genauso zweifelhaft. Doch ich bin

der Ansicht, du könntest zumindest einen Annähe-
rungsversuch unternehmen.«

»Ich danke dir für den Vorschlag, meine Lady.«

»Ich wünsche dir alles Gute dabei Svor.« Und dann,
etwas später, als hätte sie dies nicht schon kurz zuvor
gefragt: »Meinst du, Prestimion wird glauben, dass
meine Reue aufrichtig gemeint ist?«

Solch ein Erstaunen hatte Prestimion nicht mehr verspürt, seit er vor langer Zeit den Hof der Throne betreten und gesehen hatte, wie Korsibar mit der Sternenfächerkrone auf dem Kopf auf dem Platz des Coronals
saß. Thismet hier im Lager? Und sie bat darum, ihn
nun allein in seinem Zelt sprechen zu dürfen?

Es kam ihm unwirklich vor, dass sie sich hier an diesem entlegenen Ort befand. Womöglich war diese Erscheinung, die nun vor ihm stand, das Werk von Zauberern. Aber nein, sie war wirklich, daran verspürte er
keinen Zweifel. Sie war mit kaum mehr als Lumpen
bekleidet. Das Haar war ungekämmt. Sie trug keinen
Schmuck, hatte sich nicht mit Kosmetika verschönt.
Das Gesicht wirkte abgespannt und müde. Sie sah eher
aus wie eine Spülküchenmagd denn wie die Tochter
eines Königs und die Schwester eines anderen; aber
ihre königliche Anmut, die feurigen Augen, diese Lippen, die fein geschnittenen Gesichtszüge, all das verriet ihm, dass unbestreitbar Thismet vor ihm stand.
Hier. So unwahrscheinlich es auch sein mochte, hier in
Gloyn.

»Ich sollte dir sagen, mein Lord, dass ich bewaffnet
vor dich trete«, eröffnete sie das Gespräch. Sie zog den
zerrissenen Ärmel ihrer Bluse zurück und enthüllte die
kleine Scheide, die an ihrem Arm befestigt war. Sie
schnallte sie ab und warf sie beiläufig Svor zu. »Der
Dolch diente nur zu meiner Verteidigung während der
Reise, mein Lord. Ich bin nicht hier, um dir Schaden
zuzufügen. Ich trage keine weiteren Waffen bei mir.«

Sie lächelte, auf eine verschlagene, einladende Weise, die ihn erschauern ließ. »Ich bin bereit, mich durchsuchen zu lassen, wenn du es möchtest.«

Aber etwas anderes als ihre Koketterie hatte seine Aufmerksamkeit erregt. »Du hast mich nun zweimal ›mein Lord‹ genannt. Was meinst du mit dieser Redewendung, Thismet?«

»Nun, was jeder damit meint, mein Lord. Dasselbe, was damit ausgedrückt wird.« Und sie hob beide Hände, vollzog die Sternenfächerbewegung, lächelte dabei und sah Prestimion direkt in die Augen.

»Du erkennst den Anspruch deines Bruders also nicht an, Thismet?«, fragte er nach einer Weile langsam.

»Ich erkenne ihn ganz bestimmt nicht an, mein Lord.«

»Nenn mich Prestimion, wie zuvor.«

»Dann Prestimion. Wie zuvor.« Ihre Augen blitzten. Er hatte den Eindruck, in ein Gewitter zu schauen. »Aber ich erkenne dich als Lord Coronal von Majipoor an. Diese albernen Männer in der Burg … diese Narren und Schurken … ich bin ihnen nicht mehr verpflichtet.«

»Komm näher«, sagte Prestimion.

»Vielleicht wäre es eine gute Idee«, sagte Svor, der aus respektvoller Entfernung zusah, »sie tatsächlich zuerst zu durchsuchen, mein Lord.«

»Meinst du?« Prestimion lächelte. »Ein weiterer Dolch, den sie irgendwo an ihrem Körper verborgen hat?«

»Dann komm und durchsuche mich, Prestimion«, sagte Thismet, und ihre Augen leuchteten hell wie Signalfeuer. »Wer weiß? Vielleicht habe ich einen zweiten Dolch hier verborgen« – und sie legte eine Hand zwischen ihre Brüste – »oder *hier*.« Sie schob die Hand den Bauch hinab und spreizte weit die Finger. »Komm und schau selbst, mein Lord! Sieh nach, ob ich noch bewaffnet bin!«

»Ich glaube, du hast genug Waffen«, sagte Prestimion, »und das sind in der Tat genau die Stellen, an denen du sie trägst. Und ich glaube tatsächlich, dass sie eine große Gefahr für mich darstellen.« Er grinste. »Da ich deine Erlaubnis dazu habe, Thismet«, sagte er, »werde ich wohl eine kleine Suche nach ihnen vornehmen.«

»Mein Lord …«, warf Svor ein.

»Friede«, sagte Prestimion zu ihm. Und zu Thismet: »Aber sag mir zuerst, weshalb du wirklich hier bist.«

»Nun, um ein Bündnis mit dir zu schmieden«, sagte sie, nun direkt und unverblümt und ohne die geringste Koketterie in ihrer Stimme. »Es gab eine Zeit, da wollte ich, dass Korsibar an deiner Stelle König wird, nicht, weil ich dich für unwürdig hielt, sondern nur, weil ich versessen darauf war, meinen Bruder auf dem Thron zu sehen. Das war ein großer Fehler, und es beschämt mich nun, an die Rolle zu denken, die ich bei seiner Thronergreifung gespielt habe. Er ist noch immer mein Bruder, und ich empfinde für ihn noch immer die Liebe einer Schwester; aber er hätte nie König sein dürfen. Das verkünde ich gern vor aller Welt. Ich stehe vor dir, Prestimion, und jubele dir als Lord Coronal zu.«

Er glaubte nun, sie zu verstehen.

»Und welche Rolle siehst du für dich«, fragte er vorsichtig, »wenn ich auf dem Confalume-Thron sitze?«

»Ich war die Tochter eines Coronals und die Schwester eines Coronals«, sagte sie. »So etwas hat es in unserer gesamten Geschichte noch nicht gegeben. Es würde mich noch weiter von allen anderen abheben, wenn ich auch die Gemahlin eines Coronals würde.«

Svor schnappte nach Luft. Prestimion war von ihrer Freimütigkeit bestürzt. Hier gab es keine gezierte Diplomatie, nur die direkte Äußerung des elementaren Willens.

»Ich verstehe«, sagte er. »Ein Bündnis im wahrsten Sinn des Wortes.« Und er sah vor seinem geistigen Auge nicht die müde, von der Reise erschöpfte Thismet, die da vor ihm stand, sondern die strahlende, prachtvolle Thismet der Burg, die mit einem schönen Gewand aus dünnem, weißem Satin bekleidet war und goldene Bänder um den Hals trug. Und dann fiel, noch immer vor seinem geistigen Auge, von hinten das Licht großer Wachsstöcke durch dieses Gewand und entblößte ihm die geschmeidigen Rundungen der Brüste und des Schoßes und der Schenkel.

Ein so reißender Sturzbach der Leidenschaft brach in diesem Augenblick über seine Seele herein, dass er einen Augenblick lang glaubte, er stünde wieder unter dem Mavestoi-Damm, und der Stausee ergösse sich ein zweites Mal über ihn.

Dann schaute er zu Svor. Sah den warnenden Blick, das besorgte Stirnrunzeln. Svor, der Frauenheld, der sich in allen Spielarten der Begierde auskannte, sagte ihm zweifellos, er solle vor der Zauberei des Körpers dieser Frau auf der Hut sein, die durchaus mächtiger sein konnte als der stärkste Bannspruch, den der hohe Magier Gominik Halvor oder irgendeiner seiner Kollegen im Reich der Zauberei kannte.

Ja. Sehr wahrscheinlich. Aber trotzdem ... trotzdem ...

»Mein Lord«, sagte Thismet dann in das anhaltende Schweigen, »wenn ich eine Stunde Zeit für mich bekäme und ein Becken mit warmem Wasser, und wenn man mir meine sauberen Kleider aus dem Schweber brächte, der havariert in dem Tal hinter diesem liegt ...«

»Natürlich. Das wird sofort erledigt. Geh in mein Zelt, Thismet.«

»Wir haben schon Leute ausgeschickt, die das Gepäck aus dem Schweber holen sollen«, sagte Svor. »Und auch die Lady Melithyrrh, die bei ihm wartet.«

Prestimion nickte. »Gut.« Und zu seinem Adjutanten Nilgir Sumanand, der in der Nähe wartete, sagte er: »Sorge dafür, dass die Lady Thismet alles bekommt, was sie braucht, um sich zu erfrischen. Sie hat eine lange und schwierige Reise hinter sich.«

»Was wirst du tun, Prestimion?«, fragte Svor, als sie unter sich waren.

»Was glaubst du denn? Was würdest du tun, wenn du an meiner Stelle wärest?«

»Ich verstehe«, sagte Svor. »Wer könnte widerstehen?« Ein schwaches, bedauerndes Lächeln. »Ich will dir nicht verheimlichen, mein Freund«, fuhr Svor leise fort, »dass auch ich mich in sie verliebt habe. Schon vor langer Zeit. Wie wohl alle anderen in der Burg, nehme ich an. Aber ich gebe mich als der gute Untergebene, der ich bin, mit der Lady Melithyrrh zufrieden.«

»Dir könnte etwas Schlechteres widerfahren.«

»Allerdings.« Svor schaute zum Zelt. »Du wagst es, allein mit ihr zu sein?«

»Ich glaube schon. Ja. Ich rechne wirklich nicht damit, dass sie mich zu ermorden versucht.«

»Sehr wahrscheinlich nicht. Aber sie ist gefährlich, Prestimion.«

»Vielleicht. Ich werde dieses Wagnis eingehen.«

»Und wenn alles gut verläuft, wirst du dich wirklich zu ihrem Gatten machen, nicht wahr?«

Prestimion lächelte und klopfte Svor auf die Schulter.

»Eins nach dem anderen, Svor, eins nach dem anderen! Aber es wäre doch ein guter politischer Schachzug, nicht wahr? Der triumphierende Lord Prestimion nimmt die Tochter des Pontifex Confalume zu seiner Braut, um den Bruch im Gemeinwesen zu schließen, den der törichte Korsibar aufgerissen hat. Diese Vorstellung gefällt mir. Ein guter, politischer Schachzug, ja. Und außerdem ... die Lady ... rein um ihrer selbst willen ...«

»Wie du gerade selbst gesagt hast, Prestimion, dir könnte etwas Schlechteres widerfahren.«

»Das könnte es in der Tat.«

Prestimion warf seinen Mantel über, ging unerkannt durch das Lager und dachte über diese seltsame neue Wendung der Ereignisse nach.

Thismet!

Wie sonderbar, wie unerwartet. Sie benutzte ihn natürlich, um sich irgendwie an Korsibar zu rächen. Zweifellos hatte Korsibar sie in irgendeiner Hinsicht enttäuscht oder vielleicht versucht, ihr eine Ehe aufzuzwingen, die ihr nicht gefiel, auf jeden Fall aber ein so starkes Missfallen in ihr erregt, dass sie über die halbe Welt in die Arme seines Feindes geeilt war. Nun, so sei es. Es war durchaus möglich, dass sie sich zum gegenseitigen Nutzen einigten. Sie verstanden einander, Thismet und er. Sie würde ihn benutzen, und er würde sie benutzen. Es gab keine bessere Partie für ihn, und die ganze Welt wusste es.

Und von den politischen Fragen einmal abgesehen, war bei diesem Handel natürlich auch Thismet selbst zu berücksichtigen.

Diese feurige, leidenschaftliche Frau, die er so lange hungrig aus der Ferne beobachtet hatte: Endlich war sie zu ihm gekommen, hier, jetzt. Bot sich ihm an. Er hatte lange genug wie ein Mönch gelebt. Solch ein Angebot konnte man nicht leichtfertig ablehnen.

»Prestimion? Bist du das, ganz in diesen Mantel gehüllt?«

Septach Melayn näherte sich ihm von hinten. »Ja«, sagte er. »Du hast mich aufgespürt.«

»Svor hat mir von Thismet erzählt.«

»Ja.«

»Wahrscheinlich ist sie die schönste Frau auf der Welt. Ich gratuliere dir. Aber wohin sie auch geht, der Ärger folgt ihr auf dem Fuße.«

»Das weiß ich, Septach Melayn.«

»Wollen wir, dass dieser Ärger uns mitten in unser Heer folgt, Prestimion? Und das praktisch am Vorabend der Schlacht?«

»Lass mich das beurteilen.«

»Gialaurys und ich haben gerade darüber gesprochen und ...«

»Nun, sprich nicht weiter. Sie badet in meinem Zelt, und wenn sie fertig ist, werde ich sie dort aufsuchen, ob mir nun dieser Ärger folgen wird oder nicht. Aber sprich nicht weiter.« Prestimion legte die Hand auf Septach Melayns Arm. »Hör mir zu, alter Freund«, sagte er sanft und lächelte dabei, aber in seinem Tonfall lag mehr als nur etwas Nachdruck. »Ich sage dir nicht, wie du dein Schwert benutzen sollst. Bitte sag du mir nicht, wie ich meines zu benutzen habe.«

Und dann standen sie sich schließlich allein in seinem Zelt gegenüber. Thismet hatte gebadet und ein schlichtes, hauchfeines weißes Gewand angezogen. Darunter trug sie nichts. Er konnte die dunklen Spitzen ihrer Brustwarzen sehen, die sich gegen den dünnen Stoff abhoben, und die tiefere Dunkelheit zwischen ihren Beinen. Doch ohne ihren Schmuck und ihre Kosmetika legte sie nun eine ungewöhnliche Keuschheit an den Tag. Ein seltsames Wort im Zusammenhang mit Thismet, Keuschheit, aber sie war vorhanden. Die Vorwitzigkeit, die sie vor einer Stunde gezeigt hatte, als sie ihn aufforderte, sie nach verborgenen Waffen zu durchsuchen, schien völlig verschwunden zu sein. Sie kam Prestimion nun angespannt, unsicher, fast verängstigt vor. Er hatte sie noch nie so gesehen, nie zuvor. Aber er verstand. Er fühlte sich selbst ganz ähnlich. Plötzlich stieg in ihm die Ahnung empor, dass hinter ihrem Zusammenkommen vielleicht etwas mehr steckte als bloße verschwörerische Machtgier – und auch etwas mehr als bloße körperliche Befriedigung.

Vielleicht. Vielleicht.

»Ich war es, die Korsibar dazu gebracht hat, nach der Krone zu greifen«, sagte sie. »Hast du das gewusst,

Prestimion? Ich stand hinter ihm und drängte ihn. Ohne mich hätte er es nie getan.«

»Dantirya Sambail hat mir gegenüber einmal etwas Ähnliches erwähnt«, erwiderte er. »Es spielt keine Rolle. Das ist nicht der Augenblick, darüber zu sprechen.«

»Es war ein großer Fehler. Das weiß ich nun. Er ist nicht der richtige Mann für den Thron.«

»Das ist nicht der Augenblick, über solche Dinge zu sprechen«, wiederholte Prestimion. »Sollen die Historiker darüber diskutieren, Thismet.« Er streckte die Arme aus und trat einen Schritt auf sie zu. Kühl winkte sie ihn zurück und bedeutete ihm mit einer schnellen Geste, er solle bleiben, wo er war. Und dann ließ sie mit einem Lächeln, das wie die Sonne war, die nach einem Sturm wieder hervortrat, das dünne weiße Gewand von ihrem Körper gleiten und stand nackt vor ihm.

Sie kam ihm so klein vor: Kaum bis an die Brust reichte sie ihm, und sie hatte ganz schlanke Gliedmaßen und eine Taille, die die Zerbrechlichkeit ihres Körpers betonte, weil die angenehm ausladenden Hüften sie so schmal wirken ließen. Und trotzdem wirkte sie stark, der Körper wie der einer Athletin, breite Schultern wie die ihres Bruders, sehnige, kraftvolle Muskeln, anmutige Proportionen. Doch trotz alledem war sie völlig weiblich. Ihre Brüste waren klein, aber voll und rund und hoch, mit kleinen, harten, jungfräulich aussehenden Warzen. Ihre Haut hatte einen dunklen Teint. Das Haar zwischen ihren Beinen schimmerte genauso glänzend wie das oben, eine dichte, gelockte schwarze Matte.

Sie war vollkommen. Er hatte sich nie solch eine Schönheit vorstellen können.

»So viele Jahre lang waren wir einander Fremde«, murmelte sie. »›Guten Morgen, Lady Thismet‹, hast du gesagt, und ich: ›Hallo, Prinz Prestimion‹, und das war alles. All diese Jahre in der Burg, und nichts weiter.

Welch eine Verschwendung! Welch eine traurige und törichte Verschwendung unserer Jugend!«

»Wir sind noch immer jung, Thismet. Uns bleibt noch genug Zeit, um jetzt einen neuen Anfang zu machen.« Erneut trat er zu ihr, und diesmal wich sie nicht zurück. Seine Hände glitten über die samtene Glätte ihrer Haut. Sie drückte die Lippen fest auf die seinen, und er spürte den brennenden Pfeil ihrer Zunge, und seine Finger strichen über ihren Rücken.

»Prestimion … Prestimion …«

»Ja.«

8

Zwei weitere Wochen vergingen im Lager bei Gloyn. Dann meldeten die Späher, die Prestimion im ganzen Land eingesetzt hatte, dass Lord Korsibar die Burg mit einem gewaltigen Heer verlassen habe und nach Westen marschiere. Gornoth Gehayns Söhne flogen auf den Rücken ihrer riesigen Vögel los und bestätigten es: Eine große Schar Krieger näherte sich ihnen.

Kurz darauf trafen zwei Botschaften in Prestimions Lager ein, geschrieben auf glattem Pergament, wie Coronals es verwendeten, und versehen mit dem Sternenfächersiegel.

Die eine war an Prestimion adressiert und forderte ihn auf, seine Rebellion endgültig zu beenden und sich sofort dem nächsten Bevollmächtigten der Regierung auszuliefern, damit man ihm den Prozess wegen Verrats machen konnte. Würde er sich nicht ergeben, so erfuhr Prestimion, würde man ihn und all seine hohen Offiziere, die ihm Treue geschworen hatten, nach ihrer Festnahme zum Tode verurteilen; sollte er sich jedoch jetzt stellen, würde man seine Hauptmänner verschonen. Die andere Botschaft galt Lady Thismet. Man informierte sie, dass ihr erlauchter und gnädiger Bruder, der Coronal Lord Korsibar, ihr verzieh, dass sie zum Feind übergelaufen war, und ihr hiermit sicheres Geleit über den Kontinent gewährte, falls sie zur Burg zurückkehren und ihr ehemaliges Leben der Muße und Zufriedenheit am Hof wieder aufnehmen wolle.

»Nun denn«, sagte Prestimion unbekümmert, als er seinen Offizieren beide Dokumente laut vorgelesen hatte, »damit ist klar, was wir zu tun haben, nicht wahr? Ich werde sofort in die östlichen Provinzen aufbrechen, vor Korsibar treten, wo auch immer ich ihn finde, und mich seiner Gnade unterwerfen. Und ich werde seine Schwester mitnehmen, sie ihm unverletzt übergeben und ihm ernste Eide schwören, dass ich sie ihm in dem Zustand zurückgebe, in dem sie zu mir gekommen ist.«

Von allen Seiten des Lagerfeuers erklang Gelächter, und am lautesten lachte Thismet.

Wieder wurde der Wein herumgereicht, keiner aus Muldemar, sondern nur der einfache saure, blaugraue aus der nahe gelegenen Provinz Chistiok, der in langen Schläuchen aus Klimbergeystleder transportiert wurde, und sie saßen eine Weile schweigend da und tranken. »Hast du vor«, fragte Gialaurys dann, »hier darauf zu warten, dass Korsibar zu uns kommt, Prestimion, oder hältst du es für besser, den Krieg zu ihm zu tragen, wo auch immer wir ihn finden?«

»Zu ihm«, sagte Prestimion ohne das geringste Zögern. »Dieses flache Land ist nicht der richtige Ort, um eine große Schlacht zu schlagen. Wir würden nur töricht hierhin und dorthin laufen.«

»Und das würde die Tiere dieser schönen Ebene stören«, sagte Septach Melayn. »Sie hatten unseretwegen schon genug Ärger. Prestimion hat Recht: Wir gehen zu ihm.«

Prestimion sah sich in der Gruppe um.

»Gibt es Widerspruch? Ich höre keinen. Nun gut: Wir brechen das Lager morgen früh bei Anbruch der Dämmerung ab.«

Das war eine gewaltige Aufgabe, denn im Tal von Gloyn hatte sich nun ein mächtiges Heer zusammengefunden. Es dauerte über einen Tag, um die Zelte abzubrechen, die Schweber und Karren zu beladen und die Packtiere zusammenzutreiben. Erst danach konnte der große Marsch gen Osten beginnen.

Doch allen Berichten von Prestimions Agenten draußen im Land zufolge eilte ein viel mächtigeres Heer auf sie zu. Korsibar hatte nicht nur das allgemeine Heer der Provinzen um den Berg mobilisiert, sondern auch die Armeen zur Verfügung, die Dantirya Sambail aus Zimroel geholt und unter den Befehl seiner Brüder Gaviad und Gaviundar gestellt hatte, und des Weiteren die privaten Streitkräfte, die die Lords Oljebbin, Gonivaul und Serithorn kontrollierten.

»Sogar Serithorn!«, sagte Prestimion. »Bei Gonivaul kann ich es verstehen: Er war nie ein großer Freund von mir. Oljebbin … nun ja, er ist schließlich der Vetter von Korsibars Vater. Aber Serithorn … Serithorn …«

»Das ist Dantirya Sambails Werk«, sagte Septach Melayn. »Seit dem Dammbruch hält er sich in der Burg auf und bringt die Lords gegen uns auf. Bestimmt haben alle Angst, sich ihm zu widersetzen. Wie können sie etwas anderes wagen, wenn Dantirya Sambail sich mit Korsibar zusammengetan hat?«

»Was einiges über die Macht von Familienbanden sagt«, stellte Herzog Svor fest. »Denn wenn ich mich recht entsinne, ist der Prokurator doch ein Vetter von dir, nicht wahr, Prestimion?«

»Ein sehr entfernter«, erwiderte Prestimion. »Und er entfernt sich mit jeder Stunde mehr von mir. Nun ja, es spielt keine Rolle, ob ein paar Privatheere hier und da zu Korsibar stehen. Das Volk unterstützt uns, nicht wahr? Die Welt hat nur Unruhe gekannt, seit Korsibar sich zum Coronal gemacht hat. Das weiß jeder. Die Hände von Bürgern heben sich gegen Bürger, die Ernten werden nicht eingebracht, weil Männer auf und ab marschieren und Waffen schwingen, während sie die Felder bestellen sollten, die Regierung ist gelähmt ... ein unfähiger Coronal und ein verwirrter Pontifex ...«

»Das ist das Bedauernswerteste daran«, sagte Gialaurys. »Der alte Confalume war ein so ausgezeichneter Coronal, und jetzt ist er nur noch ein Wrack, das sich im Labyrinth versteckt, während sein großartig nichtswürdiger Sohn die Welt um sich herum zum Einsturz bringt! Was muss er davon halten? Ich bedauere es sehr, dass Confalumes große Herrschaft in diesem elenden Aufruhr enden musste.«

»Vielleicht nimmt er kaum etwas von dem wahr, was hier vor sich geht«, sagte Svor. »Ich würde gern glauben, dass einer von Korsibars Zauberern – höchstwahrscheinlich Sanibak-Thastimoon – einen immerwährenden Schleier über seinen Geist gelegt hat und der alte Mann seine Tage und Nächte wie in einem Traum durchlebt. Aber für diejenigen von uns, die sich daran erinnern, wie Confalume einmal war, ist es trotzdem traurig.«

»Sogar sehr traurig, Svor. Was für einen seltsamen Weg haben wir alle seitdem zurückgelegt! – Ja, Junge?«, fragte Prestimion.

Ein Bote war herangeeilt; in einer Hand hielt er eine Schriftrolle. Prestimion nahm sie entgegen und las sie durch.

»Ein neues Edikt von Lord Korsibar?«, fragte Septach Melayn.

»Nein, nichts dergleichen. Es ist von unseren ehrwürdigen Magiern Gominik Halvor und seinem Sohn. Sie haben für unsere Unternehmung die Runen geworfen. Die günstigste Stelle für die Schlacht mit Korsibar, schreiben sie, liegt zwischen dem Trikkalas und dem

Berg, an einem Ort namens Thegomar-Kante, am See Stifgad in der Provinz Ganibairda.«

»Ich kenne diesen Ort«, sagte Gynim von Tapilpil. »Wir erreichen ihn über Sisivondal. Von dort aus geht es dann nach Südosten weiter, in Richtung Ludin-Forst. Die Leute dort bauen Stajja und Lusavender und weitere solche Grundnahrungsmittel an. Dort hast du deine stärkste Unterstützung, mein Lord, bei den Bauersleuten, die sich nichts dringlicher wünschen, als dass die Welt wieder normal wird.«

»Dann marschieren wir zur Thegomar-Kante«, sagte Prestimion, »und laden Korsibar ein, uns dort zu besuchen.«

»Sag mir, Prestimion«, warf Septach Melayn ein, »bieten die guten Zauberer uns auch eine Deutung der Omen an, die den Erfolg unseres Unternehmens vorhersagen?«

Prestimion schaute ganz kurz auf die Schriftrolle in seiner Hand, ließ seinen Blick kaum darüber huschen. »O ja«, sagte er. »Alle Zeichen sind günstig für uns. Also machen wir uns auf den Weg! Die Provinz Ganibairda! Der Stifgad-See! Die Thegomar-Kante!«

Der Marsch nach Osten erinnerte Prestimion irgendwie an eine große Prozession. Die Bewohner der Städte an ihrem Weg jubelten ihm fast überall als Befreier zu, während er in einem offenen Schweber mit Thismet an seiner Seite durch die Menge flog, und sprachen ihm für seine Begegnung mit Korsibar Mut zu.

Das waren die Leute, die solch große Furcht verspürt hatten, als die Nachricht die Runde machte, der Pontifex Prankipin liege im Sterben; und diese Ängste hatten sich als berechtigt erwiesen. Sie hatten geglaubt, dass auf den Tod des alten Kaisers irgendein Ärger folgen würde, und der Ärger war gekommen. Ihre Zauberer hatten ihnen gesagt, es werde Chaos herrschen, und das Chaos war da. Aus allen Provinzen kamen Berichte über Zwietracht zwischen Anhängern Prestimions und Korsibars, über verminderte Ernten, weit verbreitete Angst und sogar Panik.

Prestimion war klar, dass die Bewohner Majipoors inzwischen des Streits zwischen den rivalisierenden Königen, der dem allgemeinen Wohlstand in dieser Zeit der Unsicherheit und Feindseligkeit schwer geschadet hatte, zutiefst überdrüssig waren. Und er sah auch, dass die Ungeheuerlichkeit von Korsibars Sünde, sich selbst zum Coronal zu ernennen, nun verspätet ihre Wirkung auf das gewöhnliche Volk hatte. Eine zunehmende Anzahl von Leuten begriff, dass Korsibar der Urheber ihrer Probleme war, und zwar nicht nur die, die die Geschichte glaubten, dass er in Wirklichkeit ein Gestaltwandler war, obwohl es von denen genug gab. Alle wünschten sich sehnlichst, dass die Ordnung auf der Welt wiederhergestellt wurde. Sie hielten Prestimion für denjenigen, der die Dinge wieder ins Lot bringen würde.

Und da waren noch die nächtlichen Traumsendungen der Lady Kunigarda, die Korsibar und Confalume in ein schlechtes Licht stellten und Prestimion lobten. Kunigardas Worte hatten noch immer großes Gewicht in der Welt, besonders, da die neue Lady der Insel, Roxivail, noch nicht zu ihnen sprach. Roxivail hatte anscheinend zwar Besitz von der Insel ergriffen, doch es war ihr noch nicht gelungen, die Funktionen der Lady zu übernehmen.

Trotz all dieser Umstände, die zu seinen Gunsten sprachen, verspürte Prestimion keineswegs die Zuversicht, dass die Krone Majipoors wie eine reife Frucht von einem Baum in seine Hand fallen würde. Das Volk mochte hinter ihm stehen, ja. Die Unterstützung des Volks für seine Sache mochte jeden Tag zunehmen. Aber das brachte noch nicht automatisch den Sieg mit sich. Er musste sich noch immer mit der vollen Macht von Korsibars Heer auseinander setzen. Im Osten wartete ein fürchterlicher Feind auf ihn.

Der Marsch nach Osten führte aus Notwendigkeit einen Großteil desselben Wegs zurück, den Thismet und Melithyrrh nach ihrer Flucht aus der Burg genommen hatten. Die Frauen waren keineswegs erfreut, noch einmal all diese schrecklichen ländlichen Orte zu sehen, die wieder so dunkle Erinnerungen an Entbehrungen in ihnen weckten, aber es ließ sich nicht vermeiden, und zumindest reisten sie diesmal komfortabler und sicherer als zuvor. Eine Stadt nach der anderen blieb hinter ihnen zurück: Khatrian, Fristh, Drone, Hunzimar … Gannamunda, Kessilroge, Skeil … nun befanden sie sich auf dem trockenen, staubigen Plateau von Sisivondal, und dann waren sie in der Stadt selbst.

In Sisivondal, jenem trostlosen Ort der riesigen Lagerhäuser identischer Bauweise, wo die Straßen zur Zierde von grimmigen, langweiligen Camagandapalmen und prosaischen Lumma-Lumma-Büschen gesäumt wurden, führten die Kultisten, die unter dem Namen Betrachter bekannt waren, ein großes Fest für Prestimion auf, das sie die Prozession der Mysterien nannten. Es wäre eine schwere Beleidigung gewesen, sie zurückzuweisen, und so nahm er den Ehrenplatz ein, während die Sänger und Tänzer vorbeizogen, die Mädchen in Weiß, die den Boden mit Halatinge-Blüten bestreuten, die Riesin in dem Kostüm mit den Schwingen, die den zweiköpfigen heiligen Holzstab trug, die verschleierten Eingeweihten mit den gewachsten und kahl rasierten Köpfen.

Der Bürgermeister der Stadt erklärte ihm jede Phase der Zeremonie, und Prestimion nickte ernst und beobachtete alles mit dem Ausdruck tiefsten Interesses. Reglos schaute er zu und sagte nur wenig, während man ihm die heiligsten Besitztümer vorführte, die Lampe der Flamme, den Palmzweig mit der Schlange, die abgetrennte menschliche Hand mit dem zurückgebogenen Mittelfinger, das riesige männliche, aus Holz geschnitzte Geschlechtsorgan und all die anderen. Trotz seines Aufenthalts in Triggoin kamen Prestimion diese Dinge beunruhigend vor. In der Raserei der Tänzer lag ein Wahnsinn, und die Gegenstände, die sie verehrten, waren so seltsam, dass er sie nicht akzeptieren konnte.

»Sehet und verehrt!«, riefen die Marschierenden.

Und während Prestimion schweigend zusah, kam von den Zuschauern zur Antwort der Ruf: »Wir sehen! Wir sehen!«

Dann kam die Arche der Mysterien, die von zwei großen Skandars auf einer Holzstange getragen wurde, und dann, auf seinem Wagen aus Ebenholz und Silber, der maskierte Bote der Mysterien selbst, nackt, auf der einen Seite schwarz und auf der anderen golden angemalt, in der einen Hand seinen Amtsstab, um den sich Schlangen wanden, und in der anderen eine Peitsche.

»Sehet und verehrt!«, rief der Bote.

Und vom Bürgermeister von Sisivondal, der neben Prestimion saß, kam die Antwort: »Wir sehen! Wir sehen!«

Diesmal rief Thismet es ebenfalls: »Wir sehen! Wir sehen!« Und sie stieß Prestimion scharf mit dem Ellbogen an, und dann noch einmal, bis schließlich auch er es rief: »Wir sehen! Wir sehen!«

Und nun die Thegomar-Kante am Stifgad-See in Ganibairda. Hier senkte sich ein hoher Hügel, der an der Ostseite steil und dicht bewaldet war, im Westen zu einem breiten Sumpfgebiet namens Beldak hinab, hinter dem wiederum der See lag. Die Straße vom Westen führte am Seeufer vorbei, verlief durch den Sumpf und stieg zum Thegomar-Hügel empor, dessen Kuppe sie dann auf der Südseite überquerte.

Während der Nacht marschierte Prestimion gen Osten durch das Ackerland der Provinz Ganibairda nach Thegomar, und als er sich bei Anbruch der Dämmerung dem Westufer des Sees näherte, erhielt er die

Nachricht, dass Korsibar mit seinem gewaltigen Heer bereits hier eingetroffen sei und Stellung auf dem Hügel bezogen habe.

»Wie konnten sie wissen, dass wir hierher ziehen?«, fragte Septach Melayn wütend. »Wer ist der Spion in unserer Mitte? Räuchern wir ihn aus und ziehen ihm bei lebendigem Leibe die Haut ab!«

»Nicht nur wir haben Späher auf dem Feld«, sagte Prestimion ruhig. »Oder auch Magier, die die Omen deuten. Wir haben unsere Informationen, und Korsibar hat die seinen. Das spielt keine Rolle.«

»Aber er hält die höheren Lagen«, wandte Septach Melayn ein.

Nicht einmal das störte Prestimion. »Wir haben schon zuvor höhere Lagen von unten angegriffen, nicht wahr? Und diesmal hat er keinen Stausee, den er über uns ausgießen kann.«

Er gab den Befehl zum Weitermarsch, und während der Morgen über ihnen geboren wurde, rückten sie weiter in den Beldak-Sumpf vor.

Beim ersten Licht konnten sie Korsibars Truppen auf dem Hügel sehen. Die gesamte Kuppe schien vor Speeren eines unendlichen Menschensees zu wimmeln. In der Mitte waren zwei riesige Banner aufgerollt: das grüne und goldene, das die Anwesenheit des Coronals von Majipoor verkündete, und direkt daneben ein zweites in königlichem Blau und lebhaftem Scharlachrot, welches das Drachenemblem der uralten Familie zeigte, der Korsibar angehörte. Anderswo auf dem Hügel flatterten weitere Banner: eins am nördlichen Ende, das Prestimion als das Serithorns erkannte, etwas südlich davon Oljebbins und dahinter das Gonivauls.

Und auf der anderen Seite, am südlichen Ende der Thegomar-Kante, gegenüber von Korsibars Drachenbanner, wehte ein sich kräuselndes Banner mit einem blutroten Mond in der Mitte, das fast so groß wie das Korsibars war. Es war das des Klans von Dantirya

Sambail. Prestimion hätte nie gedacht, einmal zu sehen, dass dieses Banner gegen ihn aufgezogen wurde.

Er befahl, sofort mit der Verteilung der Truppen zu beginnen. Dies war am frühen Vormittag noch nicht abgeschlossen, als ein Mann mit der weißen Flagge eines Boten Korsibars Reihen verließ und zu den ihren hinüberritt. Er brachte eine Nachricht vom Großadmiral Gonivaul, der Prestimion aufforderte, einen Vertreter zu sofortigen Verhandlungen auf das freie Feld zu schicken. Er schlug Herzog Svor als geeignete Wahl vor, ja verlangte sogar, dass man Svor schickte.

»Gonivaul hat uns sechsmal hintergangen«, sagte Gialaurys sofort. »Warum sollten wir unseren Atem verschwenden, mit einem wie ihm zu verhandeln?«

»Und was wird er uns anbieten?«, fragte Septach Melayn. »Begnadigungen für alle und große Landsitze auf dem Berg, wenn wir schwören, brave Untertanen zu sein und keinen Ärger mehr zu machen? Schick ihm deinen Fehdehandschuh, Prestimion.«

Aber Prestimion schüttelte den Kopf. »Wir sollten uns anhören, was sie zu sagen haben. Das kann uns nicht schaden. Svor, wirst du gehen?«

Der kleine Herzog zuckte mit den Achseln. »Natürlich, wenn du es möchtest.«

Also ritt Svor zu einer Stelle mitten auf dem freien Feld und wartete dort eine Weile. Schließlich erblickte er Gonivaul, der die Hügelstraße herabritt und sich ihm durch das Sumpfgelände näherte. Der Großadmiral wirkte in seiner Rüstung dermaßen unförmig, dass er noch massiger als sogar Farholt oder Gialaurys zu sein schien, und sein Helm senkte sich bis auf seine Stirn, sodass man von seinem Gesicht nur die Augen und den dichten schwarzen Bart sehen konnte. Er stieß seinen langen, vorstehenden Kiefer wie einen Speer in Svors Richtung.

Schwerfällig stieg er von seinem Reittier ab, und eine Weile stand er einfach da und betrachtete Svor, der

schweigend wartete. »Ich bin auf Korsibars Geheiß gekommen«, sagte der Admiral dann, »und er hat ausdrücklich darum gebeten, dass ich mit dir spreche. Er
hat dich noch immer gern, Svor; weißt du das? Er
spricht oft von der Freundschaft, die in vergangenen
Zeiten zwischen euch beiden bestand, und er befürchtet, dass du bei der heutigen Schlacht zu Schaden
kommst. Diese Möglichkeit stört ihn sehr.«

»Nun«, sagte Svor, »wenn er so fühlt, kann er seine
Truppen abziehen und in Frieden zu einem anderen
Ort marschieren, und alles wird gut sein.«

Gonivaul wirkte nicht im Geringsten belustigt. »Der
Coronal Lord Korsibar hat mich hierher geschickt, weil
er dir in Frieden die Hand reichen will, Svor. Stell deinen Spott einmal beiseite. Das könnte dir das Leben
retten.«

»Geht diese Verhandlung nur darum? Ist sie nichts
weiter als eine persönliche Einladung an mich, mich zu
ergeben?«

»Nicht zu ergeben, sondern deine Treue wieder dem
großen Lord zurückzugeben, der einst dein Freund
war. Prestimion ist verloren, Svor. Wir wissen das, und
in deinem Herzen weißt du es bestimmt auch. Sieh dir
euer Heer an, und die Stellung, die es einnimmt. Sieh
dir seines an. Du weißt, welches Ergebnis der heutige
Tag bringen wird. Warum für ihn sterben? Wenn wir
sterben, sind wir für immer tot, Svor. Die Toten trinken
keinen Wein und kennen keine Umarmung einer Geliebten.«

»Zum letzten Mal«, sagte Svor, »habe ich dich im
Haus Muldemar gesehen, wo wir alle reichlich Wein
tranken, besonders du, und ich habe gehört, wie du
Prestimion deine Unterstützung zusichertest. Du würdest deine Pflicht tun, hast du ihm gesagt, und helfen,
die Welt auf den richtigen Weg zurückzubringen. Du
würdest dies tun, auch wenn es Gefahren für deine
persönliche Stellung mit sich brächte. Das waren deine

eigenen Worte, Admiral. Natürlich warst du ein wenig betrunken, als sie über deine Lippen kamen, aber das hast du gesagt. Wie ich sehe, hat das Streben, deine Pflicht zu tun, dich irgendwie zu Prestimions Widersacher gemacht. Und nun willst du, dass ich dasselbe tue? Ihm meinen Rücken zuwenden und mit dir sofort auf die andere Seite überlaufen?«

»Das wohl kaum, Svor«, sagte Gonivaul mit steinerner Stimme. »Nichts so Unverfrorenes.«

»Was dann?«

»Bleib während der Schlacht auf deiner Seite des Feldes. Etwas anderes kannst du kaum tun. Aber geh mitten im dicksten Kampfgetümmel zu Prestimions Hauptmännern und lass sie nacheinander wissen, dass Korsibar sie gut behandeln wird, wenn sie im Laufe des Tages Prestimion die Treue entziehen. Sag ihnen, dass es keinen Grund gibt, ihr Leben für eine verlorene Sache aufzugeben, und dass sie belohnt werden, wenn sie ihn im Stich lassen. Tu es leise, aber tue es. Gewähre uns deine Unterstützung, und Korsibar wird dich so reich belohnen, wie du es dir nicht einmal in deinen wildesten Träumen vorstellen konntest. Du musst nur eine Bitte an ihn richten, und er wird sie erfüllen. Nichts wird dir verweigert werden. *Nichts.* Nicht einmal ein Platz in der Familie des Coronals, falls du ihn haben möchtest. Verstehst du, was ich dir sage, Svor?«

»Ich glaube schon.«

»Doch wenn du deinen eingeschlagenen Weg beibehältst, wirst du heute mit Sicherheit auf dem Schlachtfeld sterben, zusammen mit Prestimion und Septach Melayn und all den anderen. So viel ist gewiss. Die Sterne haben uns unseren Sieg gezeigt. Es kann keinen Zweifel am Ergebnis geben.«

»Keinen?«

»Keinen.« Gonivaul nahm den Helm ab, sodass sein dichter Haarschopf von seiner Einsperrung befreit wurde, und reichte Svor die Hand. »Du kennst unser Angebot. Sag mir, dass du darüber nachdenkst, und dann sollten wir zu unseren Plätzen zurückkehren.«

Svor berührte kurz Gonivauls Hand. »Ich werde sorgfältig darüber nachdenken«, sagte er. »Teile das dem Coronal Lord Korsibar mit. Und sag ihm auch, dass ich mich mit größter Wärme an die alten Zeiten unserer Freundschaft erinnere.«

Er wandte sich ab, stieg auf sein Reittier und ritt zu Prestimions Linien zurück. Mit einigem Erstaunen dachte er dabei darüber nach, wie es wäre, der Schwager des Coronals und der Gatte der Lady Thismet zu sein; um das zu bekommen, müsste er nur einen Akt des Verrats gegen Prestimion begehen, der nicht größer war als die Akte, die bereits Gonivaul, Oljebbin, Serithorn und Dantirya Sambail begangen hatten. Es wäre ein gutes Geschäft. Verrat schien sich dieser Tage wie eine Epidemie auszubreiten.

»Nun?«, fragte Prestimion, nachdem Svor zurückgekehrt war. »Was hat er dir gesagt?«

»Dass man mich sehr gut belohnen wird, wenn ich überlaufe und einige deiner Hauptmänner mit mir auf Korsibars Seite ziehe.«

»Ach«, sagte Prestimion. »Das hat er dir gesagt. Wie gut will er dich belohnen?«

»Wirklich sehr gut«, sagte Svor lediglich, mehr aber nicht.

»Und was hast du ihm daraufhin gesagt?«, fragte Septach Melayn.

»Nun, dass ich sehr sorgfältig über sein Angebot nachdenken werde«, sagte Svor. »Kein vernünftiger Mensch hätte etwas anderes gesagt.«

9

Den ganzen Tag über und bis weit in die Nacht standen die gegnerischen Heere sich auf beiden Seiten des Beldak-Sumpfs gegenüber, ohne sich zu bewegen; und als die Dämmerung sich näherte, gab Prestimion den Befehl, die Thegomar-Kante zu erklimmen.

»Sie haben ihre Kräfte gut verteilt«, sagte Septach Melayn.

»Das sehe ich. Wir schlagen wieder an ihrer stärksten Stelle zu. Wenn wir sie dort brechen, werden die anderen sich schnell ergeben.«

Die Truppen der Royalisten hatten sich in einer gewaltigen Anordnung auf der Kuppe des Hügels verschanzt, besetzten ihn von einem Ende bis zum anderen, standen Schulter an Schulter und bildeten einen festen Schilderwall. Korsibars vorderste Männer, die Kettenhemden trugen und mit Speeren, Lanzen, zweischneidigen Schwertern und schweren, langstieligen Äxten bewaffnet waren, bildeten einen Furcht einflößenden Anblick. Man konnte noch nicht ausmachen, was sich hinter ihnen befand, doch Prestimion hatte Mitteilungen über eine gewaltige Horde von Männern erhalten, die sich bis in den Wald auf der Ostseite des Thegomar erstreckten, und als die Hierax-Späher sich auf ihren Vögeln erhoben, bestätigten sie diese Meldungen: So weit sie sehen konnten, dehnten sich Truppen nach Osten aus.

»Der Göttliche wird heute mit dir sein«, sagte Thismet, als Prestimion sich darauf vorbereitete, auf das Feld zu gehen, und küsste ihn vor allen Männern zärtlich. Doch er sah Widerstreit und Anspannung auf ihrem Gesicht und Furcht in ihren Augen und wusste, dass diese Furcht nicht nur ihm galt. Es gab da eine Verbindung zwischen Bruder und Schwester, die er erst ansatzweise begriff.

Prestimions Heer wurde in drei Abteilungen aufgestellt. In der Mitte befanden sich die kampferprobten Männer, die bereits in früheren Schlachten angetreten waren. Sie standen unter seinem direkten Kommando, und Septach Melayn und Gialaurys waren neben ihm. Zu seiner Linken befanden sich die Truppen Spalirises' von Tumbrax und die Männer der sechs Städte vom Fuß des Berges, über die Prestimions Bruder Abrigant den allgemeinen Befehl hatte, und auf der anderen Flanke waren Gynim von Tapilpil und sein Korps der mit Schleudern bewaffneten Krieger an der Spitze der erst vor kürzerem rekrutierten Soldaten postiert. In jeder Abteilung bildeten die leicht bewaffneten Fußsoldaten mit ihren Bögen und Armbrüsten die Front, die schwer bewaffnete Infanterie mit Speeren die zweite und die Kavallerie die dritte Reihe.

»Den Hang hinauf«, befahl Prestimion. »Durchbrecht beim ersten Vorsturm den Schilderwall, und sie werden in Panik in die Wälder fliehen.«

Beim ersten Licht begann der Vorstoß. Prestimions Bogenschützen gaben ihnen Deckung; die Pfeile flogen, und zwar nur hügelaufwärts. Von oben erfolgte kaum eine Antwort, denn Korsibar hatte offensichtlich kaum Bogenschützen in seinem Heer. Die Fußsoldaten der Rebellen liefen freudig auf den Feind zu, und Prestimions schwerere Infanterie stapfte hinter ihnen her und bellte einen wüsten Siegesgesang.

Doch die Schildwand hielt. Diese Linie war stärker und viel entschlossener, als Prestimion vermutet hatte.

Seine vorderste Linie prallte dagegen, doch die undurchdringliche Barriere gab nicht nach, und die Angreifer wurden mit einem wütenden Hagel von Wurfgeschossen empfangen, Speere, Lanzen, Äxte, Wurfspieße, das gesamte uralte Kriegsgerät, das eher zu einem primitiven Land als zu diesem großen Königreich gepasst hätte. Und dann teilte sich fast am linken Ende die Schildwand plötzlich, und eine Batterie von

Energiewerfern wurde vorgeschoben, die hellrote Blitze in den rechten Flügel von Prestimions Streitmacht schleuderte. Das war ein Furcht erregender Anblick. So plump und schwierig die Energiewerfer auch zu bedienen sein mochten, erzeugten sie doch einen gewaltigen Lärm, und wo sie ihr Ziel trafen, richteten sie schrecklichen Schaden an.

»Position halten!«, rief Prestimion. »Diese Geräte sind unzuverlässig! Es ist kaum möglich, mit ihnen zu zielen!«

Doch angesichts dieser hellen, zerstörerischen Stöße roher Energie war es schwer, die Stellung zu halten, und fast unmöglich, weiter vorzurücken, so zufällig und ungezielt die Schüsse auch sein mochten. Nur wenige von Prestimions Männern hatten zuvor schon einmal Energiewerfer gesehen. Die Zuversicht, die sie schnell und eifrig hügelaufwärts getragen hatte, geriet ins Wanken und verließ sie. Unsicherheit kam unter ihnen auf, die schon bald zu Unordnung und dann zum Chaos auf der rechten Rebellenflanke führte. Männer wichen zurück, gaben die Formation auf, drehten sich um und flohen den Hügel hinab in das Sumpfland am Fuß des Hangs.

Prestimion spürte fast körperlich, wie das Blatt sich zu wenden drohte. Er hatte den Eindruck, dass seine gesamte Streitmacht während eines Augenblicks von einem zuversichtlichen Heer in einen in hektischen Rückzug begriffenen Haufen verwandelt worden und die Schlacht in genau diesem Augenblick verloren gegangen war. Korsibars Kavallerie war bereits durch Lücken im Schildwall hervorgeprescht, begann mit einem langsamen und gleichmäßigen Vorstoß den Hügel hinab und richtete dabei schrecklichen Schaden an.

Prestimion ritt hin und her, versuchte überall zugleich zu sein, selbst in der vordersten Linie, und drängte seine Männer, nicht zurückzuweichen. Dann hörte er, dass sein Reittier ein leises Seufzen von sich gab, wie er es noch nie zuvor von einem gehört hatte, und es sank so plötzlich auf die Vorderläufe, dass er fast über dessen Kopf hinweg aus dem Sattel geworfen wurde. Eine Blutfontäne schoss aus der Brust des Tiers, die irgendein ungezielter Speer zufällig getroffen hatte. Prestimion befreite sich gerade noch rechtzeitig aus den Steigbügeln und sprang zu Boden, als das Tier auf die Seite fiel.

»Prestimion! Hinter dir!«

Er wirbelte mit all seiner Schnelligkeit herum. Und sah die kalten Augen und das scharf geschnittene Gesicht Mandraliscas des Giftkosters, der wütend mit erhobenem Schwert auf ihn zulief. Prestimion gelang ein schneller Ausfall und er wehrte sofort danach einen zweiten Schlag ab. Und noch einen und noch einen, und noch einen, ohne Unterlass.

Dantirya Sambail hat seinen Mann eigens ins Herz der Schlacht geschickt, um mich zu töten, wurde Prestimion klar. Das werde ich mir für später merken, falls es ein Später für mich gibt.

Dieser Mandralisca war eindeutig ein Dämon von Schwertkämpfer und mit Stahl genauso gut wie an jenem Tag der Spiele im Labyrinth mit dem Holzstab. Prestimion hatte die sicheren und geschickten Bewegungen des Vorkosters nicht vergessen, die Schwindel erregenden Finten und Drehungen, die Schnelligkeit seiner Handgelenke, die Schläge mit dem Stab, die so schnell wie Blitze erfolgten. Mandraliscas Fertigkeiten hatten Prestimion an jenem Tag fünf Kronen von Septach Melayn eingebracht. Aber er hatte nie damit gerechnet, in einem Kampf auf Leben und Tod gegen ihn bestehen zu müssen.

Mandralisca setzte zu neuen schnellen Schlägen an. Prestimion parierte und parierte erneut und brachte einen eigenen Schlag zustande, dem der Giftkoster mit größter Agilität auswich. Nun nutzte Prestimion den Vorteil aus. Mandralisca war beim Angriff besser als bei der Verteidigung, doch seine Schnelligkeit leistete ihm auch in dieser Hinsicht gute Dienste, und nach jeder Abwehr leitete er sofort wieder einen nicht minder heftigen Angriff als zuvor ein. Sogar Septach Melayn hätte Probleme bekommen, mit ihm fertig zu werden. Und Prestimion kannte bisher keinen Gegner, der es mit Septach Melayn hätte aufnehmen können.

Sie bewegten sich auf dem überfüllten, lauten Schlachtfeld in einer privaten kleinen Arena, die einzig ihnen gehörte, hin und her. So schnell Prestimion auch sein mochte, ihm war lediglich möglich, Mandraliscas diabolisch flinke Schläge abzuwehren. Immer wieder stach das Schwert auf ihn ein; jedes Mal brachte Prestimion eine Parade zustande, aber stets nur gerade noch rechtzeitig, und seine eigenen Schläge verfehlten das Ziel, während Mandralisca spöttisch zurücktänzelte. Die Schnelligkeit des Giftkosters war beeindruckend, die Handhabung seiner Waffe unorthodox, aber meisterhaft. Da Prestimions Leben in Gefahr war, konnte er der Schlacht unmöglich Beachtung schenken. Bei ihm stellte sich der vage Eindruck wirbelnder Kräfte und des allgegenwärtigen Chaos ein, doch für ihn lief das Gefecht nur noch auf den Kampf gegen einen einzigen Gegner hinaus.

Und einen Augenblick lang hatte es den Anschein, dass für ihn alles zu Ende war. Der Giftkoster griff ihn mit einer so verwirrenden Abfolge von Schlägen an, die aus fünf Richtungen gleichzeitig zu kommen schienen, dass Prestimion trotz all seines Wirbelns und Hüpfens nicht allen davon ausweichen konnte. Heißer Schmerz fuhr seinen linken Arm entlang, als Mandraliscas Klinge ihn dort traf. Er schwang herum und nahm eine reine Abwehrhaltung ein, während der Giftkoster nachsetzte, um ihm den tödlichen Schlag zu verabreichen. Doch diesmal gelang es Prestimion, die Klinge zur Seite zu schlagen und sogar in die Offensive zu gehen.

Plötzlich schien Mandralisca müde zu werden. Prestimion stellte fest, dass er wie ein temperamentvoller Läufer war, der bei kurzen Spurts seine besten Leistungen brachte. Seine Ausdauer entsprach keineswegs seiner blendenden Schnelligkeit. Der Giftkoster hatte alles auf einen beängstigend starken schnellen Angriff gesetzt, sich aber verausgabt, ohne sein Ziel erreicht zu haben. Seine Paraden waren nun nicht mehr so sicher, seine offensiven Schläge wurden immer seltener. Die Boshaftigkeit seines Blicks wurde nun von Erschöpfung gemildert. Prestimion spürte seinen Vorteil und bedrängte den Gegner in der Hoffnung, einen entscheidenden Schlag landen zu können. Einen Augenblick lang glaubte er, Mandralisca sei seiner Gnade ausgeliefert. Doch dann schlug die Kampflinie ungeordnet über ihm zusammen, und er wurde von ihrem tosenden Wahnsinn verschluckt und durch fünf oder sechs schreiende Kämpfer von dem Giftkoster getrennt, die sich zwischen sie schoben. Sie fegten Prestimion beiläufig zur Seite, während sie, in ihrer Wut zu einer geschlossenen Gruppe vereint, in einer Raserei der Blutgier aufeinander einschlugen und dann weiterzogen. Und als sie sich verzogen hatten, war von seinem Widersacher nichts mehr zu sehen.

Als Prestimion innehielt, um tief durchzuatmen und sich inmitten all dieser Verwirrung auf dem Schlachtfeld umzusehen, hörte er, wie jemand plötzlich laut und verzweifelt aufschrie und dann rief: »Prestimion ist gefallen! Prestimion ist gefallen!«

»Prestimion ist gefallen!« Augenblicklich war der Ruf auf dem ganzen Schlachtfeld zu hören. »Prestimion ist gefallen!«

Es war wie ein kalter Wind, der über das Feld wehte. Seine Auswirkungen waren überall zu spüren. In einem einzigen Augenblick schlug der Schwung der Schlacht, der schon ein wenig bei Korsibar gelegen hatte, vollends auf dessen Seite um. Triumphierend stürmten

Horden seiner Männer den Hügel herab, und Prestimions Leute, in deren Linien kaum noch Ordnung war,
wichen mut- und hilflos vor ihnen zurück.

Gialaurys kam von irgendwoher angeritten und
beugte sich zu Prestimion herab, der dem Geschehen
bestürzt zusah, auf sein Schwert gestützt, weil er sich
noch nicht vollständig von den Anstrengungen seines
Kampfs gegen Mandralisca erholt hatte. »Schnell! Zeig
dich ihnen!«, rief Gialaurys. Und sprang mit einem
schnellen Satz von seinem Reittier herab und hob Prestimion so mühelos in den Sattel, als wäre der nur ein
Kind.

Prestimion entblößte den Kopf und erhob sich in den
Steigbügeln, während er an den in Auflösung begriffenen Reihen seiner Männer auf und ab ritt. »Hier bin
ich!«, rief er mit einer Stimme, die den Himmel aufreißen konnte, und fand irgendwo Kraft und schickte einen Pfeil hügelaufwärts, der einen Royalisten fällte,
und dann einen zweiten und einen dritten, alle drei
unmittelbar hintereinander. Sein Arm zitterte von der
Wunde, die er durch Mandraliscas Hand erlitten hatte,
aber er hielt den Bogen weiterhin hoch.

Auch Gialaurys lief hin und her, rief und deutete auf
Prestimion, um den Männern zu zeigen, dass er noch
lebte. Als sie sein blondes Haar erblickten und sahen,
dass er den großen Bogen schwang, hob sich ein anderer Ruf: »Prestimion! Prestimion! Lord Prestimion lebt!«
Sie fassten neuen Mut. Rechts setzte sich der ungeord-
nete Rückzug fort, doch überall sonst formierten sich
die Rebellenlinien neu, und auf der starken linken Flanke stießen Spalirises und Abrigant langsam vor, marschierten hügelaufwärts auf die große Front der königstreuen Truppen zu.

Nur, um ein zweites Mal zurückgeworfen zu werden, davon war Prestimion überzeugt. Er verspürte
kurzzeitig Verzweiflung. Seine Zuversicht hatte dazu
geführt, dass er sich bei der Planung dieses Angriffs

übernommen hatte. Sie konnten den Hügel unmöglich einnehmen. Eine neue Strategie war vonnöten, und zwar sofort.

Und dann kam Septach Melayn herangeritten und rief in Prestimions Ohr: »Schau dort, wo unsere rechte Flanke zurückfällt! Ist das zu fassen? Korsibars Infanteristen folgen ihnen den Hügel hinab!«

Prestimion sah ungläubig hinüber. Es war wie ein Geschenk vom Himmel.

»Das ist der Augenblick, auf den wir gewartet haben«, sagte er.

In der Tat hatte die gesamte Seite von Korsibars Schildwall gegenüber den fliehenden Rebellen überstürzt die undurchdringliche Reihe geöffnet und verfolgte sie den Hang herab, womit sie den großen Vorteil ihrer Position aufgab. Ein Geschenk, ja, ein Geschenk des Göttlichen!

Prestimion erteilte den Befehl, den Rückzug auf der rechten Seite fortzusetzen, ja sogar zu verstärken. Jeder in diesem Flügel, ohne Ausnahme, sollte sich umdrehen und fliehen und dabei großes Entsetzen und Panik zeigen. Der vorgetäuschte Rückzug lockte den Feind, der den Sieg für greifbar nahe hielt, den Hügel herab.

Doch gleichzeitig zog Prestimion eine Schar von frischen Bogenschützen auf die linke Seite und befahl ihnen, ihre Pfeile hoch in die Luft zu schießen, damit sie hinter den Schilden der Königstreuen niedergingen. Und auf ein Zeichen preschte Herzog Miaules Kavallerie in das Kampfgetümmel, ritt schnell den Hügel hinauf, umzingelte die Royalisten, die sich von ihrer Linie abgesondert hatten, und nahm ihnen jede Hoffnung auf Flucht.

Der Schwung, der kurz zuvor Korsibar so stark begünstigt hatte, wandte sich nun schnell in die andere Richtung.

Als Miaules Männer unerwartet von der Seite kamen,

geriet Korsibars gesamte Streitmacht in Sekundenschnelle an den Rand des völligen Chaos. Die einschüchternde Batterie der Energiewerfer hatte ihr Feuer eingestellt; in dem verrückten Gewühl konnten die Schützen nicht mehr Freund von Feind unterscheiden, und einige hatten aufgrund der Fehlfunktionen ihrer schlecht konstruierten Geräte den Tod gefunden. Als das grelle Licht der letzten Energiestöße verblichen war, fegten Rebellen auf Reittieren über die gegnerische Befestigung, fielen über sie her und schlugen wütend mit den Schwertern zu. Die Reihen der Königstreuen wurden gebrochen, die Soldaten sofort zerstreut. Überall auf dem Feld wurden Männer zu Tode getrampelt und niedergestochen. Einige, die nicht mehr aufstehen konnten, krochen der Sicherheit entgegen, andere liefen. Prestimion wusste, dass er nun seine letzte Waffe ins Spiel bringen musste.

»Die Zauberer!«, rief er. »Sie sollen vortreten!«

Die Magier marschierten in einer geschlossenen Gruppe aus dem Lager vor: der alte Gominik Halvor, den Prestimion aus Triggoin hatte kommen lassen, sein Sohn Heszmon Gorse und etwa ein Dutzend weitere hohe Magier aus der Stadt im Norden, Männer, die auf der ganzen Welt wegen ihrer Kenntnisse der mystischen Künste berühmt waren. Sie alle trugen ihre feierlichsten Insignien und die Geräte ihres Gewerbes in den Händen. Eine gewaltige Bestürzung stieg in Korsibars Männern auf dem Hügel auf, als sie diese Prozession aus Prestimions hinteren Linien auftauchen sahen. Von einer Phalanx von Prestimions vertrauenswürdigsten Kriegern geschützt, schritten die Magier über die Ebene. Begleitet vom Schallen der Trompeten und Schmettern der Kannivangitali, bauten sie sich in einem Kreis auf, stimmten einen ernsten, dröhnenden Sprechgesang an, entzündeten Scheiterhaufen und ließen blaue Flammen in den Himmel aufsteigen.

Es war fast Mittag. Die Sonne stand hell über ihnen.

Doch innerhalb von Sekunden bewölkte der Himmel sich, und die Sonne schien schwächer zu leuchten, und dann senkte die Schwärze einer mondlosen Mitternacht sich über das Feld, und alle, die in Kämpfe verstrickt waren, wurden so tief von dieser Dunkelheit eingehüllt, dass sie kaum noch ein Dutzend Schritte weit sehen konnten.

Prestimions Männer waren gewarnt worden, dass dies geschehen würde. Korsibars Männer nicht, und sie gerieten in eine schreckliche Verwirrung.

»Jetzt!«, rief Prestimion. »Jetzt! Wieder den Hügel hinauf, und schlagt sie in Stücke!«

Und als die verwirrten Königstreuen den letzten Rest an Disziplin verloren, in hilfloser Unordnung durcheinander liefen und sich im Kreis zu drehen begannen, erklang überall auf dem Schlachtfeld der hallende Ruf von Prestimions Hauptmännern: »Jetzt! Jetzt! Jetzt! Jetzt!«

Gialaurys sah in der Dunkelheit einen Ort vor sich, der noch dunkler als alles andere war; und als seine Augen sich an die Veränderung gewöhnt hatten, die über das Schlachtfeld gekommen war, wurde ihm klar, dass die Dunkelheit vor ihm ein Mann war, der breit wie eine Wand war, und er wusste, dass er seinem alten Feind gegenüberstand, dem brutalen Farholt.

»Möchtest du noch einmal ringen, mein guter Lord, oder sollen wir es mit den Breitschwertern erledigen?«, fragte Gialaurys. »Denn so oder so, jetzt ist dein letzter Augenblick gekommen.«

Farholts Antwort bestand in einem barschen Grunzen und einem mächtigen, nach unten geführten Schlag mit seinem Schwert, den Gialaurys gerade noch in der Dunkelheit sehen und abwehren konnte. Doch Farholt schlug mit teuflischem Zorn noch einmal und noch einmal und noch einmal zu, drei laut scheppernde Streiche, gegen die Gialaurys sich mit Mühe verteidigen konnte, und dann folgte ein vierter Schlag, der gegen seinen Helm prallte und ihn taumelnd zurückwarf, wie er auch an jenem Tag getaumelt war, als er bei den Spielen im Labyrinth mit Farholt gerungen hatte. In seinem Kopf drehte sich alles; er ging ein paar Schritte zurück, damit Farholt ihn aus den Augen verlor, und hörte dann, wie sein Feind in der seltsamen Mittagsnacht rief: »Wo bist du, Gialaurys? Komm: Wir müssen hier eine alte Angelegenheit zu Ende bringen. Denn dies ist der letzte Wettkampf, und dein Kadaver wird heute Abend die Miluftavögel nähren.«

»In der Tat, wir müssen eine alte Angelegenheit klären«, sagte Gialaurys, der noch immer benommen und völlig durcheinander war. Doch nun hatte sich ein so heißer Zorn in ihm entzündet, wie er ihn noch nie zuvor verspürt hatte. »Deine Leiche oder meine, Farholt, wahrlich Fleisch für die Miluftas. Beide werden wir diesen Ort nicht verlassen.« Und er sprang zu der Stelle zurück, wo er Farholt wähnte, und ergriff sein Schwert mit beiden Händen und schwang es in der Dunkelheit mit solcher Kraft seitwärts durch die Luft, wie man sie nur einmal im Leben aufbringen kann. Durch und durch wurde er von Hass und Abscheu und Verachtung für diesen Mann zerfressen, der ihn so lange heimgesucht hatte. Als er spürte, dass seine Klinge gegen Farholts Schwert zu prallen drohte, der zu parieren versuchte, drehte er das Schwert und trieb es mit derselben Bewegung weiter, und noch weiter, durchtrennte die Rüstung um Farholts Taille, als bestünde sie nur aus Papier, und schnitt tief in Farholts Seite, fast bis zu seinem Rückgrat. Farholt gab ein leises, blubberndes Geräusch von sich und brach gekrümmt zusammen, und der über ihm stehende Gialaurys hob erneut sein Schwert, doch selbst in der Dunkelheit wurde ihm klar, dass ein zweiter Hieb überflüssig war, denn mit dem wahnsinnigen ersten hatte er Farholt fast in zwei Hälften geschnitten.

Auf einem anderen Teil des Feldes fand sich Herzog Svor, der nur an der Schlacht teilnahm, weil er keine anständige Möglichkeit sah, sich von ihr fern zu halten, im Kampf mit einem Gegner wieder, der nicht größer als er selbst war, ergriff den Mann, ohne großartig darüber nachzudenken, mit einer Hand an der Schulter und zog ihn zu sich heran, sodass er ihm ins Gesicht sehen konnte. Und am harten Funkeln der Augen erkannte er in ihm keinen anderen als den Hohen Berater Farquanor mit der eiskalten Seele, den er schon immer stärker verabscheut hatte als jeden anderen Menschen auf der Welt.

»Ich hätte nicht gedacht, dich auf diesem Schlachtfeld zu finden«, sagte Svor zu ihm. »Denn du bist kein Krieger, nicht wahr, Farquanor?«

»Und du auch nicht, würde ich sagen. Und doch sind wir hier. Was glaubst du, warum wohl?«

»Ich, weil ich meinem Freund treu ergeben bin. Und du, nehme ich an, weil du hoffst, einen weiteren Vorteil von Korsibar zu erlangen, indem du ihm deine Tapferkeit zeigst, zumindest so viel, wie in dir steckt. Komme ich damit der Wahrheit nah?« Während er sprach, hielt Svor den sich windenden Farquanor am Kragen fest und drückte auf das Schlüsselbein darunter.

»Lass mich los, Svor. Wir beide haben keinen Streit miteinander, du und ich. Sollen diese großen, rülpsenden Tiere sich doch gegenseitig abschlachten; aber warum sollten wir kämpfen? Wir sind natürliche Verbündete des Geistes.«

»Ach, auf einmal?« Svor lachte. »Sag mir eins, mein geliebter Verbündeter: Hast du es dir ausgedacht, Gonivaul zu überreden, mir bei den Verhandlungen Thismet als Preis für meinen Verrat anzubieten? Denn das trug eindeutig deine Handschrift.«

»Lass mich los«, wiederholte Farquanor. »Wir können ein andermal, an einem anderen Ort, über diese Dinge sprechen. Komm, Svor, fliehen wir von diesem

Feld und überlassen wir all die Verrückten ihrer Vernichtung.«

»Ach, nein. Ich glaube, ich werde endlich einmal ein Held sein. Denn für mich ist die Zeit gekommen, Prestimion zu beweisen, dass ich tapfer sein kann, zumindest, wenn ich es mit Leuten wie dir zu tun habe.«

Mit diesen Worten zog er das Schwert, das er in seinem Leben so selten geschwungen hatte, und trat einen Schritt zurück, um Farquanor damit zu durchbohren. Doch als Svor vorsprang, zog Farquanor einen Dolch hervor, den er an seiner Hüfte getragen hatte, und rammte ihn mit einem schnellen Stoß in Svors Bauch. Es war nur zu erwarten, dachte Svor traurig, dass Farquanor auf eine kleine, verborgene Waffe zurückgreifen würde. Aber es ließ sich nicht vermeiden, und so bohrte sich die scharfe Spitze in seinen ungeschützten Leib. Er spürte, wie ihr Feuer wie ein Bach aus geschmolzenem Metall durch seine inneren Organe floss. »Gut gemacht«, murmelte Svor. »Du bleibst bis zum letzten Atemzug du selbst, Farquanor.« Und als er dies sagte, trieb er sein Schwert durch Farquanors Leib, sodass es auf der anderen Seite wieder heraustrat, was die beiden in eine enge Umarmung miteinander brachte. Sie brachen gleichzeitig zusammen, noch immer in dieser seltsamen Umklammerung vereint, und ihr Blut vermischte sich auf dem Schlachtfeld.

Prestimion hatte sein zweites Reittier verloren, dasjenige, das Gialaurys ihm gegeben hatte. Es war unter ihm erschlagen worden, als er durch die schwarze Mittagszeit ritt und seinen Männern Befehle zurief. Er schlang den Bogen über den Rücken, nahm das Schwert in die Hand und setzte den Weg zu Fuß fort. Als der Zauberspruch der Dunkelheit nun schwächer wurde, drang wieder ein wenig Licht durch, und er sah überall auf dem Schlachtfeld Tote und Sterbende. Hier und da fanden in dem allgemeinen Durcheinander noch kleinere

Gefechte statt, doch er hatte den Eindruck, dass das Blatt sich nun endgültig zu seinen Gunsten gewendet hatte.

Von dem Wall der Männer mit Schilden, die Korsibar auf dem Hügel postiert hatte, war nichts mehr zu sehen, und er konnte auch keine festen Formationen mehr ausmachen: Die beiden Heere waren konfus und chaotisch auf halber Höhe des Hügels aufeinander geprallt, und die Rebellentruppen schienen einen Ring um die aufgeriebenen Königstreuen zu bilden und sie immer enger in eine Falle zu drängen, aus der es kein Entrinnen gab.

Er hielt nach Septach Melayn Ausschau, nach Gialaurys, nach Abrigant, nach irgendeinem vertrauten Gesicht. Keinen von denen fand er, doch kurz darauf sah er in der Tat einen Bekannten, wenngleich ihm dies keine Freude bereitete. Aus der schwächer werdenden Dunkelheit kam Dantirya Sambail auf ihn zu, in einer prachtvollen Rüstung, die allerdings etwas Schlamm und ein paar Kratzer abbekommen hatte. In der einen Hand hielt er ein blankes Schwert, in der anderen eine grobe Bauernaxt. Zuerst der Lakai und jetzt der Herr, dachte Prestimion. An diesem Tag bekam er es mit einem Übermaß an Bösem zu tun.

Mitten auf diesem abscheulichen Feld stieß Dantirya Sambail ein fröhliches Jauchzen aus.

»Nun, Vetter Prestimion, hier sind wir! Sollen wir kämpfen? Der Sieger wird Coronal, denn Korsibar ist bestimmt schon an seiner eigenen Galle erstickt, als er mit ansehen musste, wie deine Zauberer aus Triggoin seinen sicheren Sieg in eine Niederlage verwandelten. Damit sind nur noch wir beide als Streiter um den Thron übrig. Zauberer, Prestimion! Wer hätte das je von dir gedacht?«

Und der Prokurator lachte wild wie nie zuvor, hob die Axt und schwang sie durch die Luft.

Hätte der starke, weit ausholende Schlag getroffen,

hätte er Prestimions Arm an der Schulter abgetrennt. Doch Prestimion trat schnell vor und riss sein Schwert so hoch, dass sein Heft gegen den Griff der sich senkenden Axt prallte und sie zur Seite zwang. Dann schob er sein Gesicht vor das Dantirya Sambails und sah tief in die wunderschönen, verräterischen Amethystaugen des hässlichen, diabolischen Mannes.

»Leg die Axt nieder, Vetter«, sagte er, »und mach dem Krieg zwischen uns ein Ende. Ich will dir nicht das Leben nehmen; aber wenn du mich dazu zwingst, werde ich es tun.«

»Du bist ein großzügiger Mann, Prestimion. Deine Seele ist sehr groß«, sagte der Prokurator mit einem weiteren rauen, brüllenden Gelächter, und seine Augen wurden Kugeln aus loderndem purpurnem Feuer. Er beugte sich ein wenig zu Prestimion hinab, um ihn zu Boden zu werfen, denn Dantirya Sambail war einen halben Kopf größer und vielleicht doppelt so schwer. Aber Prestimion sprang schnell zurück. Seine Hand hielt ein leichtes Rapier, wohingegen der Prokurator mit einem schweren Säbel bewaffnet war, und seine Waffe war größenmäßig deshalb genauso unterlegen wie er: Aber er hatte nun einmal ein Rapier, und er würde es benutzen.

Du bist jetzt nicht Prestimion von Muldemar, sagte er sich. *Du musst Septach Melayn sein, oder du bist so gut wie tot.*

Jahrelang hatte Prestimion mit leidenschaftlichem Vergnügen Septach Melayns Fechtkunst beobachtet. Es war eine Fertigkeit von vollkommener Schönheit. Es war Versdichtung, es war Musik, es war Mathematik. Es war auch eine Sache der Schnelligkeit des Handgelenks, der Schärfe des Auges und des intelligenten Ausstreckens des Arms. Und Septach Melayns Anmut und seine außergewöhnlich langen Glieder verliehen ihm bei alledem einen natürlichen Vorteil.

Prestimion hingegen war klein und stämmig und

nach einem ganz anderen Plan gebaut. Aber er würde tun, was er konnte.

Vor ihm stand der wahre Urheber all seines Kummers – so viel war ihm nun klar. Kein Unglück war ihm widerfahren, bei dem Dantirya Sambail nicht irgendwie die Hand im Spiel gehabt hatte. Prestimion fühlte, wie heißer Zorn in ihm emporstieg. Erschlag ihn, dachte er, und du erschlägst all deine Missgeschicke mit einem einzigen Hieb.

Dantirya Sambail griff ihn wieder mit der Axt an und hielt den Säbel bereit, um ihm danach den Todesstoß zu versetzen. Prestimion trat leicht zur Seite und drehte sich, glitt dann pfeilschnell und kühn unter den Angriff seines schwerfälligen Widersachers und kam ihm dabei so nah, dass die Axt ihn nicht erreichen konnte. Doch aus dieser Nähe war es ihm möglich, die Spitze des Rapiers in die Achselhöhle des Prokurators hochzureißen und sich einen Weg durch Nerven, Muskeln und Sehnen zu schneiden.

»Ha!«, rief Dantirya Sambail vor Überraschung und Schmerz und ließ die Axt scheppernd aus der betäubten Hand fallen. Doch es war genug Geistesgegenwart und schiere Wildheit in ihm, um den Säbel mit der anderen Hand herumzureißen und Prestimion mit der flachen Klinge einen schrecklichen Schlag gegen die Rippen zu versetzen, obwohl sie dicht an dicht standen. Die Wucht des Schlags trieb Prestimion den Atem aus den Lungen und verdunkelte einen Augenblick lang seine Sinne, sodass er fünf oder sechs Schritte zurücktaumelte und fast gestürzt wäre.

Der Prokurator lief schwerfällig auf ihn zu und baute sich bedrohlich vor ihm auf. Glühend und erregt von dem bevorstehenden Triumph, stach er mit dem Säbel auf Prestimion ein. Doch es war ein schlecht gezielter Hieb mit der linken Hand. Obwohl Prestimion infolge des Schmerzes in seiner mitgenommenen Seite und durch die Verletzung, die Mandralisca ihm zuvor zugefügt hatte, zusammenzuckte, hob er sein Schwert und brachte es tanzend durch Dantirya Sambails Deckung, zielte auf sein Herz und zwang den Prokurator, den Säbel zur Seite zu nehmen und zu parieren. Und mit einer schnellen Richtungsänderung, für die Septach Melayn ihm applaudiert hätte, zog er die Spitze des Rapiers über die Innenseite von Dantirya Sambails Schwertarm und schnitt vom Ellbogen bis zum Handgelenk eine lange, hellrote Linie.

Das Schwert des Prokurators fiel scheppernd zu Boden. Sofort drückte Prestimion die Spitze seiner Waffe gegen die Unterseite des vorstehenden Kiefers seines Widersachers, dorthin, wo das weiche Fleisch war.

»Nur zu«, sagte der Prokurator. »Vollende das Werk, Vetter!«

»Welch ein Vergnügen wäre das«, sagte Prestimion. »Aber nein. Nein, Vetter, nein.« Nicht auf diese Weise; er würde keinen Wehrlosen abschlachten, nicht einmal diesen. Er konnte es nicht, er *wollte* es nicht. Sein gesamter Zorn war erloschen. Es hatte genug Tote gegeben. Und so böse Dantirya Sambail auch sein mochte, in Zimroel, seinem Land, wurde er sehr geliebt. Prestimion wollte nicht von Millionen Bewohnern Zimroels gehasst werden, wenn er Coronal war. Er sah, dass sein Bruder Abrigant aus dem Chaos des Schlachtfelds hervor und zu ihm kam und auch Rufiel Kisimir aus Muldemar und vier oder fünf weitere Männer aus seiner Stadt. Der Giftkoster Mandralisca war bei ihnen, verwundet und als Gefangener, die Hände auf dem Rücken gefesselt, eine Seite seines Gesichts blutüberströmt. Er schaute verdrossen drein, als hätte er am liebsten eine Flut Gift auf sie gespuckt.

Sie sahen, dass Prestimion Dantirya Sambail in Schach hielt, und eilten nun zu ihm. Abrigant packte einen der blutigen Arme des Prokurators, Rufiel Kisimir den anderen und riss ihn hart auf dessen Rücken.

»Schlag zu, Bruder!«, rief Abrigant. »Worauf wartest du?«

»Das ist nicht die Stunde seines Todes«, sagte Prestimion ruhig und legte das Schwert nieder. Er atmete tief ein, verzog das Gesicht und rieb seine schmerzenden Rippen. »Nehmt ihn mit, fesselt ihn und lasst ihn streng bewachen. Er wird sich eine Weile in Lord Sangamors Tunneln ausruhen, und dann können die Gerichte ihn haben. Er wird an einem anderen Tag sterben und nicht durch meine Hand. Nehmt auch den Giftkoster mit. Aber sorgt dafür, dass sie weit voneinander entfernt an unterschiedlichen Orten festgehalten werden.« Und er ging davon und ließ Dantirya Sambail erstaunt und nach Luft schnappend zurück.

»Wir sind verloren, das steht außer Frage«, sagte Navigorn. »Unser Heer wurde zu einem Mob aufgerieben, der nicht einmal einen Fluchtweg finden kann. Prestimions Männer haben uns umzingelt und wissen, dass ihnen der Sieg gehört. Ich sehe Farholt tot auf dem Feld und Farquanor ebenfalls, und mit ihnen viele andere. Wir sollten zu Prestimion gehen und uns ihm ergeben, bevor weitere Männer sterben, wir eingeschlossen.«

Korsibar sah ihn ungläubig an. »Was? Du rätst mir, mich zu ergeben, Navigorn?«

»Ich sehe keinen anderen Weg für uns.«

»Das ist nicht die erste Schlacht, die wir in diesem Krieg verloren haben.«

»Das ist unsere schlimmste Niederlage. Und diesmal wird er uns beide gefangen nehmen und auch unseren gesamten Rat.«

»Ich stelle fest, dass du mich nicht mehr ›mein Lord‹ nennst.«

Navigorn machte eine bedauernde Geste. »Was soll ich sagen? Die Würfel sind gefallen und haben sich gegen uns entschieden. Das Spiel ist vorbei, Korsibar.«

Das waren unerträgliche Worte. In seiner ersten heißen Wut hätte Korsibar fast sein Schwert gegen Navigorn gehoben. Aber er hielt seine Hand im Zaum. »Ich bin noch immer Coronal, Navigorn«, sagte er einfach, im dunkelsten und ödesten Tonfall. »Wir werden uns nicht ergeben. Und du bist aus meinen Diensten entlassen.«

»Ja«, sagte Navigorn. »Das bin ich.«

Er wandte sich ab und ging schnell über das schlammige, blutige Feld davon. Korsibar schaute ihm lange hinterher. Er spürte nichts. Nichts. Er begab sich innerlich zu einem Ort, der jenseits aller Gefühle lag. Eine taube Kälte drang in seinen Körper ein, zog von seinen Beinen höher zu seinem Herzen und von dort aus zu seinem Gehirn.

Ich wollte nie König sein, dachte er. *Es wurde in meinen Weg gelegt, und ich habe wie in einem Traum danach gegriffen.*

»Was habt ihr alle mir angetan?«, rief er laut. Und dann: »Was habe ich getan?«

Solch eine Katastrophe hatte er sich nie vorstellen können. Überall um ihn herum lagen Tote. Seine Zauberer hatten ihm gesagt, es werde ein Tag des Sieges werden, an dem alle endgültigen Abrechnungen stattfanden, und bei Anbruch der Nacht werde Majipoor nur mehr einen Coronal haben und die Welt werde Frieden finden. In seiner Voreiligkeit hatte er diese Vorhersagen als klare Zusicherung für seinen Triumph aufgefasst.

Doch nun … er musste sich nur umschauen …

Wie betäubt, mit steinernem Gesicht bewegte er sich über den Schauplatz des Fiaskos. Dann erhob sich in der schattigen Nachdämmerung der trüben Dunkelheit, die Prestimions Zauberer heraufbeschworen hatten, die unverwechselbare Gestalt Sanibak-Thastimoons vor ihm.

»Du«, sagte Korsibar. Etwas Hitzigkeit war in seine Seele zurückgekehrt. Seine Stimme war fast unverständlich vor Zorn. »Du hast mich belogen!«

»Niemals, mein Lord.«

»Ein Tag des Sieges, hast du gesagt. Ein Tag der letzten Abrechnungen.«

»Und so ist es auch gekommen«, sagte der Su-Su-heris kalt. »Hatten wir mit unseren Vorhersagen nicht Recht? Denn hier und heute hat sich doch in der Tat ein großer Sieg ereignet.«

Korsibars Augen wurden größer. Ihm wurde klar, dass Sanibak-Thastimoon ihn getäuscht hatte – oder besser gesagt, dass er sich selbst getäuscht hatte, indem er in den Worten des Magiers gelesen hatte, was er hatte hören wollen. Er zeigte mit dem Arm auf das Schlachtfeld vor ihnen. »Wie konntest du zulassen, dass uns so etwas widerfährt? Konntest du nichts tun, um uns zu schützen? Sieh doch, Sanibak-Thastimoon, sieh! Wir wurden völlig aufgerieben!«

»Er hatte die mächtigsten Zauberer Majipoors zwischen seinen Truppen aufgestellt. Ich bin nicht unbesiegbar, mein Lord.«

»Du hättest mich warnen können, dass er irgendwie um die Mittagszeit die Sonne untergehen lassen wird. Dann hätten wir Schritte ergreifen können, um unsere Linien zu halten, als die Dunkelheit kam.«

»Darf ich Euch daran erinnern, mein Lord, dass Eure Linie sich bereits aufgelöst hatte, bevor Prestimions Zauberer die Dunkelheit auf uns senkten …«

Es war zu viel. Korsibar fühlte, wie das gesamte Leid dieses schrecklichen Tages wie ein Berg auf ihn einstürzte, der aus dem Himmel fiel, und Schmerz und Kummer und Schuld ihn überschwemmten, bis er diese Gefühle nicht mehr beherrschen konnte. Sie alle hatten ihn in diese Katastrophe geführt, hatten ihn Schritt für Schritt verleitet, diesen Weg zu begehen – allen voran dieser außerirdische Zauberer –, und nun hatten sie die ungeheuerliche Schändlichkeit, seinen Namen damit für ewig zu besudeln.

Sein Schwert sprang in seine Hand. Er stürzte hitzig

vorwärts, schlug auf den Magier ein, nur um einen Vorhang aus Schwärze vor sich zu finden, eine Zone der tieferen Dunkelheit innerhalb der künstlichen Dämmerung überall um sie herum. »Wo bist du?«, rief er. »Wohin bist du geflohen, Sanibak-Thastimoon?«

Er hatte den Eindruck, seitlich von ihm eine Bewegung auszumachen, und drehte sich um. Doch es war zu spät. Der Su-Suheris, der noch immer halbwegs von seinem Zauberspruch verborgen wurde, war hinter ihn getreten. Und als Korsibar nun wütend mit dem Schwert auf die Schatten einstach, drang der lange Dolch des Zauberers direkt unter seinem Brustkorb in seinen Körper ein und glitt nach oben, bis er die Spitze seines Herzens berührte. Abrupt verließ ihn jede Kraft. Korsibar brach zusammen, sank in dem Schlamm auf die Knie, würgte und keuchte und schaute benommen auf das Blut, das über seine Lippen sprudelte.

Durch den immer dichter werdenden Nebel seines Bewusstseins hörte er eine Stimme, die ihn rief.

»Bruder? *Bruder!*«

Es war Thismet, die wie eine Erscheinung plötzlich aus dem Nichts heranwirbelte. Korsibar hob den Kopf – es war eine schreckliche Anstrengung – und sah sie mit sich trübenden Augen an.

Sie kniete neben ihm nieder.

»Was … machst du … hier?«, fragte er undeutlich.

»Ich bin gekommen, um dich zu drängen, dich Prestimion zu ergeben, solange es dir noch möglich ist«, sagte sie.

Er lächelte und nickte, sagte aber nichts.

Ihr Arm glitt um seine Schulter, doch er sackte schwer zusammen, und sie hatte kaum die Kraft, ihn aufrecht zu halten. Drei harte Atemzüge kamen von ihm und dann das Todesröcheln. Sanft ließ Thismet ihn los, und er streckte sich vor ihr aus. »Ach, Korsibar … Korsibar … also war alles umsonst, Bruder, alles umsonst …«

690

Sie schaute zu Sanibak-Thastimoon, der noch immer neben ihnen stand, die Arme vor der Brust verschränkt, und schweigend zusah.

»Du!«, rief sie. »Du bist für das alles verantwortlich, mit deinem Gerede davon, er sei für große Taten geboren, und er werde die Welt erschüttern. Nun, er hat sie erschüttert, ja. Aber sieh doch nur! Sieh!« Sie ergriff Korsibars Schwert, das aus seiner kraftlosen Hand gefallen war, und schwang es mit einem wilden Stoß wütend gegen den Zauberer. Der viel größere Sanibak-Thastimoon wehrte es mit seinem langen Dolch ab, als wäre es nur ein Stock. Und dann trat er schnell auf sie zu und trieb den Dolch, mit dem er Korsibar getötet hatte, zwischen ihre Brüste. Sie brach geräuschlos zusammen.

Dann sagte jemand ganz in der Nähe: »Was, Sanibak-Thastimoon? Beide von ihnen tot, der Bruder und auch die Schwester? Und durch deine Hand gestorben?«

Es war Septach Melayn. Er lief beschwingten Schrittes auf ihn zu, das Schwert in der Hand, den langen Körper bereits zur Angriffshaltung gestreckt. Der Su-Suheris zog sich erneut hinter seinen Zauberspruch der Dunkelheit zurück, doch Septach Melayn schwang sein Schwert ohne das geringste Zögern wie eine Sense durch die Zone der Nacht vor ihm, drehte im letzten Augenblick mit äußerster Geschicklichkeit das Handgelenk und zog einen horizontalen Schnitt durch das dunkle Nichts. Augenblicklich verschwand die schwarze Wolke, und Sanibak-Thastimoon stand wieder vor ihm. Die Augen seines linken Kopfs waren vor Entsetzen weit aufgerissen, und die andere Gabel der langen Säule seines zweizinkigen Halses endete in einem blutigen Stumpf.

Septach Melayns Schwert zuckte erneut auf, und das Werk war getan.

Schwermütig schaute er zu den Leichen Korsibars

und Thismets hinab, die nebeneinander im blutigen Schlamm des Beldak-Sumpfes lagen. Majipoors Sternenfächerkrone lag ebenfalls im Schlamm, direkt neben Korsibar. Septach Melayn hob sie auf, wischte den Schlamm mit seinem Ärmel ab, so gut er konnte, und schob sie wie einen Ring über seinen linken Unterarm. Dann stapfte er über das Schlachtfeld, um Prestimion zu suchen. Er musste ihm vieles mitteilen, sowohl gute als auch schlechte Nachrichten.

10

Den gesamten Tag über und den nächsten und den übernächsten bargen sie die Toten und begruben sie, ein Grab neben dem anderen im gesamten Beldak-Sumpfgebiet unterhalb der Thegomar-Kante. Denn es war unmöglich, so viele Leichen zur Bestattung in ihre Heimatstädte zu bringen. Es war am besten, sie einfach hier ruhen zu lassen.

Prestimion verspürte nur wenig Freude über seinen Sieg. Man hatte ihm die Liste jener gebracht, die an diesem Tag umgekommen waren, und er las sie betrübt. Auf seiner Seite waren der Graf von Enkimod gefallen, und Graf Hospend, Kanif von Kanifimot, Talauus von Naibilis und allein unter seinen Hauptmännern etwa sechzig weitere, und wer konnte schon sagen, wie viele Soldaten auf dem Feld geblieben waren? Und vor allem war Svors Tod zu beklagen, dessen Leiche man in enger Umarmung mit der des toten Farquanor gefunden hatte. Dieser Verlust schmerzte Prestimion mehr als der aller anderen zusammen, die an diesem Tag in der Schlacht gefallen waren, von einer Person abgesehen.

Er hatte von Septach Melayn gehört, wie sie gestorben war: So seltsam, wie sie gelebt hatte, bis zum letzten Augenblick von Verrat und Betrug umgeben. Also würde er nie erfahren, wie sein Leben mit ihr gewesen wäre. Er fand irgendwo eine Blume, legte sie auf ihr Grab und versuchte, in irgendeiner Ecke seines Herzens den Schmerz zu verschließen, von dem er wusste, dass er ihn immer fühlen würde.

Korsibar begrub er neben Thismet. Um den einen verspürte er genauso viel Bedauern wie um die andere, auch wenn es ein völlig anders gelagertes Bedauern war: denn der eine war ein großer Mann gewesen, dessen Schicksal verschwendet worden war, und die andere eine Frau, die er unerwartet und zu spät lieben gelernt hatte. Aber auch sie hatte eine gewisse Größe gehabt, und die war nun nicht mehr.

Farquanor … Farholt … nun, wer würde sie vermissen? Aber eine ganze Reihe von Korsibars anderen Hauptmännern waren mit ihnen gefallen, solche Männer wie Mandrykarn und Venta, Gapithain, der Herzog von Korsz, der gutherzige Kanteverel von Bailemoona, Sibellor von Banglecode und auch Graf Iram, ferner der gute Herzog Kamba von Mazadone, der ihn in die Kunst des Bogenschießens eingeführt hatte, Vimnad Gezelstad und viele andere. Prestimion würde sie alle wieder zum Leben erwecken, wäre es ihm nur möglich gewesen, denn sie waren, jeweils auf ihre Weise, eine Zierde für die Welt gewesen, und er bedauerte, dass sie die tödliche Entscheidung getroffen hatten, sich mit Korsibar zusammenzutun.

Eine Verschwendung, eine Verschwendung, eine entsetzliche, schreckliche Verschwendung. Und sie war völlig unnötig gewesen, dachte Prestimion.

Wenn nur alles ungeschehen gemacht werden könnte … wenn nur …

Jene von Korsibars Partei, die die Schlacht überlebt hatten, begnadigte er. Der Krieg war vorbei: Es gab keine Feinde mehr, und die Welt hatte nur einen Coronal.

Navigorn von Hoikmar trat als Erster vor ihn, kniete nieder und vollzog mit nicht vorgetäuschter Aufrichtigkeit den Sternenfächer. Er habe seinen Fehler eingesehen und bereue ihn, sagte er; und Prestimion glaubte ihm. Danach kamen Oljebbin und Serithorn und Gonivaul, und Prestimion begnadigte auch sie, obwohl er sich bezüglich dieser drei keine Illusionen machte. Aber er war dazu entschlossen, die Verbitterung dieses Krieges davonzuspülen. Je schneller der brodelnde Hass beigelegt wurde, desto besser war es für alle.

»Und du«, sagte Prestimion und schaute zu dem Vroon Thalnap Zelifor hinab. »Wie oft kannst du noch von einem Herrn zum anderen umschwenken, nun, da du nur noch einem den Treueid leisten kannst?« Und er lachte, denn an diesem Tag war keine Bosheit in seinem Herzen. »Als wir in den westlichen Landen waren, hast du mir gesagt, wenn ich mich recht entsinne, du wolltest nur zur Burg zurückkehren, um deine Geräte zum Lesen von Gedanken zu holen, und dann mit ihnen zurückkehren, um mir bei meinem Krieg zu helfen.«

»Ich habe die Runen für dich geworfen, und sie haben gesagt, du wärest verloren«, erwiderte der Vroon. »Und der Bericht vom Mavestoi-See hat es bestätigt: Du warst angeblich in den Fluten untergegangen. Wie hätte ich einem Toten zu Hilfe eilen können? Aber meine Runen haben sich geirrt und die Berichte ebenfalls.«

»Wie aalglatt du doch bist, Thalnap Zelifor. Du hast immer eine Antwort parat. Nun, ich werde dich und deine Geräte an einen Ort bringen lassen, wo sie keinen Schaden mehr anrichten können.« Er winkte einen kleinen Mann mit bösem Gesicht, dünnen Lippen und verschlagenen Augen zu sich heran, der in Herzog Svors Diensten gestanden hatte. Prestimion hatte ihn noch nie gern um sich gehabt, und nun bestand kein Grund mehr, ihn bei sich zu dulden. »Du«, sagte er. »Wie heißt du?«

»Barjazid, mein Lord.«

»Barjazid. Nun gut, Barjazid. Begleite diesen Vroon zur Burg, Barjazid, miste seine gesamte Werkstatt mit den geheimnisvollen Geräten zum Lesen von Gedanken aus, packe sie zusammen und nimm ihn mit und bringe alles nach Suvrael.«

»Nach Suvrael, mein Lord?«

»Nach Suvrael. Zum fernen, versengten Suvrael. Du bürgst mit deinem Leben dafür, Barjazid, dass du ihn nach Suvrael bringst und er dir unterwegs keine Streiche spielt. Ich werde niemanden dafür bestrafen, was in diesem Krieg geschehen ist, doch es gibt einige, die ich nicht näher als in Suvrael haben will, und Thalnap Zelifor gehört zu ihnen. Man kann ihm nicht vertrauen, nicht einmal in einer Welt, die keine Feinde hat. Bring ihn für mich nach Suvrael, Barjazid, und sorge dafür, dass er dort bleibt.«

Der kleine Mann bedachte Prestimion mit einem Sternenfächer und einem hingebungsvollen Blick aus zusammengekniffenen Augen.

»Es wird so geschehen, mein Lord.«

Er hob Thalnap Zelifor hoch und ging mit ihm davon.

Prestimion stand lange schweigend da und schaute erneut auf das Schlachtfeld hinaus. Eine große Müdigkeit legte sich auf ihn, als hätte er an diesem einen Tag die ausgetrocknete, sonnenverbrannte Valmambra gleich zwei- oder dreimal durchquert. Er war jetzt Coronal von Majipoor, man hatte ihm die Verantwortung für die Welt übergeben. Warum empfand er bei diesem Gedanken keine Freude?

Nun, die Freude würde kommen, vermutete er. Er würde das gewaltige Majipoor grün und glänzend sehen, wie in seiner Vision, als der Planet nur ein kleiner Ball gewesen war, den er auf den Händen tragen konnte. Bis zum Tag seines Todes würde er die Welt und ihre Bewohner hegen und pflegen und beschützen. Aber jetzt, an diesem Tag des Triumphs und Verlusts, gab es nur Müdigkeit und Trauer für ihn. Ihm war klar, dass er in den letzten paar Jahren eine seltsame Prüfung hatte ablegen müssen und eine Weile brauchen würde, um sich davon zu erholen. Hatte er damit gerechnet, dass man ihm die Krone auf einem silbernen Tablett reichen würde, wie es bei so vielen Coronals vor ihm der Fall gewesen war? Das war offensichtlich nicht sein Schicksal gewesen. Er hatte herausgefunden, dass es nötig war, sich diese Krone immer wieder zu verdienen, tausendmal, mit allem, was er im Labyrinth, in der Wüste und auf dem Schlachtfeld erlitten hatte, und dass er sie sich auch zweifellos weiterhin verdienen musste, bis ans Ende seiner Tage.

Eine Prüfung, ja. Das alles war auf die Probe gestellt worden: seine Kraft, sein Wille, seine Geduld, sein Geschick. Seine Eigenschaften als Mensch. Sein Recht, König zu sein. Wenn er mehr als die meisten seiner Vorgänger gelitten hatte, um Coronal zu werden, musste es einen Grund dafür geben. Und aus seinem Leiden würde etwas von Wert erwachsen. Er wagte es nicht, etwas anderes zu glauben. Er konnte und wollte es nicht. Hinter allem musste ein Sinn stecken. Es war undenkbar, dass dem nicht so war.

Undenkbar.

Und als Prestimion am Rand des Schlachtfelds stand und dies dachte und darüber nachsann, was er bei diesem langen, harten Streben nach der Krone alles erlebt hatte, was er gelernt hatte und wie er sich verändert hatte, kam ihm ein seltsamer Einfall, der einen Schauder des Erstaunens über sein Rückgrat schickte: eine Möglichkeit, die Welt wieder so zu machen – soweit man dies konnte –, wie sie gewesen war, bevor Korsibar den Thron gestohlen hatte.

Vielleicht ... vielleicht, auch wenn diese Aufgabe unglaublich schwer und enorm war ...

Auf jeden Fall war es einen Versuch wert.

Er wandte sich an Septach Melayn und Gialaurys. »Schafft alle von hier fort«, sagte er. »Nur ihr beide dürft bleiben. Und holt Gominik Halvor und seinen Sohn Heszmon Gorse her. Ich habe eine letzte Aufgabe für sie, bevor wir den Marsch zum Burgberg antreten.«

Mittlerweile war die Nacht angebrochen. Der neue Stern, der nach Prankipins Tod in den Himmel gekommen war, badete sie in sein unheimliches blauweißes Licht. Lord Korsibars Stern, so hatte man ihn genannt, als er aufgetaucht war. Doch jetzt war er Lord Prestimions Stern.

Die beiden Magier traten vor ihn und warteten, und als Prestimion seine Gedanken geordnet hatte, sagte er: »Ich werde euch jetzt bitten, die größte Beschwörung vorzunehmen, die in der gesamten Geschichte der Welt jemals stattgefunden hat, und ich hoffe, dass ihr meine Bitte nicht zurückweisen werdet.«

»Wir wissen schon, was Ihr wollt, mein Lord«, sagte Heszmon Gorse.

»Ja. Ich nehme an, ihr wisst es. Und lässt es sich bewerkstelligen?«

»Es wird eine noch größere Anstrengung sein, als Ihr Euch denken könnt.«

»Ja«, sagte Prestimion. »Obwohl ich nicht genau weiß, was in eurer Kunst, eurer Wissenschaft, wie auch immer ich es nennen muss, machbar ist. Aber es muss geschehen. Die Welt hat eine schreckliche Verletzung erlitten. Wir haben niemals solch einen Krieg gehabt; und ich will, dass er völlig aus unserer Geschichte getilgt wird, also aus dem Geist aller, die heute leben, und all jener, die uns folgen werden. Ich will, dass dieser blutige Makel weggewischt wird, als hätte es ihn niemals gegeben.«

»Dazu sind all unsere Fertigkeiten erforderlich«, sagte Heszmon Gorse, »und vielleicht sogar noch mehr.«

»Die Lady Kunigarda von der Insel wird euch helfen: ihre Traummaschinen, das gesamte Personal, über das sie auf der Insel der Träume die Befehlsgewalt hat. Sie kann den Geist vieler Millionen gleichzeitig erreichen. Wie ich erfahren habe, ist sie mit ihren besonderen Geräten im Gefolge zu uns unterwegs und wird bald hier sein. Und euch werden auch die Dienste aller Zauberer zur Verfügung stehen, die ihr anfordert: Jeder Einzelne wird auf euren Befehl hin mitwirken, wenn ihr es verlangt, die größte Versammlung der Meister eurer Künste, die jemals einberufen wurde. Ihr werdet dafür sorgen, dass das, was geschehen ist, niemals geschehen sein wird, sobald euer Werk vollbracht ist. Niemand wird sich an die Existenz Korsibars und Thismets erinnern, der Kinder von Confalume und Roxivail: *niemand*. Diese Usurpation wird niemals stattgefunden haben. Die Welt wird glauben, dass ich vom Tag von Prankipins Tod an Coronal gewesen bin. Und von denen, die bei den Schlachten dieser Bürgerkriege gefallen sind, wird man annehmen, dass sie auf andere Weise, aus anderen Gründen gestorben sind – es spielt keine Rolle, was für Gründe dies sind, aber sie dürfen nicht auf dem Schlachtfeld gestorben sein. Die Welt muss diesen Krieg vergessen. Die Welt muss glauben, dass er sich nie ereignet hat.«

»Eine allgemeine Verschleierung, das verlangt Ihr von uns«, sagte Gominik Halvor.

»Allgemein, aber mit drei Ausnahmen: ich selbst, Gialaurys hier und Septach Melayn. Wir drei müssen uns bis zu unseren letzten Tagen daran erinnern, damit wir dafür sorgen können, dass so etwas nie wieder geschehen wird. Aber wir müssen die Einzigen sein.«

»Sogar wir sollen es vergessen haben, nachdem das Werk vollbracht ist?«, fragte der alte Zauberer.

Prestimion betrachtete ihn lange und ruhig.

»Sogar ihr«, sagte er.

Und so geschah es; und so wurde die Welt sauber und frisch aus dem Blut und der Asche des Krieges zwischen den rivalisierenden Coronals wiedergeboren; und im Frühling des nächsten Jahres unternahm Lord Prestimion erneut die Reise von der Burg über den Glayge zum Labyrinth, um dem Pontifex Confalume seine Aufwartung zu machen, dessen Nachfolger als Coronal er, soweit sich alle erinnerten, vor mehreren Jahren geworden war, in der Todesstunde des alten Pontifex Prankipin.

Er fand Confalume robust und voller Vitalität vor. Er sah aus wie ein Mann, der nur ein wenig über seine besten Jahre hinaus und noch energisch genug war, um die Verantwortung eines Coronals zu tragen, hätte die Zeit ihn nicht auf den höheren Thron befördert.

Das war der starke, lebendige Confalume, an den Prestimion sich aus der alten Zeit in der Burg erinnerte, nicht der zerschmetterte der frühen Stunden seiner Herrschaft, an den sich nur wenige erinnerten.

Ja, es war ein aufgeblühter Confalume, ein verjüngter Confalume. Überaus freudig umarmte er Prestimion, und sie saßen Seite an Seite auf den Thronen, die in der unterirdischen Stadt für die beiden Monarchen unterhalten wurden, und sprachen lange über die dringenden Angelegenheiten des Reiches, die zwischen ihnen erörtert werden mussten. »Du wirst dir nicht so viel Zeit lassen, bis du das nächste Mal kommst, nicht wahr?«, fragte Confalume, als diese Dinge zufrieden stellend geklärt waren. Er erhob sich, legte die Hände auf Prestimions Schultern und sah ihm fest in die Augen. »Du weißt, welches Vergnügen mir deine Besuche bereiten, mein Sohn.«

Darüber musste Prestimion lächeln.

Und Confalume fuhr fort: »Ja, ich habe ›mein Sohn‹ gesagt. Denn ich habe immer einen Sohn haben wollen, aber der Göttliche hat mir nie einen geschenkt. Doch nun habe ich einen. Denn per Gesetz ist der Coronal der Adoptivsohn des Pontifex, nicht wahr? Und so bist du mein Sohn, Prestimion. Du bist mein Sohn!« Und nach einer Weile sagte Confalume: »Du solltest heiraten, Prestimion. Bestimmt gibt es irgendwo eine Frau, die eine passende Gemahlin für dich wäre.«

»Bestimmt gibt es eine«, sagte Prestimion, »und vielleicht finde ich sie eines Tages ja auch. Aber sprechen wir nicht mehr über dieses Thema, Vater. Zu gegebener Zeit werde ich eine Frau finden, das weiß ich. Aber ich glaube, ich bin noch nicht ganz bereit, mit der Suche nach ihr zu beginnen.«

Und er dachte an die Frau, von der nur er und zwei andere auf der ganzen Welt wussten, dass sie jemals gelebt hatte.

Aber er konnte nichts von ihr erzählen und würde es auch niemals tun.

So fand der große Krieg der Usurpation sein Ende und verschwand aus der Erinnerung der Bewohner Majipoors, und das große Zeitalter der Welt begann von neuem. Die gemeinsame Herrschaft von Confalume und Lord Prestimion währte viele Jahre, bis Confalume in sehr hohem Alter von der Quelle zu sich gerufen und Coronal Prestimion nach einer langen und ruhmreichen Herrschaft, an die die Welt sich lange freudig erinnern würde, selbst Pontifex wurde.

Und der Mann, den Lord Prestimion als Coronal auswählte, als es für ihn an der Zeit war, ins Labyrinth zu gehen, hieß Dekkeret, dessen Herrschaft ebenfalls ruhmreich sein sollte.

Aber das ist eine andere Geschichte.